新月社的文化策略

Cultural Strategies of the Crescent Moon Society

刘 群 著

人民出版社

国家社科基金后期资助项目
出版说明

后期资助项目是国家社科基金项目主要类别之一，旨在鼓励广大人文社会科学工作者潜心治学，扎实研究，多出优秀成果，进一步发挥国家社科基金在繁荣发展哲学社会科学中的示范引导作用。后期资助项目主要资助已基本完成且尚未出版的人文社会科学基础研究的优秀学术成果，以资助学术专著为主，也资助少量学术价值较高的资料汇编和学术含量较高的工具书。为扩大后期资助项目的学术影响，促进成果转化，全国哲学社会科学规划办公室按照"统一设计、统一标识、统一版式、形成系列"的总体要求，组织出版国家社科基金后期资助项目成果。

全国哲学社会科学规划办公室

2014 年 7 月

目　　录

引　言　他们的文化理想

毋庸置疑,在中国现代文学史和思想史版图上,活跃于20世纪二三十年代的新月社(派)文人群体以其多元和极具个性的活动刻下了他们独特的印记,而与之相关的研究也经历了由一味贬抑到趋向客观理性的曲折历程。1987年,钱理群、吴福辉等合著的《中国现代文学三十年》出版。该书以思想上的自由主义与艺术上的贵族色彩取代了此前学者关于新月派"买办资产阶级"属性的认定,并对以闻一多、徐志摩为代表的前期新月派诗人使新诗走向"规范化"的贡献予以肯定。自此,关于新月成员因政治立场被"斗争"的文学史叙述逐渐退幕,对其展开的研究也逐渐从脸谱化、标签化转向较为公允的学理化评价。而来自文学、传播学、历史学、政治学、英语语言学、戏剧戏曲学等不同专业背景的研究者从不同维度,不断丰富、深化对新月群体的认知,从不同侧面反映出新月社的复杂性与多重面相。对新月社的既往研究,也有学者做了比较充分的梳理①,故而本书仅就21世纪近二十年来的研究与新趋向酌作评述,并对尚可拓展的方面给予相应的观照。

总体来看,这一时段的研究有延续和突破,也有可以继续发挥的空间。首先,关于新月派、新月诗派整体性或个别成员创作的美学风格、思想特色等具体的文学分析仍比较集中。有几篇博士论文,如程国君的《诗美的探寻——"新月"诗派诗歌艺术美研究》(武汉大学,2002年)、叶红的《生成与走势:新月诗派研究》(东北师范大学,2010年)是对新月诗派诗歌艺术的深入研究;而胡博的《对峙与互补:论新月派在新文学界整体格局中的地位与影响》(山东大学,2001年),则以《新月》月刊为中心将新月派所倡导的格律诗学、国剧运动与新人文主义文学批评作为一个共通的文学思想体系进行了整体性考察与探究;黄红春的《新月派文学观念研究》(江西师范大学,2013年),分文体深入探析了新月派兼容并包、稳健理性的文学观。硕士论文亦有多篇,在此不一一列举②。另有从比较文学的视角出发,或者对比新

---

① 黄红春:《新月派研究述论》,《江西师范大学学报(哲学社会科学版)》2013年第4期。
② 如徐海英的《情绪的体操——论新月派小说的诗化倾向》(辽宁师范大学硕士论文,2001年)、孙颖的《理性与迷狂制约下的后期新月诗》(吉林大学硕士论文,2005年)、吴凑春的《新月诗派——一个绕不过去的文学话题》(南昌大学硕士论文,2005年)、金鑫的《〈新月〉——中国现代自由主义文学话语的兴衰》(辽宁大学硕士论文,2012年)。

月派诗与婉约词的不同风格①，或者在新月派与法国立体主义同样服膺的英国诗人济慈的基础上，考察他们在主题、风格等方面的异同②，别具新意。

其次，围绕《新月》月刊从不同方面展开探讨。从传媒角度进行研究是近年来的研究热点，史习斌的博士论文《〈新月〉：一种同人期刊与自由媒介的综合透视》（华中师范大学，2010 年）结合媒介传播和文化研究，从媒介生态和构成、媒介传播方式、媒介内容和影响等方面入手对《新月》月刊进行了多维度观照。而侯群雄撰写的《一份杂志和一个群体——以〈新月〉为中心》（《新文学史料》2004 年第 2 期），从《新月》群体的聚合、《新月》的缘起、《新月》的态度、《新月》的文学实践、《新月》和国民党、《新月》的沉落六个部分探讨了《新月》月刊的前前后后。其文章标题显然是对 20 世纪 90 年代中期王晓明《一份杂志和一个"社团"——重评五四文学传统》一文的借鉴，后者强调"今天重读二十世纪中国文学的历史，就要特别注意那些文本以外的现象"的主张，对现代文学社团研究有持续的影响力。另外，有多篇硕士论文从小说、诗歌等方面切入研究③，其中，王宣人《"同人园地"里的"新月态度"——〈新月〉杂志"书报春秋"研究》（青岛大学，2011 年）聚焦《新月》月刊"书报春秋"栏目，通过量化式分析该栏目刊发书评的选书角度、书评文体特色等方面，小角度做出了新意。而彭超的《英国思想家拉斯基在中国的接受——以〈新月〉月刊为中心》（北京大学，2009 年）梳理费边主义代表人物、伦敦政治经济学院教授拉斯基作品在中国的译介与传播，指出在民族危机与现代国家转型双重压力下，中国知识分子（主要以拉斯基的几位中国弟子徐志摩、陈西滢、罗隆基、王造时等新月人物为代表）对其思想的接受、改写带有明显的"实用主义"色彩，为此前这一较少被关注的领域提供了有价值的观察。

再次，对新月派相关史料的辨析考证取得了较大的成绩，这方面以付祥喜的专著《新月派考论》（中国社会科学出版社 2015 年版）为代表。该书对新月社、新月派和新月诗派长期存在的一些模糊问题，新月派成员佚作的考掘等方面下了大力气予以厘清挖掘，实证色彩鲜明。此外，倪平对新月书店的成立与结束时间、创办人、经理等细节问题，以及《新月》月刊的编辑"轮

---

① 陈国恩：《新月派诗与婉约派词》，《重庆三峡学院学报》2003 年第 6 期。

② 谢南斗：《新月派与立体主义》，《中国文学研究》2004 年第 1 期。

③ 如姜青松的《〈新月〉：纸上沙龙》（青岛大学硕士论文，2007 年）、田晓英的《论〈新月〉之变》（湖南大学硕士论文，2010 年）、姬玉的《〈新月〉月刊小说研究》（河北大学硕士论文，2010 年）、郑玉芳的《〈新月〉、〈诗刊〉诗歌写作群及现代特征研究》（福建师范大学硕士论文，2011 年）等。

流坐庄"问题、杂志性质及停刊原因等也曾提出了较为可靠的分析①。

此外，还有两部专著分别从留学背景和绅士文化角度解读新月派，为了解新月派展现出了一个较为宏阔的背景。一是周晓明著《多源与多元：从中国留学族到新月派》（华中师范大学出版社 2001 年版），将新月派置于现代中国留学族群和留学文化的视域中，考察了"前新月"时代留学生涯与新月派的前因与前缘，探讨了新月派作为美英留学生衍生群体的形成和演化，分析了新月派作为一个美英文化族群和文化派别的相关性质和品格，并辨析了新月诗派的诗艺世界与新月派乃至美英留学群和美英文化文学的内在联系。作者认为，新月派是一个以五四前后美英留学者为主体的、具有多源和多元性的文化族群和文化派别；所谓"新月诗派"，则只是这个文化族群和文化派别在现代中国诗歌领域里的实践和存在。另一部是朱寿桐的《中国现代社团文学史》（人民文学出版社 2004 年版）一书中关于新月派的部分，基本呈现的仍是作者早前所著《新月派的绅士文化风情》（江苏文艺出版社 1995 年版）的内容。

除此之外，还有文字比较好读的普及性读物，如 2000 年山东画报出版社出版的宋益乔著《新月才子》；2009 年陕西人民出版社出版的王一心、李伶伶著《徐志摩·新月社》，以较为通俗的形式为读者描绘了新月社的活动，该书注释有限，属于文化读物。

而在笔者看来，新月社研究领域的两个趋向尤值得关注。

一是从跨文化比较研究的视角打量新月社（派），国内外涌现出一批令人耳目一新的成果。这主要体现在对新月社与活跃于 20 世纪 10 至 30 年代的英国文化团体布鲁姆斯伯里集团（Bloomsbury Group）②，作中英两个文学文化社团的综合比较研究，或者选取新月社单个或几个成员如徐志摩、凌叔华等与布鲁姆斯伯里集团的关系作为研究对象加以考察。

布鲁姆斯伯里集团是 20 世纪上半叶英国最有影响的精英文化团体之一。哲学家罗素、作家弗吉尼亚·伍尔夫和 E.M.福斯特、利顿·斯特雷奇、美学家克莱夫·贝尔、艺术评论家和画家罗杰·弗莱、诗人 T.S.艾略特、画家瓦奈萨·贝尔、经济学家梅纳德·凯恩斯等众多知识精英都是该集团成员，他们通过与徐志摩、凌叔华、叶公超、萧乾、叶君健等中国现代文人的私人交往，其思想理念和精神品格无形中参与建构了现代中国特殊的文化生态。这其中，徐志摩是"新月"与"布鲁姆斯伯里"相遇过程中的连缀人物，他在伦

---

① 倪平：《新月派的两个支柱：书店、月刊的起讫》，《中国现代文学研究丛刊》2005 年第 6 期。
② 又称布鲁姆斯伯里文化圈或布鲁姆斯伯里派（Bloomsbury Set）。

敦林长民的家中结识剑桥大学国王学院院士 G.L.狄更生（Goldsworthy Lowes Dickinson,1862—1932）,经其推荐得以进入国王学院学习（1921—1922）并被介绍给布鲁姆斯伯里文化圈,与罗素、罗杰·弗莱（Roger Fry,徐志摩给他起中文名字"傅来义"）等人相识相交,而他们亦多对中国文化传统、艺术等抱持好感①,种种机缘促成了这两个不无相似与呼应的中西社团交汇。

2001 年,美国明尼苏达大学张文英（Wenying Zhang,音译）的博士学位论文《布鲁姆斯伯里集团与新月派的接触与比较》（*Bloomsbury Group and Crescent Contact and Comparison*）,主要勾勒了徐志摩与罗杰·弗莱、G.L.狄更生的互动关系,并论述弗吉尼亚·伍尔夫的外甥、布鲁姆斯伯里集团二代成员朱利安·贝尔（Julian Bell）20 世纪 30 年代任武汉大学文学院外教时与新月小说家凌叔华的恋情关系,并是如何直接催生出凌叔华的英文自传体小说《古韵》（*Ancient Melodies*）的。作者以此两次文化交往为主要线索透视布鲁姆斯伯里集团与中国新月派的实际接触,比较中英这两个文学文化社团之间的异同。作为西方研究者眼中的"他者",这篇英文论文用较多的篇幅介绍了新月诗人迥异于西方的中国式作风与诗歌创作,认为新月作家在创作上吸收外来影响与承继传统并重。

2003 年,美国学者帕特丽夏·劳伦斯（Patricia Laurence）出版了《丽莉·布瑞斯珂的中国眼睛——布鲁姆斯伯里派·现代主义·中国》（*Lily Briscoe's Chinese Eyes*：*Bloomsbury, Modernism and China*, University of South Carolina Press）一书,中译本 2008 年由上海书店出版社出版,省略了副标题。该书写作缘起于拍卖行里的朱利安·贝尔书信——引发了作者借助私人信札、书籍、书画等资料,以"对话"形式穿梭于中英时空,探讨布鲁姆斯伯里集团与新月社在 20 世纪上半叶的"世界性邂逅"的热情。两个团体都是反战的,都在国内受到批判,然而他们都爱好和平,主张渐进改良,这些奠定了他们之间沟通往来的基石。以流言始,以文化终,著者既发掘了朱利安·贝尔和凌叔华的情事、弗吉尼亚·伍尔夫与凌叔华的书信往来、福斯特与萧乾的交往等等,也借助贯穿始终的史料,质疑了萨义德《东方学》中的后殖民主义理论,指出了中英文化在交流中存在互补互利的可能性。该书最大的亮点,是以一种感性和理性并重的方式,用大量的实证材料阐述了

---

① G.L.狄更生 20 世纪 10 年代曾两次游历中国,著有《"中国佬"信札——西方文明之东方观》（中译本由卢彦名、王玉括译,南京出版社 2008 年出版）,对东方文明极为推崇；罗素 20 世纪 20 年代于中国访问讲学,1922 年出版《中国问题》（中译本由秦悦译,学林出版社 1996 年出版,经济科学出版社 2013 年再版）,站在为中国辩护的立场上向西方介绍中国；弗莱写过关于中国艺术的文章,徐志摩曾邀请其来华访问,但未能成行。

20 世纪上半叶发生在两个团体文人间的交往交流,采用了旅行志的叙述方式使全书生动而不失学术著作的庄重。遗憾的是,由于作者本人仅学过两年中文,并不精通,因此书中所引证的中国材料较少,即使有,也大多出自海外汉学家英文版著作中的二手材料,难免有囿限。作者说,1994 年萧乾给她的信中写道,新月派在英国"被视为中国的布鲁姆斯伯里,因为他们为了艺术而艺术,也从不写宣传文章",他们主要是受 20 世纪二三十年代英国作家的影响①。而在不断的文化对读中,作者发现,凌叔华堪称布鲁姆斯伯里集团的中国成员。

　　国内研究者也表现出对这一课题的热情。俞晓霞的博士论文《精神契合与文化对话——布鲁姆斯伯里集团在中国》(复旦大学,2012 年)致力于20 世纪上半叶布鲁姆斯伯里团体与中国文论文化关系的发掘与阐释,对布鲁姆斯伯里集团和"京派""新月派"等文学团体之间的个体交往影响、知识分子精神、现代主义诱惑、文化对话与误读等多个方面予以观照,指出中上层精英知识分子的身份地位,沙龙、办刊、吟诗、演戏等组织形式,共同的思想与艺术倾向,都凸现了"新月派""京派"等中国现代文化团体对布鲁姆斯伯里集团文化风格的模仿与类近,体现了中英知识分子在文化身份认同与精神契合层面的有趣交集。作者认为:面对布鲁姆斯伯里的现代文艺思潮,民国时期的中国学界有着既认同又抗拒、既吸纳又踌躇的矛盾心态;从另一角度而言,这种矛盾心态却彰显了他们面对现代主义诱惑时难得的清醒与自主。而从布鲁姆斯伯里成员的中国观,以及中国学界对布鲁姆斯伯里的误读,显示出东西方文化交流过程中双向交流的可能性与艰难性,以及异质文化的吸引力和自主性。论文以兼具史料爬梳与理论分析见长。

　　硕士论文有两篇,陈倩的《"和而不同":"布鲁姆斯伯里"与"新月"》(南京大学,2004 年)认为在中西传统向现代转型期间,两个团体间的文化交往之所以达到"和而不同"的境界,一个原因在于他们共有的"精英意识与群体认同",另一个原因则是儒家实用理性的一面与英国哲学经验主义——功利主义的一面分别影响了他们,而这两种传统表面歧异下的会通成分同时为对方关注到,从而产生真正思想与学理层面的共鸣。伍娟娟的《二十世纪二三十年代新月派对布鲁姆斯伯里的接受》(华东师范大学,2010 年),从女权主义、意识流小说创作手法、反机械主义和现代性艺术等几个方面分析新月派成员受布鲁姆斯伯里文化圈的影响,肯定了双方核心

---

①　[美]帕特丽夏·劳伦斯:《丽莉·布瑞斯珂的中国眼睛》,万江波、韦晓保、陈荣枝译,上海书店出版社 2008 年版,第 28 页。

成员在中西文化交流中的桥梁作用。另有阐释两个团体某些成员间相互关系的论文,如杨莉馨的《论"新月派"作家与伍尔夫的精神契合与文学关联》(《南京师范大学学报(社会科学版)》2009 年第 2 期)、张意的《新月派与布鲁姆斯伯里派的文化交往》(《社会科学研究》2016 年第 3 期)等,显示这一话题持续出现于学人视野中。而在笔者看来,对于二者之间的"异"实仍可发挥,比如相较尚稳健理性的新月同人,在私人交际、对道德虚伪的嘲讽等方面,布派成员挑战世俗传统的反叛精神或更激进①,其中的文化差异尤可予以细致辨析。

除了将"新月"与"布鲁姆斯伯里"作比较探讨,另一值得关注的研究趋向,则是学者们注意到新月成员多具留学背景和外语优势,开始对他们翻译介绍外来文化方面的策略与实践予以考察。通过对新月翻译活动的透视,探究其译介活动与中国现代文学思想进程的关系。这一领域研究相对较薄弱,通常单独论述新月某个成员如梁实秋、徐志摩、邵洵美等人的翻译活动,综合性的考察则较少。张少雄聚焦《新月》月刊文学翻译,梳理了《新月》刊发的小说、诗歌、戏剧等各文类翻译文字,是有关新月翻译研究较早的成果②。黄立波则指出《新月》月刊的翻译作品体现出"唯美与实用"的翻译思想③。黄红春等通过考察新月派文学翻译的选材、策略、标准等方面,论述了新月派"自由的"与"人性"的文学观④,另有几篇硕士论文和期刊论文不约而同专以新月诗歌翻译为中心展开讨论⑤。王建丰则从《新月》译著广告透视新月的翻译思想,注意到新月书店在出版宣传等方面对戏剧翻译活动的赞助,拓展了新月翻译研究的视野⑥。

大致说来,目前对新月译介活动的研究或者多集中于文学文本层面,或者局限于《新月》月刊,而在对新月成员多元译介活动间的互动、与他者勾

①　相关内容可参见 *The Cambridge Companion to the Bloomsbury Group*,Victoria Rosner(ed.),Cambridge:Cambridge University Press,2014。

②　张少雄:《新月社翻译小史:文学翻译》,《中国翻译》1994 年第 2 期。

③　黄立波:《新月派的翻译思想探究:以〈新月〉期刊发表的翻译作品为例》,《外语教学》2010 年第 3 期。

④　黄红春、王颖:《新月派翻译理论与实践中的文学观》,《南昌大学学报》2017 年第 1 期。

⑤　三篇硕士论文分别是陈丹的《从诗学角度管窥——〈新月〉月刊上的诗歌翻译》(广东外语外贸大学硕士论文,2006 年)、付爱的《新月社诗歌翻译选材研究》(四川外语学院硕士论文,2010 年)、许莎莎的《新月派诗人的格律诗翻译实践》(北京大学硕士论文,2013 年)。另有李月的《浅谈新月派的诗歌翻译活动》,《文教资料》2010 年第 6 期。

⑥　王建丰:《从〈新月〉译著广告看新月派翻译思想》,《淮北师范大学学报(哲学社会科学版)》2014 年第 4 期;《新月书店对戏剧翻译活动的赞助》,《赤峰学院学报(汉文哲学社会科学版)》2014 年第 10 期。

联交织的"文化网络"进行整体性考量方面,无疑还有较大的推进空间。

在此,笔者试以之为起点展开论述,在诠释新月知识分子的译介策略与实践的同时,约略窥探新月知识分子的文化理念与价值所在。沿之而下,围绕新月知识分子在学术与政治关系中呈现的纷呈样态,说明其文化策略实施的另一个面相。继而,摆清本著的工作方法与思路。

一、译介活动:新月社文化策略呈现的一个维度

近年来对译介学研究影响甚大的翻译理论家安德烈·列夫维尔(André Lefevere)认为,"文学翻译研究需要将社会历史纳入研究的视野,重要的不在于考虑字词怎样吻合,而是探讨为什么会造成那样的情况,什么样的社会、文学、意识形态的考虑使译者那样去翻译,他们那样做想达到什么目的,是否达到了目的,原因何在。翻译需要与权力、赞助、意识形态、诗学结合起来进行研究,重点考察各种维护或颠覆某一诗学或意识形态的现象。"①

对此,香港中文大学王宏志教授予以发挥,将之纳入中国文学视野,指出"研究二十世纪中国翻译,最少可从下列几个方面入手:(一)选材:什么样的作品给大量翻译过来? 为什么这些作品会在这特定的时空受到垂青? 这些作品有什么共同的特点? 这些作品跟中国原有作品的分别在哪里?(二)译者:什么人当译者? 他们的资历和背景是怎样的? 他们对西方的认识是怎样的? 他们以什么途径取得的这些认识? 他们在社会中扮演什么角色? 为什么人们愿意接受他们作为译者? 他们为什么选择扮演译者的角色? 他们要以这样的角色来尝试达到什么目的?(三)赞助人:什么人支持着这些翻译活动? 他们以什么形式出现? 他们的日程在哪里? 这些日程跟他自己、跟译出语或译入语的社会和文化有什么关系? 他们具备什么条件去扮演赞助人的角色? 他们怎样制约着译者的活动?(四)读者:谁阅读翻译作品? 他们的资历和背景是怎样的? 为什么他们愿意接受外来的思想及作品? 他们如何对待翻译? 他们期待从翻译中得到什么? 这些期待对翻译造成什么制约? 他们在社会中扮演了什么角色?(五)社会/文化系统:当时的社会/文化系统有什么特征? 这系统的意识形态即诗学上的准则是怎样的? 这些准则怎样制约翻译活动? 翻译怎样融入及改变社会/文化系统? 这些准则在受到翻译的冲击后产生什么回应及变化?"②

---

① Lefevere André, "Introduction", in Lefevere, André (ed.), *Translation/History/Culture*: *A Source Book*, London and New York: Routledge. p.10. 转引自白立平:《翻译家梁实秋》,商务印书馆 2016 年版,第 8 页。

② 王宏志:《重释"信达雅":二十世纪中国翻译研究》,清华大学出版社 2007 年版,第 43 页。

　　显然,这一思路表明了翻译研究从"原文中心论"到"译文中心论"的转向,内在理路则是对在语言转换表层下暗涌的文化、意识形态、审美等多方面碰撞冲突的深入关切。王宏志以此为出发点讨论了严复、梁启超等为代表的晚清翻译风尚,鲁迅"硬译"理论及其与梁实秋的论争,瞿秋白的翻译思想等。而白立平专著《翻译家梁实秋》(商务印书馆 2016 年版)亦明确表示是以列夫威尔的翻译理论为基础展开对梁实秋翻译活动的综合考察,均提供了具有说服力的研究实践。

　　笔者在此没有可能从如上各个方面全面深入地检视新月社的翻译活动,仅可稍微触碰一些比较明显的翻译现象,着重以胡适、梁实秋、徐志摩、陈西滢、余上沅、叶公超、邵洵美等人在新月时期译介活动中的相互呼应为线索,兼及其他,借以管窥新月知识分子的文化理想、政治立场、审美趣味、身份建构和交际网络等,以期引发更多深入的思考。

　　综而观之,不仅新月成员个体的翻译活动,而且新月所办刊物、书店在译介外国文学文化方面倾力也是不少的。徐志摩任《晨报副刊》主编时期创办的《诗镌》发表过有关译诗的文章①,《剧刊》,则介绍了莎士比亚、莫里哀、伏尔泰、辛额等西方戏剧家。《新月》办刊的 6 年中,刊载约 110 篇译作,介绍了莎士比亚、拜伦、雪莱、济慈、罗塞蒂、先拉斐尔派、布莱克、白朗宁夫人、曼殊斐儿、哈代、W.H.戴维斯、高尔斯华绥、萧伯纳、奥尼尔、爱伦·坡、欧·亨利、泰戈尔、易卜生、波特莱尔、伍尔夫和莫洛亚等诗人作家,涵涉欧美文学从浪漫主义到现代派的重要代表。社科领域更为广泛,内容涉及社会学、政治学、法律、经济、教育、哲学、宗教、法学、教育学等多个方面②,特设的"书报春秋""海外出版界"两个栏目刊发大量海外著作的书评,及时

① 天心:《随便谈谈译诗与做诗》,《晨报诗镌》第 8 号,1926 年 5 月 20 日。

② 有代表性的,如潘光旦节译美国耶鲁大学教授 Ellsworth Huntington 的《客观环境、自然选择和历史发展影响下的种族特征》(The Character of Races, as Influenced by Physical Environment, Natural Selection, and Historical Development,原文最初发表于 1925 年《美国历史评论》(The American Historical Review)第 30 卷第 3 期上,潘光旦选译其中关于中华民族性的四章,以《自然淘汰与中华民族性》为题发表;徐志摩译美国实用主义哲学家 John Deway 的《杜威论革命(游俄印象之一)》;黄肇年译英国政治理论家拉斯基(Harold Joseph Laski)的《共产主义历史的研究》及《苏俄统治下之国民自由》;罗隆基译拉斯基的《服从的危险》(The Dangers of Obedience)和《平等的呼吁》(A Plea for Equality);梁实秋译美国哈佛大学教授 P.E.More 的《资产与法律》;刘杰敖译日本政治学家高桥清吾的《政治气象学——政治科学的新方向》;刘英士译美国社会学家 Warren S.Thompson 的《关于中国人口问题的一篇外论》;彭基相节译意大利哲学家 Giovanni Gentile 的《教育改造》(Reform of Education);阮子蔚译美国历史、宗教、哲学家 Will Durant 的《世界十大思想家》;梁实秋译英国学者 Jane Ellen Harrison 的《艺术与宗教仪式》(Ancient Art and Ritual,Chap.I)等。

跟踪关注海外出版动态。1931 年创办的《诗刊》季刊,出刊 4 期,发表译诗
16 首。而作为新月人办刊余绪,1934 年 5 月创办于北京的《学文》月刊,仅
出 4 期,每期也刊发译介文章:李健吾论法国文学,闻家驷论波德莱尔,卞之
琳翻译了 T.S.艾略特的名篇《传统与个人才能》,梁实秋则翻译了《莎士比
亚论金钱》,都是有分量的文字。新月书店出版的近百种书中,译著占到 24
种,约四分之一,涉及人文社科等多个领域(见附录五)。

　　有研究者说,"从选材不难看出,新月群体在翻译方面唯美与实用并重
的思想,一方面通过翻译诗歌来探索中国的新诗建设,另一方面在中国社会
转型期翻译外国的社会科学著作,寻求社会进步的良方"①,这一概括大致
不错,当然还可以加上小说、戏剧等其他文类的译介探索。而叶公超在
《〈新月小说选〉序》中谈及 20 世纪 30 年代小说创作的三种趋势时说,"当
时《新月》这班人都受了西洋文学的影响,又对自己的社会正在发生了一种
新兴的兴趣,便试图以西洋文学的技巧,来表现传统社会中人物的真实生
活。"②如其所言,不管是具体的某个新月成员,还是发表作品的报纸副刊与
杂志,抑或作为出版商的新月书店,对外来文化的甄选译介均非任意而为,
而是有意识有策略的主动行为,与其秉奉的文化理念有着内在的因应。

　　1926 年,胡适发表《我们对于西洋近代文明的态度》(收入《胡适文存》
第 3 集),此文可视为他"谈西化或现代化议题的总纲领"③。在文中,胡适
明确表示要扭转中国人牢不可破的一个观念,即中国的物质文明不如西方,
但中国的精神文明则凌驾在西方之上。在他看来,一个为了温饱而挣扎于
贫病边缘的民族是创造不出高等的精神文明的。1926 年 10 月 11 日,胡适
从英国写了一封七页手稿的长信给他的老师杜威,剖析自己近年来思想上
的转变,说"我已经彻底地摆脱了'东方主义'的这个阶段","'现代西方文
明'在充分提供物质需要的同时,能高度满足人类精神上的需要","我已经
变得比西方人更西方!"④所以胡适说不愿意给西方人演说,因为他们期待
的是带着"东方意味"的信息,而他给不了像泰戈尔那样"批评讥讽物质的
西方,歌颂东方的精神文明"的信息。类似的态度,他在同期写给美国女友

---

① 黄立波:《新月派的翻译思想探究:以〈新月〉期刊发表的翻译作品为例》,《外语教学》2010
　　年第 3 期。
② 叶公超:《〈新月小说选〉序》,见关鸿、魏平主编:《新月怀旧——叶公超文艺杂谈》,学林出
　　版社 1997 年版,第 164 页。
③ 周质平:《光焰不熄:胡适思想与现代中国》,九州出版社 2012 年版,第 84 页。
④ 转引自周质平:《光焰不熄:胡适思想与现代中国》,九州出版社 2012 年版,第 111—112
　　页。查《胡适全集》,该信未收入。值得一提的是,1924 年泰戈尔访华,胡适持欢迎态度,
　　显然出于其"容忍"精神,而非观念上的认同。

韦莲司的信中也表露过①。所以他不避"扬家丑",直言:"我们必须承认我们自己百事不如人,不但物质机械上不如人,不但政治制度不如人,并且道德不如人,知识不如人,文学不如人,音乐不如人,艺术不如人,身体不如人。"②

胡适对待西方文化"拿来主义"的态度无须讳言,而在他为中国的民族复兴所开列的"研究问题,输入学理,整理国故,再造文明"(《新思潮的意义》)路径中,译介外来文学文化无疑属于"输入学理"这不可或缺的一环。早在新文化运动之初,胡适就指陈严复、林纾式以古文、半文半白译书的失败,决心"做两件事:一是不作古文,专用白话作文;二是翻译西洋和现代的文学名著"。③ 1918年6月,他与罗家伦合译易卜生《娜拉》全本剧本刊载于《新青年》"易卜生专号",直言其目的一是"借戏剧输入这些戏剧里的思想",看重的"并不是艺术家的易卜生乃是社会改革家的易卜生",另一目的则是要输入"范本"。④ 回顾历史,这一实用性考量几乎贯穿整个民国时期,中国文艺界对西方文化的关注与引介几乎与西方同步,这既是他们敏锐开放的西方视界的反映,也折射出"五四"后中国学人渴望跟上世界文明进程的焦虑。

胡适不但提倡白话诗,也是倡导用现代白话翻译的先锋。他力主白话文必不能避免"欧化",只有欧化的白话充分吸收西洋语言的细密的结构,才能传达复杂的思想、曲折的理论,应付新时代的新需要。他说,能够充分吸收西洋文学法度技巧的作家,"成绩往往特别好,作风往往特别的可爱"⑤。这就不难理解,为何他将译诗十余首也收入自己的诗集。比如收入《尝试集》的《老洛伯》(*Auld Robin Gray*)一诗,原诗作者是苏格兰女诗人Anne Lindsay夫人(1750—1825)。胡适在诗前小序中说,之所以翻译这首诗人21岁之作,是因为"此诗向推为世界情诗之最哀者。全篇作村妇口

---

① 胡适1926年9月5日在巴黎给韦莲司的信中说:"当我听到泰戈尔的演说,我往往为他所谓东方的精神文明而感到羞耻。我必须承认,我已经远离了东方文明……"转引自周质平:《胡适与韦莲司:深情五十年》,北京大学出版社1998年版,第57页。

② 胡适:《介绍我自己的思想》,初刊《新月》第3卷第4号,收入1930年12月上海亚东图书馆初版《胡适文选》。

③ 胡适:《中国新文学大系·建设理论集·导言》,见《胡适全集》第12卷,安徽教育出版社2003年版,第292页。

④ 胡适:《论译戏剧——答T.E.C等》,原载1918年9月《新青年》第6卷第3号,见《胡适文集》(3),人民文学出版社1998年版,第108页。

⑤ 胡适:《中国新文学大系·建设理论集·导言》,见《胡适全集》第12卷,安徽教育出版社2003年版,第286页。

气,语语率真,此当日之白话诗也。"①以"白话"促"白话",可见选译并非随意,而是别有"寄托"。收入同集中、译自美国诗人 Sara Teasdale 的《关不住了》,则被视为胡适"借一首译诗的顺利,为白话'新诗'开了路……通过模仿和翻译的尝试,在五四运动时期促成了白话新诗的产生。"②在给曾孟朴的信中,胡适不吝表达对前辈翻译家伍光建的钦佩,因为后者译的大仲马《侠隐记》十二册,"用的白话最流畅明白",且用气力炼字炼句,十分谨严③。

　　这就谈到了胡适对待翻译的态度和翻译标准。他在不同场合均表示过"翻译之难"④,"译书不是一件容易的事",译者需有明确的责任意识,多翻字典,才有可能尽量避免硬伤和低级错误⑤。他坦言:"我自己作文,一点钟平均可写八九百字;译书每点钟平均只能写四百多字……译书第一要对原作者负责任,求不失原意;第二要对读者负责任,求他们能懂;第三要对自己

---

① 胡适:《〈老洛伯"Auld Robin Gray"〉序》,收入《尝试集》,1920 年 3 月上海亚东图书馆初版。此据《胡适全集》第 10 卷,安徽教育出版社 2003 年版,第 80 页。另,有人注意到:胡适的译诗情诗占多半,自己写的诗却理胜于情。这一方面是因为个人创作顾虑较多,而翻译不致影射到本人,可只选自己喜欢的题材。另一方面,也说明胡适不是寡情之人,只是他的情是受到极度压抑的,他许多凄艳动人的译诗多少宣泄了他这方面的抑郁。据统计,《尝试集》中有译诗 3 首,计《老洛伯》《关不住了》《希望》都是情诗。《去国集》中有译诗两首,《墓门行》也可视为情诗。《尝试后集》中,共有译诗 9 首,其中言情的有 5 首,计白朗宁《你总有爱我的一天》《别离》《译薛莱的小诗》《月光里》《译莪默诗两首》。见周质平:《光焰不熄:胡适思想与现代中国》,九州出版社 2012 年版,第 260 页。
② 卞之琳:《五四以来翻译对于中国新诗的功过》,见王克非编:《翻译文学史论》,上海外语教育出版社 1997 年版,第 219 页。另外,胡适在其《短篇小说一集》(1919 年 10 月上海亚东图书馆初版收 10 篇,后再版加入 1 篇)译者自序中说,有几篇是用文言译的,来不及改译,亦可说明他对用白话翻译的重视。胡适:《〈短篇小说一集〉译者自序》,见《胡适全集》第 20 卷,安徽教育出版社 2003 年版,第 229 页。
③ 胡适:《论翻译——与曾孟朴先生书》,见《胡适文集》(3),人民文学出版社 1998 年版,第 223 页。
④ 胡适:《翻译之难》,见《胡适全集》第 20 卷,安徽教育出版社 2003 年版,第 432—434 页。1924 年,徐志摩收到剑桥大学中国文学教授翟尔斯(H. A. Giles,今译翟里斯)寄来其翻译胡适的《景不徙篇》第三章,胡适看后认为翟里斯第三章翻译全错,以致题目也全错,"题为'现象实际',竟把一首言情的诗化成一首谈玄的诗"。胡适将翟里斯译文和原诗录于文中。原诗如下:"飞鸟过江来,投影在江水。鸟逝水长流,此影何尝徙?风过镜平湖,湖面生轻绉。湖更镜平时,毕竟难如旧。为他起一念,十年终不改。有召即重来,若亡而实在。"
⑤ 胡适:《谈字典的功用》,见《胡适全集》第 20 卷,安徽教育出版社 2003 年版,第 435—438 页。胡适此文作于 1925 年 4 月 25 日,批评了王统照翻译的郎弗楼(Longfellow)长诗《克司台凯莱的盲女》多处谬误,表示"负一时文誉如王统照先生者,也会做这种自欺欺人的事,我真有点'心溃涌,笔手扰'了。"

负责任,求不致自欺欺人。这三重担子好重呵!"①1933 年 6 月 27 日,胡适在太平洋的船上,为即将出版的《短篇小说二集》作序称,自己的译作《短篇小说一集》"行销之广,转载之多"超出个人的预期,"可算是近年翻译的文学书中流传最广的。这样长久的欢迎使我格外相信翻译外国文学的第一个条件是要使它化成明白流畅的本国文字。"②并强调,一切翻译都应以"明白流畅"为基本条件。对此,胡适采用的翻译手段是"直译可达,便用直译;直译不易懂,婉转曲折以求达意。"有些原句无关紧要、译了反倒费解的,便删去不译③。而与其相类的观点,其同人陈西滢也曾表示过④。基本上,要求翻译首先要顺畅准确,是新月同人比较一致的态度。

如前所述,以胡适为精神领袖的新月群体,对待翻译是"决不翻译二流著作"(见胡适《建设的文学革命论》),而他们对翻译《莎士比亚全集》的宏大规划正是这一理念的具体施行。1930 年 7 月,庚子赔款建立的中英文化基金会第六次年会在南京召开,会上决定将原有的"科学教育顾问委员会"改组为"编译委员会"。一向热心于翻译事业的胡适受聘担任委员长,负责组织机构和主持编译工作。作为主任委员,胡适为此专门拟定了一份《编译计划》⑤,涵括编译主旨、进行程序、选书、译者、审查、译费与审查费七个方面,并立译书规约,如一律用白话文、用新式标点符号、人名和地名译音以国音为标准、非注不能明之处需加注释、译书既要不失作者本意又要使读者能懂、译者要充分置备字典辞书、"有疑则查,不可自误误人"等要求。

1930 年 12 月 23 日,胡适致信时任青岛大学外文系主任的梁实秋,告知他的翻译设想,其中一个规划即新月同人合力于《莎士比亚全集》的翻译:"编译事,我现已正式任事了……拟请一多与你,与通伯、志摩、公超五人商酌翻译 Shakespeare 全集的事,期以五年十年,要成一部莎氏集定本……最要的是决定用何种文体翻译莎翁。我主张先由一多试译韵文体,另由你和通伯试译散文体。试验之后,我们才可以决定,或决定全用散文,

① 胡适:《译书》,见《胡适全集》第 20 卷,安徽教育出版社 2003 年版,第 429 页。

② 胡适:《〈短篇小说二集〉序》,见《胡适全集》第 42 卷,安徽教育出版社 2003 年版,第 379 页。按:该集上海亚东图书馆 1933 年 9 月出版,收小说 6 篇,分别为美国作家哈特(Francis Bret Hart)2 篇、俄国作家契诃夫 2 篇、美国作家欧·亨利 1 篇,英国作家莫里孙(Arthur Morrison)1 篇。

③ 胡适:《〈戒酒〉小序》,《新月》第 1 卷第 7 期,1928 年 9 月 10 日出版。

④ 陈西滢:《论翻译》,《新月》第 2 卷第 4 期。文中,陈对严复、曾朴的翻译观均不认同,认为"译文学作品只有一个条件,那便是要信。"

⑤ 胡适:《编译计划》,见《胡适全集》第 20 卷,安徽教育出版社 2003 年版,第 566—568 页。

或决定用两种文体。报酬的事当用最高报酬。此项书销路当不坏,也许还可以将来的版权保留。"①该信至少包含了这几方面的信息:选材(莎士比亚的作品)、由谁来译(闻一多、梁实秋、陈通伯、徐志摩、叶公超)、如何译(用何文体,先试验再决定)、报酬问题(报酬很高)。1932 年 2 月 25 日,在给梁实秋等人的信里,胡适对翻译的具体步骤、分工、稿酬、翻译文体、翻译方法,以及如何对待新的译本等做了更为详细的安排②。值得一提的是,是梁实秋在其《关于莎士比亚的翻译》一文中转引此信,用"○○"隐去了具体的翻译报酬,但可以肯定的是,作为一个半官方的文化机构,"中基会"有较雄厚的资金,完全有能力支付"最高报酬"。③

由于各种原因,其他四人并未参与莎译④,最终由梁实秋一人于 1967 年完成了《莎士比亚全集》的翻译工作。梁实秋多次提及胡适对他翻译莎士比亚的影响,他说:"我译莎翁剧,不是由于我的选择,是由于胡适之先生的倡导正合于我读第一流书的主张,我才接受了这个挑战","在我翻译莎氏之前我已经译了几本书……这时期我没有翻译标准和计划,只是捡自己喜欢的东西译。幸而胡适之先生提议并翻译莎氏全集,使我有了翻译的方向。"梁实秋坦言,"我之所以能竟全功,得益三个力量的支持:第一是胡适之先生的倡导。他说俟全部译完他将为我举行盛大酒会以为庆祝,可惜的是译未完而先生遽归道山……第二是我父亲的期许……最后但非最小的支持来自我的故妻程季淑……"⑤,"若没有胡先生的热心倡导,我根本不会走上翻译莎翁的路。胡先生自己对于莎士比亚并无深入的研究,但是他知道翻译莎翁之重要,并且他肯负责的细心的考虑这一个问题。"⑥不难看出,父亲和妻子为梁实秋提供了精神和生活的支持,而在如何翻译莎士比亚上,胡适的影响不言自明。在译书"只译名家著作,不译第二流以下的著作"上,他们意见高度一致。可以说,以胡适为首的委员会充当了梁实秋翻译莎士

---

① 胡适:《致梁实秋》(1930 年 12 月 23 日),见《胡适全集》第 24 卷,安徽教育出版社 2003 年版,第 63 页。
② 参见胡适:《复闻一多、梁实秋》(1931 年 2 月 25 日),见《胡适全集》第 24 卷,安徽教育出版社 2003 年版,第 77—80 页。
③ 参见白立平:《翻译家梁实秋》,商务印书馆 2016 年版,第 286 页。
④ 只有徐志摩 1931 年秋译过《罗密欧与朱丽叶》第二幕第二景,作为遗稿先发表在《新月》第 4 卷第 1 期,又复载《诗刊》第 4 期,1932 年 7 月 30 日。
⑤ 梁实秋:《岂有文章惊海内——答丘彦明女士问》,见陈子善编:《梁实秋文学回忆录》,岳麓书社 1989 年版,第 89、83、85 页。
⑥ 梁实秋:《关于莎士比亚的翻译》,见梁实秋、余光中:《翻译的艺术》,台北晨钟出版社 1970 年版,第 98 页。转引自白立平:《翻译家梁实秋》,商务印书馆 2016 年版,第 278 页。

比亚最初的"赞助人"。除此之外,胡适还更充当了"专业人士"的身份,对梁实秋具体的翻译工作诸如有关版本、文体、注释、标点符号等都有较大影响。比如,开始翻译时,梁实秋想不加注解而能使读者明了原文,译了几本之后胡适要求其加注解,他就补加了,因而最初译的四五本注解较少,以后越加越多。而梁实秋也坚持了译者的主体性,有选择的加注,并不以多取胜①。

在梁实秋着手翻译莎士比亚期间,余上沅也撰文《翻译莎士比亚》(《新月》第3卷第5、6号合刊)予以支持。梁实秋早年在清华读书期间与余相识,当时余上沅在清华教务处任职员,梁实秋曾选修过余开的翻译课,两人有"一个学期的师生之谊",而梁实秋也"一直以兄长视之",后他们同船赴美留学,余上沅在美专修戏剧专业。回国后,二人曾同时任教东南大学,"比邻而居"。其后到上海,余上沅任新月书店兼经理,也为《新月》月刊撰稿。1928年9月,余北上任职"中基会"秘书②。在文中,余上沅以日本、匈牙利、德国等国翻译莎士比亚作品取得的良好效果,呼吁中国尽快着手翻译《莎士比亚全集》:"切望国内有心人们一致主张,促成翻译莎士比亚的实现。我愿随诸君子之后,竭尽绵薄"。总之,胡适主持"中基会"编译委员会,倡导并指导了梁实秋翻译莎士比亚的工作。而余上沅则是"中基会"的秘书,他的撰文及其后排演梁译《威尼斯商人》《奥赛罗》等莎士比亚戏剧,对梁实秋翻译莎士比亚作品也是很大的支持。

除了翻译莎士比亚作品之外,梁实秋还在《新月》月刊上发表一系列文章,其中就"硬译"与"文学的阶级性"问题与鲁迅发生的论战,已为学界熟知。梳理论战的前前后后(详见第四章),会发现这不仅仅是翻译字句正误、直译意译问题,还关涉译者翻译选材的问题,其中折射出的则是译者文化观念与政治立场的不同。此乃论战火药味儿十足的根由所在。及至论战升级到"骂人"层次,尤可见出从翻译标准问题日益演化为幕后的意识形态问题——在险恶政治环境下,甚至危及对方的人身安全③。

---

① 梁实秋:《岂有文章惊海内——答丘彦明女士问》,见陈子善编:《梁实秋文学回忆录》,岳麓书社1989年版,第84页。

② 梁实秋:《悼念余上沅》,见陈子善编:《梁实秋文学回忆录》,岳麓书社1989年版,第362—367页。

③ 陈思和先生对梁、鲁之间的"骂人"有过深刻分析:梁实秋在《答鲁迅先生》《"资本家的走狗"》等文中不断暗示对手是"共产党""领取苏联津贴"等,虽非告密之举,但在客观上起了提醒统治者,并进一步想利用统治者的权力和屠刀来消灭论敌的作用,因为在20世纪30年代的恐怖时期被称作"共产党"是要杀头的。这才是鲁迅拍案而起、怒不可遏的原因,也是鲁迅写《"丧家的"》"资本家的乏走狗"》一文、并在"走狗"前加上"乏"字的用心所在。见《思和文存》,黄山书社2013年版,第96页。

作为新月文学批评的担当,梁实秋此番论战的政治立场与理论资源实可探究。"他的政治立场是他所信奉的新人文主义思想的必然体现——他在哈佛的老师、新人文主义的倡导者白璧德就不认同共产主义思想。这种政治观影响了梁实秋的翻译观,尤其是对于翻译什么及不翻译什么有重要的影响。梁、鲁论战伊始,就围绕卢梭作品本身展开,这其实是有关翻译选材的争论。卢梭是浪漫主义代表人物之一,恰恰是以白璧德为首的新人文主义者攻击的对象。卢梭提倡的自由平等观念的引入,对于普罗文学的传播有积极的影响,由是他们关于卢梭的争论,不仅涉及了浪漫主义与新人文主义之间纯文艺问题的争论,而且涉及了政治意识形态领域。这一现象充分展示了翻译不是纯粹的文字转换过程,而是与译者的翻译动机有密切关系"。梁实秋花很大篇幅批评鲁迅的"硬译",其实更反对的是鲁迅翻译的苏联的文艺政策以及无产阶级文学作品。他反对文学成为意识形态与政治的工具,但他有时也自觉不自觉地操起了翻译这个武器,去批判某一政治意识形态①。

由此观之,翻译很大程度上扮演了作者心声的代言者角色。如论者所言,这一场论战,"说话"的不只是梁实秋与鲁迅,不只是郁达夫,连卢梭、白璧德、辛克莱尔、穆尔、法捷耶夫、波龙斯基、列宁等也"应邀"参战了,他们帮着论战双方来说话,或者说在这个时候,翻译本身在"说话"了——不仅是原作,原作者也被赋予了新的生命②。

事实上,除了上述以"文字"出场的人物,新月同人则在现实中发声,以不同方式表达对梁实秋的认同与支持。比如,1932 年 11 月 20 日,已在青岛大学任外文系主任兼图书馆长的梁实秋寄给《新月》实际主编者叶公超一封论翻译的信(载《新月》第 4 卷第 5 期),批评鲁迅译的普列汉诺夫的《艺术论》,经过"由俄而英,由英而日,由日而中"三道转贩的不可靠,叶公超马上即在第 6 期作了呼应,题为《论翻译与文字的改造——答梁实秋》,发表其对翻译问题的见解,赞扬徐志摩翻译的布莱克(Blake)《猛虎》第一节"抓了原诗的神味"的同时,表示"译诗是几乎不可能的","就是鲁迅的'直译'和赵景深的'曲译'、J.K.(瞿秋白)的翻译要'绝对的正确和绝对的中国白话文',也不见得有办法"。一扬一抑,对照明显。其后,过了两年,对翻译问题持续关注的邵洵美又撰文历数文学作品翻译在中国曾经有过的"五次的热闹",据其上下文,第五次即梁、鲁及后来延至的赵景深等人的翻

①　白立平:《翻译家梁实秋》,商务印书馆 2016 年版,第 265—270 页。
②　白立平:《翻译家梁实秋》,商务印书馆 2016 年版,第 272 页。

译论争。文中说,关于翻译,引起最大辩论的,"当推鲁迅等所谓的'意译''直译'与'硬译'",赵景深的"宁曲毋硬",鲁迅的"宁硬毋曲"都"为识者所不齿"——"原因是他们太把翻译当为是商业的或是政治的事业,而忽略了它是一种文学的工作"。① ——强调文学的纯粹自由,反对与革命、政治等功利性目的挂钩,这一文学观念同样地浸透于新月群体的翻译观中,自办刊物则为迅速直接地宣告其理念提供了最佳平台。恰如论者所言,无论杂志还是社团,"对待文学的方法都是纲领性的,是在竞争和敌对中,而不是在合作和宽容中进行文学实践;同时,这两者也不致力于在丰富和多元的环境中和平共存……而是都试图去控制整个文坛,并为'主流'的成长建立理论性的指导原则。"②

　　作为文学翻译的先锋,胡适力倡翻译短篇小说。胡适在北大国文学会的一次演讲(后题为《论短篇小说》)中指出,中国迫切需要别样的短篇小说,这样的小说与那种流行的有关"某生……游某园,遇一女郎"的流行故事不同,可以"用最经济的文学手段,描写事实中最精彩的一段",它关注具体的人物和事件,不矫饰,不用陈腔滥调,力图展现"一个人的生活,一国的历史,一个社会的变迁"③的一个断面。为此,胡适本人身体力行,先后出版了两部短篇小说译作集。而在新月同人的"集体"动作中,对英国两位女作家曼殊斐儿④与弗吉尼亚·伍尔夫其人其作的介绍尤为突出,其中胡适、陈西滢、徐志摩、叶公超、梁实秋、邵洵美等人之间的协作对话密集多样,也因此与外界发生了相应的冲突。

　　1923 年 1 月,曼殊斐儿因肺病英年早逝,年仅 34 岁。大约其逝世前的半年,1922 年 7 月,徐志摩自英返乡前,刚刚在伦敦拜访过曼殊斐儿。那次会面不过二十分钟,但对徐志摩的影响却很深。曼殊斐儿去世后,徐志摩发表一系列文字纪念、介绍她。1923 年 3 月 11 日,作诗《哀曼殊斐儿》,以梦

---

① 邵洵美:《谈翻译》,载《人言周刊》第 1 卷第 43 期,1934 年 12 月 8 日,见陈子善编:《洵美文存》,辽宁教育出版社 2006 年版,第 130—132 页。前四次分别指:第一次是林纾译《茶花女》,第二次是郭沫若译《少年维特的烦恼》,第三次是易坎人等译辛克莱的暴露派小说,第四次是洪深译《西线无战事》。

② [荷]贺麦晓(Michel Hockx):《文体问题——现代中国的文学社团和文学杂志(1911—1937)》,陈太胜译,北京大学出版社 2016 年版,第 4 页。

③ 胡适:《论短篇小说》,见《胡适文集》(3),人民文学出版社 1998 年版,第 46、47 页。

④ 曼殊斐儿:今译曼斯菲尔德(Katherine Mansfield,1888—1923),英国女作家,短篇小说大师,生于新西兰惠灵顿,后到英国生活,从事文学创作。1918 年同麦雷(John Middleton Murry,1889—1957,英国批评家、编辑、诗人)结婚。代表作有短篇小说集《幸福》(Bliss)、《园会》(Garden Party)等。

境开篇，"我昨夜梦入幽谷，/听子规在百合丛中泣血，/我昨夜梦登高峰，见一颗光明泪自天坠落"，他感叹"我与你虽仅一度相见——/但那二十分不死的时间！/谁能信你那仙姿灵态，/竟已朝露似的永别人间？"在徐志摩心目中，她是闪耀在前的"明灯似的理想"，她让他明了"爱是实现生命之唯一途径"。一周后，该诗即发表于胡适主编的《努力周报》（3月18日第44期）。同时，徐志摩作散文《曼殊斐儿》回顾与曼殊斐儿相见恨晚的会面，又称"那就是我初次，不幸也是末次，会见曼殊斐尔——'那二十分不死的时间！'"，并称早已知自己患肺病活不久长的曼殊斐儿，决定"活他一个痛快"的方法，不是像茶花女那样一边吐血一边纵酒恣欢，而是"在文艺中努力……给苦闷的人间几分艺术化精神的安慰"；凭借《幸福》（*Bliss*）和《园会》（*Garden Party*）两本小说集中的二三十篇小说，已经在英国文学界占了"很稳固的位置"，她的小说是"纯粹的文学，真的艺术"，绝不随俗大众口味。而曼殊斐儿是私淑契诃夫的，"曼殊斐尔文笔的可爱，就在轻妙——和风一般的轻妙。"①

在徐志摩看来，"曼殊斐儿是个心理的写实家"，"随你怎样奥妙的细微的曲折的，有时刻薄的心理她都有恰好的法子来表现"，"短篇小说到了她的手里，像在柴霍甫（她唯一的老师）的手里，才是纯粹的美术（不止是艺术）"，形式与本质完美结合，"清切、神妙、美。"②

1925年3月，徐志摩第二次欧游，专到法国凭吊曼殊斐儿："我这次到欧洲来倒像是专做清明来的；我不仅上知名的或与我有关系的坟，……在枫丹薄露上曼殊斐儿的坟……"③而自与曼殊斐儿会面始，至其去世的前一年（1922—1930年），徐志摩持续译介曼殊斐儿作品，计有短篇小说9篇，译诗3篇，译文1篇④。1924年11月，由商务印书馆出版翻译小说集《曼殊斐儿》（系《小说月报丛刊》第3种），内收徐志摩译《一个理想的家庭》、陈西

---

① 该文发表于《小说月报》第14卷第5号，1923年5月10日，见韩石山编：《徐志摩全集》，天津人民出版社2005年版，第220—236页。

② 徐志摩：《再说一说曼殊斐儿》，见韩石山编：《徐志摩全集》第2卷，天津人民出版社2005年版，第52页。

③ 徐志摩：《欧游漫录》，收入《自剖》，见韩石山编：《徐志摩全集》第2卷，天津人民出版社2005年版，第100页。

④ 短篇小说有《一个理想的家庭》《巴克妈妈的行状》《园会》《夜深时》《幸福》《刮风》《一杯茶》《毒药》《苍蝇》，3首译诗为《会面》《深渊》《在一起睡》，载南京《长风》半月刊第1期，1930年8月15日。在这三首译诗前，徐志摩写有一篇小记，称这三首诗很可能是曼殊斐儿写给他夭死的弟弟的，说"我的翻译当然是粗率到一个亵渎的程度，但你们或许可以由此感到曼殊斐儿，低着声音像孩子似的说话的风趣。"另有译文为《金丝雀》，载《晨报·文学旬刊》1923年6月21日。

滢译《太阳与月亮》、徐志摩作《曼殊斐儿》、沈雁冰作《曼殊斐儿略传》。1927 年 4 月，上海北新书局出版翻译小说集《曼殊斐儿小说集》(7 月再版，为欧美名家小说丛刊之一)，内收《园会》《毒药》《巴克妈妈的行状》《一杯茶》《夜深时》《幸福》《一个理想的家庭》《刮风》8 篇小说和徐志摩作《曼殊斐儿》。

徐志摩之所以翻译曼殊斐儿的小说，除了交情，还由于文学倾向和艺术风格类似。徐志摩文学观的核心是"灵感"与"情感"，他"相信文艺的生命是无形的灵感加上有意识的耐心与勤力的成绩。"受剑桥文化的洗礼，他执着地追求"爱、美和自由"三位一体的人生，而曼殊斐儿的人生和作品在他的眼里正如此理想。虽然生命短暂，但其小说标志着西方现代短篇小说的成熟。她的小说不设奇局，注重从看似平凡之处发掘人物情绪的变化，对于人生的观察微妙深刻，文笔简洁而富有诗意①。另外不能忽略的原因或许是，他们都不愿过多介入政治，曼殊斐儿曾当面对徐志摩表示希望他"不进政治"，因为"现代政治的世界，不论哪一国，只是一乱堆的残暴和罪恶"。

不只自己大力译介曼殊斐儿，徐志摩还推动同人也参与其中："我的好友陈通伯(按：即陈西滢)他所知道的欧洲文学恐怕在北京比谁都更渊博些。他在北大教短篇小说，曾讲过曼殊斐儿的，这很使我欢喜。他现在也答应也来选译几篇，我更要感谢他了。关于她短篇艺术的长处，我也希望通伯能有机会说一点。"②而陈西滢此后的确撰写了一篇长文《曼殊斐儿》，借由新出版的《曼殊斐儿日记》(*Journal of Katherine Mansfield 1914—1922*, Edited by J.M.Murray, Constable, 7/6)对其生平、创作历程、创作风格等做了全面介绍，认为曼殊斐儿的小说，尤其是后期作品对"人心的剖解""确切不移，纤细毕现"；她是一位"郑重"对待创作的"超绝一世的微妙清新的作家"，她厌恶中产阶级的生活，厌恶平常的所谓交际，但并非不爱朋友，相反的，而是"我愿意爱我的朋友"③。此外，陈西滢还翻译了曼殊斐儿小说 4 篇，均发表于《新月》月刊④。

据胡适言，翻译曼殊斐儿的小说是"民国十二年，我和志摩先生发起"

① 黄红春、王颖：《新月派翻译理论与实践中的文学观》，《南昌大学学报(人文社会科学版)》2017 年第 2 期。

② 徐志摩：《曼殊斐儿》，载《小说月报》第 14 卷第 5 号，1923 年 5 月 10 日。见韩石山编：《徐志摩全集》第 1 卷，天津人民出版社 2005 年版，第 224 页。

③ 陈西滢：《曼殊斐儿》，《新月》第 1 卷第 4 期，1928 年 6 月 10 日。

④ 分别为《娃娃屋》(第 1 卷第 5 期)、《一个没有性气的人》(第 1 卷第 12 期)、《贴身女仆》(第 2 卷第 1 期)、《削发》(第 2 卷第 8 期)。

的,他也曾翻译《心理》一篇,但曼殊斐儿的小说"用字造句都有细密的针线,我们粗心的男人很难完全体会",所以"译成一半就搁下了,至今不敢译下去"①。他称赞徐志摩的译笔生动漂亮,有许多困难的地方很能委曲保存原书的风味,是很难得的译本。

然而,张友松却在自家刊物《春潮》月刊第2期上发表《我的浪费——关于徐诗哲对于曼殊斐尔的小说之修改》一文②,对徐志摩翻译的《曼殊斐儿小说集》提出了批评,且语带讥讽。胡适看到此文后,显然不满,"忍不住想说几句持平的话"。1929年2月,《新月》第1卷第11期,刊发胡适的《论翻译》(作于1928年12月29日)一文,副标题是"寄梁实秋,评张友松先生《评徐志摩的〈曼殊斐儿小说集〉》"。胡适采用"书信"体表达意见,显然更易有亲近之感。此信首先呼应了梁实秋在第10期上发表的《论翻译》一文亮出的"转译究竟是不大好"的观点,进而标明作此信主要是针对张友松的文章。他说志摩不是护短的人,若有人指出其翻译的错误,一定愿意修正。但"张先生的态度未免令读者发生不愉快的感想。译书自是译书,同'哲'哪,'诗'哪,'豪'哪,有什么相干?同'他家里的某宝贝'更有什么相干?这不是批评译书,竟是有意要'宰人'了。我们同是练习翻译的人,谁也不敢保没有错误。……何须摆出这种盛气凌人的架子呢?"胡适具体辨析了张友松例举的十几条,认为"他指出的错误几乎全是他自己的错误","简直是看不懂曼殊斐儿。"胡适再次强调翻译很难,大家应该敬慎从事,批评翻译应切实归正,不必相骂,更不必相"宰"。

最后胡适问:"实秋兄,你看我说的话公平不公平?"身为主编的梁实秋,则在胡适此文末加了一个"实秋附注"回应:"胡先生所说的话实在是很'持平'",因而"把胡先生的信公开在这里,愿以后我们学翻译的人谨慎从事,蓄意批评的人也别随便发言。"

① 胡适:《论翻译——寄梁实秋,评张友松先生〈评徐志摩的曼殊斐儿小说集〉》,作于1928年12月29日,载《新月》第1卷第11期,1929年2月。

② 《新月》月刊常刊载其他出版物目录,而在第1卷第12期也刊有内含张友松此文的《春潮》月刊第2期目录。《新月》第2卷第1期上则分别刊载《春潮》月刊第3期、第4期目录,第3期中有"张友松宴请胡博士启事"一则,第4期(1929年3月15日出版)则刊登张友松的一篇《敬谢胡博士的告诫》。另有人撰文称,"1928年春,张友松创办春潮书店,还同胡适等人一起组织了翻译欧美文学小组",见翟广顺:《20世纪30年代青岛教育界作家群研究》,青岛出版社2013年版,第250页。由此看,张友松与胡适和新月同人应关系良好,但其与鲁迅的关系更为密切。而其后张友松的"宴请""敬谢告诫"等语,似可见出其试图缓和由其文引起胡适批评的紧张关系。因尚未查到《春潮》原刊,作此推断,暂系于此。

　　不难读出潜台词,张友松就属"蓄意"批评之人。张友松(1903—1995)
1922年考入北京大学英文系,在校期间课余从事翻译,1925年发表第一篇
译作《安徒生评传》登在《小说月报》"安徒生专号",后陆续翻译出版过英
译本转译的屠格涅夫、契诃夫等人的小说,由于失去经济来源,北大肆业应
聘到上海北新书局当编辑,后与同学创办春潮书局和《春潮》月刊,想在出
版界开拓一条新路。在此期间(1928—1930),他与鲁迅往来密切,受到鲁
迅很大关怀和支持,鲁迅花费大量时间精力帮其约人撰稿,拟定了编辑一套
文艺小丛书的计划,还借过一笔钱给他。但后来张友松办书局失败,穷困无
奈,此笔钱成了始终没能还清的债①。而此时,正值梁实秋与鲁迅笔仗之
际,张友松此文难免不令人发生联想。

　　同一期《新月》上,"海外出版界"栏目发表了叶公超对曼殊斐儿丈夫墨
瑞编辑的《曼殊斐儿的信札》(The letters of Katherine Mansfield,By John Mid-
dleton Murry,2 Vols.Constable.15s)所作的书评,文章特别褒扬了早逝的曼
殊斐儿在承受病痛中还能发现人生的美,称她是"发光明或光明东西的
人"。"嘤其鸣矣,求其友声",叶公超的这份书评与胡适的"信"无疑构成无
声的"对话",也是对胡适、徐志摩翻译曼殊斐儿的积极呼应。

　　大约1929年5月,《新月》第2卷第2期出刊,有徐志摩《说"曲译"》一
文。他坦言自己译曼殊斐儿其实也有错误,"胡先生夸奖我的话是听不得
的",但自谦中又说,近年来的译作也是"十部里怕竟有十部是糟",尤其"我
看了'句必盈尺而且的地底地的底到不可开交'的新文,实在有些胆寒",显
然是讽刺鲁迅之语。

　　1922年5月22日,鲁迅到燕京大学国文学会做演讲,特别提到"梁实
秋有一个白璧德,徐志摩有个泰戈尔,胡适之有一个杜威,——是的,徐志摩
还有一个曼殊斐儿,他到她坟上去哭过"②,这话自然也不无讽刺。事实上,
鲁迅也很看重翻译,他曾说过"翻译并不比随便的创作容易,然而于新文学
的发展却更有功,于大家更有益"③。而以今日眼光来看,"新月"群体与鲁
迅以及左翼群体输入外来文化的初衷其实是一致的,只是在输入何种外来思
想资源以及如何输入上提供了不同的策略与路径:在一定意义上,左翼思想

---

　　①　张立莲:《怀念我的父亲张友松》,《新文学史料》1994年第2期。文中说,关于早期大学期
　　　　间的翻译工作,张友松多次在文章中或者口头讲给其女,当时主要为生计问题,着笔一味
　　　　求快,顾不上仔细推敲,"不能不承认那些译品的质量是很差的"。
　　②　鲁迅:《现今的新文学的概观》,初载北平《未名》半月刊第2卷第8期,1925年5月22日。
　　　　收入《三闲集》,见《鲁迅全集》(4),人民文学出版社1981年版,第134页。
　　③　鲁迅:《现今的新文学的概观》,见《鲁迅全集》(4),人民文学出版社1981年版,第137页。

文化以"实践理性"为特征,侧重"历史的具体性,实践的策略性与操作性";而自由主义知识分子的思想文化则以"精神理性"为特征,试图超越现实的具体性,"以人类社会的终极目标为目的,侧重于相同的利益与统一的价值"①。但是,"文学生产者总是试图进入文学场,并且最好是主宰它"②,如是,则歧见与论争势不可避免。不过,如论者所言,鲁迅的讽刺也恰恰表明,新月派不仅有留洋背景,而且有自己尊崇与交好的外国文人。他们重视中外文化交流,自然也在翻译与创作中拥有世界眼光。20世纪30年代是新月派的存续期,施蛰存曾经评述20世纪中国文学,认为发展得最好的还是20世纪30年代,说"'30年代中国文学和世界文学大体同步'。新月派站在世界文学的立场上,以西方文学为参照,努力推动中国文学与世界文学同步发展"③。

　　除了曼殊斐儿,对意识流小说的代表之一、英国女作家弗吉尼亚·伍尔夫的介绍也始于新月群体。徐志摩是将伍尔夫引入中国语境的第一人。1923年,当他为曼殊斐儿倾倒而著文时,他提到了弗吉尼亚·伍尔夫,但是很不屑地将其视为有怪癖的新潮女文人,是"背女性的","头发是剪了的,又不好好收拾,一团糟地散在肩上,袜子永远是粗纱的;鞋上不是有泥就是有灰,并且大都是最难看的样式……总之她们全人格只是一幅妇女解放的讽刺画"④。直到1928年,徐志摩第三次访问英国,接触了伍尔夫的现代派小说《到灯塔去》之后,才开始改变之前对她的成见,他写信给他的英国朋友弗莱,要求去见见这位他异常仰慕的女作家:"请你看看是否可以带我见见这位美艳明敏的女作家,找机会在她宝座前焚香顶礼。"⑤虽然没能见成,但徐志摩回国后应邀到苏州女子中学发表题为《关于女子》的演讲,力图启蒙女性心智,倡导女子独立,文中多处提及伍尔夫⑥。此文可视为受到布鲁

---

①　钱理群:《丰富的痛苦》,时代文艺出版社1993年版,第331页。

②　[荷]贺麦晓:《文体问题——现代中国的文学社团和文学杂志(1911—1937)》,陈太胜译,北京大学出版社2016年版,第5页。

③　黄红春、王颖:《新月派翻译理论与实践中的文学观》,《南昌大学学报(人文社会科学版)》2017年第2期。

④　徐志摩:《曼殊斐儿》,载《小说月报》第14卷第5号,1923年5月10日,见韩石山编:《徐志摩全集》第1卷,天津人民出版社2005年版,第225—226页。

⑤　徐志摩:《致傅来义》,《晨报副刊》1928年,见金黎明、虞坤林整理:《徐志摩书信新编》(增补本),浙江古籍出版社2017年版,第385页。

⑥　徐志摩在演讲中说:"再有就是我看到一篇文章,英国一位名小说家做的,她说妇女们想从事著述至少得有两个条件,一是她得有她自己的一间屋子,这她随时有关上或锁上的自由;二是她得有五百一年(那合华银有六千元)的进益。"这篇文章就是伍尔夫的《一间自己的屋子》。他认为现在女性作家取得了巨大成就,女作家大有超过男作家的趋势,"近时如曼殊斐儿、薇金娜伍尔夫等等都是卓然成家为文学史上增加光彩的作者。"该演讲以《关于女子——苏州女中讲稿》为题刊载于《新月》第2卷第8期。

姆斯伯里派女性主义观念影响的重要文献。徐志摩的这次演讲虽然不是以宣扬伍尔夫为目的，却是国人在国内公开场合首次提到伍尔夫，成为伍尔夫在中国传播的始端。这个开端说明，中国接受伍尔夫并不是从她的意识流小说开始的，而是她的女性主义思想契合了中国妇女要求解放的现状。徐志摩1920年以《论中国的妇女地位》获得哥伦比亚大学硕士学位，此后也写过《叔本华与叔本华的〈妇女论〉》论述百年来女性生存状况的变化，他对妇女问题的关注是持续性的。

　　1930年10月，继徐志摩后也曾在剑桥大学研习西方文学的邵洵美，在评论郁达夫的小说集《薇蕨集》时，也引伍尔夫为同调，显示出其对西方现代派文学的熟稔①。稍后，1932年8月，《新月》第4卷第1号（"志摩纪念号"）上发表了叶公超翻译的伍尔夫意识流小说名篇《墙上一点痕迹》（*The Mark on the Wall*），同时配发了"译者识"。叶公超称，伍尔夫是"近十年来英国文坛上最轰动一时的作家"，她"决对没有训世或批评人生的目的……她所注意的……乃是极渺茫、极抽象、极灵敏的感觉"，也就是描写未必逻辑连贯也不完全的那些"下意识的活动"，这一极具个性的写作风格使伍尔夫在本国招致不少批评，但有其布鲁姆斯伯里团体中的诸多好友为其辩护"保驾"②。叶公超辩证地看待伍尔夫，他说"吴尔芙的这条路是极狭小的，事实上不能作为小说创作的全部"，但是小说的基础建立于"个性的表现"，所以"吴尔芙的技术是绝对有价值的"。

　　叶公超专治文学批评，呈现出客观理性的评判姿态，与徐志摩、邵洵美二人既写诗又创作小说的作家身份多有不同。有论者在分析徐志摩的小说创作后说，徐志摩在情节结构和人物视角转换、自由联想与非逻辑的意识摹写等叙述技巧方面，虽然不及伍尔夫圆熟丰富，但其创作受到伍尔夫作品一定影响的说法，应可成立③。卞之琳在《〈徐志摩选集〉序》中就曾明确指出，徐志摩的小说《轮盘》"不但有一点像凯瑟琳·曼斯斐尔德（曼殊斐尔

---

① 邵洵美：《小说与故事——读郁达夫的〈薇蕨集〉》，载《新月》第3卷第8期，署名"浩文"。邵在文中说："近代的小说作家很多忽略了'故事'。英国女小说家吴尔芙氏也在和我同样地怨诉：'同时代的作家已失却了一切的信仰心了。他们里面最认真的也只不过写些关于他们自己的事情。他们已不会创造一个他们自己的世界了。他们也不会讲故事了，因为他们自己便先不相信那些故事是真的'。"

② 叶公超文中列举了一长串名单："傅尔斯特（E. M. Forster），白而（Clive Bell），佛莱（Roger Fry），施得拉齐（Lytton Strachey），克恩士（Maynard Keynes）和法国的莫瑞亚（André Maurios）等。此外当然还有她的丈夫，也是一位成名的作家。"

③ 杨莉馨：《论"新月派"作家与伍尔夫的精神契合与文学关联》，《南京师范大学学报（社会科学版）》2009年第2期。

现代小说,而还有一点弗吉妮亚·伍尔芙意识流小说的味道。如其不错,那么他在小说创作里可能是最早引进意识流手法"①。这一现象,约略反映出在接受西方文化上徐志摩从早期的浪漫主义到有意无意中向现代主义的日渐靠拢。而邵洵美的小说创作虽然在其文学生涯中不占显著位置,但其处女作、发表于1928年的短篇小说《搬家》,以"我"由一只祖传箱子展开对留学生活的回忆和联想贯穿全篇,主人公内心意识的流淌,不无类似"墙上的斑点"所引发的自由联想。其他如《缘分》《自白》等篇,多以第一人称"自白式"叙述视角,展现人物内心。而"赌博小说"系列(《赌》《赌钱人离了赌场》《三十六门》《输》)对赌徒心理细致入微的刻画,更可见出其对人物内心世界的精细观察。邵洵美曾有言,"主人翁不是一个人,而是一个时间或是一个空间","这世界已变得如此复杂,许多公式已经推翻,一件事物可以有无数条的定义;它已不再是一个几何形,所以谁也找不到它的中心点"②。而从邵洵美小说呈现出的某些特征,如偏重描绘人物连绵不断的幻想、由简单的印象引起无穷下意识的回想等方面来看,固然不能简单地认为系受伍尔夫的影响所致,但至少在邵洵美文学趣味的养成中,伍尔夫与他所熟知的T.S.艾略特等现代派作家是同样出现在他的视野中的。

　　在译介外来文学文化方面,新月同人除了有目的有计划地从事翻译工作,还通过一系列举措促进翻译活动。其中,新月系列刊物与历任主编、新月书店很大程度上扮演了"赞助人"的角色,具体表现在主编引导、栏目设置、稿件安排、出版译著、培育翻译新人等方面。比如,新月书店就通过译作出版、广告宣传、译著序言、翻译校对,在戏剧翻译活动中扮演了重要的赞助人角色,有利推动了国内戏剧事业的发展③。而《新月》月刊,则以叶公超执掌时期尤为显著。

　　《新月》自第1卷第8期,增设了"书报春秋""零星""海外出版界"三栏(后有变化,见附录四)。据编者介绍,"海外出版界"是要"用简略的文字介绍海外新出的名著"和"从出版界到著作家的重要消息",目的"是想使读者随时知道一点世界文坛的现状"。这一期的"海外出版界"栏目,直接由

---

① 邵华强编:《徐志摩研究资料》,陕西人民出版社1988年版,第48页。
② 邵洵美:《一个人的谈话》,上海书店出版社2008年版,第18、19页。
③ 王建丰:《新月书店对戏剧翻译活动的赞助》,《赤峰学院学报(汉文哲学社会科学版)》2014年第10期;《从〈新月〉译著广告看新月派翻译思想》,《淮北师范大学学报(哲学社会科学版)》2014年第4期。

叶公超"承包",一人撰写了所有七则消息①。其中一则介绍的是 1928 年 9 月初才会在伦敦上市的一本新文学期刊《伦敦爱佛黛娣》,而这一期《新月》出版时间是在 1928 年 10 月,叶公超据其预告写成此则消息,这种与海外出版界保持同步的介绍速度,时至今日依然是令人吃惊的。

多次访问过叶公超的秦贤次指出,"'海外出版界'构想的提出者即为叶公超先生",尽管未见到直接文字表明是叶公超提出的,但从《新月》上陆续刊出的 16 期'海外出版界'②中,主要的执笔者即为叶公超及其清华高足时为暨南大学同事的梁遇春(笔名秋心、驭聪)两人,而且从叶公超 1933 年再次担任《新月》主编后即恢复在《新月》上"消失"三年之久的'海外出版界'来看,此一判断应当切实。

叶公超与他的在清华、北大的学生们作为上述栏目的供稿人,撰写各类评介文章,显示出新月同人持续译介外国文艺输入外来文化的努力,也透出文学观念的微妙变化与某种政治倾向性。身为指导教师与《新月》主编,叶公超无疑兼任了"赞助人"与"专业人士"的双重角色,既注重及时引介国外文学新动向,又注意发现培育有潜力的翻译人选,并对其具体的翻译行为加以引导与鼓励。1932 年 9 月,叶公超接编《新月》后,就凭借他对西方诗坛正在兴起的现代主义运动的高度敏感,短时间内即组织了大量对包括艾略特在内的西方现代派诗艺的译介文章。这事实上代表了新月群体关注西方现代派文学的一路,而这一趋向也反应在后期新月诗人的创作中(详见第七章第二节)。

在培养翻译人才方面,叶公超是很用心的。翻译大家杨绛走上翻译之路就始于叶公超的提引。在清华读研究生时,叶公超托赵萝蕤来邀请杨绛同去他家里吃饭。杨绛回忆,其后不久叶先生拿给她一册英文请他为《新月》译稿,她抱着"叶先生是要考考钱锺书的未婚妻"的心理接下稿子,却发现那是一篇灰色沉闷的政论文——《共产主义是不可避免的吗》。尽管大学专业是政治学的杨绛对政论毫无兴趣,还是努力翻译出来交卷。结果"叶先生看过后说'很好',没过多久就在《新月》上刊登了。这是我生平第一次翻译。"③查该文发表于《新月》第 4 卷第 7 号,原题为《共产主义是不可

---

① 分别是:《〈伦敦爱佛黛娣〉的出现》《患忧郁病者》《天鹅的歌》《哀特门戈斯(Edmund Gosse)遗书的拍卖》《两个政治学家的死》《列宁与甘地》《妇女的社会主义》《资本主义指南》。

② 第 1 卷第 8 期至第 2 卷第 8 期,其中第 2 卷第 4、5 两期无,计 11 期;第 4 卷第 3 期至第 7 期,计 5 期。

③ 杨绛:《记我的翻译》,见《杂忆与杂写》(增订本),生活·读书·新知三联书店 2010 年版,第 337 页。杨绛此文中说,"文化大革命"期间她在交代"罪行"时记起此篇翻译,"单凭题目就可断定是反动的。所以我趁早自动交代,三十多年前的译文,交代了也就没事了。"

避免的么》,F.S.Marvin 著。这也是《新月》谢幕的最后一号,1933 年 6 月出版。发表七十年后,杨绛写于 2002 年的这篇回忆文字虽不长,但意味可算深长。

常风(常凤璩)则回忆,叶公超任主编后,"常找清华学生和北平初露头角的青年作家要稿子。一九三二后秋季开学后叶先生向我要稿子,我不敢写。他说不要怕,只要肯动笔慢慢就会写了。有一天叶先生拿了英国著名文学批评家利威斯(F.R.Leavis,一八九五——一九七八)的新书《英诗新评衡》(*New Bearings in English Poetry:A Study of the Contemporary Situation*,一九三二)和作者的两本小册子让我写一篇书评。我自己的学力与理解能力实在是不能胜任评介这位批评家的新作的。叶先生竭力鼓励我写,他还指示给我利威斯这部书的几个很重要论点。我只好根据叶先生的指点生吞活剥地看了这本书,写了篇连自己也觉得难以为情的书评交给了叶先生。"[1]此篇后以《利威斯的三本书》为题发表在《新月》第 4 卷第 6 期(署名常风),另外他还发表了《歌德之生平及其作品》(署名苏波,第 4 卷第 7 期)。

布鲁姆斯伯里集团核心成员、传记文学大家利顿·斯特雷奇的作品,亦由《新月》译介到中国。1929 年,梁遇春在《新月》第 2 卷第 3 号上发表《新传记文学谭》,把斯特雷奇作为"新传记"文学的领军人物介绍给中国读者。1932 年斯特雷奇病逝,梁遇春又专门写了"Giles Lytton Strachey(1880—1932)"一文悼念这位"瘦棱棱的,脸上有一大片红胡子的近代传记学大师",发表在当年 10 月 1 日《新月》第 4 卷第 3 号上,署名秋心。这篇论文也成为梁遇春的绝笔。作为早年也曾留学英伦的叶公超,对得意门生的英年早逝扼腕不已。1933 年除夕,他在为梁遇春散文集《泪与笑》初版写的跋中如是评价:"悼 Strachey 的文章,长篇的,我在英法文的刊物上也看过四五篇(大概只有这多吧),我觉得驭聪这篇确比它们都来得峭核,文字也生动得多。我希望将来有人把它译成英文,给那边 Strachey 的朋友看看也好"[2]。

可以指出的是,新月同人译介行为中表露出的身份意识,也是值得玩味的。这与他们多留学美英具有较高的英文造诣有关,也与他们的自我定位

---

[1]　除此之外,常风还记得老师叶公超指导其修改文章,一篇散文反反复复修改、重抄了五次,最后的稿子比初稿少了一半,终于达到要求——这篇散文就是用常风作为笔名,经叶先生发表在《新月》月刊第 4 卷第 6 期的散文《那朦朦胧胧的一团》。参见常风:《回忆叶公超先生》,见《逝水集》,辽宁教育出版社 1995 年版,第 54—55 页。

[2]　叶公超:《〈泪与笑〉跋》,见关鸿、魏平主编:《新月怀旧——叶公超文艺杂谈》,学林出版社 1997 年版,第 148 页。

相关。英文是"西方"形象在语言层面的表征,他们常常会在报刊上纠正一些翻译错误的问题,话语中常常自指"我们英美留学生",显然有挟"西方"以自重的意味,有"我们",必然就有"他们",其中透露出的"共同体"意识、有意无意的优越感,是非常明显的。换言之,译介活动也是新月知识分子建构个体身份、作为团体在"文学场"中占据位置的一种方式和表现。

1923年,胡适在《努力周报》上就曾与创造社郁达夫等人因翻译问题产生矛盾,在1923年4月1日《努力周报》第46期上,胡适发表《译书》一文,开篇就说:"《努力周报》第二十期里我的一条'骂人',竟引起一班不通英文的人来和我讨论译书。我没有闲工夫来答辩这种强不知以为知的评论。"①他以自己小说翻译实践说明"译书真不是一件容易事"。1928年2月21日,胡适写信给向他惠赠器俄戏剧三种的曾孟朴,对后者发宏愿译器俄戏剧全集表示"敬畏赞叹",同时感慨近几十年,西洋文学名著所译不足二百种,且大多出于不通外文的林琴南,真是"绝可怪诧"的事! 而英国名著至今无人敢译,还得让一位老辈伍昭扆(按:即伍光建)出来翻译,这"是我们英美留学生后辈的一件大耻辱","足令我们一班少年人惭愧汗下",他表示"我们少年人"要"努力多译一些世界名著,给国人造点救荒的粮食!"②"我们""英美留学生""我们少年人",不过几百字的一封短信里,这些字眼出现的频率之高,少年心态与精英意识表露无遗。其实,此时胡适已近不惑之年。而在跟梁实秋论翻译的通信中,胡适也曾表示赞成梁实秋的主张,说"我们研究英文的人"应该努力多译英美文学名著,不应耗费精力去做"转译"。通览《新月》月刊,类似的文字并不少见,从他们对劣质翻译毫不留情的批评,可见其对译事专业严谨的态度与天然的责任感。③

以上通过透视新月群体翻译活动中的一些现象,新月同人实践其文化理念建构文化身份的多种方式从一个侧面得以呈现。当然,其译介实践远

---

① 胡适:《译书》,载《努力周报》第46期,1923年4月1日,见《胡适全集》第20卷,第426页。

② 胡适:《论翻译——与曾孟朴先生书》,初载1930年9月上海亚东图书馆初版《胡适文存》三集卷八。见《胡适文集》(3),人民文学出版社1998年版,第222—223页。

③ 如:第2卷第2期"书报春秋"刊发刘英士评李之鸥译《帝国主义与文化》,批评李氏译文错误百出,译者以"直译"为护符,遇到难题就实行"减裁的淫威"略过不译等"说谎"行为。第2卷第6、7期合刊,罗隆基批评屠景山教授编、世界书局出版的《英国宪政论》,指此书不到百字的文章里,"就找得出十个与历史不符的大错",作者"拿做《水浒》的方法来做英国的宪政论,未免太看轻天下事了","倘不过出于情面和广告用意实则从未校阅过此书"的校阅者让此书面世,"真是十二分害了著书人",对不起屠教授,也对不起社会。

较此为丰富,比如他们对哈代、霍斯曼等英国诗人的译介,对十四行诗体的引介与创作实践,对社会科学领域尤其对英国政治思想家拉斯基的译介(详见第五章第二节)等等,均呈现出他们在"输入学理,再造文明"之路上"从思想文艺的方面替中国政治建筑一个非政治的基础"所做的多维度努力与尝试。

二、讲学复议政:"新月"文化策略的另一重面相

学界已有共识,新月社不是一个纯文艺社团,"割裂开'政治'的'新月',单谈'文学'的'新月',显然是片面的"①。具体地说,讲学复议政,可谓多数新月知识分子的基本底色,构成了新月同人文化理念实践的另一个面相。

从思想史的角度考量,新月派知识分子是以自由主义者的形象而知名于现代中国的思想界的。作为一种思想资源,自由主义不管是在西方还是在中国都有着相当丰厚的渊源与传统,研究者对此已有过精当的分析②,而从新月成员的海外教育背景来说,他们所接受的基本可以看作英美式的自由主义,现代西方教育乃至亲身实地的生活感受不约而同地化为了他们个人思想上的强大力量③。比如始终被视为新月社精神领袖的胡适,作为现代中国自由主义思想最雄辩和最具影响力的代言人,他终其一生坚持自由主义的理念并表现出竭力促其实现的诚意,这其中来自其美国老师杜威的实验主义的滋养自不待多言,他自己即坦言其思想受两个人影响最大,一个是赫胥黎,一个则是杜威:"赫胥黎教我怎样怀疑,教我不信任一切没有充分证据的东西。杜威先生教我怎样思想,教我处处顾到当前的问题,教我把一切学说理想都看作待证的假设,教我处处顾到思想的结果"④,所以"我现在的谈政治,只是实行我那'多研究问题,少谈主义'的主张。……我谈政

---

① 朱晓进:《政治文化与中国二十世纪三十年代文学》,人民出版社 2006 年版,第 71 页。
② 可参见章清:《"胡适派学人群"与现代中国自由主义》,上海古籍出版社 2004 年版,第 1—28 页。该书引言部分对西方自由主义与中国自由主义的思想传统资源做了十分精当的梳理。
③ 1948 年 9 月 4 日,胡适在北平电台题为《自由主义》的广播词中,以英美等国的政治革新为例说明:"总结起来,自由主义的第一个意义是自由,第二个意义是民主,三为和平,能够容忍反对党;四为渐进的和平改革。"他还指出,"容忍比自由还更重要"。这基本上反映了胡适对自由主义的理解。胡适:《自由主义》,见《胡适全集》第 22 卷,安徽教育出版社 2003 年版,第 740 页。
④ 胡适:《介绍我自己的思想》,作于 1930 年 11 月 27 日,载《新月》第 3 卷第 4 期。

治只是实行我的实验主义"①；而英国费边主义代表人物拉斯基的自由主义
（民主社会主义）议政也显然在他的四个中国信徒——陈西滢、徐志摩、罗
隆基、王造时那里得到了积极的响应。1929 年发动"人权运动"时，新月社
中的"政治派"人士就在罗隆基的引介下效仿"费边社"成立了类似的议政
组织"平社"，罗隆基 20 世纪 50 年代还无奈地说自己努力地改造思想，结
果脑子里装的还是拉斯基资产阶级的政治思想②……

　　尽管，有学者指出 19 世纪末到 20 世纪初年的中国知识分子历史性地
遭遇了"边缘化"③，但实际上在由"士"向"知识分子"转型过程中，"伴随现
代中国思想与学术的'权势'的转移，相对于知识阶层社会位置的边缘化，
留学生进入本土文化的管道显示的是逐步被接纳的过程，所走的恰好是一
条与之相反的上升通道。而且新式知识分子，尤其是留学海外的读书人重
新确立在社会的精英地位。"④可以看到，如同胡适喜欢引用的那句荷马的
名诗"如今我们回来了，你们看便不同了"，当新月派这批留学英美的"海
归"学成归国的时候，"吾曹不出如苍生何"的精英意识与传统士大夫"以天
下为己任"的使命感是同时交织于其身的，为变革时代的民族国家寻求建
立理想中的现代文明也就自觉地融化于他们的内心与行动。有论者在归纳
现代中国思想史上大致上被认可的自由主义群体之一——"胡适派文人"
特征时说道，他们"以自由主义信念中科学、民主、自由、人权、理性、秩序这
六个参数为内在精神导向，立足文化——学术，并通过言论干预政治。他们
倾心于自由的民主政治，主张政治——社会的渐进式改良，并把思想自由化
和政治民主化作为一种泛文化的理想来追逐，体现出政治上的自由主义和
文化上的自由主义的同步趋向"⑤，而作为通常被纳入此群体的新月知识分
子的基本理念于此也就可见一斑。

　　然而，如波普尔所言，"一个自由主义的乌托邦——在一块无传统的白

---

① 胡适：《我的歧路》，《努力周报》第 7 号，1922 年 6 月 18 日。见《胡适全集》第 2 卷，安徽教
　育出版社 2003 年版，第 469 页。
② 章诒和：《往事并不如烟》，人民文学出版社 2004 年版，第 298 页。
③ 余英时先生提出并论证了由"士"向知识分子的转型，不仅是名称的改变，其实质的意义
　是中国知识分子从社会中心位置退到了边缘，而一些边缘人物却占据了社会舞台的中心。
　参见余英时：《中国知识分子的边缘化》，《二十一世纪》总第 6 期，香港中文大学中国文化
　研究所 1991 年 8 月出版。
④ 章清：《"胡适派学人群"与现代中国自由主义》，上海古籍出版社 2004 年版，第 320 页。
⑤ 沈卫威：《自由守望——胡适派文人引论》，上海文艺出版社 1997 年版，第 9 页。

板上合理地设计的一个国家——是不可能的"①,"普遍王权"崩溃后"无地自由"的中国社会现实——军阀混战、国民党专制统治持续的政治衰朽,社会的无序,实在令只有在正常有序的政治——社会中才能发挥积极作用的自由主义知识分子们无以施展拳脚。这或者正是中国自由主义者不得不面对的一个困境:他们关心的始终是社会秩序稳定下一点一滴的改良,他们愿意担当的是依靠自己的专业知识,发挥专家治国的理念,将国家政权引向民主政治,这使得他们差不多都是彻底的改良主义者。然而,面对救亡大于启蒙的时代语境,面对在政治、社会、文化等方面陷入重重危机渴望"整体性解决"的社会现状,自由主义者们提供不出一个"整体性解决"的方案,因而他们的主张只能流为一种乌托邦式的政治神话。恰如格里德论及胡适及中国自由主义的命运时指出的:"自由主义在中国的失败并不是因为自由主义者本身没有抓住为他们提供了的机会,而是因为他们不能创造他们所需要的机会。自由主义之所以失败,是因为中国那时正处在混乱之中,而自由主义所需要的是秩序。自由主义的失败,是因为自由主义所假定应当存在的共同价值标准在中国却不存在,而自由主义又不能提供任何可以产生这类价值准则的手段。它的失败是因为中国人的生活是由武力来塑造的,而自由主义的要求是人应靠理性来生活。简言之,自由主义之所以会在中国失败,乃因为中国人的生活是淹没在暴力和革命之中的,而自由主义则不能为暴力与革命的重大问题提供什么答案。"②

在这样一种思想干预下,新月知识分子中的一部分人选择了以激进的形式参与实际政治,并企图在政治上有所作为,即使撞得头破血流也无所退却。正如马克斯·韦伯1919年向慕尼黑的青年学子发表"以政治为业"的演说结尾所言,"一个人得确信,即使这个世界在他看来愚陋不堪,根本不值得他为之献身,他仍能无悔无怨;尽管面对这样的局面,他仍能够说:'等着瞧吧!'只有做到了这一步,才能说他听到了政治的'召唤'。"③

对他们来说,参政的目标可以说就是"庙堂"。罗隆基的道路为我们提供了一个最为典型的范本。"人权论战"虽由胡适发动起来,而立场更坚定态度更坚决的却是罗隆基,他像炮手一样猛烈抨击国民党独裁统治,为此甚

① [美]林毓生:《中国意识的危机——五四时期激烈的反传统主义》(增订本),穆善培译,贵州人民出版社1988年版,第435页。

② [美]格里德:《胡适与中国的文艺复兴——中国革命中的自由主义(1917—1937)》,鲁奇译,江苏人民出版社1993年版,第294页。

③ [德]马克斯·韦伯:《学术与政治》,冯克利译,生活·读书·新知三联书店1998年版,第117页。

至遭遇被撤教职也表示"民不畏死,奈何以死惧之",后来还有过被国民党暗杀的恐怖经历,但罗隆基对政治的热情从未减退过,20世纪40年代还一度成为民盟的重要角色。正如论者所评价的,如果说胡适对20世纪中国自由主义贡献的是一个自由的象征性形象的话,那么罗隆基、王造时、储安平等则是以自由主义同极权专制对峙前沿的斗士形象出现的①。

与罗隆基等的激进相比,胡适的选择其实是徘徊于"学术与政治"之间的,立足"广场"面向"庙堂"履行其社会责任与学术责任,这在新月群体中具有相当的代表性。1933年4月8日,胡适有信给汪精卫,推辞加入政府的邀约。他说,"只有夜深人静伏案治学之时,始感觉人生最愉快的境界。以此种厌恶行政的心理,即使我勉强入政府,也不过添一个身在魏阙而心存江湖的废物,于政事无补,而于学问大有损失"②。而事实上胡适又不能完全忘情于政治改革,以致有所谓《我的歧路》上的挣扎:"我是一个注意政治的人","哲学是我的职业,文学是我的娱乐,政治只是我的一种忍不住的新努力"③。学术与政治之间的缠结,对从士大夫传统中走来的新月知识分子而言,始终是一个无从摆脱的问题。

多数"新月"知识分子大致上经历了这样的生活道路:幼年时期在私塾学堂接受的是传统国学教育,青年时期就读于清华、北大等具有自由主义传统的高等学府,之后出国留学欧美,回国后做大学教授。中西兼具的教育背景与知识架构,令其既身具富于社会精英意识的使命感,也含蕴潜在的传统士大夫的文化精髓。因而虽专业不同,但是他们的整体教育背景决定了他们对政治的态度,这个态度简单说就是"参政意识",再具体一点说,他们参政的特点就是"讲学复议政"。新月大部分成员都是"术业有专攻"的学者型文人,如胡适的"整理国故"、潘光旦的优生学等等,从"平社"曾列出的"中国问题研究日程单"(详见本书第五章)即可看出他们在学术领域的各有专长。而胡适、傅斯年等所遵行的"与其入政府,不如组党;与其组党,不如办报"的理想可以说道出了自由主义知识分子们义无反顾地要捍卫独立的批评立场的"广场"意识,他们通过合作创办刊物表达自己的声音其实并非一时之举,也是现代读书人拓展公共舆论空间的重要象征,可谓书生报国的发源地。然而如胡适所言,谈政治是他"不感兴趣的兴趣",相应地这种"政治的业余性"也决定了他们只能是政治的参与者而非决策者,表现出对

---

① 沈卫威:《自由守望——胡适派文人引论》,上海文艺出版社1997年版,第48页。

② 胡适:《致汪精卫》(1933年4月8日),见《胡适全集》第24卷,安徽教育出版社2003年版,第145页。

③ 胡适:《我的歧路》,见《胡适全集》第2卷,安徽教育出版社2003年版,第466、470页。

言论事业的某种"玩票"心态,正如论者评价"胡适谈政治,往往是书生之见,诚恳但失天真"①。而梁实秋晚年的自白亦可说明这一点:"个人之事曰伦理,众人之事曰政治。人处群中,焉能不问政治?故人为政治动物。不过政治与做官不同,政治是学问,做官是职业。"②而从根本上看,他们的言说是面向"庙堂"渴望当政者"礼贤下士"——"他们企图赢得影响的努力聚集在内阁或政府上,而且,当他们想到力量时,只想到文官或武将,而想不到民众组织与下层民众"③。这种浓厚的精英论道的理想色彩似乎已为自由主义者在中国的命运蒙上了一层阴影,在旧的传统随时代而崩溃但新的传统又未能形成的过渡时候,他们的努力也只能说是履行了有些当代学者提出的"历史的'中间物'"的使命④。

　　进一步看,从 20 世纪 20 年代初对"好人政府"的吁求与"努力",到1929 年《新月》月刊直接发动对国民党专制独裁的批判,以胡适为精神领袖的"新月"群体论政的心路与策略,其间事实上也发生了微妙变化。有研究者就指出,新月社由 20 年代向 30 年代发展的过程中显示出"政治意识愈来愈浓烈"的总体趋向,"三十年代的'新月'群体在政治文化上越来越明显地扮演了中国资产阶级利益集团代言者的角色"。而从政治文化学角度来看"新月"群体与"左联"呈现出的对立态势,人们可以从反"专制文化"的成功程度上去评价二者的得与失,"却不应该忽略二者在营构消解统治者主体政治文化的'亚政治文化'气氛,从而达到反'专制文化'的目的方面所具

___

① 周质平在比较胡适与林语堂对政治不同的态度时,援引林语堂给胡适的一封信说明此问题。1929 年,胡适在《新月》月刊第 2 卷第 5 期发表《我们什么时候才可以有宪法?》一文,林语堂读后大乐,用吴语写了一封信给胡适,对胡适天真的书生之见颇为揶揄。该信很长,周质平称其"目前仅见林语堂的吴语文字",文中援引部分如下:"昨日买本《新月》来看,看耐一篇《倪笃倽辰光才可以有宪法?》格文章。读起来漫有趣,想起来更加有趣。'衮衮诸公'不肯'入塾读书',耐末定要俚笃'入塾读书';'衮衮诸公'定归勿要宪法,耐末像倽有介事,谈起倽格宪法咯,人权略。实在话,故歇辰光,阿要谈倽个宪法,倽个人权保障,阿曾热昏?"林语堂此信一方面讥讽国民党毫无颁布宪法的诚意,一方面揶揄胡适的天真。由此可见二者对政治的不同态度,胡适有的是"热肠",林语堂则是"冷眼"。参见周质平:《光焰不熄:胡适思想与现代中国》,九州出版社 2012 年版,第 87 页。按:笔者所查,《胡适全集》未收此信。

② 梁实秋:《岂有文章惊海内——答丘彦明女士问》,见陈子善编:《梁实秋文学回忆录》,岳麓书社 1989 年版,第 100 页。

③ [美]傅乐诗:《丁文江:科学与中国新文化》,丁子霖等译,湖南科学技术出版社 1987 年版,第 142 页。

④ 参见陈思和:《论知识分子转型期的三种价值取向》,见《陈思和自选集》,广西师范大学出版社 1997 年版,第 175 页。

有的共同的积极作用。"①

　　总体上，从现代中国政治思想史的角度观察，新月知识分子或可说是一群跌跌撞撞跋涉于"第三条道路"的义士，他们曾一度被媒体称为与共产派、三民主义派鼎足而三的一个思想派别②，可谓中国的自由主义知识分子形象辉煌的时期。然而如研究者在论及"胡适派学人群"时所言，处于军阀混战与抗战之间的《新月》杂志时期，相对说来最宜于展现自由主义式的改革主张，此间他们也系统阐述了对中国现状的看法，以及解决中国问题的行动纲领。不仅按照各自的专业训练围绕"中国问题"进行诊断，还以"我们怎样解决中国问题"鲜明地表达自由主义式的原则宣言。但即便如此，他们的角色定位由于缺乏必要的社会秩序支持，从而使他们的发言位置与问题结构游离于中国社会基本问题之外，仍充分显示出来③。

　　当然，还应看到，在新月群体内部，即便在胡适、罗隆基等人激烈论政之时，另一部分人对政治的热情实际远逊于对文艺的追求。面对乱糟糟的社会现实，他们掉转了自己的目光，把自己的政治文化理想投注到对文学艺术的衷情中去，以纯文学作为自己安身立命之处，徐志摩、闻一多等人可谓其中的代表。徐志摩在美国一度有做中国的汉密尔顿④的雄心，但很快他就将这种理想抛弃脑后，只想做中国的雪莱，就思想文艺上下功夫，并以此影响中国。他曾在给父母的一封信中执着地表示自己要在这"私欲横流的世界"里，"抱定自己坚贞的意志，不为名利所诱惑"而从事文学，对此他有能力获得外界对自己的认可⑤。对胡适来说只是一种"娱乐"的文学却是徐志摩的生命，所以徐志摩以各种方式尽力呵护《新月》的文艺生命，在胡适、罗隆基、梁实秋等具有浓烈的政治兴趣的同人终于改变了《新月》方向转而论政后，徐志摩仍然坚持纯文学立场，虽曾屡遭办刊艰难，他仍然不顾及商业利益出版《诗刊》团结起一大批新月诗人从事新诗的创作与理论建设。同

---

① 朱晓进：《政治文化与中国二十世纪三十年代文学》，人民出版社 2006 年版，第 80—81 页。

② 《罗隆基致胡适》(1931 年 5 月 5 日)，见中国社会科学院近代史研究所中华民国史组(以下注释简称社科院近代史研究所)编：《胡适来往书信选》中册，中华书局 1979 年版，第 64 页。

③ 章清：《"胡适派学人群"与现代中国自由主义》，上海古籍出版社 2004 年版，第 502 页。

④ 汉密尔顿(Hamilton，1755—1804)：美国联邦党领袖，独立战争时曾任华盛顿秘书、大陆会议代表，后担任首任财政部长(1789—1795)，提出建立国家银行和加强中央政府等施政方针。徐志摩曾在《〈猛虎集〉序》(新月书店 1931 年版)中说："在二十四岁以前我对于诗的兴味远不如我对于相对论或民约论的兴味。我父亲送我出洋留学是要我将来进'金融界'的，我自己最高的野心是想做一个中国的 Hamilton！"

⑤ 徐志摩：《致父母》(1927 年 12 月)，见虞坤林编：《志摩的信》，学林出版社 2004 年版，第 8 页。

时,徐志摩还依托在上海、南京、北京等地供职的大学,在自己的教育岗位上培养提携了一大批文学新人,即如徐本人所言"做编辑的最大的快乐,永远是作品的发现"①,在文学史上受益于他这样的"快乐"的名字可以排出一串,像沈从文、陈梦家、方玮德、何家槐、赵家璧、赵景深、储安平、卞之琳、曹葆华等等,而深受徐志摩提携的沈从文又影响了他周围的一批文学青年,从这里亦可看出通常只认为徐志摩是一个谈谈情写写诗的浪漫诗人,实多有误读。闻一多亦如此,他从一个激进的国家主义者退回到诗歌又退到故纸堆研究典籍,以此作为为民族寻求出路"开药方"的途径。而在这一过程中,闻一多也践履了作为一个现代知识分子立足岗位教书育人的角色,陈梦家、方玮德、陈楚淮、费鉴照、臧克家等人走上文坛就都与闻一多的悉心指导与教诲分不开。

或者可以说,如此种种恰恰说明了他们对教育与出版这两个现代社会最重要的知识分子领域的坚守,灌注着知识分子的道德信念与人格力量的人文精神与文化传统的精血就这样在代代影响下得到了薪火相传。

三、本书的研究方法与思路

总体上看,在思想、政治、文学之间,新月社及其知识分子,其选择与流变既是有渊源的,也是相互传承的,存在着某种因果性和现实性因素,新月社的复杂性因此显现:它的人员是庞杂的,形态是开放的,聚合是阶段性的,姿态又是不断变化的。

在中国现代文学社团史上,新月社差不多是成员最为庞杂而且不断发生变动聚散的一个文人团体,大致看来它由这样三部分人构成:政客、学者和文学艺术家。而这三种群体在新月派长达十余年的活动历程中,在不同时代与不同环境下呈现出此消彼长的动态演变特征。从北平聚餐会到新月社俱乐部时期可以看作是新月社成员的第一度聚合,其间汇聚了梁启超、林长民、蒋百里、胡适、徐志摩、陈博生、黄子美、林徽因、陆小曼等政界、传媒界、学界、实业界、军界、社交界人士,根本上说并非一个纯文艺社团;而至闻一多、余上沅、赵太侔等一批钟情于诗歌、戏剧的艺术家们加入新月社,与徐志摩联手在《晨报副刊》推出《诗镌》《剧刊》,围绕这两份刊物又团结了一批以清华"四子"等为主体的年轻诗人和艺术家,促成了新月社成员的第二度聚集,新月社结束了此前混沌迷离的"俱乐部"状态,发展方向变得明朗、纯净起来,也因此成为与文学研究会、创造社鼎足而三的文学社团。及至由

---

① 　徐志摩:《〈诗刊〉前言》,《诗刊》第 2 期,1931 年 4 月 20 日。

于北洋军阀混战、高校欠薪等社会环境的变化,在京的大批知识分子被迫南下,新月的新朋旧侣们在上海再度聚合创办新月书店和《新月》月刊、《诗刊》季刊等出版机构和出版物,又形成了新月成员的第三度聚集。这一时期他们的活动呈现出较为复杂的局面,北京时期的胡适、徐志摩、闻一多等人,加上梁实秋、叶公超、潘光旦、刘英士、罗隆基、邵洵美等的加盟,他们此间表现出在思想、文艺、政治各个倾向上此起彼伏的歧异。这种相当简略的描述挂一漏万是必然的,但已可说明新月社在不同时期活动主角的不同,且在内部人事关系上的纠葛与消长也始终未曾停止过,而这恰恰体现出新月社作为一个社团存在的丰厚性,也让我们看到了处于20世纪二三十年代变动中的中国社会里的自由知识分子个体人生的多个面相。

学界的一些研究也反映出新月成员活动的复杂性,通常在将新月派与其他相关团体,如围绕《努力周报》《现代评论》等分别形成的文人团体进行辨析后,得出它们之间有关系、人员上有交叉,但又的确不是一回事等结论①。而在笔者看来,新月派文人活动的开放性及其人员组织的松散性决定了他们绝对不是一个孤立纯粹的存在,而是不断与外界发生关联相互渗透处于变动中的开放性团体。

而如对现代中国文学社团和杂志有深入研究的海外学者贺麦晓所指出的,民国时期文学实践有两个显著特点:"一、作家特别喜爱在文学社团中工作;二、作家热爱在文学杂志上发表作品。文学社团在中国有悠久的历史,但文学杂志却是现代印刷文化的产物。"②这一传统与现代的无缝结合,凸显了民国时期知识人在文学场域擅长扮演的角色。相应地,"在现代,文学社团越来越不以事件为中心,而是以经营定期出版物和丛书为中心。社团为其成员提供出版渠道,并在文化圈子内部保持团体的集体形象。特定的文学事件和文学作品之间的联系被分割开了,因此,文学杂志尤其变成了一个'实际的聚会场所'。通过这种方式,文学社团的成员彼此保持联系,并和局外的读者交流。那些订阅或购买文学社团社刊的普通文学读者的兴趣,也刺激了商业因素的加入,并使得对社团(资金)事物进行更为严格的管理变得很有必要。不过,社团集会的社会功能在很大程度上仍然保留不变。许多社团继续在餐厅或茶馆举办定期的集会,其间,成员讨论、阅读,有

---

① 可参见陈西滢:《关于"新月社"》,昆仑出版社2001年版,第79—80页;瞿光熙:《中国现代文学史札记》,上海文艺出版社1984年版,第262—266页;倪邦文《自由者梦寻——"现代评论派"综论》,上海文艺出版社1997年版,第28—30页。

② [荷]贺麦晓:《文体问题——现代中国的文学社团和文学杂志(1911—1937)》,陈太胜译,北京大学出版社2016年版,第1页。

时甚至是创作文学。"①贺麦晓对文学研究会以及其他一些不同类型的大小社团进行了精辟人微的考察,然而他坦言"还有许多重要的社团和杂志没能触及,其中可能最著名的莫过于新月社"②。遗憾的是,作者没有更多信息透露出于何故"略过"了新月社。贺麦晓的说法隐含了一种空间代偿的理念,也就是说文学杂志在某种程度上亦可视为一种替代性的文化公共空间。

　　而顺此思路,本书着意对新月派文人的考察,多基于这种公共空间的考察,既包含了如社交沙龙性质的聚餐会,也有报纸期刊、出版机构等媒介途径。在方法上,既留意他们在"作为体制的文学社团"③中的生活方式、组织方式与发表方式,也阅读作为物质文化的期刊杂志;既研读分析作家作品、私人信函、日记、回忆录,也钩稽相关传记年谱、出版史料、文坛史话中的线索与信息。而在阅读杂志和副刊时,不仅仅关注小说诗歌等纯文学部分,也看杂志上其他的资料,包括投稿规则、封面插图、广告类别、版权页、发行渠道、发行人变动等等,在不同文本的"平行阅读"中阐释审美特征的混合,学术的与通俗的并置,甚至严肃的与反讽的交锋。"如果你将一本杂志从头看到尾,这也是一个文本,不仅仅是文学问题。杂志可以将我们带回到当时的文学现场之中去。"④一言以蔽之,试图通过沟通文学的内部与外部,虚实结合,以"回到历史现场"的姿态重织作家的精神网络,以及新月社这一群体形成的文化网络,从而探求新月派文人作为现代"海归"知识分子群体在"无名"时代中是以何种策略从事何种活动确立自己的发言位置的? 并呈现出了怎样的一种身份建构? 他们如何建立起独立的"文学共同体",如何保持自身同别的共同体之间的差异? 成员内部间存在的差异又是怎样的?对文坛、对社会现实产生了哪些影响? 其意义与局限性又有哪些?

① ［荷］贺麦晓:《文体问题——现代中国的文学社团和文学杂志(1911—1937)》,陈太胜译,北京大学出版社 2016 年版,第 34 页。

② ［荷］贺麦晓:《文体问题——现代中国的文学社团和文学杂志(1911—1937)》,陈太胜译,北京大学出版社 2016 年版,第 266 页。

③ 贺麦晓在其研究中对"作为体制的文学社团"有具体分析。大致上,文学社团建构"体制"的策略有:象征资本的积累("认同",组织一个被社会承认的知识分子和作家在内的大型集体,创造一种兼具文学质量和数量的形象,并增加其他成员成功的机会)、"财政资本的积累"("独立",通过建立一个正式的组织和敦促会员缴纳常规的会费,募集资金确保独立)、网络建设和自我提升(出版机构和社团成员之间的互相促进)。参见贺麦晓:《文体问题——现代中国的文学社团和文学杂志(1911—1937)》,陈太胜译,北京大学出版社 2016 年版,第 51 页。

④ 刘涛、贺麦晓:《文学外部研究与内部研究——关于文学社会学研究方法的对话》,《西湖》2009 年第 6 期。

本书的写作,第一章着重描述新月社的"发生",分析新月社成立的背景、动因、成员聚合特点,以及社团活动既有中国传统文人"雅集"特色但更具西方"沙龙"式交际功能的特征。第二章谈新月社的"围拢",以徐志摩主编时期的《晨报副刊》为中心,探讨新月派文人如何将《晨报副刊》这一现代传媒机构营构为发布他们自己的政治态度及文艺观念的"喉舌"机关,其间"闲话之争"集中反映出新月社在文化观念、政治立场上与鲁迅等的对立态势;而"苏俄仇友"大讨论中徐志摩、胡适的意见分歧,则见出"共同体"内部不同时段的个体差异与内在一致性。《诗镌》与《剧刊》的创办则显示出新月同人充分吸纳中国传统文化养分与西方文化资源开创新诗格局、倡导"国剧"运动的努力。第三章"移师上海",追踪新月社的"南迁",以新月书店为中心,考察新月派文人介入现代都市出版领域的具体实践。与文学研究会最初依托商务印书馆和上海《时事新报》、北京《晨报》的外在资助、创造社通过与泰东图书局共命运的方式进入"文学场"而其后社团独立性因之受到危及不同,新月同人主动选择自募资金的操作方式创办书店,保持了极大的独立性,并通过成员的"象征资本"实现在出版界的"占位"①。但同

---

① 法国文学社会学家布迪厄(Piere Bourdieu)在其《文化生产场》(*The Field of Cultural Production*,Cambridge,England:Polity Press,1993)、《艺术的法则——文学场的生成和结构》(*The Rules of Art: Genesis and Structure of the Literary Field*,Standford:Standford University,1996.中译本有中央编译出版社 2001 年初版、2011 年修订版)等著中提出"文学场"(literary field)、"象征资本"(symbolic capital)、"习性"(habitus)等概念。贺麦晓较早将其思想介绍到中国语境,后在其专著《文体问题——现代中国的文学社团和文学杂志(1911—1937)》(*Questions of Style: Literary Societies and Literary Journals in Modern China*,1911—1937,Leiden & Boston:Brill,2003)中有进一步发挥。布迪厄对"文学场"的定义是"各位置间的关系空间"(a space of relations between positions),文学场中作家需要不同的方式实现"占位"(position-taking)。"象征资本"(symbolic capital)这一概念主要阐明:在高度自治的文学场中,作家文学上的成功(在被批评家和同行认可的意义上),可与经济上的收获成反比。在文学社团中工作与在文学杂志上发表作品的实践,助长了类似于高产和广被认可的价值。"习性"(habitus),是众所周知的难以捉摸的"对场的感觉"(feel for the field),不像资本,它不能被量化。它是社会化的结果,主要包括:教养、教育、工作和生活环境,以及在文学场中的占位。在中国社会生活(尤其是城市生活)的方方面面都处于急剧变化中的时代,文化习性在很大程度上各不相同,而且常常相互冲突。这些差异和冲突,既有文学作品上的,也有文学名人的行为上的。举例来说,创造社进入文学场时采取的策略,以典型的先锋姿态,着重采纳了布迪厄所谓的场的"自治原则"(文学价值、文学优长、纯文学),同时他们用激烈的、攻击性的语言指责文学界屈从于"他治原则"(资金获得、地位、权力、政治),他们把高度有效的"受害者策略"(underdog strategy)引入到了新文学实践中。这种策略在整个"中华民国"时期屡次被其他作家和作家团体所使用。此处关于布迪厄三个关键概念的介绍,参见贺麦晓:《布狄厄的文学社会学思想》(《读书》1996 年第 11 期);《文体问题——现代中国的文学社团和文学杂志(1911—1937)》,陈太胜译,北京大学出版社 2016 年版,第 65—66 页。

时同人间的"众声喧哗"，最终导致书店在出版界的无奈退场。

"管理杂志的核心团体的任何变动，都会带来作者团体的变动"，也预示了文学期刊出现"某种小集团倾向"①，第四章至第六章就围绕《新月》月刊从创办到终刊六年多时间发生的诸种"变动"，展现新月文人内部的聚合与分歧以及多重身份建构。杂志创办，擎起"健康与尊严"的大旗，宣告新月社的"中兴"，其中梁实秋为核心兼及同人与鲁迅等发生"硬译"与"文学的阶级性"的论战，从翻译问题走向意识形态之争，折射出的是"文学场与权力场或社会场之间同源关系的相互作用……文学策略是由多重因素决定的，很多'选择'都是一石两鸟：其效果既是美学的，又是政治的，既是内部的，又是外部的。"②及至胡适面对"时局的严重"怒而发起"人权运动"，引发新月论政的"骚动"，《新月》月刊即在罗隆基等执掌下倾力于政治一途。而最后，做了一场"轰轰烈烈像个样子的梦"之后难免"碰壁"运命，邵洵美、叶公超等在刊物出版发行、期刊内容生产方面力挽颓局，对外来文化尤其西方现代派文学的引介显示出新月派所具有的世界文学视野，对文学新人的着力培育则凸显新月知识分子对岗位意识的自觉。

最后一章回归文艺，探讨新月社的"归位"。他们以《诗刊》季刊与《新月诗选》重建在文学场中的位置，这其中"新月诗人群"第一代与第二代之间呈现出既有传承又有变异的特征。结语部分指出，新月派文人分化后的去向形塑了他们"毕竟是书生"的身份特征。

20 世纪 90 年代，陈思和先生对知识分子在转型期面临的三种价值取向有过精彩分析③，而在对新月知识分子的观察中会发现，在他们身上，既表现出侧身"庙堂"做庙堂知识分子的渴望与尝试，更有广场知识分子启蒙大众的使命感，同时具备通过教师、作家、编辑等岗位，发出自己的声音，培育扶持文学新人，从而使中国传统人文精神薪火相传的岗位知识分子的特点，可以说是一种矛盾的集合体，这又正体现出新月派文人内部结构的繁杂性、松散性、丰厚性、不尽一致性。

"现代中国的留学族群和留学文化不仅始终处于现代化的前沿阵地，

---

① ［荷］贺麦晓：《文体问题——现代中国的文学社团和文学杂志（1911—1937）》，陈太胜译，北京大学出版社 2016 年版，第 28 页。

② P. Bourdieu, *The Rules of Art : Genesis and Structure of the Literary Field*, Standford : Standford University, 1996, p. 205. 转引自朱国华：《当代文论语境中的布迪厄》，《社会科学》2005 年第 12 期。

③ 陈思和：《论知识分子转型期的三种价值取向》，见《陈思和自选集》，广西师范大学出版社 1997 年版，第 169—181 页。

而且一直置身于世界化的结合地带,并在本土文化与异域文化、中国文化与世界文化的互动交汇的潮流中,扮演不可替代的文化中介和中坚角色。"①新月知识分子正是这样一个群体,以其兼具中西教育背景的独特知识架构充当了"联络员"的角色,在20世纪二三十年代的现代中国社会,以积极姿态但未必总是恰当的时机引介外来文化嫁接于本土文化土壤,以"讲学复议政"的形式参与社会建设进程,进而建立起他们作为现代知识分子在公共空间中属于自己的角色位置。他们在变动中的中国社会履行其学术责任和社会责任的自觉与勇气,他们在私人交谊中展现的温情与个性,他们的诸种努力与实践,对今天的知识分子以何种身份立足于社会并介入社会发展仍具借鉴意义。

　　最后需要说明的是,学界对新月社、新月派的命名、内涵与外延等问题多有辨析②,但文学社团和文学流派,"虽然两个概念都指共享特定文学'意识形态'(ideology)的'个人'组成的团体,但是不像文学流派,文学社团同时也作为'体制'(institutions)存在。如果说,中国现代作家对把自己纳入这样一种体制中有着非同寻常的需求,那么,就不应当把这些体制仅仅看作只对文学产品发挥很小影响的环境因素,而应当把它们看作帮助我们构成文学文体和身份的本体(entities)"③,因此,根据研究实际,本书取"新月社"来指称研究对象,涵盖大致以1923年至1926年北京时期(以新月社聚餐会、新月俱乐部和徐志摩主编《晨报副刊》时期为主)、1927年至1933年的上海时期(以新月书店、《新月》月刊、《诗刊》季刊为中心),以胡适为精神领袖、徐志摩为灵魂人物的新月知识分子群体的活动,并由此尽可能辩证地检视其文化理想追寻之路的得失功过。

---

① 周晓明:《多源与多元:从中国留学族到新月派》,华中师范大学出版社2001年版,第171页。
② 这方面的最新研究成果参见付祥喜:《新月派考论》,中国社会科学出版社2015年版。
③ [荷]贺麦晓:《文体问题——现代中国的文学社团和文学杂志(1911—1937)》,陈太胜译,北京大学出版社2016年版,第16页。

第一章　新月社的发生:雅集和沙龙

第一节　客厅文化的兴起与大少爷的"沙龙"梦

1923 年 8 月 6 日印行的《文学周报》第 82 号,有徐志摩一首题为《石虎胡同七号》的诗:

> 我们的小园庭,有时荡漾着无限温柔:/善笑的藤娘,袒酥怀任团团的柿掌绸缪,/百尺的槐翁,在微风中俯身将棠姑抱搂,/黄狗在篱边,守候睡熟的珀儿,它的小友,/小雀儿新制求婚的艳曲,在媚唱无休——/我们的小园庭,有时荡漾着无限温柔。
>
> 我们的小园庭,有时淡描着依稀的梦景;/雨过的苍茫与满庭荫绿,织成无声幽冥,/小蛙独坐在残兰的胸前,听隔院蚓鸣,/一片化不尽的雨云,倦展在老槐树顶,/掠檐前作圆形的舞旋,是蝙蝠,还是蜻蜓?/我们的小园庭,有时淡描着依稀的梦景。
>
> 我们的小园庭,有时轻喟着一声奈何;/奈何在暴雨时,雨槌下捣烂鲜红无数,/奈何在新秋时,未凋的青叶惆怅地辞树,/奈何在深夜里,月儿乘云艇归去,西墙已度,/远巷薔露的乐音,一阵阵被冷风吹过——/我们的小园庭,有时轻喟着一声奈何。
>
> 我们的小园庭,有时沉浸在快乐之中;/雨后的黄昏,满院只美荫,清香与凉风,/大量的塞翁,巨樽在手,蹇足直指天空,/一斤,两斤,杯底喝尽,满怀酒欢,满面酒红,/连珠的笑响中,浮沉着神仙似的酒翁——/我们的小园庭,有时沉浸在快乐之中。

诗人笔下温柔快乐的"我们的小园庭",是北京松坡图书馆第二馆所在地。该馆以反对袁世凯称帝的蔡锷将军(字松坡)名号命名。1916 年蔡锷病逝后,梁启超打算建立一座图书馆纪念这位共和英雄,最终于 1923 年春建成,以北海快雪堂为第一馆,专藏中文图书;西单石虎胡同七号为第二馆,专藏外文书籍。徐志摩出国前就拜梁启超为师,回国后不久在此做英文干事,后来这里就成了新月社社址①。诗中所称"酒翁"即指第二馆负责人蹇念益(季常),他是蹇先艾的叔父,饮酒有海量。当时蹇先艾也住在该馆,曾请徐志摩去给他就读的北师大附中"曦社"成员做过演讲。

　　从朋友们的聚餐会、新月俱乐部发展而来的新月社,其间徐志摩作为核心人物的努力毋庸置疑。如陈西滢所言:"在我的记忆中,新月社代表徐志摩,也可以说新月社就是徐志摩。新月社是一栋花园平房,有一间大房是可以开会等用,一间小饭厅,可以用来请客,可以摆下一个圆桌,有一个大师傅,做的菜很好。有一个听差,招待来客,里面有一间不大不小的房,是志摩的睡房及书房,他在此写信,做文章,也会客。我印象中,走到新月社,常常是不见一个人。所以我去的时候,常常一走便到志摩的房子,与他谈话,有时也看到些他人,我第一次看到沈从文,即在此。……他只是站在房门口与我们说话,不走进来。"②

　　而对身为文学研究会会员的徐志摩,积极于自创社团的"志愿"何在?1925年3月14日,欧游途中、在西伯利亚贝加尔湖畔的徐志摩致信新月的朋友们坦陈当初的"想望":新月社初起是少数人共同的一个愿望,要集合朋友们的力量编戏演戏。虽说去年新月社成功排演过为在华访问的泰戈尔贺寿之作《契玦腊》(今译《齐德拉》),但一年过去并无什么实绩。理想满怀、创作热情蓬勃、"不服输"的徐志摩焦虑之情溢于言表。他说,新月同人不应满足于俱乐部小布尔乔亚式"偶尔的兴致",而是要"露棱角",要像英国罗刹蒂(D.G.Rosseti)兄妹和朋友那样在艺术界里"打开一条新路",像萧伯纳(George Bernard Shaw)及其费边社(Fabian Society)社友那样在政治思想界产生影响,他强调说:"但露不出棱角是可耻的……新月新月,难道我们这新月便是用纸版剪的不成?"③

　　那么,徐志摩又何以成为发起新月社"志愿最早的一个人"呢?

　　这或可从其性格与经历中得到答案。徐志摩很早就表现出一种合群意识,并认为只有具备这种意识才能成就大事。当年在美国留学时,他曾与同学组织北大同学会,他在1919年8月12日的日记中说:"我一向信心,是在'合群'。按中国情形,我们留学生,都是将来的先锋领袖。但是最后的成

_____

① 刘群:《关于新月社成立的时间、地点及相关情况的考述》(《中国现代文学研究丛刊》2007年第3期)对新月社相关基本信息已做考察。

② 陈西滢:《关于"新月社"——复董保中先生的一封信》,原载台湾《传记文学》第18卷第4期,见韩石山编:《难忘徐志摩》,昆仑出版社2001年版,第78页。

③ 徐志摩:《致新月朋友》,《晨报副刊》1925年4月2日。见金黎明、虞坤林整理:《徐志摩书信新编》(增补本),浙江古籍出版社2017年版,第172—177页。

功,是在通力合作。"徐这一天的日记格外长,他甚至认为民国八年以来分崩离析阻碍国家发展的最大仇敌就是潜在的自利心与嫉妒心,徐志摩称之为"恶性",只有"至诚"才可以消灭掉。他说,"所以我的大志,就在(一)光大自己的诚心,克制恶性;(二)用我的诚心,感动人家的诚心来克制恶性;(三)然后可以合群大成。"①显然,徐志摩流露出强烈的想回国有所作为的心态。

而从私人方面讲,徐志摩1922年自英国剑桥回国,本意追随林徽因,共结连理,然后二人双双回英继续学业,但无奈好梦成空,心境实在落寞得很,只好在梁启超师办的松坡图书馆做一义务的英文干事,间或由梁师介绍去天津南开暑期学校教了两周课(1923年暑假)。而徐志摩天生一个爱好交游的性格怎能耐住寂寞,为交友和消愁解闷,他也愿意组织一个聚餐会,进而"结社"慢慢接近自己"露棱角"的思想抱负,当然实现与否还是后话。

另外,徐志摩还有一个富商父亲徐申如也能够帮助他拓展社交关系,比如为他"结社"注入资金,作为后盾支持令其经济无忧。②

还有一个不大不小的事件似乎也是促成徐志摩发起新月社的不可忽视的因素。乍一回国的徐志摩不谙国内当时文学界的水有多深,在"天真单纯"中闯了一个文字祸。1921年国内先后成立了两大新文学社团,是年1月份郑振铎、沈雁冰等12人发起成立的文学研究会以其主张"为人生而艺术"的稳健风格占据着文坛第一把交椅,而同年6月主要由留日学生郭沫若、郁达夫等人组成的创造社则主张"为艺术而艺术",他们以"异军突起"的锐气挑战文学研究会的"垄断"地位,双方之间发生了一系列的论争。而当时徐志摩其实和双方都有接触,他曾给成仿吾信中表达过对"贵社诸贤向往已久,在海外每厌新著浅陋,及见沫若诗,始惊华族潜灵,斐然竟露。今识君等,益喜同志有人,敢不竭驽薄相随,共辟新土。"③不难看出,他在情感上倒更喜与情绪活泼、生气勃勃的创造社人士亲近。然而,这种正欲建立的亲密关系也被他"无意"中破坏掉了。

当时徐志摩的文章,主要的发表阵地之一就是胡适办的《努力周报》。

---

① 徐志摩:《徐志摩日记》(1919年8月12日),见虞坤林整理:《徐志摩未刊日记(外四种)》,北京图书馆出版社2003年版,第110页。

② 徐志摩说:新月社俱乐部的开办费是徐申如先生(我父亲)与黄子美先生垫在那里的,据我所知,分文都没有归清。见金黎明、虞坤林整理:《徐志摩书信新编》(增补本),浙江古籍出版社2017年版,第172—177页。

③ 徐志摩:《致成仿吾》(1923年3月21日),见金黎明、虞坤林整理:《徐志摩书信新编》(增补本),浙江古籍出版社2017年版,第57页。

1923 年 5 月 6 日,《努力周报》第 51 期发表了徐志摩的《杂记·坏诗,假诗,形似诗》,在文中他不点名地批评了一首诗,说那诗人重访不过离开三个月不能有多大变化的故居,便十分伤感,禁不住"泪浪滔滔","固然做诗的人,多少不免感情作用,诗人的眼泪比女人的眼泪更不值钱些,但每次流泪至少总得有个相当的缘由,……我们固不然不能断定他当时究竟出了眼泪没有,但我们敢说他即使流泪也不至于成浪而且滔滔——除非他的泪腺的组织是特异的。总之形容失实便是一种作伪……"①

这位诗人是谁呢?

正是以《女神》闻名的创造社大将郭沫若。而被徐志摩批评的这首诗,名为《重过旧居》,写于 1921 年 10 月 5 日,刊登在 1922 年 5 月 1 日《创造季刊》第 1 卷第 1 期上。该诗写的是创造社创办之初,郭沫若从上海返回日本福岗旧居,却不见自己的妻儿,原因是留在日本的妻子因无钱交房租被房东逐出博多湾旧居,搬至另一处居住,眼前的情景勾起种种往事与感慨。那一节诗是:"我和你别离了百日有奇,又来在你的门前来往;我禁不住我的泪浪滔滔,我禁不住我的情涛激涨。"后两句,在全诗的最末再次出现:"唉,我禁不住泪浪的滔滔,我禁不住情涛的激涨。"

徐志摩对这两句诗的不点名批评可惹恼了他本来"向往已久"的"贵社诸贤"。创造社成员洪为法 5 月 13 日就给郭沫若写信告知此事,郭愤怒无比,立即写信告知成仿吾,成遂于 5 月 31 日给徐志摩写了"断交信",对他的行为厉声痛斥:"你前回嘱我向沫若致意,我正想回复你,说我们既然志同道合,以后当互相砥砺,永远为友……你一方面虚与我们周旋,暗暗里却向我们射冷箭,……不想人之虚伪,一至于此! 我由你的文章,知道你的用意,全在攻击沫若的那句诗,全在污辱沫若的人格。……你把诗的内容都记得那般清楚(比我还清楚),偏把作者的姓名故意不写出,你自己才是假人。……我所最恨的是假人,我对于假人从来不客气,所以我这回也不客气把你的虚伪在这里暴露了,使天下后世人知道谁是虚伪,谁是假人。……"②

客观地说,徐志摩应该为自己的这次冒失负责。毕竟,他没有亲身体会到郭的那种痛苦,而且作为浪漫派诗人,徐志摩也应该清楚"夸张"在浪漫主义诗人那里也是最普通的手法。宽容点儿看,也许是带着一身英伦气息

---

① 徐志摩:《杂记·坏诗,假诗,形似诗》,《努力周报》第 51 期,1923 年 5 月 6 日。
② 载 1923 年 6 月 3 日《创造周报》第 4 号,该期发表了成仿吾 5 月 31 日给徐志摩的信,5 月 13 日洪为法给郭沫若的信,徐志摩给成仿吾的两封私人通信,题名为"通信四则"。

回国的徐志摩,有意无意地流露出某种精英色彩或者优越感,给了他这番任意指点的勇气与傲气。

而当时的文坛生态,正是"异军突起"的创造社与文坛"老大"文学研究会打得势不两立之时,徐志摩不知深浅地插进来,一下把两面都得罪了。他只好写了一封长信以作解释,名为《天下本无事》,发表在1923年6月10日"颇不寂寞"的《晨报副刊》上。他在信中说,没想到自己这一篇杂记引起了一场官司,成仿吾他们"声势汹汹的预备和我整个儿翻脸",郑振铎他们"不消说也在那里乌烟瘴气的愤恨,为的是我同声嘲笑'雅典主义'以'取媚创造社'"。这里的"雅典主义",说的是茅盾署名"佩韦"在《今年纪念的几个文学家》(载《小说月报》第13卷第12期,1922年12月10日)一文中,指雪莱因为"雅典主义"从牛津大学被开除出来,把"无神论"(Atheism)错译为"雅典主义",被成仿吾撰文《"雅典主义"》(《创造季刊》第2卷第1号,1923年5月1日)加以大事挖苦。① 此时的徐志摩只好写信答复,解释自己哪边都不靠,做文章"评衡的标准,只是所评衡的作品的自身"。他不但对郭沫若没有什么成见,而且每当别人问新诗谁作得最好,自己"未有不首推郭沫若",但同时也不隐讳他初期尝试作品之不足。并且,前段时间在上海由郁达夫介绍认识创造社诸君,由瞿菊农介绍认识《小说月报》诸君,觉得大家都是在为新文艺而努力的,因此觉得"两面争吵之无谓",这种新文学领域的"畛畦"实在是"不幸""可悲"的现象,呼吁彼此"共忍共谅,有功共标共赏,消除成见的暴戾与专愎",共建"辛苦得来的新领土"②。徐志摩并不是故意触犯创造社众怒,但显然这种"天真坦荡"给自己惹了麻烦。

巧得很,差不多也在此时,胡适也在试图缓和自己与创造社的矛盾,5月15日,他写信给郭沫若、郁达夫,对自己上年9月在《努力周报》第20号上的《骂人》一文,因批评郁达夫所撰《夕阳楼日记》而引起双方不快作解释,声称对两位的文学成绩,"虽然也常有不能完全表同情之点,却只有敬意,而毫无恶感。……我的意思只是要说译书有错算不得大罪,而达夫骂人为粪蛆,则未免罚浮于罪。……我盼望那一点小小的笔墨官司不至于完全

① 据梁实秋晚年回忆,当时文学研究会与创造社正处于敌对的地位,这处错误是他写信告诉成仿吾的,但没料到引起这样的后果。不过这也说明当时尚就读于清华学校的梁实秋与创造社关系较好。参见梁实秋:《我是怎么开始写文学评论的? ——〈梁实秋论文学〉序》,见陈子善编:《梁实秋文学回忆录》,岳麓书社1989年版,第5页。

② 徐志摩:《致成仿吾》(1923年6月7日),题名《天下本无事》载《晨报副刊》1923年6月10日。见虞坤林编:《志摩的信》,学林出版社2004年版,第175—179页。

损害我们旧有的或新得的友谊。"①17 日,郭、郁二人分别回信给胡适,均有婉转批评之意②。25 日,胡适又去拜访了郭、郁、成等人。27 日,后者回访胡适,算是结束了这场笔墨官司。③

为进一步消除误会,这年 10 月 11 日,徐志摩与胡适一起登门拜访了郭沫若,徐志摩在当天日记中说:

> 与适之、经农步行去民厚里一二一号访沫若,久觅始得其居。沫若自应门,手抱褓襁儿,跣足、敝服(旧学生服),状殊憔悴,然广额宽颐、怡和可识。入门时有客在,中有田汉,亦抱小儿,转顾间已出门引去,仅记其面狭长。沫若居至隘,陈设亦杂,小孩屦杂其间,倾跌须父抚慰,涕泗亦须父揩拭,皆不能说华语;厨下木屐声卓卓可闻,大约即其日妇。坐定寒暄已,仿吾亦下楼,殊不话谈,适之虽勉寻话端以济枯窘,而主客间似有冰结,移时不涣。沫若时含笑谛视,不识何意。经农竟嗫不吐一字,实亦无从端启。五时半辞出,适之亦甚讶此会之窘,云上次有达夫时,其居亦稍整洁,谈话亦较融洽。然以四手而维持一日刊,一月刊,一季刊,其情况必不甚愉适,且其生计亦不裕,或竟窘,无怪其以狂叛自居。④

这一尴尬的见面场景颇可说明徐志摩、胡适等人在精神气质及生活境遇上与创造社之间的隔阂。12 日,郭沫若携大儿子回访徐志摩,并赠徐《卷耳集》一册。13 日,又宴请胡、徐二人,胡适因为是与创造社和解后第一次杯酒相见,喝得大醉,其他人也都醉得不轻。15 日,胡、徐又回请郭沫若、成仿吾等人,几番来往双方关系算是得到大致上的修复⑤,但要想回到从前是不大可能了,后来徐志摩主编《晨报副刊》向郭沫若约稿,后者无所回应即

① 《胡适致郭沫若、郁达夫》(1923 年 5 月 15 日),见社科院近代史研究所编:《胡适来往书信选》上册,中华书局 1979 年版,第 200—202 页。
② 《郭沫若、郁达夫致胡适》(1923 年 5 月 17 日),见社科院近代史研究所编:《胡适来往书信选》上册,中华书局 1979 年版,第 202、203 页。
③ 胡适与创造社这段翻译纠葛,可参见咸立强:《译坛新军:创造社翻译研究》,人民出版社 2010 年版,第 141—151 页。
④ 徐志摩:《徐志摩日记》(1923 年 10 月 11 日),见虞坤林编:《徐志摩未刊日记(外四种)》,北京图书馆出版社 2003 年版,第 162 页。
⑤ 徐志摩:《徐志摩日记》(1923 年 10 月 12 日、13 日、15 日)。见虞坤林编:《徐志摩未刊日记(外四种)》,北京图书馆出版社 2003 年版,第 163、164 页。胡适:《胡适日记》(1923 年 10 月 13 日),见曹伯言整理:《胡适日记全编》(4),安徽教育出版社 2001 年版,第 72 页。

可见出。

　　冤家易结不易解，这场官司或许不能说是促成徐志摩、胡适等要成立新月社的直接因素，但无形中的刺激应当难免。单就徐志摩而言，初回国的这两三年间，可以说在对峙的文学研究会和创造社之间徘徊不定，无所适从，不管他意识到意识不到，总会多多少少地感觉到，他和这两家文学团体的气质是有点儿格格不入，虽然他在形式上加入过文学研究会①。而两个团体的对立，正给沐浴过欧风美雨的徐志摩这批留学欧美的知识分子们别创一格、搭建自己的舞台留下了巨大的空间，他们需要的是自己的平台。

　　而彼时的社会风气，对他们的"志愿"亦有无形中的呼应。20 世纪 20 年代的北京，"政界人物以及上流商贾开生日会的兴趣极浓，以后一般政客为要联络感情或培植势力，将生日会发展为聚餐会，多在私人的俱乐部举行。聚餐会的雅兴由上而下并由点到面，很快就流播到其他阶层人士中间，尤以大学教师这一群最活跃，其中又以欧美留学生表现得最多姿多彩。他们的聚会地点多在酒楼，但不时会踏青登高，'辟克匿克'（胡适语，即'Picnic'野餐的音译），吃喝唱嚷，不乏重享童真之乐。"②

　　事实上，以聚餐会起始的欧美同学会早在 20 世纪 10 年代就已出现，但是他们的目的还不止于吃吃喝喝，重忆美好的学生时光。当时，北京欧美同学会的发起人兼组织者、后成为著名外交官的顾维钧就说明，其目的是"定期集会，请美国或中国各界著名人士讲演，或对大家关心的问题召开讨论会"，是一种社交活动，他的这种想法即得自其留学美国的经验。而由于以美国庚款建立起来的培养留美预备生的清华学校，1911 年方成立，才向美

①　徐志摩加入文学研究会的会号为 93，列名"徐章垿"。见贾植芳等编：《文学研究会资料》上册，河南人民出版社 1985 年版，第 16 页。有研究者认为，文学研究会的发起与成立与蒋百里、梁启超等研究系有关，故与二人关系密切的徐志摩初回国加入该会，但文学研究会成员大多未有留学经历或为留日背景，徐志摩在精神气质上并不与之接近。参见韩石山：《徐志摩传》，北京十月文艺出版社 2001 年版，第 137—139 页。另有人从文学倾向上进行分析，以徐志摩初回国在清华演讲《艺术与人生》为例说明，当时徐志摩"为人生而艺术"的主张与文学研究会接近之故。见胡博：《新月派前期的"文学梦"》，《中国现代文学研究丛刊》2004 年第 2 期。而文学研究会发起人之一郑振铎评价徐志摩："在当代的文坛上，像他那样的不具有'派别'的旗帜与偏见的，能够融洽一切，宽容一切的，我还没见过第二个人。他是一位很早的文学研究会的会员，但他同别的会社也并不是没有相当的联络；他是一位新月社的最努力的社员，但他对于新月社以外的文学运动，也还不失去其参加的兴趣。"这说明徐志摩不过是文学研究会的一名普通会员，与其在新月社的核心地位不可相比。见郑振铎：《悼志摩》，《北平晨报·学园》1931 年 12 月 8 日，见韩石山编：《难忘徐志摩》，昆仑出版社 2001 年版，第 201 页。

②　梁锡华：《且道阴晴圆缺：新月的问题》，见程新编：《港台·国外　谈中国现代文学作家》，四川文艺出版社 1986 年版，第 179 页。

国输送第一批留学生。以前回国的许多留学生在美国所修课程多为工程或
商业之类,回国后多在远离首都地区从事铁路建设、开矿及经营贸易工作。
所以在京的留美学生不过百人①。及至 20 年代,归国欧美留学生渐渐多了
起来,正如胡适常喜欢引用的荷马的那句名诗:"You shall see the difference
now that we are back again!"("如今我们回来了,你们看便不同了")②,他们
带着新接受的西方思想文化观念欲在古老中国一展身手,"吾曹不出如苍
生何"的精英意识与使命感使他们迫切需要在一起指点江山,纵然不脱书
生本色,但对国家对民族的关怀意识在经历了多年的异国生活体验之后不
减犹增。像胡适创办《努力周刊》就是忍不住来谈政治的产物,而其纵论天
下当局的"激扬文字"未尝不是具有相似教育背景的友朋在饭桌上你一言
我一语互相激励之成果。而聚餐会的出现,某种程度上恰恰为"五四"新一
代知识分子的言说渴望提供了一个相对自由的公共言论空间。

　　这种聚合形式,可以说是西方沙龙在中国的一种表现,而沙龙在现代中
国发展进程中的角色功能不可小觑。"沙龙"源于欧洲,法语 salon(沙龙)
借义于宫廷的代表性建筑,表示"主厅""会客厅",该词源于意大利语
salone,即轩敞的 sala(正厅)。在法语和西班牙语中,"沙龙"也早被用来指
称"主厅"里举办的(社交)活动。沙龙的真正历史起始于 1610 年法国朗布
依埃夫人(M.de Rambouillet)临近卢浮宫的沙龙。在 17—18 世纪巴黎沙龙
里,贵族与富有市民、艺术家与学者聚集在一起,形成了一种远离宫廷和教
会的新的公共空间。沙龙的历史与欧洲启蒙运动密切相关,在整个 18 世
纪,法国沙龙对启蒙运动的发展有着非同一般的意义,并培育了法国大革命
的土壤。从文化地理上看,18、19 世纪和 20 世纪初,沙龙主要集中在欧洲
都市和国都,那里有滋生沙龙的良好土壤。除了"文学交际"意义上的沙
龙,还有缘于法语 salon 另一义项"艺术展"意义上的沙龙。有人推断,20 世
纪 20 年代初,不少中国学人和文化人已对"沙龙/Salon"概念有所了解,至
少是那些崇洋趋新的文化人已认可这一概念。③ 其后,"沙龙"这一社交形
式进入中国读书人的生活,可以说指代了一种新型的文人生活和交往方式,
也折射出二三十年代的现代中国,现代知识分子之间的交往开始由传统农

---

① 参见顾维钧:《顾维钧回忆录》第一分册,"在京的留美及留欧归国学生"一节,中国社会科
学院近代史研究所译,中华书局 1983 年版,第 135—138 页。

② 胡适:《少年中国之精神》,载 1919 年 7 月《少年中国》第 1 卷第 1 期。见《胡适文集》(2),
人民文学出版社 1998 年版,第 53 页。

③ 参见方维规为费冬梅《沙龙:一种新都市文化与文学生产(1917—1937)》一书所作序言:
《欧洲"沙龙"小史》,北京大学出版社 2016 年版,第 7—15 页。

业社会"血缘"和"地缘"的联结转向了学缘之交。①

不用说,作为介于公共空间和私密场所之间的文化社交圈子,沙龙存在的基本条件首先在于参加者要有充裕的闲暇时光,然而消遣娱乐并非沙龙主流,谈论才是沙龙的文化精髓,沙龙是为上流社会阶层理性解释人生和社会、介入社会的特点所需要的。而从思想史的角度看,沙龙某种意义上可以说是社会生活和文学发展的动力,在历史发展中扮演着重要的角色。透过沙龙,可以认识当时的政治家和军事家,可以追溯重要的思潮流变,当时社会的浮生万象也都可以从中窥见一斑。沙龙与其时最优秀的精神生活交织在一起。虽然沙龙的组织者及欣赏倾向不同,沙龙的氛围也各不相同,但无疑沙龙都是当时最显赫的名士淑媛汇聚的场所,光彩夺目的社交中心。沙龙——内阁要员的政治生涯在这里起落,新的文学风格在这里产生,作家和艺术家从这里开始成名,或许,能够将严肃的知识分子群体和喧哗的社交界糅合到一起,恰是沙龙真正的魅力所在。

新月社的聚餐会正具有这种功能,一来作为知识分子业余生活的点缀,增添生活趣味,消磨时光,再者也是他们互相交流观点、沟通信息、深化思想、剖析玄微的公共领域。更根本的原因在于,归国留美、留英学生一般具有比较浓厚的关注时代状况与社会发展的兴趣,表现出知识分子讲学复议政、以理性解释社会的特性。可以说,书生报国,为变革时代谋求渐进式出路的愿望,令他们这群在青少年时期已深受中国儒家意识传统与西方思想文化双重熏染的现代知识分子群体聚集到一起。如此,以美英留学生为主体的新月社的出现就不奇怪了。徐志摩与邵洵美谈及中国文坛情形的一段感叹可作例证,他说:"这种样子下去是不行的。在中国,文学几乎跟考古学一般,好像只是几位专门学者的玩意儿。一些中学生及大学生在课堂里面,因为教师的讲义太干燥,便拿文学来调和调和空气,但是一等脱离了学校生活,踏进社会,文学的地位便让麻雀扑克占据去了。我们应当想个什么法子把文学打进社会里去呢?"②文学要与社会发生密切关系,而他们的理想就是通过沙龙式组织,把文艺打进社会里去,推广文艺风气,从培育一个"小规模的好社会"开始,进而达到实现"一个大规模的好社会"的理想。由

---

① 费冬梅:《沙龙:一种新都市文化与文学生产(1917—1937)》,北京大学出版社2016年版,第20、39页。该书将20世纪作为西方文化之一角的"沙龙"输入中国的变迁和发展进行了细致分析,以上海曾朴父子的"马斯南路寓所"、邵洵美的"花厅"和北京林徽因的"太太客厅"、朱光潜的"读诗会"为实例具体考察了沙龙与文人、与文学生产的关系,别具新意。

② 邵洵美:《花厅夫人——介绍莆丽茨夫人》,见陈子善编:《洵美文存》,辽宁教育出版社2006年版,第326页。

是,创立社团沙龙活动,就不仅仅止于消闲娱乐,而被赋予更深厚的为社会建立"文化的班底"①从而改良社会的意义。

第二节　旧时"风月"和新戏登场

一、海归精英与上层名士的融聚

发起组织新月社时,徐志摩时年26岁,游学回国尚不足一年,在文学圈和思想界的文名均不厚。但徐志摩是"梁启超的学生"应该是很多人都知道的。在社会网络上,不太具备吸附力和辨识力的徐志摩要驾驭这样一个团体,显然是难的。这也使这个团体一开始在人员构成方面就有些松散复杂,也因此招惹了不少的"闲话"。

首先,新月社显然不同于同时期如文学研究会、创造社那种有组织、有机构、有刊物的纯文艺团体。它的社员身份很不纯粹,不单单是学者,也不单单是诗人,不是纯文艺性的,也不是纯政治性的,而是当时北京上层社会中具有一定思想文化倾向人士的一个社交团体,这自然给外界提供了很多想象的素材。

按照当事人陈西滢的回忆,新月社并没有什么社员名册,所以谁是社员谁是客人无从说起,但他说"在我的记忆中,新月社代表徐志摩,也可以说新月社就是徐志摩",新月社是"志摩朋友的团体,人员大都在变动。聚餐时常有自他处来的人,只要志摩遇见即邀请来参加。没有固定不变的人,所以没有讨论题目,交换意见也没有正式开会讨论","只记得新月社成立的时候,林宗孟发表了一些政治家的意见,以后不曾再有,新月社也未专门提议讨论过什么事。"②

而在给新月社友们的一封信里,徐志摩倒是把新月社成员的构成做了大致的概括,他说:"同时神经敏锐的先生们对我们新月社已经发生了不少奇妙的揣详。因为我们社友里有在银行做事的就有人说我们是资本家的机关。因为我们社友有一两位出名的政客就有人说我们是某党某系的机关。因为我们社友里有不少北大的同事就有人说我们是北大学阀的机关。因为

———————
① 邵洵美:《文化的班底》,见陈子善编:《洵美文存》,辽宁教育出版社2006年版,第326页。
② 陈西滢:《关于"新月社"——复董保中先生的一封信》,原载台湾《传记文学》第18卷第4期,见韩石出编:《难忘徐志摩》,昆仑出版社2001年版,第78—79页。

我们社友里有男有女就有人说我们是过激派。"①

外界指摘的"某党某系"自然是指以徐志摩的师长梁启超为首脑的"研究系"②成员:梁做过段祺瑞内阁的财政总长,而徐志摩在伦敦相识相交的林长民(林徽因之父)则是梁的政治伙伴、任过段阁司法总长,张君劢(徐志摩发妻张幼仪的二兄)短暂任过段阁总统府秘书,蒋百里则是徐志摩的叔父辈③、著名的军界人士,也是梁启超的大弟子……金融实业界则有王徵(文伯)、黄子美、徐志摩任硖石商会会长的父亲徐申如等;而所谓"北大同事"则是指新月社的一批留学欧美多为北京大学或其他大学教授为主体的知识精英,如胡适、陈西滢、丁西林、陶孟和、张歆海、张彭春、钱端升、杨振声、任叔永、李四光、丁文江、张奚若、萧友梅、邓以蛰等人,此外还有报界蒲伯英、陈博生(渊泉)、刘勉己,军界王赓(美国西点军校毕业生,任交通部护路军副司令、哈尔滨警察厅长等职,陆小曼之夫,也系研究系成员)。而新月社的女性成员其实多为一些社员的太太或女友或亲属等,如陈衡哲(留美,任叔永之妻)、林徽因、陆小曼、凌叔华(后为陈西滢之妻)、沈性仁(陶孟和之妻)、王孟瑜(林徽因的表姐)等等。④

这批人大致上构成了新月社初创时期的形态。无疑,新月社汇聚了政

① 徐志摩:《给新月》,《晨报副刊》1925 年 4 月 2 日,见虞坤林编:《志摩的信》,学林出版社 2004 年版,第 406 页。

② 研究系:以梁启超为首脑的"宪法研究会"的简称。1916 年袁世凯死后,是年 9 月成立,支持黎元洪任北洋政府总统、段祺瑞任国务总理的段氏内阁,成为国会中的第二大党,打击国会中的第一大党国民党成立的"商榷会"(简称"商榷系")。这实际是辛亥革命后,国会中以梁启超为保守派政党灵魂组织的进步党与以孙中山、宋教仁为代表的激进派国民党对峙的演化。参见李喜所、元青:《梁启超传》,人民出版社 1993 年版,第 315、403—404、489 页。有关研究系活动,参见彭鹏:《研究系与五四时期新文化运动:以 1920 年前后为中心》,中山大学出版社 2003 年版。

③ 按:据蒋百里的侄子蒋复璁介绍,蒋、徐两姓是浙江海宁硖石镇上的两大家族,且蒋家与徐家有两重亲,故徐志摩入北京大学预科读书时,在北京就借住在蒋百里家,而蒋百里是梁启超的弟子,往来的张君劢(嘉森)、张公权(嘉璈)昆仲則与梁任公有师友关系。志摩之父因蒋百里关系及经济商业的关系结识张家,也结成了徐志摩与张幼仪(嘉玢)的婚姻,红娘則是张幼仪的四兄张公权,他任浙江都督秘书时去杭州府中视察,大为欣赏徐志摩的文才,为自己的小妹向徐家提亲。而张家也是望族,徐志摩之父自然愿意。而婚后张幼仪才知道徐志摩本人对此婚事并不满意,在看过她的照片后说她是"乡下土包子"。但另有一说,是由蒋百里之介徐父结识张君劢而有徐、张婚事。不管怎么说,徐志摩留学归来之时,徐家、蒋家、张家的关系是早已熟识的了。这其中蒋百里的中介作用是非常明显的。参见蒋复璁:《徐志摩先生轶事》,见《难忘徐志摩》,昆仑出版社 2001 年版,第 12 页;韩石山:《徐志摩传》,北京十月文艺出版社 2001 年版,第 17—18 页。

④ 关于新月社成员更具体的考证,参见付祥喜:《新月派考论》,中国社会科学出版社 2015 年版,第 25—31 页。

界、传媒界、学界、实业界、军界、社交界等各色人物,非常形象地说明了中国的读书人在从"士大夫"向现代知识分子转变的过程中,在聚集方式上的显著变化——打破了过去多是通过以同乡之谊为特征的"地缘政治"建立交际网络的传统交际方式,转而以就学经历、留学背景、供职机构等典型的现代知识分子角色特征构建他们的"权势网络"。

其次,新月社是建立在个人襟抱与趣味的基础上,有赖于一种势力或者说是一种感情的黏合体。具体一点说,就是这个社交团体在需要梁启超的地位与名声、徐申如的"赞助"、胡适等人的光鲜、太太们的神秘、参与者寻找方法参与社交表达自我愿望的同时,更要仰仗徐志摩的抱负、品位与好客,甚至宽容。这就必然意味着新月社不管在组织上还是观念上都是极为松散的,要掺杂着一种人为或人情的东西在里面。

正如前文陈西滢所给出的信息,新月社的出现与徐志摩这个人是密不可分的,也难怪很多同人日后回忆起徐志摩时,都一致认为他是新月社的灵魂(而胡适则被视作精神领袖)。

由是,徐志摩必须充分施展他善喜名流的社交特长。这一点,当年他在英国留学时就曾在家人的信中"汇报"过,"儿尤喜与英国名士交接,得益倍蓰,真所谓学不完的聪明。"①

郁达夫后来的回忆也印证了这一点。郁是徐志摩在杭州府中的同学,而且是一直有所往来的好友,他回忆1923年、1924年时的徐志摩印象时说,有一天"我忽而在石虎胡同的松坡图书馆里遇见了志摩。……他的那种轻快磊落的态度,还是和孩时一样,不过因为历尽了欧美的游程之故,无形中已经锻炼成了一个长于社交的人了。……从这年后,和他就时时往来,差不多每礼拜要见好几次面。他的善于座谈,敏于交际,长于吟诗的种种美德,自然而然地使他成了一个社交的中心。当时的文人学者、达官丽姝,以及中学时候的倒霉同学,不论长幼,不分贵贱,都在他的客座上可以看得到。不管你是如何心神不快的时候,只教经他用了他那种浊中带清的洪亮的声音,'喂,老×,今天怎么样?什么什么怎么样了×'的一问,你就自然会把一切的心事×开,被他的那种快乐的光耀同化了过去。"②如陈西滢所言,徐志摩总是朋友中间的"连索",是"黏着性的""发酵性的"。当徐志摩1928年底回北京探望病重的梁启超,给陆小曼写信汇报自己的行踪时,他先去了

---

① 徐志摩:《致父母》(1920年11月26日),见虞坤林编:《志摩的信》,学林出版社2004年版,第4页。

② 郁达夫:《志摩在回忆里》,《新月》第4卷第1期"志摩纪念号"。

在哥伦比亚大学的老同学、时为清华大学哲学系教授的金岳霖家,进门就看见"新月社的那方大地毯,正在金岳霖家美美地铺着呢";又说,"星期中午老金为我召集新月故侣,居然尚有二十余人之多。计开:任叔永夫妇、杨景任(按:张奚若之妻)、熊佛西夫妇、余上沅夫妇、陶孟和夫妇、邓叔存(按:邓以蛰)、冯友兰、杨金甫(按:杨振声)、丁在君(按:丁文江)、吴之椿、瞿菊农等,彭春(按:指张彭春)临时赶到,最令高兴……"①徐志摩交游之广泛以及他在新月社员聚集过程中的强大凝聚力由此可见一斑,也验证了陈西滢所言:新月社是"志摩朋友的团体"。

第三,一个松散的、带有社交性质和情感因素的组织也必然是一个开放的组织。当开放性达到一定程度的时候,当它能够形成一定的聚合力和趣味的时候,它才会有清晰的眉目。新月社的经历也正是如此。虽然新月社成立之初的文艺倾向是不重的,但是后来闻一多、余上沅、赵太侔等一部分人的陆续加入就开始对这种情况有所改变了,他们直接推动了新月在文艺领域特别是诗歌戏剧方面的作为。1925年8月9日,闻一多参加了新月社的茶话会。隔了一天,他给堂弟闻家驷写信说:

> 徐志摩约今日午餐,并约有胡适之,陈通伯(即现代评论上署名西滢者),张欣海,张仲述,丁西林,萧友梅,蒲伯英等在座,讨论剧院事。近得消息谓萧友梅(音乐家)与某法国人募得四十万资本,将在北京建筑剧园。故志摩招此会议,商议合作办法也。我等已正式加入新月社,前日茶叙时遇见社员多人,中有汤尔和,林长民,丁在君(话间谈及舒天)等人。此外则北大及北大外诸名教授大多皆社员也。新月社已正式通过援助我辈剧院之活动。徐志摩顷从欧洲归来,相见如故,且于戏剧深有兴趣,将来之大帮手也。②

同日,闻一多给三哥闻家騄信中复述了该信内容,同时满怀信心地提到徐志摩欲推荐他任《晨报副刊》编辑一事:

> 顷自新月社归来,关于筹划剧院事已有结果。书此报告,以释悬

①　徐志摩:《致陆小曼》(1928年12月11日),见虞坤林编:《志摩的信》,学林出版社2004年版,第95页。

②　闻一多:《致闻家驷》(1925年8月11日),见《闻一多书信选集》,人民文学出版社1986年版,第201页。丁在君,即丁文江。舒天:即闻亦齐,闻一多的堂弟,出国前曾协助丁文江做过地质地理学史方面的工作,并为他撰写《徐霞客年谱》收集过资料。

念。昨日到会者有徐志摩,胡适,张欣海,蒲伯英,邓以蛰,丁燮林,陈通伯以及萧友梅。萧君已筹得可靠款项二十万元,拟办一"国民剧场"。萧之专门为音乐,正缺艺术人才,故以得遇弟等为至幸。弟等所拟计划与彼等之计划大同小异,故今日双方皆愿合作。照此看来,剧场事业可庆成功矣。又有可喜消息:则今日席间又谈及北京美专事,同人皆谓极宜恢复,并由本社同人主持其事。故已议定上书章行严,由林长民任疏通之责。大概美专之恢复,亦不难实现矣。

再者北京《晨报》为国内学术界中最有势力之新闻纸,而《晨报》之《副镌》尤能转移一时之思想。《副镌》编辑事本由正张编辑刘勉己。现兼任该报拟另觅人专管《副镌》,已与徐志摩接洽数次。徐已担任北大钟点,徐之友人不愿彼承办《晨副》,故徐有意将《晨副》事让弟办理。据徐云薪水总在二三百之间,大约至少总在百元以上。今日徐问弟:"谋到饭碗否?"弟答:"没有。可否替我想想法子?"后谈及《晨副》事,又向弟讲:"一多,你来办罢!"弟因徐意当时还在犹夷,不便直接应诺。容稍迟请上沅或太侔向徐再提一提,想不致绝无希望也。刘勉己与弟已有来往,昨日来函约为特约投稿员,稿费每千字在二元以上。刘初次遇弟时,甚表敬意。刘亦属新月社。大约弟担任《副镌》,刘之方面亦不致有异议。①

徐志摩与闻一多的相识,搭桥人据推测很可能是徐志摩前妻张幼仪的八弟张嘉铸(字禹九),闻一多与张禹九在纽约艺术学院时相识,他在给家人信中曾提到十分欣赏张的艺术鉴赏力,觉得能够与之结识而为友"宁非幸哉",而张禹九也与闻一多差不多同时回国,时在北京大中实业公司任秘书②。闻一多等人加入新月社,很大程度上缘于他们在美国就兴起的戏剧

---

① 闻一多:《致闻家騄》(1925年8月11日),见《闻一多书信选集》,人民文学出版社1986年版,第202页。

② 1924年9月23日,闻一多致家人信中谈到新交朋友张嘉铸(字禹九):"公寓中清华同学亦达十余人,然人多品杂,堪与为伍者亦寥寥罕用。新交中有张君嘉铸者,亦曾在清华肄业二年,后由自费来美。张君之文学美术鉴赏力甚高,敦敦好学,思想亦超凡俗,有乃兄张嘉森(君劢)之风。银行家张嘉璈系嘉铸之兄,张氏可谓今之望族也。嘉铸之嗜好在文学、美术,然非专攻文学、美术者。察其意颇欲以搜罗人才、鼓励文化为事业,如梁新会及乃兄君劢先生之行事者。故其于在美之好学之士中交游甚众,而于好文学、美术者,以其性之所尤近,则尤之致意焉。当今为趋势鹜利之世界,习文学、美术者辄为众所轻视,余能得如张君其人者而友之,宁非幸哉!"见《闻一多书信选集》,人民文学出版社1986年版,第181页。按:张禹九于1925年夏自美国抵沪,旋去北京任大中实业公司秘书。见秦贤次编:《刘英士先生纪念文集》,台湾兰亭书店1987年版,第367页。

热情——早在回国之前已曾由余上沅执笔写信给胡适,表示回国后有意与新月社合作推进戏剧运动,回国后进入新月社也属早有此意。作为新月社创办人,徐志摩其实深知新月社在文艺方面的薄弱,他又实在是渴望以文艺实现自己的人生抱负的,而无疑闻一多等人的加盟实在会大大促进新月社这一方面的实力,徐志摩热心为闻一多推荐工作既有热心爱才的因素,也未尝没有借重之意。确实,之后以闻一多身边的青年诗人为主力的圈子(他们未必参加了新月社的活动),经由徐志摩、闻一多的联手,从而合力在新诗、戏剧领域的表现着实令文学界刮目相看——终至形成了所谓的"新月派"(详见第二章)。不过这里也应当加一笔,闻一多当年在美国留学时一度长发披头,常常睡到日上三竿才起床,入夜则与张禹九、赵太侔、熊佛西等朋友相偕下馆子喝五加皮吃馄饨,这种波西米亚的气质终究与新月社的绅士风度还是有所区别的。

第四,无论是背靠大山鱼龙混杂、个人襟抱感情维系,还是松散开放,一个正当社团组织的运转都是要有一定的经费来支撑的。及至这个社团固定化了以后,社团应该构成一定的出入秩序,这种秩序既应该表现在一般的出入手续上,也应该表现在经费上,但这些新月社似乎一直没有着落。

虽然闻一多在信中说是"正式加入"新月社,但没有看出经历了什么手续,大约是比较简单的。而新月社开办及活动经费也是一个问题。如果说新月社和新月社俱乐部大致不差的话,那么出资人可以说就是银行家黄子美和徐父徐申如了,因为徐志摩说"新月社的俱乐部,多谢黄子美先生的能干与劳力……开办费是徐申如先生(我的父亲)与黄子美先生垫在那里的",但是似乎"分文都没有归清"——没有社员交费。

据徐志摩说,"经常费当然靠社员的月费,照现在社员的名单计算,假如社员一个个都能按月交费,收支勉强可以相抵。但实际上社费不易收齐,支出却不能减少,单就一二两月看,已经不免有百数以外的亏空。"而黄子美还做着新月社的总管,大大小小的事都由他跑,再让他自掏腰包贴钱就实在说不过去了,所以黄子美一听他要去欧洲眼都红了。"如果我要是一溜烟走了,跟着太爷们爱不交费就不交费,爱不上门就不上门。这一来黄爷岂不吃饱了黄连,含着一口的苦水叫他怎么办?"①

而按照陈西滢的记忆,新月社根本不像外国俱乐部那样,社月费没有一个干事负责办理,他的太太凌叔华回忆说最初黄子美收过费,但显然也没有长久。

---

① 徐志摩:《给新月》(1925年3月14日),载《晨报副刊》1925年4月2日。见虞坤林编:《志摩的信》,学林出版社2004年版,第405页。

二、文人风雅：新月社的日常活动

有关新月社的环境，徐志摩曾作过一首诗，就是前文中被瞿光熙先生引以为据的《石虎胡同七号》，在这首诗里，徐志摩吟唱着"我们的小园庭"：我们的小园庭，有时荡漾着无限温柔；我们的小园庭，有时淡描着依稀的梦景；我们的小园庭，有时轻喟着一声奈何；我们的小园庭，有时沉浸在快乐之中。

在这样清新怡人的"小园庭"里，新月社最常见的活动就是聚餐会。在走到哪里都带给人一团和气与欢笑的徐志摩的张罗下，差不多每两个星期就聚餐一次的活动常常给社员们以想念①，社员陶孟和1924年12月3日给胡适写信说："我们还有两个月便要回去了。新月之会我们在远方常想起来。……要扮演丁巽甫之剧本是《一只马蜂》吗？"②信中提到新月社员要排演丁西林的剧本，后来不了了之，徐志摩提及此事时还深以为憾事。同年12月16日，时在南京东南大学任教的任鸿隽（叔永）与夫人陈衡哲则给胡适写信说："我们接到你们十二月七号聚餐的通知，都非常高兴。一面又很怪你们，明知我们不能到会，偏要拿这样好的请帖来使我们生气，这是多么大的罪恶！日后我们来京的时候，非罚你们特别请一顿不可。"任又说："志摩说这是你们无聊中消遣的方法，也使我们艳羡。"③聚餐之余，新月社还有一些文艺活动，据陈西滢回忆，有一次是去听刘宝全的京韵大鼓，还有一回是去看陆小曼排演的《尼姑思凡》，而据当时与徐志摩同住在松坡图书馆的他的表弟蒋复璁回忆，新月社每月还有同乐会，李清之弹过古琴，他与

---

① 一般人常说新月社聚餐会每两周一次，但实际上有不同的说法。闻一多曾说："新月社每两周聚餐一次，志摩也常看见。"见《闻一多致梁实秋》（1926年1月23日），见《闻一多书信选集》，人民文学出版社1986年版，第205页。但陈西滢则认为两周一次只是"希望的说法"，因为新月社只有一个厨师，只能办一桌客，且要提前一天准备。他说："定期聚餐是有的，但次数并不多。"陈西滢：《关于"新月社"——复董保中先生的一封信》，原载台湾《传记文学》第18卷第4期，见韩石山编：《难忘徐志摩》，昆仑出版社2001年版，第79页。徐志摩表弟、蒋百里之侄蒋复璁，当时与徐志摩同住松坡图书馆，他说，"民国十三年时，北京的欧美留学生及一部分文教人士，每月有一聚餐会，我也因为志摩关系，也参加了这一个聚餐会。泰戈尔来华后，聚餐会更多了，所以即将聚餐会扩大为固定的新月社。每人每月交费伍元银洋，租了一所房屋，志摩迁入主持，参加的人都带太太，时值男女社交公开，故请徽因女士参加，凌叔华、陆小曼及其他女士就此参加了。"蒋复璁：《徐志摩先生轶事》，原载台湾《传记文学》第45卷第6期，见韩石山编：《难忘徐志摩》，昆仑出版社2001年版，第14页。

② 《陶孟和致胡适》（1924年12月3日），见社科院近代史研究所编：《胡适来往书信选》上册，中华书局1979年版，第281页。

③ 《任鸿隽致胡适》（1924年12月16日），见社科院近代史研究所编：《胡适来往书信选》上册，中华书局1979年版，第284页。

陆小曼还唱过昆曲①。新月社还为社员们安排私人交往活动提供方便。陈西滢说他在新月社请过两次客,有一次请的是凌叔华及她的父亲和哥哥,由胡适、徐志摩作陪②。胡适也常常在此请客吃饭,他在1925年1月的日记里有几次记载。

新月社平时的活动很具有文人雅兴的特色,新年有年会,元宵有灯会,还有古琴会、书画会、读书会等等。沈从文第一次见徐志摩,就是在新月社的一次小型读诗会上,他在《谈朗诵诗》文中谈到当年新月社诗朗诵的情况:"我头一次见到这个才气横溢的作家(按:指徐志摩)时,是在北平松树胡同新月社院子里,他就很有兴致当着陌生客人面前读他的新作。那时正是秋天,沿墙壁的爬墙虎叶子五色斑斓,鲜明照眼,他坐在墙边石条子上念诗……环境好,声音清而轻,读来很成功。在客厅里读诗供多数人听,这种试验在新月社已有过,成绩如何我不知道。较后的试验,是在闻一多先生家里举行的。"③熊佛西则记述过新月社的读书会,说梁启超到新月社讲解和朗诵《桃花扇》的事:"新月社在北京成立的时候一般文人学者常到松树胡同去聚谈,或研讨学问,或赋诗写文,或评论时事,颇极一时之盛。先生(按:指梁启超)亦常去参加。某日,同人请先生讲述《桃花扇》传奇,先生热情如火,便以其流利的'广东官话',滔滔不绝的将《桃花扇》作者的历史,时代背景以及该书在戏曲文学上的价值,一一加以详尽的解释与分析。最后并朗诵其中最动人的几首填词。诵读时不胜感慨之至,顿时声泪俱下,全座为之动容。"④

新月社的灯会也很是热闹。1925年2月7日,农历正月十五元宵节,新月社举办灯会,胡适有灯参加展出,灯上有灯谜,大概他的灯谜不怎么好,没有几个人买账,胡适颇有点气馁,又不甘心,便写了篇《新月社灯谜》在报上刊布。他说:"这一晚灯会,我的灯可落选了。我只好写出我做的几个灯谜,给我自己解解嘲"。接下来便是他的几个灯谜,后面注明了谜底:

　　双燕归来细雨中。(字一)　　两

---

① 蒋复璁:《徐志摩先生轶事》,原载台湾《传记文学》第45卷第6期,见韩石山编:《难忘徐志摩》,昆仑出版社2001年版,第14页。

② 陈西滢:《关于"新月社"——复董保中先生的一封信》,原载台湾《传记文学》第18卷第4期,见韩石山编:《难忘徐志摩》,昆仑出版社2001年版,第79页。

③ 沈从文:《谈朗诵诗》,见《沈从文文集》第11卷,花城出版社、香港三联书店1984年版,第248页。

④ 熊佛西:《记梁任公先生二三事》,见瞿光熙:《中国现代文学史札记》,上海文艺出版社1984年版,第267—268页。

为人隆准而龙颜,美须髯,左股有七十二黑子。时饮醉卧,武负见其上常有怪。(社员名一) 王徵

惟使君与操耳。(今人名一) 许世英

乃瞻衡宇,载欣载奔。僮仆欢迎,稚子候门。(古人名一,或今人名一) 方回 方还

新月一钧斜,玉手纤纤指。郎心爱妾不?道个真传示。(字一) 祭花解语(对偶格)。(汉魏诗一句) 对酒当歌

对牛弹琴(对偶格)。(京戏名一) 鱼藏剑①

2月16日的《晨报副刊》上,还登出这次灯会上的一张照片,一女子做曼舞状,说是"新月社灯会中之廖女士"。

在石虎胡同的"小园庭"听古琴,也是很适宜的。陈西滢这样描述:"那天的黄昏,在一钧新月的地下,我们两三个人坐在松坡图书馆的冷清清的院落中,又听到了一两曲。淡淡的月色笼着阴森森的几棵老树,又听了七弦上冷冷的音调,自有一种说不出的幽情侵入心坎来。同样的一曲'平沙落雁',在下午不过是些嘈杂的声音,这时候却蕴藏着不少的诗意。"②——那天下午,陈西滢还在北海参加了一次名手云集的古琴会,但时间地点选得不好,下午的太阳很热,屋子又小,挤满了人,进进出出,叫人毫无意兴。

但是过了一年,也许是徐志摩常常"出京"的缘故,新月社的这种热闹似乎也就没有了。1926年2月26日,元宵节前夜,在上海等张幼仪来商量分家产事的徐志摩给陆小曼写信说:"新月社一定什么举动也没,风景煞尽的了!"③

而听听戏、吃吃精美小菜这样的生活,却并不是新月社的灵魂人物徐志摩所理想的,他在给新月社友的信里直截了当地表达了这种不满:"有一个要得的俱乐部,有舒服的沙发躺,有可口的饭菜吃,有相当的书报看,也就不坏;但这躺沙发决不是我们结社的宗旨,吃好菜也不是我们的目的。不错,我们曾经开过会来,新年有年会,元宵有灯会,还有什么古琴会书画会读书会,但这许多会也只能算是时令的点缀,社友偶尔的兴致,决不是新月的清光,决不是我们想象中的棱角。假如我们的设备只是书画琴棋外加茶酒,假

① 胡适:《新月社灯谜》,《晨报副刊》1925年2月10日。

② 陈西滢:《听琴》,《晨报副刊》1925年10月21日,见陈子善、范玉吉编:《西滢文录》,辽宁教育出版社2000年版,第247页。

③ 徐志摩:《致陆小曼》(1926年2月26日),见虞坤林编:《志摩的信》,学林出版社2004年版,第69页。

如我们举措的目标,是有产有业阶级的先生太太们的娱乐消遣,那我们新月社岂不变成了一个古式的新世界或是新式的旧世界了吗?这 Petty Bourgeois(小资产阶级)的味儿我第一个就受不了!"①

在给陆小曼的一封信中,徐志摩则深刻地解剖自己说:"安乐是害人的,像我最近在北京的生活是不可以为常的;假如我新月社的生活继续下去,要不了两年,徐志摩不堕落也堕落了。我的笔尖上再也没光芒,我的心上再没有新鲜的跳动,那我就完了——'泯然众人矣'!"②

显然,对新月社徐志摩是既有寄托又有失望。作为发起人,他曾明确表示过发起新月社时的"理想"——他们最想做的事情就是演戏:"组织是有形的,理想是看不之见的。……我们当初想望的是什么呢?当然只是书呆子们的梦想!我们想做戏,我们想集合几个人的力量,自编戏自演,要得的请人来看,要不得的反正自己好玩。说也可惨,去年四月里演的契玞腊要算是我们这一年来唯一的成绩,而且还得多谢泰戈尔老先生逼出来的!去年年底也曾忙两三个星期想排演西林先生的几个小戏,也不知怎的始终没有排成。随时产生的主意尽有,想做这样,想做那样,但结果还是一事无成。"③

在徐志摩的心目中,新月社从演戏入手,目的就是要先在文艺界有所作为,然后从文艺推广到政治生活,虽然不能像早年理想那样做中国的"Hamilton",但是通过同人的齐心协力在文化政治界闯出一条路来,才是他们结成一体的真正动力。然而大多数的社员似乎并没有这么远大的想法,所以他推心置腹地告诫社友们:"认真说,假如大多数的社员的进社都是为敷衍交情来的,实际上对于新月社的旨趣及他的前途并没有多大的同情,……问题是我们这一群人,在这新月的名义下结成一体,宽紧不论,究竟想做些什么?我们几个创始人得承认在这两个月内我们并没有露我们的棱角。在现今的社会里,做事不是平庸便是下流,做人不是懦夫便是乡愿。这露棱角(在有棱角可露的)几乎是我们对人对己两负的一种义务。……跳蚤我们是不用怕的,但露不出棱角来是可耻的。这时候,我一个人在西伯利亚的大雪地里空吹也没有用,将来要有事情做,也得大家协力帮忙才行。几个爱做梦的人,一点子创作的能力,一点子不服输的傻气,合在一起,什么朝代推不

---

① 徐志摩:《给新月》(1925年3月14日),见虞坤林编:《志摩的信》,学林出版社2004年版,第406页。

② 徐志摩:《致陆小曼》(1925年3月18日),见虞坤林编:《志摩的信》,学林出版社2004年版,第41页。

③ 徐志摩:《给新月》(1925年3月14日),见虞坤林编:《志摩的信》,学林出版社2004年版,第406页。

翻,什么事业做不成?当初罗刹蒂一家几个兄妹合起莫利思朋琼司几个朋友在艺术界里就打开了一条新路,萧伯纳卫伯夫妇合在一起在政治思想界里也就开辟了一条新道。新月新月,难道我们这新月便是用纸版剪的不成?"①

　　而新月社被徐志摩赋予的要"露棱角"的抱负,大约还要在他结束欧游之旅回国踏入报界,掌握到一份有力的传媒工具——《晨报副刊》后,才可能获得一定的意义。

　　正如新月社的诞生没有确切的日子一样,想确定具有明确称呼的新月社的落幕也是非常困难的。据前面所引徐志摩 1926 年元宵节前夜(1926年 2 月 26 日)给陆小曼的信,还有同年 3 月 12 日徐志摩给胡适的信中又提到"近来新月社的问题又多一层麻烦",可以看得出彼时的新月社已很是意兴阑珊,然而,还是存在的。按照梁锡华的说法,新月社的招牌大约是在1927 年才被摘下的。而在笔者看来,1926 年 10 月,随着新月社的灵魂人物——徐志摩携陆小曼新婚南下,新月社的活动遂于无形中中止。

三、两个核心人物:徐志摩与胡适

　　说到新月社,不能不提徐志摩与胡适的关系。正是通过新月社的组织,徐志摩与胡适结下了深厚的友谊,之后徐志摩更是深受胡适的影响与帮助,在人生很多环节上都有胡适尽力提携的痕迹。徐志摩比胡适小差不多五岁,也算是同龄人,不过胡适成名甚早,所以要比徐志摩更成熟一些。徐志摩还在英国剑桥读书时,就早知道胡适的大名了。在 1921 年 11 月 7 日给罗素的信中,徐志摩建议邀请梁启超为欧格敦的《世界哲学丛书》著书,替换下罗素推荐的胡适的《中国哲学大纲》,这并不能说明徐志摩对胡适是有什么偏见,其实他对胡适的推崇是很诚心的。他认为胡适在哲学上"资格是最前列的",他的《中国哲学大纲》也是"近年颇有价值的著作",而胡适"对事物独立判断和细心分析的能力,也是十分超卓的"。徐志摩就事论事,只是胡适的著作对象是中国读者,有些地方不适合不熟悉中国哲学的西方读者,篇幅也嫌长了些,胡适又没有时间为此丛书专门撰写一本而已,否则肯定没问题②。而徐志摩与胡适真正的相识相交,是在 1922 年底回国,与胡适做了新月社友之后。1923 年 8 月,因祖母病逝,徐志摩南归浙江海宁硖石老家奔丧,而此时胡适则因身体原因享受北大一年休假的教授待遇,

----

① 徐志摩:《给新月》(1925 年 3 月 14 日),见虞坤林编:《志摩的信》,学林出版社 2004 年版,第 407 页。

② 徐志摩:《致罗素》(1921 年 11 月 7 日),见虞坤林编:《志摩的信》,学林出版社 2004 年版,第 413 页。

早于4月底到杭州烟霞洞休养，间或去趟上海。这段时间，徐、胡二人交往十分密切，他们的日记中都有比较详细的记录。徐志摩接连几次前往烟霞洞探望胡适，9月28日时值海宁观潮节，应徐志摩邀请，胡适、胡适的表妹曹佩声、陶行知、任叔永、陈衡哲、朱经农、马君武、汪精卫及陈衡哲的一位美国老师，一行十人去海宁观潮。他们讲了一路的诗，徐志摩还同胡适约定替陆志苇的《渡河》做一篇书评①。这次出游徐志摩安排得十分丰富，充分显示了他的组织能力，品小吃，观海潮，谈天说地，友人都十分愉快，而这也奠定了徐志摩与胡适情感的基础。10月11日，同赴张东荪的午宴后，徐志摩被胡适拉到沧州别墅闲谈，看他的《烟霞杂诗》，徐志摩问胡适"尚有匿而不宣者否，适之赧然曰有，然未敢宣，以有所顾忌。"后又谈《努力》停版改组事宜，下午两人又与朱经农同访郭沫若。随后几天，两人与郭沫若等创造社成员酬酢往返，修补前嫌②。在这段密切交往的日子里，两人约定翻译曼殊斐儿的小说，还打算邀请陈西滢合作，也曾谈诗至半夜；又同游西湖，浪迹湖心亭、花坞、西溪、葛岭、初阳台……甚至在夜半二更时分一同远眺波光堤影③；有一次在西湖边的壶春楼同饮之后，面对着湖光月色，他们在一起抒发情怀，纵论世间不平事，互诉衷肠，时而激愤，时而陶醉。那晚的场景胡适在日记里这样写道："我们抬出一张桌子，我和志摩躺在上面，我的头枕在他身上，月亮正从两棵大树之间照下来，我们唱诗高谈，到夜深始归。"④不能不说，这种酣畅亲近的场景在繁杂的人生中实在是很难得的。而徐志摩的日记中也显示出两人的关系已经十分不一般：

> 昨写此后即去适之处长谈，自六时至十二时不少休。……与适之谈，无所不至，谈书、谈诗、谈友情、谈爱恋、谈人生、谈此谈彼：不觉夜之渐短。适之是转老回童了，可喜！
>
> 凡适之诗前有序后有跋者，皆可疑，皆将来本传索隐资料。⑤

---

① 徐志摩：《徐志摩日记》(1923年10月1日)，见虞坤林编：《徐志摩未刊日记(外四种)》，北京图书馆出版社2003年版，第159页。

② 徐志摩：《徐志摩日记》(1923年10月11日)，见虞坤林编：《徐志摩未刊日记(外四种)》，北京图书馆出版社2003年版，第162页。

③ 徐志摩：《徐志摩日记》(1923年10月21日)，见虞坤林编：《徐志摩未刊日记(外四种)》，北京图书馆出版社2003年版，第168—170页。

④ 胡适：《胡适日记》(1923年10月22日)，见曹伯言整理：《胡适日记全编》(4)，安徽教育出版社2001年版，第80页。

⑤ 徐志摩：《徐志摩日记》(1923年10月13日)，见虞坤林编：《徐志摩未刊日记(外四种)》，北京图书馆出版社2003年版，第163页。

　　其时，一向感情持着稳重的胡适正处于与表妹的热恋中，所以徐志摩会说他"转老回童"，而徐志摩也正在苦苦追求林徽因而无所回应的苦闷中，同处在感情的峰谷浪尖，自然有不尽的块垒需要倾吐，而通过这一段的相知相交，也使他们一生的情谊有了一个相当牢固的基础。

　　胡适对徐志摩的才能也是很欣赏的。当时（10月3日），徐志摩曾与瞿菊农去了一趟常州，回来后写了一首《常州天宁寺闻礼忏声》后把它送给胡适批评，胡适评价说：

　　　　志摩做了一首《常州天宁寺闻礼忏声》的长诗，气魄伟大，我读了很高兴。志摩与我在山上时曾讨论诗的原理，我主张"明白""有力"为一个条件，志摩不尽以为然。他主张 Melancholy（忧郁——引者注）是一个条件，但他当时实不能自申其说，不能使我心服……志摩对诗的见解甚高，学力也好，但他一年来的作品与他的天才学力殊不相称。如在《努力》上发表的《铁栏歌》他自己以为精心结构之作，而成绩实不甚佳。我在山上也如此对他说，我以为这还是工具不曾用熟的结果。及见《灰色的人生》，始觉他的天才与学才都应该向这个新的、解放的、自由奔放的方向去发展。《铁栏歌》时代的枷锁镣铐，至此才算打破。志摩见我赞叹此诗，他也很高兴。此次天宁寺一诗，是因为我赞叹《灰色的人生》他才有这种自由奔放的体裁与音节。此诗成绩更胜于《灰色的人生》，志摩真被我"逼上梁山"了！英美诗中，有一个惠特曼，而诗体大解放。惠特曼的影响渐披于东方了。沫若是朝着这个方向走的；但《女神》以后，他的诗渐显"江郎才尽"的现状。余人的成绩更不用说了。我很希望志摩在这方面作一员先锋大将。①

　　胡适本人作为白话诗运动的开创者的使命已经属于"过去时"，文艺如他自己所言实不过是他的娱乐，但这并非意味着他放弃对新诗的关注，而徐志摩的创作某种程度上承继着他曾一手打下的天下，胡适总是在关键时候出现的启发与鼓励则大大激发了徐志摩创作的灵感，徐志摩在他所做的一首难得的长篇叙事诗《爱的灵感》（作于去世前一年1930年秋）前就说——他把此诗献给胡适，因为这些诗行"好歹是他撩拨出来的，正如这十年来大多数的诗行好歹是他撩拨出来的！"

----

① 　胡适：《胡适日记》（1923年10月25日），见曹伯言整理：《胡适日记全编》（4），安徽教育出版社2001年版，第82页。

1924 年 2 月,徐志摩在老家硖石给胡适写信,为没有胡适的音讯而感不安,并自惭地说"聚餐会幸亏有你在那里维持,否则早已呜呼哀哉了",由此感慨胡适"毕竟是一根'社会的柱子'!",还自叹"我是一个罪人,也许是一个犯人",只知"为此避难在深山"。3 月徐志摩回到北京,在泰戈尔访华活动中他们积极参与密切配合,成就了中印文化交流史上的这次盛事。是年秋,由胡适举荐徐志摩到北京大学任教①。可以说,不管是新月社的维系,还是在上海创办新月书店、《新月》月刊等一系列活动中(他们还一同在上海光华大学执教),徐、胡二人的同声相契都是至为关键的。1930 年末胡适回北大任教,次年春即力荐处于"枯窘"状态中的徐志摩到北大任教,还竭力为徐志摩争取到"北大'中基会'合作研究特款顾问委员会"研究教授②。1931年,二人又合力翻印《醒世姻缘传》,由胡适作考证,徐志摩写长序,这篇序竟成为徐志摩的绝笔,也是两人最后一次合作的见证。而在徐志摩逝世后,缺少了实际的推动力,胡适本人的精神感召作用也难以得到发挥,新月同人

①　按:徐志摩到北大任教的时间,笔者所见几种徐志摩、胡适年谱均为 1924 年。如:耿云志《胡适年谱》:"1924 年由胡适引荐,徐志摩到北京大学任教……1930 年末又同胡一起回北大任教",陕西人民出版社 1988 年版,第 195 页。陈从周编《徐志摩年谱》:"一九二四年……志摩居松坡图书馆,这时他正任北大教授,(校长蔡元培)",1949 年自费印行,上海书店 1981 年影印本,第 37 页。邵华强、赵遐瑞等编《徐志摩年谱》均说:徐志摩于 1924 年秋到北京大学任教授,讲授英美文学和外文,1925 年 3 月辞职欧游。见邵华强编:《徐志摩研究资料》,陕西人民出版社 1988 年版,第 29、31 页;赵遐瑞等编:《新编徐志摩年谱》,《徐志摩全集》(5),广西民族出版社 1991 年版,第 492、498 页。但是,还有一说徐志摩系于 1925 年 10 月上旬到北大任教。见许君远:《怀志摩先生》:"徐先生继柴思义之后担任讲授英文诗歌……十四年十月初旬他才开始登上北大红楼,那时他已主编《晨报副刊》,声誉日渐高起。……十五年夏天学期未终了时,他便离开北京而南下了。"原载 1931 年 12月 10 日《晨报·学园》,见张放、陈红编:《朋友心中的徐志摩》,百花文艺出版社 1992 年版,第 207 页。而 1925 年 9 月 24 日,即将上任《晨报副刊》主编的徐志摩给刘海粟信中也称:"我这半年立志不受'物诱',办我的报,教我的书,多少做一点点人的事业。"(虞坤林编:《志摩的信》,学林出版社 2004 年版,第 146 页。)韩石山著《徐志摩传》(北京十月文艺出版社 2001 年版,第 539 页)取徐志摩"1925 年 10 月上旬,去北京大学英文系上课",不知是否据上述材料。另,1925 年 11 月徐志摩给胡适信中称:"你的课我已经去代了,不但代课,连我自己的都上了。你也许不知道我本来不想去上的,后来你要我代,我不得不去,又兼通伯再三催逼,我才去的。关于薪水问题,通伯说要你对梦麟说的。上年我才有六点钟拿二百四十,现在有八点钟,若按讲师算太化[划]不上,我也有点犹太气味。这几日来也实在不够化,所以想你替我说一声,薪水放宽一点。"(虞坤林编:《志摩的信》,学林出版社 2001 年版,第 264 页。)综合以上材料,笔者以为可以推断:徐志摩系 1924 年秋至1925 年 3 月任教北大,1925 年 10 月至 1926 年 10 月南下前二度任教北大,1931 年春则受胡适之助三度任职北大。或有不确,暂系于此。

②　参见徐志摩:《致胡适》(1931 年 2 月 2 日),见虞坤林编:《志摩的信》,学林出版社 2001 年版,第 289 页;胡适:《胡适日记》(1931 年 8 月 5 日),见曹伯言整理:《胡适日记全编》(6),安徽教育出版社 2001 年版,第 141 页。

无形星散。就像梁实秋、叶公超都曾经不无遗憾地表达过的相似感受——没有了徐志摩，新月也就失去了灵魂，连原本固定每次两桌的饭局，在他死后也乏人张罗自动消失了①。

　　详细地对徐志摩与胡适加以比较不是这里能够展开的，但可以指出的是二人的个性气质实际是很不一样的，徐志摩浪漫，胡适沉稳，这从他们对婚姻的态度上就可以看得出。胡适并不满意于母亲包办的自己与江冬秀的婚姻，但出于孝道及名誉，他终生维护了这个婚姻。在"五四"一代激进知识分子追求个人解放与婚姻自由的大潮中，胡适以理性的态度在个人问题上服从了东方的传统观念，而在思想文化上以全面的西化姿态激烈地反对传统，践履他的先锋角色意义。而徐志摩则直接"以身试法"，以惊世骇俗的对待婚姻的方式宣布他对待自由的姿态，而胡适在其间为徐志摩与陆小曼的结合所做的努力，实则体现出他思想与行动上不很为人知的激烈一面，他不但去向徐志摩之父做工作，而且为此事还被江冬秀骂得个底朝天，而他的态度始终两个字：容忍。一方面先锋激进，一方面保守谨慎，如此多的矛盾可以并存于胡适身上，可以说是他的一个典型性格吧。

　　徐志摩本人也很清楚他与胡适之间的差异，在给胡适的一封信里他就说过，"但你我虽则兄弟们的交好，襟怀性情地位的不同处，正大着；另一句话说，你在社会上是负定了一种使命的……但我自己却另是一回事，……我唯一的希望是……在文学上做一点工作……始终一个读书人……"②胡适一生总是谈着他不感兴趣的兴趣——政治，而徐志摩则始终钟情于文艺事业，其中一个原因很可能是因为他始终没有忘记当年见到英国女作家曼殊斐儿时，在那"二十分不死的时间"里所接受的希望他不进政治的忠告③。而从他们对待苏俄态度的不同上，也能很明显地看出二人之间的不同（详见第二章第一节）。

　　而作为徐志摩的知己至交，胡适对徐志摩的认识堪称解人之论。徐志摩逝世后他作了《追悼志摩》，知人论世，充分体现了对挚友的了解之深刻，

　　①　叶公超：《新月旧拾——忆徐志摩二三事》，见陈子善编：《叶公超批评文集》，珠海出版社1998年版，第250页；梁实秋：《谈徐志摩》，见陈子善编：《梁实秋文学回忆录》，岳麓书社1989年版，第189页。

　　②　徐志摩：《致胡适》（1927年1月7日），见虞坤林编：《志摩的信》，学林出版社2004年版，第277页。

　　③　徐志摩：《曼殊斐儿》，作于1923年3月，时曼殊斐儿去世不久，徐志摩为其作此祭文，后载《小说月报》第14卷第5号，1923年5月10日。文中回忆了他于1922年7月会见曼殊斐儿的情形，并说"她（曼殊斐儿）问我回中国去打算怎么样，她希望我不进政治，她愤愤地说现代政治的世界，不论哪一国，只是一乱堆的残暴和罪恶。"

情谊之深重,他的评价如今已常常被人所引用:"他的人生观真是一种'单纯的信仰',这里面只有三个大字:一个是爱,一个是自由,一个是美。他梦想这三个理想的条件能够会合在一个人生里,这是他的'单纯信仰'。他的一生的历史,只是他追求这个单纯信仰的实现的历史。"①

第三节　舞台放大与延伸:以泰戈尔之名

一、泰戈尔访华之旅

新月社最正式最可圈可点的活动,当是参与中印文化交流史上的一次重要活动——泰戈尔访华。徐志摩、梁启超、胡适等人都以各自的方式尽地主之谊,新月社同人还为欢迎泰戈尔排演了泰氏的英文短剧《齐德拉》,成为泰戈尔在华之旅的难忘记忆,而新月社则通过这次活动扩大了自己的影响,引起了世人的注意,其收获可以说出人意料。

而这个收获的渊源同样是来自于徐志摩的老师梁启超及他的讲学社,该社成立于 1920 年 9 月,是"研究系"在其首脑梁启超政治理想屡遭失败游欧归来之后,着力建设中国文化教育事业而建立的新文化机构之一,由梁启超、蔡元培、汪大燮三人共同发起,蒋百里任总干事,宗旨是每年邀请一位"国际名哲"来华讲学。受邀的第一位是美国著名哲学家、实用主义者杜威(John Dewey,1859—1952)。杜威来华初由北京大学邀请,讲学社成立时他在华已一年有余。第二年由讲学社续请,仍由时在北大任教的杜氏弟子胡适担任翻译。杜威在华历时两年零两个月,他主张改良,反对革命。在 20世纪 20 年代马克思主义正广为传播的中国,无疑是作为马克思主义的对立面出现的。第二位是英国著名哲学家、科学家和政治社会历史评论家罗素(Bertrand Russell,1872—1970),1920 年下半年至 1921 年秋在中国访问,由赵元任担任翻译。罗素宣扬中国实业不发达,不存在阶级差别也无须进行阶级斗争的观点,与马克思主义也是相对立的。第三位是德国哲学家杜里舒(Hans Driesch,1867—1941),1922 年来华,他所宣扬的生命动力学说与法国哲学家柏格森相近,对梁启超等人影响甚深,在学术界影响也很大。泰戈尔是他们请的第四位,也是最后一位,由于当时的北京政府未能继续拨款,讲学社财源趋窘,之后停顿。② 不难看出,这些学者之所以受到讲学社

① 胡适:《追悼志摩》,作于 1931 年 12 月 3 日夜,载《新月》第 4 卷第 1 期"志摩纪念号"。
② 参见李喜所、元青:《梁启超传》,人民出版社 1993 年版,第 505—509 页。

邀请,和他们在政治观点上与主张在中国建立资产阶级民主改良政治的梁
启超等人有不同程度的契合有很大关系,而这与以欧美留学生为主体的新
月社成员普遍反对暴力革命主张改良的思想政治倾向也是比较亲近的。

因为泰戈尔来华是由讲学社邀请的,作为梁的得意门生,徐志摩受讲学
社委托陪同泰戈尔,新月社又对泰戈尔访华热情期待与招待,成为讲学社、
文学研究会等团体外接待泰戈尔的一个重要团体之一。对刚刚张罗起新月
社的徐志摩来说,这不仅是对老师的一次回报,更重要的是,这是一个机会。

罗宾德拉纳特·泰戈尔(Rabindranath Tagore,1861—1941),印度诗人,
1913 年以英译诗集《吉檀迦利》获诺贝尔文学奖,为第一位获此奖项的亚洲
人。而泰戈尔引起中国人的关注,与他获得诺奖有很大关系。泰戈尔获奖
后,欧洲很快兴起了"泰戈尔热",泰戈尔频频去欧美各国演讲,到处宣讲东
方精神文明,而 1914 年爆发的第一次世界大战让诗人对欧洲无比失望,基
于对西方文化的反思,他转而又将希望寄托到美国和日本的身上,多次出访
这两个国家。作为新文化运动的两个影响源,在欧洲和日本兴起的这股泰
戈尔热自然而然也波及了当时对世界文化现象十分关注的中国新文化界,
更何况印度与中国既是近邻又都曾领受过被侵略与损害的命运。

有研究者查考,中国最早介绍泰戈尔生平和思想的文章大约以 1913 年
钱智修的《台莪尔之人生观》(载《东方杂志》第 10 卷第 4 号)为始,对泰戈
尔较集中广泛的介绍则始于 20 世纪 20 年代。

泰戈尔本人很早就对中国表示了关注,他说:"(我)在年轻时便揣想中
国是如何的景象,那是我念《天方夜谭》时想象中的中国,此后那风流富丽
的天朝竟变了我的梦乡。"①泰戈尔曾撰文谴责英国政府对中国的鸦片贸
易,也谴责日本对中国的侵略。② 1920 年,蔡元培等人曾向他发出过邀请,
但当时他因忙于筹办国际大学在欧美奔波,未能应邀。在美国纽约接受冯
友兰访问时,他表达了想到中国的愿望:"中国是几千年的文明国家,为我
素所敬爱。我从前到日本,没有到中国,至今以为憾。"③而从大的背景上
说,中印两大文明古国在历史上也曾有过密切的文化交往,历史似乎也赋予
享有世界声誉的泰戈尔重续两国交流的使命,"充当旅行使节的激情使泰
戈尔着了魔。……最后一个佛教徒带着释迦牟尼的慈爱与和平信息去中国
一事,已经过去了一千年。泰戈尔想恢复两国之间的古老文化传统的联系,

---

① 泰戈尔:《告别辞》,徐志摩译,载《小说月报》第 15 卷第 8 号,1924 年 8 月 10 日。
② 侯传文:《寂园飞鸟:泰戈尔传》,河北人民出版社 1999 年版,第 249 页。
③ 冯友兰:《与印度泰谷尔谈话》,《新潮》第 3 卷第 1 号,1921 年 10 月 1 日。

而这种联系在如此长的时间里是一直中断着的。"①

自1923年4月，泰戈尔的助手、英国人恩厚之（L.K.Elmhirst）②先行来中国联系访华事宜，至1924年4月12日泰戈尔终于在上海登岸踏上中国土地，再到5月30日泰戈尔离开北平赴日，泰戈尔在中国度过了近五十个日夜。其间活动十分密集，讲演多场、观看演出、会见各界文化人士等等，有热诚的欢迎，也有严肃的批评，甚至有激烈反对者出现。正如一本书名所概括的，泰戈尔访华是一场"不欢而散的文化聚会"③，反映出当时中国知识界不一的文化思想生态。

二、从泰戈尔访华看新月知识分子的文化观念

泰戈尔访华是一件饱受关注的文化盛事，当时上海、杭州、南京、济南、北京等地的大小报纸都参与报道，而以梁启超为核心的研究系开办的《晨报》尤其突出。从泰戈尔答应来华开始，《晨报》就一直密切关注泰戈尔在世界各地的行踪，泰戈尔抵沪抵京后更是进行了追踪式报道。这不难理解，泰戈尔访华既是讲学社邀请的，而讲学社也是梁启超他们创办的，作为"同门兄弟"，《晨报》自然有理由以主人翁的姿态大力宣传造势。《晨报》对泰戈尔访华极尽渲染之能事，称得上是中国新闻史上报媒运作宣传文化事件的一个成功案例。《晨报》的立场也同样鲜明——对反对泰戈尔的人与事加以严厉批评④。

---

① ［印］克里希那·克里巴拉尼：《泰戈尔传》，倪培耕译，漓江出版社1984年版，第383—384页。

② 恩厚之（L.K.Elmhirst），英国人，1921年在美国康奈尔大学念农业经济时认识了在美国访问的泰戈尔，服膺泰氏的农村建设思想，与之一见如故，后受泰氏之邀到印度成为泰戈尔的秘书兼其农村建设计划执行人。泰戈尔派他到中国联系访华事宜，与徐志摩结识，自此友谊日深。恩厚之陪同泰戈尔访华后不久回到英国，与一美国富孀史特里太太结婚，并在英国南部德温郡的托特尼斯（Totnes，Devon）建立了实践泰戈尔农村建设理想的达廷顿农庄（Dartington Hall），徐志摩曾于1928年到访，称"达廷顿的道路是直通人类理想乐园的捷径。"恩氏于1974年去世。见程锡华：《徐志摩海外交游录》，见程新编：《港台·国外谈中国现代文学作家》，四川文艺出版社1986年版，第225—227页。

③ 参见孙宜学编：《不欢而散的文化聚会：泰戈尔来华讲演及论争》，安徽教育出版社2007年版。

④ 如1924年5月13日《晨报》第6版"泰戈尔在京最后之讲演"消息后特意附"记者按"称："泰戈尔来华居然有三五个人因为不甚了解其精神之故，乱印传单，到处散布。泰氏学说全部吾虽不能无条件的赞成，而泰氏之精神，则无论何人凡知其经历者，皆应敬重。然纵有反对，亦不应以不庄重之词句，下逐客令。若吾侪所闻非虚，则此种行动，实出自主张言论自由思想自由之人，尤足令人不解。中国人为数千年遗传心理所支配，往往言行矛盾而不自觉，此真一大缺陷。假使他人言论可以不合理的举动妨害之，则政府以禁邮禁印种种方法，防止传播新思潮，将以何理由对抗之？若以讲学问题而涉及政治问题，则尤谬矣。"

　　尽管梁启超、徐志摩、胡适等人都意图全力打造一派欢迎之势，但其实从泰戈尔要访华一事刚刚披诸报端时，反对者的意见就应声而起了，泰戈尔演讲中反复传达的"发扬东方精神文明，反对西方物质文明"的论调，招致了受马克思主义影响的左翼人士的激烈反对，代表性人物如陈独秀、瞿秋白、雁冰、沈泽民等人都始终持一种毫不客气的警戒与批判的态度。①

　　这与当时中国正处于一个急剧变动的时期有很大关系。自 1921 年中国共产党成立后，马克思主义在中国的影响已逐步扩大。当时，在陈独秀等一批进步的爱国青年眼中，东方文化是落后反动的代名词，他们要求以马克思主义为武器救亡图存、科学救国，泰戈尔所倡导的正是他们蔑视的。而不可忽略的另外一个因素是，泰戈尔的被抨击，还与"五四"以来中国思想界不间断的东西文化论战及继之的科学玄学论战有极大关联。1916 年《东方杂志》主编杜亚泉以"伧父"为笔名连续发文，与陈独秀等人进行论战。杜亚泉认为，中国文明是"静的文明"，西方文明是"动的文明"，动要以静为基础，东西方文明"乃性质之异，而非程度之差，而吾国固有之文明，正足以救西洋文明之弊，济西洋文明之穷者。"②陈独秀、李大钊等人都对他这种观点进行了有力的驳斥，他们都认为西方文明比东方文明更胜一等。

---

①　作为最早将泰戈尔介绍到中国的陈独秀，此时却成了批判泰氏最不遗余力者。他反对出版界翻译泰氏的著作。泰戈尔访华前后，他频频在政治刊物《向导》《中国青年》上发文抨击，"像泰谷尔那样根本的反对物质文明科学与之昏乱思想，我们的老、庄书昏乱的程度比他还高，又何必辛辛苦苦的另外来翻译泰谷尔？……昏乱的老、庄思想上，加上昏乱的佛教思想，我们已经够受了，已经感印度人之赐不少了，现在不必又加上泰谷尔了！"（见陈独秀：《我们为什么欢迎泰谷尔？》，《中国青年》第 2 期，1923 年 10 月 27 日，署名实庵。）他指泰戈尔的和平运动"简直是为帝国主义做说客"。（《巴尔达里尼与太戈尔》，《向导》第 67 期，1924 年 5 月 28 日，署名独秀。）此外还有《太戈尔与东方文化》（《中国青年》第 27 期，1924 年 4 月 18 日，署名实庵。）、《诗人却不爱谈诗》《太戈尔与金钱主义》（均载《向导》第 68 期，1924 年 6 月 4 日，署名实庵。）等批评文章。陈独秀当年是作为新文化运动的旗手出于文学角度介绍泰戈尔，而 20 世纪 20 年代的他已经成为一名坚决捍卫新文化运动成果的坚定的马克思主义者，他的变化是可以理解的。而 1923 年 1 月刚刚从莫斯科回到北京的瞿秋白，经过两年锻炼后也已成长为一个坚定的马克思主义者，战斗在中国共产党中央领导机关理论宣传战线上，批评梁漱溟等人的"东方文化派"正是他这近一两年的重要工作，此时来华的泰戈尔恰如他的一篇文章标题，属于"过去的人"，"他却想调和东西。……台戈尔不是资产阶级绝好的'王者之师'吗？怪不得中国人这样欢迎他，原来他和孔孟是一鼻孔出气的。"（瞿秋白：《台戈尔的国家观念与东方》，《向导》第 61 期，1924 年 4 月 16 日。）沈雁冰（茅盾）表示只能"相对地"欢迎"激起印度青年反抗英国帝国主义的诗人台戈尔"（见《对于台戈尔的希望》，《民国日报·觉悟》，1924 年 4 月 14 日，署名雁冰。）沈泽民认为泰戈尔"纵不是辜鸿铭、康有为一类老顽固，也必是梁启超、张君劢一类新顽固党的人物"，决不可含糊接受，因为对于中国青年"有害无益"。（沈泽民：《台戈尔与中国青年》，《中国青年》第 27 期，1924 年 4 月。）

②　杜亚泉：《静的文明与动的文明》，《东方杂志》第 13 卷第 10 号，1916 年 10 月。

要知道泰戈尔来华前夕,"科学与玄学"(或称"科学与人生观")的论战还余波未平——以张君劢、梁启超为代表的玄学派认为科学不能解决人生观问题,西方文明是唯物质的,东方文明则重精神,而以丁文江、胡适为代表的科学派则认为科学能解决人生问题,并认为西方文明同样重精神,而东方文明则不仅没有物质文明,甚至精神也不过是"空谈误国"之论。泰戈尔来华宣扬的主张在某种程度上与玄学派颇有相近之处,加上邀请方讲学社的主席又是玄学派主将梁启超,所以泰戈尔理所当然地被当成了在"科玄论战"中受挫的玄学派的"救兵"。而以今天的事后之明来看,不能武断地说谁对谁错,也许只能说,泰戈尔在华的遭遇是由于他在一个"错误的季节"带着一种不适合中国国情的"救世福音",又置身于一群不理解他的中国文化思想者(包括欢迎者和反对者)中间造成的——确实是一个时代的误会。

对待泰戈尔访华,鲁迅在当时并没有发表什么公开意见,但在后来文字中却流露出一种极为冷漠与嘲讽的态度①。虽然鲁迅也曾说过:"印度除了泰戈尔,别的声音可还有?"②,但显然泰戈尔在鲁迅心目中并不占据多少分量,他积极地译介东欧被压迫民族的反抗文学,对于泰戈尔的文学实绩及思

① 鲁迅在其文中提到泰戈尔来华时,基本上都是语带讥嘲,而且常与新月人士的活动相提并论。1924 年 11 月 11 日,鲁迅著文称:"印度的诗圣泰戈尔先生光临中国之际,像一大瓶好香水似的很熏上了几位先生们以文气和玄气,然而够到陪坐祝寿的程度的却只有一位梅兰芳君……待到这位老诗人改换姓名,化为'竺震旦',离开了近于他的理想境的这震旦之后,震旦诗贤头上的印帽也不大看见了,报章上也很少记他的消息。"1926 年,鲁迅又作文道:"这两年中,就我所听到的而言,有名的文学家来到中国的有四个。第一个自然是那最有名的泰戈尔即'竺震旦',可惜被戴印度帽子的震旦人弄得一塌糊涂,终于莫名其妙而去。"1927 年,鲁迅在文中直陈泰戈尔来华与新月社的关系:"印度有一个泰戈尔。这泰戈尔到过震旦来,改名竺震旦。因为这竺震旦做过一本《新月集》,所以这震旦就有了一个新月社,——中间我不大明白了——现在又有一个叫作新月书店的了。"1934 年,鲁迅再次作文称:"人近而事古的,我记起了泰戈尔。他到中国来了,开坛讲演,人给他摆出一张琴,烧上一炉香,左有林长民,右有徐志摩,各各头戴印度帽。徐诗人开始绍介了:'唵!叽哩咕噜,白云清风,银磬……当!'说得他好像活神仙一样,于是我们的地上的青年们失望,离开了。神仙和凡人怎能不离开呢? 但我今年看见他论苏联的文章,自己声明道:'我是一个英国治下的印度人。'他自己知道得明明白白。大约他到中国来的时候,决不至于还糊涂,如果我们的诗人诸公不将他制成一个活神仙,青年们对于他是不至于如此隔膜的。现在可是老大的晦气。"以上引文分别参见鲁迅:《坟·论照相之类·三·无题之类》,见《鲁迅全集》(1),人民文学出版社 1981 年版,第 186 页;《华盖集续编·马上日记之二》,作于 1926 年 7 月 7 日,见《鲁迅全集》(3),第 341 页;《而已集·辞"大义"》,作于 1927 年 9 月 3 日,见《鲁迅全集》(3),第 462 页;《花边文学·骂杀与捧杀》,作于 1934 年 11 月 19 日,见《鲁迅全集》(5),第 585—586 页。

② 鲁迅:《三闲集·无声的中国》,作于 1927 年 2 月 18 日,见《鲁迅全集》(4),人民文学出版社 1981 年版,第 15 页。

想却有意无意地忽略了。

　　鲁迅的这种态度,一方面说明他作为一个有强烈主观战斗精神的作家,历经中西文化论战和五四新文化运动,与其同时代的先锋知识分子一样,走的是借严厉批判包括中国传统封建思想在内的所谓"东方文明"等"思想文化问题"以实现国民性改造之路,对泰戈尔所宣扬的东方文明的优越性必然难以从"本心"上苟同。而在泰戈尔访华之后不久,他就与徐志摩交恶,后来又与陈西滢、梁实秋等人接二连三发生论战(详见第二章、第四章),这也不能不影响他后来对泰戈尔来华的说法。

　　1924 年 11 月 13 日,徐志摩翻译了法国象征派诗人波德莱尔《恶之花》中的《死尸》一诗,发表在《语丝》周刊 12 月 1 日第 3 期,《语丝》是鲁迅、周作人、钱玄同、孙伏园等人 1924 年 11 月创办的一份周刊。在诗前徐志摩有长序称:"诗的真妙处不在他的字义里,却在他的不可捉摸的音节里;他刺戟着也不是你的皮肤(那本来就太粗太厚!)却是你自己一样不可捉摸的魂灵";"我深信宇宙的底质,人生的底质,一切有形的事物与无形的思想的底质——只是音乐,绝妙的音乐。……你听不着就该怨你自己的耳轮太笨或是皮粗,别怨我。"①鲁迅看过之后就觉得徐志摩的说法是"神秘主义"过头,于是作了《"音乐"?》一文,发表在 12 月 15 日《语丝》第 5 期上,与徐志摩开了个"玩笑"②。后刘半农在《语丝》第 16 期发表《徐志摩先生的耳朵》再次批评徐志摩此文。对于写此文的动机,鲁迅后来说:"我其实是不喜欢做新诗的——但也不喜欢做古诗——只因为那时诗坛寂寞,所以打打边鼓,凑些热闹;待到称为诗人的一出现,就洗手不作了。我更不喜欢徐志摩那样的诗,而他偏爱到处投稿,《语丝》一出版,他也就来了,有人赞成他,登了出来,我就做了一篇杂感,和他开一通玩笑,使他不能来,他也果然不来了。这是我和后来的'新月派'积仇的第一步。语丝社同人中有几位也因此很不

<hr>

① 徐志摩:《〈死尸〉译序》,载《语丝》第 3 期,1924 年 12 月 1 日。见韩石山编:《徐志摩全集》第 7 卷,天津百花文艺出版社 2005 年版,第 229 页。

② 鲁迅在文中说:"夜里睡不着,又计画着明天吃辣子鸡,又怕和前回吃过的那一碟做得不一样,愈加睡不着了。坐起来点灯看《语丝》,不幸就看见了徐志摩先生的神秘谈。'……我不仅会听有音的乐,我也会听无音的乐(其实也有音就是你听不见),我直认我是一个甘脆的 Mystic(神秘主义者——引者注)。'……总之:'你听不着就该怨你自己的耳轮太笨或是皮粗'! 我这时立即疑心自己皮粗,用左手一摸右胳膊,的确不滑;再一摸耳轮,却摸不出笨也与否。……我幸终于难免成为一个苦韧的非 Mystic 了,怨谁呢。只能恭颂志摩先生的福气大,能听到这许多'绝妙的音乐'而已。只要一叫而人们大抵震悚的怪鸱的真的恶声在那里!?"鲁迅:《集外集·"音乐"?》,见《鲁迅全集》(7),人民文学出版社 1981年版,第 53—54 页。

高兴我。"①

在此之前，徐志摩与鲁迅是没有纠葛的。徐志摩还曾向英国朋友汉学家魏雷(Arthur Waley)推荐过鲁迅的书，说"我们一个朋友新出一本小说史略(鲁迅著)颇好，我也买一本寄给你"②，而且徐志摩这篇稿子很可能是孙伏园或者周作人拉来的而不是他自己投的，所以鲁迅说同人也不高兴他的这种做法。这以后，徐志摩的名字基本上就在《语丝》上绝迹(据查，大约只有一首译哈代的短文《在一家饭店里》，载 1925 年 3 月 9 日《语丝》第 17期)，一年多后周作人向徐志摩为《语丝》约稿时，他还心有余悸地说"我不敢自信，我如其投稿不致再遭《语丝》同人的嫌(上回的耳朵！)"③。

与鲁迅的绵里藏针含蓄隐讳相比，郭沫若则比较直接。他说泰戈尔"是一个贵族的圣人"，而自己"是一个平庸的贱子"，他甚至直言泰戈尔不要在上海或北京久做傀儡，当事者对泰氏来华也不要又与之前罗素、杜威等人来华那样如乡下人般再"演办一次神会"，而应当问问需要他的什么思想和教训④。对泰戈尔的这种态度，与郭沫若 20 世纪 20 年代在国内参与革命活动发生的思想转向有关，而他说自己因为生活穷困与优裕的泰戈尔有

---

① 鲁迅：《集外集·序言》，作于 1934 年 12 月 20 日夜，见《鲁迅全集》(7)，人民文学出版社 1981 年版，第 4 页。

② 徐志摩：《致魏雷》(1924 年 2 月 21 日)，见虞坤林编：《志摩的信》，学林出版社 2004 年版，第 456 页。

③ 徐志摩：《致周作人》(1926 年 1 月 26 日)，见虞坤林编：《志摩的信》，学林出版社 2004 年版，第 242 页。

④ 郭沫若：《太戈尔来华的我见》，《创造周报》第 23 号，1923 年 10 月 14 日。郭沫若在此文中回忆了自己最初与泰戈尔的缘分及后来对其态度变化的原因：1914 年他初到日本，日本正流行"泰戈尔热"，他偶然从同学中得到几张油印读物，当时便因其"诗的容易懂""诗的散文式""诗的清新隽永"为之"惊异"，从此牢记了泰戈尔的名字。一年后才买到一本泰戈尔的《新月集》(The Crescent Moon)，"心中的快乐真好像小孩子得着一本画报一样。"中华民国五、六年正是他"最彷徨不定而且最危险"的时候，有时想自杀，有时想当和尚，此时在图书馆突然得读泰氏的《吉檀迦利》《园丁集》等书，"真好像探得了我'生命的生命'，探得了我'生命的泉水'一样。"大约 1917 年底，郭的长子即将出生，为生计，郭沫若选译了一部《泰戈尔诗选》寄到上海商务印书馆和中华书局寻求出版，未果。郭的这个遭遇说明当时"泰戈尔热"似乎还未传到中国，而此事使得他备受打击，与泰戈尔产生了精神距离："他是一个贵族的圣人，我是一个平庸的贱子；……以我这样的人要想侵入他的世界里去要算是僭分了"。郭沫若认为，泰戈尔的思想是一种泛神论的思想，"梵"的现实，"我"的尊严，"爱"的福音，是泰戈尔思想的全部。在西洋过于趋向动态而迷失本源的时候，泰戈尔的森林哲学不啻为福音，但对久沉湎于死寂的东方民族不适用。他从唯物史观出发认为世界不到经济制度改革之后，泰戈尔的主张，"只可以作为有产有闲阶级的吗啡、椰子酒；无产阶级的人是只好流一生的血汗"。因此，"太戈儿如以私人的意志而来华游历，我们由衷欢迎；但他是被邀请来华，那我们对于招致者便不免要多所饶舌。"

距离的话乍听似真,但如果联系到他作此文之前与徐志摩因"泪浪滔滔"而产生的"官司",和创造社同人郁达夫等人与名望、地位、身份、待遇差别巨大的文化界权威胡适就《骂人》一文产生的笔墨"官司",就可理解他这番对"招致者"的"饶舌"其实也别有意味。

在众多批评或反对泰戈尔的声浪中,有一个声音很值得注意——当时尚在美国留学的闻一多,在得知泰戈尔访华后就撰写了一篇《泰果尔批评》,从文学角度深刻批评了泰戈尔的诗哲理性压倒艺术性的问题。闻一多认为他的"诗之所以伟大是因为他的哲学","而哲理本不宜入诗",哲理诗也"难于成为上等的文艺","他的诗是没有形式的。……但是我不能相信没有形式的东西怎能存在,我更不能明了若没有形式,艺术怎能存在!……泰果尔的诗不但没有形式,而且可说是没有廓线……"①闻一多对诗歌形式问题的重视在此时已经非常强烈地表露出来,可以说是他后来回国发动格律诗运动的前奏。而在对待泰戈尔上大异于徐志摩、胡适等人的态度,似乎也预示闻一多后来加入新月社,其实在情感上与胡适等人还是有距离的。

反对者各有各的理由,欢迎者的动机也未必相同。这从徐志摩、梁启超、胡适三人身上就可以看出,也可以很好地说明新月社成员的聚合不论是组织上还是思想观念上其实都是极为松散的。

毫无疑问,对待泰戈尔访华,徐志摩是最为兴奋的一个,本来徐志摩就喜交名士,他自己也说过"山,我们爱蹿高的;人,我们为什么不愿意接近大的,……山是有高的,人是有不凡的!"②这种心理从 1923 年他给泰戈尔的两封信里就可以看出,其中不乏如"我国青年刚摆脱了旧传统,他们像花枝上鲜嫩的蓓蕾,只候南风的怀抱以及晨露的亲吻,便会开一个满艳,而你是风露之源"这种近乎恭维之语③。

泰戈尔来华之前,徐志摩除了随时向国人报告泰戈尔的行期之外,还不断地发表文章,以他的生花妙笔向国中人士毫不吝啬地表达他对泰戈尔的"英雄崇拜":"甘地与太戈尔的名字,就是印度民族不死的铁证。东方人能以人格与作为,取得普通的崇拜与荣名者,不出在'国富兵强'的日本,不出在政权独立的中国,而出于亡国民族之印度——这不是应发人猛省的事实吗?""我们所以加倍的欢迎太戈尔来华,因为他那高超和谐的人格,可以给

---

①　闻一多:《泰果尔批评》,《时事新报·文学副刊》第 99 期,1923 年 12 月 3 日。

②　徐志摩:《哈提》,《晨报·诗镌》1926 年 5 月 27 日。

③　徐志摩:《致泰戈尔》(1923 年 7 月 26 日、12 月 27 日),见虞坤林编:《志摩的信》,学林出版社 2004 年版,第 417、419 页。

我们不可计量的慰安……他最伟大的作品就是他的人格。这话是极普通的话,我所以要在此重复地说,为的是怕误解。人不怕受人崇拜,但最怕受误解的崇拜。"①在另一篇文章《泰山日出》,徐志摩更是将浪漫诗人的想象力发挥到极致,他把泰戈尔幻化成了东方的巨人:"这巨人披着散发,长发在风里像一面墨色的大旗,飒飒的在飘荡。这巨人竖立在大地的顶尖上,仰面向着东方,平拓着一双长臂,在盼望,在迎接,在催促,在默默的叫唤;在崇拜,在祈祷,在流泪——在流久慕未见而将见悲喜交互的热泪……"徐志摩说"这是我此时回忆泰山日出时的幻想,亦是我想望泰戈尔来华的颂词"②。

泰戈尔来华后,徐志摩不离左右,陪同其会晤、演讲、登山游水,又组织新月社友上演泰剧为其祝寿,很快就博得了泰戈尔深深的好感,不但送给他印度袍、印度帽,还为他起了一个印度名字素思玛(Susima),意为"月亮宝石",而徐志摩则亲切地称泰戈尔为"老戈爹"。当泰戈尔遭受一部分国人的攻击时,徐志摩一度气愤得不再任翻译之职。泰氏在京最后一次演讲之前,他实在克制不住国人对泰戈尔的误解与攻击,又做了一番长篇演说为老诗人辩护。徐志摩还说,泰戈尔的博大让人想起惠特曼的"无边际的想象与辽阔的同情"、托尔斯泰的"博爱的福音与宣传的热心"……③

确实,徐志摩的文风,尤其是散文一向如"跑野马"般洋洋洒洒,有时不免给人以矫饰浮夸之感,但实际上他在赞颂泰戈尔的时候,也可以说是在张扬自己的人格与价值观念。"他崇拜泰戈尔,实质上便是在崇拜同情、创造、自由、和平、教育、博爱,便是在诅咒怀疑、猜忌、卑琐、暴烈主义、武力主义、物质主义"④。景仰之情促使徐志摩在泰戈尔结束访华后又陪同他到日本访问(他那首有名的《沙扬娜拉》就作于此间),后又转送其至香港,到7月才回国又在庐山住了约一个半月在那里翻译泰戈尔的讲演和诗歌。

泰戈尔访华之行令徐志摩受益匪浅。1924年8月25日,泰戈尔给他写信说:"从旅行的日子里所获得的回忆日久萦绕心头,而我在中国所得到的最珍贵的礼物中,你的友谊是其中之一……"如恩厚之所言,徐志摩与泰戈尔的忘年交,"一直延续到他那年轻的生命不幸夭折时为止"。泰戈尔对徐志摩的影响也是一生的,他自己就说过,"我以认识老戈爹为我一生最大的幸福",可以说"一九二四年以后,泰戈尔是徐志摩心目中最崇高的偶像,

---

① 徐志摩:《太戈尔来华》,作于1923年7月6日,载《小说月报》第14卷第9号,1923年9月10日。

② 徐志摩:《泰山日出》,载《小说月报》第14卷第9号,1923年9月10日。

③ 徐志摩:《泰戈尔》,《晨报·副镌》1924年5月19日。

④ 宋益乔:《新月才子》,山东画报出版社2000年版,第35页。

是上帝、慈父、智慧、光明的集大成。"①

　　稍加留意,就会发现徐志摩对泰戈尔的热切欢迎并不是因为他的文学成就,他在更多的场合,总是强调泰氏的人格,对他的作品却没有什么评价,"太戈尔在世界文学中,究占如何位置,我们此时还不能定,他的诗是否可算独立的贡献,他的思想是否可以代表印度民族复兴之潜流,他的哲学(如其有哲学)是否有独到的境界——这些问题,我们没有回答的能力。但有一事我们敢断言肯定的,就是他不朽的人格。他的诗歌,他的思想,他的一切,都有遭遗忘与失时之可能,但他一生热奋的生涯所养成的人格,却是我们不易磨翳的纪念。"②而且他在介绍泰戈尔时,还有不少言过其实的宣传,比如"太戈尔在中国,不仅已得普遍的知名,竟是受普遍的景仰。问他爱念谁的英文诗,十余岁的小学生,就自信不疑地答说太戈尔。在新诗界中,除了几位最有名神形毕肖的太戈尔的私淑弟子以外,十首作品里至少有八九首是受他直接或间接的影响的。"③而实际上当时除了冰心之外,还没有什么人能说受泰戈尔这么大的影响,就连徐志摩本人其实对泰戈尔的诗歌也没什么兴趣,据笔者所查,他一共只翻译过泰戈尔的两首诗④。徐志摩在给泰戈尔信中、在文章中常常是以中国青年的名义来表示对泰戈尔的满腔仰慕之情,而他所说的中国青年也不过是知识青年的一部分而已。徐志摩汪洋恣意的语句,让人觉得他实在有点让满心崇拜之情冲昏的感觉,当然这不能说徐志摩故意为之——浪漫诗人的气质使然,但是在客观上为满心期待来华的泰戈尔起了误导作用却也是事实,泰戈尔看到众多反对他的青年与徐志摩之前在信中说的不是一回事,与徐志摩竭力为他掩饰的也不是一回事,若不是徐志摩如此夸大,泰戈尔也许不一定抱着那么乐

---

① 梁锡华:《徐志摩海外交游录》,见程新编:《港台·国外 谈中国现代文学作家》,四川文艺出版社 1986 年版,第 220 页。

② 徐志摩:《太戈尔来华》,作于 1923 年 7 月 6 日,载《小说月报》第 14 卷第 9 号,1923 年 9 月 10 日。按:直至 1930 年 8 月,徐志摩为姚华(茫父)据郑振铎用白话诗所译泰戈尔《飞鸟集》和用五言意译的《五言飞鸟集》(上海中华书局 1931 年版)所作序言中,追忆了与泰戈尔的友谊,绘声绘色地描写了泰戈尔与大自然的心灵契合,并对泰戈尔诗歌作了具体的评价,认为泰戈尔"诗的人格是和谐而完美的",强调译者应领悟泰戈尔诗中"一点极微妙但极真实的灵机",这些见解应当是值得重视的。这段史实参见陈子善:《"极妙的一段文学因缘"——泰戈尔、徐志摩与姚茫父》,见陈子善:《文人事》,浙江文艺出版社 1998 年版,第 130—137 页。

③ 徐志摩:《太戈尔来华》,作于 1923 年 7 月 6 日,载《小说月报》第 14 卷第 9 号,1923 年 9 月 10 日。

④ 按:一首为《谢恩》,发表于 1924 年 11 月 24 日《晨报·副镌》;另一首为 *Garden Poem 60*,译于 1924 年,初收 1969 年台湾传记文学出版社《徐志摩全集》第 1 集。

观的情绪来华,也就不会造成期望值与现实反差巨大的失落。不管怎么说,泰戈尔访华之遭遇,对其最热心最真诚的徐志摩似乎也应当负一定责任。如此一来,还真是应了鲁迅在《骂杀与捧杀》中所说的,"如果不是我们的诗人诸公不将他制成一个活神仙,青年们对于他是不至于如此隔膜的"①。只宣传泰戈尔思想中反抗物质文明的一面,其实这只是泰戈尔本人思想中的一部分,他也是一个热爱生活的凡人,但是徐志摩等人无形中把他造成了一尊神,让外界只看到泰戈尔"不合时宜的思想",导致攻击越来越烈。

　　梁启超对泰戈尔访华也是倾注了极大热情的。为使更多人了解泰戈尔的学说主张,表达欢迎泰氏的诚意,他特地在北师大、北大、清华等高校做了数次演讲,而这是很难得的——因为之前北师大就曾多次邀请他到校演讲都被其以事务繁忙为由拒绝了。其中最重要的一次是4月26日在北京师范大学的风雨操场所作的公开演讲,题为《印度与中国文化之亲属的关系》,梁谦恭地说,印度"的确是我们的老哥哥,我们是他的小弟弟",印度曾带给我们极"贵重"的礼物:"一教给我们知道有绝对的自由"即得"大解脱"的"根本心灵自由"和"精神自由","二教给我们知道有绝对的爱",此外还有诗歌、音乐、绘画、医学等12件"副礼物"。接着,他盛赞泰氏其人其诗都是"'绝对自由'与'绝对爱'的权化",声称"我们不能知道印度从前的诗人如何,不敢妄下比较。但我想泰谷尔最少也可比二千年前做佛本行赞的马鸣菩萨",最后他风趣地表示:"我们打开胸臆欢喜承受老哥哥的亲爱,我们还有加倍的亲爱奉献老哥哥,请他带回家去。……我盼望咱们两家久断复续的爱情,并不是泰谷尔一两个月游历昙花一现便了。咱们老弟兄对于全人类的责任大着哩。我们应该合作互助的日子长着哩。"②5月8日泰戈尔64岁祝寿会上,梁启超还专门向老诗人赠名"竺震旦"。

　　实际上,梁启超这种态度,不仅出于礼仪而且更是出于文化认同的欢迎,"他们之间有感情上的相契相合,有文化根源上的相连相接,更有道义上的相知相通"。③ 泰戈尔来访正是梁启超欧游亲眼目睹第一次世界大战后遍体鳞伤的欧洲归来之后,他的思想也完成了从反对中国传统文化崇尚西方文明到欲以中国文明拯救西方文明的转变。他的《欧游心影录》记录

---

① 鲁迅:《花边文学·骂杀与捧杀》,见《鲁迅全集》(5),人民文学出版社1981年版,第586页。

② 梁启超:《印度与中国文化之亲属的关系》,《晨报·副镌》1924年5月3日。

③ 宋益乔:《新月才子》,山东画报出版社2000年版,第43页。

了这次思想转变,他说:"近来西洋学者,许多都想输入些东方文明,令他们得些调剂,我仔细想来,我们实在有这个资格。……我们人数居全世界人口1/4,我们对于人类全体的幸福,该付1/4的责任。……我们可爱的青年啊,立正、开步走!大海对岸那边有好几万万人,愁着物质文明破产,哀哀欲绝的喊救命,等着你来超拔他哩。"①可以说,"有泰戈尔这样的思想与文学巨匠大声疾呼重视东方精神文明的价值,梁启超回归中国本土文化的信心更加坚定,主张也更加激越了。"②

而胡适对待泰戈尔访华的态度实际上是矛盾的。他在5月10日泰戈尔演讲会前为其辩护时,说自己先前反对泰戈尔来华但自见到泰氏后又很"景仰之",其实就透露出这种矛盾。他避而不谈泰戈尔视东方文明为精神文明、西方文明为物质文明的主张,只是盛赞泰戈尔人道主义的人格,他的文学革命运动的精神等等。作为五四新文化运动的急先锋,自回国之日起,胡适的奋斗目标就是推进中国的西化运动,在"古老"的中国"再造"西方近代文明,在连续不断的东西文化论战中,他是不折不扣的"西化派"。而在泰戈尔来华之前的"科学与玄学"论战中,他也是站在"科学"一方,虽然只提供了一篇近于游戏的《孙行者与张君劢》(载1923年5月10日《努力周报》第53期),但在之后为论战合集《科学与人生观》所作序言中则对梁启超、张君劢等人代表的玄学派进行了彻底的批判③。

胡适对东方文明的批判态度也是一贯的。当他1926年为英国庚款事去欧洲时,很多欧洲人想请他演讲均被其拒绝。在给韦莲司的信里,他很明确地说明了原因,是因为对东方文化的态度他无法提供欧美人士所期待的:"要是我发现自己假装有什么真知灼见要带给西方世界,那是可耻的。当我听到泰戈尔的演说,我往往为他所谓东方的精神文明而感到羞耻。我必须承认,我已经远离了东方文明……一个'东方'演说者面对美国听众时,

① 梁启超:《欧游心影录》,原载《晨报·副刊》1920年3月6日至8月17日。见陈崧编:《五四前后东西文化问题论战文选》,中国社会科学出版社1989年版,第388—390页。

② 杨天宏:《新民之梦——梁启超》,四川人民出版社1995年版,第329页。

③ 参见胡适:《〈科学与人生观〉序》,1923年11月29日作于上海,见《科学与人生观》,上海亚东图书馆1923年版。按:胡适在此文中批判了玄学派的主张后,径直以生物学、心理学、物理学、化学等学科名称提出了10项戒律来宣传他所力倡的"科学的人生观"。有论者认为,胡适文中频频出现的令人敬畏的学科名称,恰恰表明这场"科玄论战"还有着以往人们忽略的一层象征意义:现代中国论证现实世界的知识学基础,已渐次脱离中国传统的思想资源,转换为物理学、生物学、社会学等现代型知识,而卷入论战的双方数十位学界名流共同证明了以"科学"为标识的这一知识样式,逐渐成为中国人文学科与社会科学最重要的精神凭藉。参见章清:《"胡适派学人群"与现代中国自由主义》,上海古籍出版社2004年版,第247页。

[听众]所期望于他的,是泰戈尔式的信息,那就是批评讥讽物质的西方,而歌颂东方的精神文明。我可没有这样的信息。相反的,我写了一篇文章(离开中国前刚发表),在这篇文章里,我指责东方文明是完全唯物而没有价值的,我赞扬现代西方文明能充分满足人类精神上的需要。"①胡适信中所说的文章即他于是年6月所作《我们对于西洋近代文明的态度》。他在该文中比较了东西文明的不同,认为东方文明最大的特色是"知足",西方近代文明最大的特色是"不知足","知足的东方人"不能运用智力改造环境、改变现状,正是"懒惰不长进民族的文明,是真正唯物的文明",而"不知足的西方人"则善于充分发挥聪明才智改善生活谋求幸福,所以西洋近代文明"是精神的文明,是真正理想主义的(Idealistic)文明,决不是唯物的文明。"②胡适后来在《独立评论》上连续发表3篇反思中国文化的文章:《信心与反省》《再论信心与反省》《三论信心与反省》,表达的依旧是这种观点:"我们的固有文化是很贫乏的,决不能说是'太丰富了'的。我们的文化,比起欧洲一系的文化来,'我们所有的,人家也都有;我们所没有的,人家所独有的,人家都比我们强。至于我们所独有的宝贝,骈文,律诗,八股,小脚,……又都是使我们抬不起头来的文物制度'。"所以胡适强调,中国人应该反省,应该"认清了自己百事不如人,然后肯死心塌地的去学人家的长处"③。

可以说在20世纪二三十年代,"胡适的文化选择使他扮演了一个特殊的角色。一方面,他激烈地反对国粹派、东方文化派,强调中国要向西方学习;同时,面对接受马克思主义的知识分子,他又强调中国学习的目标应当是西方的资本主义。"④既然如此,胡适为什么还能对泰戈尔表示欢迎呢?首先,如前引,他对那些攻击泰戈尔人的警告中所说的,中国是礼仪之邦,泰戈尔是远道而来的贵客,又是自动来中国推动两国人民友谊的,中国人应该表现出符合礼仪之邦的气度。其次,留美多年的胡适作为一个自由主义知识分子,他一直很坚定地主张"容忍比自由还更重要","容忍是一切自由的

---

① 周质平编:《不思量自难忘:胡适给韦莲司的信》,安徽教育出版社2001年版,第156页。
② 胡适:《我们对于西洋近代文明的态度》,作于1926年6月6日,载《现代评论》第4卷第83期。见《胡适文集》(3),人民文学出版社1998年版,第417—430页。
③ 胡适:《再论信心与反省》,载1934年6月《独立评论》第105号,见胡适:《胡适文集》,人民文学出版社1998年版,第493页。按:另外两文《信心与反省》,载1934年6月《独立评论》第103号;《三论信心与反省》,载1934年7月《独立评论》第107号。
④ 张利民:《文化选择的冲突——"五四"时期东西文化论战中的思想家》,中国人民大学出版社1990年版,第91页。

根本,没有容忍就没有自由"①。他虽不同意泰戈尔反对西方物质文明的观点,但他也不赞成中国左翼人士及进步青年反对他,而主张宽容、自由、各行其是。泰戈尔来华时,陈独秀曾经给胡适写信,请其为《中国青年》的"反泰戈尔特号"写文章,因为"此事颇与青年思想有关"②,显然陈独秀是把胡适引为同道的,但胡适并没有写,就是个很好的说明。而还有一个比较个人化的原因恐怕是,胡适欢迎泰戈尔或也与个人某种经历有关,他本人就是以提倡白话诗、发动中国新文学革命而得大名,这与泰戈尔在其国内发动过的孟加拉诗界革命颇为相类,而他所追求的中国传统士大夫的国家理想与人格理想,与泰戈尔的主张也很有相合之处,自然容易产生共鸣。恩厚之后来回忆说:"当我们与北京的学者相会时,中国进步分子突然感到他们与泰戈尔思想有着巨大的一致性。同那时代的但丁与乔叟一样,泰戈尔与胡适两人都决心采用人民的口语作为文学表达的普通工具,以替代掌握在有限学者阶层手里的经典语言。一位激进的中国学者从饭桌的另一端跃起,拥抱泰戈尔,并用充满激情的语调说,现在,他不仅同泰戈尔一道分担共同经历的痛苦,而且也分担传统文化的卫道士亲手制造的苦难。"③这说明胡适对泰戈尔这种由抵制到欢迎的态度转变,在当时的知识分子中也是很有代表性的。胡适的这种宽容态度,在泰戈尔 1929 年到上海时再次得到体现,当时他与徐志摩、陆小曼夫妇一同去接泰戈尔,后来泰氏回国时还托徐志摩送给他二册书及一封短信④。

　　泰戈尔访华,很大程度上像一面镜子反射出 20 世纪 20 年代中国知识界并不单纯甚至是非常复杂的思想文化生态,自然无形中也映照出新月社群体在当时思想文化界的位置。出于多方面的因素,虽然泰戈尔访华不能算非常成功,但是徐志摩、胡适等人作为留学欧美的新月知识分子,他们身上体现出的热爱民主向往独立自由的人格,这与"世界公民"泰戈尔的博大

---

① 胡适晚年(1959 年)为"雷震案"特别撰写《容忍与自由》一文,充分表达此观点:"在宗教自由史上,在思想自由史上,在政治自由史上,我们都可以看见容忍的态度是最难得、最稀有的态度。"他指出,"因为人类的习惯都是喜同而恶异,而且往往坚信自己的正确,不容许别人的怀疑或批评,所以有对'异端'的迫害,对'异己'的摧残,对异教的禁止,对思想自由言论自由的压迫。要去掉这些迫害、摧残、禁止和压迫,就得要养成容忍的气度。只有容忍,才会有自由"。见《雷震回忆录》及《自由中国》第 20 卷第 6 期。见耿云志:《胡适年谱》,四川人民出版社 1989 年版,第 414 页。

② 《陈独秀致胡适》(1924 年 4 月 9 日),见社科院近代史研究所编:《胡适来往书信选》上册,中华书局 1979 年版,第 242 页。

③ [印]克里希那·克里巴拉尼:《泰戈尔传》,倪培耕译,漓江出版社 1984 年版,第 383 页。

④ 胡适:《胡适日记》(1929 年 3 月 19 日、6 月 15 日),见曹伯言整理:《胡适日记全编》(5),安徽教育出版社 2001 年版,第 373、435 页。

胸怀和纯洁人格遥相呼应，再加上梁启超、梁漱溟等人对印度文化的认同亲近，才成就了中印近代文化史上一次虽不十分完美但却意义重大的文化交流活动。所以，"对于近代中印传统友谊的恢复发展，泰戈尔和徐志摩、梁启超、胡适等人功不可没，这应是历史最公正的定论。"①

新月社由于在泰戈尔访华活动中大展身手，特别是排演泰戈尔的戏剧《齐德拉》表现出的对戏剧的重视，引起了世人的注意，声名远播到了当时远在美国的一批正做着戏剧梦的留学生（如余上沅、闻一多、赵太侔等），这大概是没想到的巨大收获。他们后来回国后均加入了新月社，成为新月社在文艺方面的中坚力量（详见第二章）。

而徐志摩更是从这次接待活动中找到了最懂他的女"同志"——凌叔华②（徐志摩1925年3月18日致陆小曼信中语），1925年欧游时徐志摩十分信任地把自己的日记等物寄存其处，结果在其意外去世后，凌叔华、胡适、林徽因等为此还闹得十分不愉快，成了一桩至今下落不明的"八宝箱公案"，这自是后话。

当时，擅长绘画的凌叔华正就读于北京燕京大学，任教于该校的鲍贵思教授是一个诗人，也是一个很想提携后进的热心人。一次宴会上，她介绍凌叔华等两三个女学生认识了泰戈尔。时值初夏，陈师曾、齐白石等人组织的北京画会正式成立，但找不到地点开会，陈师曾提议到凌叔华家的大书房开会。陪同泰戈尔来华的兰达尔·鲍斯是印度画家且是艺专校长，泰氏曾极力把他介绍给凌叔华等人，所以凌叔华趁机也请来鲍斯。徐志摩、陈西滢得到消息也跟泰戈尔一起来赴会。好在那天的招待会，凌叔华听从了母亲的建议，只是吃茶，不吃饭。她们前一天就定下百枚新鲜玫瑰老饼和百枚新鲜藤萝花饼，另外用家中小磨磨出的杏仁茶，这应节的茶点很投合诗人画家的趣味。此次画家集会之后，陈西滢、徐志摩、丁西林等常来凌家，来时常带一两个新朋友来，高谈阔论，近暮也不走。有时凌母吩咐厨房开出便饭来，客

---

① 尹锡南、宇文疆：《泰戈尔1924年访华在中国知识界的反响》，《南亚研究季刊》2001年第4期。

② 凌叔华（1900—1990），女小说家，画家。原名凌瑞棠，广东番禺人，笔名叔华、素心。1924年7月毕业于燕京大学外文系。1925年1月10日，其成名作《酒后》发表于《现代评论》第1卷第5期。1926年7月与陈西滢结婚，1928年10月，夫妇二人同赴武汉大学任教。著有小说集《花之寺》（1928年1月上海新月书店出版）；晚年定居海外。凌叔华出身于典型的旧式文人大家庭，父亲凌福彭与康有为是同榜进士，并点翰林。凌家可谓"谈笑有鸿儒，往来无白丁"，辜鸿铭、齐白石、王竹林、陈寅恪等都是府上的常客。辜鸿铭就像私塾先生一样教凌叔华背诗学英文，而齐白石、陈半丁则教她画画，还送给她一箱子画稿。参见傅光明：《凌叔华：古韵精魂》，《传记文学》2003年第9期。

人吃过,倒不好意思不走了。①

　　另一方面,凌叔华结识陈西滢、徐志摩等后,自然也就去新月社吃饭看戏,成为社员。凌的加入,对新月社文艺方面的力量的增强是显而易见的,之后她在徐志摩主编的《晨报副刊》及《新月》月刊上都发表了不少小说,以其对旧式家庭人物的细腻写实的描摹成为新月派小说方面的重要代表,鲁迅在《中国新文学大系·小说二集·导言》中就称其"适可而止的描写了旧家庭中的婉顺的女性",展现了"世态的一角,高门巨族的精魂",并将其小说《绣枕》选入该集。

　　就在这一年的 12 月 3 日,可以说给予徐志摩和新月社接待泰戈尔"机会"的梁启超集宋代吴梦窗、姜白石等人的词作了一首联以纪念此事并赠给徐志摩:"临流可奈清癯,第四桥边,呼棹过环碧;此意平生飞动,海棠影下,吹笛到天明。"梁启超在《饮冰室诗话附录》中说,"我所集最得意的是赠徐志摩一联……此联极能看出志摩的性格,还带着记他的故事。他曾陪太戈尔游西湖,别有会心。又尝在海棠花下做诗做个通宵。"②

---

　　①　凌叔华:《回忆郁达夫一些小事情》,见陈子善、王自立编:《回忆郁达夫》,湖南文艺出版社1986 年版,第 96—99 页。

　　②　陈从周:《法源今古多诗人》,见陈从周:《书带集》,花城出版社 1984 年版,第 131—132 页。

第二章　新月社的"围拢":报纸副刊

第一节　《晨报副刊》里的圈子文艺和政治疯话

从 1924 年 6 月与泰戈尔分别,到 1925 年 10 月出任《晨报副刊》的主编,徐志摩的人生遭遇了几件大事:1924 年 6 月,林徽因与梁思成双双赴美留学;是年 7 月,徐遁入深山(庐山)翻译泰戈尔的讲稿,并研读《老子》;11 月,徐与陈西滢合译的《曼殊斐儿》由商务印书馆刊行于世;1925 年 3 月经莫斯科赴欧等待与泰戈尔会面,结果 7 月被陆小曼的病唤回了北京;是年 9 月下旬,后来成就徐志摩文名的《志摩的诗》由中华书局代印出版。

从这段经历中不难看出,徐志摩在这一年多的时间里,在近乎"顽强"地追求着自己在感情与事业上的幸福。

梁实秋后来对徐志摩的回忆中有这样的说法:"志摩的单纯信仰,据我看,不是'爱,自由,与美'三个理想,而是'爱,自由,与美'三个条件混和在一起的一个理想,而这一个理想的实现便是对于一个美妇人的追求。……志摩的理想实际即等于是与他所爱的一个美貌女子自由的结合。和一个心爱的美貌女子自由的结合,乃是一个最平凡的希望,随便哪一个男子都有这样的想头。……但是,如果像志摩那样把这种追求与结合视为'生命之曙光,不世之荣业'那样的夸张,可就不平凡了。"①

而无论对于新月社,还是徐志摩来说,这一年多时间,也的确是不平凡的。徐志摩在接待泰戈尔的过程中声名鹊起,新月社也开始广为人知,其影响力和号召力也日益强大。更为重要的是,1925 年 8 月,闻一多、余上沅等一干人的加盟,使新月社的"欧美阵容"变得强大起来了。

1925 年 10 月,"研究系"的机关报——《晨报》,终于将副刊主编的职位托付给徐志摩。事实上,徐志摩与"研究系"报纸的渊源并不止于此。1923 年 3 月,在两个月前的一个凌晨曾写下劝诫信,劝告徐志摩不必太执

---

① 梁实秋:《谈徐志摩》,见陈子善编:《梁实秋文学回忆录》,岳麓书社 1989 年版,第 192—193 页。

着于"恋爱神圣"的梁启超就曾举荐徐志摩,赴上海出任"研究系"的另一张报纸——《时事新报》副刊《学灯》的编辑,此事后来没有成功。而梁写给徐的劝诫信,正是由《晨报》的陈博生"速转"给徐志摩的。

也正是这个陈博生后来出面邀请徐出任《晨报副刊》的主编。

一、《晨报副刊》的"圈子文艺"特征

1925年9月,徐志摩"入主"《晨报副刊》之前,还办了一件热心事,就是帮助闻一多等一干人谋到了差事。按照梁实秋的说法,这是徐志摩热心推荐促成的:"一多的职务是国立艺术专门学校教务长,这是由于徐志摩的推毅,当时的艺专校长是刘百昭,刘是章士钊的部下,初接校篆,急需一批新人帮忙,所以经志摩介绍,一拍即合。戏剧系主任本拟聘余上沅,后又因为安置赵太侔,上沅改任教授。他们加入艺专也是不得已,初回国门,难为择木之鸟。"①

显而易见,徐志摩对于"新人"的帮助是不遗余力的。

徐志摩"入主"《晨报副刊》后,这种颇具"义气"的行为,似乎也一直没有停止过。

一般的说法是,《晨报副刊》自从1925年10月由徐志摩任主编后,就为新月派所"把持"了。

如果去掉"把持"这个词的褒贬色彩的话,那么倒是可以说,这意味着"新月"同人间交往方式发生了微妙的变化。新月社本身的组织就很松散,成员的活动相对独立,而由于没有自己的传播媒体,相对于同时的文学研究会、创造社等文学社团,新月社在成立时没有什么有形的文字纲领,其成员的作品也只是分散发表在如《晨报副刊》等报刊杂志上,未能催生后世所谓"新月派"发展的巨大动力,所以"我们志愿虽有,……却并不曾有相当的事迹来证明我们的志愿,所以外界如其不甚了解乃至误解新月社的旨趣的,除了自己还怨谁去?"②

实际上,"新月"从初起之时,就没有断过涉足传媒、自办刊物的念头。如徐志摩自己所言,"我早就想办一份报,最早想办《理想月刊》,随后有了'新月社'又想办新月周刊或月刊"③,而泰戈尔来华时也曾支持徐志摩办

---

① 梁实秋:《谈闻一多》,见陈子善编:《梁实秋文学回忆录》,岳麓书社1989年版,第297页。

② 徐志摩:《给新月》,《晨报副刊》1925年4月2日。

③ 徐志摩:《我为什么来办我想怎么办》,《晨报副刊》1925年10月1日。

一份英文杂志,徐为此介绍金岳霖先行与恩厚之进行联系①,可惜这些计划都不了了之,而胡适主办的《努力周报》自1923年10月停刊后几次意欲恢复最终也没有办成。这样,直至徐志摩接掌《晨报副刊》,他本人的身份从《晨报副刊》的撰稿人一跃变为拥有左右刊物倾向大权的主编,新月文人缺乏自己"喉舌"宣传"机关"的状况才终于有了改观。

借着《晨报副刊》这一相对稳固的现代大众传媒机构,新月同人过去仅仅是靠某种个人私谊趣味维持联络的社交方式,慢慢转向了利用报章文体向社会"生产"其思想文化理念,有意无意间开始树立起所谓"新月派"的大致轮廓。毕竟,"谁掌握了媒介,谁就能传播信息"②,随着现代印刷出版技术的进步,稿酬制度的实行,报刊杂志对现代文学的生产及传播个人价值理念提高自身影响力所具有的非同一般的作用,是每一个现代知识分子都不会忽视的。正如徐志摩自己所言,"最初我来编辑副刊,我有一个愿心。我想把我自己整个儿交给能容纳我的读者们,我心目中的读者们,说实话,就只这时代的青年。……我要在我自己的情感里发见他们的情感,在我自己的思想里反映他们的思想。……晨副变了我的喇叭,从这管口里我有自由吹弄我古怪的不调谐的音调,它是我的镜子,在这平面上描画出我古怪的不调谐的形状。"③换句话说,徐志摩已经找到了《晨报副刊》作为自己及新月同人们发言的"管口",接下来要做的就是吹弄他们自己的音调,描画自己的面貌了。

《晨报副刊》是新文学运动早期著名的"四大副刊"之一④,属于1916年8月创刊于北京的《晨钟报》。而《晨钟报》即是以梁启超、汤化龙为首的"研究系"的机关报,1918年2月改称《晨报》。《晨报副刊》于1921年10月12日正式出版。按照时任编者孙伏园的回忆,《晨报副刊》这个名字是鲁迅起的。原来的《晨报》第七版专门刊载学术文艺方面的文章,后来孙伏

---

① 徐志摩:《致恩厚之》(1925年7月15日),见虞坤林编:《志摩的信》,学林出版社2004年版,第428页。金岳霖(1895—1984),湖南长沙人,1911年入清华学堂,1914年赴美留学,1920年获哥伦比亚大学政治学博士学位。徐志摩1919年入哥伦比亚大学经济系(次年获硕士学位),约是年与金氏相识,并成为好友。1921年,金岳霖去伦敦大学学习。1922年,去柏林与吴经熊为徐志摩、张幼仪离婚作证。1925年11月回国。1926年秋创办清华大学哲学系,任教授兼系主任。1926年6月23日,在徐志摩主编的《晨报副刊》发表文章《唯物科学与哲学》,是其回国后的第一篇论文。1926年10月3日徐志摩与陆小曼结婚时,为徐氏做伴婚人。1928年,与瞿菊农、徐志摩去江苏、浙江考察,实践泰戈尔的农村计划。后选址浙江,未实施。1931年徐志摩失事,与张奚若等赴济南参加葬礼。

② 张隆栋主编:《大众传播学总论》,中国人民大学出版社1993年版,第109页。

③ 徐志摩:《再剖》,《晨报副刊》1926年4月7日。

④ 另外三种是:《时事新报·学灯》《民国日报·觉悟》和《京报副刊》。

园得到总编辑蒲伯英的支持,将第七版扩充,改为四开四版单张出版,随同《晨报》附送,因此鲁迅建议将它命名为《晨报附刊》。蒲伯英是前清举人,书法家,字写得不错,又是总编辑,报头自然就要由他来写。不知何故(据说是隶书中没有"附"字),蒲伯英却将"附刊"写成了"副镌",但是为了尊重鲁迅的原意,报眉仍用"晨报附刊"四个字,而徐志摩一上任则改成了后来文学史上习惯称为的《晨报副刊》①。

　　1925 年 10 月 1 日,徐志摩在他编辑的第一期副刊上,发表了办报宣言《我为什么来办我想怎么办》:

　　　　我早就想办一份报,……没有办成的大原因……倒是为我自己的"心不定"……我认识陈博生,因此时常替晨报写些杂格的东西。去年黄子美随便说起要我去办副刊,我听都没有听;在这社会上办报本来就是没奈何的勾当,一个月来一回比较还可以支持,一星期开一次口已经是极勉强了,每天要说话简直是不可思议……三月间我要到欧洲去,一班朋友都不肯放我走,内中顶蛮横不讲理的是陈博生与黄子美,我急了只得行贿,我说你们放我走我回来时替你们办副刊,……七月间我回来了,他们逼着我要履行前约,……有一天博生约了几个朋友谈,有人完全反对我办副刊,说我不配,……有人进一步说不仅反对我办副刊并且副刊这办法根本就要不得,早几年许是一种投机,现在可早该取销了。……陈通伯……说他本来也不赞成我办副刊的,他也是最厌恶副刊的一个;但为要处死副刊,趁早扑灭这流行病,他倒换了意见,反而赞成我来办晨报副刊,第一步逼死别家的副刊,第二步掐死自己的副刊,从此人类可永免副刊的灾殃。……后来博生再拿实际的利害来引诱我,他说你还不是成天想办报,但假如你另起炉灶的话,……第一件事你就得准备贴钱,……副刊是现成的,你来我们有薪水给你,……这利害的确是很分明,我不能不打算了;……但同时我又警告博生,我说我办就办,办法可得完全由我,我爱登什么就登什么,……我自问我决不是一个会投机的主笔,迎合群众心理,我是不来的,诶附言论界的权威者我是不来的,取媚社会的愚闇与褊浅我是不来的,我来只认识我自己,只知对我自己负责任,我不愿意说的话你逼我求我我都不说的,我要说的话你逼我求我我都不能不说的:我来就是个全权的记者,但这来为他们报纸营业者想却是一个问题。因为我自信每回我说话比较自以

①　孙伏园:《鲁迅和当年北京的几个副刊》,《北京日报》1956 年 10 月 17 日。

为像话的时候,听得进听得懂的读者就按比例的减少,一个作者往往因为不肯牺牲自己思想的忠实结果暗伤读者的私心,这也是应得虑到的,所以我来接手时即使不闹大乱子也难免使一部分读者失望的危险(这就是一个理由日报不应该有副刊)……本来报纸这东西是跟着平民主义工商文明一套来的,……教一个人能自己想,是教育最后的成功,……反面说有思想人唯一的目标是要激动一班人的心灵活动,他要叫你听了他的话不舒服,不痛快,逼着你张着眼睛看,笃着你领起精神想……也许本来这思想的事业是少数人的特权与天职,报纸是为一班人设的,这就根本不能与思想做紧邻。……我也很知道晨副过去光荣的历史,现在谁知道却轮着我来续貂!……我约了几位朋友常常替我帮忙。……我们当然更盼望随时有外来精卓的稿件,……我是主张一律给相当酬润的,………但无论如何我总想法不叫人家完全白做,……靠卖文过活的不必说。拿到一点酬报可以多买一点纸笔,……同时我当然不敢保证进来的稿件都有登的希望,……我预先声明保留这点看稿的为难的必要;我永远托庇你们的宽容①。

这段文字蕴含的信息量很大,以"我"为主的语言方式也异常浓烈。这既是一种信心的体现,也是一种野心的体现。这篇宣言,也顺而拉开了以徐氏为中心的"晨副时代"的序幕。

对于一张报纸而言,处处强调要说自己爱说的话,登自己爱登的稿子,无论如何,都是一种高蹈的姿态。用徐志摩在哥伦比亚大学的同学兼好友张奚若(1889—1973)的话说,他不是要来"提高"副刊的,也不打算以"办副刊的办法来办副刊","副刊"不过是一个名头而已,他是要"仅留副刊之名,别具一副精神去办出一份'疯子说疯话'的志摩报"②。

徐志摩接手《晨报副刊》的幕后原因,大致有内外两方面:

一方面,1924年10月,因鲁迅的一首"拟古的打油诗"《我的失恋》被刚刚从欧洲回来的《晨报》代理总编辑刘勉己无端抽掉,孙伏园一怒之下辞去《晨报副刊》主编一职,这表面看是个人事件,实际上是"两种势力不相容的结果"③。因为《晨报》的研究系背景,"虽可在北洋军阀面前大谈科学与文艺,但中山先生的北上,及他所带来的政治主张与思潮,已使《晨报》老板

---

① 徐志摩:《我为什么来办我想怎么办》,《晨报副刊》1925年10月1日。
② 张奚若:《副刊歘》,《晨报副刊》1925年10月5日。
③ 《章廷谦致胡适》(1924年10月25日),见社科院近代史研究所编:《胡适来往书信选》上册,中华书局1979年版,第266页。

有些恐慌了。于是他们不满足于再起的青年运动,更不满于孙伏园所编的副刊。因为当时副刊上,不只是登些辛辣的文艺作品,有时还登载批评政治,批评社会的杂感与论文。在这种形势下,伏园被逼而离开《晨报》了"①。从后来《语丝》上发表的"任意而谈,无所顾忌,要催促新的产生,对于有害于新的旧物,则竭力加以排击"②的文章来看,可以想象,没有鲁迅《我的失恋》,也迟早会有另外的事件逼迫孙伏园辞职,而孙的辞职又引起一连串的文坛生态变化。由于鲁迅、周作人等人因《晨报副刊》"换了面目"不愿再为其投稿,一时缺少了发表文章的渠道,于是孙伏园与鲁迅、周作人、钱玄同等于同年11月17日创办了《语丝》周刊,后孙伏园又被《京报》总编辑邵飘萍请去于同年12月5日创办了《京报副刊》,这一报一刊形成了以鲁迅、周作人为核心的语丝社的舆论阵地,为他们日后在新文学空间中占据相当的发言地位起到了重大作用。同时,《京报副刊》迅速在读者中打开市场,每天发行量增加上千份,对同城的《晨报副刊》造成了巨大的冲击,在孙伏园去职后连续更换几任编辑,始终未找到合适人选,后来干脆由正张编辑刘勉己代任,也难有起色③。

　　另一方面,因筹划新月社、"成功接待"泰戈尔的徐志摩也声名在外,新月社似乎也正在成为一个不断崛起的新势力,加上徐不仅与梁启超素有交情,与《晨报》负责人陈博生、黄子美等人的交情都不浅,况且1925年春他去欧洲途中发回的《欧游漫录》(收入《自剖》)一系列文章,传达出的政见尤其是对俄国革命的看法,也与《晨报》立场颇为相合。于是,内外两方面的因素相互促成了徐志摩走马上任《晨报副刊》主编。

　　徐志摩显然不会办与孙伏园的"理想中的附张"相同的副刊。这既是一种姿态的要求,也是徐志摩的心气使然。于是,他宣称来办副刊,目的是要"掐死副刊",其实也并不是什么真正的"掐死",而是要更倚重个人的思想。这种想法和要求,与他的人生角色是有很大关系的。其一,他并不是什么职业报人,他也不会以此为标准要求自己(在他主编的一年左右时间里,他就有好几个月不在北京,由江绍原等人代编,而且发错稿、重稿的事也时

①　荆有麟:《〈京报〉的崛起》,见鲁迅博物馆、鲁迅研究室、《鲁迅研究月刊》选编:《鲁迅回忆录》专著上册,北京出版社1999年版,第183页。

②　鲁迅:《我和〈语丝〉的始终》,见《鲁迅全集》(4),人民文学出版社1981年版,第167页。

③　参见荆有麟:《〈京报〉的崛起》,见鲁迅博物馆、鲁迅研究室、《鲁迅研究月刊》选编:《鲁迅回忆录》专著上册,北京出版社1999年版,第188页;孙伏园:《鲁迅和当年北京的几个副刊》,《北京日报》1956年10月17日,见《鲁迅回忆录》散篇上册,北京出版社1999年版,第78—79页。

有发生），颇有点"三天打鱼两天晒网"的感觉，自然也不会致力于如何迎合读者提高报纸发行量等问题。其二，作为一个有强烈个人化思想的诗人、作家，他在思想行为上是比较自由（甚至散漫）的，办报对他有吸引力的地方就是如何表达自己，这不过是他"露棱角"的一种方式而已。

或许，正是这些繁杂的因素，才促成了这样的一篇"宣言"的诞生。

而随后，在办刊之初发生的两件事更是能显现出徐志摩办报自由不拘、倚重个人的"夸张"风格。

新编上任的徐志摩，为表艺术趣味，第一个动作就是换了副刊的刊头。原来的副刊不过是只有"晨报副镌"四个隶书黑体大号字，有些单调，徐志摩就请好友凌叔华绘了一幅扬手女郎图。"仁者见仁"，在另外一些人的眼里，却认为此画是一幅敞胸裸体的西洋女子，很颓废很不健康。这倒是小事，但没想到的是出刊刚刚不过一个星期，10月8日的《京报副刊》上就刊登了一篇署名"重余"（陈学昭）的文章，题为：《似曾相识的〈晨报副刊〉篇首图案》。作者说：

> 我提笔写此，实在是等得不耐烦了！我曾想：偌大的一个北京大学城，学者专家随处皆是。真所谓要一百只焦黄狗不易得，艺术家文学家碰脚走的！这些艺术家与文学家既然是"超狗者"的了，于是终于没有一点声息，而使我等得不耐烦了。他们对于窃贼是不愿意发觉么？是为些什么呢？……这几天翻元曲选，看到什么"黑旋风又有献功"之类的，曲前均有插图，低下写仿范宽笔等。我于是忽然间悟了大道：抄袭已是文人之常情，……至于模仿自是属画家的能事（?）！若能原原本本的照样的描出，这是没有什么比这个再好的创作了（?）！因为比模仿更进了一步，岂不是更加伟大了么？不但经编辑主任的"道谢"，区区的我也不免摇首叹息，口称"善哉"（!!!）了。
>
> 琵亚词侣是英国人，他现在已变为臭腐，已变为泥土，总之是不会亲自出马说话了！但这样的大胆是妥当的么？万一有彼邦的人士生存着如我的性格一样者，一入目对于这个"似曾相识"起了追究，若竟作大问题似的思索起来，岂不???　我觉得难受！
>
> 可是仔细想想我又何必着急替人家难受？反正人家有这样的本领做这样的事，呀哟！真——算了罢!!!①

---

① 重余：《似曾相识的〈晨报副刊〉篇首图案》，《京报副刊》1925年10月8日。

　　显然该文是指责《晨报副刊》的篇首图案系抄袭之作。徐志摩为此赶紧写了一封信给《京报副刊》主编孙伏园，声明"可不要错怪了人，这疏忽的分全是我的"，并请孙将此信刊登出来。原来，此画是徐志摩选定了一幅琵亚词侣①的原稿，找不到合适的人画，他就去央请凌叔华，在出刊前一晚描摹拿去付印。10 月 1 日，徐志摩主编的《晨报副刊》第一期如期出刊，除了徐志摩的长文外，只有凌叔华的一篇小说《中秋晚》和梁启超的三首词。在凌的小说末尾，徐志摩加了附注说："还有副刊篇首广告的图案也都是凌女士的，一并道谢。"徐志摩只言谢，却没有提画的来源。而在当晚晨报社的宴请晚餐上，朋友徐祖正和邓以蛰就认出此画的原作者，凌叔华当时也告诉了别人此画的出处。出刊后有朋友问徐志摩为什么不声明，凌叔华也急着说会招人骂，只有徐说不急，因为一来琵亚词侣的黑白素绘图案就像我们何子贞张廉卿的字，稍微具备西欧画常识的人都会认识，他绝对不会是"成心做贼"，二来他本来要就为什么选择这幅画做一篇长文，因一时没有找到合适的参考书，加上去忙于编稿就搁了下来，结果造成这个误会②。而"误会"之后，徐志摩也只好忍痛割爱，10 月 17 日副刊的刊头换成了由闻一多绘制的一幅新图案——一个瘦骨嶙峋的裸体男子，站在山崖上绝望地呐喊着。小事一桩，却给凌叔华日后惹出不少麻烦，常被人拿来说事，为此次年 5 月凌叔华还不由地写信向他抱怨③。

　　"篇首图案"事件后不久，又因为沈从文的《市集》引发了另一个故事。

---

① 琵亚词侣（Aubrey Beardsley，1872—1898），今译比亚兹莱，英国 19 世纪末著名插图画家，其绘画有唯美之风，徐志摩、闻一多、邵洵美等人都对其非常欣赏。

② 徐志摩：《致孙伏园》（1925 年 10 月 8 日），载《京报副刊》1925 年 10 月 9 日。见虞坤林编：《志摩的信》，学林出版社 2004 年版，第 168 页。

③ 凌叔华：《致徐志摩》（1926 年 5 月 2 日），载《晨报副刊》1926 年 5 月 5 日。见虞坤林编：《志摩的信》，学林出版社 2004 年版，第 360 页。按：杨振声写过一篇短篇小说名为《她为什么疯了？》，徐志摩将之登在 1926 年 1 月 10 日的《晨报副刊》上。但该小说由于徐志摩催稿太急，写得十分仓促，很不成功。后杨振声请凌叔华重写，凌重写为《说有这么一回事》，刊登于 1926 年 5 月 3 日《晨报副刊》，署名"素心"。但由于凌叔华未排好页数，徐志摩也未仔细检查，结果出现刊登错误。凌叔华为此致信说明。此信末尾，凌叔华旧事重提，说起副刊"篇首图案"事件："哼，那晓得因此却惹动了好几位大文豪小文人顺笔附笔的写上凌□□女士抄袭比斯侣大家，种种笑话，说我个人事小，占去有用的刊物篇幅事大呀！因此我总觉得那是憾事，后来就请副刊撤去这画，这真不值一议的事情"。徐志摩为此做了附识，再次声明是自己的失误所致，并称"连累替我帮忙的人受不白之冤，我是最耿耿于心的；但在'这年头'，又有什么可说的呢？借机会培养自己的幽默，是真的。我们不说了。"参见素心：《关于〈说有这么一回事〉的信并一点小事》，《晨报副刊》1926 年 5 月 5 日。从徐、凌二人的语气，不难看出"闲话事件"中因"剽窃问题"引起的余波（详见本章第二节）。

《市集》是沈从文撰写的一篇描绘故乡集市场景的白描式文字。这篇从前任编辑刘勉己留下来的稿子中检出的文字得到了徐志摩的由衷赞赏，他将此文刊登在 1925 年 11 月 11 日的《晨报副刊》上，并特地加了附注《志摩的欣赏》：

> 这是多美丽，多生动的一幅乡村画。作者的笔真像是梦里的一支小艇，在波纹瘦鳞鳞的梦河里荡着，处处有着落，却又处处不留痕迹；这般作品不是写成的，是"想成"的。给这类的作者，批评是多余的：因为他自己就是最不放松的不出声的批评者；奖励也是多余的：因为春草的发青，云雀的放歌，都是用不着人们的奖励的①。

徐有所不知的是，该文已在《燕大周刊》发表过且《民众文艺》也转载过，这已是第三次发表，而且之前署名是"休芸芸"，此次署名"沈从文"，让人产生一稿多投的不良印象。致使沈从文一稿多投的实际原因是他当时生活穷困，急于付二十块钱的房租，就把已发表过的此文连同其余几篇文章编成一本小册子，送给时任《晨报副刊》代理编辑刘勉己，希望晨报社出版。但此事无下文，稿子也未退回。

沈从文万万没想到，稿子不但"没有因包花生米而流传到人间"，"且更得了新编辑的赏识，填到篇末还加了几句受来背膊发麻的按语，纵无好揽闲事的虫豸们来发见这足以使他自己为细心而自豪的事，但我自己看来，已够可笑了"。很可能是受"篇首图案"事件的影响，沈从文担心"近来正有一般小捣鬼遇事寻罅缝，说不定因此又要生出一番新的风浪"，赶紧写了《关于〈市集〉的声明》，请徐志摩刊登在《晨报副刊》加以解释②。但徐志摩根本不在乎，他说：

> 从文，不碍事，算是我们副刊转载的，也就罢了。有一位署名"小兵"的劝我下回没有相当稿子时，就不妨拿空白纸给读者们做别的用途，省得换上烂东西叫人家看了眼疼心烦。我想另一个办法是复载值得读者们再读三读乃至四读五读的作品，我想这也应得比乱登的办法强些。下回再要没有好稿子，我想我要开始印红楼梦了！好在版权是不成问题的③。

---

① 徐志摩：《志摩的欣赏》，《晨报副刊》1925 年 11 月 11 日。
② 沈从文：《关于〈市集〉的声明》，《晨报副刊》1925 年 11 月 16 日。
③ 徐志摩：《关于〈市集〉的声明·附记》，《晨报副刊》1925 年 11 月 16 日。

徐的这种"义气"作派不仅令"乡下人"沈从文感激不尽,也成就了后世的一段文坛佳话。更为重要的是,此后的沈从文理所当然的成为徐志摩主编《晨报副刊》时期的主力撰稿人,并以自己高小毕业的"乡下人"的"另类"身份进入新月派人士的交往圈子①。

尤为惹眼的是,徐志摩在上任之初还开列出了一个长达四十多人的撰稿人名单。从他邀约的这些作者来看,不是新月社友,就是他的好友,或者是他欣赏的作家:最多才多艺的赵元任先生、"那杆长江大河的笔"前辈梁任公先生、先前《政治学报》的主笔有名的炮手张奚若,尚在欧洲的金龙荪(岳霖)、傅孟真(斯年)、罗志希(家伦);姚茫父、余越园谈中国美术,刘海粟、钱稻荪、邓以蛰谈西洋艺术,余上沅、赵太侔谈戏剧,闻一多谈文学,翁文灏、任叔永等专撰科学论文,萧友梅、赵元任谈西洋音乐,李济之谈中国音乐,还有上海的郭沫若、吴德生、张东荪,武昌的郁达夫和杨金甫(振声),以及刚到北京的陈衡哲女士,还有留德新归的学者宗白华、即将从德国回来的江西谢先生等等。而"日常见面的朋友",如丁西林、陈西滢、胡适之、张歆海、陶孟和、江绍原、沈性仁女士、凌叔华女士等更"不会旷课","新近的作者"如沈从文、焦菊隐、于成泽、钟天心、陈铸、鲍廷蔚也被列入了徐志摩的班底②。这些人基本上构成了徐志摩主编时期的《晨报副刊》的撰稿人(郭沫若是个例外,没有回应,大约既往的一场"泪浪滔滔"的笔墨官司早已让郭沫若失去了对徐志摩的信任),其中一个显著的特点则是,除了几位"新近"年轻作者外,受邀者大部分都有过留学欧美的教育经历。而他们的聚合,既是主编徐志摩在圈内的人气显现,也透露出徐志摩要以《晨报副刊》为阵地,开拓符合自己身份与趣味的言论空间的端倪。

为明确自己对于这个阵地的态度,在主编的第二期《晨报副刊》中,徐

① 关于沈从文与徐志摩等新月派人士的交往,夏志清曾有过一段分析:"沈从文跟那些教授作家能建立友谊,主要因为意气相投。到了 1924 年,左派在文坛上的势力已渐占上风,胡适和他的朋友,面对这种局面,只有招架之力。在他们的阵营中,论学问渊博的有胡适自己,论新诗才华的有徐志摩,可是在小说方面,除了凌叔华外,就再没有什么出色的人才堪与创造社的作家抗衡了。他们对沈从文感兴趣的原因,不但因为他文笔流畅,最重要的还是他那种天生的保守性和对旧中国不移的信心。他相信要确定中国的前途,非先对中国的弱点和优点实际际地弄个明白不可。胡适等人看中沈从文的,就是这种务实的保守性。他们觉得,这种保守主义跟他们所倡导的批判的自由主义一样,对当时激进的革命气氛,会发生拨乱反正的作用。他们对沈从文的信心没有白费,因为胡适后来致力于历史研究和政治活动,徐志摩于 1931 年撞机身亡,而陈源退隐文坛——只剩下了沈从文一人,卓然而立,代表着艺术良心和知识分子不能淫不能屈的人格"。见夏志清:《中国现代小说史》,复旦大学出版社 2005 年版,第 137 页。

② 徐志摩:《我为什么来办我想怎么办》,《晨报副刊》1925 年 10 月 1 日。

志摩迫不及待地刊发了张奚若的一篇文章并特意加了附注，表明新月同人对"副刊"的明确认识以及编辑思路。他们认为，副刊毒害青年，学生不读书，全靠看副刊连年累月胡说乱写，把副刊当作教科书，借副刊出风头，所以主张"将今日流行症性的副刊全行废止"，但是"如果有报馆记者愿提倡学问，灌输知识，那末，我倒有一个建议，就是将现在每日的副刊改为每星期一次的特刊，页数加多，程度提高，每一特刊专讨论一种特别问题，例如经济、文学、外交等。每一特刊不妨延请国内学术界有名人物专力主持"①。

张和徐的这种论调明显表现出把报纸副刊引向专门性期刊的倾向。客观上说，报纸与期刊虽然同为传播媒介，但两者其实有明显的区别。报纸注重时效性，多为短、平、快的文字，诸如杂感、剧评等短篇文字较容易受欢迎，读者面广；而期刊出版周期相对较长，时效性差，但较长的学术论文、文学作品则是杂志上的常客，相应的读者群比较稳定但也偏于狭窄。

徐志摩接手《晨报副刊》后做出的编排调整，以及此后相对固定的撰稿群，就有着把副刊引向专门杂志的趋势。他认为"每天要说话简直是不可思议"，所以他只负责每周一、三、四、六四期副刊，偏重于文艺；其他三期则分设为《国际》《社会》《家庭》三种周刊，分担从前用以介绍宣传科学生活方式、国际国内大事的社会启蒙功能。

这种编辑思路，受到新月同人的欢迎，张奚若第一个来投稿支持徐志摩，认为这是"向正经路上走"的做法，当然这对作为报纸的《晨报副刊》不见得是好事。这些似乎都意味着，徐志摩主编的《晨报副刊》不会是一个纯粹普通意义上的日报副刊，也不再会是各种新文学力量的集散地，而是确实有着向说自己话的同人刊物发展的潜在态势。对徐志摩来说，副刊既不是要迎合读者扩大报纸多少发行量，也不是要从普通读者来稿中发现培养多少文学新人，他的目的就是要团结自己的新月同人，借《晨报副刊》的东风传达他们的思想价值观念，传播他们的文学理想，从而在纷纭的文化生态场域中树立自己的发言位置。

二、政治疯话："苏俄仇友"大讨论

明确了"文艺思路"的徐志摩，紧接着又在发挥自己的政治敏感度。

10月6日，刘勉己（也是新月社友）主编的《社会》周刊登载了陈启修的一篇题为《帝国主义有白色和赤色之别吗？》的文章，指出"帝国主义是我

---

① 张奚若：《副刊殃》，《晨报副刊》1925年10月5日。

们的敌人,假如认苏联为赤色帝国主义,那就恰恰中了帝国主义者移转目标之计"①。此文一出,顿时引起知识界的反响。

徐志摩立即从《晨报·社会》周刊上把这个社会热点问题"抢"了过来,并迅速确定了办报策略。他敏锐地意识到"这回的问题,说狭一点,是中俄邦交问题;说大一点,是中国将来国运问题,包括国民生活全部可能的变态的"②,于是他充分以手中掌握的大众传媒为利器,引发了《晨报副刊》一场长达两个多月的"苏俄仇友"大论争。

强烈要求徐志摩办一份"疯子说疯话"的"志摩报"的张奚若首先忍不住撰文反驳,不惜搁下手头上拟做的《大学灾》一文,"先来谈苏俄"。他的文章也以疑问作题:《苏俄究竟是不是我们的朋友?》,10月8日在头条醒目位置刊出。张奚若说他本来要做两篇文章来反驳陈启修的文章,一篇为《帝国主义果无赤色和白色之别吗?》,一篇即为上文。但是鉴于陈文的大意"并不是一定要证明'赤色帝国主义'这个名词不通,乃是要告诉我们'苏俄毕竟是我们的朋友,我们不应该反对他'",所以决定"避虚击实,舍枝节而论根本,不和他打甚么赤白闲话,只同他论仇友问题"。正文之前,张奚若对《晨报》做了如下评述:

> 一个报对于社会上的重大问题总要有一种一贯的主张,若是今日说东,明日说西,那就近于儿戏了。晨报近来反对共产和苏俄,是人所共知的。在今日人人对于这个重要问题不敢有所表示的时代,你们敢明目张胆的出来反对,不管你们的特别原因如何(或者是因为要反对你们的老对头国民党),只那不为卢布所诱,不为俗见所屈的地方,已经令人非常可佩。但我劝你们以后对于这个问题但要在正张的新闻栏留心,也要在副张的论说上加意,不要使敌人的宣传品乘机混入。老实说,若是你们昨天没有登陈先生那篇替苏俄宣传的文章,我现在就用不着在这里申斥你们。同时我也不怪陈先生欺负你们的地方。萧伯纳说"打仗要打到敌人的营盘里面去",陈先生于此言可谓得其三昧了。③

之所以引述这段话,一是因为它透露了《晨报》在苏俄问题上的立场,二是不用看张的正文,也已经了解到他的态度,一言以蔽之:苏俄非但不是

---

① 陈启修:《帝国主义有白色和赤色之别吗?》,《晨报·社会》周刊1925年10月6日。
② 徐志摩:《记者的声明:"仇友赤白的仇友赤白"讨论前言》,《晨报副刊》1925年10月22日。
③ 张奚若:《苏俄究竟是不是我们的朋友?》,署名奚若,《晨报副刊》1925年10月8日。

我们的朋友，还是我们的敌人，拿他文中的话说，即苏俄是"为害于中国更甚于帝国主义的国家"。三是，他提到了关于报纸的正张与副刊关系的问题，对《社会》周刊登载陈启修的文章与《晨报》立场不一致提出了批评，这个问题引起《社会》周刊编辑刘勉己的回应，徐志摩在隔一天的《晨报副刊》上即刊登了刘的《应怎样对苏俄？——答陈启修张奚若两先生》一文。刘勉己表示，自己虽然并不同意陈启修的观点，但认为陈的文章是"科学的宣传"，是"相对可以容忍的"，所以"极力压抑感情和成见"发表了陈的文章。由此，他谈了《晨报》正副张之间的界限及应该怎样保持副刊"学术性的门墙"："因为副刊——尤其是社会周刊——的论文，不是正张的社说，并且不容与正张社说混为一谈的。（当然不是内容价值问题）这是晨报副刊历年不文的宪法，其主旨即使学术与政治分离。社会周刊譬如一个社会各种问题的化验所，各人按其技术，可以得到各种的结论；所以副刊的结论，不但不必与正张社论强同，同一问题，在同时同一副刊中，不妨有正反的结论；此副刊之所以为副刊；这也是我个人的信念。"①。

在刘勉己文后，徐志摩做了一篇名为附记、实际相当正式的《又从苏俄回讲到副刊》一文，在认同刘所谓的"副刊的独立性"基础上其实是以更为坚决的口吻强调了自己与之不同的编辑思想：

> 勉己先生的论断我以为还不十分精密。他说副刊是完全学术性的，因此政治战略的口号是不应得侵入它的门墙的。我完全赞成；但这句话的涵义却并不是，请你们注意，我们就可以容忍巧妙的宣传文字大踏步跨入我们严密的学术性的门墙，就只为它来的时候穿上了一件科学，哲学，或是旁的什么学的外衣。（这话我声明，并不反射到启修先生那篇论文，我只是泛论。）还有，反对某种事情固然往往是政治的或是什么战略作用，但同时忠实的思想，在接触现世界事物时，也可以引致我们，有时甚至逼迫我们，到一个坚决的行为上的结论，赞成或是反对。我办什么报，不论是副刊或是什么，要保持的第一是思想的尊严与它的独立性，这是不能让步的。……晨报正张的宗旨我不与闻，至于我办副刊期内所认定的一个标准只是思想的忠实，此外都不关紧要。危险我是不怕的。②

---

① 刘勉己：《应怎样对苏俄？——答陈启修张奚若两先生》，《晨报副刊》1925 年 10 月 10 日。

② 徐志摩：《又从苏俄回讲到副刊（勉己先生来稿的书后）》，《晨报副刊》1925 年 10 月 10 日。

这段话倒很容易让人联想到日后《新月》月刊那篇由徐志摩执笔的发刊词《新月的态度》提出的——"不妨害健康"与"不折辱尊严"的两大原则。不过,当然不能轻信徐志摩声称保持副刊"思想的尊严"与"独立性",其实越是"独立",作为"把关人"的权力就越大,越是体现主编的选稿倾向与标准。学术与政治的分离说得容易,实行起来并不那么简单。比如说,在徐志摩看来他与同道赞成或反对什么,是出于"忠实思想"的"逼迫";而别人的赞成或反对则不是"政治战略的口号"就是"巧妙的宣传文字",在这种思想指导下,在苏俄问题上的立场决定了他的编辑方针及用稿策略。

"在传播信息过程中,一个很重要的原则就是'重复律','传播者要使受传者接受内容(信息)、采取行动,需要反复传播某一特定信息,增强'刺激'(即加深印象)。……重复律在政治宣传(包括竞选)和商业广告上尤为明显"①。徐志摩实际上是深谙此道的。在这场论争中,他不仅专门编发了两组集中的稿件作为重头刊出:《关于苏俄仇友问题的讨论》(1925 年 10 月 15 日)、"仇友赤白的仇友赤白"讨论(1925 年 10 月 22 日),并均附有大段的倾向性明显的记者前言或声明;而且在两个月左右的时间里,《晨报副刊》组织了三十余篇相关文章,徐志摩每周编辑一、三、四、六四期,再加上刘勉己编辑周二出版的《社会》周刊精心组织的专号②,这意味着《晨报副刊》基本上每一两期就会有关于苏俄问题的文章见报,发稿密度之高可见一斑。得力干将张奚若先后发表了《苏俄究竟是不是我们的朋友?》(10 月 8 日)、《苏俄何以是我们的敌人》(10 月 17 日)、《联俄与反对共产》(10 月 22 日)、《一篇不应该做的文章》(11 月 2 日)、《共产主义与中国》(11 月 16 日、11 月 18 日)等一系列长文,张慰慈则有《阿玛纳——一个试验共产制度的社会》(10 月 29 日)、《论苏俄》(英国开痕斯著,张慰慈译,11 月 4 日、14 日、19 日),《我也来谈谈苏俄》(11 月 12 日)等文。另外还有抱朴的《苏俄不是帝国主义吗》(10 月 22 日)、《赤俄与反帝国主义——答陈启修先生》(11 月 9 日)等,常燕生的《我反对苏俄的一个最大的理由》(11 月 16 日)、

① 张隆栋主编:《大众传播学总论》,中国人民大学出版社 1993 年版,第 89—90 页。
② 《晨报·社会》周刊利用其出刊周期相对较长的特点,专门推出了三期"对俄问题讨论号"。分别是:《社会》第 4 号刊 3 篇文章:《复勉己书讨论对俄问题》(梁启超)、《联苏联的理由》(陈翰笙)、《中国对苏联政策应当如何?》(陈启修),1925 年 10 月 27 日出版。《社会》第 5 号刊 4 篇文章:《对于苏俄的疑问》(陶孟和)、《对俄问题致勉己书》(钱端升)、《论对俄问题》(丁文江)、《请教勉己先生三点》(张荣福),1925 年 11 月 3 日出版。《社会》第 7 号刊 2 篇文章:《国产之保护与奖励》(梁启超,第 8 号连载)、《读对俄问题讨论号的意见》(胡石青),1925 年 11 月 17 日出版。除此之外,《社会》周刊还有关于这一问题的散篇文章。

陈均的《联俄排俄平议》(11 月 23 日、25 日、26 日、28 日)、刘侃元的《中国的建国策与对苏俄》(11 月 4 日、7 日、9 日、12 日、14 日)等文章。这些文章虽然各有侧重，但基本论调就连徐志摩自己也不得不承认："新近为了仇友赤白问题零星的稿件真不少，但登载本刊的，似乎十九是反对联俄非议共产的文章。"①徐志摩编发的稿件中，比较像样的大约只有刘侃元的《中国的建国策与对苏俄》一文是倾向学苏俄，主张实行共产的，而据徐志摩在编者"前言"中称，他其实认为此文是"不必要的长"，其主张也不"可佩服"且"经不起审查"。之所以发表该文并"不是因为文章本身的价值"，而是它不仅仅代表一个人的思想，同时在"大都是不连贯"的"说反面话的来件"中，刘的文章"至少是连贯的"。可见，主要原因还是徐志摩本人似乎也觉得只发表单方面的意见，表面上太说不过去，出于给"见解不同的人""一个相与讨论的凭藉"敷衍一下而已②。

　　如此看来，徐志摩着力表白"这回在讨论中的中俄问题，我个人自信是无成见的。我天天抓紧了拳头问这时代要的只是忠实的思想，不问它是任何倾向"③，而又不忘以警告的语气声称，"假如革中国命的是孙中山，你们要小心了，不要让外国来的野鬼钻进了中山先生的棺材里去！"④，显然他的"无成见"是要狠打折扣的。一位读者的来信，就直截了当地指出了徐志摩的"成见"："想不到你这温文尔雅的诗人，竟能勇敢地站在'反赤化'的战线上，为'反赤化'的军队的总指挥！"⑤事实上，徐志摩的这个态度并非"空穴来风"，就在刚刚上任主编时他就在《晨报副刊》发表了自己翻译的一篇小说《生命的报酬》(英国马莱尼作)，并特意做了一长篇附记《从小说讲到大事》作为正文刊发，而这篇小说的主题即是歌颂反对共产党左翼的主人公玛丽亚的独立精神的⑥。徐志摩之所以如此激烈地反对苏俄，与他的政治

---

① 徐志摩：《记者的声明："仇友赤白的仇友赤白"讨论前言》，《晨报副刊》1925 年 10 月 22 日。

② 徐志摩：《刘侃元先生来件前言》，《晨报副刊》1925 年 11 月 4 日。

③ 徐志摩：《记者的声明："仇友赤白的仇友赤白"讨论的前言》，《晨报副刊》1925 年 10 月 22 日。

④ 徐志摩：《刘侃元先生来件前言》，《晨报副刊》1925 年 11 月 4 日。

⑤ 《张象鼎致徐志摩》(1925 年 9 月 18 日)，《晨报副刊》1926 年 9 月 20 日。

⑥ 徐志摩此两篇文章《生命的报酬》与《从小说讲到大事》，均载《晨报副刊》1925 年 10 月 7 日。他在《从小说讲到大事》中说："这次我碰着不少体面人，有开厂的，有办报的，有开交易所的，他们一听见我批评共产，他们就拍手叫好，这班人真该死，真该打，成心胡闹，不把他们赶快打下去还成什么世界？"联想到徐志摩在刊载此文的次日(10 月 8 日)即发表张奚若的《苏俄究竟是不是我们的朋友？》一文，这篇文章似乎可以看作他发动"苏俄仇友"讨论的一个先声了。

倾向是分不开的。他曾坦白承认："我是恭维英国政治的一个"；英国人"那天生的多元主义的宇宙观与人生观配干政治"①。在他眼中，"不但东方人的政治，就是欧美的政治"，也不如英国；"英国人可称是现代的政治民族"；"英国人的政治，好比白蚁蛀柱石一样直啮入他们生活的根里"。"英国人是'自由'的，但不是激烈的；是保守的，但不是顽固的。自由与保守并不是冲突的"②。考虑到徐志摩如此服膺英国的政治模式，就不难理解他在此次论争中的发言立场了。

值得注意的是，在这场讨论中，胡适出人意料的未着片语。直至1926年7月，他赴英国参加庚款咨询委员会会议，取道莫斯科并在那里停留了三天，参观访问了莫斯科的监狱、革命博物馆等地，与苏联人士接触交流后，才给国内的朋友发来长信，表达了自己的看法，并示意可以公开发表。1926年9月11日，《晨报副刊》上发表了题为《一个态度及按语》的文章，包括三个部分：一为张慰慈的按语，一为胡适旅苏信件摘录，一为徐志摩的按语。其实在徐志摩、张奚若、张慰慈等人热火朝天地讨论"仇友赤白"问题时，朋友们就多次邀请胡适加入，但胡适"迟疑甚久"，始终没有参与。经实地考察后，胡适抑制不住自己看了苏俄的"兴奋"，表明了与徐志摩等友人不同的"一个态度"。胡适从实验主义立场出发，表示对苏联正在进行的"空前的伟大的政治新试验"不能不佩服："他们有理想，有计划，有绝对的信心，只此三项已足使我们愧死"；"苏俄虽是狄克推多，但他们却真是用力办新教育，努力想造成一个社会主义的新时代。依此趋势认真做去，将来可以由狄克推多过渡到社会主义的民治制度"；"我看苏俄的教育政策，确是采取世界最新的教育学说，作大规模的试验"。他批评徐志摩等人的"反赤化""批评苏俄"是"以耳为目，附和传统的见解与狭窄的成见"，是"学者们的武断"。③ 徐志摩由此敷衍出一份长篇"按语"，并声明"我们并不存什么成见，左或是右"，他说：

> 适之先生这次发见苏俄的政治试验有"使我们不能不十分顶礼佩"的地方，也正在我们的意料中。……但是，我们应得研究苏俄所

---

①　徐志摩：《这回连面子都不顾了》，《现代评论》第1卷第2期，1924年12月20日。

②　徐志摩：《政治生活与王家三阿嫂》，《京报副刊》1925年1月4日、5日、6日。此文约作于1923年冬，系徐志摩为与张君劢等人办的《理想》月刊所撰稿，后因该刊未办成，徐志摩称"理想早就埋葬了"，遂于1924年12月底将此文转送给《京报副刊》主编孙伏园发表。

③　胡适：《欧游道中寄书》，见《胡适文存》三集卷一，上海亚东图书馆1930年第2版，第74—76页。

悬的那个"乌托邦理想"，在学理上有无充分的根据，在事实上有无实现的可能……其次，认清了他们的目标，我们可以再进一步研究他们的方法的对不对，这经程中所包含的牺牲的值得与否；再其次，每种政治试验都有它的特殊的背景，苏维埃制在俄国有成效这件事实（假使有）是否就可以肯定这办法的普遍适应性。我们上年在本副刊上研究过的正是这一类问题，以及一个牵得更远些的问题，就是苏俄有否权利到中国来宣传他们单独发明的"政治福音"。……就我所知道的，他们的教育几乎完全是所谓"主义教育"，或是"党化教育"……他们却拿马克思与列宁来替代耶稣，拿资本论一类书来替代圣经……这也许是适之先生所谓世界最新教育学说的一部吧。我们一般人头脑也许是陈腐，在这年头还来抱残守阙似的争什么自由，尤其是知识的自由，思想的自由……即使苏俄这次大试验，大牺牲的结果是适之先生所期望的社会主义的民治制度，我们还得跟在懒惰的中庸的英国人背后问一声："难道就没有比较平和比较牺牲小些的路径不成？"①

显然徐志摩不能同意胡适的看法，由此《晨报副刊》又引发了一场关于"党化教育"的讨论——可以说是"苏俄仇友"问题论争的一个生发和延续。此后发表的文章计有瞿菊农的《注胡适之先生的"态度"》（1926 年 9 月 15 日），张象鼎、徐志摩《关于党化教育的讨论（一、二）》（1926 年 9 月 20 日），夏文运的《读〈一个态度及按语〉》（后有刘大杰的"附记"）（1926 年 9 月 30 日）、白帝的《乱弹——党化教育问题》（1926 年 10 月 13 日）等篇。瞿菊农批驳了胡适的意见，认为"狄克推多与民治主义是根本不相容的"，而党化教育是"愚民政策"②；夏文运、刘大杰则认为客观上可以"仰慕俄国民族的伟大的精神和坚毅的实行力"，但在主观上"不赞成他们那种主义，实行于中国"③；白帝则直接说胡适的赞扬苏俄完全是"出于一时的'神的闷头儿'（Sentimental），并不是什么冥思苦索后的'大彻大悟'"④——很明显，他们对胡适的"态度"都不大以为然。只有张象鼎，坚持"赞成凡一政党……便不能不赞成'党化教育'，认为'党化教育'便是新时代的新教育。苏俄实行'党化教育'，苏俄的教育，便是新教育"，并且指出徐志摩的思维逻辑乃是

---

①　徐志摩：《一个态度及按语》，《晨报副刊》1926 年 9 月 11 日。

②　瞿菊农：《注胡适之先生的"态度"》，《晨报副刊》1926 年 9 月 15 日。

③　夏文运：《读〈一个态度与案语〉》，《晨报副刊》1926 年 9 月 30 日。

④　白帝：《乱弹——党化教育问题》，《晨报副刊》1926 年 10 月 13 日。

"俄国的教育是党化教育,不是新教育,这种教育,只宜于共产党,不赞成共产主义者,便不当'赞许'此教育"。

对此,徐志摩当然不肯放过,他干脆说"我个人怀疑共产主义,怀疑党化教育,也就为顾恋一点点的私人自由"①。"私人自由"——一语道出了徐志摩怀疑共产主义思想的出发点。这在"苏俄仇友"论争停息不久他所写的一篇文章《列宁忌日——谈革命》里有过很充分的表述,此文是借反驳陈毅(笔名曲秋)寄给他的一份在列宁学会的油印谈话稿《纪念列宁》而作的。他认为,陈毅把国民革命运动的成绩都归功于是中国共产党受俄国革命或列宁的影响所得,"是一个鲜明的列宁主义信徒的论调",而"我个人是怀疑马克思阶级学说的绝对性的",因为"我是一个不可教训的个人主义者,这并不高深,这只是说我知道个人,只认得清个人,只信得过个人,我信德谟克拉西的意义只是普遍的个人主义;在各个人自觉的意识与自觉的努力中涵有真纯德谟克拉西的精神。我要求每一朵花实现它可能的色香,我也要求各个人实现他可能的色香"②。但无疑,在那个时代,"要求各个人实现他可能的色香"是有些不合时宜了。

有论者说得中肯,1925 年和 1926 年,徐志摩和胡适先后游历莫斯科,两位旅人日程之异呈现了不同的俄国图景:一个去拜访托尔斯泰之女,参谒列宁遗体,凭吊契诃夫、克鲁泡特金墓园等;一个则参观革命博物馆和莫斯科监狱,研究苏联新教育体制,会晤莫斯科中山大学校长和蔡和森等中国共产党人等。徐对俄罗斯文化的"吊古"情愫表征着他的诗人本色,而胡对新俄政治新试验的"新的兴奋"则体现了他的"士大夫"性格。胡的亲俄之"新的兴奋"是由艳羡新俄强政府之"有计划的政治"而生,而徐对苏俄革命的恐惧则出于对其以个人主义为价值内核的个人自由的坚守,二人苏俄之争的焦点,在于个人自由与国家效能的问题③。

当然,细究起来,胡适的"态度"与徐志摩的"按语"似乎是针锋相对的,但实际上作为自由知识分子,他们的价值取向在关键问题上还是趋于一致的。三个月后胡适在《晨报副刊》发表的《新自由主义》一文便显示了论争双方的殊途同归:"认真说来,我是主张那'比较平和,比较牺牲小些的'方法的。近世的历史指出两个不同的方法:一是苏俄今日的方法,由无产阶级专政;一是避免'阶级斗争'的方法,采用三百年来'社会化'

---

①　张象鼎、徐志摩:《关于党化教育的讨论(一、二)》,《晨报副刊》1926 年 9 月 20 日。

②　徐志摩:《列宁忌日——谈革命》,《晨报副刊》1926 年 1 月 21 日。

③　高力克:《徐志摩与胡适的苏俄之争》,《浙江大学学报(人文社会科学版)》2010 年第 5 期。

的倾向,逐渐扩充享受自由幸福的社会。这个方法,我想叫他做'新自由主义',或'自由的社会主义'。美国近来颇有这个倾向……我以为今日的真正'赤化'有两种:一是迷信'狄克推多'制,一是把中国的一切罪状归咎于外国人。这是道地的赤化……中国糟到这步田地,一滴一滴,都是我们自己的不争气。外国人的侵凌,也是我们自己不争气的结果……"①显然,胡适并非就认同苏俄模式,实际是他的实验主义态度,他的"多研究些问题,少谈些主义"的价值观,让他倾慕的不过是苏俄人民"'认真''发愤有为'的气象"及苏俄政治家们"肯干"的精神,受此刺激,他当时就在给徐志摩的信中说,决定回国后"带点'外国脾气'回来耍耍"②。这似乎已经暗示着日后胡适回国蛰伏上海一段时间后,终究还是忍不住又出来谈政治的必然了。

在当时这场讨论中,后来成为民主斗士的闻一多,作为刚刚留学回国的一个年轻青年,或尚不具备资格,不见他有专门文字揭载。而事实上,他在当时直接进入了行动层面,以集会结社等方式完全投身于国家主义派的实际政治活动中③。国家主义派与国民党、共产党是中国当时三个政见不同的主要政党。闻一多当时在"西京畿道三十四号"的新家就曾是国家主义团体联合会办公处。他在给梁实秋的一封信中提到,"国内赤祸猖獗,我辈国家主义者际此责任重大,进行益加困难。……国家主义的同志中有一般人也常到我家里开会。"④这段史实也不需要回避,后来闻一多自己坦承当

---

① 胡适:《新自由主义》,《晨报副刊》1926 年 12 月 8 日。

② 胡适:《致徐志摩》(1926 年 8 月 27 日),见虞坤林编:《志摩的信》,学林出版社 2004 年版,第 270 页。

③ 按:闻一多等人的国家主义活动始自留美期间。1924 年暑假,部分清华留美学生在美国组织成立了国家主义团体"大江会",大江会的宗旨为"对内实行改造运动,对外反对列强侵略","大江的国家主义""乃中华人民谋中华政治的自由发展,中华经济的自由抉择,及中华文化的自由演进"。其主要成员有闻一多、罗隆基、何浩若、沈有乾、吴景超、梁实秋、潘光旦、顾毓琇、王化成、胡毅等 29 人,均为清华 1921 年至 1924 年赴美留学生。大江会曾出版会刊《大江》季刊两期(1925 年 7 月 15 日、11 月 15 日),由上海泰东图书局印行。据潘光旦说,"大江学会这些人,对国民党无好感,对共产主义则怕,政治立场是改良主义的,也提国家主义,想搞一点势力"。闻一多回国后,继续鼓吹国家主义,罗隆基也是其中的骨干分子。后来闻一多去上海任职的吴淞国立政治大学是国家主义团体最后的一个据点,校长张君劢(张嘉铸之兄)也是国家主义的有力鼓吹者。从大江会的活动不难看出他们的政治热情,大江会成员日后大多成为《新月》时期新月群体中的"政治派"也是明证。参见闻黎明、侯菊坤:《闻一多年谱长编》,湖北人民出版社 1994 年版,第 245、293、302—316 页等。

④ 闻一多:《致信梁实秋》(1926 年 1 月 23 日),见《闻一多书信选集》,人民文学出版社 1986 年版,第 204—205 页。

时的出发点就是爱国主义的①,而在这场讨论中相当激烈的张奚若后来也成为著名的无党派人士。他们在人生观价值观上的变化其实是为共产主义在中国知识分子界中的接受过程提供了极好的参照。

有关这场争论,后来有研究者指出,它其实是当时国共两党在南方的联俄对北方的思想界构成极大冲击的一个表现,"与当时北洋军阀的'反赤化'虽然同时,思想上也有关联,却不是一回事"②。

对于这场争论的意义,有人认为这是徐志摩等新月文人的政治倾向的集中呈现,也有人认为这是知识分子利用现代传媒工具参与社会进程的一个见证。而在笔者看来,也许对于"新月"和徐志摩而言,这场争论形成的生气和作用已经远远超出了形式和观点本身。

---

① 20世纪40年代,闻一多回忆自己参加"大江的国家主义"这段经历时说:"五四时代我受到的思想影响是爱国的,民主的,觉得我们中国人应该如何团结起来救国。五四以后不久,我出洋,还是关心国事,提倡Nationalism,不过那是感情上的,我并不懂得政治,也不懂得三民主义,孙中山先生翻译Nationalism为民族主义,我以为这是反动的。……其实现在看起来,那是相同的。……我在外国所学的本来不是文学,但因为这种Nationalism的思想而注意中文,忽略了功课,为的是使中国好,并且我父亲是一个秀才,从小我就受诗云子曰的影响。"闻一多:《五四历史座谈》,见《闻一多全集》第3册,湖北人民出版社1993年版,第536页。

② 参见罗志田:《乱世潜流:民族主义与民国政治》,上海古籍出版社2001年版,第229—230页。据罗志田先生介绍,关于这场苏俄仇友问题的论争,原始材料均收入章进编:《联俄与仇俄问题讨论集》(上),由北新书局于1927年在北京和上海同时出版。但他认为学术界对此问题还缺少研究。在他看来:这次争论很能说明北伐前夕南北在政治军事上虽然对立,但学界思想所关怀的问题基本相同,而北京的"亲南方"势力也很大。当时苏俄宣布废除不平等条约之后(实际上并未完全实行),北京的学界思想界左倾亲俄风气相当盛。同时,这也说明当时的思想界有意要与执政者保持距离,也许正是因为官方在"反赤化",学界思想就不便站出来反共产和苏俄(心里是否反则另当别论),以这样的"政治正确"来维持自身独立的清流地位,所以《晨报》公开发表反对共产和苏俄的言论的确要冒"阿附"的嫌疑。罗先生分析当时反苏俄方面的文章,认为有两个明显的特点:一是指责苏俄自实行新经济政策之后,没有能实践真正的"共产"学说,是假共产。这说明当时思想界表面上和实际上的"左"与"右"难以区分。据孙中山1924年初的一次谈话,他联俄的一个依据,即俄国革命已由军事共产主义进步到新经济政策,亦即孙自己的民生主义,这说明是俄国在向他学习,所以应当联俄。反观当时梁启超与北方部分知识精英,却以此为苏俄能实行真社会主义,故不足学的依据,则梁等反比一般认为激进的孙更"左"(梁启超的观点主要可参看《国产之保护与奖励》,《晨报·社会》周刊第7、8号,1925年11月17日、25日——笔者按)。二是几乎篇篇文章都不离"卢布"二字,或影射或直言支持苏俄者是因为拿了卢布。当时苏俄确曾拿出不少卢布来支持国共两党,但在思想上亲俄的或撰文支持苏俄的,许多却未必就真能参与"分赃",实际当时北京学界的工资,恰是俄国退还的庚款在支付,倒是名副其实地在拿卢布。这种言必称卢布的方式,与新文化运动中反传统者几乎言必称小脚略同,均是先树立一个带象征性的负面形象,然后将其与所攻击者相联系,试图取得不打自倒的效果。

第二节　从"闲话之争"看北京的文化生态

如果说"副刊"主张、苏俄争论、著作群体的归拢，都是徐志摩接手《晨报副刊》后，初践同人思路、展露棱角的一种操练的话，那么，1926年的"闲话"之争，则可以称得上徐志摩进一步寻找"同调"，展现自己旅伴意识的一次阵地实战。

"闲话之争"称得上是中国现代知识分子欧美留学群体与留日群体利用各自的阵地进行的一次人格与智慧的大较量，得出这样的结论，是没有什么意外可言的。至少稍加留意整个事件的发生发展过程，就会发现这次论争双方的较量方式有一个显著的特点：双方的文字大部分都是发表在自己掌握的报刊上面，论争的一方除了周作人的《闲话的闲话之闲话》《关于闲话事件的订正》及给陈西滢的两封信发表在《晨报副刊》之外，其余基本发表在《京报副刊》及《语丝》《莽原》等同人刊物上。而徐志摩、陈西滢的文章则基本发在《晨报副刊》上，《晨报副刊》因此成了连接起此前相对松散的新月派文人的纽带，使得"新月"渐与同时代的文学研究会、创造社等成为现代文学史上鼎足而三的一个重要文人团体。

也许，"闲话事件"的发生，只是当年徐志摩歪打正着的一个结果；但也许，从事情的一开始，就已经向着这个结局呈现出了一种态势。

事情看起来的确像是一个意外事件。1926年1月11日，主编徐志摩想着第二天《晨报副刊》的稿子还没有着落，情急之中，自己再次捉刀上阵。他本想再写一篇关于法郎士的文章（之前1925年12月30日徐志摩在《晨报副刊》发表过一篇《法郎士先生的牙慧》），一翻手边看到了新一期的《现代评论》上好友陈西滢（1896—1970）的"闲话"（"闲话"是《现代评论》上的一个不定期杂文专栏，最初是徐志摩的好友张奚若主持，自1925年5月9日起改由陈西滢主持，陈文以短小精悍的杂感时评文字著称）。徐志摩不禁就此敷衍出一篇文章《"闲话"引出来的闲话》，刊登在13日《晨报副刊》上。可能他绝没有想到，此文竟然引发了一场文学史上出名的"闲话事件"。历史就是这样，喜欢跟人做游戏，然而又绝非像游戏那样简单轻松。

陈西滢的这篇"闲话"就是谈法国文学家法郎士的（载1926年1月9日《现代评论》第57期，后题为《法郎士先生的真相》，收入《西滢闲话》，新月书店1927年出版），徐志摩读后"实在佩服他写得干净，灵巧"，毫不吝啬地称赞此文是一篇"可羡慕的妩媚的文章"，看完了"就比是吃了一个檀香橄榄,口里清齐齐甜迷迷的尝不尽的余甘";而"西滢是分明私淑法郎士的,也不止写文章一件事——除了他对女性的态度,那是太忠贞了,几乎叫你联想到中世纪修道院里穿长袍喂鸽子的法兰西派的'兄弟'们";"西滢就他学法郎士的文章说,我敢说,已经当得起一句天津话:'有根'了";"像西滢这样,……才当得起'学者'的名词";"他学的是法郎士对人生的态度,在讥讽中有容忍,在容忍中有讥讽;学的是法郎士的'不下海主义',任凭当前有多少引诱,多少压迫,多少威吓,他还是他的冷静,搅不混的清澈,推不动的稳固,他唯一的标准是理性,唯一的动机是怜悯"——不用再引述,用徐志摩自己的话说,就是"不知怎的念头一转弯涂成了一篇《西滢颂》"①。

　　素来为文"温和"的周作人看到徐志摩这篇"恭维陈源(西滢)先生的学问文章及品格"的文章,禁不住写了《闲话的闲话之闲话》寄给徐志摩,并宣称"要登也可以"。徐志摩正因稿件不足,为熬夜凑稿子发愁,所以"忽然得到岂明先生的文章好不叫我开心;别说这是骂别人的,就是直截痛快骂我自己的,我也舍不得放它回去",于是他将周作人此文刊登在了1月20日《晨报副刊》头条,后面紧跟着则是徐本人所作的《再添几句闲话的闲话乘便妄想解围》,看徐志摩的题目"妄想解围",即可知道麻烦出来了。徐志摩解释自己当初作文时根本就没想到是夸奖陈西滢,而且评价西滢"对女性忠贞",也只是想起他平时眼见的陈"与女性周旋的神情,压根儿也没想起女师大一类的关系"。

　　而周作人文章的动因却正与女师大有关。"女师大风潮"始自1924年秋天,一直持续到1925年末女师大复校,是一个惊动全国的大事件:以鲁迅、周作人等为代表的女师大教授联名发表《对于北京女子师范大学风潮宣言》②,表示了对学生们反对校长杨荫榆与段祺瑞政府勾结压迫学生的正义行动的支持;而以陈西滢等为代表的"现代评论派"(因他们时多居住于东吉祥胡同,又被人称为"东吉祥胡同派")则站在杨荫榆校长的立场上反对女师大的学生风潮,且认为此次风潮是有幕后主使利用学生作

---

①　徐志摩:《"闲话"引出来的闲话》,《晨报副刊》1926年1月30日。

②　注:《对于北京女子师范大学风潮宣言》发表于1925年5月27日《京报》,针对杨荫榆开除学生自治会职员和她的《对于暴烈学生之感言》而发,由鲁迅起草,文中说:"六人学业,俱非不良,至于品行一端,平素又绝无惩戒记过之迹,以此与开除并论,而又若离若合,殊有混淆黑白之嫌。"署名者七人,依次为:马裕藻、沈尹默、周树人、李泰棻、钱玄同、沈兼士、周作人。这七人除李泰棻是北大史学系教授、河北人外,其余六人都是北京大学国文系教授,均为浙江人。

工具，牺牲学生的学业来达到个人目的，教授发表宣言等行为不过是"粉刷茅厕"。1925年5月30日出版的《现代评论》上陈西滢发表了第一篇关于女师大风潮的文字《粉刷茅厕》，就假托"流言"之口称女师大风潮是受了"北京教育界占最大势力的某籍某系的人"的"暗中鼓动"和"暗中挑剔"。对此，鲁迅即于6月1日作了《我的"籍"和"系"》（载1925年6月2日《莽原》周刊第7期）予以还击，而周作人则马上写了《京兆人》予以回击，并发表在1925年6月1日的《京报副刊》——周作人的反应甚至比鲁迅还要快。之后，双方以各自的舆论阵地《京报副刊》《莽原》周刊和《现代评论》周刊展开激烈的论战："现代评论派"的陈西滢等攻击鲁迅、周作人惯于"捏造事实""传布流言""放冷箭"，而周氏兄弟也毫不留情回击以"正人君子""学者""绅士""通品""有根了"等封号。这场风潮与章士钊任教育总长、包括后来发生的"三·一八"惨案等一连串事件有关，个中原因矛盾复杂，过程也很曲折，与其说哪一方代表了正义、哪一方代表了反动，不如说在很大程度上与他们立场不同、认识事物的视角也不同有关联。比如说，"现代评论派"人士多数深受西方文化濡染，一般较多从学理、法律、秩序的层面寻求解决公共事件的途径，希望建设一个法理的社会，但是在当时危机四伏的社会语境里就显得有些不合时宜；而"语丝派"的鲁迅、周作人等则是留学日本，倾向于直接面对事件本身，一般来说态度较为峻急愤激。他们各自所接受的教育背景、生活经历的不同导致其在心理意识、思维方式及面对具体事物时出现观点歧异，也是很自然的。

　　简而言之，在当时处于"无名"状态的中国社会文化语境中，双方论战表现出的明显特征：就是以多居住在东吉祥胡同的具有留英美背景的知识分子（即所谓"东吉祥派"或"现代评论派"）为一方，而以主要留日的浙江籍国文系（即所谓"某籍某系"）和留法的北方国民党学人为一方，双方斗争各有强烈的政治背景，但主要的一个方面实际是"争夺学界思想界的领导权"①——留英美派的"自由知识分子"与留日派的"激进知识分子"的对峙，可以说是20世纪二三十年代中国现代思想文化史上一个重要面相。而这里围绕《晨报副刊》上的"闲话之争"展开的讨论，仅仅是其中的一个小片断，局限性是在所难免的。

---

① 罗志田：《乱世潜流：民族主义与民国政治》，上海古籍出版社2001年版，第230页。

新月社与现代评论派并不是一回事①,但两个团体的确有非常相似之处,即大多数成员均是留学欧美回来的知识分子,这就难免在人事交往上两者有相当重叠的成分,胡适、徐志摩、陈西滢等人都常常被认为是这两个团体的成员。尽管女师大风潮发生时,徐志摩并没有参加到这场论争中,但作为陈西滢的好友对此没有了解是不可能的,何况此事件也是当时媒体的报道热点之一。在上文的"西滢颂"里,徐志摩就甚为怜惜地说:"西滢是个傻子;他妄想在不经心的闲话里主持事理的公道,人情的准则。他想用讥讽的冰屑刺灭时代的狂热。……最近他讨论时事的冰块已经关不住它那内蕴或外染的热气……冰水化成了沸液,可不是玩,我暗暗的着急。"这说明徐志摩早已关注到陈西滢与鲁迅等人的论战了,而由于没有合适的机会,只能在一边替朋友"暗暗的着急"②。他此时抛出这篇大赞陈西滢的言论,也许是无意的,不过言其平日所想当也不会是无端的猜测,而他将此文发表在自己手上掌握着的具有影响力的《晨报副刊》上面,则无异于在余波未平的女师大事件上火上浇油。《晨报副刊》顿时成为又一个论战的漩涡似乎是势在必然。

周作人由此发难并不令人意外,他不但对徐志摩恭维陈西滢的学问品格不敢苟同,而且出语激烈。他先说徐志摩是"超然派的人物,是专门学文学的,自然最可靠了,我们理当洗耳恭听",接着笔锋即转,"可惜徐先生有了一点疏忽,我想这或者是因为那时不在北京,没有遇到那个所谓臭茅厕事件,所以不知道章士钊怎样地诬蔑女学生,刘百昭怎样地率领老妈子拖打女学生,而陈源先生那时是取怎样的一种态度":"反对维持女师大的教员们"

---

① 《现代评论》:1924 年 12 月 13 日创刊于北京的一个综合性周刊,每逢周六出版。前期主编是王世杰,由北京大学出版部印行;自第 138 期(1927 年 3 月)起移至上海出版,由丁西林主编,至 1928 年 12 月 29 日终刊,共出 9 卷 209 期,另有 3 期增刊和一批"现代丛书"。《现代评论》的主要撰稿人如王世杰、唐有壬、陈西滢、高一涵、陶孟和、燕树棠、周鲠生、钱端升、杨端六、丁西林等人,均为北京大学教授,多数具有欧美留学背景(高一涵留日,是个例外)。《现代评论》"包涵关于政治、经济、法律、文艺、哲学、教育、科学等各种文学",一般视其为代表自由主义立场的杂志,以"现代评论派"得名。过去研究界,有人认为现代评论派是新月社的继续和发展(见司马长风:《中国新文学史》(上),香港昭明出版社 1980年版,第 140 页)。现在一般则认为虽然两者有相似之处,都是多由欧美留学生组成的倾向于自由主义的文化团体,但根本上两者是不同的。很关键的一点是,现代评论派的背景是国民党支持的,而新月社则是研究系背景,研究系与国民党一向势如水火,两者门户不同。当事人陈西滢对此有说明。参见陈西滢:《关于"新月社"》,见韩石山编:《难忘徐志摩》,昆仑出版社 2001 年版,第 80 页。还可参见瞿光熙:《新月社·新月派·新月书店》,见瞿光熙:《中国现代文学史札记》,上海文艺出版社 1984 年版,第 262—265 页;倪邦文:《自由者梦寻:"现代评论派"综论》,上海文艺出版社 1997 年版,第 28—30 页。
② 徐志摩:《"闲话"引出来的闲话》,《晨报副刊》1926 年 1 月 30 日。

时就讥讽"重女轻男"，而援助女大时，又容忍"重女轻男"，这"在俗人的眼看来也可以叫作卑劣"（女师大是章士钊下令解散的，女大则是章士钊下令在女师大校址上建的——引者注）。接着，周作人抓住徐志摩评价陈西滢对女性的"忠贞"抛出了更为要害的言辞：

> 忠贞于一个人的男子自然而然也有，然而对于女性我恐怕大都是一种犬儒态度罢。结果是笔头口头糟蹋了天下女性，而自己的爱妻或情人也就糟蹋在里头。我知道在北京有两位新文化新文学的名人名教授，因为愤女师大前途之棘，先章士钊，后杨荫榆而扬言于众曰："现在的女学生都可以叫局。"这两位名人是谁，这里也不必多说，反正总是学者绅士罢了。其实这种人也还多，并不止这两位，我虽不是绅士，却觉得多讲他们的龌龊的言行也有污纸笔，不想说出来了。总之许多所谓绅士压根儿就没有一点儿人气，还亏他们恬然自居于正人之列，容我讲一句粗野话，即使这些东西是我的娘舅，我也不说他是一个人。像陈先生那样真是忠贞于女性的人，不知道对于这些东西将取什么态度：讥讽呢，容忍呢？哈，哈，徐先生是个诗人，诗人多少有一点迂的，所以有时要上小当，看不清事实。①

明眼人一看即知此文是冲着陈西滢来的，而"闲话之争"也由此聚焦到了杀伤力极强的"现在的女学生都可以叫局"事件上。虽然双方年龄差了近十岁（周作人四十一岁，陈西滢三十岁），但陈西滢"也不是好惹的"（徐志摩语），周作人之文发表的当天，他就写信追问周作人：

> 先生今天在晨副骂我的文章里，又说起"北京有两位新文化新文学的名人名教授"……扬言于众曰，"现在的女学生都可以叫局"。这话先生说了不止一次了，可是好像每次都在骂我的文章里，而且语气里很带些阴险的暗示。因此，我虽然配不上称为新文化新文学的名人名教授，也未免，要同其余的读者一样，有些疑心先生骂的有我在里面，虽然我又拿不着把柄。先生们的文章里常有"放冷箭""卑劣"……一类的口头禅，大约在这种地方可以应用了吧？先生兄弟两位捏造的事实，传布的"流言"本来已经说不胜说，多一个少一个也不打紧，可是一个被骂的人总情愿知道人家骂他的是什么。所以，如果先生还有半分

---

① 周作人：《闲话的闲话之闲话》，《晨报副刊》1926 年 1 月 30 日。

"人气",请先生清清楚楚的回我两句话:"(一)我是不是在先生所说的两个人里面?(二)如果有我在内,我在什么地方,对了谁扬言来?"①

信中陈西滢不但要周作人"给个说法",而且矛头所向并非仅仅周作人,而将鲁迅一同拿来是问——周氏兄弟彼时虽已失和,但在过去面对共同的敌人反对北洋军阀统治、支持女师大风潮等一系列斗争中却始终是在同一条战线上的,所以两人常常同时受敌。不过这次事件是周作人首先与陈西滢等人对阵,鲁迅不是主角,因此没有回应。

自1月20日到26日,陈西滢、周作人和张凤举(也是北大教授,周、陈认为的见证人)之间频频通信,就"叫局"事件唇枪舌剑、你来我往,纠缠不休:先是周作人回复陈西滢说,自己这话是从别人口中听说的,要先去问中间人,才能作答,而"至于'捏造'先生的事实,则吾岂敢"②。后大约是与张凤举已见面,又回复说:"前日所说声言女学生可以叫局的两个人,现经查考,并无先生在内,特此奉覆。"但陈西滢并不满意这个答复,给张凤举信说,周虽说没有他在内,"可是并没有半句道歉的话,这好像他还是相信有我在内,只不过不愿意连累到见证的身上去罢了"③。经过陈西滢一番查证,结果是张凤举承认这是他误传的结果,但并未形诸笔墨,所以只能向陈西滢表示私人道歉。而周作人已经回复了陈西滢,况且在文章中也没有公开指名道姓,所以没有登报声明的道理。

然而或许是觉得此事事关声誉或者更多是之前积下的仇怨太深,陈西滢并不能接受这个"说法"。28日,他寄给徐志摩一封长信,要求《晨报副刊》予以发表。而作为这场论战的引起者,徐志摩虽称"不主张随便登载对人攻击的来件的",但是前面已经登了周作人骂陈西滢的文章,反过来西滢的答辩倒不登,"对不起西滢",所以将陈西滢的来信加上陈辑录的与周作人、张凤举的通信9封,另外附录了刘半农与陈西滢的3封通信,共计12封合并登在了30日的《晨报副刊》上。徐志摩并在前面加了按语《关于下面一束通信告读者们》,他认为这场争执虽然表面看是私人性质的,但当事人都是思想文化界名人,且争执起于去年教育界最重要的风潮,已经是影响社会政治道德的公共事件,故将他们的通信公开发表于此。这个理由应当也是成立的,但在徐志摩看来更重要的恐怕还是"西滢的地位一向是孤单

---

① 陈西滢:《致周作人》(1926年1月20日),《晨报副刊》1926年1月30日。
② 周作人:《致陈西滢》(1926年1月21日),《晨报副刊》1926年1月30日。
③ 陈西滢:《致张凤举》(1926年1月22日),《晨报副刊》1926年1月30日。

的，……反面说，骂西滢个人以及西滢所主持的地位的却是极不孤单的，骂的笔不止一枝，骂的机关不止一个"。徐志摩显然认为"对方倚仗人多发表机关多特地来压灭"陈西滢的"闲话所代表的见解"①，所以他所主持的《晨报副刊》自然要为陈西滢助阵了。

1月30日这一期的《晨报副刊》因此被人称作是"攻周专号"——当然不仅仅是指周作人，鲁迅也"陪绑"在内。尽管"闲话之争"是周作人首先挑起来的，"叫局"事件与鲁迅并没有什么关系，但陈西滢显然还是"习惯"于将周氏兄弟并置而论："先生同令兄鲁迅先生惯常干'捏造事实，传布流言'和'放冷箭'等种种的卑劣行为，先生还觍颜强辩道'则吾岂敢'。现在还有什么废话可说"②；不但如此，陈西滢甚至觉得周作人还在其次，矛头重点还是鲁迅，在攻击力度上对鲁迅也总是格外"高看一眼"："我对周先生（按：指周作人），并没有了不得的仇恨。不过他们兄弟二人既然那样的咄咄逼人，我现在偶然不客气一次，照鲁迅先生的学说，也算得谦逊得很了"③。而这在他给徐志摩的信中表现得尤为明了、直接、集中，在指陈了周作人惹起的"叫局"事件是"打嘴巴，结果正打在自己嘴上"之后，陈西滢随即调转了笔锋：

> 前面几封信里说起了几次周岂明先生的令兄：鲁迅，即教育部金事周树人的名字。这里似乎不能不提一提。其实，我把他们一口气说了，真有些冤屈了我们的岂明先生。他与他的令兄比较起来，真是小巫见了大巫。有人说，他们兄弟俩都有他们贵乡绍兴的刑名师爷的脾气。这话，岂明先生自己也好像有部分的承认。不过，我们得分别，一位是没有做过官的刑名师爷，一位是做了十几年官的刑名师爷。

> 鲁迅先生一下笔就想构陷人家的罪状。他不是减，就是加，不是断章取义，便捏造些事实。……他的文章，我看过了就放进了该去的地方——说句体己话，我觉得它们就不应该从那里出来……

> 他没有一篇文章里不放几枝冷箭……

> 他常常"散布流言"和"捏造事实"……

> 他常常的无故骂人，要是那人生气，他就说人家没有"幽默"。可是要是有人侵犯了他一言半语，他就跳到半天空，骂得你体无完肤——

---

① 徐志摩：《关于下面一束通信告读者们》，《晨报副刊》1926年1月30日。

② 陈西滢：《致周岂明》（1926年1月25日），《晨报副刊》1926年1月30日。

③ 陈西滢：《致张凤举》（1926年1月26日），《晨报副刊》1926年1月30日。

还不肯罢休。

　　他常常挖苦别人家抄袭。有一个学生抄了沫若的几句诗,他老先生骂得刻骨镂心的痛快。可是他自己的《中国小说史略》却就是根据日本人盐谷温的《支那文学概论讲话》里面的"小说"一部分。其实拿人家的著述做你自己的蓝本,本可以原谅,只要你在书中有那样的声明,可是鲁迅先生就没有那样的声明。在我们看来,你自己做了不正当的事也就罢了,何苦再去挖苦一个可怜的学生,可是他还尽量的把人家刻薄。"窃钩者诛,窃国者侯",本是自古已有的道理①。

　　从这篇文字之气势确实看得出陈西滢也不是"好惹"的,尽管他自己很有些轻描淡写地说,此文"总算是半年来朝晚被人攻击的一点回响",然而文中公开指责鲁迅"抄袭",面对这种最伤文人名誉的大是大非的问题,鲁迅就不能不起而回击了。此前陈西滢已不点名指责过一次鲁迅"剽窃"②,当时鲁迅没有还击,而如今当面明指就不可能再容忍了。陈西滢的这封信1月30日刊登出来,2月1日鲁迅就做了题为《不是信》(载1926年2月8日《语丝》第65期),长约六千字,这在鲁迅杂文中也是少见的。鲁迅以冷静峭拔又尖锐泼辣的行文,详细说明了自己写作过程中的甘苦,进行了有理有据的驳斥,正如他在另一篇文章里所称:"……我要'以眼还眼以牙还牙',或者以半牙,以两牙还一牙,因为我是人,难于上帝似的铢两悉称。如果我没有做,那是我的无力,并非我大度,宽恕了加害于我的敌人。还有,有些下贱东西,每以秽物掷人,以为人必不屑较,一计较,倒是你自己失了人格。我可要照样的掷过去,要是他掷来。"③此事可以说让鲁迅从此与陈西

---

① 陈西滢:《致徐志摩》(1926年1月28日),《晨报副刊》1926年1月30日。

② 陈西滢在1925年11月21日出版的《现代评论》第50期《闲话》(结集时名为《剽窃与抄袭》)中称:"可是,很不幸的,我们中国的批评家有时实在太宏博了。他们俯伏了身体,张大了眼睛,在地面上寻找窃贼,以致整大本的剽窃,他们倒往往视而不见。要举个例么?还是不说吧。我实在不敢开罪'思想界的权威'。总之,这些批评家不见大处,只见小处;不见小处,只见他们自己的宏博处。"文中"思想界的权威"是论战中对鲁迅常用的讽刺语。据说,陈西滢怀疑时为其女友的凌叔华两次被指抄袭都是鲁迅授意的,故出此举为凌叔华报一箭之仇。凌叔华被指抄袭事,一即前文所述1925年10月《晨报副刊》的"篇首图案"事件。二是1925年11月14日《京报副刊》又有署名《晨牧》的《零零碎碎》一则,指责凌叔华的小说《花之寺》(载1925年11月7日《现代评论》第2卷第48期)系抄袭俄国作家契诃夫的《在消夏别墅》。其实凌叔华是否抄袭并非关键,而陈西滢的这种联想实不免有捕风捉影之嫌。

③ 鲁迅:《〈学界的三魂〉附记》,载1926年2月1日《语丝》周刊第64期《学界的三魂》正文之后。后收入《鲁迅全集补遗续编》,见《鲁迅全集》(3)《华盖集续编》注释中引录。见《鲁迅全集》(3),人民文学出版社1981年版,第209页。

澄结下了死仇，直至 1935 年，谈及于此时鲁迅依然感到难以释怀①。而关于鲁迅是否抄袭这个问题，胡适有过一番论说，算是为鲁迅正名。1936 年 12 月 24 日，胡适在给苏雪林的信中说："通伯先生当日误信一个小人张凤举之言，说鲁迅之小说史是抄袭盐谷温的，就使鲁迅终身不忘此仇恨！现今盐谷温的文学史已由孙俍工译出了，其书是未见我和鲁迅之小说研究以前的作品，其考据部分浅陋可笑。说鲁迅抄盐谷温，真是万分的冤枉。盐谷一案，我们应该为鲁迅洗刷明白。最好是由通伯先生写一篇短文，此是 gentle-man［绅士］的臭架子，值得摆的。如此立论，然后能使敌党俯首心服。"②

鲁迅的回击文字一出，相形之下周作人又作的两篇小文章：一篇《陈源先生的来信》，登在他们的同人刊物 2 月 1 日出版的《语丝》周刊第 64 期上，另一篇《关于闲话事件的订正》由徐志摩登在 2 月 3 日《晨报副刊》不起眼的角落上，就显得没有什么力度了。或许是觉得自己听信谗言，有点儿理亏，又念及过去与陈等人的交情，为息事宁人计只好认输（周作人本人晚年忆及此事时如此解释）③；而也有人说周作人之所以起初火气甚大而后声势渐小，是由于受他提携登上文坛而时为陈西滢的女友凌叔华幕后斡旋之故④。不管

---

① 鲁迅在 1935 年 12 月所作的《且介亭杂文二集·后记》中说："在《中国小说史略》日译本的序文里，我声明了我的高兴，但还有一种原因我未曾说出，是经十年之久，我竟报复了我个人的私仇。当一九二六年时，陈源即陈西滢教授，曾在北京公开对于我的人身攻击，说我的这一部著作，是窃取盐谷温教授的《支那文学概论讲话》里面的'小说'一部分的；《闲话》里的所谓'整大本的剽窃'，指的也是我。现在盐谷温教授的书早有中译，我的也有了日译，两国的读者，有目共见，有谁指出我的'剽窃'来呢？呜呼，'男盗女娼'，是人间大可耻事，我负了十年'剽窃'的恶名，现在总算可以卸下，并且将'谎狗'的旗子，回敬自称'正人君子'的陈源教授，倘他无法洗刷，就只好插带生活，一直带进坟墓里去了"。见《鲁迅全集》(6)，人民文学出版社 1981 年版，第 450—451 页。

② 胡适：《致苏雪林》(1936 年 12 月 24 日)，见社科院近代史研究所编：《胡适来往书信选》中册，中华书局 1979 年版，第 339 页。

③ 对此经过，周作人晚年的说法是："我根据张凤举的报告，揭发陈源曾经扬言曰，'现在的女学生都可以叫局'，为息事宁人计，只好说是得之传闻，等于认输。当时川岛很是不平，因为他也在场听到张凤举的话，有一回在会贤堂聚会的时候，想当面揭穿，也是我阻止了。这是当断不断的一个好教训。"周作人言自己"当断不断"，是"怪自己不能彻底，还要讲人情的缘故"，可能指与陈西滢曾经交好的关系。周作人：《知堂回想录》(下)，河北教育出版社 2002 年版，第 511 页。

④ 韩石山提出这种看法：他认为，周作人在此事上初起的激烈反应与后来的退让与凌叔华有关。凌在燕京大学上学期间，周是北京大学教授兼燕京大学教授，周亲自辅导凌学日语，而凌叔华登上文坛也得益于周作人的提携。她最早的两篇小说由周介绍给孙伏园在《晨报副刊》发表。而后来凌叔华与年轻有为的留英博士、北大英文系主任陈西滢相恋，"背叛"了提携自己的周作人，故周有此举。参见韩石山：《徐志摩传》，北京十月文艺出版社 2001 年版，第 210 页。韩氏最新著作中坚持此种看法，并做了进一步的资料考证。参见韩石山：《少不读鲁迅 老不读胡适》，中国友谊出版公司 2005 年版，第 181—192 页。

怎么说,周作人的态度发生了变化是无疑的。

　　而身为《晨报副刊》的主编徐志摩,虽然权力不小,但是也不能不顾及社会上的反应,一位署名"张克昌"者就来信说:

　　　　我是不常看副刊的,今天偶看了《晨报副刊》上的《闲话的闲话之闲话》引出来的几封信,就觉着伶巧机警的态度,都活现在纸上,并且丑得很!反戈讨贼的郭松龄,其电文内尚曰:君子绝交,不出恶言;最高学府的堂堂教授先生们,反不及也!我以为谁和谁过不去,手枪对待,白刃周旋,倒是丈夫之所为;若彼此互骂,不惟丈夫不为,正是下游根性的表现。①

　　此信来得正是时候,作为"同调"的陈西滢的重磅炸弹也已经抛出,而周作人也给徐志摩发来了态度变"软"的信(1926 年 1 月 31 日)。此时,在论战中"身兼数职"的徐志摩不管是作为《晨报副刊》的主编,还是作为有所偏重的"中间人",还是作为论战的始作俑者,他都感觉到事态发展远非自己所料,需要收场了。于是,当天他就回复周作人表示:

　　　　关于这场笔战的事情,我今天与平伯、绍原、今甫诸君谈了,我们都认为有从此息争的必要,拟由两面的朋友们出来劝和,过去的当是过去的,从此大家合力来对付我们真正的敌人,省得闹这无谓的口舌,倒叫俗人笑话。我已经十三分懊怅。前晚不该付印那一大束通信,但如今我非常的欢喜,因为老兄竟能持此温和的态度。至于通伯,他这回发泄已算够了。彼此都说过不悦耳的话。就算两开了吧,看我们几个居中朋友的份上——因为我还是深信彼此间实没有结仇的必要……
　　　　只有令兄先生脾气不易捉摸,怕不易调和。我们又不易与他接近。听说我与他虽则素昧平生,并且他似乎嘲弄我几回我并不曾还口。但他对我还像是有什么过不去似的。我真不懂,惶惑极了。我愿意知道罪所在,要我怎样改过我都可以,此意有机会希为转致。……②

　　就在同信中,徐志摩还表示自己即将南下由他人代编《晨报副刊》,此

---

① 张克昌:《读了〈闲话的闲话之闲话引出来的几封信〉的三言五语》,《晨报副刊》1926 年 2 月 3 日。
② 徐志摩:《致周作人》(1926 年 1 月 31 日),见虞坤林编:《志摩的信》,学林出版社 2004 年版,第 243—244 页。

后请周作人赐稿支持，相比之下他对鲁迅的语气则显得十分不自然，有些故作姿态的虚假成分，因为当时周作人与鲁迅其实早已失和，形同路人，周作人是不可能代他向鲁迅"转致"任何信息的。

由此可以看到在这场论争中，作为"场外监督"的徐志摩实际上的角色位置了。他一直企图扮演中立的角色，做双方的和事佬："我实在始终不明白我们朋友中像岂明与西滢一流人何以有别扭的必要——除非你相信'文人相欺'是一个不可摇拔的根性"，并说他对二人的学问、文章、品格是同样的佩服与欣赏，不明白"为什么对某一件事情因为各人地位与交与不同的缘故发生了不同的看法稍稍龃龉以后，这别扭就得别扭到底，……不，我相信我们当前真正的敌人与敌性的东西正多着，正该我们合力去扑斗才是，自家尽闹谁都没有好处，真是何苦来！……我来做一个最没出息最讨人厌的和事佬，朋友们以为何如？"①可是在同一文中他又说："我总觉得有几位先生气性似乎太大了一点，尤其是比我们更上年纪的前辈们似乎应得特别保重些才是道理。西滢，我知道，也是个不大好惹的"②，在另一处则说"这回西滢的意气分明是很盛，……在他个人是为这半年来受尽了旁人对他人身攻击的闲气已经到了忍无可忍的地步……我们如其接头这回争执的背景，能替他设身处地想时，也许可以相当同情他满肚子的瘴气。……西滢是我的朋友，并且是我最佩服最敬爱的一个。……关于他在闲话里对时事的批评，我也是与他同调的时候多"③，而"周氏兄弟一面，我与他们私人交情浅得多；鲁迅先生我是压根儿没有胆仰过颜色的，作人先生是相识的，但见面的机会不多。鲁迅先生的作品，说来大不敬得很，我拜读过很少，就只《呐喊》集里三两篇小说，以及新近因为有人尊他是中国的尼采，他的《热风》集里的几页。他平常零星的东西，我即使看也等于白看，没有看进去或是没有看懂。"④。

这样的表述，"和事佬"徐志摩的倾向性显而易见：他不但在对时事的看法上与陈西滢"同调"，就是在对待鲁迅与周作人的态度上也保持了"远近有别"的"同调"，原因自然与周作人与徐志摩、陈西滢等人一度有所来往（周作人的日记中就有与他们共宴的记录，他在晚年所写的《知堂回想录·女师大与东吉祥（一）》里曾专门检出了当时与陈西滢、徐志摩等交往的日

---

① 徐志摩：《再添几句闲话的闲话乘便妄想解围》，《晨报副刊》1926年1月20日。
② 徐志摩：《再添几句闲话的闲话乘便妄想解围》，《晨报副刊》1926年1月20日。
③ 徐志摩：《关于下面一束通信告读者们》，《晨报副刊》1926年1月30日。
④ 徐志摩：《关于下面一束通信告读者们》，《晨报副刊》1926年1月30日。

记七条①）不无关系，就是在论争期间，周作人与徐志摩二人也保持了通信，还互相为自己的刊物《语丝》和《晨报副刊》约稿。而在鲁迅那里，他早于1924 年就因《"音乐"？》事件与徐志摩结了仇怨，与陈西滢则"虽尝在给泰戈尔祝寿的戏台前一握手，而早已视为异类"②——鲁迅对论敌从来都是"一个都不饶恕"的。不过即便徐志摩、陈西滢力图区别对待周氏兄弟二人，但其实周作人与之也终非同道，周作人后来回忆到这一段时，就这样解释自己与"现代评论派"由"拉拢"到分裂的原因："我以前因为张凤举的拉拢，与东吉祥诸君子谬托知己的有些来往，但是我的心里是有'两个鬼'潜伏着的，即所谓绅士鬼与流氓鬼。我曾经说过，'以开店而论，我这店是两个鬼品开的，而其股份与生意的分配，究竟绅士鬼还只居其小部分。'所以去和道地的绅士们周旋，也仍旧是合不来的。有时流氓鬼要露出面来，结果终于翻脸，以至破口大骂；这虽是由于事势的必然，但使我由南转北，几乎作了一百八十度的大回旋，脱却绅士的'沙龙'，加入从前那么想逃避的女校，终于成了代表，与女师大共存亡，我说命运之不可测就是如此"③。还是那句老话，对于问题的主张可以不同，也可以转变，但是由不同的文化教育背景与人生经历所造就的精神结构差异是难以真正改变的。

　　"闲话"之争中还牵涉后来成为著名地质学家的李四光（1889—1971）的"薪水"问题。李四光当时任北京大学教授，又兼任了国家京师图书馆副馆长，等于拿双份工资，此事遭到鲁迅的批评（见其 1925 年 12 月 18 日作《"公理"的把戏》，见《鲁迅全集》第 3 卷），其实还是由于李四光在女师大风潮事件中是属于鲁迅的"死敌""现代评论派"阵营中人，鲁迅在文中顺便将其讽刺一下也不奇怪。而陈西滢在给徐志摩的长信中（载《晨报副刊》1926 年 1 月 30 日），为李四光抱不平且以此为例说明"鲁迅先生一下笔就想构陷人家罪状"，于是李四光给徐志摩去信解释自己的"薪水"问题，同时

---

① 这七条日记分别是：（1）1923 年 11 月 3 日下午耀辰凤举来，晚共宴张欣海、林玉堂、丁西林、陈通伯、郁达夫及士远、尹默，共十人，九时散去。这是第一次招待他们，是在后院的东偏三间屋里，就是从前爱罗先珂住过的地方。（2）11 月 17 日午至公园来今雨轩，赴张欣海、陈通伯、徐志摩约午餐，同坐十八人，四时返。（3）1924 年 6 月 24 日六时至公园，赴现代评论社晚餐，共约四十人。（4）7 月 5 日下午凤举同通伯来谈，通伯早去。（5）7 月 30 日下午通伯邀阅英文考卷，阅五十本，六时返。（6）7 月 31 日上午往北大二院，阅英文卷百本。（7）1925 年 2 月 12 日下午同丁西林、陈通伯、凤举乘汽车，往西山，在玉泉山旅馆午饭，抵碧云寺前，同步行登玉皇顶，又至香山甘露旅馆饮茶，六时回家。转引自周作人：《知堂回想录》（下），河北教育出版社 2002 年版，第 502 页。

② 鲁迅：《"公理"的把戏》，见《鲁迅全集》（3），人民文学出版社 1981 年版，第 168 页。

③ 周作人：《知堂回想录》（下），河北教育出版社 2002 年版，第 505 页。

对鲁迅先生的指责表示不满，说"鲁迅先生是当代比较有希望的文士"，但是中国文人常有作"捕风捉影之谈"的习惯，希望鲁迅先生能查清事实，"做十年读书，十年养气"的功夫，也许中国因此可以产生一个真正的文士"，此信被徐志摩以《李四光先生来件》刊登在2月1日的《晨报副刊》。对此，鲁迅在《不是信》一文中予以反击，表示极为反感称自己为"当代比较有希望的文士"。而李四光随后又给徐志摩去信，在谈了对陈西滢、周作人及鲁迅的看法后，以极诚恳的态度郑重声明，"对于一切的笑骂，我以后决不答一辞，仅守幽默就罢了"①。

李四光这封信是比较理性的，徐志摩也觉得借此机会该结束这场趋于"流俗"的论争。于是2月3日，徐志摩以给李四光复信的形式在《晨报副刊》上刊登《结束闲话，结束废话！》一文，文中称：

> 我们……一致认为有从此结束一切的必要……这不仅是绅士不绅士的问题，这是像受教育人不像的问题。我不后悔我发表西滢这一束通信，因为这叫一般人看到了相骂的一个 Limit。这回的反动分明是不仅从一方面来的。学生们看做他们先生的这样丢丑，……绝对没关系人看了这情形也不耐烦了，……再不能不想法制止。就是当事人，我想，除非真有神经病的，也应分有了觉悟，觉悟至少这类争论是无谓的。"有了经验的狗"，哈代在一处说，尚且"知道节省他的呼吸，逢着不必叫的时候就耐了下去"（好像是"Far from the Madding Crowd"），何况多少有经验的人，更何况大学的教授们，更何况负有指导青年重责的前辈！
>
> 带住！让我们对着混斗的双方喝猛一声。带住！让我们对着我们自己不十分上流的根性猛喝一声。假如我们觉得胳膊里有余力，身体里有余勇要求发泄时，让我们望升华的道上走，现在需要勇士的战场多着哪，为国家，为人道，为真正的正谊——别再死捧着显微镜，无限的放大你私人的意气！
>
> 再声明一句，本刊此后再不登载对人攻击的文字。②

之后，徐志摩南下回老家过春节，副刊交由江绍原暂为代编，《晨报副

---

① 此段史实的详细情况可参见韩石山：《少不读鲁迅　老不读胡适》，中国友谊出版公司2005年版，第202—213页。

② 徐志摩：《结束闲话，结束废话！》，《晨报副刊》1926年2月3日。

刊》未再登载"闲话"文字。然而,徐志摩单方面的宣布"结束闲话,结束废话!",显然不能服人,就像拳击场上的裁判,在一方一连串出拳之后,不管对方是否违例是否犯规,就赶紧宣布比赛结束,有些失之公平。同时,抛弃了"闲话之争"的前因后果,将其化为一场"混斗",未免也有回避矛盾将问题简单化的嫌疑。不过这倒是很好地说明了,徐志摩相当充分地使用了主编一职的权力,将《晨报副刊》这一有影响力的大众传媒成功地化作新月人士的宣传阵地,占据了相当的舆论优势①。

作为半道被扯入的鲁迅自然不能就此"结束",他当日(2月3日)即作了带有总结性的《我还不能"带住"》一文,为自己受到的"株连"而不平,并做出了强烈的回应:"他们的闲话……闲话问题,本与我没有什么鸟相干,'带住'也好,放开也好,拉拢也好,自然大可以随便玩把戏。但是,前几天不是因为'令兄'关系,连我的'面孔'都攻击过了么? 我本没有去'混斗',倒是株连了我。现在我还没有怎么开口呢,怎么忽然又要'带住'了?"鲁迅的批驳也是毫不留情的,他指斥徐志摩等人至今还在"用绅士服将'丑'层层包裹,装着好面孔",去冒充"青年的导师";并表示要无情地将他们的假面"撕下来","撕得鲜血淋漓,臭架子打得粉碎",决不"带住"。鲁迅明确地表示:"我自己也知道,在中国,我的笔要算较为尖刻的,说话有时也不留情面。但我又知道人们怎样地用了公理正义的美名,正人君子的徽号,温良敦厚的假脸,流言公论的武器,吞吐曲折的文字,行私利己,使无刀无笔的弱者不得喘息。倘使我没有这笔,也就是被欺侮到赴诉无门的一个;我觉悟了,所以要常用,尤其是用于使麒麟皮下露出马脚。"②

作为论战的一方,这场"闲话"之争,虽然是周作人首先发难,却是由鲁迅来作结的——鲁迅的"主观战斗精神"到底还是要胜出周作人一筹,难怪陈西滢等人总是把重点矛头对向鲁迅了。

需要提出的是,"闲话之争"不久之后即发生了震惊中外的"三·一八"惨案,"语丝派"与"现代评论派"继续因政见不同激烈对垒,徐志摩则表现出与陈西滢等人并不相同的一面。陈西滢等人坚持所谓"公义"的理性姿

---

① 无疑,徐志摩作为主编拥有对稿件取舍删改的生杀大权,以利于表达自己的立场。他在发表周作人《关于闲话事件的订正》(1926年2月3日)时,就改动了周氏文中的一句话,将"陈先生没有质问的资格"改为"陈先生没有质问的权利",这里"权利"的词意显然轻于"资格"。周作人次日(1926年2月4日)特别写信给徐志摩表示"抗议",但此信也未能刊布在《晨报副刊》,而是发表在《京报副刊》(1926年2月6日)。同人刊物之于论战双方的重要性可见一斑。

② 鲁迅:《我还不能"带住"》,《京报副刊》1926年2月7日,见《鲁迅全集》(3),人民文学出版社1981年版,第242、244页。

态,其实暴露了其站在权力者一边的立场。而徐志摩不但在《晨报副刊》发表了饶孟侃的《三月十八日——纪念铁狮子胡同大流血》(3月25日)、闻一多的《天安门》(3月27日)等诗作表达愤慨之情。继之,4月1日出版的《诗镌》创刊号主编徐志摩更明确表示是"三一八血案的专号"①,《诗镌》同人纷纷以自己的诗作悼念死者控诉统治者的残暴;徐志摩自己则作了《梅雪争春》一诗,收入诗集《翡冷翠的一夜》时特意加了副题"纪念三一八",在不久后做的散文《自剖》中更是表达了对时局的无奈和心中的悲愤②。

从"女师大风潮"始、继之"闲话之争"及至"三·一八"惨案以来,鲁迅、周作人等"语丝派"与陈西滢等"现代评论派"持续发生论战,作为徐志摩、陈西滢等人的好友,胡适虽然没有直接参与其中,却一直关注着事态的发展。眼看着论战双方冲突越来越尖锐,甚至出现了不乏人身攻击之语,素来主张没有容忍便没有自由的胡适,也感到了深深的不安。是年5月,"怀抱着无限的友谊的好意,无限的希望",尚在天津裕中饭店旅次之中的胡适给鲁迅、周作人、陈西滢三人写来一封劝和信,他的急切之情可以想象(不过,从其信的抬头依次为鲁、周、陈,胡适与三人在实际上的亲疏远近似乎正是与之相反的顺序吧)。

信的一开头,胡适就引用了刚刚读到的鲁迅《热风》集里的文章《随感录四十一》中的一大段话:

---

① 徐志摩:《诗刊弁言》,《晨报·诗镌》第1号,1926年4月1日。《诗镌》创刊号目录如下:《诗刊弁言》(志摩)、《文艺与爱国——纪念三月十八》(闻一多)、《天安门》(饶孟侃)、《"回来啦"》(杨世恩)、《"回去!"》(蹇先艾)、《欺负着了》(闻一多)、《梅雪争春》(志摩)、《寄语死者》(刘梦苇)、《不要闪开你明媚的双眼》(于赓虞)、《写给玛丽雅》(刘梦苇)、《新诗评〈尝试集〉》(朱湘)。除了朱湘的诗评外,其余均为纪念"三·一八"的稿件。

② 徐志摩:《自剖》,《晨报副刊》1926年4月3日,见《自剖》,新月书店1928年1月初版。文中称:"说来是时局也许有关系。我到京几天就逢着空前的血案。五卅事件发生时我正在意大利山中,……直到七月间到了伦敦,我才理会国内风光的惨淡,等得我赶回来时,设想中的激昂,又早变成了明日黄花,看得见的痕迹只有满城黄墙上墨彩斑斓的'泣告'。这回却不同。屠杀的事实不仅是在我住的城子里发见,我有时竟觉得是我自己的灵府里的一个惨象。杀死的不仅是青年们的生命,我自己的思想也仿佛遭了致命的打击,好比是国务院前的断胫残肢,再也不能回复生动与连贯。但这深刻的难受在我是无名的,是不能完全解释的。这回事变的奇惨性引起愤慨与悲切是一件事,但同时我们也知道在这根本起变态作用的社会里,什么怪诞的情形都是可能的。屠杀无辜,还不是年来最平常的现象。……爱和平是我的天性。在怨毒、猜忌、残杀的空气中,我的神经每每感受一种不可名状的压迫。记得前年奉直战争时我过的那日子简直是一团黑漆,……仿佛整个时代的沉闷盖在我的头顶——直到写下了'毒药'那几首不成形的咒诅诗以后,我心头的紧张才渐渐的缓和下去。这回又有同样的情形……"

　　所以我时常害怕，愿中国的青年都摆脱冷气，只是向上走，不必听自暴自弃者流的话，能做事的做事，能发声的发声，有一分热，发一分光；就令萤火一般，也可以在黑暗里发一点光，不必等候炬火。

　　此后如竟没有炬火，我便是唯一的光。倘若有了炬火，出了太阳，我们自然心悦诚服的消失，不但毫无不平，而且还要随喜赞美这炬火或太阳；因为他照了人类，连我都在内。

　　我又愿中国青年都只是向上走，不必理会这冷笑和暗箭。尼采说："真的，人是一个浊流。应该是海了，能容这浊流使他干净。"

　　"咄，我教你们超人：这便是海，在他这里，能容下你们的大侮蔑。"

　　纵令不过一洼浅水，也可以学学大海，横竖都是水，可以相通。几粒石子，任他们暗地里掷来；几滴秽水，任他们从背后泼来就是了①。

　　胡适之所以大段引用鲁迅的文章，一方面是他觉得"这一段有力的散文使我很感动"，读完之后"一夜不能好好的睡"，终于"忍不住"写出此信。另一方面，作为不乏良知与社会责任感的自由主义知识分子，胡适一直认为自己包括像鲁、周、陈三位都是在社会上有影响力的知识者，担当着引导青年启蒙大众的重大使命，应当有更大更多的事业合力去做，从这个意义上讲他们都属于"'我们'自家人"，而"自家人"只因"猜疑"和"误解"而"自相践踏"，实在于国于己都没有什么好处。所以胡适在信中说，"你们三位都是我很敬爱的朋友；所以我感觉你们三位这八九个月的深仇也似的笔战，是朋友中最可惋惜的事。"胡适的信显然是精心构思的，而且显示出他的高明之处，他指出论辩双方"不免都夹杂着一点对于对方动机上的猜疑"，但并不追究为何"猜疑"，也"不愿意评论此事的是非曲直"，只是进一步说双方"由这一点动机上的猜疑，发生了不少笔锋上的感情；由这笔锋上的感情，更引起了层层猜疑，层层误解。猜疑愈深，误解更甚。结果便是友谊上的破裂，而当日各本良心的主张，就渐渐变成了对骂的笔战"。胡适声称自己是一个爱自由的人，他最怕的是一个"猜疑，冷酷，不容忍的社会"，但他却在双方的笔战里感觉到了"都含有一点不容忍的态度，所以不知不觉的影响了不少的少年朋友，暗示他们朝着冷酷不容忍的方向走！这是最可惋惜的。"信末，胡适又一次引用开头引过的"这便是海"至末尾一段后，向论辩的双方发出呼吁："亲爱的朋友们，让我们从今以后，都向上走，都朝前走，……我们的公敌是在我们的前面；我

———————
　　①　鲁迅：《热风·随感录四十一》，见《鲁迅全集》(1)，人民文学出版社 1981 年版，第 325—326 页。

们进步的方向是朝上走。"①胡适的这封信可以说语重心长，不论从措辞上还是立意上都是极富有感染力的，显示出一种大家风范，相比"闲话之争"中徐志摩居中调停的言辞，格局自是见高。这正像前面曾分析过的，胡适的心理成熟度较之徐志摩是远远高于其上的，如果说徐志摩是新月派的灵魂人物的话，而胡适则无疑担当的是新月文人精神领袖的角色。

然而，"横竖都是水，可以相通"，大约也只能是胡适的一种美好的愿望，对胡适的这封信，鲁迅和周作人都没有作出回应。毕竟，"冰冻三尺，非一日之寒"，周氏兄弟与胡适、陈西滢、徐志摩等人在精神上的距离之大，长期论战形成的"成见"之深，并不是一两篇文字能够解决的。即便是在写给苏雪林的那封信里，胡适公正持论为鲁迅正名的那封信里，流露出的也还是"我们"与"他们"的对峙②（倒很有点类似于今天所说的"PK"）。

如果说《"音乐"？》事件引起鲁迅与徐志摩的冲突，是他所谓"与新月派结仇的第一步"的话，那么"闲话"事件则可以说是鲁迅与新月派结怨的第二步，而且是一次双方均动了感情也更加互相不能认同不能容忍的关键一步，二者的对峙即使到上海之后依然保持了尖锐的对立状态，不能不说这次事件的阴影影响之深远。

第三节　诗、剧并扬的情怀
——《诗镌》与《剧刊》

1926年4月1日，就在"闲话之争"刚刚落定的时候，徐志摩在《晨报副刊》上推出了《诗镌》。

对此，徐志摩说过这样的话："旅伴实际上尽有，只是彼此不曾有机会携手"罢了——《诗镌》的问世可谓生逢其时。1926年6月17日，《剧刊》又在《晨报副刊》开张。

可以这么说，"新月"的面貌逐渐在文艺上清晰起来，堪与当时文坛的文学研究会、创造社乃至相仿时间成立的语丝社相颉颃，还是在有了《诗

---

① 胡适：《致鲁迅、周作人、陈源》，1926年5月24日作于天津裕中饭店，见社科院近代史研究所编：《胡适来往书信选》上册，中华书局1979年版，第377—380页。

② 鲁迅逝世后，苏雪林欲做"攻击鲁迅"的文章，特意致信胡适表明此意，胡适回复苏氏称："我很同情于你的愤慨，但我以为不必攻击其私人行为。鲁迅猛猛攻击我们，其实何损于我们一丝一毫？……凡论一人，总须持平。爱而知其恶，恶而知其美，方是持平。鲁迅自有他的长处……"下文即是胡适为鲁迅抄袭正名的文字。胡适对待鲁迅的态度很明显：主张持平评价鲁迅，但显然与鲁迅不是一个营垒的。参见胡适：《致苏雪林》（1936年12月24日），见社科院近代史研究所编：《胡适来往书信选》，中华书局1979年版，第339页。

镌》与《剧刊》两个园地作为阵地后的事情①。

一、两份刊物的缘起

　　而要谈这两个同人刊物的缘起,则不能不先从闻一多(1899—1946)和他的清华留美同学说起。

　　1925年4月24日,闻一多在给梁实秋的一封信里说到,他将与余上沅、赵太侔同船离开美国踏上回国的路程,言谈中流露出的心情甚至可以用"悲壮"来形容。他说:"此次回国并没有什么差事在那里等着我们,只是跟着一个梦走罢了。""梦",就像今天"海归"们回国携带的"创业梦"一样,作为接受了美国文化洗礼的闻一多诸君,他们的"梦"是什么呢? 却不是什么实业。虽然闻一多在美国学的是美术,然而他却不断地表白自己"对于文学的趣味还是深于美术","决定归国后在文学界做生涯","我学美术是为帮助文学起见的"②,"急欲归国更有一理由,则研究文学是也",并且自信地宣称"我在文学中已得成就比美术亦大"③。这个梦,显然是一个留美青年及其友人共有的"文学梦"——诗歌与戏剧则是荡漾其中的主旋律,而这个"文学梦"实际是在他们留美之前更早些时候的清华学校生活中就开始的。

　　清华文学社是闻一多等清华学子文学活动的一个生动标本,从中可以看到他们最初的文学热忱。清华学校是用美国庚款办起来的,创办于1911年3月。它是一所留美预备学校,学生入校学习八年,毕业后全部出资送美国留学。清华采取的是美式教育,课外活动多姿多彩,有很多各种各样类型的学生社团④。清华文学社则是其中一个出众的文艺社团,1921年11月成立,它的成立受到五四运动后春笋般出现新文学社团的风气的影响。清华文学社的前身是1920年12月由1923级的梁实秋、顾毓琇等七人成立的"小说研究社",后经闻一多提议将之改为清华文学社。最初成员有十四人:闻一

---

① 陈子善先生在谈及副刊、杂志和出版社三位一体对中国现代文学社团流派消长存亡的重要作用时,就特别以文学研究会、创造社和新月派为例加以说明。他这样评价《晨报副刊》及《诗镌》之于新月派的意义:"至于新月派,则更是以《晨报副刊》的《诗刊》而显示其独立存在的,完全可以这样说,没有《诗刊》也就没有后来的《新月》杂志和新月书店"。参见陈子善:《中国大陆三四十年代文学副刊扫描》,见陈子善:《海上书声》,东南大学出版社2002年版,第316页。

② 闻一多:《致闻家骥、闻家驷》(1922年10月15日),见《闻一多书信选集》,人民文学出版社1986年版,第83页。

③ 闻一多:《致父母亲》(1922年10月28日),见《闻一多书信选集》,人民文学出版社1986年版,第91页。

④ 关于清华学校办学状况,可参见苏云峰:《从清华学堂到清华大学:1911—1929》,生活·读书·新知三联书店2001年版。

多、时昭沄、陈华寅、谢文炳、李迪俊、翟桓、吴景超、梁治华（按：即梁实秋）、顾毓琇、王绳祖、张忠绂、杨世恩、董凤鸣、史国刚。饶孟侃、朱湘、孙大雨等都是后来入社的成员。清华文学社以研究文学为宗旨，尤以诗歌和文学理论为重，活动主要有"读书报告"和"请人演讲"两种。该社先后讨论过"诗是什么""诗的音节问题""艺术为艺术呢，还是为人生"等各种文学问题。闻一多曾经对文学社做过《诗底音节的研究》的报告，写过长篇评论《评本学期周刊里的新诗》，可以说他对旧体诗和新诗的研究兴趣，清华时期是一个起点，正像日后我们将要遇到的梁实秋、罗隆基、潘光旦、王造时等人，清华教育背景构成了新月派文人的一个鲜明底色。清华文学社筹备印行丛书，印出的第一种丛书就是闻一多、梁实秋合著自费印行的《〈冬夜〉〈草儿〉评论》。

　　从文学社的成立经过和活动看，闻一多、梁实秋是其中的骨干活动分子和组织者，两人的友谊也是缔结于此，而才艺学养俱佳的闻一多更被视为文学社的老大哥①，他对这群文学青年的文学趣味和观念影响力是很大的，甚至在他赴美留学后依然通过通信和投稿"遥控"影响清华文学社员们的文学活动②。有一个很有意味的事件可以说明这一点，1922 年 12 月底，梁实秋曾代表清华文学社邀请诗名在外的徐志摩到校演讲，但是徐志摩用英文宣读题为《艺术与人生》（Art and Life）的讲稿，令听众大失所望。梁实秋后来说，徐氏这种"牛津的方式"毫无必要，近乎弄巧成拙。细究起来，这恐怕还是表面原因。徐志摩的传记作者梁锡华曾分析这次失败的缘由："因为志摩否定中国，高举西洋，而那班听者是颇受闻一多这位老大哥影响的清华文学社同人，他们对讲者的话，是不会无条件接受的。"③而有人进一步说，还不仅仅是"否定中国、高举西洋"这么简单，徐志摩在演讲中主张艺术是人生的反映，人生为艺术负责，而这与当时主张"为艺术而艺术"的闻一多

---

①　梁实秋说："闻一多是个多才多艺的人，他不仅年纪比我们大两岁，在心理的成熟方面以及学识修养方面，都比我们不止大两岁，我们都把他当作老大哥看待。"参见梁实秋：《清华八年》，见《秋室杂忆》，台湾传记文学出版社 1978 年版，第 40 页。

②　依据《闻一多书信选集》，从闻一多 1922 年 6 月离开清华赴美到 1923 年 6 月梁实秋等清华文学社骨干成员赴美这一年左右时间，闻一多与他们的通信达 27 封，信中所谈大都是关于清华文学社的文学创作活动、办刊设计等方面的内容。如，当时梁实秋与吴景超等文学社友欲办一文艺月刊《红荷》，并表示"夭折难产，在所不计"，闻一多就回信表示赞成，但认为取名《红荷》有嫌纤佻，宜改为《文坛》，杂志内容宁缺毋滥，篇幅不妨少，创刊号宜精不宜多，种类宜丰富等等。见闻一多：《致梁实秋、吴景超》（1922 年 9 月 29 日）、《致文学社社友》（1922 年 11 月），见《闻一多书信选集》，人民文学出版社 1986 年版，第 64—66、95 页。

③　梁锡华：《徐志摩新传》，台北联经出版事业公司 1979 年 11 月初版，1982 年 10 月修订再版，1986 年 9 月第 3 次印行，第 55 页。

的文学观念是有根本抵触的①。不管怎么说,闻一多对清华文学社友的影响力是显而易见的,这似乎也暗示着日后以清华背景为主力之一成形的新月派,在文艺趋向上会与闻一多有很大的关系。

透过闻一多与梁实秋等文学社友的通信,能发现他们最初与文坛接触的一些线索,就是闻一多、梁实秋等人与创造社当时有过一段交往十分密切的"蜜月期"②。他们一度都有大量文章发表在创造社的刊物上,闻一多的《〈女神〉之时代精神》与《〈女神〉之地方色彩》都先后发表在《创造周报》上③,而梁实秋评冰心诗歌的《〈繁星〉与〈春水〉》、评拜伦的《拜伦与浪漫主

---

① 参见胡博:《新月派前期的"文学梦"》,《中国现代文学研究丛刊》2004 年第 2 期。

② 1922 年 7 月 29 日,闻一多在赴美留学的船上感慨万分地回想起了郭沫若的《蜜桑索罗普之夜歌》诗中的一节。同日,闻一多看完了《创造季刊》创刊号,此后创造社的刊物成为其留学期间的重要精神食粮。闻一多在信中曾多次要求家人及时为他邮寄,表示"《创造》望驷弟补寄来,其余杂志以后永远停止寄阅";甚至有一次为弟弟闻家驷将《创造》寄迟而发火:"前函称《创造》二卷一号已出版,何以至今不见寄来? 我嘱你办的只此一事,尚不能应时照办乎? ……你若再忘办此事,则我将直接寄钱与书局订购,但我想该不致必出于此举";后来泰东图书局直接将《创造周报》寄送闻一多,闻始告之家人"以后不必寄了";而闻一多曾在给文学社友顾一樵的信中坦言:"我生平服膺《女神》几乎五体投地,这种观念,实受郭君的人格影响之最大";他甚至在《密勒氏评论》征选中国现代十二大人物的活动中,毫不犹豫地投了郭沫若一票,虽然因日期截止没有付邮,但"那一个动作足以见我对于此人的敬佩了";闻一多也承认自己在创作上受到郭沫若的影响,"我近来的作风有些变更,从前受实秋的影响,专求秀丽,如《春之首章》《春之末章》等诗便是。现在则渐趋雄浑,沈劲,有些像沫若。你将来读《园内》时,便可见出。其实我的性格是界乎此二人之间"。分别参见闻一多:《致吴景超、顾毓琇、翟毅夫、梁实秋》(1922 年 7 月 29 日)、《致父母亲》(1923 年 1 月 14 日)、《致闻家驷》(1923 年 6 月 14 日)、《致家人》(1923 年 11 月)、《致梁实秋》中的附信(1922 年 6 月 22 日)、《致梁实秋》(1922 年 12 月 26 日)、《致闻家驷》(1923 年 3 月 25 日),见《闻一多书信选集》第 36、117、157、170、34、103、145 页。相较闻一多与创造社的"神交",梁实秋与创造社似更多一些实际层面的交往。梁实秋之结识创造社成员,始于与闻一多合著的《〈冬夜〉〈草儿〉评论》事先曾以单篇文章投稿孙伏园,未得回音遭到冷遇,自费出版后却得到郭沫若"来信赞美",由此产生好感。1921 年,梁实秋就去上海哈同路民厚南里拜访过郭沫若、郁达夫、成仿吾等人。梁实秋清华毕业前夕的1923 年,郁达夫还到清华园拜访他。(见梁实秋:《谈徐志摩》《清华八年》)。1923 年 4 月 15 日,郭沫若致信闻一多云:"此次在沪得与实秋相晤,足慰生平。他往南京时,我和仿吾往北站去送行竟至迟了刻,我们只得空空望送了一回。"同年 8 月,梁实秋自沪赴美留学时,郭沫若、郁达夫等创造社诸人亲至浦东码头送行,且欲将《创造》编辑事委托于梁实秋与闻一多,梁未允。见闻黎明、侯菊坤编:《闻一多年谱长编》,湖北人民出版社 1994 年版,第 219、224 页。

③ 两文分别载《创造周报》1923 年 6 月 3 日第 4 号和 1923 年 6 月 10 日第 5 号。在《〈女神〉之时代精神》中,闻一多称赞曰:"《女神》真不愧为时代底一个肖子。"而在《〈女神〉之地方色彩》中,批评了《女神》"不独形式十分欧化,而且精神也十分欧化的了",提出新诗应是"中西艺术结婚后产生的宁馨儿"。而闻一多把前文先送给《创造周报》发表,而后送批评性质的后文,是有意为之。他在给梁实秋信中说:"……前回寄上的稿子请暂为保留。

义》等论文也分别发表在《创造周报》第 12 号(1923 年 7 月 29 日出版)、《创造月刊》第 1 卷第 3、4 期(1926 年 5 月 1 日、6 月 1 日出版)。关于这段史实,已有研究者做过较为详细的梳理①,不过还可以指出的是,实际上闻一多、梁实秋等当初与创造社亲近,与新诗发展时期的特定语境有不可忽略的关系;同时他们作为文学青年渴望驰骋文坛的心态,与"异军突起"的创造社在文坛打天下的勇猛劲头也有暗合之处——都是处在相对弱势的地位上向文坛权威发出挑战。深处里讲,闻一多等人的这种选择似乎更具有一种暂时联盟的策略意义和效仿心态。按照梁实秋后来的说法,闻一多临离开清华时写的长文《〈冬夜〉评论》最能体现闻一多早期文学思想,也可以说明他当时与郭沫若等人亲近的原因:"他不佩服胡适之先生的诗及其见解,对于俞平伯及其他一批人所鼓吹的'平民风格'尤其不以为然。他注重的是诗的艺术、诗的想象、诗的情感,而不是诗与平民大众的关系。他最欣赏的是济慈的《夜莺歌》和柯勒律治的《忽必烈汗》。所以他推崇《女神》中《蜜桑索罗普之夜歌》,而他不能忍耐《冬夜》的琐碎凡庸。"②

　　这也就是说,他们的接近是由于在对诗的认识上有一些相通之处,也不乏相互借重的意思。而最终没有能与创造社结成一体,原因也有很多,其中重要原因之一恐怕是,闻一多等人其实像初起的创造社一样也有着在文坛

那里我还没有谈到《女神》的优点,我本打算那是上篇,还有下篇专讲其优点。我恐怕你已替我送到《创造》去了。那样容易引起人误会。如没有送去,候我的下篇成功后再一起送去吧"。在同信中,闻一多表示"我们若要抵抗横流,非同别人协力不可。现在可以同我们协力的当然只有《创造》诸人了"。因此,闻一多此举实为一个欲与创造社暂时结盟的精心策略。联想到徐志摩曾因批评郭沫若的诗引起的与创造社的官司,可以看得出闻一多在考虑文坛人际关系问题上显然更为老练,虽然他比徐志摩还小两岁。闻一多:《致梁实秋》(1922 年 12 月 26 日),见《闻一多书信选集》,人民文学出版社 1986 年版,第 103 页。

①　参见胡博:《新月派前期的"文学梦"》,载《中国现代文学研究丛刊》2004 年第 2 期。

②　梁实秋:《谈闻一多》,见陈子善编:《梁实秋文学回忆录》,岳麓书社 1989 年版,第 262 页。闻一多与梁实秋合著的《〈冬夜〉〈草儿〉评论》发表后产生的不同反应更可以说明他们当时互相借重的心态。郭沫若在日本看到后写信给梁实秋极力赞说:"……如在沉黑的夜里得见两颗明星,如在蒸热的炎天得饮两杯清水……在海外得读两君评论,如逃荒者得闻人足音之跫然"。闻一多得知后激动地说:"我得此消息后惊喜欲狂……但北京胡适之主持的《努力周报》同上海《时事新报》附张《文学旬刊》上都有反对的言论。这我并不奇怪,因为这正是我们所攻击的一派人,我如何能望他们来赞我们呢? 总之假如全国人都反对我,只要郭沫若赞成我,我就心满意足了。"后来,闻一多的第一本诗集《红烛》得成仿吾、郭沫若等人之助,由创造社的东家泰东图书局出版并获不菲稿酬八十元;但是此书印刷质量之恶劣,让年轻的闻一多备感文坛新人不受重视的辛酸。分见闻一多:《致父母亲》(1922 年 12 月 27 日)、《致家人》(1923 年 3 月 20 日)、《致闻家驷》(1923 年 9 月 12 日)、《致家人》(1923 年 11 月),见《闻一多书信选集》第 113、140、164、171 页。

崭露头角的强烈愿望,而早在清华就有结社办刊经验的闻一多对拥有独立同人刊物的重要性有相当清醒的认识,随着他们文学活动的开展这种愿望变得越来越强烈时,仅仅靠依附于他人的刊物显然就很不够了——他们要按照自己的美学观念在艺术王国里开辟一条新的艺术创造道路,自有目标和追求,要他们放弃自我作别人的影子如何甘心。闻一多在为清华文学社办一份文艺月刊出谋划策时,就表示出要摆脱寄身于创造社刊物,转而"与《创造》并峙称雄"的雄心:

> 实则我的志愿远大得很。……不仅满足于与国内文坛交换意见,径直要领袖一种之文学潮流或派别。请申其说。我们皆知我们对于文学的意见颇有独立价值;若有专一之出版物以发表之,则易受群众之注意——收效速而且普遍。例如我之《评冬夜》因与一般之意见多所出入,遂感无所依归之苦。《小说月报》与《诗》必不欢迎也;《创造》颇有希望,但迩来复读《三叶集》,而知郭沫若与吾人眼光终有分别,谓彼为主张极端唯美论者终不妥也。吾人若自有机关以供发表,则困难解决矣。……又吾人之创作亦有特别色彩。寄人篱下,朝秦暮楚,则此种色彩定归湮没。①

文学见解的不同是一方面,而为人处事上的具体行为似乎更影响文学团体中人事的聚合。闻一多早就意识到他与创造社人士真正的隔阂所在,"沫若等天才与精神固多可佩服,然其攻击文学研究会至于体无完肤,殊蹈文人相轻之恶习,此我所最不满意于彼辈者也。"②而梁实秋在说到他对创造社成员生活方式的观感时,与徐志摩拜访郭沫若时的感受(见第一章第一节)几乎如出一辙:

> 我记得有一年暑假,我初访其处,那情形和志摩所描写的一模一样,只是创造社的几位作者均在,坚留午餐,一日妇曳花布和服,捧上一巨盆菜,内容是辣椒炒黄豆芽,真正是食无兼味,当天晚上以宴我为名到四马路会宾楼狂吃豪饮,宾主尽醉,照例的由泰东书局的老板赵南公

---

① 闻一多:《致信梁实秋、吴景超》(1922年9月29日),见《闻一多书信选集》,人民文学出版社1986年版,第65页。
② 闻一多:《致闻家骃》(1923年9月24日),见《闻一多书信选集》,人民文学出版社1986年版,第165页。

付账。困苦的生活所培养出来的一股狂叛的精神，是很可惋惜的……①

我有一次暑中送母亲回杭州，路过上海，到了哈同路民厚南里，见到郭、郁、成几位，我惊讶的不是他们的生活的清苦，而是他们的生活的颓废，尤以郁为最。他们引我从四马路的一端，吃大碗的黄酒，直吃到另一端，在大世界追野鸡，在堂子里打茶园，这一切对于一个清华学生是够恐怖的。后来郁达夫到清华来看我，要求我两件事，一是访圆明园遗址，一是逛北京的四等窑子，前者我欣然承诺，后者则清华学生夙无此等经验，未敢奉陪（后来他找到他的哥哥的洋车夫陪他逛了一次，他表示甚为满意云云）。②

不难看出，在文学团体的结合中，文学主张固然重要，而同人之间教育背景、成长经历、人生际遇等多方面熔铸成的"精神共同体"是更难改变的，也是维系同人关系更关键的因素。回国后，闻一多、梁实秋等人所以与以徐志摩为核心的欧美留学生为主要成员的新月社接拢，并在日后结成了长久的友谊与合作，就是个很好的说明。

1924 年 9 月，当闻一多转入纽约艺术学院后，生活方式大变，蓄长发作艺术家状，专业绘画却被扔到了一边。他与新结识的一批同城留美朋友如张嘉铸（按：即徐志摩发妻张幼仪八弟张禹九，清华肄业，习美术批评、商业）、赵太侔（北大毕业、习戏剧）、余上沅（清华助教半官费留美，哥伦比亚大学习戏剧）、熊佛西（燕京大学毕业，哥伦比亚大学习戏剧）等人常相往来，过着不拘的波西米亚式生活。不过，他们的生活并不闲，而是忙得不可开交，原因拿闻一多自己的话说是"画兴不堪问，诗兴偶有，苦在没有功夫执笔。倒是戏兴很高"③。从这一年的中秋节到年底，他们先排演了洪深编的《牛郎织女》，又排演了余上沅编写的五幕英文古装剧《杨贵妃》（又名

---

① 梁实秋：《谈徐志摩》，见陈子善编：《梁实秋文学回忆录》，岳麓书社 1989 年版，第 184—185 页。

② 梁实秋：《清华八年》，见李正西、任合生编：《梁实秋文坛沉浮录》，黄山书社 1992 年版，第 144 页。

③ 闻一多：《致梁实秋》（1924 年 9、10 月间），见《闻一多书信选集》，第 183 页。按：闻一多与其清华同学在清华读书时就已表现出对戏剧的爱好。比如，当时清华学校有戏剧比赛，闻一多所在的"辛酉级"（因毕业年份 1921 年为"辛酉年"故名）曾演出独幕剧《革命军》（又名《武昌起义》），并获全校第二名。闻一多参与编剧，并饰革命党人，这是他第一次参加戏剧活动，之后便热衷于此，后多次参与编剧并在学校戏剧比赛中取得优秀成绩。参见闻黎明、侯菊坤编：《闻一多年谱长编》，湖北人民出版社 1994 年版，第 17—18 页。

《此恨绵绵》或《长恨歌》,闻一多译),后又于1925年3月支持波士顿的中国留学生梁实秋、顾毓琇、冰心等成功排演了明初高则诚的《琵琶记》(顾一樵编剧,梁实秋译),梁实秋有名的笔名"秋郎"就来自这次演出留下的佳话①。这一系列国剧的上演,尤其是《杨贵妃》在纽约公演的成功,直接激发了这群留美文学青年的戏剧热情,也激发了他们要回国一展身手的抱负,余上沅在给张嘉铸的一封信中描述了他们当时的兴奋,"我们发狂了,三更时分,又喝了一个半醉。第二天收拾好舞台,第三天太侔和我变成了辛额,你和一多变成了叶芝,彼此告语,决定回国。'国剧运动'! 这是我们回国的口号。……'回国去发起国剧运动'!"在此动议之下,他们天天计划,光计划书写了不下几十次,拟办"傀儡杂志""北京艺术剧院""演员训练学校"等等,还联络了在美爱好戏剧的同人于1925年1月上旬成立了"中华戏剧改进社",社员有林徽因、梁思成、梁实秋、顾一樵、瞿菊农、张嘉铸、熊佛西、熊正瑾等十多人。可是由于该社不久陷入停顿,于是纽约同人"公决由刊行出版物入手"。1925年3月,他们精心策划了一份杂志,拟取名为《雕虫》或《河图》,还是闻一多出力最多,他甚至已经拟好了前四期的目录,并连杂志排印为横行或直行、订价高低、宜否采用外文稿件等细节问题都考虑到了。而从篇目中已经可以见出这份杂志的整体轮廓,无论是编辑思路还是文艺趣味,都与《新月》月刊有不少相近之处,其中有些拟定的内容甚至直接发表在了后来的《新月》月刊以及《诗镌》《剧刊》上。拟想中的作者阵容也已经包罗了后来《新月》杂志的许多主要作者,如:闻一多、熊佛西、赵畸(太侔)、梁实秋、余上沅、张嘉铸、潘光旦、林徽因、陈通伯(西滢)、张歆海等。闻一多等人欲借此杂志"搅动"文坛、跃跃欲试是十分明显的:

---

① 参见梁实秋:《〈琵琶记〉的演出》,见陈子善编:《梁实秋文学回忆录》,岳麓书社1989年版,第34—41页。梁实秋在此文中提及当时他们用英文演中国戏,之所以受人欢迎的真正原因:"台上的人没有忘掉戏词,也没有添加戏词,台下的人也没有开闸,也没有往台上抛掷番茄鸡蛋。最后幕落,掌声雷动,几乎把屋顶震塌下来。千万不要误会,不要以为演出精彩,赢得观众的欣赏,知道外国人看中国人演戏,不管是谁来演,不管演的是什么,他们大部都只是由于好奇。剧本如何,剧情如何,演技如何,舞台艺术如何,都不是最重要的,最重要的是那红红绿绿的服装,几根朱红色的大圆柱,正冠捋须甩袖迈步等等奇怪的姿态……"由此可知,闻一多、余上沅等人受此鼓舞而发起的"国剧运动"不可避免地有些冒进性质。另,据梁实秋回忆,在《琵琶记》中"我饰蔡中郎,冰心饰宰相之女,谢文秋女士饰赵五娘,逢场作戏,不免谑浪,后谢文秋与同学朱世明先生订婚,冰心就调侃我说:'朱门一入深似海,从此秋郎是路人。''秋郎'二字来历在此。"梁实秋:《忆冰心》,见陈子善编:《梁实秋文学回忆录》,岳麓书社1989年版,第338页。按:梁实秋1927年主编《时事新报·青光》时,以"秋郎"为笔名发表了一系列幽默犀利的小品文,后收集为《骂人的艺术》,新月书店1927年版。

一、非我辈接近人物如鲁迅、周作人、赵元任、陈西滢或至郭沫若，徐志摩，冰心诸人宜否约其投稿。我甚不愿头数期参入此辈之大名，仿佛我们要借他们的光似的。我们若有办杂志之胆量，即当亲身赤手空拳打出招牌来。……五、要打出招牌，非挑衅不可。故你的《批评之批评》一文非作不可。用意在将国内之文艺批评一笔抹煞而代以正当之观念与标准。上沅又将作五年来之中国新剧，本意亦在出人以下马威也。要一鸣惊人则当挑战，否则包罗各派人物亦足轰动一时。此问题与问题一乃是争点正面与反面，孰舍孰从，请示知①。

雄心虽有，但从信中的语气看，闻一多对办刊策略应当"一鸣惊人则当挑战"还是"包罗各派人物亦足轰动一时"还拿不定主意——他们这群文学青年在"领袖一种之文学潮流或派别"方面似乎有些缺乏足够的自信。所以这份刊物虽然谋划多时甚至已经由朱湘预先在《京报》上做了宣传②，最终却因为出版无着而无缘面世。

这或许让闻一多等人意识到单单靠自己的力量是有限的，而国内新月社对戏剧的热情特别是泰戈尔访华时的表现极大地吸引了他们的注意。回国之前闻、余、赵三人以余上沅的名义给胡适寄去一封长信，请求胡适利用自己的影响在北大开设"戏剧传习所"，联手筹办"北京艺术剧院"，并邀请新月社诸君加入中华戏剧改进社，以"彼此合作，同建中国戏剧"等等。③

胡适对此似乎没有回应，不过闻一多等人却借此与新月社诸人建立了联系。1925 年夏天，闻一多、余上沅、赵太侔等怀揣着"在纽约的雄心"同船回国。尽管一入国门，迎面碰上"五卅"惨案，"六月一日那天，我们亲眼看见地上的碧血。"这不啻在他们满怀的一腔抱负上浇下了一盆凉水，然而他们还是婉拒了洪深和欧阳予倩留沪的好意，迷信着北京就像纽约一样是"人文荟萃之区"，毅然北上④。"初回国门，难为择木之鸟"，尚无着落的闻一多、余上沅只好与陈石孚（亦为清华留美同学）等一同租住在北京西单的梯子胡同，"景况相当凄凉"，不过同住于此的还有清华文学社社友——称

①　闻一多：《致梁实秋》（1925 年 3 月），见《闻一多书信选集》，人民文学出版社 1986 年版，第191—192 页。

②　闻黎明、侯菊坤编：《闻一多年谱长编》，湖北人民出版社 1994 年版，第 260 页。

③　《余上沅致胡适》（1925 年 1 月 18 日），见社科院近代史研究所编：《胡适来往书信选》，中华书局 1979 年版，第 295—298 页。

④　余上沅：《一个半破的梦——致张嘉铸君书》，《晨报·剧刊》第 15 号，1926 年 9 月 23 日。

为清华"四子"的朱湘(字子沅)、饶孟侃(字子离)、孙大雨(字子潜)、杨世恩(子惠),可以聚在一起读书写诗做文章,他们尤其热衷讨论新诗的发展和形式等问题①。而1925年7月底,徐志摩欧游之后回到北京。大约是徐志摩前妻张幼仪之弟张嘉铸之介,闻一多由此结识了徐志摩,两人"相见如故"——徐志摩是留学美英的著名诗人、新月社的核心,他对新诗、对戏剧的热情,对办同人独立刊物的热望,对新月社变成"俱不乐部"理想不能实现的苦恼,诸多方面可以说都与带着相仿抱负回国的闻一多不谋而合。闻一多不久即加入了新月社,与新月社诸君合力筹划起北京艺术剧院事宜,后徐志摩介绍闻一多任职北京美术专门学校(后改称国立艺术专门学校,简称"国立艺专")教务长,余上沅、赵太侔也同时加入艺专。这意味着闻一多等人以"海归"文学青年的身份进入了北京的上流知识分子圈子。徐志摩还曾介绍闻一多去任《晨报副刊》主编。虽然后因故未成,但是等到徐志摩走马上任《晨报副刊》主编后,他们创办同人刊物不管在人马上还是在实力上都已比较齐整,刊物的出台只是早晚的事情了。可以说,作为新月派同人刊物的首次亮相,《诗镌》与《剧刊》正是清华文学社、中华戏剧改进社的主力成员与徐志摩为核心的新月社借助《晨报副刊》这一大众传媒机构聚合的结果。

二、"创格"的《诗镌》

按照《诗镌》同人之一蹇先艾的回忆,《诗镌》是这样创刊的:当时自湖南来京的流浪诗人刘梦苇(用今天的话说算得上是"北漂"一族),1923年即以《创造季刊》第2卷第1期上发表的诗作《吻之三部曲》知名诗坛,他对

---

① 闻一多1926年1月23日给梁实秋的信中称:"时相过从的朋友以'四子'为最密。"同年4月15日,闻一多给梁实秋、熊佛西的信中又说:"《诗刊》重要分子当数朱、饶、杨、刘(梦苇)。四子中三人属清华,亦又怪事也。"见《闻一多书信选集》,人民文学出版社1986年版,第205、208页。据朱湘清华同学罗念生回忆,当时清华"四子"(朱、孙、饶、杨)曾与闻一多都住在北京西单梯子胡同,写诗著文。见罗念生:《忆诗人朱湘》,《新文学史料》1982年第3期。孙大雨晚年亦回忆说:"在清华求学期间,我们四人(——指清华"四子")同住在西单梯子胡同的两间屋里,读书作诗写文章,也常与闻一多一起热衷讨论新诗的发展和形式问题。"参见孙大雨:《我与诗人朱湘》,原载《济南日报》1993年8月7日,见《孙大雨诗文集》,河北教育出版社1996年版,第324页。据孙大雨本人称,"四子"应为朱、饶、孙、杨。见蓝棣之:《新月派诗选·前言》,人民文学出版社1989年版、2002年第2次印刷,第2页。一般认为,饶、朱、杨、刘为《诗镌》"四子",朱、饶、孙、杨为清华"四子"。

新诗形式问题早有自觉的研究①，与闻一多和清华"四子"、蹇先艾、朱大枏、于赓虞等人都相熟识，并且常常聚会交流关于新诗的看法。有一次刘梦苇说，1922 年时朱自清、刘延陵、叶绍钧等人办过一个《诗刊》，可惜次年就夭折了②，因此提议诗友们凑拢来办一个诗刊，得到大家赞成。但是有两个难题：一是印刷费无着，一是北洋军阀段祺瑞当权，办刊物要"呈报"备案，而段一向视新文学运动为"洪水猛兽"，报上去，肯定会石沉大海。有同人出主意说可以借某家报纸副刊出一个周刊，只要征得副刊编辑同意就行。当时，徐志摩和孙伏园分别主编北京《晨报》和《京报》的副刊，但是《京报》的周刊相当多，难以插进去，遂决定找徐志摩想办法，当场公推闻一多和蹇先艾去同徐志摩联系。闻一多与徐志摩一向很熟，而蹇先艾早在徐志摩住在石虎胡同松坡图书馆时就因叔父蹇季常的关系认识徐，也常常在《晨报副

---

① 刘梦苇（1900—1926），原名刘国钧，湖南安乡人。1920 年进湖南长沙第一师范学校学习，曾参与组织安社。1923 年因在《创造季刊》第 2 卷第 1 期上发表诗作《吻之三部曲》而知名。1924 年 1 月参与组织飞鸟社，出版《飞鸟》月刊，不久去北京求学。1926 年 4 月参与创办《晨报副刊·诗镌》，致力于新诗形式和格律的探索。其诗作愤世嫉俗，揭露虚伪、丑恶的旧社会给爱情婚姻带来的不幸，但较为伤感。1926 年 9 月 9 日逝于北京。主要著作：《青春之花》（诗集，北新书局 1924 年版）、《孤鸿》（诗集，北新书局 1926 年版）。徐志摩任《晨报副刊》主编后，刘梦苇即在其上发表了一篇甚为重要的诗论文章《中国诗的昨今明》（1925 年 12 月 12 日）。文章肯定了新文学革命的成绩，转而批评了"骂人是诗，传单是诗，……点名录也是诗"等过分自由的"可笑的现象"，并认为需要建设一种"新文学的原理"："新诗经了这几年的摸索，渐渐地到了光明的路上来了。……《尝试集》已是陈迹，《繁星·春水》也成了往事，《冬夜》《草儿》等底时代甚至《女神》《红烛》《蕙的风》底时代都已经过去了。凡留心诗坛的人，大概都读到了徐志摩、闻一多、于赓虞、蹇先艾、朱湘诸君先生底近作罢；他们彼此或者认识或者还是陌生，但他们无形中走上了很近似的路。他们之中，有的我还没有见面，但见过的如闻一多、朱湘诸先生，有一次我们在适存中学教课，大家谈到对于诗的许多意见，不期而同的地方很多，闻一多先生说中国诗似乎已上了正轨，与我同样的感觉"。刘梦苇要求"建设一种诗底原理和批评"，认为诗"要有真实的情感，深富的想像，美丽的形式和音节，词句……"。在创作方面，要"创造中国之新诗"，因为"新诗人多是研究西洋文学的，直接间接受了不少西洋诗底影响"，而"学西洋诗而不能超过西洋诗和学前人底诗而无以胜之是一样的道理"，最后提出新诗创作应当"创造新的音韵，新的形式与格调。我们诗底意境与技术不是取法古人，也不是模拟西洋；我们底诗是新诗，是创造的中国之新诗"。这与《诗镌》同人要求新诗注重艺术形式是一致的。朱湘曾撰文《刘梦苇与新诗形式运动》（载《文学周报》第 7 卷 1929 年 1 月开明书局合订本）称刘梦苇是"新诗形式运动的总先锋"。

② 按：实为《诗》月刊，1922 年 1 月 1 日创刊，系由叶圣陶、刘延陵、俞平伯等人编辑的我国新文学史上第一个新诗刊物，后由郑振铎提议从第 4 期起标明为文学研究会刊物。1923 年 5 月停刊，共出 7 期。

刊》发表文章,结果徐志摩爽快地答应了①。

　　1926 年 3 月 27 日是个星期六,《诗镌》创刊前的一次重要集会在闻一多位于西京畿道三十四号的新家中举行。当时参会的于赓虞说,这次集会"十分重要"。与会同人达成了"使诗的内容及形式双方表现出美的力量,成为一种完美的艺术"的共同意见②,而这正是徐志摩执笔的《诗刊弁言》一文的主旨。

　　此次集会的深刻印象,徐志摩在其执笔的《诗刊弁言》中写道:

　　　　我在早三两天前才知道闻一多的家是一群新诗人的乐窝,他们常常会面,彼此互相批评作品,讨论学理。上星期六我也去了。一多那三间画室,布置的意味先就怪。他把墙壁涂成一体墨黑,狭狭的给镶上金边,像一个裸体的非洲女子手臂上脚踝上套着细金圈似的情调。有一间屋子朝外壁上挖出一个方形的神龛,供着的,不消说,当然是米鲁薇纳丝一类的雕像。他的那个也够尺外高,石色黄澄澄的像蒸熟的糯米,衬着一体黑的背景,别饶一种澹远的梦趣,看了叫人想起一片倦阳中的荒芜的草原,有几条牛尾几个羊头在草丛中掉动。……这是一多手造的阿房,确是一个别有气象的所在,……难怪一多家里见天有那些诗人去团聚——我羡慕他!

　　　　我写那几间屋子因为它们不仅是一多自己习艺的背景,它们也就是我们这诗刊的背景,这搭题居然被我做上了;我期望我们将来不至辜

　　①　塞先艾:《〈晨报诗刊〉的始终》,《新文学史料》1979 年第 3 期。塞先艾在另一处回忆中提供了略有不同的回忆,两者可以互相参照:"在徐志摩先生主编的《晨报副刊》上,前几期曾登过闻一多、朱湘、饶孟侃、朱大枏、刘梦苇诸先生和我的新诗。隔了几天,梦苇便发表了他的《新诗坛的昨今明》(实为《中国诗坛的昨今明》——引者注)一文,作为中国新诗的一次总清算,他一方面约集朋友们在北河沿震东公寓谈了一次话,当时赴会的除了二朱一闻一饶和我之外,还有于赓虞先生。梦苇拿出他的一本格律整齐的新诗集《孤鸿》有原稿来给大家传观。朱湘先生也给我们看了几首他的近作。后来,大家便提议既然有这么些人在努力,不如在什么地方办一个诗刊吧。他们便托我去向晨报的徐志摩先生接洽,一多也去吹嘘了一下,《诗镌》第一期便以一个'纪念三一八专号'出世了,并推定徐志摩先生负责编稿。第一次集会是在沟头三十一号闻一多先生的黑纸裱糊的,美术意味很浓的书室里。以后每星期六聚会一次,随便谈话并且互相观摩作品。地点改在中街志摩先生寓所。《诗镌》一共出了九期(实际是十一期——引者注),除了上述的几位之外,加入的会员有杨世恩、孙大雨先生。后来梦苇一死,《诗镌》便停刊了。但是新诗的字句趋向整齐,着重音律,这可以说梦苇开的头,大家跟着试验,于是才形成了一个风气的,……"见塞先艾:《乡谈集》,贵阳文通书局 1942 年版。转引自王光明:《诗歌形式秩序的寻求:"新月诗派"新论》(上),《海南师范学院学报(社会科学版)》2003 年第 6 期。
　　②　于赓虞:《志摩的诗》,《北平晨报·北晨学园·哀悼志摩专号》1931 年 12 月 9 日。

负这制背景人的匠心，不辜负那发糯米光的爱神，不辜负那戴金圈的黑姑娘……①

　　从徐志摩的描述中不难感受到这群年轻诗人研讨诗歌的浓厚纯粹的诗意氛围。而在《诗镌》创办之前，同人如闻一多、蹇先艾、刘梦苇、朱湘、饶孟侃、孙大雨等都已在徐志摩主编的《晨报副刊》上发表过作品，就像徐志摩所说，"旅伴实际上尽有，只是彼此不曾有机会携手"罢了——《诗镌》的问世可谓水到渠成了。

　　《诗镌》的主要撰稿人有闻一多和他所称的"四子"——朱湘、饶孟侃、杨世恩、孙大雨②及徐志摩、刘梦苇、蹇先艾、于赓虞、朱大枏等，沈从文、钟天心、张鸣琦、程侃声、王希仁、默深、金满成、叶梦林等也有诗作发表，大部分是同人介绍而来的，外间来稿则极少。据蹇先艾的说法，《诗镌》在编辑方面最初采取轮流主编制度，参加的人每人编两期：第一、二期徐志摩主编；第三、四期闻一多主编；饶孟侃编第五期，从第六期以后均交徐志摩主编，轮流主编制取消。《诗镌》创刊后，同人每两周聚会一次，第一次是在和平门内中街徐志摩家，第二次是在松树胡同徐的新居，第三次是在西京畿道闻一多家。聚会主要目的是交稿，谈天说地，也抽烟喝酒，第六期之后聚会减少，同人直接把稿子寄给徐志摩。这种聚会实际上就是一种沙龙性的"读诗会"，同人之间可以在一起切磋诗艺，对此沈从文提供了更为详细的回忆：当时"为办诗刊，大家齐集在闻先生那间小黑房子里，高高兴兴的读诗。或读他人的，或读自己的，不但很高兴，而且很认真。结果所得经验是，凡看过

---

①　徐志摩：《诗刊弁言》，《晨报·诗镌》第 1 号，1926 年 4 月 1 日。

②　据查，孙大雨并未在《诗镌》上发表诗作，笔者推测可能与孙大雨不久即赴美留学，且他对新诗格律的见解与闻一多也有不同有关：闻一多要求一首诗不但各行的音节数是整齐的，而且要各行的字数划一。孙大雨同意前者不认同后者，20 世纪 50 年代曾说自己"除了各行音节数应当整齐这一点"与闻一多意见一致外，"其他各点我当时都不能同意（虽然只凭个人的直觉，没有理论作根据），所以从未在任何一首自己所写的或翻译的诗里照办过"。孙大雨：《诗歌的格律》，原载《复旦学报·人文科学》1956 年第 2 期、1957 年第 1 期，见孙近仁编：《孙大雨诗文集》，河北教育出版社 1996 年版，第 145 页。但孙大雨在 1926 年 4 月 10 日的《晨报副刊》上发表了一首十四行诗《爱》。该诗是一首含有整齐的音组数的意大利彼得拉克体的十四行诗，孙大雨晚年回忆说，这首诗比闻一多在 1926 年 4 月 15 日在《晨报·诗镌》上发表他的第一首格律诗《死水》还早五天，因此认为是他首次写出新诗里第一首有意识的格律诗"。参见孙大雨：《我与新诗》，载《新民晚报》1989 年 2 月 21 日第 8 版；《格律体新诗的起源》，原载《文艺争鸣》1992 年第 5 期，见孙近仁编：《孙大雨诗文集》，河北教育出版社 1996 年版，第 314、316—319 页。有研究者评价孙大雨的《爱》一诗："这是新诗创作中运用'音组'理论有意识地创作格律体诗的首次实践。"参见黄昌勇：《孙大雨传略》，《新文学史料》1996 年第 2 期。

的诗,可以从本人诵读中多得到一点妙处,明白用字措词的轻重得失。凡不曾看过的诗,读起来字句就不大容易明白,更难望明白它的好坏。闻先生的《死水》《卖樱桃老头儿》《闻一多先生的书桌》,朱湘的《采莲曲》,刘梦苇的《轨道行》,以及徐志摩的许多诗篇,就是在那种能看能读的试验中写成的。这个试验既成就了一个原则,因此当时的作品,比较起前一时所谓五四运动时代的作品,稍稍不同,修正了前期的'自由',那种毫无拘束的自由,给形式留下一点地位。对文学革命而言,似显得稍稍有点走回头路。"①

　　1926年4月1日,《诗镌》正式亮相,它逢周四出版,"专载创作的新诗与关于诗或诗学的批评及研究文章"。刊头图案是闻一多的手笔,画的是一匹双翼飞马,前蹄跃起,后蹄蹬在初升的圆月上,形象地传达出这群文学青年"要把创格的新诗当一件认真事情做"的勃勃雄心。他们把诗提到了一个十分重要的地位,徐志摩在发刊词中宣称:"我们信诗是表现人类创造力的一个工具,……我们信我们这民族这时期的精神解放或精神革命没有一部像样的诗式的表现是不完全的"。而之所以创办《诗镌》,是因为"我们信我们自身灵性里以及周遭空气里多的是要求投胎的思想的灵魂,我们的责任是替它们搏造适当的躯壳",然后他点明了他们心目中最理想的"诗"——"就是诗文与各种美术的新格式与新音节的发见;我们信完美的形体是完美的精神唯一的表现"②。这些表述似乎稍嫌空洞,而将之具体化的还是朱湘、饶孟侃、闻一多等同人的一系列诗论诗评。

　　值得注意的是,《诗镌》创刊前的一周,徐志摩不惜以《晨报副刊》连续

---

① 沈从文:《谈朗诵诗》,《沈从文文集》第11卷,花城出版社、三联书店香港分店1984年版,第249页。(注:据梁实秋在《谈闻一多》中称,《闻一多先生的书桌》一诗写于美国珂泉,不在此时。)沈从文在同文中提到,这种沙龙式的"读诗会"在30年代中期得到了继承,而且规模更大,持续时间更长,参与者更多,每月举行一至两次,地点在北平慈慧殿三号朱光潜家,经常参加的人有:北京大学的梁宗岱、冯至、孙大雨、罗念生、周作人、叶公超、废名(冯文炳)、卞之琳、何其芳等,清华大学的朱自清、俞平伯、王了一、李健吾、林庚、曹葆华等,以及冰心、林徽因、周煦良、沈从文、萧乾等。沈从文说:"这些人或曾在读诗会上作过有关于诗的谈话,或者曾把新诗、旧诗、外国诗当众诵过、读过、说过、哼过。大家兴致所集中的一件事,就是新诗在诵读上,究竟有无成功可能? 新诗在诵读上已经得到多少成功?新诗究竟能否诵读? 差不多集所有北方新诗作者和关心者于一处,这个集会可以说是极难得的。"(见同书第251页)据王光明先生介绍,这种"读诗会"的形式后来长期中断,直到80年代中期,方有北京大学中文系一些教授主持的类似"读诗会"的活动出现,如谢冕主持的"朦胧诗导读",孙玉石主持的"中国现代诗导读"(孙玉石还著专文倡导"重建中国现代解诗学"),洪子诚主持的"90年代诗歌精读",参加者主要是在读博士生、硕士生,有时也邀请一些校外的诗人、学者参加。参见王光明:《诗歌形式秩序的寻求:"新月诗派"新论(上)》,《海南师范学院学报(社会科学版)》2003年第6期。

② 徐志摩:《诗刊弁言》,《晨报·诗镌》第1号,1926年4月1日。

四天的篇幅,刊登了尚在纽约哥伦比亚大学就学的梁实秋寄来的达一万五千字的长文《现代中国文学之浪漫的趋势》。这篇文章是梁实秋以在哈佛接受到的哈佛大学教授、人文主义的领军人物白璧德思想为理论武器,对中国新文学运动进行的一次总的清算和反思。文章基于白璧德人文主义对文艺"古典的"与"浪漫的"两分法,从"外国的影响""情感的推崇""印象主义""自然与独创"四个方面入手,对新诗、翻译、小说、散文和文学批评等进行了全面的检讨,把中国新文学运动以来的文坛情况归结为浪漫主义在新文学运动中的发展。

梁文认为,在外国的影响方面,"极端的承受外国的影响,即是浪漫主义的一个特征",但"承受外国影响,需要有选择的,然后才能得到外国影响的好处",浪漫主义者的"任性"造成了他们倡导的白话文"以文学迁就语言,不以文字适应文学",最终导致新文学运动陷入"无标准"的"浪漫的混乱"。在情感方面,"古典主义者最尊贵人的头;浪漫主义者最贵重人的心。头是理性的机关,里面藏着智慧;心是情感的泉源,里面包着热血",而"现代中国文学,到处弥漫着抒情主义","'抒情主义'的自身并无什么坏处",但"我们新文学运动对于情感是推崇过分",导致文学"流于颓废主义"和"假理想主义"。新文学作家"情感在量上不加节制,在作者的人生观上必定附带着产出'人道主义'的色彩。人道主义的出发点是'同情心',更确切些应是'普遍的同情心'。……其根本思想乃是……'人是平等'的。平等观念的由来,不是理性的,是情感的。……吾人反对人道主义的唯一理由,即是因为人道主义不是经过理性的选择。同情是要的,但普遍的同情是要不得的。平等的观念,在事实上是不可能的,在理论上也是不应该的。"在印象主义方面,梁批评印象主义者"匆促的模糊的观察人生,并只观察人生的外表与局部",要求"有理性的文学作者""沉静的观察人生,并观察人生全体"。最后在"自然与独创"一节中,他指出浪漫主义者的矛盾就是"主张皈依自然侧重独创",而"凡是自然的便不是独创的","浪漫主义者专要寻出个人不同处,……实则脱离了人性的中心……需要的文学是'从心所欲'而'逾矩'的文学",而"古典主义者所需要的文学是'从心所欲不逾矩'的文学,……是守纪律的。"①

---

① 梁实秋:《现代中国文学之浪漫的趋势》,载《晨报副刊》1926年3月25日、27日、29日、31日。梁实秋晚年还对此文受到的礼遇感慨万分。1922年,他把闻一多写的《〈冬夜〉评论》投给时任《晨报副刊》主编的孙伏园,结果如石沉大海,杳无音讯,原稿屡催未得,梁实秋一气之下自己又作《〈草儿〉评论》,并将二文自费印行出版为《〈冬夜〉〈草儿〉评论》。梁实秋因此自称"最初和报纸副刊发生关系是不大愉快的"。而梁实秋认为自己抨击浪漫主

通观梁实秋这篇长文，可以发现一个颇有意味的现象："理性""纪律""古典主义"等语词是以肯定性出现频率最高的词语，而相反的"任性""不负责任的""浪漫主义"则频频出现于被否定的场合。总体来说，这篇文字以理性与节制为文学的最高理想，既表现出他对西方古典主义文学的倾心与向往，也可以说为即将出台的新诗格律化运动奠定了理论上的基础。

《诗镌》甫一开张，首先就对当时的诗坛进行发难——不难看出这群年轻诗人要为自己的登台亮相清场的气魄。这个工作是由朱湘完成的，他连续发表三篇《新诗评》，对新诗进行了毫不客气的批判。被他拿来首先开刀的就是新诗的始作俑者——胡适的《尝试集》，年少气盛的朱湘对胡适诗的批评可谓毫不留情，直斥之为"内容粗浅，艺术幼稚"，"胡适君虽然为了求新文学能在旧辈的人当中引起同情的缘故，而牺牲了自己，是一班新文学的人所当刻骨记着的，但他在《尝试集》再版的时候，决没有仍将它们存在的理由"①。《诗镌》第 3 号上他又批评了康白情的《草儿》，认为"康君的努力，则是完全失败了"，一笔抹杀了康白情的新诗创作，并顺带否定了与康白情同道的俞平伯②，这很容易让人联想起几年前梁实秋与闻一多合出的那本《〈冬夜〉〈草儿〉评论》（1922 年 11 月作为清华文学社丛书第一种由梁实秋之父出资百余元出版），同样是以"擒贼先擒王"的手段对康白情、俞平伯二人的新诗创作进行批评，宣布他们要廓清草创时期新诗坛中积弊的勇气③。而本来要在第 2 号上发表的《新诗评（二）：〈郭君沫若的诗〉》，由于

义与徐志摩并不同调，且尚在国外，未与之谋面，而徐能容纳其文，实在是有"相当容忍的器量"，与孙伏园主编的《晨报副刊》，"在性质上大不相同了"。梁实秋：《副刊与我》，见陈子善编：《梁实秋文学回忆录》，岳麓书社 1989 年版，第 42—44 页。据粗略统计，1926 年 3 月至 1927 年 2 月，梁实秋在《晨报副刊》上发表了《〈长城之神〉前序》（1926 年 3 月 22 日）、《现代中国文学之浪漫的趋势》《戏剧艺术辨正》（《晨报·剧刊》，1926 年 7 月 29 日、8 月 5 日）、《文学批评辩》（1926 年 10 月 27 日、28 日）、"Ut Pictura Poesis"（1926 年 11 月 15 日，见《浪漫的与古典的》，改题为《诗与图画》）、《与自然同化》（1926 年 12 月 2 日）、《卢梭论女子教育》（1926 年 12 月 15 日）、《喀赖尔的文学批评观》（1926 年 12 月 30 日）、《西塞罗的文学批评》（1927 年 2 月 26 日）等 9 篇文章。

① 朱湘：《新诗评（一）：〈尝试集〉》，《诗镌》第 1 号，1926 年 4 月 1 日。
② 朱湘：《新诗评（三）：〈草儿〉》，《诗镌》第 3 号，1926 年 4 月 15 日。
③ 清华文学社社员吴景超说："《〈冬夜〉〈草儿〉评论》的功用就在能指示给大众什么是诗，什么不是诗。现在诗坛中的坏现象，虽不能归咎于康、俞二君，但他们在诗坛中留下恶影响，是显然的事实。闻、梁二君于诗集中，独先评〈草儿〉〈冬夜〉，便是'擒贼先擒王'的手段。他们把首领的劣点，一一宣布出来，然后那些随在后面的，自然知道换路了。我不必特来褒奖此书，看过此书的人，都知道他那廓清新诗坛中积弊的力量，是不小的。"吴景超：《读〈冬夜〉〈草儿〉评论》，《清华周刊》第 264 期所附文艺增刊第 2 期，1922 年 12 月 22 日。转引自闻黎明、侯菊坤编：《闻一多年谱长编》，湖北人民出版社 1994 年版，第 199 页。

篇幅关系被挪到 4 月 10 日的《晨报副刊》，朱湘指出"单色的想象"与"单调的结构"以及"对于一切'大'的崇拜"，是构成郭沫若诗的"紧张特质"的重要成分。看得出，相比之下，朱湘对郭沫若的批评口吻要显得缓和一些，比如说"郭君的成绩虽然没有什么"，但他"浪漫的态度"还是让人"惊喜"的①。这一口径与梁实秋对浪漫主义的彻底否定并不完全一致，无意中暗示了他们这批文学青年在最初接近文坛时都曾对郭沫若及创造社表示过亲近的那种精神联系。

很显然，《诗镌》同人对"五四"以来的自由诗是颇为不满的。而作为开自由诗风气之先的胡适，不论是从人事关系还是政治思想上都可以说是正宗的新月派，但他的文学倾向和创作主张更多带有"五四"的启蒙精神，与这批新月骨干诗人的主张不甚相同——朱湘文章的火力之猛可以想象，这很可能是朱湘退出《诗镌》的一个重要原因。他严厉批评了胡适的创作，而胡适与主编徐志摩的关系非同一般，两相联系，不难看出个中端倪。视朱湘为自己走上文学道路的"第一个指路人和启蒙老师"的徐霞村就这样回忆道，"《诗镌》刚出几期，朱湘便退出编委，告诉我他已经写了一封信给徐志摩，声明自己与《诗镌》脱离关系。我一问原由，才知道是因为不满于徐志摩的不严肃的编辑态度，不容忍于徐志摩利用编选权力，搞文人间的互相标榜吹捧的油滑的市侩作风。从那以后，朱湘就同新月社没有任何组织上的联系。"②

---

① 朱湘：《新诗评（二）：〈郭君沫若的诗〉》，《晨报副刊》1926 年 4 月 10 日。

② 徐霞村：《我所认识的朱湘》，《新文学史料》1986 年第 1 期。按：朱湘是《诗镌》的发起人之一，他在《诗镌》前 3 期发表了两篇诗评（另外一篇在 4 月 10 日《晨报副刊》发表）、诗两首：《昭君出塞》（第 2 号）和《采莲曲》（第 3 号），第 4 期后朱湘的名字不再出现于《诗镌》。按：关于朱湘脱离《诗镌》似乎还另有原因，当时朱湘与闻一多也发生了矛盾，原因据说是《诗镌》第 3 号将朱湘最为得意的《采莲曲》排在第 3 篇，位于饶孟侃《捣衣曲》之后，引起朱湘不满。对朱湘这种态度，闻一多在《诗镌》第 9 号（5 月 27 日）上发表《诗人的横蛮》一文提出了批评，并在给梁实秋的信里提及他们之间的矛盾（1926 年 4 月 27 日）："朱湘目下和我们大翻脸，说瞧志摩那张尖嘴，就不像是作诗的人，说闻一多妒嫉他，作七千言的大文章痛击我，声言偏要打倒饶、杨等人的上帝。"参见闻黎明、侯菊坤编：《闻一多年谱长编》，湖北人民出版社 1994 年版，第 323 页；梁实秋：《谈闻一多》，《梁实秋文学回忆录》，岳麓书社 1989 年版，第 302 页。或许由于这些矛盾的存在，后人对朱湘是否属于新月派意见不一：朱湘在清华时的挚友罗念生认为朱湘与新月派貌合神离，在思想和情感上与他们有很大距离。他与徐志摩等人的决裂是由于他们没有很好地纪念诗人刘梦苇和杨子惠。他也厌恶他们的贵族生活作风，说朱湘有一次在徐志摩家里吃早点，单水饺就有各种花样。罗皑岚问朱湘与新月社交往很多，为何不去北大教书，朱回答说"北大是胡适之一股学阀在那里，我去求他们犯不着"。见罗念生：《忆诗人朱湘》，《新文学史料》1982 年第 3 期。而朱湘本人也曾明确抨击徐志摩"是一个假诗人，不过凭借学阀的积势以及读

　　在对当时诗坛上的重要诗人诗作进行"清理"之后,《诗镌》同人开始正面表达自己对新诗的见解。《诗镌》第4号在头题位置刊发了饶孟侃的《新诗的音节》,这是《诗镌》首次刊登关于新诗理论的文章。他们意识到,新诗自"五四"以来度过了一个"混乱的时期",现在是"入轨的时期",应该把新诗纳入成熟的艺术轨道,致力于寻求诗的完美的规范的形式,自觉地以追求新诗自身的艺术水准代替新诗作为文学革命运动的工具的那种自由混乱状况。饶孟侃讨论了新诗音节的必要性,并提出了何为诗的"完美的形体":"一首诗,……里面只包含得有两件东西:一件是我们理会出的意义,再一件是我们听得出的声音。……一首完美的诗里面所包含的意义和声音总是调和得恰到好处,所以在表面上虽然可以算它是两种成分,但是其实还是一个整体,……就是……诗的音节。"这"诗的音节"包含有"格调,韵脚,节奏,和平仄等等的相互关系"①。然后饶孟侃具体讨论了上述四者在一首诗中的不同地位与作用,对音节问题做了颇为全面切实的探讨。

　　但是,吴直由看了该文之后,却致信他说:"从诗变到词在音节上本有解放的意义,可惜后来一班人专喜欢模仿和看轻独创,而在模仿外还加上一层层的束缚,弄得后来还是只顾得到音节'率由旧章',而失去了解放的意思。"并称:"新诗入了正轨以后,便成了一种新诗旧诗之间的东西",希望新月诗人"不要太过了分"。显然,这是对新月诗人提倡新诗必须有格律表示怀疑甚至否定。饶孟侃认为吴的看法是一种"根本的误会","确有讨论的必要","非得解释清楚不可",于是接着作文《再论新诗的音节》予以回应。他先指出,新诗的音节与旧诗词的音节是不同的:"旧词的音节,它除了格

众的浅陋在那里招摇"。见朱湘:《刘梦苇与新诗形式运动》,载《文学周报》第7卷1929年1月开明书局合订本,引自方仁念编:《新月派评论资料选》,华东师范大学出版社1993年版,第205页。赵景深则认为:"从西洋格律诗体这一角度来看,朱湘也可以说是新月派。"见赵景深:《朱湘传略》,《新文学史料》1982年第3期。20世纪90年代,《诗镌》同人之一蹇先艾撰文认为朱湘不是新月派:一、《晨报诗刊》只是几位中青年诗人发起的,根本没有成立什么诗社,与"新月社"没有关系。二、朱湘没有参加一九二六年《晨报诗刊》编辑工作,仅仅在第一、二、三期上发表过评论和诗歌,从第四期起由于他与徐志摩、闻一多不和,从此就断了关系。三、在思想感情上朱湘与"新月派"貌合神离。四、尤其一九二八年《新月》创刊以后,该刊几位主持者发表了一系列资产阶级文学论和自由主义的政治主张,而朱湘的思想恰恰与新月派相反。参见蹇先艾:《朱湘并非新月派》,《文汇报》1992年9月29日。另可参见方族文:《朱湘研究中的几个疑点问题》,该文从诗风、创作艺术手法、思想倾向及文学主张等方面认为"说朱湘是新月派诗人是不符合历史事实的"。原载《安庆师范学院学报(社会科学版)》2004年第6期,转引自《中国人民大学复印资料·中国现当代文学研究》2005年第3期。

①　饶孟侃:《新诗的音节》,《诗镌》第4号,1926年4月22日。

调比旧诗运用多些，但是大体上还没有多少变动，完全和旧诗是一样，把音节的可能性缩小在平仄的范围以内。但是我们现在所谓的新诗的音节，却没有被平仄的范围所限制，而且还有用旧诗和词曲里的音节同时不为平仄的范围所限制的可能。"同时，又说明，"我所指的现在新诗入了正轨，在音节上离规模粗具四个字还隔了很远的距离。固然过于重视音节，在诗的基本技术上尚属幼稚的作家又有音节情绪不能保持均衡的危险，但是这只能怪他自己不中用，而不能说音节妨碍诗的整体。"①

最后，饶孟侃具体地表述了徐志摩在发刊词中笼统提出的所谓"完美的形体是完美的精神的唯一的表现"的内涵："在新诗里面要某种情绪和某种音节的成分调得恰恰均匀，才能产生出一种动人的感觉；新诗的音节……要能够使读者从一首的格调，韵脚，节奏和平仄里面不知不觉地理会出这首诗里的特殊情绪来；——到这种时候就是有形的技术化成了无形的艺术……就是音节在新诗里做到了不着痕迹的完美地步。……因为音节在诗的——尤其是新诗的技术上是最重要的一种成分。"②

而紧接着《诗镌》第7号上揭载的闻一多的《诗的格律》一文，则更以行文有力、论述透辟成为"新月"诗人格律理论的经典表述。这篇长文占据了该期一半以上的篇幅，开篇就火药味十足地声讨"打着浪漫主义的旗帜来向格律下攻击令的人"，这一方面是对饶孟侃论新诗音节的声援，另一方面又与梁实秋的《现代中国文学之浪漫的趋势》遥相呼应。闻一多坚决地表示"棋不能废除规矩，诗也就不能废除格律"，认为做诗的趣味"是要在一种规定的条律之内出奇制胜"；"诗的所以能激发情感，完全在它的节奏；节奏便是格律。"闻一多把格律分作"视觉"与"听觉"两个方面，并着重论述了饶孟侃不曾提到的"视觉方面"，提出了著名的诗的"三美"说："诗的实力不独包括音乐的美（音节），绘画的美（词藻），并且还有建筑的美（节的匀称和句的均齐）"，而"建筑美的可能性是新诗的特点之一"。但是"自然界的格律不圆满的时候多，所以必须艺术来补充它"，而诗的格律化正是实现"三美"说的有效手段。

闻一多特别反驳了那种认为提倡新诗格律是"复古"的论调，指出律诗诚然也有建筑美的特点，但却"永远只有一个格式"；新诗的格律却比之高明得多，"是层出不穷的"，可以"相体裁衣"，根据内容与精神自由地创造需要的格式。他还引入了一种说法：诗人不怕给格律束缚住了，他们乐意戴着

① 饶孟侃：《再论新诗的音节》，《诗镌》第6号，1926年5月6日。
② 饶孟侃：《再论新诗的音节》，《诗镌》第6号，1926年5月6日。

脚镣跳舞。他以中外著名诗人为例说明,"这样看来,恐怕越有魄力的作家,越是要戴着脚镣跳舞才跳得痛快,跳得好。只有不会跳舞的人才怪脚镣碍事,只有不会做诗的才感觉得格律的束缚。对于不会做诗的,格律是表现的障碍物;对于一个作家,格律便成了表现的利器。"

闻一多对新诗格律的研究由来已久。1921 年,他就在清华文学社做了《诗底音节的研究》(此文以《诗歌节奏的研究》为题收入《闻一多论新诗》,武汉大学出版社 1985 年版)的报告,"对于一般无韵之新诗及美国新兴之自由诗加以严重抨击"①,这是他最早的一篇关于新诗创作理论的文章提纲。此后,他一直保持对这个问题的关注,所以如今他对自己的想法是相当自信坚决的。他以十分肯定的语气预言新诗的走向:"我希望读者注意,新诗的音节,从前面所分析的看来,确乎已经有了一种具体的方式可寻。这种音节的方式发现以后,我断言新诗不久定要走进一个新的建设的时期了。无论如何,我们应该承认这在新诗的历史里是一个轩然大波。"②闻一多也很清楚地意识到他和同人们借《诗镌》发动的这场格律诗运动的非凡意义,他在给朋友的信中甚至不无自夸地说道:"北京之为诗者多矣!而余独有取此数子者,皆以其注意形式,渐纳诗于艺术之轨。余之所谓形式者,form也,而形式之最要部分为音节。《诗刊》同人之音节已渐上轨道,实独异于凡子,此不可讳言者也。余预料《诗刊》之刊行已为新诗辟一第二纪元,其重要当与《新青年》《新潮》并视。"③这里,与其评价闻一多说法的真实性与可靠性,倒不如说体现了一个作为文坛新生代的"海归"青年的文学抱负更恰当一些。毕竟,相比《新青年》上"骂倒王敬轩"的双簧戏策略,《诗镌》虽然号称当时国内新诗坛上第二个专门的诗歌刊物,但在运用现代报章媒体的传播功能及策略上似乎还难望其项背。

闻一多领衔的"新月"诗人们对诗歌格律化的倡导对同人乃至对文坛的影响都是非常明显的。徐志摩的话颇具代表性:"我的第一集诗——《志摩的诗》——是我十一年回国后两年内写的;在这集子里初期的汹涌性虽已消减,但大部分还是情感的无关阑的泛滥,什么诗的艺术或技巧都谈不到。这问题一直要到民国十五年我和一多、今甫一群朋友在《晨报·副镌》刊行《诗刊》时,方才开始讨论到。一多不仅是诗人,他也是最有兴味探讨诗的理论和艺术的一个人。我想这五六年来我们几个写诗的朋友们,多少

① 参见闻黎明、侯菊坤编:《闻一多年谱长编》,湖北人民出版社 1994 年版,第 147 页。

② 闻一多:《诗的格律》,《诗镌》第 7 号,1926 年 5 月 13 日。

③ 闻一多:《致梁实秋、熊佛西》(1926 年 4 月 15 日),见《闻一多书信选集》,人民文学出版社 1986 年版,第 208 页。

都受到《死水》的作者的影响。我的笔本来是最不受羁勒的一匹野马，看到了一多的谨严的作品我方才憬悟到我自己的野性。"①如果说《诗镌》之前徐志摩的诗作中不乏如《毒药》《白旗》《婴儿》等那种不拘形式相当自由的作品，在《诗镌》时期则基本绝迹。他自己也承认，他的第二集诗《翡冷翠的一夜》（1927 年 9 月初版）"至少是技巧更进步了"②。朱自清则说《诗镌》"虽然只出了十一号，影响却很大——那时大家都作格律诗；有些从前极不顾形式的，也上起规矩来了。'方块诗''豆腐干块'等等名字，可看出这时期的风气。"③这话其实可以两方面理解：倡导新诗格律化一方面使《诗镌》无形中领导了诗坛创作的潮流，使当时的创作者普遍意识到技术在诗里面的重要性，并纷纷效仿，一时间大江南北都是"方块诗"；而从反面看，不少人其实是以"讥笑"的口吻来表示质疑的，闻一多本人就听到"近来有许多朋友怀疑到《死水》这一类麻将牌式的格式"。这需要到闻一多的理论中寻找答案。闻一多在《诗的格律》中虽然提出了"三美"说，但他着重阐述的其实是以"音尺"为基础构建的"节的匀称""句的均齐"的"建筑美"的观点，他很自信地认为，在一个诗行中"音尺排列顺序是规则的，但是每行必须还他两个'三字尺'两个'二字尺'的总数。这样写来，音节一定铿锵，同时字数也就整齐了。"而这种观念的结果就是必然导致"麻将牌"或是"豆腐干体"的出现，如此一来，他所说的新诗具有"层出不穷"的格式的理想似乎就很难实现了。

　　《诗镌》第 8 号上，主编徐志摩编发的一封信就反映了当时作者及读者对这个问题的质问。在这篇题为《随便谈谈译诗与做诗》的信中，作者钟天心表示了对《诗镌》同人鼓吹的格律诗运动的看法："近来诗风，虽然是大大的变了。从前长短不齐的句子，高低不平的格式渐渐不见了，渐渐代以整齐的句子，划一的格式了。从前认为无需有的韵脚，现在又渐渐地恢复了。许多人说，这是新诗入了正轨后的必然的现象。我自然也希望这不只是一种猜想。可是我觉得这问题不是这样简单吧。这种现象之所以发生，恐怕还有一个很不良的背景吧。你只看近来的诗，有许多形式是比较完满了，音节是比较和谐了，可是内容呢，空了，精神呢，呆了！从前的新鲜，活泼，天真，

---

①　徐志摩：《猛虎集·自序》，新月书店 1931 年版。

②　参见陈梦家：《纪念志摩》，作于 1932 年 10 月，载《新月》月刊第 4 卷第 5 期。徐志摩说，闻一多也评价他的《翡冷翠的一夜》比《志摩的诗》"确乎是进步了——一个绝大的进步"。见徐志摩：《猛虎集·序》，新月书店 1931 年版。

③　朱自清：《中国新文学大系·诗集导言》，见《中国新文学大系导论集》，良友复兴社 1940 年版，第 354 页。

都完了,春冰似的溶消了! 这个病源若不速行医治,我敢说,新诗的死期将
至了!"①

　　徐志摩对这个问题也很警惕,他发挥自己喜加按语的特长,在此信后特
地附了编者言:"关于论新诗的新方向,你的警告我们自命做新诗的都应得
用心听。……我对于新诗式的尝试却并不悲观,虽则我也不能是绝对甚至
是相对的乐观。等着看吧。"②

　　钟天心的意见却引起了《诗镌》另外一位同人的强烈的回应,第9号上
饶孟侃发表了《新诗话(二):情绪与格律》,对钟的说法大为不满。饶孟侃
批驳说,强调诗的音节并非是忽略了情绪:"我们都知道一首诗根本少不了
的成分就是情绪,所以要谈诗,第一句话就得承认情绪在诗里是个先决的问
题,到第二句话才能谈到格律。现在因为我们谈了一谈格律和音节,便有人
走过来问为什么把第一句话漏了不讲。"饶孟侃禁不住反驳:"这年头儿说
话真要特别仔细,你必得说话带着注解,你必得随身带着号筒,从丹田里运
出真气来大声呼喊,人家才能勉强听出一个大致……现在因为有的作家已经
更进一步回到格律音节,有些能力还顾不到的朋友们在后面看得心焦,便大
声的嚷着什么'情绪空了''内容呆了''新诗的死期到了'"。而在饶孟侃看
来"一首诗里根本少不了的成分就是情绪","真正能够妨碍情绪的东西并不
是格律和音节,而是冒牌的假情绪",即"感伤主义"(sentimentalism)③。为
此,他甚至又专门做了一篇长文《感伤主义与创造社》,径直把矛头对准了
创造社。文章先指陈造成感伤主义的原因是"那作者自己犯了两个毛病:
一种是流为怪僻,对于生活没有相当的节制,故意任着性子做去。还有一种
是流为虚幻,把自己藏在空中楼阁里过非人的日子。"而由此造成两种恶
果:第一,使青年心里充满了感伤的狂热,以这种假的情绪来更翻的模仿,结
果又更菌生了一大批假感伤的作品。第二,在这种假感伤主义以至于假感
伤主义繁衍了以后,一首真有情绪的诗到这时候也许反没有人识得,结果是
真情绪出了新诗的范围,而同时也即是新诗宣告了死刑。饶孟侃甚至说,新
诗十有八九是受感伤主义这怪物的支配,而"近年来感伤主义繁殖得这样
快,创造社实在应该负一部分的责任。"如果说饶文指斥创造社不无道理,
但并不意味着可以补格律之弊,饶孟侃声称"我们知道一个努力文学的团
体是最不能标榜什么共同的主义"④,然而其实他也不由自主地陷入了保卫

　　①　天心:《随便谈谈译诗与做诗》,《诗镌》第8号,1926年5月20日。
　　②　徐志摩:《〈随便谈谈译诗与做诗〉附记》,《诗镌》第8号,1926年5月20日。
　　③　饶孟侃:《新诗话(二):情绪与格律》,《诗镌》第9号,1926年5月27日。
　　④　饶孟侃:《感伤主义与创造社》,《诗镌》第11号,1926年6月10日。

新诗格律的"共同的主义",显然与梁实秋、闻一多所主张的反对浪漫主义感伤的论调保持了高度一致。

看来在《诗镌》同人内部,以饶孟侃、闻一多为代表的声音占据了主流,不同调者就只有选择离开,于赓虞的中途退出,就是个很好的例子。他后来说,"当时《诗刊》的作者,无可讳言的,只锐意求外形之工整与新奇,而忽略了最重要的内容之充实,即如有所表现,也不过如蜻蜓点水似的,未留深的印痕。作诗,到几乎无所表现的时候,那诗就使人无从置言。中外诗史上最灵活的人物,是由于他们的表现的情思呢? 还是单由于形式之创制? 在读诗会里,在《诗刊》上都引起了我这样的疑问。又因在那些朋友中,说我的情调未免过于感伤,而感伤无论是否出自内心,就是不健康的情调,就是无病呻吟。所以,使我于沉思之余,益觉个人在生活上,在诗上,是一个孤独的人。大概在《诗刊》出了六七期以后,我就同它绝了缘。"①

于赓虞的离开,一方面说明了他本人对《诗镌》过度追求形式的不满,而另一更关键的原因则是,他的诗作过于感伤的情调,显然也不符合《诗镌》同人反对浪漫主义主张以理性节制感情的观念。而之后于赓虞连续发表的几篇诗论则含而不露地表达了自己对《诗镌》的看法,他指出"有人比诗为一座伟大灿烂的宫庭,只要注意材料之选择,与建筑的技术,就会有精美奇丽的建筑,误矣!"②并提醒人们:"不能以自己之情感而乘他人之危,如以自己之豪放而非他人之缠绵,自己之欢快而非他人之悲哀,自己英雄之气而非他人儿女之情等,此乃个人之趣味,非文艺之定论"③。不难看出,于赓虞其实是在批评《诗镌》倡导的新格律诗有形式主义的倾向,当然也不乏自解的意味——他曾自道自己的生活遭遇与其诗风的关系:"因自己受了社会惨酷的迫害,生活极度的不安,所以,虽然是同样的草原,同样的月色,同样的山水,我把别人对它们歌颂的情调,都抹上了一片暗云。"④

事实上,即便是在《诗镌》内部如徐志摩,对过度强调形式的问题也是有所保留的,他"所赞助的诗的整齐的形式,有许多时候他就不遵守"⑤。在代《诗镌》同人所作的终刊总结中他明确地说:"钟天心君给我们的诤言是值得注意的",还"不惮烦"地表明自己的忧虑:"……一种新近已经流行的

---

① 于赓虞:《世纪的脸·序语》,上海北新书局1934年版。按:于赓虞共在《诗镌》第1号、第2号、第4号发表《晨曦之前》等诗4首,之后则无。

② 于赓虞:《诗之情思》,《晨报副刊》1926年12月24日。

③ 于赓虞:《诗之读者》,《晨报副刊》1927年4月20日。

④ 于赓虞:《世纪的脸·序语》,上海北新书局1934年版。

⑤ 于赓虞:《志摩的诗》,《北平晨报·北晨学园·哀悼志摩专号》1931年12月9日。

谬见,就是误认字句的整齐(那是外形的)是音节(那是内在的)的担保。实际上字句间尽你去剪裁个齐整,诗的境界离你还是一样的远着";"说也惭愧,已经发现了我们所标榜的格律的可怕的流弊! 谁都会运用白话,谁都会切豆腐似的切齐字句,谁都能似是而非的安排音节——但是诗,它连影儿都还没有跟你见面!"同时认为"在理论上我们已经发挥了我们的'大言',但我们的作品终究能跟到什么地位,我此时实在不敢断言。"①这显然与闻一多、饶孟侃等人的乐观不可同日而语,也说明同人内部观点的歧见是一直存在的。

这种情况下,最好的办法也许就是结束。于是,轰轰烈烈的《诗镌》在持续70天后,于6月10日出版最后一期第11号时,由主编徐志摩宣布:"诗刊放假"。《诗镌》共出11号,计发表诗歌84首,译诗2首,20篇诗评诗论及启事等文字。由于作者对新诗艺术方面的自觉追求,《诗镌》留下了一批艺术水准颇高的诗作,如闻一多的《死水》《春光》,徐志摩的《梅雪争春》《再休怪我的脸沉》,朱湘的《采莲曲》,刘梦苇的《铁道行》等都可看作是新月派格律诗中的代表性作品。特别是闻一多的《死水》,格式极为整齐,每行均为九字,每段韵脚不同,诗句用两个字或三个字构成音尺,收尾处均为双音词,读起来十分和谐,早已被诗坛公认为闻一多提倡的格律诗的代表作。

而身为主编的徐志摩虽然提供了14首诗(闻一多只发表6首诗、3篇诗论),2篇评论哈代的文字及发刊和终刊词,却并未提出什么诗歌理论主张,因而其影响力实际是有限的。正如朱自清所言:"《诗镌》里闻一多氏影响最大。徐志摩氏虽在努力于'体制的输入与试验',却只顾了自家,没有想到用理论来领导别人。闻氏才是'最有兴味探讨诗的理论和艺术的'"。② 连徐志摩本人也说,"实际上我虽则忝居编辑的地位,我对《诗镌》的贡献,即使有,也是无可称的。在同人中最卖力气的要首推饶孟侃与闻一多两位……孟侃从踢球变到做诗,只是半年间的事,但他运用诗句的纯熟,已经使我们老童生们有望尘莫及的感想,一多说是'奇迹',谁说不是? 但我们都还是学徒,谁知道谁有出师那天的希望? 我们各自勉力上进吧!"

《诗镌》虽然存续的时间过于短暂,但在新诗史上的影响却不小,如梁实秋所言,"这是第一次一伙人聚集起来诚心诚意的试验做新诗。……是

---

① 徐志摩:《诗刊放假》,《诗镌》第11号,1926年6月10日。
② 朱自清:《中国新文学大系·诗集导言》,见《中国新文学大系导论集》,良友复兴社1940年版,第355页。

诗的试验,而不是白话的试验。"①,并由此形成了具有鲜明特点的独立诗派——格律诗派,成为继自由诗派之后新诗发展史上的第二个界标②。对《诗镌》的意义,于赓虞则有过这样的评价：

> 在中国诗坛上放了异彩的《诗刊》(《诗镌》的通俗称法——引者注)出现了。"五四"以后,这之前,中国的"新诗",没有严肃的气魄,没有艺术的锻炼,任何人都可以写诗,所以好诗还只是一页白纸。《诗刊》的六七个作者,意识的揭起诗乃艺术的旗帜,在音节、形式上极力讲求。在《诗刊》作者的读诗会里,听到了抑扬缓急的声音,看到了诗体谨严的计划,但是,不曾有过诗人生活的叙述。《诗刊》所表现的,正如读诗会所计议的一样,在形式上给读者一个刺激,给其他作者一个思考的机会。从此,使一般作者,知道写诗非易事,知道形式在诗上的美的成分,这是《诗刊》唯一的功绩。《诗刊》,不但使人了解形式是一个严重的问题,且使人益觉内在生命表现的必要。……③

三、《剧刊》：声势大张的"国剧运动"

"诗刊放假",一班热心戏剧的朋友想借《诗刊》版面从事戏剧宣传。1926 年 6 月 17 日,《晨报副刊》又推出了一副新面孔——《剧刊》,它的刊头图案则是一幅京剧花脸脸谱,形象地展示出他们所要着力鼓吹的——国剧运动。《剧刊》是由张嘉铸发起的,余上沅则担任实际的主编,负责编稿。《剧刊》主要撰稿人有余上沅、赵太侔、闻一多、张嘉铸、陈西滢、梁实秋、邓以蛰、熊佛西、顾一樵等,另外顾颉刚、恒诗峰、王世英、杨声初、俞宗杰、冯友兰和冯叔兰等也偶有露脸,多系约稿。而《晨报副刊》主编徐志摩除了发刊词和只写了一半的《〈剧刊〉终期》之外,只发表了一篇文章。

按照惯例,由主编徐志摩做了发刊词——《剧刊始业》。比较《诗刊弁言》的空洞说词,徐志摩这次倒是把《剧刊》的办刊方针讲得比较清楚："第一是宣传：给社会一个剧的观念,引起一班人的同情与注意……第二是讨论：我们不限定派别,不论那一类表现法……都认为有讨论的价值……第三

---

① 梁实秋：《新诗的格调及其他》,《诗刊》季刊第 1 期,1931 年 1 月初版。
② 朱自清将《诗镌》时期的新月诗人群称为"格律诗派",而非"新月诗派"："若要增立名目,这十年来的诗坛就不妨分为三派：自由诗派,格律诗派,象征诗派。"参见朱自清：《中国新文学大系·诗集导言》,见《中国新文学大系导论集》,良友复兴社 1940 年版,第 357 页。
③ 于赓虞：《世纪的脸·序语》,上海北新书局 1934 年版。

是批评与介绍:批评国内的剧本,已有的及将来的;介绍世界的名著。第四是研究:关于剧艺各类在行的研究……同时我们也征求剧本,虽则为篇幅关系,不能在本刊上发表。我们打算另出丛书,印行剧本以及论剧的著作"。

而"新月"为什么对戏剧情有独钟呢? 因为"戏剧是艺术的艺术。……它不仅包含诗,文学,画,雕刻,建筑,音乐,舞蹈各类的艺术,它最主要的成分尤其是人生的艺术。古希[腊]的大师说艺术是人生的模仿,近代的评衡家说艺术是人生的批评:随你怎样看法,那一样艺术能有戏剧那样集中性的,概包性的,'模仿'或是'批评'人生? 如其艺术是激发乃至赋予灵性的一种法术,那一样艺术有戏剧那样打得透,钻得深,摇得猛,开得足? 小之震荡个人的灵性,大之摇撼一民族的神魂,已往的事迹曾经给我们明证,戏剧在各项艺术中是一个最不可错误的势力。"但是,"在现代的中国,……唱戏就是下流,……从不曾把戏剧看认真,在他们心目中从没有一个适当的'剧'的观念",实在够"碍路"。所以当"我们今天又捞着了一把希望的鲜花",就想"拿来供养在一个艺术的瓶子里,看它有没有生命的幸运。"①

实际上《剧刊》的创办,还寄托着初起新月社未竟的理想——"新月"从三年前初创至《剧刊》创办之时,就"想做戏"。然而,唯一的成绩也就是泰戈尔来华时排演的《齐德拉》,"此后一半是人散,一半是心散,第二篇文章就没有做起。所以在事实上看分明是失败",原因是"我们当初凭藉的只是一股空热心,真在行人可是说绝无仅有——只有张仲述一个。……这回我

---

① 徐志摩:《剧刊始业》,《晨报·剧刊》第 1 号,1926 年 6 月 17 日。新月同人对戏剧界的不满,在之前就已有表露。1923 年 4 月 24 日,徐志摩观看外国一剧团在京演出的《林肯》,对热衷于新剧的北京大学生们几乎没有到场表示不满,他跟陈西滢谈及此事,陈说可能是学生嫌票价太贵,但徐志摩撰文《得林克华德的〈林肯〉》(《晨报副刊》1923 年 5 月 3 日、5日、6 日、7 日)批评道:"梅兰芳卖一圆二毛,外加看茶座钱小账,最无聊的坤角也要卖到八毛一块钱,贾波林的滑稽戏电影也要卖到一块多——谁都不怨价贵,每演总是满座而且各大学的学生都是最忠诚的主顾。偏是真艺术真戏剧的《林肯》,便值不得两块钱,你们就嫌贵,我真懂不得这是什么打算!"不久,1923 年 5 月 6 日,徐志摩与陈西滢等人去观看北京女子高等师范学校上演的易卜生名剧《娜拉》,因剧场秩序太差中途退场,徐、陈此举被新剧界人士抓到,批评二人是"不配看这种有价值的戏。……不懂得《娜拉》是解决女子人格问题的名剧……不知道戏剧与人生的关系"。(仁陀:《看了女高师两天演剧以后的杂谈》,《晨报副刊》1923 年 5 月 11 日)为此,陈、徐二人分别做文进行反击。陈西滢指责剧场环境"四面八方的是笑声,喘声,谈话声,怒骂声。满院的种种混杂的声音……一个字也听不到",而"戏剧的根本作用在于使人愉快",故提早退场。(陈西滢:《看新剧与学时髦》,《晨报副刊》1923 年 5 月 24 日)徐志摩在同期发表《我们看戏看的是什么》,表明他的态度:"易卜生那戏不朽的价值,不在他的道德观念,……在它的艺术。……我们批评戏最先最后的标准也只是当作戏,不是当作什么宣传主义的机关。"这个观点,与后来闻一多在《戏剧的歧途》中批评近代传入中国的戏剧重思想轻艺术的观点也是一致的。

们不仅有热心，……并且有真正的行家，这终究是少不了的。"而实际上办刊还不是最终的理想，不过是一个途径而已，"我们的意思是要在最短的期内办起一个'小剧院'，……然后……从事戏剧的艺术。""现在已经有了小小的根据地，那就是艺专的戏剧科，我们现在借《晨副》地位发行每周的《剧刊》，再下去就盼望小剧院的实现。这是我们几个人梦想中的花与花瓶。"①值得提及的是，国立艺专音乐、戏剧两系的建立，正是闻一多、余上沅、赵太侔等人多方奔走努力的结果，这在中国现代戏剧事业发展史上的意义是很大的，因为"这是我国视为卑鄙不堪之戏剧，与国家教育机关发生关系的第一朝"②。

凭借留美所接受过的舞台美术创作等各方面的西方专业戏剧教育，几位"科班"出身的《剧刊》同人满怀信心地要"给社会一个剧的观念，引起一班人的同情与注意"。创刊号上打头阵的赵太侔，在《国剧》一文中开宗明义地宣言："现在的艺术世界是反写实运动弥漫的时候。西方的艺术家正在那里拼命解脱自然的桎梏，四面八方求救兵。……在戏剧方面，他们也在眼巴巴的向东方望着。"由此，他认为"应该绝对的保存"旧剧中的一个"特出之点"，即"程式化"（Conventionalization），比如"挥鞭如乘马，推敲似有门，……四个兵可代一枝人马，一个旋算行数千里路，等等都是"。进而赵太侔在承认旧剧固有价值的基础上从剧本动作表现等各方面探讨了改进旧剧的可能性③。闻一多则在第 2 期以"夕夕"为笔名发表了《戏剧的歧途》，径直批评了近代以来西方的易卜生、萧伯纳、王尔德、哈夫曼、高尔斯华绥等人的戏剧传入中国，都只重思想轻艺术，完全是误入了歧途——"戏剧是沾了思想的光，侥幸混进中国来的"。结果是"得到了两种教训。第一，这几年来我们在剧本上的收成，差不多都是些稗子，缺少动作，缺少结构，缺少戏剧性，充其量不过是些能读不能演的 Closet drama 罢了。第二，因为把思想当作剧本，又把剧本当作戏剧，所以纵然有了能演的剧本，也不知道怎样在舞台上表现了。"由此，闻一多亮出自己的观点：戏剧"除了改造社会，也还有一种更纯洁的——艺术的价值"，其最高目的是达到"纯形"（Pure form）的境地。戏剧不应沾染上许多不相干的道德问题、哲学问题和社会问题，"因为注重思想，便只看得见能够包藏思想的戏剧文学，而看不见戏剧的其余的部分。结果，到于今，不三不四的剧本，数得上几个，至于表演同布景的

①　徐志摩：《剧刊始业》，《晨报·剧刊》第 1 号，1926 年 6 月 17 日。

②　洪深：《中国新文学大系·戏剧集导言》，见《中国新文学大系导论集》，良友复兴社 1940年版，第 310 页。

③　赵太侔：《国剧》，《剧刊》第 1 号，1926 年 6 月 17 日。

成绩,便几等于零了。这样做下去,戏剧能够发达吗?"①总起来说,闻一多十分强调戏剧之为戏剧的特质,认为从剧本到戏剧的完成,中间还隔着"复杂"但却与剧本同样重要的艺术"手续"。

然而,梁实秋的戏剧观却与之有所不同。他认为现在"戏剧艺术浸假而投降于舞台技术之下",于是忍不住自告奋勇"起来作相当的辩护"。他的《戏剧艺术辨正》首先发表在《留美学生季报》第 11 卷第 1 号,《剧刊》的实际主编余上沅认为这个问题"很重要",特意转载于《剧刊》第 7、8 两号。梁实秋"不能承认戏剧是各种艺术的总合,只可承认戏剧是艺术的一种","是文学的一种,是诗的一种";"在剧场里,观众甚多,吾人势必陷于'群众心理'之内……剧场的效用即在给吾人以若干艺术的享乐,而不须要观众方面若何之严重性与想像力。……剧场的效用也就止于此。最高的艺术则不能由剧场传达于群众。……最高的艺术只有少数人能了解,而此少数人亦须具有严重性,并须有想像的力量。""舞台是为戏剧建设的,戏剧不是为舞台而创造的。……没有戏剧当然就没有舞台,没有舞台,则仍可有戏剧。至若把戏剧与舞台并为一种艺术,是不但为型类之混杂,抑且艺术投降于技巧之象征也。"②

显然余上沅转载此文大有深意——接着他就在第 11 号《剧刊》上发表《论戏剧批评》一文,对梁实秋的"辨正"作了一篇反"辨正"。他开篇即说:"古今批评家似乎都有一种通病,他们爱把这个硬列入古典派,那个硬列入浪漫派,这个硬列入文学,那个硬列入艺术。你说,'戏剧是艺术的一种,是文学的一种,是诗的一种'好得很,但是,这些都与戏剧艺术的自身无干。戏剧只是艺术,只是自我的表现,它不用你去下定义。"针对梁实秋所认为的"伟大的戏剧就是伟大的戏剧,演与不演都毫无关系",余则说他很怀疑莎士比亚的戏剧不在剧场里演,是否还是伟大的戏剧家,贝多芬的乐谱不演奏,是否还是伟大的音乐家。"剧本好比是清凉的甘泉,它要剧院做净瓶,把它带到世间去,去医治渴望着的、患情感病的一干人众"。他反驳梁实秋"舞台为戏剧而设,戏剧非为舞台而创造",说历史上恰恰是先有剧场和演员,然后才有戏剧的。而"许多戏剧家不愿意把戏剧拿到舞台上去排演,还有一个更大的理由,就是,他们不承认表演是艺术。假使他们说表演不是艺术,那末,为什么又要说批评是艺术呢? 表演与批评可不同为根据艺术品而创造艺术么?""戏剧批评家只应该遵守一条金玉的规律,就是没有规律。

①　闻一多:《戏剧的歧途》,《剧刊》第 2 号,1926 年 6 月 24 日。
②　梁实秋:《戏剧艺术辨正》,《晨报·剧刊》第 7、8 号,1926 年 7 月 29 日、8 月 5 日。

打、打、打破一切传统的规律、主张、理论和批评！"①

其实，虽然余上沅不能苟同梁实秋"偏重文学"的观点，但根本上他们讨论的基点却是一致的——都是在学理的范围内不"武断"地研讨戏剧。阅读《剧刊》，的确可以感受到新月同人探讨戏剧理论、戏剧艺术、戏剧批评的高度热忱，也可以看到他们寻求旧剧改造的价值与可能，谋划建立小剧院，渴望促进中国戏剧事业发展的真诚愿望。但无可否认，他们的热忱中也确实透着一份曲高和寡的寂寞，他们对民众的戏剧素质限于抱持着一种居高临下的批评或指责的态度，与当时中国国情和剧坛现状有着明显的隔膜；他们集体迷恋于上层知识分子小圈子的活动，比如小剧院运动的极力提倡就是典型一例。陈西滢当时就说，"一个剧本的完全，至少得有戏曲家，演员，和观众的合作。一个剧本的成功，至少得有观众的欣赏。"但是"中国人不会看戏"，有的吸烟，有的喝茶，有的吃零食，有的高声谈笑等等——所谓"打茶围"，戏园就是中国民众的交际场。而现在虽然时代不同了，民众的欣赏习惯却还没有改变。他因此主张在有能力做新戏和观赏新戏的人中间，组织小戏院，"一时虽然未必能在平常的观众里荡起怎样的波纹"，但"一定可以促进中国的新剧"②。

不能说"小剧院运动"本身有什么问题，但它的"小众"性质令其即便在当今中国发展都十分不成气候，何况在20世纪20年代的中国呢，委实有些"不合时宜"了，拿他们自己的话说就是"却又等于秀才造反，三年也是不成"③。实在说来，何止"三年"，如若新月同人看到今日中国小剧场发展的窘境不知作何感想。顾一樵就回忆说，他在留美期间与瞿菊农常去波士顿的"民众剧院"（全美第一个免税剧场）看戏，每周或两星期就演一个新戏，谢立敦、易卜生、萧伯纳、高尔斯华绥的戏剧他们都看过，后来与剧场及演员

---

① 余上沅：《论戏剧批评》，《晨报·剧刊》第11号，1926年8月26日。

② 陈西滢：《新剧与观众》，《晨报·剧刊》第3号，1926年7月1日。陈西滢1923年9月曾在《晨报副刊》发表一篇长文，借对高尔斯华绥的评价表达了他的戏剧观：他把高尔斯华绥定位为"一个社会批评家"，但"绝然与其余的一般社会批评家不同"，有些社会批评家"借着艺术来谋社会的改良，但是他们的愤慨，往往过于剧烈，忘了剧本的艺术化的必要"，而高尔斯华绥"的许多长处里，最明显的是艺术家的节制。他必须先把一件事研究得十分清楚细密，融会贯通，方才担起笔来。……大多数的批评家是代一方发言的律师，高尔斯华绥却是正直无私的审判官。"陈西滢强调"艺术家的节制"，与梁实秋后来在《现代中国文学之浪漫的趋势》中批评浪漫主义"无限制的同情"，在《文学的纪律》中推崇"节制的力量"几乎是异曲同工。不过陈西滢的表述相对狭窄，就剧论剧，而缺少梁实秋在文学批评上的理论深度与系统论述。见陈西滢：《高斯倭绥之幸运与厄运——读陈大悲先生所译的〈忠友〉》，《晨报副刊》1923年9月27日、28日、29日、30日。

③ 徐志摩、余上沅：《〈剧刊〉终期》，《晨报·剧刊》第15号，1926年9月23日。

都十分熟悉并且激赏他们那种"爱美"（Amateur 的音译，"业余的"之意）的态度。顾还回忆到看戏的情景，"菊农看完一幕戏，必要出去抽烟以表明他在看上一幕戏时曾经卖力地欣赏。……我们每每感到美国缺少茶馆，是西洋文化的一个缺憾。没有法子，每看完戏后，不高兴便散，只得到附近咖啡馆去。在那里闲坐杂谈，久而不走，大有非如此不足以尽兴之概。……国内没有咖啡馆，剧后将奈何？"①这种生活时至今日恐怕也还是大多数国人感到很奢侈的事情，新月同人致力的戏剧事业之"超前"实是不难见出的，遭到冷遇似乎也是必然，余上沅就曾一语道出了他们的碰壁之叹："啊，社会，像喜马拉雅山一样屹立不动的社会，它何曾给我们半点同情？"②

1926 年 9 月 23 日，《剧刊》第 15 号出版，随之结束了不到一百天的《晨报》之旅。《剧刊》共发表"论文共有十篇，……批评文字有八篇……论旧戏二篇……论剧场技术的有七篇……此外另有十几篇不易归类的杂著及附录"，计约有 41 篇文章，但由于"篇幅的关系"，没有发表一个剧本。这些文章，在新月同人创办新月书店之后，由余上沅选编出二十几篇集为《国剧运动》一书，余上沅夫人陈衡粹画封面，1927 年 9 月作为新月书店第一批书籍推出，"算是给这仅一年寿命的戏剧运动留下了一点痕迹"③。余上沅并为之作序，正式为《国剧运动》命名：

> 中国人对于戏剧，根本上就要由中国人用中国材料去演给中国人看的中国戏。这样的戏剧，我们名之曰《国剧》。……近年以来，中外的交通是多么便利，生活的变迁是多么剧烈，要在戏剧艺术上表现，我们哪能不走一条新路！艺术虽不是为人生的，人生却正是为艺术的。有了现代这样的人生，运会一到，自然要迸出一朵从来没有开放过的艺术鲜花。我们的希望，我们的热忱，无非是求运会快到，艺术的鲜花快开罢了。这样的希望，这样的热忱，我们名之曰"运动"。……中国戏剧界，和西洋当初一样，依然兜了一个画在表面上的圈子。政治问题，家庭问题，职业问题，烟酒问题，各种问题，做了戏剧的目标；演说家，雄辩家，传教师，一个个跳上台去，读他们的词章，听他们的道德。艺术人生，因果倒置。他们不知道探讨人心的深邃，表现生活的原力，却要利用艺术去纠正人心，改善生活。结果是生活愈变愈复杂，戏剧愈变愈繁

---

① 顾一樵：《剧话——为赠别菊农写》，《晨报·剧刊》第 13 号，1926 年 9 月 9 日。
② 余上沅：《一个半破的梦——致张嘉铸君书》，《晨报·剧刊》第 15 号，1926 年 9 月 23 日。
③ 梁实秋：《悼念余上沅》，见陈子善编：《梁实秋文学回忆录》，岳麓书社 1989 年版，第 365 页。

琐；问题不存在了，戏剧也随之而不存在。……这种运动，仍然是"易卜生运动"，决不是"国剧运动"。……我们要用这些中国材料写出中国戏来，去给中国人看；而且，这些中国戏，又须和旧剧一样，包含着相当的纯粹艺术成分①。

简单说起来，"国剧运动"就是要在改造旧戏的基础上借鉴西方戏剧艺术来丰富中国本土的戏剧艺术，目的是寻求中国新兴戏剧的民族化途径。其宗旨是追求"艺术的良心与道德的良心"的"平均发展，共同生存"，实现"理智与情感最调和最平衡的""最健全的人生"，这基本上是一种出于古典主义的戏剧理想。然而，在要以戏剧作为"搜寻社会病根的 X 光镜"②的时代主流话语中，"国剧运动"的遭遇可以想见，洪深就说："可是，这样运动过一阵，并没有什么成绩；因为戏剧是'纯为娱乐'的见解，早已不为时代所许可的了。"③

说起来，《剧刊》是终期了，但《剧刊》要做的工作永远没有终期。新月同人并未放弃对戏剧事业的衷情。其后在有了自己的新月书店和《新月》月刊之后，他们出版了一系列戏剧类书籍，刊登了不少戏剧剧本，并培养了一批戏剧人才。而余上沅于 20 世纪 30 年代在北京又与赵元任、丁西林、熊佛西等人创办了一个业余的话剧演出团体"北平小剧院"，不定期上演过丁西林的《一只马蜂》《求婚》，余上沅的《兵变》，小仲马的《茶花女》等剧作，在当时文化界和社会上产生一定的影响，著名演员白杨（当时名杨君莉）的艺术生活就是从"小剧院"演出开始的。余上沅还于 1935 年创办了近代中国第一个话剧专业学府南京国立戏剧专科学校（简称"剧专"）并任第一任校长，主持该校达 14 年之久。解放后先后任复旦大学中文系教授、上海戏剧学院戏剧文学系教授。④

---

① 余上沅：《〈国剧运动〉序》，新月书店 1927 年版。
② 参见《民众戏剧社宣言》，见阿英编：《中国新文学大系·史料·索引》，上海文艺出版社 2003 年影印版，第 132 页。
③ 洪深：《中国新文学大系·戏剧集导言》，见《中国新文学大系导论集》，良友复兴社 1940 年版，第 321 页。
④ 余上沅（1897—1970），笔名龄客，湖北省沙市人。1912 年考入教会办的武昌文华书院，五四运动前后，曾担任文华书院学生会负责人，约请陈独秀等名流到武汉演讲，传播新思潮。后作为武汉学生代表之一，到上海出席全国学生联合会议。其后又到北京开会，经陈独秀介绍给胡适，转到北京，于 1920 年入北京大学英文系读书。1922 年北大毕业后任清华学校助教。1923 年以清华半公费补助及同乡父执辈资助，与熊佛西等人同船赴美留学。先后就读美国匹兹堡卡耐基梅隆大学戏剧系、纽约哥伦比亚大学研究院，专攻西洋戏剧文学和剧场艺术。后因不肯按同乡父执辈要求改习政治，坚持个人学戏爱好，失去经济来源

四、刊物为何短命？

——新月社办刊得失探

　　作为新月派首次亮相文坛的固定刊物，《诗镌》与《剧刊》的存续时间显得过于短命，这其实有着多方面的原因。徐志摩在"诗刊放假"中说："诗刊暂停的原因，一为在暑期间人离京的多，稿事太不便，一为热心戏剧的几个朋友，急欲想借本刊的地位，来一次集合的宣传的努力，给社会上一个新剧的正确的解释，期望引起他们对于新剧的真纯的兴趣"。不难看出，《诗镌》放假的首要原因在于"稿事太不便"，作为每周出版的定期刊物，没有稿子也就只能关门了。可是在同一文中徐志摩又说，"说起外来的投稿，我们早就该有声明：来稿确是不少，约计至少在二百以上，……不曾如量采用，那在事实上是不可能的。在选稿上，我们有我们的偏见是不容讳言的……我们讨论过新诗的音节与格律……"看来，《诗镌》的稿源只在"同人"中，而"诗刊同人本是寥寥可数"，内部又不断因意见分歧人事矛盾产生分化，朱湘、于赓虞的离开，杨世恩、刘梦苇的相继病逝①，闹稿荒自然无法避免了。

　　同时，作为借报纸出版的具有"期刊"性质的文艺刊物，文学理论建设与创作所需的酝酿时间，与报纸作为快餐文化的出版周期之间的差异，随着

被迫放弃攻读学位，提前于 1925 年春回国，同行的有赵太侔、闻一多。编著《国剧运动》一书，是其留美期间与一批志同道合的留美学生不仅学习西洋戏剧，同时特别重视传统戏曲的思潮的代表作，由新月书店 1927 年出版。回国后在北京艺术专门学校开办戏剧系，系我国第一次在正式学校里开设戏剧系。同时兼任北京大学、清华大学等校教授。参与创办《晨报·剧刊》。参加中国戏剧社的活动。1926 年秋，到东南大学（今南京大学前身）任教，同年底与北京女师大中文系学生（后转入女大毕业）陈衡粹结婚。1927 年到上海，参与创办新月书店并任书店经理兼编辑，同时在暨南大学、光华大学等校兼课。《上沅剧本集》《戏剧论集》在此期间出版。1929 年因学校欠薪生活困难，到北京中华教育文化基金会任秘书并兼任北京大学等校教授。同时，和赵元任、丁西林、熊佛西等人组织业余的"小剧院"。1952 年任教复旦大学中文系。在复旦大学参加中国民主同盟。1959 年任上海戏剧学院戏剧文学系教授。"文化大革命"中受到冲击，1970 年因食道癌病逝。1978 年获平反。参见陈衡粹：《余上沅小传》，《新文学史料》1983 年第 1 期。按：余上沅的戏剧论文，基本收入《余上沅戏剧论文集》，长江文艺出版社 1986 年版。

① 徐志摩《一个启事》（《晨报副刊》1926 年 9 月 15 日）："我们诗刊同人本是寥寥可数的，但谁想到在三个月间，我们中间竟夭折了两个最纯洁的青年！杨子惠（宁波人）（1904—1926——引者注）在七月间得伤寒症死在上海；前六日（九月九日）刘梦苇（1900—1926——引者注）又在法国医院病故。"似乎诗人总难以摆脱短寿，如《诗镌》同人之一朱大枏（1907—1930）后于 1930 年去世。稍后，徐志摩（1897—1931）飞机失事死亡，新月派的后起之秀方玮德（1908—1935）则于 1935 年病逝。恰如新月诗人倾慕的西方诗人雪莱（1792—1822）、济慈（1795—1826）、拜伦（1788—1824）等都是短命者一样，诗人与生命的关系似乎是一个值得研究的有趣话题。

时间的增加表现得越来越突出。《诗镌》同人秉持的选稿偏见，就像一把双刃剑，一方面保证了他们在艺术追求上的纯粹性与创作水准的相对高度，另一方面却限制了同人阵地的扩大与后备力量的培养。而在人手不多的《剧刊》上面，组稿的仓猝与被动表现得更为明显，催稿上门而作者只好匆忙应付的现象时有发生，甚至有作者约定了一个题目写不下去临时改题的情况①，这种随意性无疑会影响到同人刊物的面貌。

而对《剧刊》来说，还有一个更严峻的问题，就是篇幅问题。报纸的媒介特征是"短，平，快"，在上面发表文艺作品，无可奈何地要受到版面限制。如果说《诗镌》时期由于诗歌的篇幅相对短小，这一问题还不算突出的话，《剧刊》就要实实在在地面临如何有效利用每期只有四页的篇幅的问题了。首先，它不可能像一般的戏剧杂志那样刊登剧本、剧照等以吸引读者的注意力，《剧刊》十五期中没能发表过一个剧本。实际《剧刊》同人一开始就意识到这个缺陷的存在，在开办之初就曾经做过征求剧本出版戏剧丛书的预告②，而此事并未见到下文，这个愿望大约一直到他们有了自己的新月书店后才得以实现。除此之外，为了弥补《剧刊》只有黑白文字、理论色彩过重、面目单调的问题，同人还联络了《晨报》社的《星期画报》出了一次"戏剧特号"，选登了二十几张"代表戏剧的各方面"的画片，为的是"一方面可以提起读者研究戏剧艺术的兴趣，一方面也可以打破我们纸上谈兵的单调。"③但也仅此一次而已，"结果也不大佳"，"卖报人也摇头说不好"——因为"注脚不够"，普通读者欣赏有困难，而新月同人对这种做法（比如电影上加字幕、美展绘画上加注解）却是根本不屑一顾，个中审美趣味与审美习惯的隔阂显而易见。新月同人收藏的画片其实不少，限于没有适当的地方刊登，就难以实现与普通民众的资源共享了，不过在后来的《新月》月刊中倒是派了

---

① 杨振声在《中国语言与中国戏剧》（《剧刊》第 5 号，1926 年 7 月 15 日）中说："剧刊催稿催得太急，除了关于本题还有许多应当提出讨论之点都忽略了之外，所提出讨论的又太简略了。只好在这里就便说句抱歉的话罢。"邓以蛰在《戏剧与道德的进化》（《剧刊》第 5 号，1926 年 7 月 15 日）一文前给赵太侔等人的短信称："你们遭来取稿的人也已破扉而入，我急得没法想，一头就碰到 Katharsis 这条理论，遂把一切困难问题交给它，我就糊里糊涂搁下笔了"。顾颉刚则在《九十年前的北京戏剧》（《剧刊》第 6 号，1926 年 7 月 22 日）中说："这次《剧刊》要我作文，使我重温起旧时的存想，预备写出《乾隆以后的北京戏剧》一文，……我立了这个题目去搜集材料，弄了一天就觉得不容易，因为范围太广了，不是将要出京的我在整理行装的一二旬中所能做成的。现在就从《京尘杂录》中抄出一些，改题为《九十年前的北京戏剧》。"

② 徐志摩：《剧刊始业》，《晨报·剧刊》第 1 号，1926 年 6 月 17 日。

③ 《剧刊》第 4 号的"两个消息"有此预告，1926 年 7 月 8 日出版。并参见 1926 年 7 月 11 日晨报社出版的第 43 期《星期画报》。

大用场,《新月》刊登的丰富高雅的插图大都出自同人的私人收藏,可见拥有一份固定的文艺期刊对一个文学社团的重要性的确是不言而喻的。

　　另一个不能忽略的现实原因是,新月同人大多在北大、国立艺专等北京高校任教,办刊物对他们来说是一种实现个人理想的途径,属于职业以外的个人活动,但却不是提供生计的地方。而此时,由于北洋军阀的连年混战,北京高校欠薪风潮早已风起云涌,同人为饭碗计被迫纷纷出京自谋生路,不但《诗镌》没有"复活的希冀",是"完了的",而《剧刊》也"到了无可维持的地步"。徐志摩在只做了一半的《〈剧刊〉终期》中其为黯淡凄恻地说:"凋零:又是一番秋信。天冷了。……人事亦是一般的憔悴。……前天正写到刘君梦苇与杨君子惠最可伤的夭死……闻一多与饶孟侃此时正困处在锋镝丛中,不知下落。孙子潜已经出国。我自己虽则还在北京,但与诗久已绝缘,这整四月来竟是一行无著……太侔早已在一月前离京;这次上沅与叔存(邓以蛰——引者注)又为长安的生活难,不得已相偕南下,另寻饭啜去。……所以又是一个'星散'"①。而作为《晨报副刊》主编的徐志摩,也自称"在剧刊期内有一个多月我淹留在南方",这正是他为与陆小曼的结合而南北奔走行踪不定的时期,当时正因个人婚姻问题忙得焦头烂额,不但在《剧刊》上没发表什么文章②,竟然连别人六个月以前发过的稿子都不知道重复刊登在《晨报副刊》上③,作为聚集新月同人的"连索"人物的徐志摩都

---

　　① 徐志摩:《〈剧刊〉终期》,《晨报·剧刊》第15号,1926年9月23日。

　　② 如果说作为一个诗名在外的诗人主编,徐志摩还为《诗镌》贡献了不少诗作的话,他对戏剧,对《剧刊》就像他自己说的:"我于戏是一个嫡亲外行,……但是要是知道我的热心,朋友,我的热心……"。徐志摩在《剧刊》上只发表了1篇文章:《托尔斯泰论剧一节(附论文艺复衰)》,载《剧刊》第14号,1926年9月16日。不过,徐志摩的戏剧观在此前的剧评中已经有所表达,且与梁实秋、闻一多、陈西滢等人的戏剧观念有暗合之处。他强调戏剧的艺术性,反对通过戏剧进行主义宣传和道德说教,同时批评中国戏剧现状,演员表演与观众水平低下。他认为"好的剧本,都是高品的艺术。……一定从真丰富的生命里自然地流露出来或是强迫地榨出来的。……艺术与生命是互为因果的",而悲剧是"一民族能表现天下最集中的仪式","是表现生命本质里所蕴伏的矛盾现象冲突之艺术……真悲剧演奏的场地,不仅在事实可按的外界,而是在深奥无底的人的灵府里。要使啮噬,搅扰,烧烙,撕裂,磨毁,人的灵魂的纤微之事实经过,真实地化成文字,编为戏剧,那便是艺术,那便是悲剧的艺术化"。这实际隐含着梁实秋后来在《文学批评辩》中提出的"常态的人性"的因素。见徐志摩:《看了〈黑将军〉以后》(《黑将军》即莎士比亚悲剧《奥赛罗》——引者注),载《晨报副刊》1923年4月11日、12日、13日、14日。

　　③ 见《晨报副刊》1926年10月4日"几则启事":"一、志摩先生:我译的嚣俄诗《旅行》六个月前已经在现代评论印出,你大概瞧见了。怎的你又把它在晨副上再版?你大概是要去新婚旅行去了,就把你的字纸篓里东西往晨副身上一推吧……浩徐,三十日。二、志摩近来真是太忙。我们只得说一声'对不起',请大家海涵。记者"。按:彭浩徐译《旅行》一诗刊登在《晨报副刊》1926年9月30日。

已无心恋战，"星散"也是必然的结果了。

1926 年 10 月 3 日，随着与陆小曼在北平北海公园画舫斋结婚典礼的举行，徐志摩干脆撂了《晨报副刊》主编一职①，径直让与了好友瞿菊农，自己则携妻回到浙江海宁硖石老家计划开始一段新的人生。徐志摩本来是要在安静的江南家乡写稿译书过一种平静温馨的家庭生活的，可是世事难料，频起的军阀战事让他在家乡仅待了个把月，就不得不为避战乱去了上海，与同样为生存计"卜居沪滨"的新朋旧侣们重聚——也才有了"新月"的再度升起。

《诗镌》与《剧刊》像流星般划过 1926 年的文坛星空，但在文坛上却留下了它们不可磨灭的独特身影，而未完成的文学梦想则激励着新月同人们在异地重逢后重新燃起创办属于自己的书店与刊物的热情。

---

① 见《晨报副刊》1926 年 10 月 13 日"志摩启事"："我告假回老家去几时，晨副的编辑自本月初起请瞿菊农先生担任，他家住后内东板桥西妞妞房五号，有事请迳与瞿先生接洽可也。"徐志摩号称"告假"，实则再也没有回任，即使是在他 1927 年初"闷处在上海，无聊到不可言状"之时。徐志摩辞职不归，据笔者推测可能有如下几个原因：一是当时的社会形势是北京军阀统治对学界控制加紧，很不适宜文人生存，文人南迁成为当时的一个普遍现象。二是徐志摩的好友胡适也已出京，对他影响很大。据徐志摩 1926 年 9 月 12 日致胡适信称："我如南归，《晨报》那劳什子也不干了！左右没有你，就没人共商量，闷哉！"三是，可能让给好友瞿菊农主编，不好再重新要回。再说徐志摩任职期间《晨报副刊》并未恢复此前的辉煌，拿今天的话说就是"业绩平平"，也不好再回晨报馆了。他在 1927 年 1 月 7 日给胡适的信中委婉地表示："但在北京教书是没有钱的，《晨副》我又不愿重去接手（你一定懂我的意思）……"。参见徐志摩：《致胡适》（1926 年 9 月 12 日、1927 年 1 月 7 日），见虞坤林编：《志摩的信》，学林出版社 2004 年版，第 272、278 页。

第三章　新月社的"南迁"：出版江湖

第一节　京师风潮，南下南下

有人说，新月成员1927年重新集合于上海，表面看似乎是一种偶然的聚合，而实际上是当时政治斗争形势发生剧变这一背景造成的。这批资产阶级自由主义分子在政治上既不甘心于依附北洋军阀，又回避和不满于当时种种革命的浪潮。但是他们在政治上并不甘于寂寞，于是啸聚上海，探测政治气候。在政治风云变幻莫测的形势下，他们想要形成一股能维护本阶级利益的政治力量，为此就需要一个宣传他们见解的阵地，"一个发表文章的机关"①。结合新月成员从不同方向的聚合与其后在出版领域的动作，这个观点是富于见地的。

频起的军阀战事，不仅破坏了徐志摩的蜜月，让他与陆小曼在老家硖石生活不到两个月就被迫逃难至上海，过着"最不健康的栈房生活"②，也让一大批生活在北京的新月同人被迫南下。

闻一多在辗转中过着流浪者般的日子：先是因为国立艺专的"学潮"在1926年3月辞去该校教务长一职，7月携眷南归，举家返鄂。恰逢北伐军进抵长江流域，湖北局势动荡，又在秋冬间应清华留美好友潘光旦之邀只身到上海吴淞国立政治大学任教（潘1926年夏获哥伦比亚大学硕士学位后，8月到该校教课并任教务长），1927年2、3月间去武汉，4、5月间又回吴淞，杭州之游后才到上海。

也是在1927年，任北大及北师大英文系讲师的叶公超，经叔父叶恭绰朋友、上海暨南大学校长郑洪年之聘到该校任教；丁西林则从北大物理系教授兼主任职位上，赴上海筹建物理研究所并任所长；而据余上沅夫人陈衡粹回忆，"上沅与我和实秋夫妇从北京南下，一同到东南大学任教，……1927

---

① 朱晓进：《政治文化与中国二十世纪三十年代文学》，人民出版社2006年版，第70页。
② 徐志摩：《致胡适》（1927年1月7日），见虞坤林编：《志摩的信》，学林出版社2004年版，第277页。

年后，上沅、实秋均非当局欢迎之人，又同船到了上海，另找饭碗"①。

　　这批文人的南迁实际上是很不从容的，甚至很有几分"逃荒"的感觉。北洋军阀的统治给他们的生活增添了诸多麻烦。首先就是政府积欠薪水，文人学者的经济生活陷于困境。时在北京的李璜（曾与闻一多共同倡导过国家主义）曾说，当时他的薪水是每月二百八十元大洋，只拿过两个月，而到了后来，至多每月只领到五十六元，就只够个人的食住了。与经济压迫相辅相成的还有精神的束缚，北洋政府不但禁售新文学作品（如陈独秀的《陈独秀文存》、胡适的《胡适文存》），还焚书、禁演新剧；"老虎总长"章士钊大事批判白话文学，鼓吹复古，令新文学作家在心理上感到令人窒息的气闷②。

　　比这些更直接的还有一桩桩政治血案：《京报》总编邵飘萍被枪杀（1926 年 4 月 26 日）、李大钊被害（1927 年 4 月 6 日）等一系列事件，不仅令学者作家们备感威胁，且直接导致报刊被查封和压制，"现在北京一般人的口都已封闭了，什么话都不能说，每天的日报、晚报甚而至于周报，都是充满了空白的地位，这期的《现代评论》也被删去了两篇论文，这种现象是中国报纸的历史第一次看见……同时一切书信与电报都受到严格的审查"③。

　　变幻的时局让新文学作家们着实感到了"山雨欲来风满楼"的阴霾气氛，也逼迫着新月同人纷纷离开新文化的发祥地——北京，选择上海作为最后的栖居之地，梁实秋这样描述友人的境况，"这时节北方还在所谓'军阀'的统治之下，北平的国立八校经常的在闹索薪风潮，教员的薪俸积欠经年，在请愿、坐索、呼吁之下每个月也只能领到三几成薪水，一般人生活非常狼狈，学校情形也不正常，有些人开始逃荒，其中一部分逃到上海。徐志摩、丁西林、叶公超、闻一多、饶子离等都在这时候先后到了上海。胡适之先生也是在这时候到了上海居住。同时有一批批的留学生自海外归来。那时候留学生在海外受几年洋罪之后很少有不回来的，很少有人在外国久长居留作学术研究，也很少人耽于物质享受而留连忘返。如潘光旦、刘英士、张禹九等都在这时候卜居沪滨。"④

---

① 陈衡粹：《实秋忌辰周年祭》，见陈子善编：《回忆梁实秋》，吉林文史出版社 1992 年版，第 9 页。

② 参见司马长风：《中国新文学史》（上卷），第十七章：作家南迁与北伐风暴，香港昭明出版社 1980 年版，第 248—258 页。

③ 《张慰慈致胡适》（1927 年 1 月 16 日），见社科院近代史研究所编：《胡适来往书信选》上册，中华书局 1979 年版，第 421 页。

④ 梁实秋：《忆〈新月〉》，见陈子善编：《梁实秋文学回忆录》，岳麓书社 1989 年版，第 106 页。

这在不经意间,促成了新月文人的新的聚合,他们也正是在聚合中,开始了新的舞台的筹建。

第二节　四马路外的新门户:新月书店

有人说,"1928 年文化人向上海的迁徙造成了中国现代思想文化一次历史性的大转移。它不仅引起了文化中心的南移,而且导致了中国现代思想文化性质的根本变化"①。这当是客观之论,当时的上海文化确实呈现出了一些迁移性的表征,比如出版业。1925 年成立的光华书局成为上海第一家新文艺书店,1924 年诞生于北京翠花胡同的北新书局作为新文艺书店中的"老大哥"也于 1925 年夏迁至上海。此时的上海,新文艺书店的不断出世正成为一个有目共睹的现象,当时即有人指出"现在国内已有小书店潮"。②

在这股潮流中,汇聚上海的新月同人如何甘心寂寞呢?

徐志摩肯定是忍受不了这寂寞的。从沙龙性质的社交团体新月社到主编《晨报副刊》、创办《诗镌》《剧刊》等活动,文学上的新月阵营已渐渐面目清晰。但与拥有商务印书馆和开明书店的文学研究会,拥有北新书局的语丝派,拥有独立出版部的创造社等相比,新月社自然还缺乏属于自己的独立出版机构。

而目前所见提到新月书店(《新月》月刊创刊于次年)创办的最早文字大约是徐志摩写于 1927 年元旦的日记,其中有这样一句话:"新月决定办,曼的身体最叫我愁。"③

不过,此时距新月书店的真正成立,尚有七个月之遥。

而胡适则是 1927 年 5 月 20 日乘船抵达上海的。

此前他因参加中英庚款会议待在欧洲,1926 年 8 月 27 日他在给徐志摩的信中检讨说:"自己回国九年的生活太 frivolous,从前办《努力》等并不足以表明自己的成绩",他因此发愿"我预备回国后即积极做工。……带些

---

① 旷新年:《1928:革命文学》,山东教育出版社 1998 年版,第 20 页。
② 陈望道:《致汪馥泉》(1928 年 1 月 17 日),见孔另境编:《现代作家书简》,花城出版社 1982 年版,第 112 页。
③ 徐志摩:《徐志摩日记》(1927 年 1 月 1 日),见虞坤林编:《徐志摩未刊日记(外四种)》,北京图书馆出版社 2003 年版,第 224 页。

什么还不能知道。大概不会是跳舞。"①最终,他听从顾颉刚、丁文江、高梦旦等朋友的建议在日本停留三周后,选择了上海——作为生活的新起点。

胡适的到来,也正是徐志摩所渴望的,因为徐志摩早就吐露过"左右没有你,就没有人商量,闷哉!"②,而"目下闷处在上海,无聊到不可言状,……你能早些回来,我们能早日相见,固然是好,但看时局如此凌乱,你好容易呼吸了些海外的新鲜空气,又得回向溷浊里,急切要求心地上的痛快怕是难的。"③

自硖石到上海后,徐志摩的这段生活大致呈现出了这样两个特征:一个是没有钱,另一个则是居无定所。1927年1月7日,在给胡适的信中,徐志摩说:"生活费省是省,每月二百元总得有不是? 另寻不相干的差事我又是不来的。"④而有关他与陆小曼在上海的住所,则有多处,福建路的通裕旅馆、梅白路643号宋春舫家、环龙路花园别墅11号、福熙路四明村923号……

这样的生活,也使徐志摩无法再继续类似在北平时那样的"小庭园里的聚餐会了"。这时候的徐志摩,想做一些事的心情自是可以想见。

新月书店——便在徐志摩与胡适等人的筹措下,在上海有条不紊地揭开了自己的面纱。

一、新月书店的开办

目前学界关于新月书店的研究文字还不是很丰富⑤,就新月书店开办

---

① 胡适:《致徐志摩》(1926年8月27日),见虞坤林编:《志摩的信》,学林出版社2004年版,第270—271页。
② 徐志摩:《致胡适》(1926年9月12日),见虞坤林编:《志摩的信》,学林出版社2004年版,第272页。
③ 徐志摩:《致胡适》(1927年1月7日),见虞坤林编:《志摩的信》,学林出版社2004年版,第278页。
④ 徐志摩:《致胡适》(1927年1月7日),见虞坤林编:《志摩的信》,学林出版社2004年版,第278页。
⑤ 除了散见于各文化出版类工具书中关于新月书店条目的简介之外,据笔者所见,回忆性、研究性文章大致上有:已故大陆学者瞿光熙在《新月社·新月派·新月书店》(见瞿光熙:《中国现代文学史札记》,上海文艺出版社1984年版)一文中对新月书店的成立、规模、出书情况等做了综合性描述;原新月书店职员谢家崧从个人经历角度撰写的《我记忆中的新月书店》(上海书店《古旧书讯》1983年第1期)和《新月社始末我见》(上海书店《古旧书讯》1985年第2期)两文,提供了一些关于新月书店的珍贵回忆;但瞿、谢两位也只认定新月书店1927年春筹备,同年6月成立,对成立经过均未做具体说明。梁实秋生前发表了一系列有关《新月》及其人物的回忆文字(如《忆〈新月〉》《略谈〈新月〉与新诗》《〈新月〉前后》《谈徐志摩》《谈闻一多》等文),内容丰富,对新月书店亦有所论,但也存在记忆有误

时间而言,陈从周在 1949 年自费出版的《徐志摩年谱》中说:"1927 年春与胡适之邵洵美等筹设新月书店于上海"①,这一说法为后来不少著作所沿用。2002 年出版的《海上才子——邵洵美传》还说:"1927 年春","在上海办起了新月书店"②。最新研究者的意见则将时间落实到了具体月份,认为:新月书店组成并开始运转是在 1927 年 5 月③。

这或许也是因为迄今所见,最早有关新月书店的文字记载是 1927 年 6 月 21 日上海《时事新报·青光》发表的署名"小圃"的《新月书店》一文,为即将开业的新月书店"广而告之":

> 胡适之、徐志摩等创办之新月书店,闻已租定法界麦赛尔蒂罗路一五九号为店址,现已付印之新书约十余种,正在整理待印者尚有四十余种之多,店址不广,但布置甚佳,开张之日,传说有要略备茶点之意。而此种茶点,又传说有要作为招待来宾之用之意。

或语焉不详的情况。见陈子善先生《关于新月派的新史料》(见王晓明主编:《二十世纪中国文学史论》(第二卷),上海东方出版中心 1997 年版)则借助新发现的一批有关新月书店成立开张时的珍贵史料,详细说明了新月书店开张创办时的经过,将对新月书店的研究向前推进了一大步。倪平的《新月派的两个支柱:书店、月刊的起讫》(载《中国现代文学研究丛刊》2005 年第 6 期)代表了最新研究者的意见,综合一些相关当事人的回忆性资料等,对新月书店的成立时间、创办人、任职经理、新月书店的结束作了比较明确的考证。

①　陈从周编:《徐志摩年谱》,1949 年作者自费印行,上海书店 1981 年影印版,第 66 页。
②　林淇:《海上才子——邵洵美传》,上海人民出版社 2002 年版,第 35 页。
③　参见倪平:《新月派的两个支柱:书店、月刊的起讫》,《中国现代文学研究丛刊》2005 年第 6 期。作者的根据如下:(1)1992 年上海交通大学出版社版《余上沅研究专集》中的陈衡粹《余上沅小传》中说,余上沅"大革命失败后,到上海与胡适、邵洵美、徐志摩、梁实秋、饶孟侃等筹办新月书店"。"大革命失败后"的时间概念一般是指 1927 年 5 月以后。(2)梁实秋《悼念余上沅》中说:"十六年春,我们先后在北京结婚,旋即相继挈妇南返,比邻而居。不匝月,北伐军至,烽火连天,乃相率搭乘太古轮走避上海,真乃患难之交。北伐胜利,东南大学改为中央大学,上沅、歆海、寅恪与我皆不在予续聘之列。"1927 年 4 月 18 日宣布南京国民政府成立,接着是东南大学改为中央大学,接着是中央大学不再续聘梁、余等人,接着是梁、余等人决定不再回南京去。从这样的日程算来,梁、余参与组成新月书店必在 1927 年 5 月。(3)1927 年 2 月起,随着北伐军北进,上海工人和海宁一带工农被发动了起来。徐志摩老家是富户,受到了侵扰。4 月 1 日他在给一位英国朋友的信中称:"中国全国正在迅速陷入一个可怕的噩梦中,其中所有的只是理性的死灭和兽性的猖狂。""今天是什么人掌权呢? 无知工人,职业恶棍,加上大部分二十岁以下的少男少女。"徐志摩觉得没有合适的环境和合适的心情去办书店,一般应在 5 月间。(4)胡适是 1927 年 5 月 20 日归国到上海的。他是新月书店成立最后拍板的人。(5)新月书店 5 月组成并开始运转后,6 月 29 日、6 月 30 日、7 月 1 日在《申报》上连续刊登《新月书店开张启事》称:"定于七月一日正式开张",因此新月书店的正式成立日应是:1927 年 7 月 1 日。

　　　书店总经理已聘定余上沅先生。余先生者，戏剧专家也，对于人生，有深邃之了解，对于艺术，更有精湛之研究，今总理小店，如烹小鲜，措置裕如。闻沪上各界，纷纷要求认股，而定额早已超出数倍，无法应付云。

　　　诗人闻一多，亦该店要人。诗人工铁笔，近为该店雕刻图章一枚，古色斑斓，殊为别致。

　　该文言简意赅但生动传神地介绍了筹备中的新月书店简况。据陈子善先生考证，此文应是当时任《时事新报·青光》编辑的梁实秋所作：梁实秋自1927年5月1日起至8月9日止主编《青光》，他在《青光》上撰文每天至少一篇，全部署用笔名，最有名的就是"秋郎"。而7月5日、15日《青光》先后刊出杂文《戒烟》和《是热了！》，均署名"王小圃"，两文均收入梁实秋以笔名"秋郎"出版的杂文集《骂人的艺术》，因此"王小圃"是梁实秋的笔名确定无疑，"小圃"也就是"王小圃"的简称。何况梁实秋当时与胡适、徐志摩、余上沅等人过从甚密，已入股新月书店，在自己主编的副刊上为即将开张的新月书店做宣传是自然而然的事情①。

　　1927年7月1日，则是新月书店正式开张的日子。1927年6月29日、30日和7月1日，《申报》连续五天刊登《新月书店开张启事》：

　　　本店设在上海华龙路法国公园附近麦赛尔蒂罗路一五九号，定于七月一号正式开张。略备茶点，欢迎各界参观，尚希贲临赐教为盼。

　　7月2日，新月书店开张次日，梁实秋主编的《时事新报·青光》又及时刊出署名"严家迈"的《新月书店参观记》，详细报道了刚开张的新月书店情形：

　　　胡适之、徐志摩等所办之新月书店，本月一日开张，广告上有"略备茶点，欢迎参观"之句。我的肚子虽不大饿，我的脑袋可真有点饿，所以不惜车资，特地从江湾跑去参观。到了法界之后，几乎迷了路途。幸亏碰见了一位善人君子，指点迷津：原来麦赛尔蒂罗路就在法国公园前面，由霞飞路进华龙路，路口头道直街就是，并且乘电车到吕班路口

①　陈子善：《关于新月派的新史料》，见王晓明主编：《二十世纪中国文学史论》（第二卷），上海东方出版中心1997年版，第211页。

下车,一拐弯便到。

　　远远望见一块蓝地白字的招牌,上书新月书店四字。挂招牌的铁棍上,还有一把涂金的镰刀,大约这就是新月了。

　　进门之后,便有人上前同我招呼。此人好生面善,原来他是新月经理兼编辑余上沅先生,我从前在北京曾听过他一次戏剧讲演。彼此寒暄了几句,我便请他领我参观。

　　楼下是发行所,书桌边坐定两位职员,一男一女,状极诚恳。书桌上我偷偷看,压着的有《浪漫的与古典的》和《翡冷翠的一夜》等等正在校对的稿子。书桌后面墙上,挂着一幅江小鹣的油墨(画?)。对面是书架,上涂黑漆,显出一部一部的新书。书架后面,还有朱孝臧写的一面招牌。后面是厨房,我来不及去参观了。沿梯上楼,后面有亭子间,布置简单,据说是会计处,银钱重地,闲人免进了。

　　楼上正房是编辑室,挂了几幅名人字画。我的确走得太累了,乃就沙发上少坐,谁知刚坐下来,余先生已经点心一盘,捧到我面前来了,一阵饼香,惹得我不由得不伸手拿了一块。

　　挨了一会,楼上的来宾,愈来愈多,我于是一鞠躬退出。临行余先生还送了我一份开幕纪念册。纪念册却非常有趣,封面画着一个女人骑在新月上看书,虽然只是弯弯曲曲的几笔线条,而诗趣横生,听说是诗人闻一多的手笔,那就无怪了①。

　　《新月书店开张启事》和《新月书店参观记》均清楚地显示,新月书店发行所和编辑部最初都设在麦赛尔蒂罗路(今兴安路)159号,余上沅是新月书店首任经理兼编辑部主任。因此,梁实秋所回忆的新月书店最初建在望平街②,陈从周所说的新月书店的首任经理为张禹九(嘉铸)③,显然属于误记。

　　有关新月书店的创办人,说法历来多有不一。如陈从周《徐志摩年谱》中说是徐志摩与"胡适、邵洵美等筹设"④的,陈衡粹《余上沅小传》中说是

①　陈子善:《关于新月派的新史料》,见王晓明主编:《二十世纪中国文学史论》(第二卷),上海东方出版中心1997年版,第211—214页。此文又以《新发现的新月派史料》为题收入陈子善:《文人事》,浙江文艺出版社1998年版。按:以上关于新月书店开张时的史料,均出自该文,特此说明。

②　梁实秋:《〈新月〉前后》,见陈子善:《梁实秋文学回忆录》,岳麓书社1989年版,第124页。

③　陈从周编:《徐志摩年谱》,1949年作者自费印行,上海书店1981年影印版,第66页。

④　陈从周编:《徐志摩年谱》,1949年作者自费印行,上海书店1981年影印版,第66页。

"胡适、邵洵美、徐志摩、梁实秋、饶孟侃等办新月书店"①。《海上才子——邵洵美传》中说是"徐志摩、闻一多、邵洵美、胡适、张嘉铸、饶孟侃、梁实秋、余上沅、潘光旦等""办起了新月书店"②。《上海出版志》中则说是"梁实秋、徐志摩等开设新月书店"③。而1927年6月27日和28日《申报》接连刊登宣告新月书店成立的《新月书店启事》,明确了这一问题。启事全文如下:

> 我们许多朋友,有的写了书没有适当的地方印行,有的搁了笔已经好久了。要鼓励出版事业,我们发起组织新月书店,一方面印书,一方面代售。预备出版的书,都经过严格的审查,贩来代售的书,也经过郑重的考虑。如果因此能在教育和文化上有点贡献,那就是我们的荣幸了。
>
> 创办人　胡　适　宋春舫　张歆海　张禹九　同启
> 　　　　徐志摩　徐新六　吴德生　余上沅

这份启事非常珍贵,首先,它交代了新月书店的开办宗旨——即为朋友们著作的出版提供场所,同时参与现代出版事业的发展,为新文化运动贡献新月人的力量。其次,它提供了新月书店创办人的确切名单。其中至少五人是北京新月社成员,两者的承继关系一目了然,而以胡适领衔更可看出他在书店开创时期的作用。据新月书店职员谢家崧回忆,胡适是新月书店首任董事长,尽管后来他有退出董事会之举。徐志摩则是书店的发起者,又是新月的灵魂人物。这份创办人名单,纠正了从前研究界根据梁实秋的回忆产生的误会,即认为新月书店的创办人还有丁西林、叶公超、潘光旦、刘英士、罗努生、闻一多、饶子离等,实际上这批同人是次年创办《新月》月刊的主力④。

新月书店开办时实行股份制,而关于书店的股本额,当事人的回忆也不尽一致。梁实秋本人的说法就有两种,一为两千元,一为四千元。在《谈徐志摩》中他说,"新月书店的成立,当然是志摩奔走最力。邀集股本

① 陈衡粹:《余上沅小传》,《新文学史料》1983年第1期。
② 林淇:《海上才子——邵洵美传》,上海人民出版社2002年版,第35页。
③ 宋原放、孙颙主编:《上海出版志》,上海社会科学院出版社2000年版,第67页。
④ 陈子善:《关于新月派的新史料》,见王晓明主编:《二十世纪中国文学史论》(第二卷),上海东方出版中心1997年版,第212页。按:陈文中未明确指明是哪五人,据笔者综合所见材料,当为胡适、徐志摩、张歆海、余上沅、张禹九。

不过两千元左右,大股一百元,小股五十元(现任台湾银行董事长张滋闿先生是一百元的大股东之一),在环龙路环龙别墅租下了一幢房屋"。①在《〈新月〉前后》一文中梁的说法与此相似,"大概是胡适之先生的意思,醵资集股要有限制,大股百元,小股五十元,表示民主经营的精神,一共筹到了两千元。我是小股东,只出了五十元。"②但另一处梁实秋又说:"这书店的成本只有四千元,一百元一股,五十元半股,每人最多不能超过两股,固然收了'节制资本'之效,可是大家谁也不愿多负责了。我只认了半股。"③

而据谢家崧(也是书店股东之一)回忆,"新月书店当时原定资金为五千元,以五十股为定额,每股一百元,但成立时并未收足,仅有三十余股",这样也就应是在三千元左右④。目前尚缺乏资料证明何种说法最为确切,但梁、谢二人都提到了一百元为一股,五十元为半股,并且至少可以说明一点,就是作为一个规模不大的同人书店,新月书店的开办经费其实是不算少的。

新月书店实行股份制,因此成立时即有一个董事会,由胡适任董事长,上述创办者8人是否应当就是董事会成员呢? 研究者倪平认为:在8个"创办人"中,胡适自己是百元大股,还拉来妻子江冬秀、儿子胡思杜及友人张慰慈的各百元大股,他一人实际上是四大股。8人中,4个工商界人士当然都是大股东;4个文化人中,余上沉当时经济拮据,可能是 50 元的小股东,但他是第一任经理,是应该在董事会内的。在新月书店的经营中,董事会是否起过决策性的作用,还没看到相关资料⑤。

而据谢家崧的说法,董事会事实上掌大权的是胡适和徐志摩,笔者以为这是可信的。尤其是胡适,即使在他退出董事会之后仍具有相当的左右书店事务的能力。有一例可以说明:1930 年 8 月 29 日,徐志摩给胡适信中专门谈到关于出张寿林书一事:"张寿林屡函催问诗选,新月正苦无书,如可将就,先以《欠愁集》付印如何。又《断肠集》一文,可交本月月刊先印,要亦

---

① 梁实秋:《谈徐志摩》,见陈子善编:《梁实秋文学回忆录》,岳麓书社 1989 年版,第 187 页。
② 梁实秋:《〈新月〉前后》,见陈子善编:《梁实秋文学回忆录》,岳麓书社 1989 年版,第 124 页。
③ 梁实秋:《忆〈新月〉》,见陈子善编:《梁实秋文学回忆录》,岳麓书社 1989 年版,第 113 页。
④ 谢家崧:《我记忆中的新月书店》,上海书店《古旧书讯》1983 年第 1 期。
⑤ 参见倪平:《新月派的两个支柱:书店、月刊的起讫》,《中国现代文学研究丛刊》2005 年第 6 期。

无甚大疵也。如兄同意乞即寄交秋老送排。"①查《新月》月刊目录，并无此文，而《欠愁集》新月书店也未予出版，这大约与胡适对张寿林之文缺乏信任有很大关系，因为胡适1929年5月7日日记中曾评价："志摩送来张寿林编的贺双卿《雪压轩集》，我读了颇怀疑。……志摩过于推崇，张寿林推崇尤然，皆失其平。"②

除董事会外，新月书店还有一个类似编辑委员会形式的组织，经常讨论有关编辑上的事务。这个组织设在环龙路（今南昌路）的花园别墅，后来又搬到福煦路（今延安中路）673号徐志摩的家，有时也在极司菲尔路（今乌鲁木齐路）49号胡适家中③。

开业之后，新月书店的编辑部和发行所几经变动。起初，新月书店的发行所和编辑部均设在麦赛尔蒂罗路（今兴安路）159号，在当时它还有另外一个通讯地址："上海法租界华龙路"（在《现代评论》上做广告就是这个地址），说明是在法国公园旁，这两者实际是一个地方。麦赛尔蒂罗路（今兴安路）159号，笔者曾专门去实地参观过，经访问现居住者，上下两层面积大约在七八十个平方米。后来由于业务扩大，原有发行所不敷使用，于1927

---

①　徐志摩：《致胡适》（1930年8月29日），见虞坤林编：《志摩的信》，学林出版社2004年版，第285—286页。按：最终迟至1931年，新月书店才出版了张寿林编校的《清照词》一书。徐志摩去世后，张寿林曾撰文《追怀志摩》，回忆了该书的出版情况："当一九二九年冬天，你从欧洲回到北京，那时我正在燕大（张在燕大教书——引者注），你写信约我到东城你的一个友人家里去会你。……后来我们又谈到中国古代的诗词，我说中国的诗词集很少精本，使我们得不到一点新的兴趣，新的了解。你说我们为什么不动手来弄，当时我们便十分高兴的决定由新月出一种诗词丛书。不久，你回到上海，来信说：'诗词丛书决定办，由我与胡先生主编，另已约闻一多、陆侃如、顾颉刚、傅孟真诸先生或可造出一番兴味也。'同时你又寄来一张大致如我们所商量的编纂办法说："我们想编纂一部中国韵文名著选本的丛书，每册选一个作家的诗或词，或文学史上一个时期的诗或词，用现代眼光来选择，用新格式来写录，精校精印，廉价发行。我们希望借此可以使国人对于古今韵文生一点新兴趣，得一点新了解。我们拟具几条编纂的办法，请各位朋友指教并帮助。一，每册约有一百首诗或词。二，诗词都分段分行，并加标点。三，遇必要时，酌加注释。四，每册有引论一篇，略述作者生平，他的作风，及编者选择的意旨。引论约以三千字到六千字度。五，每部酌送编辑费五十至八十元，版权归新月书店。后来虽然因为种种的缘故，而且各人忙着各人的生活，这个计划没有完成，只出了我的一种《清照词》，却终于是文学界一种应做的工作。但是，志摩！现在除了胡适之先生以外，有谁配继续这个计划。"作于1931年12月6日，原载1931年12月14日《晨报·学园》，见张放、陈红编：《朋友心中的徐志摩》，百花文艺出版社1992年版，第213—214页。
②　胡适：《胡适日记》（1929年5月7日），见曹伯言整理：《胡适日记全编》（5），安徽教育出版社2001年版，第413—414页。
③　谢家崧：《我记忆中的新月书店》，上海书店《古旧书讯》1983年第1期。

年 12 月移至望平街(今山东路)161 号,12 月 22 日正式开张①,但编辑部仍在原址。1930 年 2 月 17 日,发行所又迁至四马路(今福州路)中市 95 号(今 272 号)②。至 1931 年 5 月 1 日,编辑部又迁至九江路四川路转角之中央大厦二楼 15 号③,此处与发行《论语》的中国美术刊行社社址同在一处,而《论语》初创时期在《新月》月刊上大做广告,个中原由大半因为此时新月书店由邵洵美负责接管,《论语》是由邵洵美出资、林语堂主编的,以《新月》为自己的新刊物做宣传乃顺理成章之事。

二、新月书店经理的更替

前文已提及,徐志摩、胡适等人虽为书店股东,但实际新月书店的管理一直是委托他人任职的。据笔者目前所见有限资料,可确认的,新月书店至少有五任经理:余上沅、潘孟翘、张禹九、萧克木、邵洵美。另外,在邵洵美 1931 年接手新月书店时,曾委托林微音代为坐班,主持实际工作。

余上沅是新月书店的首任经理兼编辑(又称编辑部主任)。据谢家崧回忆,新月书店开办时总共只有四个工作人员,余上沅是有固定工资的经理,另三位是余上沅的妻子陈衡粹④任会计、出版兼校对蒋家佐和负责发行的谢家崧本人,均为义务⑤。余上沅夫妇任职新月书店,主要原因之一乃当时他们新婚从南京避乱来上海,正无处居住,恰胡适、徐志摩请他们代为经营书店并物色一幢小小的房屋,楼下作为办事处,楼上供他们居住。而且陈衡粹人也精明强干,善于理财,可以说新月书店前期的发展,全靠余氏夫妇的擘划经营。胡适后来就说过,"新月书店是他们夫妇创办起来的"这样的话。不过余上沅的志业在戏剧,出任书店经理,显然首先是出于生计之故,

---

①　见 1927 年 12 月 21 日、22 日《申报》载《新月书店迁移开张举行廉价启事》:"本版书八折,外版书九折。十二月廿二日起,阳历一月底截止。发行所:上海望平街(四马路北)"。

②　见 1930 年 2 月 19 日《申报》广告:"新月书店迁移四马路中市(望平街口向东)廉价办法:门市本版书八折,外版书九折,外版函购加邮费一成,多还少补。外埠同业现款批发,六五折加邮费。日期:二月十七日起,三月十六日止。加赠既精美又简便的日历表。"

③　见 1931 年 5 月《新月》第 3 卷第 7 期载"新月书店编辑部迁移启事"。

④　陈衡粹(1901—2002),系余上沅之妻、陈衡哲之妹,北京女师大中文系(后转入女大)毕业,1926 年底与余上沅在南京结婚。据贾植芳先生介绍,陈氏人很精明强干,新中国成立后任上海复兴中学教师,在 20 世纪 50 年代与其曾为邻居,晚年常到贾家串门,2002 年去世,享年 101 岁。胡适对其评价甚高:"上沅夫人陈衡粹今天三十岁生日,我与冬秀都去他们家里玩。衡粹字丁妩,有干才,新月书店是他们夫妇创办起来的。"见胡适:《胡适日记》(1931 年 1 月 2 日),引自曹伯言整理:《胡适日记全编》(6),安徽教育出版社 2001 年版,第 4 页。

⑤　谢家崧:《我记忆中的新月书店》,上海书店《古旧书讯》1983 年第 1 期。

所以在《新月》月刊第 1 卷第 7 期有《余上沅启事一则》：

> 启者上沅现已辞去新月书店经理及编辑主任，嗣后一切事务，请迳向各负责人接洽为盼此启。十七年九月七日。

自 1927 年 7 月 1 日到 1928 年 9 月 7 日，余上沅任新月书店经理共计一年两个月。余上沅辞职的原因，乃是因为其时他虽任新月书店经理，同时在暨南大学、光华大学等校兼课，在此期间还出版了《上沅剧本集》《戏剧论集》。但因学校欠薪，生活困难，遂于 1929 年到北京中华教育文化基金会任秘书（他的连襟，也就是陈衡粹的姐姐陈衡哲的丈夫任鸿隽任该基金会董事长），并在北京大学等校兼任教授①。

继余上沅之后，关于新月书店经理一职的说法有很多种。据梁实秋回忆："说到新月书店，也是很有趣的。我们一伙人如何会经营商店？起初是余上沅负责，由他约请了一位谢先生主持店务，谢先生是书业内行，他包办一切，后来上沅离沪，仍然实际上由谢先生主管，名义上由张禹九当经理，只是遥领，盖盖图章而已，书店设在闹区之望平街，独开间，进去是黑黝黝的一间屋子，可是生意不恶。……到了民国十九年，新月的一伙人差不多都离开上海了。……书店在潘光旦的长兄潘孟翘先生勉强支撑中也不见起色。"②梁实秋的说法是张禹九继余上沅后任新月书店经理，最后则系潘光旦之兄潘孟翘收尾。谢家崧则说，余上沅之后是潘孟翘（原为上海某钱庄的一名职员），潘后才是张禹九③。《福州路文化街》一书中关于新月书店条，则说新月书店"经理兼总编辑余上沅，后由潘孟翘、张禹九继任经理"④。台湾学者秦贤次编定的《刘英士年表》称余上沅辞职后，"由张嘉铸接书店经理，梁实秋接书店编辑主任"。⑤

研究者倪平根据谢家崧在《新月社始末我见》中所说"近年来有些文艺研究史料说新月书店的第一任经理是张禹九（嘉铸），是错误的。笔者是新月书店股东和创业人员之一，对这一事实自应予以纠正。张禹九也曾担任过新月书店的经理，但时间是 1931 年，在潘孟翘（潘光旦之兄）后，那时新月书店发行所已从望平街迁到福州路了"指出，谢家崧就是梁实秋文中所

① 陈衡粹：《余上沅小传》，《新文学史料》1983 年第 1 期。
② 梁实秋：《忆〈新月〉》，见陈子善编：《梁实秋文学回忆录》，岳麓书社 1989 年版，第 113 页。
③ 谢家崧：《我记忆中的新月书店》，上海书店《古旧书讯》1983 年第 1 期。
④ 胡远杰主编：《福州路文化街》，文汇出版社 2001 年版，第 195 页。
⑤ 秦贤次编：《刘英士先生纪念文集》，台北兰亭书店 1987 年版，第 370 页。

说的"实际上由谢先生主管"的谢先生,并且认为谢的回忆是对的。潘孟翘接余上沅任经理是在1928年至1930年间,潘之后是张禹九,任职在1930年至1931年间,而最后结束新月书店的人是邵洵美,他大约在1931年4、5月间在张禹九之后任经理。

　　笔者认为,倪平的推断基本是合理的,但需要补充的是,在上述几人之外,还有一位负责新月书店经理事务的萧克木,不应当遗漏。查1931年前后的胡适日记及罗隆基、徐志摩与胡适通信,有不少关于萧克木任职新月书店经理的信息。1930年7月25日《胡适日记》载:"新月书店开董事会。店事现托给萧克木与谢汝明两人,而他们两人便不能相容,谢攻萧最力,甚至捏造股东清查委员会名义,遍发信给往来户头,要搜求证据来毁萧。两个人便不能合作,此真是中国人之劣根性!"①胡适此语,颇让人想起他曾发过的"中国人只配开豆腐店,却让他来开大公司"的感慨(详见本章第三节)。萧克木任职期间书店经营状况如何呢?有两条小线索,似可见到萧克木的管理不善,或者说经营不力,这与谢家崧介绍"萧克木是一个学生出身的青年人"而不是精于书店经营者的说法大致相近。1931年1月,萧克木曾离沪赴北平与胡适谈新月书店事宜②,由于未能安排妥当店中事务,导致《新月》月刊出版延期。1931年3月27日,罗隆基在给胡适信中就此事解释说:"《在上海》一文收到了,《新月》七期可以登出。萧先生北平一行,五、六期合刊竟又延期。校对稿放在书店中,编辑部和印刷局不接头,店中人又不问,所以无形中又延迟了,恨事。"③4月22日罗隆基再次致信胡适:"《新月》五、六号质量都差,负责人自己亦十分不满意。五、六期本非合刊。二月初将五期稿交萧先生,后来萧先生离沪,校对稿压在书店,到三月初才发现。时间来不及,没法,临时加三万字稿,改成合刊。这是书店改组中意外的事端,以后想不至再有此项事发生。"④罗隆基信中所言"书店改组中",指的是邵洵美加入新月书店。另一条线索则是邵洵美接手新月书店后,1931年7月5日给胡适信中谈新月书店经营事时说:"六月底结账,萧克木经理期内,外版书籍代售竟会亏本!依道理讲,应当挣几千块钱呢。现在另

---

① 胡适:《胡适日记》(1930年7月25日),见曹伯言整理:《胡适日记全编》(5),安徽教育出版社2001年版,第738页。

② 胡适:《胡适日记》(1931年1月21日):"萧克木来谈《新月》事",见曹伯言整理:《胡适日记全编》(6),安徽教育出版社2001年版,第37页。

③ 《罗隆基致胡适》(1931年3月27日),见社科院近代史研究所编:《胡适来往书信选》中册,中华书局1979年版,第54—55页。

④ 《罗隆基致胡适》(1931年4月22日),见社科院近代史研究所编:《胡适来往书信选》中册,中华书局1979年版,第61页。

函上沆,讨论办法,在这里附带说一句。"①而徐志摩1931年8月25日给胡适的信中直接道明:"新月的希望全看这一年的光景。萧克木任内确有不少疮孔,我们对他那一番信任至少是枉费的。用人真是不易。"②邵洵美、徐志摩都明确称萧克木任职"经理",而且是在邵洵美入掌之前。这样,在新月书店的经理一职上,除了前面提到的余、潘、张、邵之外,还应加上萧克木,应当是没有问题的。但这里的疑问是,他的任职时间与张禹九似乎是重叠的,可能的解释也许是张禹九是名义上的,而萧则是负责实际工作的吧,此处笔者暂且存疑。另外需要说明的是,梁实秋曾说他"曾于一个时期主编过《新月》,也曾有一段时间兼任书店的经理"③。而从现有材料来看,梁实秋主编过《新月》,但并没有担任过新月书店经理,这大约是他回忆之误。

新月书店的最后一任经理邵洵美的加入,至少是从以下几个方面为新月书店注入了新的动力:一为资金,二为印刷,三为经营头脑,四为社会关系。

作为新月书店的股东,林淇著《海上才子——邵洵美传》说在书店开办之初,邵洵美只是个清水股东,并不参与书店的实际工作。④ 这应当是可信的。邵洵美的第一本书《天堂与五月》,与光华书局老板沈松泉几经洽谈才被接受,于是为了自己出书痛快,1928年3月10日邵洵美自己创办了一个小书店金屋书店(1931年初关门),同年7月1日与滕固、章克标联手第三次复刊《狮吼》半月刊(同年12月16日出版第12期宣告终期),次年1月又独立创办《金屋》月刊(1930年9月停刊,共出12期)。由此可见,此一时期邵洵美忙于经营自己的书店刊物,出版自己的书籍,不太可能对新月书店有什么实际介入。⑤

关于邵洵美具体加入经营新月书店的时间,邵洵美的元配夫人盛佩玉说,张禹九来请邵加入新月书店时在1929年⑥,并不准确。倪平认为是在1931年4、5月间邵洵美任新月书店经理,笔者以为,更确切地说大致应在

---

① 《邵洵美致胡适》(1931年7月5日),见社科院近代史研究所编:《胡适来往书信选》中册,中华书局1979年版,第74页。

② 徐志摩:《致胡适》(1931年8月25日),见虞坤林编:《志摩的信》,学林出版社2004年版,第299页。

③ 梁实秋:《岂有文章惊海内——答丘彦明女士问》,见陈子善编:《梁实秋文学回忆录》,岳麓书社1989年版,第80页。

④ 林淇:《海上才子——邵洵美传》,上海人民出版社2002年版,第40页。

⑤ 有关邵洵美的出版活动,可参见王京芳:《邵洵美:出版界的堂吉诃德》,广东教育出版社2012年版。

⑥ 盛佩玉著,邵阳、吴立岚校注:《盛氏家族·邵洵美与我》,人民文学出版社2004年版,第107页。

1931年4月底5月初。罗隆基在1931年5月20日致胡适信中说:"新月书店事,我倒不十分悲观。前几月都不得在改组期中,一月来改组才有点眉目。《现代文化丛书》答应撰稿者有三十五人,多半在暑期中或暑期后可交稿。即令出书三十五本,较三年来出五十本,自系进步。希望北方的股东,给上海的几个人一个试验的时期。就以《现代文化丛书》计划说,亦不是一、二个月的工夫能够发生实效的。营业方面,洵美说今后时有报告北来。洵美接任不过一月,店中秩序比从前的确好一点,最少,办事上手续清楚些。……只要有书出来,我相信,新月书店的营业较从前容易发展一点,希望北方的先生们忍耐着以观后效。"①信中说,"洵美接任不过一月",说明邵洵美大约在4月20日左右接手,而1931年5月17日,徐志摩给郭子雄信中也说道:"新月书店颇见竭蹶,新由洵美加入,更图再起。"②据此两条信息基本可以判定,邵洵美是在1931年4月下旬至5月上旬间接手新月书店的。

至于邵洵美加入新月书店,《盛氏家族·邵洵美与我》与《海上才子——邵洵美传》均说是出于张禹九的请求,但在笔者看来,胡适、徐志摩等与邵洵美关系交好③,即使是张禹九的请求,他大约也是作为代表向邵洵美表示书店股东的意向,尤其是胡适、徐志摩的态度,是谁出面倒在其次。曾长期在邵洵美手下工作的章克标就回忆说:"志摩说服洵美协助一同办好新月书店,要洵美在经济上想办法,洵美情面难却,答允就新月书店经理之职。洵美可说是为了志摩的缘故而加入新月书店的。"④

邵洵美(1906—1968,原名邵云龙)是留学英国时结识徐志摩的。1925年春间,邵洵美去巴黎游学,经朋友严庄介绍,偶遇第二次赴欧的徐志摩。那次会面很短,两人却一见如故,兄弟相称:他们都酷爱文学,都在剑桥大学念过书,长相也都俊美秀逸,只是洵美的脸好像比志摩长一点。比徐志摩小

---

①　《罗隆基致胡适》(1931年5月20日),见社科院近代史研究所编:《胡适来往书信选》中册,中华书局1979年版,第68—69页。

②　徐志摩:《致郭子雄》(1931年5月17日),见虞坤林编:《志摩的信》,学林出版社2004年版,第344页。

③　胡适曾受邵洵美之助得到《红楼梦》珍本,详见本章第二节;邵洵美携妻盛佩玉访徐志摩,徐志摩直呼盛氏只有家人才知的名字"茶姐",可见徐、邵二人的交情非同一般。见林淇:《海上才子——邵洵美传》,上海人民出版社2002年版,第27—28页。另:邵洵美发妻盛佩玉也提供了徐、邵交往的相关回忆:如徐志摩回家乡办事曾请邵洵美为其在光华大学代课一两个月,为此邵还成了徐讦、徐迟和赵家璧的老师;1929年3月泰戈尔再度来华时,邵洵美携妻同去徐志摩家拜访等等。见盛佩玉著,邵阳、吴立岚校注:《盛氏家族·邵洵美与我》,人民文学出版社2004年版,第107—111页。

④　陈福康、蒋山青编:《章克标文集》(下),上海社会科学院出版社2003年版,第148页。

近十岁的邵洵美此后深受徐志摩影响,走上了弃经从文之路①。邵洵美家世显赫,是上海滩有名的富家子。其祖父邵友濂曾任台湾巡抚等职,胡适的父亲胡铁花就曾为其台湾任上的幕僚,论辈分邵洵美要比胡适低一辈,不过他们交往中并不以此论。胡适生于1891年,比邵洵美大15岁。而邵洵美1926年与之结婚的妻子盛佩玉则是其表姐、清代邮传部大臣盛宣怀的孙女。

1923年,邵洵美毕业于上海南洋路矿学校(上海交通大学前身,盛宣怀创办),大约1924年9月赴英留学,在剑桥大学习西方文学,尤嗜古希腊女诗人萨福及其后的史文朋等唯美诗人,并入法国画院习画,与友人谢寿康、徐悲鸿、张道藩等人在巴黎组织天狗会,常在"别离"咖啡馆聚谈。1926年5、6月间回国,在上海写诗、做出版等文化工作。1928年春自办金屋书店,1929年1月出版《金屋》月刊,自任经理和主编。1931年金屋书店停办后,创办时代图书公司,相继出版《时代》画报、《时代漫画》《时代文学》和《论语》等刊物,提倡幽默闲适的小品文。② 对出版界他比较熟悉,接手新月书店,无疑是合适人选。

作为《新月》的作者,邵洵美的名字最早出现在第3卷第8期(该期未印出版年月,但大致在1931年6月间编印),发表翻译A. Maurois的《谈自传》一文,其后则以"浩文"笔名在《新月》的"书报春秋"一栏发表两篇书评:《逃走了的雄鸡》(第3卷第10期,介绍D.H.Lawrence的新著)、《孔雀东南飞及其他》(第3卷第12期,评商务印书馆出版袁昌英新著)。

三、新月书店的危机与中兴

开书店毕竟与办副刊、办杂志是两码事。新月书店初期的运作并不是特别理想。尤其是《新月》月刊创刊后,文祸不断,这也使得书店的经营摇摇欲坠。

---

① 邵洵美:《儒林新史》,上海书店出版社2008年版,第96页。邵洵美在这篇作于1937年的文中回忆了与徐志摩的结识经过,称虽然与徐当时"只交了一个多钟头的朋友,这一个钟头里又几乎是他一个人在讲话;可是他一走,我在巴黎的任务好像完了。……原来我已经看到我所要看到的东西了"——点出了其受徐志摩影响,终生从事文学事业的起始。林淇著《海上才子——邵洵美传》(上海人民出版社2002年版,第27页)中称,邵洵美大约经徐志摩的前妻张幼仪之兄弟张嘉璈(公权)、张嘉铸(禹九)之介绍认识徐志摩,当属有误。

② 邵洵美的出版活动持续至20世纪50年代初:1933年与章克标编辑出版文艺旬刊《十日谈》,1934年创办综合性周刊《人言》。抗日战争爆发后编辑出版《自由谭》和《大英晚报》等报刊,宣传抗日。抗战胜利后,在上海重建时代印刷厂和时代书局,并复刊《论语》半月刊。可参见王京芳:《邵洵美:出版界的堂吉诃德》,广东教育出版社2012年版。

1929 年 8 月，徐志摩致信时旅巴黎的友人刘海粟："我们新月同人也算奋斗了一下，但压迫已快上身，如果有封门一类事发生，我很希望海外的同志来仗义执言。"①徐志摩指的是新月同人在《新月》上展开对国民党当局的猛烈抨击，而使书店及月刊面临当局查禁的不妙处境。到 1930 年左右，新月书店就实实在在面临了无书可出的局面。据不完全统计，这一年大约只出了六七本书的样子，是年 8 月 29 日，徐志摩禁不住写信给胡适诉说"新月正苦无书"的困境②。作为书店的主营刊物，《新月》月刊也出现了问题。一方面由于组织不力，出现频繁脱期的现象，第 3 卷第 2 期出版时间为 1930 年 4 月 10 日，但自第 3 期后就不再标明出版时间（第 4 卷第 2 期至终刊虽又标明出版日期，但与实际发刊时间常不一致）；另一方面，斯时的《新月》由于从文艺到谈政治的转向，而面临着同人不能积极供稿的危机，故罗隆基 1930 年 5 月 20 给徐志摩信中说："《新月》事闻胡先生不太乐观……"③

1930 年的年中，胡适的日记里也频频记录下了有关新月书店的一系列问题。7 月 25 日："新月书店开董事会，店事现托给萧克木与谢汝明两人。" 7 月 27 日："新月书店股东会，到者五十四权。我主席。" 8 月 21 日："《新月》董事会在我家集会，举潘光旦为主席。"④股东频繁集会，似乎亦昭示着书店此时遭遇低谷，同人股东试图寻求出路自救。

实际上，"新月"的灵魂——徐志摩早在本年初就有过中兴新月社的企图，在 2 月 1 日给好友郭有守的一封信中，他满怀希望地说："我本在想重兴新月社。宋春舫已慨捐五分佳地，只经筹得款项，即可动工，房子造起了。叫它 Pen 也好，新月也好，都不成问题。……你有甚法力可以弄多少钱。我意思不造则已，造则定得有一间大些的屋子，可以容一二百人；作为演戏一类用，开书展也得。……大约至少得有一万金乃可商量。适之先生，是只能凑现成，要他奔走是不成的。我盼望你和次彭快来谈谈。"⑤可惜房子后来

---

① 徐志摩：《致刘海粟》（1929 年 8 月），见虞坤林编：《志摩的信》，学林出版社 2004 年版，第 156 页。

② 徐志摩：《致胡适》（1930 年 8 月 29 日），见虞坤林编：《志摩的信》，学林出版社 2004 年版，第 285 页。

③ 《罗隆基致徐志摩》（1930 年 5 月 20 日），见社科院近代史研究所编：《胡适来往书信选》中册，中华书局 1979 年版，第 70 页。

④ 以上各条见胡适：《胡适日记》，见曹伯言整理：《胡适日记全编》（5），安徽教育出版社 2001 年版，第 738、739、764 页。

⑤ 徐志摩：《致郭有守》（1930 年 2 月 1 日），见虞坤林编：《志摩的信》，学林出版社 2004 年版，第 345 页。

大概也就停留在这美好的愿望里了,而徐志摩——永远那么理想化充满热忱,实在让人唏嘘不已。难怪叶公超会怀念说:"没有了他,新月也就失去了灵魂;'新月'原本固定每次两桌的饭局,在他死后也就没有了。"①

或许很大程度上是因为委托经营新月书店的主管人都不是精于书店业务者且所出书籍并不很热门,新月书店一度趋于消沉,直到1931年才又看到一丝曙光,是年8月,徐志摩明确表示了"新月的希望全看这一年的光景"的兴奋与期待②。8月19日,徐志摩致信已任北京大学文学院院长的胡适,"昨夜在中社为《新月》扩充股份,开会成绩极佳。现决定另招三万(股不足,以透支足之),分十五组经招,每组任二千。李孤航颇热心,自任一份外,还任招二组数目。马君武将去香港,至少招二千,多致二万二(那就扩成五万了)。此外,任坚、品琴(陆品琴)、老罗、春舫、洵美、'光旦和我'、陈光甫、'老八公权'、新六、季高,各任一组。北方责成你和公超负责一组,我想源宁等当然得招致入伙。计划不久印得,大致拟岁出书至少五十种,此外办《新月》及书报流通社。期限为三月十五日。这消息想你一定乐于听到。我们这份基础决不能放弃,大家放出精神来做吧。"同一封信中,徐志摩还告知胡适,"新月不日开股东会,书稿陆续已收下不少,有钱即可大批付印。新股招得虽有,但现金流通终感不便,因此我们向公权商量,在中国银行做壹万元透支……有了钱,九月即有十几部书可出……"③9月3日,他再次致信胡适:"新月透支已做好,此一年当可出一批书。兴衰存亡在此一举。公权特别帮忙,可感。利息只取八厘,以视新六之谨慎,真不可同日而语。"④

张公权是徐志摩前妻张幼仪的胞兄,中国银行的总经理,新月书店有了他的慷慨之举,有了邵洵美的仗义接手,再次勃发了生命力。

1931年2月9日,徐志摩在给好友画家刘海粟的一封信里,以十分欣赏的口吻介绍了邵洵美:"洵美已收金屋,现办图书时报,兼治印刷,将来规

①　叶公超:《新月旧拾——忆徐志摩二三事》,原载台湾《联合报·副刊》1981年11月19日,见《新月怀旧:叶公超文艺杂谈》,学林出版社1997年版,第176—177页。

②　徐志摩:《致胡适》(1931年8月25日),见虞坤林编:《志摩的信》,学林出版社2004年版,第299页。

③　徐志摩:《致胡适》(1931年8月19日),见虞坤林编:《志摩的信》,学林出版社2004年版,第298页。

④　徐志摩:《致胡适》(1931年9月3日),见虞坤林编:《志摩的信》,学林出版社2004年版,第302页。

模不小。此公活动有为,可爱得紧。"①徐氏此种表述,一方面可推断在新月书店初期,邵洵美并未真正参与新月书店的经营活动,另一方面表示出对邵洵美活动能力的认同,而这正是处于危急关头的新月书店尤其需要的力量。因此,当新月书店为扭转不景气、亏本的局面而招纳新股,恳请邵洵美援手救溺时,邵洵美听说新月友人遭此困境,尽管自己已为办《时代》画报花去巨款购买新式印刷机,仍慨允解囊取出一大笔钱,把新月接了下来②。1931年4月底5月初,邵洵美正式担任了新月书店的经理,不过由于邵业务繁忙,实际事务则叫林微音代理,也称之为经理(按:林微音1931年由新月书店出版短篇小说集《舞》)。谢家崧在《新月社始末我见》中说:林微音"1932年虽曾由邵洵美的介绍在新月书店任过几个月的经理,但他不是新月社的成员"③。章克标在《世纪挥手》中说:"1931年4月,邵洵美受任了新月书店经理的职位,这是事实,虽然实际上是他委托了林微音去做实际工作,代他到书店坐班的"④。盛佩玉则说:"接办了新月书店,洵美叫林微音去做经理,但他工作能力不强,不大称职"⑤。值得一提的是,由于林微音代邵洵美在新月书店工作,常与新月派人士打交道,结果使得有人将他与新月女诗人林徽音混为一谈,徐志摩在《诗刊》第3期的"叙言"中特地解释了此事,说"本刊的作者林徽音,是一位女士,《声色》与以前的《绿》的作者林微音,是一位男士(现在广州新月分店主任)。他们二位的名字是太容易相混了,常常有人错认,排印上亦常有错误,例如上期林徽音即被误刊如'林薇音',所以特为声明,免得彼此的掠美或冒牌的嫌疑"。这大概是后来林徽音改名为"林徽因"很重要的一个原因。

　　1932年9月《新月》月刊第4卷第2期上,出现了印有发行人"邵浩文"、印刷"时代铅印部"字样,编辑者为叶公超。从11月第4卷第4期至最后的第7期(1932年11月—1933年6月1日),邵洵美担任七名编辑者之一(叶公超、胡适、梁实秋、余上沅、潘光旦、邵洵美、罗隆基),发行人出版者均为邵浩文,印刷则为"时代印刷厂"。时代印刷厂系邵洵美创办,前身为上海时代印刷公司(1932年9月1日正式开张),它是中国较早使用世界

---

①　徐志摩:《致刘海粟》(1931年2月9日),见虞坤林编:《志摩的信》,学林出版社2004年版,第159页。

②　林淇:《海上才子——邵洵美传》,上海人民出版社2002年版,第88页。

③　转引自倪平:《新月派的两个支柱:书店、月刊的起讫》,《中国现代文学研究丛刊》2005年第6期。

④　陈福康、蒋山青编:《章克标文集》(下),上海社会科学院出版社2003年版,第148页。

⑤　盛佩玉著,邵阳、吴立岚校注:《盛氏家族·邵洵美与我》,人民文学出版社2004年版,第125页。

最新式影写版印刷机的印刷机构①。这一先进印刷力量的诞生是不可忽视的，谁都知道，现代文学的写作与传播乃直接产生并依赖于机器印刷时代的技术革命，印刷技术直接决定了刊物书籍的出版时间、数量、印刷质量、装帧设计等。没有印刷可以说谈不上出书出杂志，当年上海滩就曾出现过因印刷能力跟不上，出版商们只好望商机兴叹，坐视盈利机会从身边溜走的憾事②。可以说，邵洵美的印刷公司，对后期《新月》月刊得以继续出版和发行至终期(1933年6月)、新月书店继续出书，均系强大的动力支持。

　　这一时期，作为书店的主要业务，新月书店一方面继续出版《新月》月刊，同时出版了一批新书。

　　当时左翼杂志《文艺新闻》第3号(1931年3月30日)"出版界之一周"专门有一则介绍"新月书店之新计划"的消息："新月书店，最近正在出版三种大规模的书籍：(A)现代文化丛书：包含现代各种学问；(B)名著百种：由梁实秋担负全责；(C)编译学校课本"。③

　　《现代文化丛书》，从前引罗隆基书信可知，当是新月书店企图振兴的一个大手笔。为此他们还委任胡适、徐志摩、罗隆基、潘光旦、丁西林等为主编，分政治经济、社会研究、教育哲学、自然科学、文学艺术等五大类。计划出五十种，撰稿人除上述主编人外，还有张东荪、翁文灏、沈有乾、叶公超、吴景超、瞿菊农、毕树棠等人，多为当时各大学教授或学者④。可惜因沪战爆发书稿被焚，并未能出齐，《新月》月刊书目预告计有十五种，最终大约只出了七种(按：据国家图书馆藏)。"名著百种"的动议则似乎早在1928年就有⑤，到1930年8月胡适去青岛时再次与同人言及此事："实秋、一多、太侔来。我请他们拟一个欧洲名著一百种的目，略用'哈佛丛书'为标准。"⑥编译学校课本笔者未见具体事实，虽则罗隆基亦提到过"我们正预备暑期中

---

①　林淇：《海上才子——邵洵美传》，上海人民出版社2002年版，第98页。

②　参见张静庐：《在出版界二十年》，上海书店1984年版，第126—128页。

③　《文艺新闻》1931年第3号。

④　谢家崧：《我记忆中的新月书店》，上海书店《古旧书讯》1983年第1期。

⑤　1928年4月25日《胡适日记》载："昨晚与志摩及余上沅谈翻译西洋文学名著，成一大规模的'世界文学丛书'。此事其实不难，只要有恒心，十年可得一二百种名著，岂不远胜于许多浅薄无聊的'创作'？"这当是新月书店后来所出的"英文名著百种丛书"的最初动议，但目前笔者所见只出了五种。见曹伯言整理：《胡适日记全编》(5)，安徽教育出版社2001年版，第61页。

⑥　胡适：《胡适日记》(1930年8月13日)，见曹伯言整理：《胡适日记全编》(5)，安徽教育出版社2001年版，第757页。

出书十种,赶九月初各学校开学的生意"①,后来新月书店倒是出版过一些
教育类书籍,如《大学教育论丛》(董任坚著)、《小学教育问题》(杜佐周著)
以及余楠秋的《学生问题》等等,均在1932年出版。

据笔者不完全统计,新月书店六年多时间共出版书籍近百种,而1931
年至1933年间就出书四十余册,占总数目一半左右,还不包括重版书籍,这
似乎也可部分说明书店出版能力在此期间出现了一度中兴,而瞿光熙先生
认为新月书店"刚开始还出了一些书,到一九三一年就已衰退下去了"②似
乎不确。尤其值得提出的是,新月书店所出诗集中,除徐志摩的《翡冷翠的
一夜》《志摩的诗》,闻一多的《死水》系1927年、1928年出版(1931年后亦
有多次重版,《志摩的诗》达至六版),其余均系1931年后出版(包括徐志摩
的《猛虎集》和《云游》、陈梦家的《梦家诗集》、曹葆华的《落日颂》和《灵
焰》、李惟建《祈祷》、陈梦家编《新月诗选》)。

邵洵美加入新月书店后,另外一项重大的活动则是响应徐志摩出版了
《诗刊》季刊(共四期)(详见第五章),在徐去世后更倾情支持,出版了《诗
刊》第四期"志摩纪念号"(1932年7月30日出版),其中有他本人写出的
《天上掉下一颗星》一诗悼念徐志摩;邵洵美并嘱陈梦家将徐志摩遗诗编辑
为诗集《云游》出版(1932年10月新月书店初版),请陆小曼作序,陆小曼
在序里写道:"洵美叫我写志摩《云游》的序,云游,可不是,他真的云游去
了,这一本怕是他最后的诗集了"。

从以上的简略描述不难看出,邵洵美主管新月书店时期的一系列出版
活动:他与徐志摩的联手使书店出版倾向于两人都十分热爱的诗歌,这或许
也是由于"他们之间的交情,更重要的应是对新诗的看法有共同之点"之
故③;从作者上看,不但出版了徐志摩自己的诗集,还出版有年轻诗人如陈
梦家、曹葆华、李惟建等人的诗集;再加上《诗刊》的出版,《新月诗选》诗友
们的整齐亮相,终使"新月诗派"以成熟而自立的形象展示于文坛,从而在
中国新诗史的长河之中占据了不容忽视的一席之地。历史是无法假设的,
但我们还是忍不住天真地想象,如果没有徐志摩、邵洵美二人这样的鼎力合
作,新月诗人是否会有这样的机会呢?

---

① 《罗隆基致胡适》(1931年7月6日),见社科院近代史研究所编:《胡适来往书信选》中册,
　　中华书局1979年版,第75页。

② 瞿光熙:《新月社·新月派·新月书店》,见瞿光熙:《中国现代文学史札记》,上海文艺出
　　版社1984年版,第272页。

③ 陈福康、蒋山青编:《章克标文集》(下),上海社会科学院出版社2003年版,第325页。

在新月群体中,邵洵美是"对出版业也的确是有兴趣的"①,而且具有相当的经营头脑之人。这从他上任伊始就从书店的版税收入、代售收入等方面着手改变经营办法可见一斑。1931年7月5日,邵洵美在给胡适的信中说:"董事会决议一切旧有版税暂行欠宕,所以第二次的四百元便只能作为《白话文学史》中卷版税预支,不知你的意思以为怎样?要是赞同的,那么,请你在赶《现代文化总论》外,再将《白话文学史》中卷亦赶了出来。一举两得,岂不很好。"而为《白话文学史》上卷重版事,邵洵美从营业上着想,有三个提议,一是将上卷分作两册;二是以三十二开纸印;三是每册售洋九角或八角五分,"这样一来,书店成本可降低,而卖价又可稍涨,何乐不为!"②而1934年2月9日的胡适日记从反面说明了邵洵美作为商人的精明:"到现代书局看洪雪帆,谈《独立》(按:指《独立评论》)代派事。……《独立》在新月寄售代定之款,屡索不还,今新月卖给商务,有钱还欠,而仍不还。我昨夜对光旦老实说我对洵美的不满。今早竹垚生之弟打电话来说洵美送了二百二十一元,只有五成,还是十二日的期票!"③

另外,在经营手段上,邵洵美采取了一些如捆绑销售等优惠措施。《新月》四卷四期上发布了这样一则广告:"诗刊与《新月》月刊合订者,全年只收大洋一元"。计算下来,这要比单独订阅全年一元四角便宜四角,幅度显然是比较大的。同时,书店继续代售报刊杂志,如同人潘光旦主编的《华年》周刊及一些英文杂志等。

富商出身的邵洵美不是一个书斋型知识分子,他的社会关系比较广泛。1927年4月他曾应自己婚礼上的男傧相、天狗会老友,时任蒋介石南京国民政府治下南京市市长刘纪文之邀,短暂担任南京市政府秘书(相当于今天的秘书长一职),他与国民党官员张道藩还是在法国天狗会的结拜兄弟。因此,他的加入对当时新月热衷谈政治而触犯国民党统治、导致《新月》月刊和书店被查封的及时解围,起到了某种保护作用。1931年9月9日,徐志摩以甚是侥幸的口吻向胡适"汇报":"《新月》又几乎出乱子,隆基在本期《新月》的《什么是法治》又犯了忌讳,昨付寄的四百本《新月》当时被扣,并

---

① 陈福康、蒋山青编:《章克标文集》(下),上海社会科学院出版社2003年版,第148页。

② 《邵洵美致胡适》(1931年7月5日),见社科院近代史研究所编:《胡适来往书信选》中册,中华书局1979年版,第74页。

③ 胡适:《胡适日记》(1934年2月9日),见曹伯言整理:《胡适日记全编》(6),安徽教育出版社2001年版,第318页。

且声言明日抄店,幸亏洵美手段高妙,不但不出乱子,而且所扣书仍可发还。"①徐氏并未言明如何"高妙",却可以想见邵洵美的社会活动能力颇不一般,对此当年曾跟随邵洵美办过书店和杂志的章克标晚年提供了答案:"后经洵美向南京国民党中宣部张道藩等人的疏通,才得解除。洵美留学时结交的那些朋友,在南京做了相当大的官,还是可以凭关系有门路说话的"②。

在此期间,新月书店的业务在地域上也有所拓展。除上海新月书店外,还设立了北平分店③,谢家崧参加了北平分店的创业工作并任营业主任,上海新月书店的李维昆(李文)则任会计,店址设在北平米市大街;广州亦有分店,林微音曾任主任④。另外,罗隆基亦曾让其妻张舜琴回新加坡时带一箱书籍,以拟在南洋设一分销处,但结果不知所终⑤。

可以说,作为书店经理,邵洵美从1931年5月前后接手直到1933年9月新月书店关门,为新月书店的存续做出了不该让人遗忘的贡献,虽未同其生却是同其亡的。

四、新月书店的转让关门

按照梁实秋的回忆:"到了民国十九年,新月的一伙人差不多都离开上海了。闻一多本来不在上海,十九年夏他到上海来,我们两个应杨金甫邀赴青岛参加正在筹备中的国立青岛大学。胡先生和志摩都到北大去了,上沅也早就到了北平。新月杂志在罗隆基编辑之下逐渐变了质,文艺学术研究的成分少了,政治讨论的成分多了,这是我们始料所不及的事。书店在潘光

---

① 徐志摩:《致胡适》(1931年9月9日),见虞坤林编:《志摩的信》,学林出版社2004年版,第303页。

② 陈福康、蒋山青编:《章克标文集》(下),上海社会科学院出版社2003年版,第149页。

③ 1931年4月27日《文艺新闻》第7号的"出版界之一周"栏上有一条消息,甚至说:"传闻新月总店将移北平,金屋亦将并入上海新月,未知确否?"此条消息虽然口吻是不确定的,但显然不是空穴来风,如果联系到邵洵美正是在这个时间入掌新月书店的话。

④ 参见《诗刊》第3期(1931年10月5日出版)编辑叙言:"附带声明一件事:本刊的作者林徽音,是一位女士,《声色》与以前的《绿》的作者林微音,是一位男士(现在广州新月分店主任)"。而罗隆基1931年5月20日给胡适的信中谈新月书店事时也提到:"广东方面,据说亦不十分坏。"据此可知,新月书店其时辟有广州分店。参见《罗隆基致胡适》(1931年5月20日),见社科院近代史研究所编:《胡适来往书信选》中册,中华书局1979年版,第69页。按:林微音在邵洵美接手新月书店之初,代其负责具体事务,但笔者尚未见到资料说明他何时到广州任新月分店主任。

⑤ 《罗隆基致胡适》(1931年5月20日),见社科院近代史研究所编:《胡适来往书信选》中册,中华书局1979年版,第69页。

旦的长兄潘孟翘先生的勉强支撑中也不见起色。所以，胡先生有一次途经青岛时便对我们说起结束新月的事，我们当然也赞成，后来便由胡先生出面与商务印书馆王云五先生商洽，由商务出一笔钱（大约是七八千元）给新月书店，有这笔款弥补亏空新月才关得上门，新月所出的书籍一律转移到商务继续出版，所有存书一律送给商务，新月宣布解散。"①梁实秋的回忆基本上是合理的，除了一点，就是负责新月书店到最后的不是潘光旦之兄，而是前文已提到的邵洵美。其时，邵洵美本人的兴趣重心业已转移到办他的《时代》画报和中国美术刊行社，1932年"一·二八"事变后，他又办了一份抗日小报《时事日报》（共16天16期），又逢他的嗣母史夫人丧事费用不菲，从精力到财力，邵洵美都已无暇他顾。细思量，深一层的原因也许是，邵洵美很大程度上是看在徐志摩情谊上援手新月书店的，徐志摩1931年11月19日的意外去世，使邵洵美继续维系书店的心力也不足了。

　　而对新月书店的生命构成尤为致命的打击，则是上文梁实秋所言，书店的大部分股东都已离开上海，相应地书店亦渐次自同人视线中黯淡下去。1932年4月间，邵洵美为新月书店事携妻盛佩玉前往北平。沿途，天津拜访罗隆基（时任天津《益世报》主笔）和夫人王右家（交际花），北平先访清华大学好友潘光旦，后胡适邀邵洵美夫妇午宴，同席作陪有叶公超夫妇、潘光旦、全增嘏、梁实秋、沈从文、梁宗岱等。筵席后，邵与胡适等新月书店股东详谈。股东们此时已各奔各自的事业，不再顾及书店，也无人愿意接这个乱摊子，决定关门了事②。

　　邵洵美回沪后，即着手此工作。在他的努力下，1933年秋，胡适出面与商务印书馆经理王云五商定，由商务出资弥补新月书店的亏空，新月版书籍则一律转交商务继续出版，所有存书亦无偿交给商务处理。查商务馆1933年10月出版的《商务印书馆通信录》的《馆事纪要》栏内有一条记："九月二十三日，新月书店存书及版号，均让与本公司，于本日签订契约。"③

第三节　靠"同人"搭起的出版机构

一、新月书店的经营策略

　　有学者在谈及1928年的"文学生产"时论道：1928年前后的同人书店

①　梁实秋：《忆〈新月〉》，见陈子善编：《梁实秋文学回忆录》，岳麓书社1989年版，第116页。
②　林淇：《海上才子——邵洵美传》，上海人民出版社2002年版，第93—97页。
③　转引自瞿光熙：《中国现代文学史札记》，上海文艺出版社1984年版，第274页。

与"五四"时期的同人刊物虽然同是同人结合体,但性质已完全不同,具有明显的营业性质。同人刊物可以脱离市场而存在,然而书店脱离市场而生存是难以想象的。而新文化同人书店的出现恰恰说明了新文化具有了独立的生命力和商业价值。新文学期刊和新文学书店构成了新文学独立的话语系统,广大的新文学作者和新文学读者通过新文学期刊和书店的媒介结合成了新文化的共同体,这样新文学市场和消费(书店和读者)的形成,新文学自然地出现了职业化的作家,如沈从文、张资平等①。

新月书店作为一家由股东投资的股份制书店,甫一开场,即表现出了适应市场企业运作规范的努力。尚在开业之前,新月书店便自觉地利用同人占有的舆论阵地,大打宣传牌。如前所引,首先梁实秋在其主编的《时事新报·青光》上发布了软文广告,介绍了书店创办者系胡适之、徐志摩等,店址在法界麦赛尔蒂罗路一五九号,书店经理为戏剧专家余上沅,诗人闻一多亦为该店要人重要信息,初步引起社会注意。开业之际,又在当时上海发行量最大影响最广泛的《申报》上连续五天刊登新月书店开张启事,头两天(1927年6月27日二版、28日四版)具体介绍了书店开办的目的,一为朋友们写的书创造出版的机会,一为鼓励出版事业,从而能在教育和文化上有所贡献,并且列出了以胡适、徐志摩等为首的八名创办人名单,凭借他们在文化界的地位吸引读者眼球,最后三天(6月29日、30日、7月1日,均为三版)的启事则简明扼要,仅明确店址及开业的具体时间(7月1日),令读者清楚易记。而在开业次日(7月2日)的《时事新报·青光》上,则适时地刊登了一篇署名"严家迈"的《新月书店参观记》,以旁观者亲历者的眼光详细描述了新月书店开张日的盛况,加深了读者对初出茅庐的新月书店的印象。

除此之外,新月书店还充分利用了与现代评论社的密切关系,使上海《现代评论》(《现代评论》自1927年7月30日第6卷第138期始在上海出版)成为新月书店另一重要宣传空间。第6卷第143期(1927年9月3日)和第144期(1927年9月10日)上连续两次为新月书店"广而告之":

> 新月书店开设在上海法租界法国公园附近华龙路
> 新月书店是著作家合组的书店
> 新月书店出版的书是第一流的书
> 新月书店已出新书五种日内还有十几种出版

---

① 参见旷新年:《1928:革命文学》,山东教育出版社1998年版,第38—40页。

新月书店代售的书是经过选择的

新月书店能替读者代买书籍不另取费

新月书店欢迎各界参观

　　此则广告格式醒目，介绍书店的特点简洁鲜明，尤其说明了书店的性质是"著作者合组"，即为同人书店。接下来，《现代评论》第145期（1927年9月17日）刊登了"新月书店出版新书"的消息，及时宣传书店所出的第一批书籍（详后）。此后至《现代评论》终刊（1928年12月29日），几乎每期上面都有新月书店出版书籍的广告。而新月书店发行所迁址，首先有启事发布在《现代评论》第6卷第153期（1927年11月12日）：

　　启者本店发行所已择定山东路一百六十一号（四马路北时事新报馆隔壁）一俟修理工竣即行正式开张所有信件仍寄法界华龙路本店编辑部收可也。

　　第7卷第159期（1927年12月24日）上又有"新月书店举行廉价"的广告，并说明："缘由：发行所迁移开张。办法：本版书八折，外版书九折。时期：阳历一月底截止。"《新月》月刊创刊后，《现代评论》则不断刊登月刊各期目录，第7卷第172期（1928年3月24日）声明，"在出版前定阅全年者，照定价八折，半年者九折，外埠以信封面上之邮局回单为凭。"第7卷第176期（1928年4月21日）上，说明《新月》第1卷第2期"本期因稿件甚挤，篇幅过多，仍售特价四角。长期定阅者，不另加价。"由此亦看出新月书店运作上的商业性质，它试图劝说读者长期订阅，以保证月刊出版。而梁实秋则在《新月》第2卷第6、7期合刊《〈新月〉月刊敬告读者》（1929年9月10日出版）不惜跌下身价"拉拢"读者："月刊的销路，老实说是不好的，近来销数稍增，但是比起时髦的刊物还差得远，我们这个月刊是赔钱的买卖。赚钱我们不敢希望，可是赔钱长久了我们也赔不起。反对我们的人有的希望我们快点停刊，可是我们的精神还够，还不想停刊。我们自己还不知道么，我们这样的月刊销路是不会大的；但是我们却极希望欢喜看《新月》月刊的朋友能做我们的长久的朋友。所以我们最后的请求，是请读者诸君长年的订购，订购一年或半年均可。这样订购对我们是有益的，对于读者方面更是有益，价钱较为便宜，每期出版立刻便可邮奉，既可早点看到，又可免得每次都要到书店去买。天有不测风云，刊物也许不能永年，在中国现在这事业真说不定。为保险订购者的利益起见，我们还可预先声明，假如月刊遇到意外的情形不能继续出版时,我们可以剩余订购价改用本版书籍抵还。"这可谓两全齐美的"双赢"之计,既体现出为读者服务的营销意识,运转期刊的资金也得到充实,因为长期订户多的好处显而易见——书店可利用所得订费周转资金。真难为了只做编辑不关心经营的梁实秋,为月刊的销路竟然不吝如此多的笔墨。

新月书店这一系列充分利用多种媒介多重角度反复进行宣传的运思模式,显然是以迎合揣摩文化消费者心理为核心进行的。在出版界摸爬滚打二十年的张静庐,曾专文介绍了运作一份杂志从酝酿到出世所需要的宣传环节及具体策略①,对照之下,新月书店的此番行为很大程度上是与之不谋而合的。

新月书店开张广告的精心策划是否产生了如期效果呢? 颇可说明问题的一例,是胡适因之得到了一本推动其日后红学研究的《脂砚斋甲戌抄阅再评石头记》。胡适在《考证红楼梦的新材料》(作于 1928 年 2 月 12 日—16 日,载《新月》第 1 卷第 1 期)一文的前言中说明:"去年(1927 年)我从海外归来,便接着一封信,说有一部抄本《脂砚斋重评石头记》愿让给我。我以为'重评'的石头记大概是没有价值的,所以当时竟没有回信。不久,新月书店的广告出来了,藏书的人把此书送到店里来,转交给我看。我看了一遍,深信此本是海内最古的《石头记》抄本,遂出了重价把此书买了。"胡适言明重金购买此书,却未言及其实这重价背后仍有故事,因为出此重价的并非胡适本人,而是他的朋友、上海滩的富家子、后担任新月书店经理的邵洵美②。借助此书,胡适在 1927 年的日记中记录了几万字的《脂砚斋重评石头记》的考证札记,最先研究成果即发表于《新月》月刊创刊号上的《考证红楼梦的新材料》。该文对曹雪芹的卒年、脂砚斋其人、运用南巡旧事来写作元春省亲的场面、删去天香楼一段文字、《红楼梦》后半部的情节、脂本的文字等做出了大胆而又小心的考证,并认为脂本的文字远胜其他一切版本。胡适从 1921 年起陆续发表《红楼梦》考证的论著,开创一代"新红学",自从运用脂本后,他的《红楼梦》研究水平发生了飞跃,从此"红学"史进入了一

---

① 参见张静庐:《杂志发行经验谈》,见《在出版界二十年》附录,上海书店 1984 年版。

② 林淇著《海上才子——邵洵美传》一书中,对这段佳话有详细描述,称胡适:"他发觉这是海内最古的《石头记》抄本,是一部最接近于原稿的本子。于是,他迫切地要买下此书来。可一谈价钱,倒抽了一口冷气,陌生人开口五百大洋,少一分不卖。穷书生哪来这笔大款子? 后来他向邵洵美借了这笔钱,才将该书买归己有的。胡适最有好运,因了开书店而获得这部十分珍贵的脂本《红楼梦》。"这里虽然有些文学笔法,但意思是不差的。见林淇:《海上才子——邵洵美传》,上海人民出版社 2002 年版,第 35 页。

个新的历史阶段。就学术史的观点来看，1921 年以后的"新红学"确已成为一种严肃的专门之学，并无疑地可以和其他当代的显学如"甲骨学"或"敦煌学"等并驾齐驱，而毫无愧色。所以直到晚年，胡适还表示，回头检看四十年来用新眼光、新方法搜集史料来做《红楼梦》的新研究，不能不承认这个脂砚斋甲戌本《石头记》是近四十年内"新红学"一件划时代的新发现。他写道：这部"脂砚斋甲戌钞阅再评的发现，可以说是给《红楼梦》研究划了一个新的阶段，因为从此我们有了一部'《石头记》真本'做样子，有了认识《红楼梦》'原本'的标准，从此我们方才走上了搜集研究《红楼梦》的'原本''底本'的新时代了"①。或许，历史让人着迷之处就在于此：一则书店广告，一位家藏孤本的陌生人，一个学者的敏锐眼光，一位友人的慷慨解囊，不同方向的不期然的相遇中成就了一种学术研究的大推进。

新月书店的主要业务自然是印书售书，出版《新月》月刊，但也兼营其他业务，比如出售文化用品等，而且恰恰在这样一些细节上，彰显出新月同人经营书店的趣味性。在《新月》月刊第 1 卷第 2 期上载有一则新月书店启事：

> 本店兼售各式文具，以及精美信笺信封等，售价特别低廉。又附设装池，特约名手，代裱字画，取费低廉，工作精美雅致，如蒙海内名画家及收藏家惠顾，谨竭诚欢迎。价目另存详表。

除此之外，新月书店还有自制的新月稿纸，不但深受同人欢迎，还会作为赠品送给在书店购书的顾客。《新月》第 1 卷第 3 期（1928 年 5 月 10 日出版）刊登广告："新月稿纸：是用上等中国毛边纸印的，最宜于起稿及缮写之用。发行所上海望平街新月书店。"陈衡哲远在四川时还曾写信给胡适，向其索求新月稿纸使用。张孝若（南通实业家张謇之子）在给胡适信中也说："前几时在'新月'买书，收到稿纸作为赠品。适在手边，我就用它抄一份传序附呈。如果你平时留稿也用这种稿纸，那就省了再抄的工夫了。"②

---

① 章清：《胡适评传》，百花洲文艺出版社 1992 年版，第 193—195 页。文中胡适回忆原文出自《跋〈乾隆甲戌脂砚斋重评石头记〉影印本》一文，收入《胡适作品集》第十七集。此据章清著转引。

② 胡适："附张孝若的来信"，《胡适日记》（1929 年 12 月 19 日），见曹伯言整理：《胡适日记全编》(5)，安徽教育出版社 2001 年版，第 587 页。

事实上胡适本人写日记,一度使用的就是新月稿纸①。类似的辅业,似乎不起眼,而书店经营者的细心用心则可见一斑,这种手段即便在今天似乎也并不多见。在小处做出品位,做得精致,正体现出新月知识分子的文人雅趣。而像普通书店都会进行的打折、优惠等常规手段,新月书店也没有忽视,比如在开业一周年时为答谢读者,还从 1928 年 6 月 16 日始赠送一月优惠书券,在后期《新月》上"新月书店大廉价一月"的打折广告无论版式设计还是语气,景象无异于今天的"挥泪狂甩"。

　　新月书店广告的主要阵地,自然是《新月》月刊,二者形成了自觉的互动,互相呼应配合结成一个共同体。书店利用月刊的销售网络推广宣传出版的书籍,以期提高书店的营业额,而书店销售收入的增加又会为月刊的及时出版提供保障。新月书店在《新月》上的广告以书店出版的书籍广告为主,但前后也有变化。一卷前几期上除书的广告外,还有纸商广告、银行广告(兴业银行,其总经理徐新六系书店股东之一),而此后基本不见其他行业广告,内容多为本店书目广告或同业人士所办杂志的目录广告,如先后由方光焘、夏丏尊主编的《一般》、曾朴父子主办的《真美善》、孙伏园主编的《贡献》旬刊等,互换广告是当时办刊物的常见之举。但从第 3 卷第 4 期(1930 年 6 月左右)始,又开始出现其他行业广告。尤其在邵洵美任《新月》月刊发行人(第 4 卷第 2 期,1932 年 9 月左右)后,外行业广告明显增加,像闻名上海滩的沙利文烘焙面包、多次刊登的中国银行总经理张公权致银行同人书(张 1931 年 8 月为新月书店透支一万元以扶持书店经营出书,前文已述及徐志摩在给胡适信中颇为感激)。这些信息至少显示出,邵洵美为增加书店收入改善月刊发行,充分动用了其社会关系及经营头脑,积极拓展行业沟通的范围。从另外的角度看,进入 20 世纪 30 年代,办刊宗旨已渐渐地由杂志的同人兴趣向以读者为中心的新商业观念转变,此时不是同人的兴趣而是商业价值决定了杂志的生命,因之《新月》后期的同人色彩变弱也是自然的事情。也因此不难理解,一度胡适、徐志摩都表达出将新月转

---

　　①　据梁实秋晚年回忆:有一天他和徐志摩同去胡适在上海极司菲尔路的家,适有他客,胡太太就吩咐他们到楼上书房坐,而"志摩是闲不住的,进屋便东看西看,一眼看到书架上有一大堆稿子,翻开一看,原来是日记,写在新月稿纸上(这种稿纸其实原是胡先生私用的稿纸,每页二百五十字,空白特多,甚为合用),写得整整齐齐,记载着每日的活动感想等,还剪贴了不少的报纸资料,不仅是个人的日记,还是社会史料。我们偷看了一部分之后,实在佩服他的精力过人,毅力过人。"梁实秋特别介绍了新月稿纸的特点,印象之深可见。而说稿纸胡适私用,与事实显然有出入,因为张孝若就是在新月书店买书得到作为赠品的新月稿纸。梁实秋:《忆〈新月〉》,见陈子善编:《梁实秋文学回忆录》,岳麓书社 1989 年版,第 114 页。

回北平的意向①。但由于徐志摩的逝世、胡适转而去办《独立评论》，此种意向后并未实现。

在书籍的出版宣传推广工作中，广告是不可缺少的一个环节，而20世纪30年代普遍重视书刊广告的作用，是促使当时出版界繁荣的一个重要因素。书籍广告，则要尽量少商业化，多书卷气，要实事求是，平实不夸张。二三十年代与邹韬奋合作曾任生活书店总经理的徐伯昕就对书店经营很有办法，是一个出色的企业管理者，所以能使生活书店能坚持几十年一直到新中国成立后。徐伯昕有一些推广书籍的办法，如对于书籍的信息应扼要说明，介绍时加上书的定价、版次，便于读者考虑是否购买，体现出为读者着想的体贴，而不介绍著译者则是对读者的不尊重；补白式广告，则像一篇短的文艺短论，有评价有分析，有些读者买不起书，只看到书的广告，也会得知很多信息，这都是成功的书籍广告；广告刊登方式也有多种，比如对某一作者的作品采取集中刊登或滚动刊登，根据轻重缓急选择不同地位的广告，宣传新书有书籍推广法、日报推广法等；广告设计方面，则应注重字体醒目，格式新颖，提高视觉效果②。查检新月书店在《新月》月刊上及其他媒介上（如《申报》等当时上海滩的主流媒体）的广告，可谓多姿多彩，不但在上述方面有出色表现，且能够充分发挥自身优势，大作名人文章。

首先，新月书店的书籍广告，对著译者、定价（实价多少、甲种和乙种不同价格）、版次、纸张（如冰心译《先知》系用厚道林纸印刷、铜版纸精印，王化成《现代国际公法》用毛富士纸精印等）等基本信息均有明确说明，除此一般还有书籍内容介绍，可以说达到了即使不读书也可了解大概的效果，对出书较多的作者，如徐志摩、梁实秋、胡适、潘光旦等人的作品均有集中多次的广告。在广告语的运用上，对重点推出的作者作品，甚至于出台多个版本，像《梦家诗集》就有4种不同广告语（《新月》第3卷第3期、第4期、第8期、第11期），这也从侧面反映出新月书店对文学新人的推出之不遗余力。而广告撰写上的技巧花样更多，疑问、排比、设问都是常用句式。

①　1931年2月24日胡适在日记中提到："志摩到北京。我们畅谈别后的事，……《新月》的事，将来总需把重心移到北京来。南方人才太缺乏，所余都是不能与人合作的人。志摩很有见地，托润美与光旦照料《新月》，稍可放心。"见曹伯言整理：《胡适日记全编》(6)，安徽教育出版社2001年版，第68—69页。同年5月17日，徐志摩给郭子雄信中也说："下半年梁实秋、闻一多、孙大雨皆集北京。月刊拟移此出版。"见虞坤林编：《志摩的信》，学林出版社2004年版，第344页。

②　见钱伯城《漫谈书刊广告》、赵晓恩《徐伯昕与生活书店的推广宣传工作》，两文分见范用编：《爱看书的广告》，生活·读书·新知三联书店2004年版，第169—173、194—208页。

　　如果说这还不算什么,新月书店显然更充分运用了同人中多社会名士,多居主流地位,学界名望高的诸多有利条件,借名人之势(不管是正面的还是负面的)唱出书之戏,提升书店知名度。像介绍书籍的相关信息时,一般不忘借作序者之名(如胡适作序、徐志摩作序等)、借作封面者之名(闻一多、江小鹣最多,堪称新月书店的"御用画师";女作家凌叔华、陈衡哲也常贡献),这种文人学者/广告明星的效应——不用说,都是为推广书籍而作。有时,书店还会运用论争热点招徕读者视线,挑逗读者胃口,刺激文学消费者的阅读欲望。如为陈西滢的《西滢闲话》所做广告就曾招致鲁迅的讥讽,《闲话》广告中云:"鲁迅先生(语丝派首领)所仗的大义,他的战略,读过《华盖集》的人,想必已经认识了。但是现代派的义旗,和它的主将——西滢先生的战略,我们还没有明了"①,"西滢是谁是不成问题的。闲话是什么文章,现在印在这本书里了。为什么人人要看——是的,为什么人人要看呢?《西滢闲话》印出来卖给要看它的人"②。鲁迅先生对自己的被"引用"深为不满,他在 1927 年 9 月 3 日作文道:"……我早已说过:公理和正义,都被正人君子夺去了,所以我已经一无所有。……我想,'孤桐先生'尚在,'现代派'该也未必忘了曾有人称我为'学匪','学棍','刀笔吏'的,而今忽假'鲁迅先生'以'大义'者,但为广告起见而已。呜呼,鲁迅鲁迅,多少广告,假汝之名以行!"③1927 年 9 月 19 日给学生章廷谦的信中,鲁迅再次提及此事:"新月书店的目录,你看过了没有? 每种广告都飘飘然,是诗哲手笔。春台(指孙伏园之弟孙福熙,他为陈学昭的《寸草心》一书所画封面出现在广告上——引者注)名列其间,我觉得太犯不上也。最可恶者《闲话》广告将我升为'语丝派首领',而云曾与'现代派主将'陈西滢交战,故凡看《华盖集》者,也当看《闲话》云云。"④这里的"诗哲"自然是指徐志摩,鲁迅从来就对徐志摩一直无好感,语出讥诮实属正常。无论如何,这样一来,毕竟书店和书籍的名气都有了,一家同人书店要在现代出版业中搏击,类似的意识和功夫应是必备,不争不吵平平淡淡是不容易激发读者的阅读兴致的。

　　种种努力并未白费,新月书店因此在 20 世纪二三十年代的出版界为自己争取到一席之地。汪荫桐说:"最近的一年,上海的出版界忽然显出一种活泼的气象,间接促成这个现象的虽然另有其原因,但直接却不能不

---

① 鲁迅:《而已集·辞"大义"》,见《鲁迅全集》(3),人民文学出版社 1981 年版,第 461 页。

② 见《新月》第 1 卷第 2 期广告。

③ 鲁迅:《而已集·辞"大义"》,见《鲁迅全集》(3),人民文学出版社 1981 年版,第 462 页。

④ 鲁迅:《致章廷谦》(1927 年 9 月 19 日),见《鲁迅全集》(11),人民文学出版社 1981 年版,第 576 页。

归功于新近产生的几家小书店。就中尤其值得我们注意的,大概要首推北新,开明,新月,光华……这几家。"他还总结道,这几家小书店和此前的商务印书馆、中华书局等老牌大型书店相比,具有完全不同的经营风格和内容:(一)专营新书,出书迅速;(二)装订封面的改良(从纸张选用到装帧艺术化,使书籍在内容、封面、插画上形成一个统一的整体);(三)标明印行的版数、册数,标志着出版的规范化;(四)小书店都有自己的期刊,书籍和期刊互相呼应配合,结成一个共同体①。这一系列新气象,构成了小书店在现代出版业中独特的生存风貌,相应地新文化由于期刊,尤其是小书店的支持获得了独立的发展空间。新文学不再专属某些阶层,而是深入到街头民间,成为一种独立的商业操作,进入了真正的社会生产过程。正是1928年新文学势力的壮大和新文学读者层的扩张,围绕着新文艺的小书店才如雨后春笋般在上海街头出现。由是,汪荫桐对此提出了"后期文化运动"的概念,并预言:"'后期文化运动'一定有一个伟大的发展就在最近的将来,我很希望这几家新生的书店能够在人材经济方面确定他们的基础。"②

二、新月书店出版的书籍

1927年8月16日《申报·本埠增刊》"出版界消息"一栏中,有一则《新月书店之出版物》介绍:"新月书店已有新书两种出版,第一种为梁实秋著之《浪漫的与古典的》,内含文艺批评九篇,装订精美,只售实价五角五分,第二种为徐志摩沈性仁合译之《玛丽玛丽》,都八万余言,并有徐志摩序文一篇,实价六角,此外不日即可出版者,尚有十余种之多云。"③可见,《浪漫的与古典的》与《玛丽玛丽》是新月书店最早出版的两本书(两书版权页均署1927年8月初版),而瞿光熙所言新月书店最早出版的书是徐志摩的《自剖》,接着是徐志摩的《巴黎的鳞爪》和徐志摩、沈性仁合译的《玛丽玛丽》④,谢家崧所言新月书店出版的第一本书是梁实秋的《浪漫的与古典的》、第二本是重印徐志摩原在中华书局曾以线装出版的《志摩的诗》⑤均不准确。另外,从《现代评论》第6卷第145期(1927年9月17日)刊登的

①　汪荫桐:《小书店的发展与后期文化运动》,载《长夜》1928年第3期,见旷新年:《1928:革命文学》,山东教育出版社1998年版,第36—38页。
②　汪荫桐:《小书店的发展与后期文化运动》,载《长夜》1928年第3期,见旷新年:《1928:革命文学》,山东教育出版社1998年版,第36—38页。
③　《申报·本埠增刊》1927年8月16日。
④　瞿光熙:《中国现代文学史札记》,上海文艺出版社1984年版,第269页。
⑤　谢家崧:《我记忆中的新月书店》,上海书店《古旧书讯》1983年第1期。

"新月书店出版新书"的消息，又可知该店所出第一批书除上述两种外，还有徐志摩的《翡冷翠的一夜》《巴黎的鳞爪》、学昭女士的《寸草心》、沈从文的《蜜柑》、胡也频的《圣徒》、陈春随（陈登恪）的《留西外史》等①。

倪墨炎在《现代文学散记》（续一）中表示说："笔者很希望从丛书的角度，反映新月派的文学活动。他们实力雄厚，在文学事业上是做出过贡献的。在新月书店出版著作的有：胡适、闻一多、梁实秋、徐志摩、陈西滢、沈从文、胡也频、丁玲、凌叔华、陈衡哲、陈学昭、陈铨、陈梦家、高植、余上沅等。但新月书店没有以丛书的形式把这许多作家联合起来。新月书店也出过几种规模很小的丛书，影响都不很大。"②即便如此，据笔者粗略统计，新月书店以丛书之名出版的还是有 7 种：

（一）英译名著百种丛书：笔者所见共出 5 种，分别是：

1.《造谣学校》（*The School of Scandal*），[英]谢里丹（R.B.Sheridan）著，伍光建译、梁实秋校并序，1929 年出版。

2.《诡姻缘》（*She Stoops to Conquer*），[英]哥尔德斯密斯（Goldsmith）著，伍光建译、叶公超校并序，1929 年出版。

3.《可钦佩的克莱敦》（*The Admirable Crichton*），[英]巴利（J.M.Barrie）著，余上沅译并序、时昭沄校，1930 年出版。

4.《潘彼得》，[英]巴利（J.M.Barrie）著，梁实秋译，1929 年出版。

5.《威尼斯商人》（*The Merchant of Venice*），[英]莎士比亚（W.Shakespeare）著，顾仲彝译、梁实秋校，1930 年出版。

注：其中，1、2、3、5 均为剧本，4 为童话。

（二）中国戏剧社丛书之一：

1.《国剧运动》，余上沅编，1927 年出版。

2.《卞昆冈》，徐志摩、陆小曼合著，1928 年出版。

（三）现代文艺丛书六种（只见第一、四、五、六种，不见二、三种）：

1.《志摩的诗》，徐志摩著，1928 年出版。

---

① 按：此处系笔者在陈子善先生所撰《关于新月派的新史料》一文基础上补充而成，特此说明。

② 倪墨炎：《现代文学散记》（续一），载《新文学史料》1993 年第 4 期。

4.《花之寺》,凌叔华著,徐志摩作序,1928年出版。

5.《西滢闲话》,陈西滢著,1928年出版。

6.《少年歌德之创造》,[法]莫洛怀著,陈西滢译,1927年出版,1928年再版,1930年三版。

(四)中华市政学会丛书之一:《市宪议》,董修甲(鼎三)著,1928年出版。

(五)基本知识丛书:《国际金融争霸论》,[英]爱吉兮(P.Einzig)著,崔晓岑(毓珍)译,1933年出版。

(六)旧诗词研究丛书之一:《清照词》(两卷),张寿林著,1931年出版。

(七)现代文化丛书五十种(注:9—15,仅有预告,未见):

1.《现代种族》,吴泽霖著,1932年出版。

2.《现代伦理学》,张东荪著,1932年出版。

3.《现代法学》,梅汝璈著,1932年出版。

4.《现代精神病学》,桂质良著,1932年出版。

5.《现代职业》,何清儒著,1932年出版。

6.《现代国际公法》,王化成著,1932年出版。

7.《现代交通》(上、下),廖云皋著,1933年出版。

8.《现代逻辑》,沈有乾著,1933年出版。

9.《现代人口》,吴景超著。

10.《现代天文》,余青松著。

11.《现代党政》,王造时著。

12.《现代婚姻》,潘光旦著。

13.《现代哲学》,全增嘏著。

14.《现代大学教育》,董任坚著。

15.《现代诗》,邵洵美著。

除丛书之外,新月书店出版书籍所涉及的领域比较广泛,尤其侧重于包括文学(小说、诗歌、戏剧、文集、专著)、政治、哲学、教育、法学、社会学及各类译著等人文科学诸领域。就像书店创办时的声明,是"著作者合组的书店",由于同人的学术专业多有不同,因此所出书籍也集中在人文科学的各领域;目标是出版"第一流的书",同人多为著名作家或是学界名士,堪称实现此目标的保障。

　　新月书店最大的贡献，首先应是为同人著作的及时出版提供了有利条件和保障，为多为自由知识分子、出书不易的同人争取到一处公开的发言阵地，从而满足新月知识分子在变革社会中建立自己发言位置的欲望。据不完全统计，在新月书店出书最多的是徐志摩（8 种，合著 2 种），次之是梁实秋 7 种、潘光旦 6 种、胡适（5 种，合著 2 种）、沈从文 4 种、陈西滢 2 种。从再版数上说，他们的书籍的确保证了新月书店的出书质量，树立了新月书店在业界的良好形象，也提升了同人在文化界的影响力。再版最多的大概是《志摩的诗》（修订版），这本最初由徐志摩自印的诗集成了书店的"招牌菜"——多达六版，《巴黎的鳞爪》《翡冷翠的一夜》出至五版，胡适的《白话文学史》《庐山游记》也达至五版，梁实秋的《骂人的艺术》至少四版，《西滢闲话》也至少三版。闻一多虽然只出版了一本诗集《死水》，但是也出至四版，它不但是闻一多诗歌的代表作，在新诗史上也早已拥有了不能被越过的重要地位。尤其值得提出的是，新月书店在同人胡适、罗隆基、王造时等争人权、谈政治的斗争过程中，在面临遭禁关门的困难情况下，先后出版了《人权论集》《中国问题》《政治论文》《告日本国民和中国的当局》等书籍，使他们的呼声追求及时响彻在社会中并引起强烈回应，有力促进了同人追求自由、民主、理性的实现，个中的积极意义在此不赘（见第四章）。

　　其次，它还为文学力量的延续与发展提供了支持，出版了一批文坛新秀的书籍，如南京国立中央大学的陈梦家、费鉴照等，清华大学的曹葆华等，他们多是《新月》月刊或是《诗刊》季刊的新生作者群，为新月的发展注入了活力。新月书店在提携这批新生力量上面表现出巨大的热情，陈梦家在诗坛的崛起就直接显示了这一点。他的第一本诗集《梦家诗集》出版时，《新月》月刊不惜篇幅，接连为之发布了四次不同的广告：

　　　　"陈梦家的诗，……将或有所影响于诗的新风格。"（三卷三期）
　　　　"这是一册最完美的诗。其影响一方在确定新诗的生命，更启示了新诗转变的方向，树立诗的新风格。……这诗集将是最近沉默期中的一道异彩。"（三卷四期）
　　　　"梦家的诗，指出了中国新诗的一个新方向，适之先生看了，便觉得'新诗的成熟时期快到了'，一多先生看了一首'悔与回'，又认为'自然是本年诗坛可纪念的一件事'。"（三卷八期）
　　　　"梦家诗集，出世刚六个月就卖完了。他写诗的态度醇正，内容与技巧的完美，已得大众相当的认识。现在再版本又出来了。著者此番将原集详为增删，又多加了一卷新作，有未曾发表的。"（三卷十一期）

确实，陈梦家也没有让人们失望，在徐志摩意外离世后，他承担起编辑《诗刊》最后一期的重任，及时出了"志摩纪念号"，组织到纪念志摩的稿件12篇（占总稿量的三分之一），还撰写了编辑叙语，评价徐志摩"他对新诗从来没有失望过，正如他对于世界一切都是爱好的"，并为徐志摩编就了遗诗集《云游》。不但如此，陈梦家还编选了使新月诗派的形象明晰化的扛鼎之作《新月诗选》，并撰写了对新月诗人创作具有总结性质的长序（见第五章）。

而对受徐志摩之助踏入文坛，靠职业写作维持生活的沈从文言，新月书店实乃其一个重要的发稿阵地。"1927 年他的第一部小说集《蜜柑》由新月书店出版，更是标志着他已经从一个湘西的'乡下人'，走进了他为之奋斗多年而梦寐以求的文学殿堂。"①《新月》月刊第 1 卷第 11 期广告就称："《蜜柑》里面有六七篇已经由时昭瀛先生等译成几国文字在中西各洋文报张杂志上发表过了，外国文艺界已经有人起了特别的注意了。"他的第一部长篇小说《阿丽思中国游记》首先在《新月》月刊（1928 年 3 月 10 日开始）上连载，被誉为该年度文坛突出成就之一，后书店为之出版单行本时有广告曰："《阿丽思中国游记》当第一卷出版时，不到一月，第一版就所剩不多。"（《新月》第 1 卷第 8 期）"是近年来中国小说界极可珍贵的大创作。著者的天才在这里显露的非常鲜明，他的手腕儿在这里运用得非常灵敏。"（《新月》第 1 卷第 11 期）不论沈从文如何评价自己在这一段时期的写作生活，"文学工人"也好，"文丐"也好，他的职业生涯业已与出版界、与现代文学的商业性生产紧密联系在了一起，他的创作亦自此走向从不自觉到渐入充分自觉的路途，而新月书店，当是他于这条路上的一个重要起点。

第三，新月书店还出版了一批具有特殊意义的左翼作家的作品。新月书店出版的第一批书籍中就有胡也频（共产党员、"左联"执行委员）的《圣徒》（1927 年 9 月出版）一书，这是胡也频的第一本小说集，《新月》创刊号上为之所做的广告称：

> 在少年的作家当中，谁还比得上胡也频先生之深刻沉重的？从这十一篇小说里，我们看得出作者那不安定的灵魂在背后推动他，虽然他还是十二分的忍耐，十二分的抑制。你看："他没有哭泣，也没有叹气，

---

① 李辉：《往事苍老》，花城出版社 1998 年版，第 26 页。按：沈从文出版的第一本书籍为 1926 年由北新书局出版的《鸭子》，系散文、小说、戏曲、诗歌的合集。《蜜柑》则是纯粹的小说集，收《初八那日》《晨》《早餐》《蜜柑》《乾生的爱》《看爱人去》《草绳》《猎野猪的故事》8 篇小说。

只是脸色像死人那样的晦涩,两眼无光的发着怔,像将要饿毙的鹰般向四处探望"。《圣徒》里的人物,差不多个个都是这样的,这样的要求我们的同情。

1931年2月,胡也频惨遭国民党上海龙华警备司令部杀害。当时其妻丁玲刚刚分娩不久,身体尚未复原,又加上这沉重的精神打击,还担心遭受牵连,写作工作都难以进行下去,生活顿时陷入困境。为帮助丁玲筹款,5月新月书店就出版了丁玲的《一个人的诞生》(因不便公开胡也频的名字,就只署了丁玲的名字,其实包括胡也频、丁玲小说各两篇),这在当时险恶的环境下是要冒相当的风险的。丁玲本人在此书的序言中说:"原来《一九三○年春上海》计划一共写五篇,集在一块,讲好归春秋书店出版,除《小说月报》已登载的二篇,和未曾登载的一篇,还有一篇未完,一篇刚开始;但是事变猝起,没有思虑的余地,我便将手边所有的稿子凑拢来请沈从文卖给新月书店,便成了这样的一本书。这里我自己只有两篇,其余两篇是借用的。这已死的朋友的名字这时成了忌讳,所以作者署名只有我一人,现在我不想说些使大众心恻的我的感想。我想这是很明显的。这书卖掉的动机和缘由,使我非常不愿再想这事,那原来计划的破灭,也使我非常难过。"①值得玩味的是,丁玲所作此序言,初版本与后来《丁玲全集》所收有几处不同,最显眼处是删去了"便将手边所有的稿子凑拢来请沈从文卖给新月书店"前边曾有的"火剌剌"这一颇为刺目的字眼,换成了比较平淡的语气,这也许与丁玲后来与沈从文关系非正常化有很大关系。事实上,当时沈从文除通过徐志摩帮丁玲把书稿卖给新月书店外,徐氏又为他们向邵洵美借了一笔钱,加上沈从文从朋友王际真处得到的一笔钱,利用筹措到的这些盘川,沈从文和丁玲假扮成夫妻冒着巨大的风险将孩子顺利送回了湖南老家②。

第四,则是它逾越了"门户"的界限,不仅仅局限于同人著作,显现出了一种成熟出版者的姿态。新月书店出版过一批文学研究会会员的作品,如熊佛西的《佛西论剧》、谢婉莹(冰心)的《先知》(译著)、李青崖的《上海》

---

① 丁玲:《一个人的诞生·自序》,见《丁玲全集》(9),河北人民出版社2001年版,第8页。

② 按:丁玲为新月书店1931年5月出版的《一个人的诞生》所写的序《作者记》,笔者未能见到,此系据李辉先生所著《往事苍老》一书转引,经笔者与《丁玲全集》(9)所收《一个人的诞生·自序》对照,发现有多处不同,故笔者有此判断。如若见到原本,当会得到彻底落实,暂系于此。而据李辉的意见,沈从文在《记丁玲》中说胡也频遇难后,丁玲得徐志摩之助向中华书局卖了一本书,这本书其实不是卖给了中华书局,而是卖给了新月书店,即《一个人的诞生》一书。见李辉:《往事苍老》,花城出版社1998年版,第86页。

（短篇小说集）、顾毓琇（一樵）的《岳飞及其他》和《我的父亲》、顾仲彝的《同胞姊妹》（剧本）和《威尼斯商人》（译著）、陆侃如的《左传真伪考》等。当然，他们差不多都是《新月》月刊的作者，与"新月"有或多或少的关系，像熊佛西、顾毓琇，与梁实秋、余上沅等同为留美时中华戏剧改进社的成员，后者与梁实秋、闻一多还是清华文学社的老友，熊佛西则亦被徐志摩视作"新月故侣"（见1928年12月11日徐志摩致陆小曼书）；冰心则是1923年与梁实秋等清华癸亥级学生同船赴美，还一起办过刊物《海啸》，与徐志摩也有交往，虽然关系并不十分近①。李青崖则以翻译法国文学著称，有"莫泊桑"的美誉，时在上海与徐志摩相识。因此瞿光熙先生把新月书店的外来作译者说成是"他们的关系人"，是基本可以成立的。但对未成名作家的态度，笔者认为当具体情况具体分析。像陈梦家、费鉴照、曹葆华等当时还是在校大学生，可谓并无多少名气，新月书店也都是大力为之出书做宣传的。而瞿光熙提到赵景深、何家槐在新月书店出书未成，其实也有各自的原因。1927年夏正逢新月书店开办之时，赵景深"想因徐师之力"出版自己的新诗集《荷花》，但徐志摩劝他暂且不要出版，后来赵"好胜心切"，交给开明出版。忆起此事，赵说"徐师，请恕我没有涵养，现在我已谨慎写作了。"②赵的表述中，并没有说遭拒，而是一种师长对学生的劝诫：做文不可急躁。同样作为徐志摩学生的何家槐，其《何家槐小说初集》出版几经周折，后来他在《怀志摩先生》（《新月》第4卷第1期）一文中说得很诚恳："他最关心我的第一集小说。他原把（脱字"它"）介绍到新月，因为一时支不到稿费，又替我转送到大东。那里印得慢，生怕我焦急，又只得把它交还新月。为了它，他不知费了多少周折，受了多少麻烦。他临走时（去北平）向我说：'你的集子出来时，我倒要仔细看它一遍，替写点批评。'谁料我的集子还不曾出，他已永离人世的罗网，重归来处，交来睹物怀人，叫我能不黯然！"同期《新月》上，还有《何家槐小说初集》出版预告："在写小说的年青人中，徐志摩先生最喜欢他的短著——那是诗与散文的谐和。现在他的第一个集子已经付印，不久即可出版。"这里当亦可看出徐志摩对后辈的关切提携，而非对新人无名之辈的冷淡甚或歧视。在新月派新人的创作中，值得提出的是，徐志摩、沈从文为卞之琳所编并由沈作序的诗集《三秋草》（本名《群鸦集》）并非新月书店所出，而是本预给新月书店出版，后因徐志摩遇难，"九·一八"事变爆

---

① 徐志摩：《致陆小曼》（1928年12月11日）："见到冰心女士，承蒙不弃，声声志摩，颇非前此冷傲，异哉。"见虞坤林编：《志摩的信》，学林出版社2004年版，第96页。
② 赵景深：《文坛回忆》，重庆出版社1985年版，第133页。

发,遂由沈从文出资三十元,卞之琳自己在北平印刷了三百本,才交给即将关门的新月书店代售的①。

有研究者说,新月书店出版的书,不但从未列入国民党当局的禁书目录,而且在官办的图书馆中,还享有免于审查的优待。对此事当年2月17日出版的《文学周报》第358期所刊的一篇文章曾加以嘲笑②。经笔者查实,此条信息来源于新月书店1929年2月4日在《时事新报》头版刊登的一则广告,内有一方小花边:"北平北海图书馆对各出版社之新书,例须经过审查合格,方为陈列;惟对新月书店则否。我们一方面很感谢他们的特别看待,同时我们以后出版的质量方面,都当格外努力。"再查《文学周报》第358期,系"时贤言行录"栏内所辑录言论中的一条,引用上述原文,表示讽刺之意,署名"启蒙生"(文学研究会会员徐调孚的笔名)。当然如果说这是在新月知识分子谈政治之前的事情,似乎没有疑问,但是自《新月》第2卷第2期(1929年4月10日出版)胡适等人发动人权论战后,他们对国民党政府党治的批评已经惹恼了当局,后来的新月书店也因之遭遇了被查禁、《新月》月刊被查收的境地,实应另当别论,笼而统之地加以评断则未必适当。

第四节　资本政治与老海派
——办书店不能只靠"玩票"

回顾新月书店的开办历程,应该说其起点是不错的。当时的文学研究会依托于老牌书店商务印书馆,因之在出版书籍方面某种程度上受到书局出于商业及自我保护意识之限,表现出一定的妥协性与保守性③;而创造社,初期为"异军突起"于文坛而投靠于泰东图书局,忍气吞声忍受书店老板的剥削④;与胡也频、沈从文、丁玲等人开办手工作坊式的、本小利薄、捉襟见肘的红黑出版社相比,更是一个天上一个地下。

新月书店有强大的一流编者队伍、作者队伍,资本虽不是最雄厚的,却有银行界股东作后盾(如张公权的中国银行、徐新六的兴业银行)可供透支拆借,而且还有比较好的影响力和社会关系,按理说,这些因素都应该促成

---

① 卞之琳在《追忆邵洵美和一场文学小论争》一文中特地作此说明,载《新文学史料》1989年第3期。
② 瞿光熙:《中国现代文学史札记》,上海文艺出版社1984年版,第273页。
③ 陈思和:《商务印书馆:民间出版业的兴衰·序》,上海教育出版社2000年版,第4页。
④ 参见刘纳:《创造社与泰东图书局》,广西教育出版社1999年版,第196—204页。

新月书店的长足发展。那么究竟是什么原因使它在几经周折之后最终面临被迫关门转让的命运呢？

这个问题似乎连当事人梁实秋在内都有些许不解："一伙人萍踪偶聚，合力办一个杂志开一个书店，过三四年劳燕分飞，顿成陈迹，……胡先生最喜欢引佛书上的一句话'功不唐捐'，意思是'努力必不白费'，有耕耘即有收获。这收获在哪里呢？回忆之际，觉得惶惑不已。"①

在笔者看来，最根本的所在，第一是新月书店的聚合与新月社的聚合存在着诸多异质性的因素，个人襟抱与感情维系开始与经营和投入混杂在一起，使抱负与感情都变得不那么纯粹了。

北平毕竟是北平，上海毕竟是上海。

新月书店一开始的组织形式就是股份制与董事会制，这种趋于明晰的责权意识，与原先"一二人独断专行"和"一团热心、不大讲究什么办事手续"的社团维系方式自然是不一样的了。

在时局混乱的状况下，像徐志摩这样有些家底的人士都苦于生活，更不消说那些奔波于教席的同人们了。虽说胡适退出书店的因由有些意气用事，但在当时他以"我是一个穷书生，一百块钱是件大事"作托辞，还是能折射出这一人群的生存处境。

况且，对于新月的同人而言，书店本是他们一种抱负与趣味的体现，当这种抱负在经营上并无多大的胜果，趣味又因为不同的"自我姿态"、身份期待以及价值认同在操作的过程中出现了不可弥补的缝隙时，兴味索然当然是难免的了。而这也显然是"没有人能对他发脾气"、怀揣着"复兴新月社"野心的徐志摩，无论再怎样奔走，也解决不了的。

由此，也使得新月书店在整个经营过程中显现出了几种同音却又有些不"同调"的表征，经笔者粗略勾勒，大致如下：

> 其一：新月人大多个性独立，有基本共同的价值理念，但无共同的具体目标，实际操作中的合作精神并不强。梁实秋尝言，他们"各有各的思想路数，各有各的研究范围，各有各的生活方式，各有各的职业技能。彼此不需标榜，更没有依赖"②；"我们这一群人，并无严密的组织，亦无任何野心，只是一时际会，大家都多少有自由主义的倾向，不期然

---

① 梁实秋：《忆〈新月〉》，见陈子善编：《梁实秋文学回忆录》，岳麓书社1989年版，第116页。
② 梁实秋：《忆〈新月〉》，见陈子善编：《梁实秋文学回忆录》，岳麓书社1989年版，第108页。

而然的聚集在一起而已"①;胡适亦不止一次的述说:"狮子老虎永远是独来独往的,只有狐狸和狗才成群结队!"②,实可十分形象地描述出这一知识群体的独立个性。

典型一例,在1928年初《新月》月刊创刊之际,新月书店发生了胡适辞职、撤股、抽走书稿的风波,引发了新月历史上一场不大也不小的"地震"。1928年1月28日,胡适给徐志摩写了一封异常条理清晰的信,全文如下:

志摩兄:

新月书店的事,我仔细想过。现在决定主意,对于董事会提出下列几件请求:

(1)请准我辞去董事之职。

(2)请准我辞去书稿审查委员会之职。

(3)我前次招来的三股——江冬秀、张慰慈、胡思杜——请退还给我,由我还给原主。

(4)我自己的一股,也请诸公准予退还,我最感激,情愿不取官利红利。

(5)我的《白话文学史》已排好三百一二页,尚未做完,故未付印,请诸公准我取回纸版,另行出版,由我算还排版与打纸版费用。如有已登广告或他种费用,应由我补偿的,我也愿出。

右五项,千万请你提出下次董事会。(信稿原是直行写的,故称"右五项"。——引者注)

我现在决计脱离新月书店,很觉得对不起诸位同事与朋友。但我已仔细想过,我是一个穷书生,一百块钱是件大事,代人投资三百元更是大事,我不敢把这点钱付托给素不相识的人的手里,所以早点脱离。这是我唯一的理由,要请诸公原谅。

胡适　十七年一月二十八日③

显然,胡适言语中透着不便言说的隐情,使用"穷书生""素不相识"这样的带有弱势意味的词语,其心态实非正常。这背后,是什么激发一向理性容忍的胡适做出这样一个颇有拆台之嫌的不理性之举?不妨先看一下梁实

---

① 梁实秋:《谈徐志摩》,见陈子善编:《梁实秋文学回忆录》,岳麓书社1989年版,第188页。
② 梁实秋:《忆〈新月〉》,见陈子善编:《梁实秋文学回忆录》,岳麓书社1989年版,第105页。
③ 胡适:《致徐志摩》(1928年1月28日),见社科院近代史研究所编:《胡适来往书信选》上册,中华书局1979年版,第457—458页。

秋的回忆。《新月》创刊前夕，由"上沅传出了消息，说是刊物决定由胡适之任社长徐志摩任编辑，我们在光旦家里集议提出了异议，觉得事情不应该这样的由一二人独断独行，应该更民主化，由大家商定，我们把这意见告诉了上沅。志摩是何等明达的人，他立刻接受了我们的意见。新月创刊时，编辑人是由五个人共同负责，胡先生不列名。志摩是一团热心，不大讲究什么办事手续，可是他一团合气，没有人能对他发脾气。"①此时的胡适正处于北洋政府和南京政府两面不讨好的状态，如今，连朋友都不很把他放在眼里，心里的不快可以想见，不过就胡适而言写此信是有些意气用事了，后果无异于拆新月书店的台。这封最后通牒式的信当时没有公开，毕竟徐志摩在同人中间，"真是一片最可爱的云彩"②，他从中做了大量的黏合工作，风波总算过去。然而经此"事变"，好脾气的徐志摩也不禁感到无奈，在给表弟蒋复璁（慰堂）信中禁不住流露出颓丧之情③。

风波过后，胡适还曾在1928年4月4日借高梦旦脱离商务印书馆之事大发感慨。在当天的日记中，胡适这样写道："商务近年内部的意见甚深，菊生先生首先脱离，梦旦先生忍耐至今，也竟脱离了。他说：'我们只配摆小摊头，不配开大公司。'此语真说尽一切中国大组织的历史。我们这个民族是个纯粹个人主义的民族，只能人自为战，人自为谋，而不能组织大规模的事业。考试是人自为战的制度，故行之千余年而不废；政党是大规模的组织，需要服从与纪律，故旧式的政党（如复社）与新式的政党（如国民党）都不能维持下去。岂但不能组织大公司而已？简直不能组织小团体。前几天汪孟邹来谈亚东的事，便是一例。新月书店与云裳公司便是二例。这样小团体已不能团结，何况偌大的商务印书馆？我们只配作'小国寡民'的政治，而运会所趋却使我们成了世界上最大的帝国！我们只配开豆腐店，而时势的需要却使我们不能不组织大公司！这便是今日中国种种使人失望的事实的一个解释。"④胡适对此事的"耿耿于怀"可见一斑。

第二，新月知识分子大多寄身于各大学及研究机构，各有各的职业岗位及专业，这才是他们认为的安身立命之处，对书店经营热心程度有限，也不

① 梁实秋：《忆〈新月〉》，见陈子善编：《梁实秋文学回忆录》，岳麓书社1989年版，第107—108页。
② 胡适：《追悼志摩》，载《新月》第4卷第1期"志摩纪念号"。
③ 徐志摩：《致蒋慰堂》（1928年3月10日前后），见虞坤林编：《志摩的信》，学林出版社2004年版，第20—21页。
④ 胡适：《胡适日记》（1928年4月4日），见曹伯言整理：《胡适日记全编》（5），安徽教育出版社2001年版，第26页。

内行，更多"玩票"色彩，一旦有了合适的职业，书店的事情自然脱离，这与专业出版商如张静庐式全身心的投入无法相比。新月书店一直采取委托经营的方式，大多数同人未有实际介入。像余上沅之任书店经理，就很难说是出于对经营的热心，前已述及，其就职与去职更多出于个人生计的原因。梁实秋的回忆尤其说明问题："说到新月书店，也是很有趣的。我们一伙人如何会经营商店？……虽然我是书店的总编辑，我不清楚书店的盈亏情形，只是在股东会议听取报告。《新月》月刊每期实销多少我也从来不知道。"①不难看出，新月书店于这些身份多为学者作家的股东们而言，基本上成为他们写了书有个可以出版的地方，而非像真正商场中人般密切关注经营业绩的潮涨潮落——因为事关自己的经济利益。他们或治个人学术，或操三尺教鞭，在各自的职业岗位上为谋生亦为政治文化理想而专注投入——股东/票友，迥然不同的角色奇特地组合到了这群知识人身上。然而，正如张爱玲说过的一句十分有趣而精辟的话那样："办杂志，好像照顾嗷嗷待哺的婴孩，非得按时喂他吃，喂了又喂，永远没有完……"②，办书店更需要如此之耐心与用心。相比之下，专业出版商如张静庐、章锡琛③者，则大为不同。张静庐自己曾说，他初创第一家专营杂志的上海杂志公司（1924 年 5 月 1 日成立）时，为吸引读者立足市场，不惜亏本代售杂志，以求书店生意兴隆，虽然创办费只有二十元，但在"快、齐、廉"的经营宗旨下，至当年十月底就赚到几千元钱。这种成绩，实乃凭借其苦干实干硬干才会得到的④。回过头看看 1928 年 4 月 25 日胡适在日记中曾发过的"宏愿"：十年出一二百本名著，只要有恒心，就不是什么难事，而最终新月书店"英文名著百种丛书"不过只出了五种左右。这种绩效，似乎也从一个侧面说明了新月知识人在愿望与现实操作之间的巨大缝隙。因此新月书店的后期，纵然由邵洵美力撑了一段时期，但毕竟邵的资金与精力分配并非新月一家，其力量有一定的局限性，最终难脱关门之运命。

① 梁实秋：《忆〈新月〉》，见陈子善编：《梁实秋文学回忆录》，岳麓书社 1989 年版，第 113—114 页。

② 林以亮辑：《张爱玲语录》，原载 1987 年 3 月台北《联合文学》第 29 期，见陈子善编：《私语张爱玲》，浙江文艺出版社 1995 年版，第 63—64 页。

③ 章锡琛：1926 年 8 月创立开明书店，1929 年开明书店改为股份公司，任总务主任。1934 年被选为总经理，在其经营下开明书店成为很有声誉的出版机构。参见宋原放：《出版纵横》，上海人民出版社 1998 年版，第 156 页。陈望道曾在给汪馥泉信中说：办书店"总要有一个像章锡琛样当作一样生意干，才能有出色"。参见孔另境编：《现代作家书简》，花城出版社 1982 年版，第 112 页。

④ 参见张静庐：《在出版界二十年》，上海书店 1984 年版，第 161—163 页。

　　第三，新月知识分子既然大多学者文人出身，则很多时候追求个人文化理想乃至政治抱负的愿望超出了现实环境，不愿妥协，不免意气用事，而导致书店期刊的经营轻则出版成本超出负荷，重则受挫受禁事时有发生。虽是同人书店，但此时的概念已完全不同于"五四"时期的同人刊物，必须对市场有足够的关怀方能生存下去，这是同人性质与股份制（营业性质）的根本差异。就此而言，新月书店显然缺乏像大书店商务印书馆那样的出版理性，后者是宁愿斥资买下稿子放在仓库也不愿冒风险出书①。

　　且徐志摩在《诗刊》季刊第3期的"叙言"中不厌其烦的述说："本刊上期（第二期）付印后，书店的经理和总编辑曾经提出口头的抗议。他们说：'我们出诗刊固然是很好，并且销路也还不错，但这第二期的本子似乎是太厚了些。你们知道现在金价涨一切东西都贵，纸张排印工都比不得从前，同时我们书的定价又苦于不能相当的提高，这就发生了困难。诗刊第一期因为有再版，总算对付了过去，书店不致于赔多少钱，但第二期凭空增加了不少的页数，同时你们又得要精印封面考究纸张，再加定全年的又是特价，这笔账算下来在书店方面干脆是亏本生意，恐怕即使卖到四千本还弥补不过来。书是当然要继续出，但此后的篇幅非得想办法节省一点，再要按第二期的分量出下去，营业方面实在是太说不过去了，所以这件事非得请你们原谅。'"虽有告诫在先，组稿时，身为编辑的徐志摩还是很难做到"听话"："现在第三期又要付印了，方才我拿一个算盘把全份诗稿的行数一计算，不好了，竟有一千三百行，平均每页印十二行就得一百多页。如其再把论诗的散文加下去，结果比上期的本子还得加厚！平常一百几十页的一本平装书，定价至少要在五毛以上，现在诗刊每期只卖到二毛五，这无怪书店要着急。'真是一班诗人'，他们说，'一点生意的常识都没有！'"作为编者，徐志摩还要诉不得不有所取舍的"痛苦"："这期的稿件又来得特别多，……如果我们把所有的来稿一起付印，书本至少还得加厚两三倍的。对于稿件的选择我们已经觉得颇严格；相当去取的标准是不能没有的。但我们手上这一千三百行实在是不能再有删弃，书店即使亏本我们也只能转请他们原谅的了。为了节省篇幅，本期约定的散文稿也只能暂时不登。"②看来，对徐志摩等新月知识分子而言，书店赔本虽则也是大问题，用稿标准、审美趣味一定是坚决不可动摇的，或可以说是"鱼与熊掌不可兼得"。话说回来，如果妥协了，也许就不是他们自己了。

---

　　①　参见张静庐：《在出版界二十年》，上海书店1984年版，第138页。

　　②　徐志摩：《〈诗刊〉叙言》，《诗刊》第3期，上海新月书店出版，1931年10月5日。

最严峻者,乃发生在新月知识分子谈人权与政治时期,此后迫于压力及个人选择,导致新月主要同人离开上海,而《新月》月刊屡被查禁,也影响到新月书店的经营业务,这使得新月书店危机重重。1930 年初的胡适日记,对此时新月书店的境况记载甚详:1 月 21 日,记录标题为《市宣传部第四十二次会议呈请辑办胡适》公文一则,内容为:"一、查封新月书店;二、撤中国公学校长胡适职;三、将胡适褫夺公权。"2 月 15 日:"新月书店送来市党部宣传部的密令,中有中央宣传部的密令,令该部'设法焚毁'《新月》第六、七期。密令而这样公开,真是妙不可言! 此令是犯法的,我不能不取法律手段手续对付他们。"2 月 16 日:"与律师徐士浩君谈中央宣传部的密令,他说没有受理的法庭。晚上,与郑天锡、刘崇佑两先生谈此事,刘君说可以起诉,我决意起诉。"3 月 17 日:"上海特别市宣传部:查没《新月》二卷六、七期,载有胡适《新文化运动与国民党》及罗隆基《告压迫言论自由者》。"7 月 30 日:"今早得电话,始知公安局内一区警察今早八点去搜查新月书店,拘去店员二人(李萧二姓),并搜去《新月》第二卷八期(即努生评约法的一期)几百册。我托汤尔和面嘱鲍局长鲍毓麟,我自己也写信给他,到下午二时,拘去二人皆释回,店仍照常营业。"①或许可以说,新月书店自设立之初,就说不上是一个以经济利益为上的出版机构,而是为同人开辟自由发表言论空间的一个平台,其旨归则是新月知识人追求秩序与法治的自由主义观念。

新月同人中,谈政治比胡适更坚决的是罗隆基,他对同人徐志摩、邵洵美等为维持营业计,主张今后《新月》不谈政治十分不以为然,认为"《新月》的立场,在争言论思想的自由。为营业而取消立场,实不应该。相当的顾到营业则可,放弃一切主张,来做书店生意,想非《新月》本来的目的。"②罗隆基继胡适之后坚持抨击国民党独裁政权,成为新月同人中扛政治大旗的主将,然而,却未能参透彼时国民党政府的政治玄机。如陈思和先生论述的:"各界民国政府对'五四'一代反叛性知识分子的容忍范围仅限于大学和研究院,一旦其影响进入社会层面,即使如新月书店这样温和的团体,也将被毫不客气地取缔。"③所以尽管新月派人士坚持在《新月》月刊上署真名说真话,希冀以此启发警醒政权、做政府的诤友诤臣,殊不知,他们面对的仍是

① 以上各条日记,分见曹伯言整理:《胡适日记全编》(5),安徽教育出版社 2001 年版,第601、675、675、686、746 页。
② 《罗隆基致胡适》(1931 年 8 月 6 日),见社科院近代史研究所编:《胡适来往书信选》中册,中华书局 1979 年版,第 76 页。
③ 陈思和:《中国新文学整体观》,上海文艺出版社 2001 年版,第 173 页。

一个党治高于法治的"思想文化政策上趋于保守"①的国民政府。纵然胡适在政府中有人为之说话，政界还是有政界的游戏规则，所以胡适的要以法律程序起诉政府，也只能让人感叹其意义止于提出了治理社会要靠法治的可贵，而无法对实质性的结果有所期待。

这种种表现，拿叶公超的话来说，就是不难看出"新月同人的书生本色和天真心性。以这些人写文章或研究学问会有成就，要他们办杂志开书店，是注定了要失败的了"。

最后，1931年前后是"新月"历史上的一个关键时期，这一时间段内同人的生活工作发生很多变动。徐志摩1931年曾写信给人说起此种境况："洵美在上海忙于经营印刷，适之热心国家大事，尚在南中。我在此号称教书，而教育已三月不得经费，人心涣散，前途亦殊黯淡。出版界亦至萎缩……"②邵洵美此时的精力重心放在了组办其时代印刷公司上。胡适则在上海生活了三年半之后，于1930年11月下旬离开上海重赴北平。随后在胡适的劝说下，1931年2月24日徐志摩到北平并住胡适家，春季开学后任北京大学英文系、女子大学外文系教授。罗隆基也于1931年底离开上海赴天津主笔《益世报》（至1933年12月辞职）。闻一多本来就不在上海，他和梁实秋早已于1930年夏应杨振声（金甫）之邀赴青岛参加筹备中的国立青岛大学。朋友们各奔东西，空间上的距离感明显为同人间的交流造成了诸多不便。为此，《新月》月刊第3卷第5、6期合刊（约在1931年初出版）新辟"新月讨论"栏目，有编者附记言："如今新月的一班朋友，亦散在各地。胡适之先生徐志摩先生在北平，梁实秋闻一多先生在青岛，还有在武汉的，在安庆的，在广东广西的。我们见面聚谈的机会少了。许多问题，我们只好借重往来的函件。'新月讨论'，今后就是公开我们朋友们讨论问题信件的地方了。"实际上，地域的分散亦暗示着人心的涣散，"玩票"业已属无心无力之事。因之虽然在此期间，新月同人为新月书店及新月社的生存做出了一些努力，如罗隆基积极联系现代文化丛书出版事宜，徐志摩欢欣鼓舞于新月社的扩股，兴奋于有机会可以不放弃新月这份基础，宋春舫给新月社捐地，他就想着造房子就要造得大一点③（徐志摩的理想化在新月派文人中可谓一直是一枝独秀的——笔者按），邵洵美也在竭力维系着书店的生存，但

① 陈思和：《中国新文学整体观》，上海文艺出版社2001年版，第173页。
② 徐志摩：《致郭子雄》（1931年11月1日），见虞坤林编：《志摩的信》，学林出版社2004年版，第344页。
③ 徐志摩：《致郭有守》（1930年2月1日），见虞坤林编：《志摩的信》，学林出版社2004年版，第345页。

这一切却实难掩盖群体自身内部发生的肌体裂变。由是,随着同人各觅枝头,离开上海——非适文人生存之地①,新月书店——由"著作者合组的书店"随之趋于委顿无形也是可以想象的了。

附:新月书店出版章程(载《新月》月刊第 1 卷第 3 期)

甲、抽版税办法

(一)稿件去取由本店编辑部稿件审查委员会定之

(二)稿件理由本店商同作者删之

(三)版权归作者保留但发行权则归本店

(四)最先二千部版税由审查委员会酌定以百分之十五至百分之二十计算,此后每二千部增加百分之一以加至百分之二十五为止

(五)支付版税于本书出版后每四个月结算一次

(六)作者如欲支版税得与本店协商一致但其数目不得过每版版税总数四分之一

(七)本书出版时每版送作者十部过此数时作六折计算成本所取之书概无版税

(八)印刷方面如作者须特别讲究而定价不能过高或不易销售者其版税另议

(九)作者如因特别原因是欲取回原书时须得本店同意且须遵守下列二项:(A)须待已印之书销完;(B)须算还排版及打纸版之费用纸版由作者收回

乙、卖版权办法

(一)书稿交来后须经本店编辑部稿件审查委员会审定去取

(二)稿件得由本店商同作者删改之

(三)书籍由本店发行版权即归相店所有

(四)稿费每千字自三元至八元(但曾经发表过之稿件其稿费得酌量减少)由审查委员会酌定之

(五)稿费支付日期由作者与本店商定之

(六)书本大小格式定价及部数等概由本店规定之但作者亦得参加意见

---

① 徐志摩就曾多次向友人言及,再在上海待下去人就废了。如:1931 年 5 月 17 日给郭子雄信中把上海形容成"销形蚀骨的魔窟",见虞坤林编:《志摩的信》,学林出版社 2004 年版,第 343 页;徐志摩逝世后,储安平在《新月》第 4 卷第 1 期"志摩纪念号"发表《悼志摩先生》一文中,忆及徐志摩曾对其说:"往北平祇要自己有翅膀。上海,上海你得永远像一只蜗牛般的躲在屋子里。"

（七）本书出版时每版送作者十部作者购买本书按六折计算

（附注）本章程得随时修改之

通讯处上海法租界华龙路新月书店编辑所

第四章　新月社的"中兴"：文艺立刊

新月书店的建立使新月同人了却了没有出版机构的遗憾。但由于他们的整体"南迁"和徐志摩的离任，《晨报副刊》这块"发言"与"露棱角"的阵地失去了，不甘寂寞的他们要在上海创设新的阵地，这也就有了《新月》月刊的诞生。

最热心于此事的人还是徐志摩。

1927年底，徐志摩就已为之积极组稿了。他在是年元旦前给父母的家书中说："最使我着急的是我们自己的新月月刊，至少要八万字，现在只有四万字拿得住，我是负责的总编辑，叫我如何不担心。"①此时，徐志摩业已称自己为"总编辑"了。

梁实秋在回忆新月旧事的两篇文章《忆〈新月〉》《〈新月〉前后》里都提到了《新月》创刊前的情况。说的是，胡适、徐志摩几位要开书店办杂志，但是光有创意没有人马是办不了的，他们先托余上沅负责管理书店，徐志摩则与余上沅一起招兵买马，约集了梁实秋、潘光旦、闻一多、饶孟侃、刘英士等人。

余上沅早年在五四运动时就认识了胡适，出国留学也是胡适帮助申请资助的，因而他与胡适、徐志摩似乎走得更近一点：从前在美组织中华戏剧改进社时给胡适的信就是以余上沅之名发出的，如今办书店，余上沅就住在新月书店并兼任经理，同样，要办杂志了，余上沅也是责无旁贷。

余上沅最先想到的还是梁实秋、潘光旦、闻一多、饶孟侃等几位有多年友谊的清华留美同学。此时的这批同学，正聚居在潘光旦家。因为刘英士、闻一多、饶孟侃等人的来投，朋友们不期然间又以"潘光旦寓所"为中心形成了一个沙龙，在教书之余"经常聚首"谈天说地。刘英士毕业于哥伦比亚大学研究院，1925年7月获政治经济学硕士学位，归国后由张禹九介绍在其兄张君劢办的"自治学院"（后于是年十月改为国立政治大学）讲授政治及社会学，在纽约时曾与潘光旦一起到郊外农场打过工，如今则成了政治大学的同事，潘光旦自1926年回国也来此校任教并任教务长一年，闻一多则短期任职训导长。1927年2月刘英士辞职从吴淞搬到上海，与新婚的潘光

---

① 徐志摩：《致父母》(1927年底)，见虞坤林编：《志摩的信》，学林出版社2004年版，第8页。

旦夫妇合租一处洋房,潘住三楼,刘住二楼,其后闻一多、饶孟侃亦来,合住二楼后面的房间,成了潘光旦家的"食客"①。

此时,身处"沙龙"之外的徐志摩来约请加盟办杂志事,诸位也觉得"与其群居终日言不及义,倒不如大家拼拼凑凑来办一个刊物",以取得一个发表文章的机关,就"同意了参加这个刊物的编辑"②。

用梁实秋的话说,"杂志定名为'新月'",显然这是志摩的意念。而今天这批同人,只有闻一多参加了当时北京的新月社,可他对新月社在情感上其实是很有距离的,不过大家出于对徐志摩的这份心情的理解,还是接受了这个名称。

从梁实秋的言语中看,因为"言不及义"而想发言的欲望,"拼拼凑凑"的办刊心态,以及"将就"徐志摩确定的刊物名称,构成了《新月》杂志诞生之初的基本形态。

第一节　《新月》创刊和上海的繁华期刊梦

一、架构：不和谐的开始

如前章所说,《新月》创刊前夕,有关刊物社长主编人选引起了争议。负责联络"潘家沙龙"同人的余上沅带给大家一条消息,说是刊物初步确定胡适任社长、徐志摩任主编。众人当时就提出了异议,觉得社长主编不经同人推选一两个人就决定的做法实在是太"独断独行",应经过正当手续民主推选。于是,闻、梁等人商定还是由余上沅去回话,结果"志摩是何等明达

---

① 秦贤次编:《刘英士年表》,见《刘英士先生纪念文集》,台湾兰亭书店1987年版,第368页。

② 梁实秋:《忆〈新月〉》,见陈子善编:《梁实秋文学回忆录》,岳麓书社1989年版,第107页。按:梁实秋在《谈徐志摩》中,说到新月书店股东时,包括:胡适、徐志摩、梁实秋、余上沅、丁西林、叶公超、潘光旦、刘英士、罗隆基、闻一多、饶孟侃、张禹九,共12人。在前章关于新月书店的考察中,我们已经得知这些人确切地说应该是《新月》月刊创办时的同人。而其中罗隆基是1928年夏天回国后才加入的,并非创办人。另外邵洵美在1931年入主新月书店,并负责部分《新月》月刊事务。《新月》同人的聚集有两个明显特点,一是多为清华出身的英美留学生,上述12人中,除胡适、徐志摩、叶公超、丁西林、刘英士外,都是清华毕业生,但胡、刘均留学美国,徐、叶留学美英,丁留学英国。二是《新月》时期他们大多在上海光华大学、暨南大学、中国公学等高校任职,较之北京时期更具有学院派色彩。

的人,他立刻接受了我们的意见"①,改为集体编辑。这样《新月》创刊时,编辑者就成了由三个人共同负责,胡适不列名。(梁实秋说是五个人列名,当为其晚年回忆之误。)而之所以改成徐志摩、闻一多、饶孟侃三人,则是"因为大家都认为《诗镌》有成绩"②便决定由他们合编属于"纯文艺"的《新月》月刊。

1928 年 1 月 28 日,胡适突然致信给徐志摩,要求退出新月书店董事会,并抽出自己的书稿《白话文学史》,并撤出自己代江冬秀(胡适之妻)、胡思杜(胡适之子)、张慰慈人的三股以及自己的一股共四股。③

幸亏徐志摩,他没有公开胡适此信,又从中做了大量的黏合工作,风波总算过去。

不过,有关胡适、徐志摩召集创办《新月》月刊的消息已见诸报端。1928 年 3 月 5 日的《申报·本埠增刊》在"出版界消息"一栏上刊登了一则"新月月刊创刊号不日出版"的新闻:

> 胡适之、徐志摩等所编辑之新月月刊,将于本月十号出版,自发售预约以来,闻日内本外埠来定者,已五百余份。昨日星期,该编辑部同人设宴于新新酒楼,到宴者有孙伏园、赵景深、张君劢、刘海粟等数十人,皆一进知名之士,净几丰筵,酬酢极欢,并闻席间对于月刊各期稿件,已决定精心撰述,务求尽善云。④

五天以后,《申报》又登出一则广告:"新月月刊创刊号出版了,每册四

---

① 梁实秋:《忆〈新月〉》,见陈子善编:《梁实秋文学回忆录》,岳麓书社 1989 年版,第 107—108 页。梁实秋在另一篇文章《〈新月〉前后》中,就此事评价徐志摩用了"圆滑"一词,而比较梁氏所作《谈闻一多》和《谈徐志摩》(均收入《梁实秋文学回忆录》),其评价人事上的口吻上是不同的。闻、徐二人,梁实秋更欣赏前者,他曾说在友人中受闻一多影响最大,自己读杜甫就是由闻一多的研究而引起的,且梁实秋与闻一多在人生很多重要环节如清华、留美时期均交往十分密切,20 世纪 30 年代又同在青岛大学共事。而梁与徐志摩的交往第一次是 1922 年请徐为清华文学社演讲,徐因用了照本宣科的"牛津方式"作英语演讲而失败。梁实秋说他与徐志摩本不熟识,回国前投稿寄给过徐主编的《晨报副刊》,回国后之所以与其相识,是因为他们有一些共同的朋友如闻一多、赵太侔、余上沅,他们先梁实秋一年回国并与徐时相过从,故 1926 年徐志摩邀请他参加了与陆小曼的订婚宴。显然,梁与徐的交往较之闻一多远了些。

② 饶孟侃:《关于新月派》(未刊稿),见王锦厚:《闻一多与饶孟侃》,电子科技大学出版社 1999 年版,第 299 页。

③ 胡适:《致徐志摩》,1928 年 1 月 28 日,见社科院近代史研究所编:《胡适来往书信选》上册,中华书局 1979 年版,第 457—458 页。

④ 《申报》,1928 年 3 月 5 日。

角,上海望平街新月书店发行。"

对于这场风波,梁实秋后来分析说"表面上是因为社长主编未经同人推选,手续不合,实际上是《新月》一批人都是坚强的个人主义者,谁也不愿追随在别人之后。"①

虽然弥合了同人之间的关系,但受此打击最大的莫过于徐志摩,他此前在给表弟蒋慰堂(蒋百里之侄)信中甚至表现出了难以名状的焦虑:"本期新月出世,藉事振作;岂意刍议粗定,内波忽起,适之退出编辑,月报无形停顿。下月出报之约,殆难践矣。"②毕竟,移居上海并不如意的徐志摩对于这本杂志是寄予了很多期望的,对他来说,文学就是他的人生,是他实现人生抱负及自我价值被社会认可的途径。这一点,他在1927年底给父母的信中亦有所表示:"我如学商,竟可以一无成就,也许真的会败家,我学会了文学,至少已经得到了国内的认识,我并不是没有力量做这件事,并且在这私欲横流的世界,我如能抱定坚贞的意思,不为名利所摇惑,未始不是做父母的可以觉得安慰的地方。"③

这场风波,也似乎在冥冥中为《新月》今后必然的命运埋下了伏笔。

3月10日正式亮相的《新月》形式上颇有些与众不同,在当时出版界甚有令人耳目一新之感。版型是方方的,封面用天蓝色,上中贴一块黄纸,上签横书古宋体"新月"二字,面上浮贴一张白纸条,上面印着要目。这都是由闻一多设计的。据梁实秋讲,"方的版型大概是袭取英国的十九世纪末的著名文艺杂志 Yellow Book(黄面志)的形式。这所谓的黄皮书是一种季刊,刊于一八九四至九七年,内有诗、小说、散文。作者包括 Henry James,Edmund Gosse,Max Beerbohm,Earnest Dawson,W.H.Davis 等,最引人注意的是多幅的 Aubrey Beardsley(按:英国19世纪末著名插图画家比亚兹莱)的画,古怪夸张而又极富颓废的意味,志摩、一多都很喜欢它。"④

而在徐志摩、闻一多、饶孟侃任主编期间,《新月》也是每期必配插图,如徐志摩私淑的哈代、罗刹帝的画像,分别由画家徐悲鸿、刘海粟作,他们与徐氏关系交好,显系受徐之邀而作;还有张禹九、江小鹣、余上沅、叶公超、徐志摩等私人收藏的欧美现代派绘画、雕塑、剧场图片、泰戈尔的钢笔画等,既

---

① 梁实秋:《〈新月〉前后》,见陈子善编:《梁实秋文学回忆录》,岳麓书社1989年版,第125页。

② 徐志摩:《致蒋慰堂》(1928年3月),见虞坤林编:《志摩的信》,学林出版社2004年版,第20页。

③ 徐志摩:《致父母》(1927年底),见虞坤林编:《志摩的信》,学林出版社2004年版,第8页。

④ 梁实秋:《忆〈新月〉》,见陈子善编:《梁实秋文学回忆录》,岳麓书社1989年版,第108页。

为杂志增添了生动的色彩,也流露出他们的艺术趣味。可惜后来随着徐、闻等人的退出,《新月》上的插图也渐渐消失。

可是,信奉"文学的纪律"的梁实秋却不喜欢《新月》这个设计,因为他认为《黄面志》有浓厚的堕落色彩,尽管他收藏有五六本此刊物。不过,梁当时也未表示反对,因为"一般人未必知道这个刊物,不会联想到英国堕落主义的文艺,何况《新月》的内容绝不会有那样的趋向"①。这说明在文化取向上,梁实秋所取还是比较保守的古典主义观念。

二、发刊词:新月的"态度"

在饶孟侃的回忆中,新月派的第一次分歧就是因创刊号上的发刊词——《新月的态度》一文引起的。"创刊号是徐志摩一手编定的,他早已写成了一篇《新月的态度》这样的文章,但满纸全是空谈资产阶级的'健康'与'尊严',记得当时闻一多和我看了都不同意,但又无法可想,不便反对,只好提出以后要多登创作,少发议论,决不浪费笔墨来写这样的文章。这一期还刊出了梁实秋的一篇《文学与革命》……只觉得立论过偏,可能要引起不必要的争论(后来果然遭到了创造社的反对),这是第一次我们在彼此间引起了不快之感,没想到刊物一露头,便风靡一时,它的销路很快就赶上了《东方杂志》的销路。"②饶孟侃的这份未刊稿,口气上带有特定的时代色彩,不过倒是提示了他们三位编辑之间事实上存在着一些分歧。

梁实秋却不这么说,他说这篇文章是大家集体智慧的结晶:"创刊之初,照例要有一篇发刊词,我们几经商讨,你一言我一语的各据己见,最后也归纳出若干信条,由志摩执笔,事后传观通过,这便是揭橥'健康与尊严'那篇文章的由来。所说的话像是老生常谈,不过对于当时文艺界的现象也不无挑战的意味。"③

不妨来看看创刊号上这篇由徐志摩执笔深具"挑战"色彩的洋洋洒洒达十页之多的《新月的态度》。正文之前就先引用了两句名言:"And God

---

① 梁实秋:《〈新月〉前后》,见陈子善编:《梁实秋文学回忆录》,岳麓书社 1989 年版,第 125 页。
② 饶孟侃:《关于新月派》(未刊稿),见王锦厚:《闻一多与饶孟侃》,电子科技大学出版社 1999 年版,第 299 页。饶孟侃的回忆也有误,创刊号上梁实秋发表的是《文学的纪律》,《文学与革命》发表在第 4 期。
③ 梁实秋:《〈新月〉前后》,见陈子善编:《梁实秋文学回忆录》,岳麓书社 1989 年版,第 126 页。

said, Let there be light; and there was light——The Genesis", 即《圣经·创世纪》中的"上帝说，要有光，就有了光"和"If Winter comes, can Spring be far behind——Shelly", 即英国诗人雪莱《西风颂》中的"冬天来了，春天还会远吗", 给人一种横空出世的感觉，让人感觉到他们是肩负着为文坛带来光明的使命而来的。随之在正文开头，就打出了"独立"的旗帜：

> 我们这月刊题名《新月》，不是因为曾经有过什么"新月社"，那早已消散，也不是因为有"新月书店"，那是单独一种营业，它和本刊的关系只是担任印刷与发行。《新月》月刊是独立的。
>
> 我们舍不得新月之名字，因为它虽则不是一个怎样强有力的象征，但它那纤弱的一弯分明暗示着，怀抱着未来的圆满。
>
> 我们这几个朋友，没有什么组织除了这月刊本身，没有什么结合除了在文艺和学术上的努力，没有什么一致除了几个共同的理想。
>
> 凭这点集合的力量，我们希望为这时代的思想增加一些体魄，为这时代的生命添厚一些光辉。
>
> 但不幸我们正逢着一个荒歉的年头，收成的希望是枉然的，这又是个混乱的年头，一切价值的标准，是颠倒了的。

应该说明的是，他们虽说在标榜"独立"，但是这并不足以说明《新月》月刊就是一个孤立的存在，主要的目的恐怕还是要树立公正与客观的姿态，为下文的批评清场。真正的用意则是要指出，为何"荒歉"，又如何是不能容忍的"混乱"？作者把当前的思想文化界比作一个市场，而在这市场上摆满了打着各种招牌旗号的花花绿绿的摊子，"各有各的色彩，各有各的引诱"，然后一口气列举了十三种派别：伤感派、颓废派、唯美派、功利派、训世派、攻击派、偏激派、纤巧派、淫秽派、狂热派、稗贩派、标语派、主义派，认为"上面所写的十多种行业，除了'攻击''纤巧''淫秽'诸宗是人类不怎样上流的根性得到了自由（放纵）当然的发展，此外多少是由外国转运来的投机事业。"他们相信，如果盲目迷信这些外来的"买卖"，那么"它的无限的效用有时可以转变成不可收拾的奇灾"，因此这些思想上的"行业"都需要补救、治疗。他们强调，尽管"商业上有自由，思想言论上更应有充分的自由"。但是，这自由要在相当的条件下，"最主要的两个条件是（一）不妨害健康的原则，（二）不折辱尊严的原则"，"尊严，它的声音可以唤回在歧路上彷徨的人生。健康，它的力量可以消灭一发侵蚀思想与生活的病菌。"文章最后表示"我们的志愿"是号召人们"醒起""奋争"，"要从恶浊的底里解放圣洁的泉源,要从时代的破腐里规复人生的尊严",从而达到"创造的理想主义"的高潮①。

这份词藻丰沛的文本后来被认为是新月派的宣言和纲领,它"左""右"开攻,把文坛否定了个遍,引起文艺界的回击是很自然的。而1928年正是革命文学方兴未艾的年代,因此来自左翼阵营的批驳也最为强烈,晚年叶公超曾这样说过:"渐渐地,由于苏联文学势力的进入中国,南方上海的'左派'力量扩大,'新月'同人感到需要加以抵制,因此计划办杂志,开书店,设茶馆(供大家谈问题)"②。

而后期创造社的彭康在作于同年5月14日的《什么是"健康"与"尊严"?——"新月的态度"底批评》一文中毫不客气地质问:是"谁"的"健康"与"尊严"?这是牵涉大是大非的一个关键性问题——与阶级归属紧密相关。彭康在文章中试图表明,现在本来就是一个"被压迫阶级自图解放的"社会变革的时代,而思想界的变动也是必然的现象,这正是新月派认为"价值颠倒"的原因。他以并不十分娴熟甚至还嫌生硬的唯物辩证法作为手中的武器,宣称必然瓦解的"旧支配势力"的代言人徐志摩胡适们"注定了要消灭的命运":"他们的'尊严'与'健康'是无论怎样都保持不住的。不但如此!'折辱'了他们的'尊严',即是新兴的革命阶级获得了尊严,'妨害'了他们的'健康',即是新兴的革命阶级增进了健康。"彭康逐条辩驳了《新月的态度》提出的十三个派别后称,从"社会的根据和阶级的意义"上不能允许"诗哲""文学革命的领袖"等绅士们所谓的"健康与尊严"两大原则继续存在,并且宣言道:"辩证法的唯物论的思想家和文艺家决不绝望,颓丧,纵使现在是怎样的黑暗。他们有信仰,他们有忍耐与勇敢,他们的肩上担着光荣的历史的使命,他们的眼前展着灿烂的光明的未来。……这正是'尊严'与'健康'!"

有趣的是,在这篇文章中,彭康不仅仅攻击了新月派,且连鲁迅也扫了一笔,称"然而正是这种必然的现象(按:即指新兴阶级必将战胜旧的支配阶级),先前使'醉眼'的鲁迅弄一大篇的'朦胧'出来,现在又使得'小丑'徐志摩,'妥协的唯心论者'胡适一班人不得不表示《新月》的态度。这班名流们与鲁迅不同的是,他以为只是'照旧讲趣味'就可了事,他们却叹这个

---

① 徐志摩:《新月的态度》,见《新月》第1卷第1期,1928年3月10日。
② 叶公超:《关于新月》,见程新编:《港台·国外 谈中国现代文学作家》,四川文艺出版社1986年版,第161页。

时代是'不幸'的时代,大发起牢骚来。"①

而创造社的揶揄也可以说埋下了梁实秋与鲁迅及左翼文艺论战的"种子"。

三、一个人的"创刊号"

因为88岁的英国著名作家托马斯·哈代(Thomas Hardy,1840—1928)于《新月》创刊前的1928年2月逝世的缘故,在1925年由狄更生介绍"谒见"过诗人且受哈氏影响甚深②的徐志摩,把《新月》创刊号几乎办成了"哈代专号"。

如此强烈的个人趣味,虽然一方面反映了徐志摩急迫的自我表达,但在另一方面也折射出徐志摩仍在延续《晨报副刊》时的编辑姿态,造成了个人趣味在同人刊物当中的失衡。

在本期《新月》上,徐志摩一人奉献了七篇有关哈代的文字:《汤麦士·哈代》《谒见哈代的一个下午》《哈代的著作略述》《哈代的悲观》等4篇从不同角度纪念哈代的散文论文;还为他作诗《汤麦士·哈代》,另外翻译了

---

① 彭康:《什么是"健康"与"尊严"? ——"新月的态度"底批评》,载《创造月刊》第1卷第12期,1928年7月10日。事实上,徐志摩与鲁迅早就因为《"音乐"?》一文结下梁子,主编《晨报副刊》时的"闲话事件"更是阴影难消。而在1927年的时候,鲁迅和创造社并没什么过结,甚至是颇为不错:1927年9月24日,鲁迅去创造社"选取《磨坊文札》一本,《创造月刊》《洪水》《沉钟》《莽原》各一本,《新消息》二本,该社坚不收钱。"次日给李霁野的信中鲁迅说:"创造社和我们,现在感情似乎很好。他们在南方颇受压迫了,可叹。看现在文艺方面用力的,仍只有创造,未名,沉钟三社,别的没有,这三社若沉默,中国全国真成了沙漠了。南方没有希望。"(见鲁迅博物馆、鲁迅研究室编:《鲁迅年谱》(增订本)第二册,人民文学出版社2000年版,第415页。)但转过年来,在"异军突起"的创造社眼中,也已然成了"旧"人。这不难理解,创造社的年轻人们要想在文坛占据一席之地,自然要造像鲁迅这样的文坛前辈的反了。不过这种矛盾在左翼批评家看来,还属于"人民内部矛盾",真正的斗争对象则是"帝国主义或资产者的'意识代表'及封建文人",譬如新月社这班"欧化绅士的文人学者"。此处引文见李何林:《近二十年中国文艺思潮论》之第五章《"新月派"及其他反对者的论调》,转引自方仁念编:《新月派评论资料选》,华东师范大学出版社1993年版,第9—10页。

② 梁实秋在《谈徐志摩》中说:"是的,志摩受哈代的影响很大,……哈代的诗常常是一个小小的情节,平平淡淡,在结尾处缀上一个悲观的讽刺。这是哈代的独特的作风,志摩颇能得其神韵。"见陈子善编:《梁实秋文学回忆录》,岳麓书社1989年版,第204页。另有研究者分析,徐志摩所译《两个太太》等18首哈代诗作,多涉人生、世事、死亡等沉重的重大话题,悲戚乃至厌世气息浓厚。这非随意而为,而是经过了其认真的斟酌和遴选,基本上符合他从想象、意境和思想深度三个方面对哈代的"诗哲"定位标准。哈代的诗艺和哲思激发了或者说回应了徐志摩个体心性与文化意识中更深沉的一面。见陶家俊、张中载:《论英中跨文化转化场中的哈代与徐志摩》,《外国文学研究》2009年第5期。

两首哈代的诗:《对月》和《一个星期》(按:第3期徐志摩又译了哈代一首诗《哈代八十六岁诞日自述》)。这一期堪称徐志摩郁积已久的创作能量的释放,除以上作品,他还发表了自己的两首诗《我不知道风是在哪一个方向吹》《秋虫》及散文《白郎宁夫人的情诗》,如若再加上由其执笔的发刊词《新月的态度》,则徐氏在创刊号上共发表11篇,剩余篇目的分布是8位作者每人1篇:《文学的纪律》(梁实秋)、《阿丽思中国游记》(沈从文)、《谢绝》(闻家驷,闻一多的胞弟)、《一个懂得女子心理的人》(Leonard Merrick著,小说,陈西滢译)、《考证红楼梦的新材料》(胡适)、《白郎宁夫人的情诗》(一)(闻一多)、《写实小说的命运》(叶公超)、《最年轻的戏剧》(余上沅,署名餘客),外加一个叫王味辛(按:笔者尚未查出他的背景)的作者的一首诗《只要你说一句话》。

新月的创刊号,似乎不仅是哈代专号,简直有点像徐志摩的个人演唱会,其他人则不过像出场嘉宾,虽然嘉宾也是重量级的,他们的作品也很不俗,像胡适、梁实秋、闻一多、叶公超等人的创作。查徐志摩其后至去世(《新月》第4卷第1期止),他陆续共发表32篇作品,包括诗歌(含译诗)、小说、散文、剧本(与陆小曼合作《卞昆冈》)等,徐在《新月》发稿量仅次于第一位的梁实秋,而创刊号竟然占据其在《新月》总发稿量(43篇)的四分之一,实为可观,同人中似无出其右者。

徐志摩此种做法,显然也有些过头,梁实秋后来评价他说"不免在手续上不大讲究,令人觉得他是在独断独行",因而"颇引起一部分同人不满"[①]。而后来意识到酿下祸端的徐志摩,在他给学生李祁的一封信中亦有所坦露。

尽管如此,还是可以看出,《新月》的基本方向已经在创刊号上比较整齐地亮相:梁实秋是新月的"首席批评家",沈从文是写小说的大将,闻一多、徐志摩是著名诗人,胡适则又执着于国故研究,余上沅一直是戏剧创作与批评的骨干,正像梁实秋说的,《新月》可以说"思想与文艺并重"。当然,这是《新月》初期的表现,后来的转变则另当别论了。

第二节 不舍"文艺风":
——徐志摩、闻一多、饶孟侃的《新月》

自创刊号至二卷二期,《新月》月刊列名编辑是徐志摩、闻一多、饶孟侃

---

① 梁实秋:《谈徐志摩》,见陈子善编:《梁实秋文学回忆录》,岳麓书社1989年版,第189页。

三人,在日后的编辑工作上他们是有所分工的。饶孟侃说,"办法是采用集稿制,每人只负责编一期,以便在轮转中有足够的时间去约稿、选稿,并料理自己的事情"。①

梁实秋后来专门写过文章评价徐志摩与闻一多,比较而言他与闻一多相知相交更深,评价自然也高一些。用他的话说,闻一多是北平新月社里的一个"异类":"一多是比较的富于'拉丁区'趣味的文人,而新月社的绅士趣味重些"。而闻一多对徐志摩的为人处事或也是有所保留的,徐志摩死后他未着一字,即是说明②。叶公超也说,徐、闻二人私下其实是互相不服气的③。

也许正是出于这些缘故,现存的研究资料中,有关徐志摩与闻一多的通信现在几乎不存在,虽然当年是徐志摩帮助闻一多寻到了国立艺专的差事。

闻一多在气质与价值取向上不仅与徐志摩有差异,与胡适更有距离。留美时期闻一多给家人与清华校友的书信中,就有多处表示出对新文学权威胡适的不苟同甚至于不乏挑衅的语态④,如1922年12月27日,闻一多在给父母的家书中说:"今早得梁实秋信称郭沫若君曾自日本来函与我们的《冬夜草儿评论》表同情。来函有云:'……如在沉黑的夜里得见两颗明星,如在蒸热的炎天得饮两杯清水……在海外得读两君评论,如逃荒者得闻人足音之跫然。'你们记得我在国时每每称道郭君为现代第一诗人。如今果然证明他是与我们同调者。我得此消息后惊喜欲狂。……但北京胡适之主持的《努力周刊》同上海《时事新报》附张《文学旬刊》上都有反对的言论。这我并不奇怪,因这正是我所攻击的一派人,我如何能望他们来赞成我们呢?总之假如全国人都反对我,只要郭沫若赞成我,我就心满意足了。"⑤

---

① 饶孟侃:《关于新月派》(未刊稿),见王锦厚:《闻一多与饶孟侃》,电子科技大学出版社1999年版,第299页。

② 徐志摩逝世后闻一多未写一篇哀文,臧克家曾问过他:"你是公认的他的好友,为什么没有一点表示呢?"闻答曰:"志摩一生,全是浪漫的故事,这文章怎么个做法呢。"见臧克家:《我的先生闻一多》,《臧克家回忆录》,中国工人出版社2004年版,第277页。

③ 叶公超说:"闻一多,完全是中国式的传统读书人,喜欢写旧诗和填词,要把握中国文字的特色。他对于新诗的主张非常固执,徐志摩虽然同是诗人,都是新月同人,背后两个人却彼此很不佩服。徐志摩说:'一多怎么把新诗弄得比旧诗还要规则?'平时与他人称闻一多总是代以'豆腐干'。而闻一多也曾说:'志摩的诗,不论从哪一方面说,都是散文而不是诗。'"见叶公超:《关于新月》,见《港台·国外 谈中国现代文学作家》,四川文艺出版社1986年版,第164页。

④ 闻一多:《闻一多书信选集》,人民文学出版社1986年版,第144、172、174、191、199、202、207、215、219页。

⑤ 闻一多:《致父母》(1922年12月27日),见《闻一多书信选集》,人民文学出版社1986年版,第113页。

　　因为这种顽固差异的存在,虽然徐、闻、饶三人共同列名担任《新月》的编辑工作,但这里面的关系也一定是微妙的。

　　当时,闻一多也不在上海,他已去了南京国立中央大学任文学院外国文学系主任,这自然使得给《新月》编起稿来很不方便,因之常常委托饶孟侃多看些稿子,他则在南京从其友人、同事、学生处为《新月》积极组稿。闻一多1928年5月25日给饶孟侃的一封信里,通篇谈的都是有关《新月》第5、6期的组稿情况:"现在有一篇两万字以上的三幕戏《金丝笼》,是我们一个学生做的,虽不十分好,总还在水平线上。这剧本他已寄给《东方杂志》,许久不见披露出来,他不耐烦了,又因我的怂恿,便决计给《新月》。这里有一封信,可着书店派人持以向《东方杂志》索回原稿。剧本我和昭瀛都看过,尽可发表。只是如果前面有'打破……的笼子'一类的三句引言,万望删掉,一则无意思,二则恐惹起某种的嫌疑。我所看见的初稿里有这样几[句]话,昨天忘记问作者本人,复稿里有没有。无论如何,有,你就给他删掉。此人又有一篇独幕剧《药》,已寄给上沅。《药》比《金丝笼》强些,但是为凑篇幅起见,只得先登长的。"信中,闻一多还谈到自己的一万字交不上的原因,原来先前给饶孟侃看过的《杜甫传》,由于"心太起大了,题目选坏了,收集的材料不够",因此只写出六七千字,不够全篇十分之一。闻一多觉得,虽然"一次登不完,不成问题,但只就这六七千字里,还有许多不妥的地方。"因此要从容点写等第6期再交卷。而六期的稿子,闻一多也组织了一些,他告诉饶孟侃:"这边有希望的,有一篇goldsmith,又有一个梁鋆立也允许了撰稿,再加上陈楚淮的《药》,足够五万字。本次你的《梧桐雨》当然要赶起来,下次还得有篇把诗才好,久没有好诗,恐怕失了《新月》的特色"。① 闻一多在信中提到的《杜甫》(传记)后发表于《新月》1卷6期,此文只完成了一半,之后未续,他转而着手做杜甫的年谱会笺去了。方重则是闻一多的清华校友,与梁实秋、全增嘏、吴景超、谢文炳、顾一樵等皆为同船留美的清华癸亥级(1923级)毕业生,时由闻一多介绍自上海大夏大学来南京国立中央大学做教授,他在《新月》上发表过2篇文章:《夏拉瓦极 ——sharawadgi》(第1卷第4期)、《大卫》(第1卷第7期)。而《金丝笼》(第1卷第5期)、《药》(第1卷第6期)的作者是当时正在中央大学就读的陈楚淮,尽管闻一多的表述里说明采用陈楚淮的剧本颇有解《新月》燃眉之急之意,不过,对一名在校大学生来说,能在一班学界精英办的杂志上发表文章,

① 闻一多:《致饶孟侃》(1928年5月25日),见《闻一多书信选集》,人民文学出版社1986年版,第220页。

起点、荣誉自是不低，之后的陈楚淮成为《新月》剧作方面的主要撰稿人。

而闻一多本人在《新月》上发表文章并不多，诗文合计只有 12 篇①，这或与他当时转向古典文学研究及《新月》办刊方向改变有很大关系。但是，闻一多为新月培养了一批优秀的年轻作者却是不容忽略的事实：其中一支出色的小分队就是经其引荐走上文坛的南京国立中央大学群体，如陈楚淮②、费鉴照③、陈梦家、方玮德（见第七章）等。而众所周知，1930 年夏闻一多去青岛大学任教后，又着力培养了一位日后成长为新诗重镇的大诗人臧克家（见第七章）。可以说，尽管闻一多担任《新月》编辑时间不长，也不算真正热心，实际贡献却不应算小。

在月刊的编辑操作上，闻一多显然是与饶孟侃交流为多，因为他们是当年清华文学社的社友，闻一多还是他们中间的老大哥。这种交情也引出了一些麻烦。饶孟侃说："虽说轮着他（按：指闻一多）集稿，还是一切由他做主，但更多的具体安排都不得不由我暂不定期替代，事实上我便多编了一期。因此又引起了矛盾，原来胡适便想趁机抓了这个已经有了号召力的刊物……这算是第二次的分歧。"④饶孟侃的这段回忆未必准确，但多少提示出：在《新月》编辑部内部，闻一多与饶孟侃是站在一边的，而且是与胡适、徐志摩对立的一边，并且认为胡适之所以发起创办《新月》也是有所企

---

① 分别为：《白郎宁夫人的情诗》（一）（第 1 卷第 1 期），《答辩》《幽舍的麋鹿》《白郎宁夫人的情诗》（二）（第 1 卷第 2 期），《回来》（第 1 卷第 3 期），《情愿》（译郝斯曼诗）、《先拉飞主义》（第 1 卷第 4 期），《杜甫》（第 1 卷第 6 期），《"从十二方的风穴里"》（译郝斯曼诗）（第 1 卷第 7 期），《庄子》（第 2 卷第 9 期），《论"悔与回"》《谈商籁体》（第 3 卷第 5、6 期合刊）。

② 陈楚淮，浙江瑞安人，戏剧家，时为中央大学学生。在《新月》发表 6 篇，刊载 8 期，均为剧本。《金丝笼》（三幕剧，第 1 卷第 5 期）、《药》（独幕剧，第 1 卷第 6 期）、《韦菲君》（四幕剧，第 1 卷第 10、11、12 期）、《桐子落》（独幕剧，第 2 卷第 10 期）、《浦口之悲剧》（独幕剧，第 2 卷第 12 期）、《骷髅的迷恋者》（独幕剧，第 3 卷第 1 期）。

③ 费鉴照，1927 年 9 月随东南大学并入第四中山大学（即后来的中央大学）二年级学生，跟随闻一多学习写诗及新诗评论，后去武汉大学任职。在《新月》发表 8 篇，后结集为《现代英国诗人》（收 9 篇），由新月书店 1931 年出版。时在青岛的闻一多"破戒"为之作序，阐述了诗评的标准与方法。此书扉页印着"献给我的老师闻一多先生"。在该书自序中，费鉴照称："我在中央大学十七年度学期结束的时候写了论德拉迈尔一篇论文交给一多师，他看了我批评德拉迈尔的一首诗 Silver 以后，他说我的意见正与他的相同，他要我拿它写成中文送给《新月》，并且嘱我替《新月》再写几篇现代英国诗人。他愿意拿他的书籍借给我，倘使我遇到困难的时候，他愿意帮助我。"之后，费鉴照先后写成 10 篇，收入该书 9 篇，分别评论哈代、白理基斯、郝斯曼、梅奈尔、夏芝、梅士斐、白鲁克、德拉迈尔、奈陀夫人 9 位英国诗人，只有论台维斯一篇未收入。参见闻黎明、侯菊坤编：《闻一多年谱长编》，湖北人民出版社 1994 年版，第 407 页。

④ 王锦厚：《闻一多与饶孟侃》，电子科技大学出版社 1999 年版，第 301—302 页。

图的。

　　从这个意义上说,闻一多、饶孟侃对《新月》难以真正热心也是可信的①,真正把《新月》放在心上的还是徐志摩。

　　1928 年 6 月 15 日,徐志摩起程经日本赴美、英、印度等地游历。8 月 21 日,他在英国给胡适写信告之自己大约 11 月初回国,接着就迫不及待地说:"第一件事要问你的是新月月刊的生命。我走的时候颇感除老兄外鲜有负责任人,过日本时曾嘱通伯夫妇加倍帮忙。出版不致愆期否,最在念中。我在旅次实在不能作文。勉强为之,等于'早泄',颇非经济之道。此行原为养蓄,故多看多谈多收吸,而忍不泄,或可望'不得不'时稍见浓厚也!"②9 月 20 日,徐志摩再次致信胡适,报告自己行踪"欧游已告结束,明晚自马赛东行。"而"《新月》重劳主政,待归来再来重整旗鼓"。此行他还不忘为《新月》联络作者,"谢寿康、周太玄、梁宗岱皆允为《新月》撰文。宗岱与法国大诗人梵乐利(梁宗岱译'哇莱荔',今译瓦雷里——引者注)交往至密,所作论梵诗文颇得法批评界称许,有评传一篇,日内由商务徐元度送交兄处,希即刊载《新月》,稍迟再合译作出书。谢文下月或可到。我呢——'尚早'! 通伯夫妇今何在,至念。"③显然,徐志摩欧游这段时间,把《新月》月刊托付给了胡适,而列名编辑的闻、饶却不得他的信任。

　　就在徐志摩出游期间,第 1 卷第 7 期《新月》增添了一些取悦读者的"花

---

①　据梁实秋回忆:当时饶孟侃任上海市政府秘书,整天忙,闻一多在南京,所以负责主编的只是徐志摩一人。参见梁实秋:《谈闻一多》,见陈子善编:《梁实秋文学回忆录》,岳麓书社1989 年版,第 307 页。另:据查王锦厚编:《饶孟侃年谱》,未提到饶氏此段经历,只说 1928年 8 月兼任上海暨南大学教授,至 1930 年 7 月。见王锦厚:《闻一多与饶孟侃》,电子科技大学出版社 1999 年版,第 302 页。

②　徐志摩:《致胡适》(1928 年 8 月 21 日),见虞坤林编:《志摩的信》,学林出版社 2004 年版,第 281 页。

③　徐志摩:《致胡适》(1928 年 9 月 20 日),见虞坤林编:《志摩的信》,学林出版社 2004 年版,第 282 页。按:"通伯夫妇"即指陈西滢、凌叔华夫妇,《新月》创刊时他们人在日本,1928年夏回国后到武汉大学工作,未参与《新月》创刊及编辑活动,但提供稿件以示支持。陈在《新月》发表 13 篇:《一个懂得女子心理的人》(译 Leonard Merrick 小说,第 1 卷第 1期),《成功》(小说,第 1 卷第 2 期),在日本作《西京通信》4 篇(第 1 卷第 2、3、4、9 期),评介及翻译曼殊斐儿小说共 5 篇:第 1 卷:《曼殊斐儿》(第 4 期);以下 4 篇为翻译曼殊斐儿的小说:《娃娃屋》(第 5 期)、《一个没有性气的人》(第 12 期)、《贴身女仆》(第 2 卷第 1期)、《削发》(第 2 卷第 8 期)、《由寒假说到三学期制》(第 2 卷第 2 期)、《论翻译》(第 2卷第 4 期)。凌叔华在《新月》发表 8 篇小说:《疯了的诗人》(第 1 卷第 2 期)、《小刘》(第1 卷第 12 期)。第 2 卷:《小蛤蟆》(第 1 期)、《小哥儿俩》(第 2 期)、《送车》(第 3 期)、《杨妈》(第 4 期)、《搬家》(第 6、7 期合刊)。《凤凰》(第 3 卷第 1 期)。至于信中所提到的谢、周、梁三位,在《新月》上并未发表作品,唯有梁宗岱在后来徐志摩办的《诗刊》季刊上发表了一系列诗论与译作,支持不小。

样",第一次出现了"编辑余话",称自创刊半年来"承读者的期许"得到"三千到四千个的同情者",而且"承朋友们的赞助""稿件总是美不胜收"。但是:

> 同时半年来自己回头一看,虽说侥幸还没有溢出过范围,然而内容太趋向于"沉重"方面也是我们屡次觉到的。因此我们决定从下期起要略略添点轻松的色彩,使读者不至于感觉到过分的严正。这并不是说要改变态度,那"郑重矜持"的决心我们还始终要维持。所以决定从第八号起把内容刷新的是:除了本期里已经添了一栏"我们的朋友",专载各项问题的讨论,并欢迎随时投稿外,以后每期再增加"书报春秋""零星""海外出版界"三栏。
>
> "书报春秋"是我们在"学灯"里曾经用过的名称。现在《学灯》等于消灭,这名称继续在《新月》里出现,似乎也没有什么不可以。这一栏专载关于文学艺术思想各方面的论评文字。
>
> "零星"是登载短评和杂感的专栏。我们觉得有时在精练的短篇里一样有独到的地方。
>
> "海外出版界"更不消说是用简略的文字介绍海外新出的名著,和从出版界到著作家的重要消息;我们添设这栏,是想使读者随时知道一点世界文坛的现状。
>
> 末了要附带告罪的是我们因为篇幅太多,每期都售特价,希望以后再不至于屡次这样①。

这里需要解释一下,怎么又冒出一个"我们"的"学灯"呢?《学灯》指的是上海《时事新报》的一个学术性副刊。《时事新报》是梁启超研究系的机关报,早期由张君劢(嘉森)任总经理,张东荪任总编辑兼《学灯》首任主编,而新月同人中的潘光旦是《学灯》的最后一任主编(1927年5月1日—1928年3月31日),另外刘英士也曾在《时事新报》帮助其学兄周炳琳编过经济版(1927年3月至5月),梁实秋则由张君劢之弟张禹九(嘉铸)介绍主编过《时事新报》的文艺副刊《青光》(1927年5月1日至8月9日),他那本有名的《骂人的艺术》就是主编《青光》时批评文字的结集,显然新月派与研究系与《时事新报》的关系是不一般的,尽管他们常常不愿意暴露这种渊源,这里又不自觉地泄露了。

果然,第8期的《新月》就撤下了已连载多期未完的稿子,包括潘光旦

---

① 《新月》第1卷第7期,1928年9月10日。

的《自然淘汰与民族性》(载第1卷第6期,第7、9、10期及第2卷第1期续载)和饶孟侃的剧本《梧桐雨》(载第1卷第5、6、7期)及来稿过迟的闻一多一篇短篇小说处女作《履历片》(后未见刊出)等稿件,以两万字的篇幅优先让三个新栏目整齐亮相。沈从文的《阿丽思中国游记》第1、2卷于该期连载完后,第3、4卷则不再连载,由新月书店另刊单行本,不过在该期《编辑余言》中又预先广告,说沈从文答应此后在《新月》上每期都另写一篇短篇小说。毕竟,多产的沈从文此时创作上正处于上升期,他对读者的号召力也是新月的一大资源。然而新月的这番动作,对当时靠稿费维持生活的沈从文来说却是深受其害,他的生活顿时又陷入窘境,只好向徐志摩借钱,又是后话了①。

虽然这一期在篇幅上仍旧超过了原定的字数,但他们还是"决定只售三角,不卖特价,以应读者纷纷的要求。"这当然不乏赔本赚吆喝的心理因素②。这之后,《新月》上的长篇连载几乎不再出现,较长的大约只是连载了胡适的《四十自述》(第3卷第1、3、4、7、10期,第4卷第4期)。

上述几个小栏目的设置,使《新月》面貌较以往变得活泼了不少,而且发挥了意想不到的功用。一方面使《新月》避免了自说自话的倾向,"书报春秋"捕捉国内文坛动态,"海外出版界"则扫描国外文坛现状,一纵一横为读者建立了了解文坛的立体坐标系。而后来梁实秋与鲁迅论战的文章、罗隆基痛批国民党独裁统治的诸多文字大都是在"零星"上以"短评和杂感"的形式出现,吸引了不少读者的眼球,提高了《新月》的知名度。

---

① 1928年12月4日,沈从文给徐志摩写信说:"目下情形,实在窘中,……因子离(按:即饶孟侃)说钱钱不得,新月方面不能为从文设点法,眼前真不成样子。……又子离曾为从文将一本分行写的散文卖金屋,在交易上你能着口时,也为我说好。我还同子离说过,在这一次生意上应有的钱,一时不能得,新月又不愿再送从文一个稿费,就请由新月为垫两百块钱出来,将来就把书钱还新月也可以。总之这时是有五百块钱也有正当用处的。最低限度我总得将我家中人在挨饿情形中救济一下。请你在两天内告我这询问的结果。我不愿把你为难,但我愿意你明白我情形之一半的一半。脾气近来真不好,依我的意思,阿丽思二卷虽排了版,也真想还把这东西用最少的价钱卖给其他下等书铺,拿钱贴还新月方面的排版费,再得一点剩余来支配! 使我活下来的并不是名誉这样东西,这自觉,把我天真及其余美德毁灭完了。"见《沈从文全集》第18卷,北岳文艺出版社2002年版,第11页。按:沈从文自《新月》创刊在其上连载8期《阿丽思中国游记》,可以说成为他的固定收入,而1928年10月10日出版的第8期载完此文第2卷,《新月》决定不再继续连载后,第9期沈只发表1篇短篇小说《雨》和1首诗《颂》,第10期(12月10日出版)则无文章发表。沈的生活马上受到威胁,因为当时他虽然在别处如《小说月报》等刊物上发表文章,但是稿费不高,最多千字三块钱,同时还要负担跟他生活的九妹沈岳萌。大约就在此时沈写此信表示不满,甚至要把排好版的《阿丽思中国游记》第2卷卖给别家"下等书铺",以应急需。此书最后还是由新月书店于是年12月出版。

② 按:《新月》第8期页码由第7期的119页缩至95页,从零售特价四角改为零售实价三角。

从这些描述中不难看出,《新月》最初的办刊方向,由于同人"兴趣趋向于文艺的人占大多数",所以"也就几乎成为一种纯文艺的杂志",但是"并没有固定的体例",而是"有什么角色便唱什么戏",所以"也登过一些社会科学方面的文章",不过大致上,"主要的努力是在文艺方面"①。这可以说是《新月》第2卷第2期开始谈政治之前一直贯彻的编辑方针(也就是徐志摩、闻一多、饶孟侃任主编的时期)。首先,《新月》在组稿上保持他们对新诗的一贯注重,每期都辟固定篇幅刊登新诗,且这个传统是《新月》自始至终没有放弃的(按:即使罗隆基执掌之下《新月》离开文艺方向越来越远的时候,每期也都有几首诗歌露面。唯一例外的是第3卷第5、6期合刊,也正是罗隆基正热衷于政治批评而使新月的文艺"几不成活"之时,但这一期新辟"新月讨论"栏目刊登的3篇文章却都是关于新诗理论的重要文章,分别是闻一多的《论"悔与回"》《谈商籁体》和胡适的《评〈梦家诗集〉》)。而从《新月》诗歌方面的作者构成看,除延续了《诗镌》时期的徐志摩、闻一多、饶孟侃、孙大雨等人,又有陈梦家、方玮德、林徽因、孙洵侯、梁镇、沈祖牟、俞大纲、刘宇、臧克家、卞之琳、曹葆华、何其芳、孙毓棠、李广田等新生力量加入,阵容更加扩大,他们实质上构成了新月派后期即第二代诗人群,因此有论者说,《新月》月刊使得他们自《诗镌》发动的格律诗运动的"声势达到巅峰"②。对于他们的创作努力,梁实秋曾做过一番评说:"《新月》月刊以相当的篇幅刊载新诗,写诗的人也慎重其事的全力以赴,想给新诗打一点基础,但是成就有限,仅在新诗发展过程中留下一点涟漪,超越了早期白话诗的形态,这一点做到了。写令人能懂的诗,不故弄玄虚,不走晦涩的路子,这一点也做到了。可是距离建立新诗的典型,还差得远。我觉得《新月》努力的方向是正确的,既不附和象征派的晦涩怪诞的作风,复无视于'左派'之口号叫嚣的嚷嚷斗斗。《新月》发刊词所揭橥的'尊严与健康',亦正是《新月》一批人对于新诗的主张。"③当然,要等到徐志摩等人1931年创办《诗刊》及陈梦家所编《新月诗选》的出版,集合"新月"新老诗人的新月诗派才真正走向成熟获得正式命名(见第五章)。

而其他各类文学样式的创作,也占据了《新月》不小的篇幅,像沈从文、凌叔华、废名、高植等人的小说,顾仲彝、陈楚淮、丁西林等人的剧本,陈西滢、胡适等的翻译,梁实秋、沈从文等的文学评论,何家槐、储安平、俞平伯等人的散

---

① 梁实秋:《新月月刊敬告读者》,《新月》第2卷第6、7期合刊。
② 司马长风:《中国新文学史》上册,香港昭明出版社1980年版,第193页。
③ 梁实秋:《略谈新月与新诗》,见陈子善编:《梁实秋文学回忆录》,岳麓书社1989年版,第122页。

文、叶公超、梁遇春、刘英士等人的书评,从不同侧面体现着《新月》在文艺上的实绩。而由于同人大部分从事人文科学方面的研究,《新月》上也刊发了不少同人的学术研究成果,像潘光旦在优生学方面的论文、胡适在整理国故方面所做的考据文字,使得《新月》呈现出一种学院派的气息。除此之外,靳以、巴金、胡山源、王鲁彦等人也在《新月》上发表过作品,当然不过是偶尔有之。

总体来说,在20世纪二三十年代无产阶级革命文学占据主流地位的文学场域中,《新月》的文艺实践是作为革命的"他者"存在的,在无产阶级革命文学家的眼里,他们属于缺乏对时代风气的表述能力的落伍者,剩下的只有"飘渺的记忆和想象",他们"记忆他们'光明的过去',则考证《红楼梦》,想象他们'光明的未来',则做情诗,堆砌爱美艳丽的王国"①。但是,《新月》竭力坚持的非"左"非"右"的中间道路,某种意义上,使它成为了时代共鸣之下"唯一坚守自由纯正原则的一支砥柱"②。

外部的批判是一方面,但是来自"各有各的路数,各有各的标榜"的同人内部的分化和矛盾,却是真正使得"温和而理性"的《新月》面貌难以维系的根本原因。

1928年11月,徐志摩欧游回国。回国之前,他去了一趟伦敦,看望了恩厚之并参观了以泰戈尔乡村建设计划办成的达廷顿庄园。他竟设想在中国也推行这样一个农村计划,为此他收取了恩厚之提供的支持该计划实施的三百镑。回国后,他到江苏浙江跑了一趟,但这个计划也不了了之。

1929年1月19日,徐志摩一生中最重要的老师梁启超去世。徐志摩悲抑难当。1月23日,他致信胡适说:"昨天与实秋、老八谈《新月》出任公先生专号事,我们想即以第二卷第一期作为纪念号,想你一定同意。你派到的工作:一是一篇梁先生学术思想论文;二是搜集他的遗稿,捡一些能印入专号的送来;三是计划别的文章……专号迟至三月十日定须出版,《新月》稿件就于二月二十五日前收齐,故须从速进行。"③从徐的这封信中看,无论是信的语气还是对于此事的决定,也都是不容胡适犹豫的。这也不由让人想起甫一创刊时,徐志摩出哈代纪念专号的决定。

从笔者掌握的资料中看,胡适无论在日记还是书信中,都未对此做出回

---

① 彭康:《什么是"健康"与"尊严"?——"新月的态度"底批评》,《创造月刊》第1卷第12期,1928年7月10日。

② 叶公超:《〈新月小说选〉序》,原载1980年台北雕龙出版社初版《新月小说选》,此据《叶公超批评文集》,珠海出版社1998年版,第254页。

③ 徐志摩:《致胡适》(1929年1月23日),见虞坤林编:《志摩的信》,学林出版社2004年版,第284页。

应。1929 年初出版的《新月》第 1 卷第 12 期和第 2 卷第 1 期均没有一篇纪念梁启超的文字。

到了 1929 年 4 月，《新月》第 2 卷第 2 期出版，编辑部第一次改组，闻一多辞去早已是名义上的编辑职务，徐志摩虽列名，但名字已在最后，改由梁实秋领衔，叶公超、潘光旦、饶孟侃、徐志摩组成的五人编委。第 5 期之后，则变成梁实秋一人担任总编辑，徐志摩离开了一手创办起来的《新月》编辑部。是年 7 月 21 日，徐志摩在给学生李祁的信中，谈到了《新月》编辑部的内部矛盾：

> 我编"新月"，早已不满同人之意，二卷一期我选登外稿《观音花》（作者为冷西——引者注），读者颇多称赞（例如邵洵美至称为杰作。其实此文笔意尚活泼可取，作者系一年青学生，我不相识也），但梁实秋大不谓然，言与"新月"宗旨有迳庭外，适之似亦附和之，此一事也。X 光室及译文我一齐送登二期，梁君又反对，言创作不见其佳，译文恐有错处。我说我意不然，此二文决不委屈"新月"标准，并早已通知作者。结果登一篇。我谓梁君如必坚持尽可退回，无妨也，但不知如何，译作仍在三期登出。胡先生亦谓"X 光室"莫名其妙，我亦不与辩。适"新月"董事会中有决议，我遂不管编辑事。上月陈通伯夫妇来，说及"X 光室"，皆交口赞美，我颇觉抒气，继雪林及袁昌英亦都说好。我说如此看来，我眼睛不是瞎的，但始终未向梁、胡诸前辈一道短长，因无可喻也。我半年来竟完全懒废，作译俱无，即偶尔动笔，亦从不完篇。计划写"东游记"亦仅开头而已。下半年或去南京，或去别处教书，上海决不可久驻。我颇想另组几个朋友出一纯文艺月刊，因"新月"诸公皆热心政治，似不屑治文艺，我亦不便强作主张也。女士能多翻名作，最合我意。我为中华撰新文艺丛书，正缺佳稿。女士一本创作，一本译作，我已预定，盼及早整理给我，办法稿费或版税均可。Lagoon 我所最喜，译文盼立即寄我，短文一并寄来。Youth 何不一试？再加一篇，均可成一 Conrad 短篇集，有暇盼即着手如何？①

可以想见，徐志摩在作此长信时的心情，为发表这几篇文章遭受的反复责难实在令人心灰意冷，满腹委屈无处倾诉，竟只有对着自己的学生大吐苦

---

① 徐志摩：《致李祁》（1929 年 7 月 21 日），见虞坤林编：《志摩的信》，学林出版社 2004 年版，第 205 页。李祁，时为徐志摩在光华大学的学生，后留学英国牛津大学，并在国内及美、加多所大学任教。

水。冷西的《观音花》是一篇短篇小说,写的是一对乡下少男少女"小三"和"毛姊"的纯朴而又有点儿野性的恋爱故事,文章在描写人物心理及笔法上都是比较细腻的,而李祁是徐志摩在光华大学的学生,她在《新月》上共发表3篇文章,就是徐志摩信中所提到的,分别是:《照 X 光室》(小说,第 2 卷第 2 期)、《说旅行》(William Hazlitt 著、李祁译,第 2 卷第 3 期)、《浅湖》(小说,Joseph Conrad 原著、李祁译,第 2 卷第 5 期),她的小说《照 X 光室》虽然很短,但在不紧不慢的叙述中以一个惊心动魄的死亡作结,揭露了当时洋人以治病为由毒害中国青年做医学试验的残忍行径。

　　显然,关于稿子的争执不过是表面的借口而已,梁实秋"大不谓然",而胡适又"附和",二人一唱一和,其实正是徐信中所言"热心政治"的"诸公"频频向其施加压力,而主张靠文艺说话的徐志摩终究抵挡不过,难与"一道短长",无奈之下选择了退出。

　　离开《新月》编辑部的徐志摩,除酝酿另办了一份新的《诗刊》季刊外,便是以另外的方式力图呵护《新月》的文艺生命——他在几间大学同时任教的经历,让他实践了作为一个现代知识分子立足岗位,传播人文理想培养文学新人的身份建构。1927 年春,刚刚落户上海的徐志摩担任了光华大学外文系教授、次年兼任东吴大学法学院(吴经熊任院长,系徐志摩与张幼仪在德国签署离婚协议时证人之一)英文教授,1929 年又兼任南京国立中央大学外文系教授。1931 年春季开学后,徐志摩北上任北京大学英文系、女子大学外文系教授。而在《新月》撰稿人群体中,除了创办同人和他们的同事友好之外①,崛起的一大批后起之秀基本上是来自光华大学、暨南大学、中国公学、南京国立中央大学、北京大学、清华大学等高校的在校大学生,如

---

　①　他们以暨南大学为多,《新月》同人中多位成员如叶公超、余上沅、梁实秋、饶孟侃、潘光旦、刘英士、罗隆基等均在该校任教过,而《新月》作者群中沈从文、顾仲彝、卫聚贤、彭基相、梁遇春、余楠秋等也先后在此任教过,可以说暨南大学一度成为"新月派的大本营"。暨南大学,初名暨南学堂,1906 年创办于南京,为华侨子弟学校。次年改名中学堂。1911 年停办,1918 年复校,名暨南学校。后迁至上海真茹,1927 年改为国立暨南大学。据暨南大学毕业生温梓川(1911—1986)介绍,该校之所以能够延揽诸多名师俊彦逐步成为较完备的大学,皆系时任校长郑洪年先生锐意建设之故,郑与叶公超叔父叶恭绰为交通部同僚,私交不错,故请叶公超出任暨南大学西洋文学系主任。关于他们在暨南大学任教的详细情况可参见温梓川:《文人的另一面》,广西师范大学出版社 2004 年版。而徐志摩 1931 年光华大学风潮时也受过该校之聘,但因郑洪年认为其"浪漫有名"印象不佳,故徐未曾到任。见徐志摩:《致胡适》,1931 年 1 月,见虞坤林编:《志摩的信》,学林出版社 2004 年版,第 286 页。另:当时光华大学也是新月群体另一任教集中的高校,如胡适、徐志摩、潘光旦、罗隆基、全增嘏、沈有乾、王造时等。光华大学系 1925 年五卅惨案发生后,上海圣约翰大学美籍校长压制中国教授和学生参加抗议帝国主义屠杀中国人民的罪行,师生愤然离校另立大学,取"光复华夏"之意名为"光华大学"。

先在中国公学就读后因家贫转入暨南大学的何家槐①，光华大学的徐转蓬（后转入暨南大学）②，邢鹏举③，储安平④，李祁、赵家璧⑤等，南京国立中央

---

① 何家槐（1911—1969），浙江义乌人。1932 年参加中国左翼作家联盟，负责宣传事务。在《新月》发表 7 篇，多为散文。其在中国公学就读时因家贫面临辍学，徐志摩认为他"中文颇佳且有志气"而写信给校长胡适为其申请工读（徐志摩：《致胡适》，1929 年 11 月 5 日，见虞坤林编：《志摩的信》，学林出版社 2004 年版，第 285 页），系泰戈尔访华时徐志摩从其处听到的一则风趣故事，但未能做成，遂向何氏提供此素材，何写成后本想在《新月》发表，但徐志摩将之推荐到影响力大的郑振铎主编的《小说月报》发表，何因之一举成名。据说，其时光华大学徐转蓬（也是徐志摩学生）亦爱好创作，转学至暨南大学后常与之切磋，何家槐成名后稿债很多，而徐则常遭退稿，徐就请何帮忙推荐，但因编辑等原因发表出来有时就成了何的名字，实际是徐写的。何自己对此也无办法。而徐认为发表就好，谁的名字不重要。后有署名"清道夫"（韩侍桁）在《文艺新闻》上撰文揭发此事，为此闹出了认为何家槐是抄袭的"何徐事件"。见温梓川：《"何徐事件"的内幕》《三个一夜成名的青年作家》，见《文人的另一面》，广西师范大学出版社 2004 年版，第 209—211、217—219 页。当时远在北平的胡适给沈从文写信，说现在有人说何家槐剽窃他人作品，其中并牵涉沈从文，请沈为何说句公道话。同日胡又在给吴奔星信中就此事请吴不要道听途说，说"何家槐君是我认得的，他不是偷人家的东西的人。"见胡适：《致沈从文》《致吴奔星》，1934 年 3 月 13 日，见社科院近代史研究所编：《胡适来往书信选》中册，中华书局 1979 年版，第 236—237 页。徐志摩逝世后，何家槐作《怀志摩先生》（刊《新月》第 4 卷第 1 期"志摩纪念号"），怀念徐志摩为其第一本小说集出版奔波，但未及出版徐即去世。此书即《何家槐小说初集》，《新月》月刊曾有出版预告，但终未出版。

② 徐转蓬，生卒年不详。浙江汤溪人。在《新月》发表 4 篇小说：《女店主》（小说，第 3 卷第 9 期）、《打酒》（小说，第 3 卷第 12 期）、《守望者》（小说，第 4 卷第 6 期）、《磨坊》（第 4 卷第 7 期）。著有小说集《母亲们》《炸药》等。

③ 邢鹏举（1908—1950），字云飞，江苏江阴人。在《新月》发表 2 篇文章：《勃莱克》（上、中、下）（分载第 2 卷第 8、9、10 期）、《莎士比亚恋爱的面面观》（第 3 卷第 3 期）。曾任暨南大学教授，光华大学附中教务长等职。著有《中国近代史》《勃莱克》，译有《波特莱散文诗》。《波特莱散文诗》一书系其就读光华大学期间翻译，1929 年 1 月 19 日徐志摩为此书作序，刊《新月》第 2 卷第 10 期（1929 年 12 月 10 日出版）。

④ 储安平（1909—1966?），江苏宜兴人，受伯父储南强（黄炎培的同学）影响大。1928 年入上海光华大学政治系，是胡适、罗隆基的学生，罗辞职后，成为王造时的学生。储安平在《新月》发表作品计散文 5 篇，诗 1 首。先后主编过《中央日报·文学周刊》《文学时代》月刊，1936 年由上海良友图书公司出版小说集《说谎者》、开明书店出版散文集《给弟弟们的信》。储安平与徐志摩于 1926 年春在新月书店相识，1927 年徐志摩任教光华大学后交往更密。徐志摩逝世后，他撰写《悼志摩先生》（刊《新月》月刊四卷一期"志摩纪念号"）称徐任教光华后，与之"一次更接近的通气是不消说的"，"他对于后进，有的是一份提拔的心热，……除非你不去找他，要不是，一开口就像十年前的老朋友，不跟你来一些虚套。……在他自己的功绩上，散文的成就比诗更大。……我写散文多少是受着他的影响的。在相识的一淘里，很少人写散文。不过，他说：'在写作时，我们第一不准偷懒……'。对于他这份督促我永远不该忘记。"1936 年储安平留学英国，1940 年回国入湖南蓝田国立师范学院教书。20 世纪 40 年代创办自由主义杂志《客观》周刊、《观察》周刊而知名，是对以胡适为代表的自由知识分子前辈的自觉继承。而储安平的政论热情在新月时期也已有表现，1931 年 10 月就编过《中日问题与各家论见》，由新月书店出版。

⑤ 赵家璧（1908—1997），上海松江人。著名编辑、出版家，现代作家，1927 年就读于上海光华附中时与徐志摩相识，1928 年入上海良友图书公司工作，后入光华大学英文系师从徐志摩学习外国文学，1932 年毕业，与徐关系十分密切，但赵未在《新月》发表文章。徐志摩逝世后，曾作《写给飞去了的志摩》，收入其为徐志摩编的散文集《秋》（上海良友图书公司 1931 年初版印行）里的"篇前"。

大学的陈梦家、方玮德、孙洵侯、沈祖牟、梁镇、俞大纲①等，北京大学的卞之琳、清华大学的曹葆华等，这批人基本上都曾得到徐志摩的提携而进入《新月》并走上文坛。

而在《新月》的撰稿人中，特别值得提出的是沈从文与徐志摩的关系。

对待徐志摩，沈从文②是有一种感恩的心情的。当年初到北京以一个高小毕业生的水平苦习写作时，正是徐志摩在其主编的《晨报副刊》上不顾众议重发沈从文的小说《市集》并特意作《志摩的欣赏》，从而使他真正走上文坛，为人注意。1929年，徐志摩又在沈从文生活困难之际，向时任中国公学校长的胡适举荐聘他为中国公学讲师，主讲大学一年级现代文学选修课。即便在当时，沈以高小毕业的资历能被延揽为大学教师，也绝对是不一般的。当时从未登过讲台的沈从文一堂只有六块钱报酬，他却花了八块钱租一辆车到校。由于紧张过度，沈从文第一次上课竟然憋了十分钟未能说出一句话，准备一个小时的讲义在窘迫中十多分钟就把要说的话全说完了，只好在黑板上写道："我第一次上课，见你们人多，怕了。"校长胡适得知此事后笑笑说："上课讲不出话来，学生不轰他，就是成功。"③1930年5月胡适辞掉中国公学校长职务后，又是徐志摩和胡适推荐他去了由陈源（西滢）任文学院院长的武汉大学任教，教授新文学研究与小说习作课程。1931年8月，沈从文去青岛大学任教还是徐志摩帮他向校长杨振声推荐，在那个暑假沈从文写成了自传性的散文长卷《从文自传》，次年9月巴金还在沈从文的青岛住所小住④，并写出了短篇小说《爱》（后载《新月》第4卷第4期）。也就是从频繁走动于一间间大学开始，沈从文本人得到不断提升，慢慢进入了主流文化界。当年初到北京的那个"入学无门，在逆境里自学的只有小学毕业文化程度的文学青年"，连标点符号都不会用，就靠读一本《史记》和一本破旧的《圣经》学习写作，还常常穷得没钱生火只好把被子裹在身上写

---

① 沈祖牟、梁镇、孙洵侯、俞大纲均系南京国立中央大学学生，被视为新月第二代诗人。参见张以英、刘士元：《方玮德传略》，《新文学史料》1991年第1期。其中，沈祖牟在《新月》发表诗2首，《诗刊》发表4首，入选《新月诗选》2首。梁镇在《新月》发表译诗5首，《诗刊》发表6首（译诗1首），入选《新月诗选》3首。孙洵侯在《新月》发表诗2首，《诗刊》1首，未入选《新月诗选》。俞大纲未在《新月》发文，《诗刊》发表3首，入选《新月诗选》2首。按：以上统计均指陈梦家编《新月诗选》。

② 沈从文是以小说家的身份出现在《新月》上的，但也曾发表其他体裁创作，还入选陈梦家编《新月诗选》诗7首。他在《新月》上发表文章19篇，其中小说16篇，诗歌1首，评论2篇。

③ 凌宇：《沈从文传》，北京十月文艺出版社2003年版，第204—206页。

④ 巴金：《再思录·怀念从文》，上海远东出版社1995年版，第14页。

作,那种没饭吃、没有名气,处于社会底层的孤苦和寂寞,对沈从文来说成为渐渐远去的风景,但个中滋味恐怕只有他自己才能体会。

所以不难理解,当徐志摩在济南飞机失事死亡后,是沈从文连夜赴济,代表青岛方面的友人为徐志摩办理丧事。1936年,沈从文在较为看重的自己"这个乡下人来到都市中十年一点纪念"的短篇小说集《〈从文小说习作选〉代序》文末,向帮助过自己的人致谢:徐志摩先生、胡适之先生、林宰平先生(按:即唯刚)、郁达夫先生、陈通伯先生、杨今甫先生、丁西林先生。随之特别表达了对徐志摩的感激之情,"尤其是徐志摩先生,没有他,我这时节也许照《自传》上所说到的那两条路选了较方便的一条,不到北平市去做巡警,就卧在什么人家的屋檐下,瘟了,僵了,而且早已腐烂了。你们看完了这本书,如果能够从这些作品里得到一点力量,或一点喜悦,把书掩上时,盼望对那不幸早死的诗人表示敬意和感谢,从他那儿我接了一个火,你得到的温暖原是他的。"①

饶有意味的是,徐志摩将沈从文介绍到大学教书,作为一个职业作家生存的沈从文却并非是对教书感兴趣,进入大学某种程度上对他来说是一种下意识的心理补偿。新月派多为欧美留学生,而沈连大学的门都没进过,尽管成为他们刊物的重要撰稿人,逐渐靠近他们的圈子,但在与这些社会名流上层知识分子的交往中备受压抑的自卑心理肯定是难免的。比如说,由于没有学历,沈从文不能被聘为教授,只能担任待遇较低的讲师或助教,这令其倍感自卑受屈。1930年他去武汉大学任教后,曾给胡适写信说:"我直到现在还找不到一个按日吃饭的地方,住处因为照规矩是助教,也很坏,住了半个月霉气还没有法除去。教授讲师住处就好多了。"②在给好友王际真的信中也说:"从上海到这里来,是十分无聊的。大雨是大教授,我低两级,是助教。因这卑微名分,到这官办学校,一切不合式也是自然的事。"③后来在王际真的信中他再次坦露道:"我原先是只为好像赌气的意思(因为我小时想进中学也无法),只是读书,以为书读得多就会把生活弄好,也可以不至于受人压迫。到后把做文章作为生活时,就又拼命写下去,看是不是我可以

① 沈从文:《沈从文文集》第11卷,花城出版社、香港三联书店1984年版,第47页。

② 沈从文:《致胡适》(1930年9月28日),见《沈从文全集》第18卷,北岳文艺出版社2002年版,第107页。

③ 沈从文:《致王际真》(1930年11月5日),见《沈从文全集》第18卷,北岳文艺出版社2002年版,第111页。按:王际真是1928年经徐志摩介绍相熟的文学朋友,翻译家,时在美国。曾主持哥伦比亚大学中文系,提携过夏志清,令夏终身感激。参见夏志清:《中国现代小说史·中译本序》,复旦大学出版社2005年版。

写好文章,如一般从大学校出身的人一样好。再到后,因为这些事情的结果,我就到大学教书了,可是教了书,我反而明白我努力也无用处的事了……到底还是社会势力比个人能力大,我是终不能用农民感情活到都市中的。"①

但是,沈从文又常有想去外国的愿望,他跟王际真写信说:"所以我前次来信说很想有机会改业,同九妹到外国学别的职业去。""我若得了机会,就到外国来扮小丑也好。因为我在中国,书又读不好,别人要我教书,也只是我的熟人的面子,同学生的要求。学生即或欢迎我,学校大人是把新的什么都看不起的。我到什么地方总有受恩的样子,所以很容易生气,多疑,见任何人我都想骂他咬他。我自己也只想打自己,痛殴自己。……我的文章成为目下中国年青人的兴味所在的东西了,我却很可怜的一个人在这里房中打家伙,到后又无理由的哭泣。"②显然,一方面沈从文非常羡慕现代生活渴望进入主流社会,一方面却又无法真正融入都市生活及新月知识分子那样的绅士阶层,自尊与自卑始终交织于他的内心。即使到 20 世纪 30 年代,他已是林徽因、朱光潜等京派高级知识分子沙龙中的主要人物,成为京派文学的中坚力量和最重要的小说家,他还始终以"乡下人"自居:"说乡下人我毫无骄傲,也不在自贬,乡下人照例有根深蒂固永远是乡巴佬的性情,爱憎和哀乐自有它独特的式样,与城市中人截然不同! 他保守,顽固,爱土地,也不缺少机警却不甚懂诡诈。他对一切事照例十分认真……"③

对沈从文这种心理与其创作的关系,有论者分析:"沈从文的骨子里总是带着这几分乡下人的自负,而这自负又因在都市中所受到的各种压抑而越来越加强。……他受了窝囊气,就把反抗的情绪全转移到文学中:知识分子软弱和怯懦,那我偏偏给你看一些野蛮的、有血性的东西。这就构成了他特有的创作立场……民间的立场。"而"沈从文对湘西世界的独特感受与审美判断、特有的心理机制与表达方式使沈从文也形成了自己独特的文体",他是"中国现代文学史上少有的'文体家'",体现出一种"民间的审美理想"。④

①　沈从文:《致王际真》(1931 年 2 月 6 日),见《沈从文全集》第 18 卷,北岳文艺出版社 2002年版,第 129 页。

②　沈从文:《致王际真》(1929 年 12 月 13 日、1930 年 11 月 5 日),见《沈从文全集》第 18 卷,北岳文艺出版社 2002 年版,第 29、111 页。

③　沈从文:《从文小说习作选代序》,见《沈从文文集》第 11 卷,花城出版社、香港三联书店1984 年版,第 43 页。

④　陈思和:《中国现当代文学名篇十五讲》,北京大学出版社 2003 年版,第 163 页。

话说回来,虽然在课堂上沈从文难以像学院派知识分子那样有着口若悬河的潇洒风度,但并不等于他没有文化不能胜任,他的个人创作成绩及感性经验无形中影响了学生们倾向文艺创作的风气,一批文学青年在他的带动下成长起来。像常在《新月》上发表长诗的刘宇①就是受其惠泽的中国公学学生,而在《新月》上发表小说的谢冰季(谢为楫,谢冰心的三弟)、高植也直接受到他的鼓励积极从事创作,刘宇、谢冰季、高植三人的第一本书出版时,就都是沈从文分别为他们作序给予巨大的鼓励②。

在笔者看来,从胡适、徐志摩—沈从文—刘宇、谢冰季、高植、甘雨纹,这样一种延续关系,正体现出可贵的人文精神的薪火相传。如陈思和先生所言:"知识分子的岗位跟一般的民间岗位是不一样的,……他除了自己的职业以外,还能超越自己的职业,使之成为一种人文精神传播的渠道……高于职业的一种精神能量。而这两者的结合就构成了现代知识分子的民间岗位。"五四一代如胡适、陈独秀,"他们利用、创造了一个有学校、有杂志(我们今天说就是媒体)、再加上他们自身拥有的来自西方的思想学术,这三个

① 刘宇:现代诗人,中国公学毕业后任中学教员,著有诗集《刘宇诗选》。在《新月》发表诗5首。刘宇曾写信给胡适说,自己的进步"得感谢您与陆先生、沈先生的思想言论"。转引自涂怀京:《胡适出掌中国公学的实绩》,《安徽史学》2000年第1期。胡适曾在日记中说,"中公学生近年常作文艺的人,有甘祠森(署名永柏,或雨纹)、有何家槐、何德明、李辉英、何嘉、钟灵(番草)、孙佳讯、刘宇等。此风气皆是陆侃如、冯沅君、沈从文、白薇诸人所开。……从文在中公最受学生爱戴,久而不衰。大学之中国文学系当兼顾到三方面:历史的,欣赏与批评的。"见胡适:《胡适日记》(1934年2月14日),见曹伯言整理:《胡适日记全编》(6),安徽教育出版社2001年版,第325页。另,胡适日记中提到的甘祠森曾在《诗刊》季刊第4期发表《七月》一诗,署名甘雨纹。

② 1931年11月20日,沈从文在青岛为刘宇《刘宇诗选》(1932年出版)作序:"他的诗,在一切慎重的文学刊物上,皆可以常常见到。但这个人,他那种为艺术而忘情处,在诗人中我却极少见到。……作者的感情很厚,想象很美,看得宽泛,写得亲切,这些长处证明他写农村的长故事诗,将使新诗创作开拓一种……为他人无从企望的完美境界。"谢冰季(1910—1984):福建长乐人,在《新月》发表小说3篇:《秋天的梦》(2卷4期)、《鞭策》(3卷2期)、《单恋的幻灭》(3卷9期)。1929年秋末,沈从文为其小说集《温柔》(上海光华书局出版)作题为《冰季同我》的序:"季聪明,有思想,所以瘦了。……我要他去国以前写点来……他居然相信了我的话,用呆气力写文章,一个月内陆陆续续就送了十来篇短篇小说来。……这集子,便是我从那一些小说中选出来的。……他现在只是十八岁,……爱妄想,……我可以从他许多地方发现我过去的精神,在另一方面而我缺少的是他的聪明……"1931年6月8日,沈从文为高植的第一部小说集《雪》作序,认为他摆脱了儿戏的"白相文学态度",体现出严肃的"非白相文学态度",在"以诚实严肃态度创作的……年青朋友中,高植君便是我所发现的一个。他的努力和耐心,是我在所有朋友中最难见到的。"参见沈从文:《沈从文文集》第11卷,花城出版社、香港三联书店1984年版,第24—25、4—5、14页。

东西结合而构成一个新的现代知识分子的岗位。"①教育与出版两个领域最能体现现代人文知识分子传播人文精神的职业理想,作为大学教授,教职给他们提供了生活保障,是一个同木匠、铁匠一样谋生的饭碗,而教育的对象又使他们不完全同于普通职业劳动者,胡适、徐志摩、闻一多们正是依托于供职的学府,以《新月》为媒介,构建他们发表言论的公共空间来履行知识分子的"社会良心","扮演这个新政府积极的批判者",在其黄金时期曾有传媒将"新月派"与"共产派""三民主义派"列为中国思想界鼎足而立的三个思想派别(1931 年 5 月 5 日罗隆基致胡适信)(详后);另一方面,则利用知识分子的普通岗位传播其人文理想,影响提携了一辈文学新人,使得传统文化精血一代代薪火相传下去。

第三节　"伐鲁":梁实秋看不惯的"硬译"

在徐志摩被迫退出后,梁实秋终于走上了《新月》的前台,自 2 卷 2 期起领衔《新月》主编,另四位编辑则是叶公超、潘光旦、饶孟侃、徐志摩。徐志摩名列最后。

编辑里面依然是没有胡适的。但就在梁实秋接任前,38 岁的胡适却表现出了许多与梁实秋在趣味和见解上诸多相同的所在。

前文徐志摩在给李祁的信中,已经有了此类描述,即梁认为《观音花》大不然,胡附和之;梁对《照 X 光室》不"感冒",胡也认为莫名其妙。

徐志摩提到这两篇稿件都是《新月》第 2 卷第 1 期上的事情。比此事早的还有第 1 卷第 10 期时的一件事。

1928 年 12 月 10 日出版的《新月》第 1 卷第 10 期中,梁实秋写了一篇叫《翻译》的文章。大意是说近来的文学翻译中以法俄作品为多,而"据胡适之先生说",大多是由英文转译的,之所以懂英文的人不直接翻译英文著作,是因为英文名著比较难译好,而法俄作品被译成英文者多浅显易懂,译者自然相对省事。梁实秋笔锋一转,说:"转译究竟是不大好,……和原作比较,总像是搀了水或透了气的酒一般,味道多少变了。"

看了梁实秋的这篇文章,胡适禁不住给梁寄了一封信,以《论翻译——寄梁实秋,评张友松先生评徐志摩的〈曼殊斐儿小说集〉》为题,公开发表在《新月》第 11 期上。此信取很多实例反驳《春潮》第 2 期上张友松批评徐志摩译曼殊斐儿小说一文,认为张不懂曼殊斐儿,而徐志摩的译笔很生动很漂

---

①　陈思和:《中国现当代文学名篇十五讲》,北京大学出版社 2003 年版,第 27 页。

亮,是"难得的译本"。梁实秋在信后作了"附注",评价胡适说得很"持平",告诫以后学翻译的人谨慎从事,"蓄意批评的人也别随便发言"。两人的意见显然相互呼应。

值得注意的是,胡适在信开头说很赞成梁实秋的话:"我们研究英文的人应该努力多译几部英美文学的名著,不应该多费精力去做'转译'的事业",并表示自己打算先选译一部美国短篇小说集,预计三个月可成十篇。胡适既言"我们研究英文的人",则很容易让人想到还有"他们非研究英文的人"这样的潜台词。

梁实秋与胡适这种酬唱的方式,在梁任主编后愈演愈烈起来。他主编后的第一期,即与胡适、罗隆基掀起了一场人权运动。

综观梁实秋编辑《新月》的历史,大致可以分为两个阶段,第一阶段为1929年4、5月间第2卷第2期至1930年第3卷第1期,这一阶段的八期杂志基本属于梁实秋主编期,其中二至四期,为五人编辑,但唱主角的是梁实秋,从1930年1月第2卷第6、7期合刊后一直延至同年9月第3卷第1期,由梁实秋一人担任主编。第二阶段为《新月》第4卷第3至第7期,梁实秋也列名过编辑,但已不起主要作用。

这样算下来,梁实秋与他人共合编过《新月》8期,自己独立主编过8期。

从第2卷第2期梁实秋一上任,《新月》也就一下子改变了从前温文尔雅的面貌,一方面,他与鲁迅及普罗文艺展开了激烈的论战,另一方面,以胡适为首开始谈起了政治,《新月》一时似乎变得剑拔弩张起来。外部环境的变化是一方面,而从梁实秋给人的印象来看,他与前任主编徐志摩可以说是两种性格的人,徐志摩在朋友圈中的和气讨人欢喜一向是有口皆碑的。而梁的性格中则有偏好争论的因子,这一点他自己似乎也承认,在为自己的一本自选集里写的作者小传里就曾说过:"生平无所好,唯好交友,好读书,好议论",而在接受季季访问提起这句话时,他也说:"我好议论,但是自从抗战军兴,无意再做任何讥评。"[1]

而闻一多早年在美国留学时,就曾以老大哥的身份告诫清华文学社友"批评态度宜和平",而"实秋讲话太多锋芒,宜稍隐藏,不可逞一时之痛快以自失身份也。"[2]

---

[1]　余光中:《文章与前额并高》,见陈子善编:《回忆梁实秋》,吉林文史出版社1992年版,第122—123页。

[2]　闻一多:《致梁实秋、吴景超》(1922年9月29日),见《闻一多书信选集》,人民文学出版社1986年版,第66页。

　　不过,梁实秋还是梁实秋,他露锋芒的性格似乎一直没有改变过。就学清华时就曾与周作人发生过关于诗歌应该不应该写丑的争论①,1923 年夏天即将毕业赴美留学前,又在《晨报副刊》上与还是中学生的朱大枏有过关于"新某生体"的论战②,20 世纪 30 年代在北京又匿名作文与卞之琳等发生了一场不甚光彩的文学小论争③,梁实秋似乎是一个很有些喜欢打笔架的人。有人说这倒与他的论敌鲁迅有某些共性,就是"爱国之心强烈、倔强执著乃至有点好斗"④,不过两强相遇勇者胜,梁实秋会"骂人",却遇到了一个比他更会"骂"的鲁迅。

　　而也正是梁实秋与鲁迅的"骂"战,构成了此一时期《新月》的一个重要面相。虽然大多数文字都只是发在《新月》的一个小栏目——"零星"上,且多为短而小的杂感,但可谓方寸天地大有作为。

　　实际上,梁实秋在清华读书时,一度是认同浪漫主义的,单看他与创造社员的亲近即可明白(见第二章第三节)。可是,当他在哈佛大学研究院听过了新人文主义的学者教授白璧德的"16 世纪以后之文艺批评"的课程之后,他的文学观发生了根本性的转变——"从极端的浪漫主义,我转到了多少近于古典主义的立场"⑤,开始崇尚起理性与中庸,反对浪漫与出奇。还

---

①　高旭东:《梁实秋:在古典与浪漫之间》,文津出版社 2005 年版,第 45 页。另,关于"丑的字句"可不可以入诗的论争,见 1922 年 6—7 月《晨报副刊》,梁实秋认为"丑的字句"不可入诗。

②　论战详细经过可参见韩石山:《梁实秋与"新某生体"之辩》,引自韩石山:《寻访林徽因》,人民文学出版社 2001 年版,第 160—176 页。

③　见卞之琳:《追忆邵洵美和一场文学小论争》,载《新文学史料》1989 年第 3 期。卞之琳回忆说,抗战前有一次听"孟实讲《文学杂志》创刊集稿的情况",听说有梁实秋的文章,"就有点惊讶,说了一句:'噢,还有梁实秋!'","暗中担心杂志一创刊就发表梁的文章会不会在文艺界心目中又显得是出了一本狭隘的存心反'左'的派性刊物,有违朱承应编本杂志的初衷。当时梁不在场,会后听人传言夸大了,说我不愿和梁在同一个刊物上发表作品。这句话这样误传到梁耳中,会如何触动他不快的反应,可想而知。"果然引起梁实秋对其的批责,梁以一匿名的中学国文教员的身份向《独立评论》投稿请教主编胡适,题为《看不懂的新文艺》,攻击了卞之琳的诗歌,胡适也做了帮衬,由此形成了一次文学论争。卞之琳说一般评论家史家"没有发现大陆解放以来曾对胡适、梁实秋辈否定批评得太不切实际的'左'的议论,却实际上从三十年代起也就有拜胡、梁的盛气凌人的主张为祖师爷的一面,只是不自知而已。"在这个意义上,他认为梁、胡实际上和大陆文艺从三十年代起的"左"的宗派主义、教条主义的霸道势力貌离神合。

④　高旭东:《梁实秋:在古典与浪漫之间》,文津出版社 2005 年版,第 45 页。

⑤　梁实秋:《关于白璧德先生及其思想》,见梁实秋《文学因缘》,转引自徐静波编:《梁实秋批评文集》,珠海出版社 1998 年版,第 213 页。1927 年 8 月,梁实秋出版第一本文学论文集《浪漫的与古典的》(收《现代中国文学之浪漫的趋势》《亚里士多德的趋势》《文学批评辩》《诗与图画》《戏剧艺术辨正》等 9 篇论文),其基本思想倾向即是对白璧德张扬新人文主义的古典主义文艺观的传承,梁在该书序言中称:"我借这个机会要特别表示敬意与谢忱

在纽约返国前夕,他就撰写了长文《现代中国文学之浪漫的趋势》,发表在徐志摩主编的《晨报副刊》上,一举扫荡了五四新文学所出现的"浪漫的混乱"。白璧德的新人文主义由此成了梁实秋从事文学批评的"贴身武器",综观他与鲁迅及左翼作家的论战,某种程度上或许可说是两种武器的较量——一方是马克思列宁主义的无产阶级革命学说,一方则是白璧德尚稳健理性的、传统保守的新人文主义,如果暂且不计其中掺杂的其他一些如人格意气等方面的成分的话。

确切地说,梁实秋与鲁迅的笔仗在《新月》之前就已开始,到《新月》则是一步步升级,达到白热化的程度。《新月》创刊前,二人就有过三次明显的文字上的交锋。1926 年 10 月 27 日、28 日《晨报副刊》上,梁实秋发表《文学批评辩》,大谈文学批评的标准就是"常态的人性与常态的经验",而"人性根本是不变的"。就此,鲁迅于 1927 年 12 月 23 日写下了有名的《文学与出汗》予以批驳。1927 年 10 月 11 日,《复旦旬刊》创刊号重新刊出梁实秋《卢梭论女子教育》一文(初载 1926 年 12 月 15 日《晨报副刊》),12 月 21 日鲁迅撰文《卢梭与胃口》作了回击。因郁达夫亦作文反对梁实秋的意见,1928 年 3 月 25 日梁实秋在《申报》发表《关于卢梭——答郁达夫先生》,指责郁达夫和鲁迅引用辛克莱批评白璧德的话是"借刀杀人"。1928 年 4 月 10 日,鲁迅写下《头》一文,指出梁氏借批评卢梭攻击"一般浪漫文人"是"借头示众",而卢梭之所以受到此"罚",则"是因影响罪,不是本罪了"[1]。

不过,那时还仅限于思想分歧,"是维护五四文学传统与批判五四文学之间的论争"[2]。此时的鲁迅由于两面受敌,"两间余一卒,荷戟独彷徨",一方面迎战梁实秋基于古典主义的立场对五四文学的批判,一方面还要迎战"创造社""太阳社"站在"普罗文学"的立场对五四文学尤其是对他本人

的,是哈佛大学法国文学教授白璧德先生(Prof.Irving Babbitt)。我若不从他研究西洋文学批评,恐怕永远不会写出这样的几篇文章。"1929 年,梁实秋还曾编辑过一本由学衡派吴宓(也是白璧德的学生)等人翻译的白璧德的论文集《白璧德与人文主义》,由新月书店出版。他在此书序言中亦表示"在听了白璧德的一年演讲之后,我的思想变了,我懂得了白璧德教授的思想,我知道《学衡》里那几篇翻译的文章是不可埋没的。"《新月》第 2 卷第 3 期上,登载有关此书的评介广告称:"倾向浪漫主义的人,读此书犹如当头棒喝,研究文学思想的人,读此书更常有所借镜。"

① 上述文章参见李正西、任合生编:《梁实秋文坛沉浮录》,黄山书社 1992 年版。

② 高旭东:《梁实秋:在古典与浪漫之间》,文津出版社 2005 年版,第 49 页。

的批判①。而后者对鲁迅的辱骂较梁实秋是有过之而无不及,所以鲁迅更多的精力是放在与"创造社""太阳社"的论争上,但鲁迅在与他们论争时也在主动阅读、翻译苏联红色批评家的书籍,并在20世纪20年代末到30年代初世界向"左"转的语境中,在不完全抛弃五四文学传统的前提下认同了左翼文学。当时鲁迅主要通过日文翻译托洛斯基、卢那卡尔斯基和普列汉诺夫等人的马克思主义文艺论著,中国传统"知人论世"的批评意识与人到中年的丰富阅历,使他对马克思主义在文艺问题上的阶级分析方法,尤其是客观分析的社会认识原则,发生强烈认同。鲁迅和当时单纯从理论出发的左翼青年理论家们不同,在他,马克思主义文艺思想不是先验教条,而是印证自己多年探索的一个参照。当时,在鲁迅接触到的众多马克思主义文艺家中,最能与之产生共鸣的是托洛斯基的文学无力论(不能过高估计文学在革命运动中的作用)、革命文学迟到论(真正的革命文学只有在革命成功后才有)和与此相关的在文学上尊重小资产阶级知识分子的"同路人"思想。鲁迅和马克思主义文艺的这种关系,使他在"转变"后,仍然完整保留了自己一贯的文学个性②。

随着鲁迅、茅盾等五四文学的重镇向"左"转,梁实秋原来的批判对象无形中消失,随之他也开始调整自己的批评策略——从对五四文学的批判转向对左翼文学与现代主义文学的批判③。

梁实秋与鲁迅的真正论战,始自他领衔《新月》主编之后。时年26岁的梁实秋与当年徐志摩入主《晨报副刊》时年龄相当,当年徐志摩的身后有巨擘梁启超,身边有一批新月社的同人;而梁实秋的身后则有深负文名的胡适,身边不仅有新月同人,更重要的还有他清华时代的一干好友。与徐志摩"无意中"以"帮腔"的方式"开罪"了周作人与鲁迅相比,梁实秋表现得要激进了许多。

这之前梁实秋在《新月》发表《文学的纪律》《文人有行》《文学与革命》《文人之行》④,强调文学要有节制、要有理性,文人要有德行,反对革命文学

①　鲁迅在《三闲集·序言》中说:"但我到了上海,却遇见文豪们的笔尖的围剿了,创造社,太阳社,'正人君子'们的新月社中人,都说我不好,连并不标榜文派的现在多升为作家或教授的先生们,那时的文字里,也得时常暗暗地奚落我几句,以表示他们的高明。"此文作于1932年4月24日。见《鲁迅全集》(4),人民文学出版社1981年版,第4页。

②　郜元宝:《鲁迅六讲》,上海三联书店2000年版,第143页。

③　高旭东:《梁实秋:在古典与浪漫之间》,文津出版社2005年版,第49页。

④　这4篇文章分别发表于《新月》第1卷第1、2、4、9期。

等,已引起一些读者和郁达夫、冯乃超等左翼阵营的人不满①,冯就曾作文《冷静的头脑——评驳梁实秋的〈文学与革命〉》批驳梁实秋②,对梁实秋的观点鲁迅虽不认同③,但彼时二人的分歧与论争尚未明朗化。相较于前面几篇文章,有胡适附和的第1卷第10期的《翻译》则算是一个更明显的铺垫,因为在这篇文章中,梁实秋说过这样一段话:"听说有人从日本文翻译,连稿子都不起,就用笔在原稿,勾圈涂改,完事大吉。这话真假我不知道,不过最近我看了一些从日本文译出来的西洋的东西,其文法之古奥至少总在两汉以上,不能不令人疑心了"。明眼人一看就知道这是在刺挠鲁迅。

对于鲁迅及左翼阵营真正的发难,则发生在《新月》第2卷第5期。梁实秋发表了《论批评的态度》,认为近来批评界"'不严正'的态度已经流传得很广","以专说俏皮话为能事",以致"无数的粗糙叫嚣的文字出现",使"一般青年对于现状不满"因而发泄"激愤烦躁的心情"。文中并暗有所含地说:"很有人不能把批评文字和攻击个人不能分开","别人只消动他一根毫毛,他便撒娇打滚的暴躁如雷;没人理会他,他也要设法找出一个对象来放刁。"这其实是梁实秋对左翼战斗性批评的一种抵制,也影射了鲁迅。

紧接着在《新月》第2卷第6、7期合刊上,梁实秋抛出了两篇不短的文字:《文学是有阶级性的吗?》和《论鲁迅先生的"硬译"》,论战坐实到了双

---

① 梁实秋在《忆〈新月〉》中说:"我在《新月》上批评了普罗文学运动,但是也没有忘记抨击浪漫的颓废的倾向。我的一篇《文人有行》便使得许多人感觉得不好受,以为我是在指责他。郁达夫便是其中的一个。郁达夫原是属于浪漫颓废一类型,但是很奇怪他在《北新》半月刊里连载翻译辛克莱的《拜金艺术》为'左派'推波助澜!《拜金艺术》是一本肤浅而荒谬的东西,但是写得火辣辣的,颇有刺激性,所以很时髦,合于'左倾'分子的口胃与程度。"见陈子善编:《梁实秋文学回忆录》,岳麓书社1986年版,第111页。按:郁达夫翻译辛克莱的《拜金艺术》,连载于1928年4月至8月《北新》半月刊第2卷第10号至第3卷第14号,未完。

② 载《创造月刊》第2卷第1期,1928年8月10日冯在文中驳斥梁实秋的"文学天才论",认为文学是有阶级性的,强调革命文学——无产阶级文学的必然性。

③ 针对梁实秋在《文学与革命》中所持论调:"近来的伤感的革命主义者,以及浅薄的人道主义者,对于大多数的民众有无限制的同情。这无限制的同情往往压倒了一切的对于文明应有的考虑。"鲁迅在《译文序跋集·〈农夫〉译者附记》(作于1928年10月27日)说:"但我们由这短短的一篇(没有革命气,带有浓厚的宗教气),也可以领悟苏联所以要排斥人道主义之故,因为如此厚道,是无论在革命,在反革命,总要失败无疑,别人并不如此厚道,肯当你熟睡时,就不奉赠一枪刺。所以'非人道主义'的高唱起来,正是必然之势。但这'非人道主义',是也如大炮一样,大家都会用的,今年上半年'革命文学'的创造社和'遵命文学'的新月社,都向浅薄的人道主义进攻,即明白白证明着这事的真实。"见《鲁迅全集》(10),人民文学出版社1981年版,第465页。鲁迅在此文中一并批评了创造社的冯乃超在《艺术与社会生活》(载1928年1月《文化批判》月刊第1号)中所称:托尔斯泰为"伟大的人道主义者",又"腼颜做世界最卑污的事——宗教的说教人"。

方意见存在巨大分歧的核心问题上：一是文学的阶级性与人性的问题；一是翻译问题。

关于文学的阶级性问题。梁实秋写作此文的动因是，他认为近来文学创作似乎是"有组织有联络的"，"一方面宣传无产阶级的文学的理论，一方面攻击他们所认为'资产阶级革命的文学'"，所以要"彻底地"问——"文学是有阶级性的吗？"梁实秋认为：文学是没有阶级性的，"一个资本者和一个劳动者""他们的人性并没有两样"，他们都有生老病死的无常，都有爱的要求，都有怜悯与恐怖的情绪，都有伦常的观念，都企求身心的愉快，"文学就是表现这最基本的人性的艺术"。他还从作家论的角度，以托尔斯泰出身贵族但对于平民充满"无限量的同情"、很多人"奉为神明的马克斯""也不是什么无产阶级中的人物""终身穷苦的约翰孙博士"其志行之高洁比贵族还贵族等等为例说明——文学不分阶级。但在梁实秋看来，"好的作品永远是少数人的专利品，大多数永远是蠢的永远是与文学无缘的"。他不能容忍无产文学理论家把文学当作斗争"武器"的论调，更不能容忍把宣传式的文字也当作文学，不管无产文学的"声浪多高"，梁实秋还是向左翼文坛下了挑战书："我们不要看广告，我们要看货色！"梁实秋举了两首较长的俄国译诗为例，否定了无产文学的价值。归根结底，梁实秋认为"文学根本没有阶级的区别"，"'资产阶级文学''无产阶级文学'都是实际革命家造出的口号标语"。文章末尾，仍未忘记对鲁迅的"关照"："无产文学家攻击资产文学的力量实在也是薄弱得很，因为他们只会用几个标语式口号式的名词来咒人，例如'小资产阶级''有闲阶级''绅士阶级''正人君子''名流教授''布尔乔亚'等等，他们从不确定、分析、辨别这些名词的含义，只以为这些名词有辟邪的魔力，加在谁的头上谁就遭了打击。这实在是无聊的举动。"文中所引，大部分是鲁迅当年在北京与现代评论派陈西滢等人笔战时用到的一些"称号"，梁实秋显然意在反讽。

梁实秋以新人文主义为出发点和立论的基石，认为文学是没有阶级性的，只有普遍的永恒的人性，而且他持"文学天才论"，声称文学是少数人的，小众的，大多数的人（按：梁的意思就是无产阶级）是没有文学品位的，即便以今天的眼光也颇能从中嗅出些贵族文学的味道①，并表现出一定的精英知识分子的身份优越感，何况在当年那个普遍强调阶级性的革命文学

———————————

① 在《新月》第1卷第9期上，梁实秋就写了一篇题为《亚里士多克拉西》（即 Aristocracy，"贵族主义"的音译——引者注）的短文，作者在文中引用英国政治学家勃尔克（Burke）论"亚里士多克拉西"的一段话，表明他对贵族政治的认同，文末梁大呼："中国的亚里士多克拉西在哪里？"梁氏在此文中的表述，某种程度上类似于后来罗隆基所说的"专家政治"之意。

兴起的年代呢。

《论鲁迅先生的"硬译"》直接指陈鲁迅的翻译问题,大约有三分之一的篇幅是引用了鲁迅新出版的卢那卡尔斯基的《艺术论》和《文艺与批评》中的三段,说明鲁迅的译文实在离"死译"不远了,读起来就像看地图,要伸着手指寻找句法的线索位置。

随后出版的《新月》第 2 卷第 8 期上又作了题为《"不满于现状",便怎样呢?》,进一步批评鲁迅光知道不满意现状,但是永远不提出解决办法:"所以现在有智识的人(尤其是夙来有'前驱者''权威''先进'的徽号的人),他们的责任不仅仅是冷讥热嘲地发表一点'不满于现状'的杂感而已",而应该更进一步"诚诚恳恳地去求一个积极医治'现状'的药方。……三民主义是一副药,共产主义也是一副药,国家主义也是一副药,无政府主义也是一副药,好政府主义也是一副药,……哪一副药对症……这又是一件事。"①这显然是用激将法,逼迫鲁迅公开自己的立场。

紧接着,梁实秋在《新月》第 2 卷第 9 期上连发 3 篇短文:《答鲁迅先生》《资本家的走狗》《无产阶级文学》,这些文章在理论上的反批评并不出前面论战文字,但不同则是夹杂了不少对手为共产党的暗示,这就使得论战偏离到了人身攻击与反攻击的一路,还出现了一些带侮辱性的语言。而当时在国民党的白色恐怖之下被称作"共产党"是要杀头的。梁实秋此举虽非告密,但客观上起了提醒当局并进一步想利用当局的权力和屠刀来消灭论敌的作用,如此不难理解,至少出于防卫自己的需要,身处两面夹击孤独奋战的鲁迅怒不可遏拍案而起也是非常自然的反应了②。而更早之前,梁实秋以"徐丹甫"为笔名在 1927 年 6 月 4 日上海《时事新报·学灯》发表《北京文艺界之分门别户》(香港《循环日报》6 月 10 日、11 日予以转载),文中称"鲁迅先生的特长,即在他的尖锐的笔调,除此别无可称",并冠鲁迅以"杂感家"等帽子,同时说鲁迅是《晨报副刊》的"特约撰述员",现在已"到了汉口"。尚在广州的鲁迅看到此文后,即给《循环日报》去信声明但未见刊出。随后 7 月 11 日,鲁迅作《略谈香港》(见《鲁迅全集》第 3 卷),文中公开此信内容,并说:"我知道这种宣传有点危险,意在说我先是研究系的好友,现是共产党的同道,虽不至于'枪终路寝',益处大概总不会有的,晦气点还可以因此被关起来。"考虑到其时的武汉政府是"容共"的,而鲁迅

① 梁实秋:《"不满于现状",便怎样呢?》,《新月》第 2 卷第 8 期。
② 陈思和:《鲁迅的骂人》,见《羊骚与猴骚——陈思和随笔集》,上海人民出版社 1994 年版,第 79 页。

却是在"反共清党"地区,梁实秋此文对鲁迅可能造成的危害是很可怖的。如果鲁迅知道"徐丹甫"就是梁实秋的话,那么二人结怨或者彼时已始。

而在 1928 年 12 月 10 日出版的《新月》第 1 卷第 10 期上,梁实秋亦曾作《一篇"自序"》讽刺鲁迅,文章短分量却不轻。文中称自己在一家书铺的玻璃柜里发现了一本毛边书,其上自序云:"某教授对人讲文学,以为文学当描写永远不变的人性,否则便不久长。这句话不对……就说我这本书,我描写的就不是什么永远不变的。人性哪有永久不变的? 即以我个人而论,从前和某性质的系联络,近来又和某颜色的党接近,从前提倡革命文学,现在反对革命文学了。进一步说,我这里描写的根本就不是人性。人性是什么? 是长方的,还是椭圆的? 几个钱买一斤? 我不懂什么叫人性;狗性我倒略微通一点,尤其是疯狗的性情。疯狗,你们知道,是很凶的,他的口齿是毒的,他不管谁是'正人君子'。他看到谁就咬谁。猫性我也略微通一点……鼠性我也略微通一点……人性,我不懂,某教授所说……"①梁假以"自序"口吻,说鲁迅"和某性质的系联络""和某颜色的党接近",不通人性通"猫性""鼠性",甚至影射鲁迅为"疯狗"等等,显然是很出格的。如此种种,梁实秋招致鲁迅的强烈反击,就不奇怪②。

在这里还必须提到的是梁实秋为呼应胡适的"人权"之声,在《新月》第 2 卷第 2 期所做的《论思想统一》,文中他的矛头直接指向国民党,反对国民党搞"思想统一",反对国民党叫嚷的"创作三民主义的文学",同时揭露当时只有统治者的自由,没有人民的自由的现状。

从这一系列的文章来看,笔者以为,梁实秋业已呈现出了一种依托文艺,包"打"天下的特征。思想界与现实的问题,文艺界及其立场的问题,还有文艺的技术层面的问题,构成了一种交互性的存在。它们从文艺的现实出发,却有了不同的旨归。如此猛烈而交织的炮火,对一本杂志来说,不能不说是有些石破天惊的味道的。

由此,梁实秋掀起的这一场场论战也就大大超越徐志摩《晨报副刊》时期的笔墨之战、闲话之争,以及知识分子智慧层面的对垒。与徐志摩以讨论的方式开展"苏俄仇友"和"党化教育"的辨识不同的是,梁实秋直接地把论战演化成了一种思想与立场的冲突;与徐志摩纠缠于"学问与品格"的方式不同的是,梁实秋把论争的层面推向了知识分子立场与现实的关系的层面。

---

① 梁实秋:《一篇"自序"》,《新月》第 1 卷第 10 期,1928 年 12 月 10 日出版。

② 关于此问题论述,可参见刘炎生:《才子梁实秋》,百花洲文艺出版社 1996 年版,第 97—103 页。高旭东:《梁实秋:古典与浪漫之间》,文津出版社 2005 年版,第 45—49 页。

因此,在笔者看来,也正是梁实秋的登场,才促使了新月的派系形态的丰满而明确。如果用一棵大树来比喻新月派的话,那么徐志摩好比是一个聚合营养的主干,他起到的是一种组织与营养输送的作用。而梁实秋,则是一片最为繁荣茂盛的枝桠,他使得"新月"棱角更加分明,触角更加丰富,枝叶更加饱满。而如果用拟人化的方式来譬喻,那么,徐志摩是一种基本的品质,而梁实秋则是一种最为招惹人的性格与姿态。

而有关新月"性格"与"姿态"最为明晰的呈现,则是通过一场场火药味十足的论战呈现出来的,而这里最重要、最具典型意义的应战者,当然是鲁迅。

鲁迅对梁实秋的声讨做了一系列的回应。

关于《论批评的态度》的回应发在 1930 年 1 月 1 日《萌芽月刊》第 1 卷第 1 期上,鲁迅发表了《新月社批评家的任务》,对梁实秋为代表的新月社批评家做了一针见血地剖析:

> 新月社中的批评家,是很憎恶嘲骂的,但只嘲骂一种人,是做嘲骂文章者。新月社中的批评家,是很不以不满于现状的人为然的,但只不满于一种现状,是现在竟有不满于现状者。这大约就是"即以其人之道,还治其人之身",挥泪以维持治安的意思(笔者按:意即如杀人、打人是不行的,但执刑的人,是无罪的。)新月社批评家虽然也有嘲骂,也有不满,而独能超然于嘲骂和不满的罪恶之外者,我以为就是这一个道理。
>
> 现在新月社的批评家这样尽力地维持了治安,所要的却不过是"思想自由",想想而已,决不实现的思想。而不料到了别一种维持治安法,竟连想也不准想了。从此以后,恐怕要不满于现状了罢。①

关于《文学是有阶级性的吗?》和《论鲁迅先生的"硬译"》的回应,则是发在 1930 年 3 月《萌芽月刊》第 1 卷第 3 期上的长文——《"硬译"与"文学的阶级性"》。鲁迅酝酿了几个月的《"硬译"与"文学的阶级性"》全文共六节,前两节着重讨论硬译问题,三、四两节谈文学阶级性问题,第五节更深一步回到为何要硬译,最后一节则指向整体的新月社,解剖其"以硬自居,而实则其软如棉"的"特色"。针对梁实秋所宣扬的不分阶级都有生老病死喜

---

① 鲁迅:《三闲集·新月社批评家的任务》,见《鲁迅全集》(4),人民文学出版社 1981 年版,第 159 页。

怒哀乐的超阶级的人性论观点,鲁迅首先指出其主张是"矛盾而空虚"的:
"文学不借人,也无以表示'性',一用人,而且还在阶级社会里,即断不能免
掉所属的阶级性,无需加以'束缚',实乃出于必然。自然,'喜怒哀乐,人之
情也',然而穷人决无开交易所折本的烦恼,煤油大王哪会知道北京捡煤渣
老婆子身受的酸辛,饥区的灾民,大约总不去种兰花,像阔人的老太爷一样,
贾府上的焦大,也不爱林妹妹的。……倘以表现最普通的人性的文学为至
高,则表现最普遍的动物性——营养,呼吸,运动,生殖——的文学,或者除
去'运动',表现生物性的文学,必当更在其上。倘说,因为我们是人,所以
以表现人性为限,那么,无产者就因为是无产阶级,所以要做无产文学。"①
接着,鲁迅就梁实秋提出的作品与作者的阶级无关、文学鉴赏力与阶级无关
且只属于少数人的"福气"、文艺不能是斗争的"武器"等问题逐一进行驳
斥,最终揭开梁实秋论调的真实面目:梁文的本意是取消阶级性张扬真理
的,但又以资产为文明的祖宗,指穷人为劣败的渣滓,一看就知道是属于什
么阶级的"斗争武器"了。

　　"皮之不存,毛将焉附?"鲁迅抓住梁实秋观点里的一个矛盾——一方
面强调宣扬永久不变的人性,另一方面又强调人与人的差异而要把"人"这
个字从字典里注销,实在是一针见血的。即如斯洛伐克学者高利克(M.
Galik)所言:"梁实秋没有进一步阐述他整个文学理论中作为基石的'人
性'的概念。这个概念对于他,就像现在对我们和对二十年代及以后时期
的中国批评家一样,无疑都是难以解释的'自在之物'。"②

　　鲁迅在文中还抓住了梁实秋惯用"我们"的习惯,批评说:"既有'我们'
便有我们以外的'他们',于是'新月社'的'我们'虽以为我的'死译之风断
不可长'了,却另有读了并不'无所得'的读者存在,而我的'硬译',就还在
'他们'之间生存,和'死译'还有一些区别"。③ 事实上,对于自己译作上的
缺点,鲁迅在《文艺与批评》的后记里就已坦诚地表明过了:"从译本看来,
卢那卡尔斯基的论说就已经很够明白,痛快了。但因为译者的能力不够,和
中国文本来的缺点,译完一看,晦涩,甚而至于难解之处也真多;倘将仂句拆
下来呢,又失了原来的精悍的语气。在我,是除了还是这样的硬译之外,只

---

①　鲁迅:《二心集·"硬译"与"文学的阶级性"》,见《鲁迅全集》(4),人民文学出版社1981
　　年版,第204页。
②　[斯洛伐克]玛利安·高利克:《中国现代文学批评发生史(1917—1930)》,陈圣生等译,社
　　会科学文献出版社1997年版,第283页。
③　鲁迅:《二心集·"硬译"与"文学的阶级性"》,见《鲁迅全集》(4),人民文学出版社1981
　　年版,第197页。

有'束手'这一条路——就是所谓'没有出路'——了，所余的唯一希望，只在读者还肯硬着头皮看下去而已。"①而鲁迅所言"中国文本来的缺点"，也蕴涵着白话文如何吸收外来语言进行"新造"这一重大语言命题。

对于"抓药方"的问题，鲁迅于 1930 年 2 月 17 日写下《二心集·"好政府主义"》一文，巧妙地予以答辩："指摘一种主义的理由的缺点，或因此而生的弊病，虽是并非某一主义者，原也无所不可的。有如被压榨得痛了，就要叫喊，原不必在想出更好的主义之前，就定要咬住牙关。"而且鲁迅批判的对象并不止于梁本人，他一并击中胡适当年只主张委曲求全一味改良的好政府主义的软肋，认为梁实秋"谦逊地放在末尾"的"好政府主义"与其他"药方"还不同，"因为自三民主义以至无政府主义，无论它性质的寒温如何，所开的究竟还是药名，如石膏、肉桂之类，——至于服后的利弊，那是另一个问题。独有'好政府主义'这'一副药'，他在药方上所开的却不是药名，而是'好药料'三个大字，以及一些唠唠叨叨的名医架子的'主张'。不错，谁也不能说医病应该用坏医料，但这张药方，是不必医生才配摇头，谁也会将它'褒贬得一文不值'的。"②

鲁迅先生那篇著名的曾被选入中学语文课本的《"丧家"的"资本家的乏走狗"》则刊发于 1930 年 5 月 1 日出版的《萌芽月刊》第 1 卷第 5 号。鲁迅一一解释此"称号"的来由："凡走狗，虽或为一个资本家所豢养，其实是属于所有的资本家的，……不知道谁是它的主子，正是它遇见所有阔人都驯良的原因，也就是属于所有的资本家的证据"，故确切地，梁应属于"丧家的""资本家的走狗"。而说"梁先生意在得'恩惠'或'金镑'，是冤枉的，决没有这回事，不过想借此助一臂之力，以济其'文艺批评'之穷罢了。所以从'文艺批评'方面看来，就还得在'走狗'之上，加上一个形容字：'乏'。"③

---

① 鲁迅：《〈文艺与批评〉后记》，见《鲁迅全集》（10），人民文学出版社 1981 年版，第 299 页。

② 鲁迅：《二心集·"好政府主义"》，见《鲁迅全集》（4），人民文学出版社 1981 年版，第 243 页。

③ 鲁迅：《"丧家"的"资本家的乏走狗"》，作于 1930 年 4 月 19 日，见《萌芽》月刊第 1 卷第 5 期，1930 年 5 月 1 日，见《鲁迅全集》（4），人民文学出版社 1981 年版，第 246—248 页。据冯雪峰回忆：鲁迅看了梁实秋的《"资本家的走狗"》后，曾愉快地说："有趣！还没有怎样打中了他的命脉就这么叫了起来，可见是一只没有什么用的走狗！"同时从冯的文章中，又觉得"乃超这人真是忠厚人"，因此决定自己"来写它一点"。鲁迅写好此文交给《萌芽》月刊时，高兴地笑着说："你看，比起乃超来，我真要'刻薄'得多了。……可是，对付梁实秋这类人，就得这样。……我帮乃超一手，以助他之不足。"当时所有的同志都很喜欢这篇杂文，称之为"奇文"。冯雪峰：《回忆鲁迅·鲁迅先生对左联的态度》，鲁迅博物馆、鲁迅研究室编：《鲁迅年谱》（增订本）（3），人民文学出版社 2000 年版，第 209 页。

细察梁实秋与鲁迅之间的这场论战,会发现"我们"与"他们"两个简单的语词出现频率极高——其实这凸显出的是两种话语权力之间的对峙。现代中国自有留学运动以来,"海归"们本来就存在着因留学国度不同出现气质风度、思想文化价值观认同诸方面的全方位差异,而留学英美与留学日本两种族群差别尤其之大,这似乎也是众所周知的事情,学界已有人对此做过专门研究①。梁实秋、胡适、徐志摩、叶公超等新月派核心成员均是留学美英,别的不说,单说英文造诣也都是很高的,他们也常常会在报刊上纠正一些翻译错误问题,在这方面留日背景的鲁迅显然逊色不少,鲁迅"硬译"出来的文字确实有时连语法也不怎么讲,读起来不知所云。但在连环升级的论战中,已不能让鲁迅冷静地听取梁实秋提出的意见,所以虽然梁实秋常常以激将法迫使鲁迅拿出自己的东西,亮出自己的立场②,但鲁迅就是不上梁实秋的当,他从不就具体字句问题上进行解释。

但"较真"的梁实秋似乎有些得理不饶人,拼命追究具体字句段落的翻译问题。如其后在《所谓"文艺政策者"》(《新月》第3卷第3期)一文中,文章主旨是反对中国左翼作家把俄共文艺政策当作文艺圣旨的,但一开头还是先引鲁迅四段"晦涩难解"的译文"瞻仰"一下,才言归正传,说"文艺"还有"政策"简直是"名词上的矛盾",认为俄共文艺政策"只是几种卑下的心理"的明显表现:"一种是暴虐,以政治的手段来剥削作者的思想自由;一种是愚蠢,以政治的手段来求文艺的清一色。"③

① 参见周晓明:《多源与多元:从中国留学族到新月派》,华中师范大学出版社2001年版。作者将现代中国留学生划分为留美、留日、留欧、留苏四大族群,并进行了比较。其中,留美群的特征是:"出国时,基础扎实,选拔严格;留学中,教育正规,学有所成;回国后,人才辈出,成就斐然。"留日群的特征是:"出国时,条件宽松,成分复杂;留学中,境况独特,多学少成;回国后,文武兼备,良莠不齐。"

② 如梁实秋在《答鲁迅先生》(载《新月》第2卷第9期)一文中就直接质问鲁迅:"鲁迅先生是不是以为文学是有阶级性的? 如其是的,鲁迅先生自己究竟是站在哪一边,还是蝙蝠式的两边都站? 鲁迅先生以为'新月社的人们'是在哪一边? 理由安在? 我觉得鲁迅先生向来做反面文章,东批评,西嘲笑,而他从来不明明白白的公布他自己的积极的主张和态度。人家说他是有闲阶级小资产阶级落伍者,于是硬译一本卢那卡尔斯基,你们看看,我在'作战'呢,我也在'联合战线'里面呢! 人家说他是'转变方向',于是立刻嘲笑'成仿吾元帅……爬出日本的温泉,住进巴黎的旅馆',于是立刻拒绝《拓荒者》《现代小说》的'谥法',你们看看,我才不投降呢! 但是这样的左右支撑,究能延长几久呢? 我的主张是干脆的,我不承认文学有阶级性,阔人穷人写的作品我都看的。……但是愿意知道鲁迅先生正面的积极的文学主张的人,大概是很多的,不知鲁迅先生愿意做这样的事不?"

③ 梁实秋在《新月》上的批评对象并不仅是鲁迅,也包括左翼文坛。如他在《"无产阶级文学"》(第2卷第9期)、《"普罗文学"一斑》(第2卷第11期)、《文学的严重性》(第3卷第4期)等文中对无产阶级文学创作上的简单化贴标签的做法进行反复批评,都是很有道理的,只是由于他对"奉苏联政策开锣又奉苏联指令收场"(梁晚年作《新月前后》文中语)的

　　梁实秋对鲁迅"硬译"的穷追猛打，引起文坛关注，如赵景深等人也纷纷指责鲁迅的"硬译"，鲁迅又写下了《几条"顺"的翻译》《风马牛》《再来一条"顺"的翻译》等文坚持"硬译"的观点①，反对赵提出的"与其信而不顺，不如顺而不信"②，并批评他将"Milky Way"译成"牛奶路"——这一问题甚至演化成了一个学界争论不休的话题③。而陈思和先生对这桩历史旧案来龙去脉的耐心梳理表明，其实赵景深引起鲁迅和其他左翼作家反感的还不是表面的"牛奶路"问题，而是赵氏在文章中一再发出嘲笑对方是左翼作家的暗示（如在《与摩顿谈翻译》文中指责对方用"假名"等），这就跟梁实秋

　　普罗文艺极端厌恶，导致其对左翼文学偏见甚深。其中很复杂的情况是，梁实秋反对左翼以文学为武器，也反对以文学为娱乐的"为艺术的艺术"学说，认为这是文学界"不严重的毛病"表现，在这个意义上他与"普罗文学家"之攻击以艺术为娱乐的主张拥有了同一个对立面，当然梁实秋并非是与左翼真正地谈拢，而是他以为凡是主张文学的"尊严与健康"的人都应该在这一点上表示赞成，虽然是站在不同的立场上。梁实秋操持的还是"理性为最高的节制的机关"（《文学批评辩》）的古典主义文艺观。同时，鲁迅虽然接受了马克思主义，但其接受与左翼文学界亦有不同（前引郜元宝之论），只是在部分的情况下有所一致。鉴于梁实秋与左翼文坛未在《新月》上形成明显的论战线索且与鲁迅方面有重叠处，故本书不再单独论述。

① 前两篇文章同刊于 1931 年 12 月 20 日《北斗》第 1 卷第 4 期，后 1 篇载《北斗》第 2 卷第 1 期，均署名长庚。收鲁迅：《二心集》，见《鲁迅全集》（4），人民文学出版社 1981 年版，第 342—351 页。鲁迅针对赵景深的观点，指出："译得'信而不顺'的至多不过看不懂，想一想也许能懂，译得'顺而不信'的却令人迷误，怎样想也不会懂，如果好像是已经懂得了，那么你正是入了迷途了。"（鲁迅：《几条"顺"的翻译》）

② 赵景深：《论翻译》，《读书月刊》第 1 卷第 6 期，1931 年 3 月出版。赵在此文中认为，严复的"信、达、雅"，其次序应该是"达、信、雅"。另，赵尚在《文艺新闻》第 17 号（1931 年 7 月 6 日）、第 23 号（1931 年 8 月 17 日）先后发表《与摩顿谈翻译》《翻译论之再零碎》等文，坚持自己的观点。赵景深（1902—1984），四川宜宾人，时为复旦大学教授，北新书局编辑。

③ 此问题在 1990 年代中期学术界尚有论争。《鲁迅研究月刊》1995 年第 3、8、12 期集中刊发了关于 Milky Way 的争论文章，中有冷子兴：《"无可厚非"的"牛奶路"》（第 3 期）、谢天振《赵译"牛奶路"及其他——顺致冷子兴先生》（第 8 期）、伊之美：《我解 Milky Way 的争纷》（第 12 期）等。此次争论源于谢天振在《中国比较文学》总第 16 期上发表的《翻译：作为比较文学的研究对象》，文中所引当年赵景深 Milky Way 的翻译，认为从文化意象的角度译成"牛奶路"是"无可厚非"的，但引起他人不同意见。对于此翻译问题，谢天振在《翻译：文化的失落与歪曲》（1994 年第 3 期《上海文化》）上做过详细分析。晚年赵景深则说："我将 Milky Way 误译为'牛奶路'（应译'银河'或'神奶路'），将 Entaur 误译为'半人半牛怪'（应译为'半人半马怪'），是由于我没有多查字典、工作不严肃的结果，是应该批评的。"赵还说："恐怕鲁迅不仅仅是由于翻译问题而批评我，而是由于我有一次在国民党市政府的一次宴会上说错了话而批评我。我胆子小，没有加入'左联'，虽然在《现代文学》上偏重革命派的著作，但也刊登颓废派和别的派别的著作。虽然这刊物只出了半年六册，就被国民党禁止，究竟还只是站在资产阶级立场上同情革命分子，不是对于革命文艺非常热爱。总之，这段时间内我走了下坡路"。见赵景深：《鲁迅给我的指导、教育和支持》，《新文学史料》1978 年第 1 期。

暗示对方是取了卢布津贴一样，对当时处于秘密地下活动状态的左翼作家来说是最为恼恨的禁忌①。

不过似乎只有梁实秋一个人，是长久地跟踪鲁迅的各类文字尤其是翻译。

1932 年，已在青岛大学任外文系主任兼图书馆长的梁实秋还是盯住鲁迅的翻译不放，是年 11 月 20 日寄给《新月》实际主编者叶公超一封论翻译的信（载《新月》第 4 卷第 5 期），以鲁迅译的普列汉诺夫的《艺术论》为由头，说鲁译由俄而英，由英而日，由日而中，"经过了这三道转贩，变了原形自是容易有的事"，并声称"误译、曲译、死译、硬译，都是半斤八两。"叶公超马上在第 6 期作了呼应，题为《论翻译与文字的改造——答梁实秋》，此文发表了叶氏对翻译的精辟见解，他讨论了翻译中的具体问题——如何翻译单字、熟语、语气等问题，并提出了对译者的要求：一是不失掉原句内各部分的关系，二是在可能范围内使译句的组织趋向于紧密，三要维持原句各部间的轻重比例。

叶公超在文中说，"鲁迅的译法，我也勉强'硬着头皮'读了几遍，觉得非但不懂，而且看不出'不顺'在哪里，想想也只好与梁实秋站在一边，等待文字改造成功之后，再来温习旧课。"而在解释"译一个字非但要译那一个而已，而且是要译那个字的声、色、味以及其一切的联想"时，他着力赞扬了徐志摩翻译的布莱克（Blake）《猛虎》第一节，其中以"雄厚"一词译原文四行的精彩全系于末尾的一词"symmetry"，"可以说抓着了原诗的神味"，同时"在翻译里自然也另有他的地位与力量"。他接着说译诗是几乎不可能的，译出来也脱不了"勉强"的痕迹，这种根本性的困难就是鲁迅的"直译"和赵景深的"曲译"、J.K.（瞿秋白）的翻译要"绝对的正确和绝对的中国白话文"，也不见得有办法②。一扬一抑，对照明显。

---

① 陈思和：《草心集·赵先生一百岁》，广东教育出版社 2004 年版，第 24—34 页。按：此文系作者为纪念赵景深百岁诞辰而作，文中指出：实际上当时批判赵景深是"左联"的整体性行为，而在当时所有的扣政治大帽子的"左派"作风里，在当时从瞿秋白到李俊民都把赵景深当作第二个梁实秋似的"特殊走狗"（瞿语）的时候，鲁迅通过挑剔赵的译文错误来说明其所谓的"顺"其实是不负责任的翻译态度，差不多是最为和风细雨、平和讲理的批判。

② 叶公超：《论翻译与文字的改造——答梁实秋》，《新月》第 4 卷第 6 期，1933 年 3 月 1 日出版。但在此也应提出，叶公超在鲁迅逝世后，发表过两篇关于鲁迅的文章：《关于非战士的鲁迅》和《鲁迅》两文，持论是比较客观公允的。前者发表在 1936 年 11 月 1 日天津《益世报》增刊，对鲁迅的小说创作、古典小说研究和鲁迅杂文的"文字能力"评价甚高，文中更说："骂他的人和被他骂的人实在没有一个在任何方面是与他同等的。"考虑到他与梁实秋的关系，此言犹显公允。后者发表在 1937 年 1 月 25 日《北平晨报·文艺》，再次评价"鲁

新月人总喜欢标榜他们每个人都是独特的"这一个",然而老辣的鲁迅却一眼就看穿他们——在声明中说无什么组织,在论文里也痛斥无产阶级式的"组织""集团"之类的话,但其实是有组织的,也是有"照应"的。反对党同伐异的人也掉入了党同伐异的陷阱,也是一种历史的吊诡吧。

除了与梁实秋论战的文字以外,鲁迅未写过专门谈梁实秋的文章,梁实秋则成了鲁迅的"跟踪式批评家",甚至在其死后也有专门谈鲁迅的文章,对鲁迅基本上还是否定态度①。此已逸出本书论述范围,不赘。

在这场论战中,出现了一些低级无聊哗众取宠的文字。有人竟然写了一篇名为《梁实秋》的小说,刊载于 1929 年 12 月 15 日《现代小说》第 3 卷第 3 期,讽刺梁实秋是"小布尔乔亚氾",触犯了"布尔乔亚氾",于是"摇尾乞怜"等等,这就未免把思想上的论战庸俗化。梁实秋在回击文章中说"这篇小说的作者已于一九三〇年二月十四日下午七时随同鲁迅先生发起了自由运动大同盟",这里的小说作者实际上指的就是曾为创造社成员的"革命艺术家"叶灵凤(1904—1975)。

梁实秋与鲁迅及左翼文坛的论战,据他自己说只是代表他一个人的态度:"《新月》的朋友并没有一个人挺身出来支持我,《新月》杂志上除了我写的文字之外,没有一篇文字接触到普罗文学。"②其实大不然。同人没有文章并不足以说明他们不愿"挺身支持"他,更不能代表他们不同意梁实秋的立场。正如有研究者分析的那样:"相反的,梁先生跟左翼文学论战的方向原则符合新月的一般原则与信念。"之所以梁"独力作战",一方面是由于他对白璧德人文主义文学理论的造诣与信仰,另一方面是由于《新月》同人对文学有兴趣的人大有人在,但有文学理论根底且又有"兴趣"对付左翼文学的却不多。如闻一多转向古典研究,徐志摩热心有余但文学理论修养不够,

---

迅最成功的还是他的杂感文",认为"在这些杂感里……一面能看出他的心境的苦闷与空虚,一面却不能不感觉他的正面的热情。他的思想里时时闪烁着伟大的希望,时而凝固着韧性的反抗狂,在梦与怒之间是他文字最美满的境界",所论当属精辟。

①　代表性文章有两篇,一篇为写于战时重庆的《鲁迅与我》,发表于 1941 年 11 月 27 日《中央日报·平明》副刊,见《梁实秋文集》(第 7 卷),鹭江出版社 2002 年版。亦见鲁迅博物馆、鲁迅研究室:《鲁迅回忆录》散篇中册(北京出版社 1999 年版)。一篇写于台湾的《关于鲁迅》,初收《文学因缘》台湾文星书店 1964 年版,今收《梁实秋文集》第 1 卷。关于梁实秋后半生对鲁迅的态度,可参见刘炎生:《梁实秋抵台后对鲁迅的态度》,《鲁迅研究月刊》1995 年第 2 期。该文认为梁实秋抵台后,对鲁迅的看法仍不出二三十年代的观点。应当指出的是,并不能因梁实秋与鲁迅及左翼文坛的论战,即对其进行粗暴的全盘否定,正如早年的很多文学史描述的那样。就此问题,张中良的论文《大陆文学史上的梁实秋身份问题》(《中国现代文学研究丛刊》2004 年第 3 期)做了很好的梳理与辨正。

②　梁实秋:《忆〈新月〉》,见陈子善编:《梁实秋文学回忆录》,岳麓书社 1986 年版,第 109 页。

叶公超往往就文学论文学,胡适、罗隆基等人关心政治,也不是专门研究文学的,只有梁实秋的新人文主义,"把文学放于文化整体中加以批判评价,自然跟当时最活跃的左翼文学发生冲突"。而且,在梁与左翼文学论战之时,正巧他的老师白璧德也在跟美国的左翼作家们论战①。事实上,叶公超也曾特别强调过,"新月"在当时是被视为"资本主义的象征"的,"以孤军的姿态作战"于左翼文学为主流的上海文坛,梁实秋则是"孤军"中的"斗士",必要时同人也会"帮衬一下"②。

毫无疑问,对《新月》来说,梁实秋是一个"贡献很大"的多产的重要撰稿人(他是在《新月》发稿量最多者,达46篇),"他肯写,而且写得快,他的文稿又是不需要修改可以送印的,所以在应付左派的攻击方面发挥了大力量。"③这是晚年叶公超对梁实秋的评价。但相对而言梁实秋也许不能说是一个优秀编辑,主编《新月》期间他并没有以这份杂志为载体培养什么文学新人,发稿作者大致上总是同人那些老面孔在撑台面,出现的几个新面孔像陈梦家、刘宇、何家槐等,还是靠徐志摩、沈从文等人的推荐才得以进入《新月》杂志的。一个好的杂志主编,最重要的也许还在于发现,不过这可能有点后见之明,《新月》说到底还是一本同人刊物。

而论战之外,梁实秋同期还写下了《论散文》《纽约旧书铺》《冬天》《所谓"蓝袜子者"》《论诗的大小长短》《歌德与中国小说》等散文及评论文章,还翻译过 Burns 的四首诗,文辞优美。但是,最主要者并在社会发生重大影响的,还是他的论战文字。

<hr>

① 参见董保中:《新月社、新月派,新月没有了》,原载 1980 年 9 月 24 日至 26 日台湾《联合报》,见程新编:《港台·国外 谈中国现代文学作家》,四川文艺出版社 1986 年版,第 198 页。

② 叶公超:《关于新月》,见程新编:《港台·国外 谈中国现代文学作家》,四川文艺出版社1986 年版,第 165 页。

③ 叶公超:《关于新月》,见程新编:《港台·国外 谈中国现代文学作家》,四川文艺出版社1986 年版,第 165 页。

第五章 新月社的"骚动":"愤"而论政

第一节 胡适:为了"人权与约法"

一、《新月》"转向"与胡适对待国民党的态度

《新月》月刊的转向,应该是从二卷一期显现出来的。这一期最后的"编辑后言"篇幅不长,意味却深长。文中首先指陈,这年头是一种"病象",原因与其说是说不清的,毋宁说是不愿说出的。而字里行间则隐约透出,面对此种社会病象,他们第一不会做传声喇叭,显然指他们素来反感的普罗文艺的宣传方式;第二不会"呐喊"——借用鲁迅的小说名字,用意不言而喻。他们将自己定位于"几个不合时宜的书生",用"平正的话"发表"平正的观点",从而"为这时代的青年"提供一个努力的方向。

这一话语模式,暗洽"居庙堂之高"则启蒙大众的精英知识分子的"广场意识",或可说是某种"士"的集体无意识的心理延续。他们重申,目的是要引导青年人趋向"健康与尊严的人生",推崇稳健理性,体现出新月派文人在文化心态上的一种中年特质。如论者所言,中年文化心态主要表现为成熟的独立性明确的理性,青年的幻想和情感的跳跃得到了更正,变为追求具体的目标,建构稳固的情感和思想。与老年人的心态保守相比,中年具有一定的心理的开放性。但是,中年开始注意人生的经验生活的积累。在现实的生活中,这中间的位置有意无意将他们推到了中心或中介的角色。而"新月派聚合的社会环境和文化环境,是对现实的中西方巨大反差的沉思,是对英美绅士文化的吸收,形成了他们的思想感情的基础,文学的理性和秩序的追求,文化规范的推崇。"①

该期"编辑后言"还明确表示,《新月》是一份专载创作和论著的文艺性杂志,但是目前已不能满足同人要说"平"话的需要,所以计划另办一份《平

---

① 杨洪承:《文学社群与多元文化——现代中国文学社群文化类型初探》,《山东师范大学学报(人文社会科学版)》1998 年第 2 期。该文认为,同属中年文化心态的有文学研究会、"左联"等,而创造社则属于青年文化心态。

论》周刊。这份周刊最终并未办成，但部分同人后来组成了"平社"，定期活动，形成了一个类似英国费边社的知识分子议政团体（详后）。

显然，这里已暗示着《新月》的办刊方针要有所转向。事出有因，这与《新月》谈政治的发动者胡适密切相关，与胡适对国民党的观感、政治态度的转变相关。

大致说来，胡适对于国民党的认知实际上经历了一个信任、希望、认同，继之失望、冷淡，进而批评的一个"前恭后倨"的微妙的转变过程①。在这个转变过程中，1923 年国民党的"联俄容共"是一个甚为关键的事件。"联俄"是向西方学习的最新发展，而"容共"则使国民党吸收了大量的受新文化运动影响的青年，从而使国民党承接了五四前后的新思潮，这样国民党及其发动的北伐国民革命就被胡适纳入所谓狭义的"中国文艺复兴"即新文化运动之中的第二个阶段，五四前后则是运动的第一阶段。1926 年至 1927年 5 月，由于在国外考察，胡适对国内局势缺乏感性认识，但他积极看报了解，总体来说对国民党持信任态度，他自己后来承认："民（国）十五六年之间，全国多数人心的倾向中国国民党，真是六七十年来所没有的新气象。"②胡适自己就是这些人中的一个，他那时对"新俄"和国民革命的积极赞许恐怕还超过一般读书人。

就胡适而言，他对国民党的赞许态度，很大程度上还是借由著名知识分子蔡元培、吴稚晖建立起来的。因为，他觉得二人"是倾向于无政府主义的自由论者，我向来敬重这几个人，他们的道义力量支持的政府，是可以得着我的同情的。"③因为相信着蔡、吴的"相信"，所以 5 月甫一回国的胡适，对国民党还是取认同态度，尽管高梦旦致信说国内最近党祸颇凶。然而，1927年 4 月的"清党运动"，标志着国共两党的正式分手，而与之直接关联的，则是国民党的绝俄。从联俄到绝俄，国民党的这一变动至少在下意识的层面会影响胡适对其的态度。而南京政府方面有着正义象征的蔡、吴两人却都在"清党"中扮演重要角色，其中蔡元培或主要是起名义上的作用，吴稚晖则显然比较积极地实际参与其事，这大概是胡适始料未及的。

更严重的问题是，"清党"的"胡乱的杀人、不经正式法律手续的杀人、

---

① 此处关于胡适对国民党态度转变的论述，主要参见罗志田：《乱世潜流：民族主义与民国政治》，上海古籍出版社 2001 年版，第 226—272 页。

② 胡适：《惨痛的回忆与反省》（1932 年 9 月 11 日作），载《独立评论》第 18 号，1932 年 9 月18 日。

③ 胡适：《追忆吴稚晖先生》（1953 年 11 月 24 日作），载台北《自由中国》第 10 卷第 1 期，1954 年 1 月 1 日。

为了政见不同的杀人而杀人"①已经让当时许多精英知识分子深感无法容忍,甚至是恐怖。一向态度温和的周作人当时即指出,清党的实质就是"以思想杀人",这是他"所觉得最可恐怖的"②,他直言这"是蒋介石专政的起头,犹如辛亥革命之于袁世凯,民六打倒复辟之于段祺瑞一样,事情很好,可是结果却是很坏的。在北伐还只有一半胜利的时候,就来了一个凶残的清党,就给予人以不祥的印象,唯北方的人民久已厌弃北洋政府,犹以为彼善于此,表示欢迎,然识者早知其不能久长了。……(马幼渔)人很老实,乃私下对友人说,下回继北洋派而倒楣的便是国民党了。这一看好像是知识阶级常有的历史循环观,所谓盛极必衰的道理。其实是不尽然,是从他反动的开头就可以知道了。"③

"当事实证明蔡、吴这样因'受到公众信任'而具'道义影响'的人也可能因做错事而失去公众的信任故减少其道义影响时,清党本身就不可能是正确的了。"④胡适在1928年2月28日、3月6日致吴稚晖的信中均表示出对吴"不出来反对杀人政策"的"难以释怀"。如果"与军阀说话"是对牛弹琴的话,即如当年《努力》时期谈政治"到了止壁"的地步,那么对"思想清楚、眼光远大的人"支持的新式政党,就应该有所忠告了。至此,胡适对国民党的看法可以说急转直下。

1928年4月4日,高梦旦辞去商务印书馆职务,说该馆"只配摆小摊头,不配开大公司。"胡适在当日日记中说:"此语真说尽一切中国大组织的历史。"因为"我们这个民族是个纯粹个人主义的民族,只能人自为战,人自为谋,而不能组织大规模的事业。"而"政党是大规模的组织,需要服从与纪律,故旧式的政党(如复社)与新式的政党(如国民党)都不能维持下去。"⑤显然胡适此时对国民党已相当失望。5月中,北伐军将进北京,中国的局势已基本定局。那时,回国一年的胡适对自己这一年究竟"做了一些什么事",感觉"惭愧之至",已流露出了欲有所动的心态⑥。

6月,胡汉民在给胡适的信中说他现在负责宣传,"还是治标之标,快要到治标之本了,却离治本两字相差甚远"。他自解说:"一个人太忙,就变了

①　英子:《不要杀了》,《现代评论》第5卷第128期,1927年5月21日。
②　周作人:《谈虎集·后记》(1927年11月25日作),河北教育出版社2002年版,第394页。
③　周作人:《知堂回想录》(下),河北教育出版社2002年版,第613页。
④　罗志田:《乱世潜流:民族主义与民国政治》,上海古籍出版社2001年版,第247页。
⑤　胡适:《胡适日记》(1928年4月4日),见曹伯言整理:《胡适日记全编》(5),安徽教育出版社2001年版,第26页。
⑥　罗志田:《乱世潜流:民族主义与民国政治》,上海古籍出版社2001年版,第250页。

只有临时的冲动。比方当着整万人的演说场,除却不断不续的喊出许多口号之外,想讲几句有条理较为仔细的话,恐怕也没有人要听罢?"①虽然胡汉民是实话实说,但胡适显然不满意。因为他不仅主张治本,就是政治,也主张有计划的政治,最不欣赏政治上"临时的冲动"。

到7月2日,胡适就作了《名教》一文指斥这种"临时的冲动"。他解释所谓"名教":"'名'即文字,即是写的字。'名教'便是崇拜写的文字的宗教;便是信仰写的字有神力,有魔力的宗教。"而"皇帝的名字现在不避讳了。但孙中山死后,'中山'尽管可用作学校地方或货品的名称,'孙文'便很少人用了;忠实同志都应该称他为'先总理'。"他并尖锐地指出,"中国已成了口号标语的世界",虽然"党国领袖"视标语口号为"政治的武器",但对一般的实际操作者,这也"不过是一种出气泄愤的法子"。胡适非常鄙视这种做法,"试问墙上贴一张'打倒帝国主义',同墙上贴一张'对我生财'或'抬头见喜',有什么分别? 是不是一个师父传授的衣钵?"②

以后人眼光来看,胡适在该文中大批国民党的标语口号,其实他当年作《努力歌》(载1922年5月7日《努力周报》第1期)中也不乏"不怕阻力! /不怕武力! /只怕不努力! /努力! 努力! /阻力少了! /武力倒了! /中国再造了! 努力! 努力!"这样的句子。其调子及格式与其另一首以"炸弹诗"而知名的《四烈士冢上的没字碑歌》(载1921年5月1日胡适同日日记)无甚区别,在那首诗中他也反复说:"他们的武器:/炸弹! 炸弹! /他们的精神:/干! 干! 干!"这与他此时颇看不上眼的国民党之标语口号似也区别不大。

当然,总体来说,《名教》一文还是比较客气,基本上是着眼于思想文化,但无疑已经积淀了要谈"政治"的内在基础。

二、忍不住的"发声"

孙中山晚年关于三民主义的演讲和《建国大纲》中明确规定了国民党的革命三阶段:第一是军政时期,国民党要靠军事力量夺取和巩固政权;第二是训政时期,由国民党代表民众行使国家权力,同时,以县为单位,在各地训练民众实行自治,为过渡到下阶段做好充分准备;第三才轮到民主的宪政时期。

---

① 《胡汉民致胡适》(1928年6月29日),见社科院近代史研究所编:《胡适来往书信选》上册,中华书局1979年版,第437—438页。

② 胡适:《名教》,《新月》第1卷第5期,1928年7月10日出版。胡适日记中有《名教》的原稿,该文收入《胡适文存》三集。

事实如何呢？1927年4月，蒋介石在"清党"的祭坛上建立了南京国民政府。1928年7月，在形式上统一全国以后，蒋介石宣布"军政时期"的结束，"训政时期"开始①。蒋介石一向最看重枪杆子，虽然此时他已集党政军大权于一身，但仍以"军"为主，不但宪政遥遥无期，而训政时期的诸般作为暴露出一党专政、以党治国，独裁专制的趋向，这让坦陈"我是一个注意政治的人"的胡适，实在不能坐视。

1. 我们要"人权与约法"

1929年3月26日，上海各报登出一则专电，称上海特别市党部代表陈德徵(时任上海市教育局局长)在三全大会上提出一份《严厉处置反革命分子案》："凡经省党部及特别市党部书面证明为反革命分子者，法院或其他法定之受理机关应反革命罪处之。如不服，得上诉。惟上级法院或其他上级法定之受理机关，如得中央党部之书面证明，即当驳斥之。"而"反革命分子包括共产党、国家主义者、第三党及一切违反三民主义之分子"②。

对此胡适不能认同更不能接受。留学七年的他亲身经历过两次美国大选：1912年那次，时在康奈尔大学就读的胡适，选修奥兹教授"美国政府和政党"专题课。而奥兹的授课方式是让学生选定一个候选人作为支持对象全程跟踪大选，读三份立场不同的报纸并做札记作为作业上交，胡适选择支持进步党(自共和党分出)的罗斯福，醉心地投入。1916年那次大选，在哥伦比亚大学攻读博士学位的胡适又戴上了民主党威尔逊的襟章，半夜在纽约时代广场期待威尔逊是否获胜的消息。胡适通过选举透视了美国的民主政治，感受到美国政治上的民主精神和公民的言论自由权利。他对政治的热情介入，使其对政治产生了"不感兴趣的兴趣"，"日后以此作为心理规范和行为尺度，关注中国的政治和政府，并施加相应的政治干预。"③

由是此案一"出笼"，胡适禁不住反问："这岂不是根本否认法治了吗？"他当天就写信给司法院长王宠惠说，"近来国中怪象百出"，而陈之提案为"最可怪者"。④ 虽王宠惠复信胡适，告之陈德徵提案"并未提出，实已无形打消矣！"⑤但此时的胡适已决定公开向社会发言，故将此信交国闻通讯社

---

① 章清：《亭子间：一群文化人和他们的事业》，上海人民出版社1991年版，第70—71页。
② 胡适：《致王宠惠》信附件(1929年3月26日)，见社科院近代史研究所编：《胡适来往书信选》上册，中华书局1979年版，第510页。
③ 沈卫威：《无敌自由：胡适传》，上海文艺出版社1994年版，第14—15页。
④ 胡适：《致王宠惠》(1929年3月26日)，见社科院近代史研究所编：《胡适往来书信选》上册，中华书局1979年版，第508—509页。
⑤ 《王宠惠致胡适》(1929年5月21日)，见社科院近代史研究所编：《胡适往来书信选》上册，中华书局1979年版，第513页。

转送各报发表,但原稿却被退回,因为"未见刊出,闻已被检查者扣去"。①

　　而陈德徵的反攻文字倒先在报上出现,陈连讥带讽地写了首短诗《胡说》不加掩饰地说:"不懂得党,不要瞎充内行。……在以国民党治中国的今日,老实说,一切国家底最高根本法,都是根据于总理主要的遗教。违反总理遗教,便是违反法律,违反法律,便要处以国法。这是一定的道理,不容胡说博士来胡说的"。②

　　面对如此挑衅与逼迫,真切感受到在现行南京国民政府治下"不是所有的法律都能保障自由,唯有'法治之治'(law under the rule of law)才能保障与增进自由"③的胡适再也不能容忍,而 4 月 20 日国民政府下的一道所谓保障人权的命令正好被他拿来开刀——于是《人权与约法》作为胡适第一篇正面攻击国民党的文字,如一枚重磅炸弹投向了白色恐怖下的社会,顿时引起各方,不仅是国内,甚至是"世界的注意"④。

　　这篇文章颇有讨伐的气势,一上来就指国民政府的保障人权命令令人"大失望":第一,命令认"人权"为"身体,自由,财产"三项,但这三项都没有明确规定何种自由,怎样保障"财产"? 第二,命令所禁止的只是"个人或团体",而并不曾提及种种政府机关侵害人民权利的行为,实属"只许州官放火,不许百姓点灯"。第三,命令中说"违者即依法严行惩办不贷",所谓"依法"是依什么法? 中华民国刑法里固然有"妨害自由罪",但种种妨害若以政府或党部的名义行之,人民便完全没有保障了。因为"无论什么人,只须贴上'反动分子''土豪劣绅''反革命''共党嫌疑'等等招牌,便都没有人权的保障……"书报、学校等等,都可以贴上"反动"二字封禁没收,也都不算非法侵害了。胡适疾呼:"人权在哪里? 法治在哪里?"

　　胡适反复强调,人权的保障和法治决不是一道纸糊的命令所能办到的,如果真要保障人权,确立法治的基础,首先应该制定一个中华民国的宪法,"至少,至少,也应该制定所谓训政时期的约法"。而文中严词、对称、排语、反问甚至感叹、着重号的使用,可谓语语带笔锋⑤。

　　一石激起千层浪,《人权与约法》在社会各界人士中引起强烈反响。这

　　① 胡适:《人权与约法》,《新月》第 2 卷第 2 期,1929 年 4 月 10 日出版。

　　② 胡适:《胡适日记》(1929 年 4 月 1 日),见曹伯言整理:《胡适日记全编》(5),安徽教育出版社 2001 年版,第 379 页。这原是胡适在当日日记中粘附的一则剪报,上有胡适眉注:"我的文章没处发表,而陈德徵的反响却登出来了。"

　　③ 章清:《"胡适派学人群"与现代中国自由主义》,上海古籍出版社 2004 年版,第 156 页。

　　④ 《新月月刊敬告读者》,《新月》第 2 卷第 6、7 期合刊,1929 年 9 月 10 日出版。

　　⑤ 关于胡适文风特点,参见朱自清:《〈胡适文选〉指导大概》,见欧阳哲生主编:《再读胡适》,大众文艺出版社 2001 年版,第 324—332 页。

其实在胡适意料之中,他在写成此文时就颇有感慨地说,丁西林的话不错,"向来人说多一事不如少一事。今日我们应该相信少一事不如多一事。此文之作也是多一事也"①。友人看到胡适重新"出山",也感到十分振奋,蔡元培致信胡适称《人权与约法》为"振聋发聩"之作,并表示对胡"不胜佩服"。近代实业家张謇的儿子、南通大学校长张孝若对胡适"义正词严,毫无假借"的"浩然之气"也十分佩服:"先生有识见有胆量!……像先生这样的要说便说,着实是'凤毛麟角'了!"②

此文发表后,国内外报纸纷纷转载,有翻译者,有作专文讨论者,《新月》编辑部收到了很多读者来信,表示赞成该文主张并提出一些相关问题,《新月》遂在第2卷第4期特辟"《人权与约法》的讨论",刊登读者来件,由胡适作答。问题讨论的焦点是训政时期需不需要约法或宪法? 胡适的答案是必须有。他重申:必须有一个"规定人民的权利义务政府的统治权"的约法,政府和党的权限都要受约法制裁,"如果党不受约法的制裁,那就是一国之中仍有特殊阶级超出法律的制裁之外,那还成'法治'吗? 其实今日所谓'党治',说也可怜,哪里是'党治'? 只是'军人治党'而已。"③

《人权与约法》在事实上也给国民党造成了一定的压力,以至于王宠惠(亮畴)对胡适说:"只要避免'约法'二字,其余都可以办到。"④但此时的胡适,在"约法"这一根本问题上没可能让步。

1929年4月26日,胡适日记中大叹:"当日袁世凯能出钱买议员,便是怕议会的一票,曹锟肯出钱买一票,也只是看重那一票。他们至少还承认那一票所代表的权力。这便是民治的起点。现在的政治才是无法无天的政治了。"⑤面对这样的现实,如果说之前胡适在上海这段生活甚为沉寂,精神上

---

①　胡适:《胡适日记》(1929年5月6日),见曹伯言整理:《胡适日记全编》(5),安徽教育出版社2001年版,第404页。

②　《蔡元培致胡适》(1929年6月10日);《张孝若致胡适》(1929年7月31日),见社科院近代史研究所编:《胡适往来书信选》上册,中华书局1979年版,第515、522—524页。

③　按:胡适在此时业已表现出他对国民党的批评乃是"良药苦口利于病"之举。他在文中说"为国民党计,他们也应该参加约法的运动,须知国民的自由没有保障,国民党也休想不受武人的摧残支配也。"见"《人权与约法》的讨论",《新月》第2卷第4期,1929年6月10日出版。

④　胡适:《胡适日记》(1929年6月19日),见曹伯言整理:《胡适日记全编》(5),安徽教育出版社2001年版,第438页。

⑤　胡适:《胡适日记》(1929年4月26日),见曹伯言整理:《胡适日记全编》(5),安徽教育出版社2001年版,第403页。

颇为郁闷的话,那么此时,信奉"宁鸣而死,不默而生"①的胡适则大力拉开了《新月》转向论政争自由争民主的序幕。

在刊登《人权与约法》的第2卷第2期,《新月》的"编辑后言"明确表示了办刊方针的重大转变:在预告的《平论周刊》未出时,"在思想及批评方面多发表一些文字",同时欢迎来件讨论,"如果我们能知道在思想的方向上至少,我们并不是完全的孤单,那我们当然是极愿意加紧一步向着争取自由与自由的大道上走去。"

胡适的身影当然不是孤单的,在同人中,就有罗隆基、梁实秋以及后来加入的王造时等一批出身清华、留学美国的"清华系"自由主义知识分子的鼎力支持,他们号称胡适自由主义大旗下的"三个火枪手"②。胡适是哲学博士,罗、王则是纯正的政治学博士,梁实秋是文学硕士。尤其是罗隆基,他在胡适退却后坚持《新月》谈政治的方向,将《新月》论政一度推向高潮(详后)。胡适《人权与约法》一文为头题,罗隆基即有《专家政治》一文紧随其后,直截了当地指出现在中国的紊乱状况是由"武人政治与分赃政治"造成的,要解决这种局面,只有通过选举与考试制度,实行专家政治,从专业建设的角度呼应了胡适的批判文章。

在看到《人权与约法》激起的巨大社会反响后,第2卷第3期上他们再次庄严宣称:"希望每期都有一篇关于思想方面的文章","目的一则是要激励读者的思想,二则是要造成一种知识的庄严。"因为"我们认为读书人对于社会最大的责任,就是保持知识上,换言之,思想上的忠实。"

这样,自第2卷第2期之后,一直到第3卷结束,论政文字成了《新月》每期的主打头题,即便少数例外,次题则必定是论政。而这些"例外",也多与时政相关。其中有潘光旦的3篇:《姓、婚姻、家庭的存废问题》,此文缘起即为立法院关于姓、婚姻、家庭问题讨论的荒唐而作,载第2卷第11期;《人文选择与中华民族》,载第3卷第2期,该文从人文选择角度谈中华民族的选举、家庭等制度问题,并对陶希圣《科学的复古与族望制度》一文有所回应;《一本有趣的年谱》,载第3卷第5、6期合刊,系对胡适父亲胡钝夫年谱的评析。另有胡适的《四十自述》(一、二、三章),分载第3卷第1、3、7期,这或是尊重胡适起见才把他的文章放在头题。另外,始于第1卷第8期

---

① 胡适:《"宁鸣而死,不默而生"——九百年前范仲淹争自由的名言》,载1955年4月1日台北《自由中国》第12卷第7期。胡适说此言出自范文正《灵乌赋》,"当时往往专指谏诤的自由,我们现在叫做言论自由"。此据《胡适文集》(2),人民文学出版社1998年版,第244页。

② 沈卫威:《无地自由:胡适传》,上海文艺出版社1994年版,第142页。

的"书报春秋"和"海外出版界"两个栏目到第2卷第9期也被撤掉,亦可见出《新月》重心的变化。

要之,这一时期,《新月》逐渐由"主政治派"所把持,主张《新月》保持文艺特色的同人,像闻一多早已离开上海去南京、青岛等地教书,并于《新月》第2卷第2期辞去名义上的编辑职务;徐志摩则在沉闷中酝酿另一份文艺刊物(即后来的《诗刊》);饶孟侃则干脆远离了《新月》,辞去了上海暨南大学的教职,去了安徽大学做教授。《新月》直到第4卷第1期出了"志摩纪念号",才又在叶公超的主持下渐渐回到文艺的方向,也只坚持了7期即告终刊。

2."行宪政,犹如幼童之当入塾读书也"

第2卷第2期的《新月》,头条论政文章又出自胡适——《我们什么时候才可有宪法?——对于〈建国大纲〉的疑问》。该文中,胡适进一步地说明制定宪法或约法的必要性。他分析孙中山的建国大纲,指出"建国大纲里,不但训政时期没有约法,直到宪政开始时期也还没有宪法","中山先生对于一般民众参政的能力,很有点怀疑。"而对国民党只讲训政,再由国民党和政府来训练人民的这一路径,胡适比喻说这就好比是婴儿(民国主人)与母亲(革命党人)的关系,要"母亲"先教育"婴儿"成年,而后还政于民。但在胡适看来,"人民的这一票的权利意味着民治、民权的开始",国民的参政能力,必须从实践中慢慢习得。

在强调我们需要一个宪法或约法之后,胡适提出理想中的约法:应该对人民的权利义务与政府的统治权均有明确的规定,"人民需要的训练是宪法之下的公民生活。政府与党部诸公需要的训练是宪法之下的法治生活。'先知先觉'的政府诸公必须先用宪法来训练自己,裁制自己,然后可以训练国民走上共和的道路",而"中山先生的根本大错误在于误认宪法不能与训政同时并立"。最后,胡适套用孙中山论共和的话说:"中国今天当行宪政,犹如幼童之当入塾读书也","我们不信无宪法可以训政;无宪法的训政只是专制。我们深信只有实行宪政的政府才配训政。"①

此期《新月》的"副文本",也在鼓吹着新月同人的政论文字。首先,推出了广告宣传页,以醒目的大号字称胡适的《人权与约法》"痛论现在中国人民没有法律的保障,不能享受应得的自由,根据事实用严谨的态度,大无畏的精神,向国人进一个诚挚的忠告,在这个人权被剥夺几乎没有丝毫余剩

---

① 胡适:《我们什么时候才可有宪法?——对于〈建国大纲〉的疑问》,作于1929年7月20日,刊《新月》第2卷第2期,1929年6月10日出版。

的时候,胡先生这篇文章应是我们民众所不可不读的了。"还有对梁实秋《论思想统一》的"广而告之":"军队是应当统一的,为什么要有'中央军''西北军''东北军'的名目? 财政是应该统一的,为什么要有'各军''就地筹饷''税收把持'的现象? ⋯⋯请读本期的梁实秋先生的论思想统一"。①

　　同期《新月》还转载了胡适初刊在《吴淞月刊》的《知难,行亦不易——孙中山先生的"行易知难说"述评》,毫不客气地批驳了孙中山的"行易知难说",认为其本意是自认"知难",要人服从他,奉行他的建国方略,只是救一时之弊,而其自身的错误和恶劣影响却不能忽视。"而今日最大的危险是当国的人不明白他们的事是一件绝大繁难的事。以一班没有现代学术训练的人,统治一个没有现代物质基础的大国家,天下的事有比这个更繁难的吗? 要把这件大事办的好,没有别的法子,只有充分请教专家,充分运用科学。然而'行易'之说可以作一班不学无术的军人政客的护身符! 此说不修正,专家政治决不会实现"。②

　　此文又与之前罗隆基的《专家政治》彼此呼应,指出"专家政治"的实现必须打破"知难行易"的护身符,其文字之犀利,言辞之无情辛辣,足以让总理"遗教"的信奉者们如坐针毡,脸上想不火辣辣的也难,当局的难堪恼怒是免不了的。

　　而在第 2 卷第 5 期上,罗隆基继续把这场事实上已经发动的"人权运动"推向深入。他发挥自己的特长从学理的角度推出了《论人权》一文,一针见血地指出:"国民政府四月二十日保障人权的命令,是承认中国人民人权已经破产的铁证。"

　　1929 年 11 月 19 日,胡适在日记中写道:"昨夜写成《新文化运动与国民党》一文,早晨二时始完。今早九时,实秋来同去暨南大学,十时讲演昨夜写的文字,十一时毕。出门时,暨南文学院长陈斠玄(钟凡)对我吐舌,说:'了不得! 比上两回的文章更厉害了! 我劝先生不要发表,且等等看!'"③

　　此文从国民党中央宣传部部长叶楚伧的一篇宣扬复古的大文《由党的力行来挽回风气》谈起,指责叶的思想是"反动"的,而他作为"一国之公器"发布如此言论不仅仅是私人问题,而是影响到民族文化进步的大事情。胡

---

① 《新月》第 2 卷第 4 期广告页。
② 胡适:《知难,行亦不易——孙中山先生的"行易知难说"述评》,作于 1929 年 5 月 11 日,《新月》第 2 卷第 4 期,1929 年 6 月 10 日出版。
③ 胡适:《胡适日记》(1929 年 11 月 19 日),见曹伯言整理:《胡适日记全编》(5),安徽教育出版社 2001 年版,第 572—573 页。

适又称,国民党及政府当局的函电、公文、法令至今还用文言,同时钳制言论、思想、出版的自由等等诸多表现都说明,"从新文化运动的立场看来,国民党是反动的"。国民党如果不愿甘居反动之名,就必须做到取消统一思想与党化教育等五条,不然即便"我的骨头烧成灰,将来总有人会替国民党上'反动'的谥号的"。①

这篇文字,发在《新月》第2卷第6、7期合刊。同期《新月》,罗隆基发表了《告压迫言论自由者——研究党义的心得》一文。罗隆基颇带讽刺意味地说:"孙中山先生是拥护言论自由的。压迫言论自由的人,是不明了党义,是违背总理的教训。"罗隆基还特意在文章之后附上了1929年10月21日国民党中央第四十四次党会通过的"因警诫胡适而引起之"《各级学校教职员研究党义暂行条例》(共八条),以为编史和读史的人作为史鉴。

黄肇年也在这一期配合二人写了《苏俄统治下之国民自由》一文,以示《新月》不屈服于高压而成火力更猛之势。

这一期上,主编梁实秋还执笔作了《新月月刊敬告读者》,表示了他们坚持争取自由与理性原则的立场:

> 我们办月刊的几个人,本来没有什么组织……几个人的思想是并不完全一致的,有的是信这个主义,有的是信那个主义,但是我们的根本精神和态度却有几点相同的地方。我们都信仰"思想自由",我们都主张"言论出版自由",我们都保持"容忍"的态度(除了"不容忍"的态度是我们所不能容忍以外),我们都喜欢稳健的合乎理性的学说……我们没有法子使我们不感到这个时局的严重。我们有几个人便觉得忍无可忍,便说出话来了……我们没有党,没有派,我们只是个人用真名真姓说我们的真话……实际政治我们由有那种能力的人去干,我们的工作是批评的工作。至于原有的各种的文艺的批评与创作,我们仍然是努力做去的……读者诸君,你们若是喜欢看新月月刊的,你们将要怎样帮助我们呢?②

三、当局"急了"

实际上,胡适的人际网络中,不乏国民党要员,如时任南京国民政府财

---

① 胡适:《新文化运动与国民党》,《新月》第2卷第6、7期合刊,1929年12月出版。
② 梁实秋:《新月月刊敬告读者》,《新月》第2卷第6、7期合刊。

政部部长的宋子文、国民党中常委员蔡元培、军事要员蒋百里等人,胡适与
他们的关系都很不一般,在此争取人权的过程中他们也保持着接触。而国
民党本身内部矛盾重重,客观上也为胡适发动人权运动提供了巨大的缝隙
与可能。① 尽管如此,对《新月》这些"胆大包天"的言论,国民党当局显然
不能坐视不管。1929 年 8 月 24 日,国民党上海特别市党部执行委员会第
四十七次常会决议,呈请中央执委会咨国府,令教育部将胡适撤职惩办,并
于次日在报纸发表对胡适的警告消息②。此时胡适身份是位于吴淞炮台湾
的中国公学校长,故有教育部要撤胡适职的命令。③

　　翻检胡适这段时间的日记,大部分内容都是粘贴的各类报纸上登载的
缉办胡适的剪报,其中不乏称胡为"无聊文人胡适""竖儒胡适"等字眼,如
1929 年 8 月 29 日日记粘贴"中公校长胡适反动有据 市党部决议请中央拿
办""胡适担不起的罪名:侮辱总理,背叛政府",9 月 6 日"市执委议惩胡适
之",9 月 9 日"平市百余党员请查办前善后会议委员胡适""津市党委请惩
办胡适",9 月 14 日"平市六区党部请严惩胡适——第六次常会决议请转呈
缉拿严办",9 月 15 日"苏省党部呈请中央缉办无聊文人胡适""青岛通讯:
严惩竖儒胡适"等等。④

　　9 月 23 日,国民党中央社发布消息称,上海私立中国公学校长胡适最
近发表一系列攻击本党党义及总理学说的文字,"溢出学术研究范围,放言
空论","既失大学校长尊严,并易使社会上缺乏定见之人民对党政生不良
印象。业由中央训练部函请国民政府转饬教育部加以警告,并请通饬全国
各大学校长,切实督率教职员详细研究本党党义,以免再有与此类似之谬误
见解发生。"⑤

　　10 月 4 日,教育部部长蒋梦麟奉命下达对于胡适的警告令。这件绝妙
的公文,共约九百字,全是照转各级党部的公文,只有开头"令中国公学"和
最后"合行令仰该校长知照"14 个字是蒋梦麟加上去的,蒋与胡适关系较好
(哥伦比亚大学同学),他只是在履行公差而已。这份训令所附查办胡适的
具体理由,其遣词造句还是中央社的那一路:

---

① 沈卫威:《无地自由:胡适传》,上海文艺出版社 1994 年版,第 156—159 页。

② 耿云志:《胡适年谱》,四川人民出版社 1989 年版,第 172 页。

③ 胡适 1928 年 4 月 30 日至 1930 年 5 月 19 日任中国公学校长,其任职期间的情况,参见涂
怀京:《胡适出掌中国公学的实绩》,《安徽史学》2000 年第 1 期。

④ 曹伯言整理:《胡适日记全编》(5),安徽教育出版社 2001 年版,第 488、493、495—496、
500—501、513 页。

⑤ 《中央函国府令教部警告胡适》,《申报》1929 年 9 月 23 日。

……胡适藉五四运动倡导新学之名，博得一般青年随声附和，迄今十余年来，非惟思想没有进境，抑且以头脑之顽旧，迷惑青年。新近充任中国公学校长，对于学生社会政治运动多所阻挠，实属行为反动，应将该胡适撤职惩处，以利青运。……

查胡适近年以来刊发言论，每多悖谬，如刊载《新月杂志》之《人权与约法》《知难，行亦不易》《我们什么时候才可有宪法？》等等，大都陈腐荒怪，而往往语侵个人，任情指摘，足以引起人民对于政府恶感或轻视之影响，……为政府计，为学校计，胡适殊不能使之再长中国公学。而为纠绳学者发言计，又不能不予以相当之惩处。①

胡适见此令文之后，不免既怒又笑。他校改了"警告令"中的错别字之后，原件奉还，拒绝接受，并附一封给蒋梦麟部长的信。信中说："这件事完全是我胡适个人的事……与中国公学何干？"又指出，令文中所加罪名自相矛盾，皆无确实证据，"含糊笼统"，所以"只好依旧退还贵部"。②

国民党政府当局除取行政手段对付胡适以外，还组织了一批人集中批判胡适，并将这些文字结集为《评胡适反党义近著》第一集，光明书局于1929 年11 月间出版，并附有出第二集的预告③。

由于当局不断施压，《新月》第2 卷第6、7 期合刊是拖到这年的12 月份才出版的。

1930 年1 月20 日，《时事新报》就刊登了一则《市宣传部第四十二次会议呈请缉办胡适》的消息："一、查封新月书店　二、撤中国公学校长胡适职　三、将胡适褫夺公权。"④2 月，国民党上海特别市执委会宣传部给新月书店发下公函，称奉中央宣传部密令，将《新月》第2 卷第6、7 合刊（即发表《新文化运动与国民党》等文一期）"设法没收焚毁"，要求该店"勿为代售，致干禁令"。⑤ 胡适日记中对此亦有记述："新月书店送来市党部宣传部的密令，中有中央宣传部的密令，令该部'设法焚毁'《新月》第6、7 期。密令而这样

---

① 胡适：《致蒋梦麟信》的附件（1929 年10 月），见社科院近代史研究所编：《胡适往来书信选》上册，中华书局1979 年版，第549 页。

② 胡适：《胡适致蒋梦麟》（1929 年10 月），见社科院近代史研究所编：《胡适往来书信选》上册，中华书局1979 年版，第548 页。

③ 耿云志：《胡适年谱》，四川人民出版社1989 年版，第175—176 页。

④ 胡适：《胡适日记》（1930 年1 月21 日粘贴的剪报），见曹伯言整理：《胡适日记全编》（5），安徽教育出版社2001 年版，第601 页。

⑤ 耿云志：《胡适年谱》，四川人民出版社1989 年版，第177—178 页。见曹伯言整理：《胡适日记全编》（5），安徽教育出版社2001 年版，第671、675 页。

公开,真是妙不可言! 此令是犯法的,我不能不采取法律手续对付他们。"
16日又记:"与律师徐士浩君谈中央宣传部密令,他说没有受理的法庭。晚
上,与郑天锡、刘崇佑两先生谈此事,刘君说可以起诉,我决意起诉。"①

　　有论者考察国民党当局与文学生产关系时指出,某种程度上,在"1930
年代早期,审查规则是易于规避的"②,但显然,直指时政、言辞激烈的新月
人已被当局视为"意图破坏中国国民党或破坏三民主义者",想来对书店杂
志被封的命运他们不会没有预料。

四、"努力做一个轰轰烈烈像个样子的梦"

　　说起来,胡适遭此围攻也真是有些冤枉,冤在国民党政府不能领会胡适
用心良苦的深意——他是以批评者而非反对者的身份向当局进言,可惜
"庙堂"却不能领情,通往"庙堂"的大门向以"天下为己任"的胡适紧紧关
闭,他只能在虚妄的"广场"上面对"无物之阵"喃喃自语。大约在1929年3
月份,胡适就曾手拟一稿《我们要我们的自由》。其中说:"近两年来,国人
都感觉舆论的不自由。……异己便是反动,批评便是反革命。""我们所以
要争我们的思想、言论、出版自由,第一,是要想尽我们的微薄能力,以中国
国民的资格,对于国家社会的问题作善意的批评和积极的讨论,尽一点指导
监督的天职。第二,是要借此提倡一点新风气,引起国内的学者注意国家社
会的问题,大家起来做政府和政党的监督。"③在与宋子文一次有关国家重
要问题的改革谈话中,胡适也说"我们的态度是'修正'的态度,我们不问谁
在台上,只希望做点补偏救弊的工作,补得一分是一分,救得一弊是
一利。"④

　　胡适的这种心态是有代表性的。对相当数量的新老知识精英来说,20
世纪20年代实未出现一个足以使其从内心折服的政治力量,他们此时的心
态,大约可以"两害相权取其轻"来形容。从胡适1926年秋在英国的一番
话就可以见出,他本人虽"反对武力革命同一党专政,但是革命既爆发,便

---

①　胡适:《胡适日记》(1930年2月15日),见曹伯言整理:《胡适日记全编》(5),安徽教育出
　　版社2001年版,第671、675页。

②　[荷]贺麦晓:《文体问题——现代中国的文学社团和文学杂志(1911—1937)》,陈太胜译,
　　北京大学出版社2016年版,第240页。

③　耿云志:《胡适年谱》,四川人民出版社1989年版,第171页。此文当系胡适1929年3月
　　25日为《平论》(未出)所作发刊词,参见章清:《"胡适派学人群"与现代中国自由主义》,
　　上海古籍出版社2004年版,第211页。

④　胡适:《胡适日记》(1929年7月2日),见曹伯言整理:《胡适日记全编》(5),安徽教育出
　　版社2001年版,第448页。

只有助其早日完成,才能减少战争,从事建设。目前中国所急需的是一个现代化的政府,国民党总比北洋军阀有现代知识。只要他们真能实行三民主义,便可有利于国,一般知识分子是应该加以支持的"。①

因此,胡适批评国民党的文章尽管有尖锐的词句,但实质是要对现政府有所建白,是要做政府的诤友,国家的诤臣。即便不能做国民党"政府的诤友",为"国家形象"计也不能不做"国家的诤臣",尽管二者之间的界限十分模糊。②。

而如论者所言,"恰如胡适对国民党政府的军阀前辈们那样,他也把国民党政府当作是事实上的统治政权。他努力要做的并不是要推翻这个新政权,而是要启发这个新政权。"他寄望于当局"有倾听认真负责的批评的勇气和从批评中可以受益的信念。"这其实是"一种忠诚的反对立场",然而"南京政府并不同意他对于批评之必要和有益的观点,而且完全不顾他提出这个意见时的内心想法。……胡适与国民党的分歧是在这个基本前提的水平上开始的。"③简言之,胡适是在承认国民党政府合法性的前提下展开其批评的,而他这种批评却被国民党认为是动摇其统治的合法性,这是很有讽刺意味的。

此时的胡适依然未能追索到通往"庙堂"的路。他还要找。胡适此时的心态很让人值得玩味。胡适之批评国民党政府其实还是改良,而并不是要推倒重来。"促使胡适站出来批评'党治'的最主要因素,还是他要'澄清天下'或作'社会的良心'的那种新旧士人都有的责任心。……向有'觇国'习惯的胡适,即使不身与治国平天下的实际政治,也有'为国人之导师'以澄清天下的素志,其实从来就不曾仅以学术为他的志业。"④

另一方面,胡适自从欧洲考察回国以来在上海的日子,拿他自己的话说是他一生中最闲暇的时期,也是出产最丰富的时期。"从民国十六年五月我从欧洲、美国、日本回到上海,直到民国十九年十一月底我全家搬回北平,那三年半的时间,我住在上海。那是我一生最闲暇的时期,也是我最努力写

---

①　沈刚伯:《我所认识到的胡适之先生》,见罗志田:《激变时代的文化与政治:从新文化运动到北伐》,北京大学出版社 2006 年版,第 257 页。

②　罗志田:《乱世潜流:民族主义与国家政治》,上海古籍出版社 2001 年版,第 266—267 页。

③　[美]格里德:《胡适与中国的文艺复兴——中国革命中的自由主义(1917—1937)》,鲁奇译,江苏人民出版社 1993 年版,第 190—191 页。

④　罗志田:《乱世潜流:民族主义与民国政治》,上海古籍出版社 2001 年版,第 265 页。

作的时期,在那时期里,我写了约莫有一百万字的稿子。"①的确,单是在《新月》上他就陆续发表了《考证〈红楼梦〉的新材料》《治学的方法与材料》等一系列重要考据文字,以"整理国故"发现国粹之可取与不可取,发现一种治学的方法,实现他"研究问题,输入学理,整理国故,再造文明"的梦想②。当时住在胡适家中为其整理图书的罗尔纲回忆,当时胡适基本上家中无什么访客,说他"除有特别事离家外,都蜗伏在家"著书写作。③

其实,"闲暇"何尝不是另一种"寂寞"。在上海的这段日子,正是胡适在"暴得大名"后声誉渐落、左右不甚逢源的时候,"他的言论再也不像以前在北京那样能吸引他的听众了,此后他再也不是那样光辉耀人的现代理性和精神希望的化身了"④。事实是,当时他想去北京去不成,留上海又不自在,只好到光华大学一类尚未充分树立其声名地位的民办大学去教课和演讲,实在颇为寂寞。胡适说自己"闲暇"但却著述甚丰,那只能说明这"闲暇"乃是指学术以外的寂寞。国民党上海市党部后来在报上公开指他出任中国公学的校长,"潦倒海上,执掌该校后,以野心之未逞,更主编《新月》杂志,放言怪论,诋毁总理,狂评主义,诬蔑中央,凡煽惑人心之言,危害党国之论,无所不用其极。"⑤如果去除其情绪化的偏见成分,国民党的总结倒把胡适这段时间非学术的所作所为概括得大致不差。特别是该党部指出这一切的发生都是"自胡适潦倒海上"而"野心之未逞"的结果,也还有几分道理。

有人说,"胡适一生,实际是能谈政治时就谈政治,到政治谈不下去之时,才又转回来'在思想文艺上给中国政治建筑一个可靠的基础'。"⑥这话不错。1929 年 5 月 11 日,胡适在写完《知难,行亦不易》时就说过,"人生固然不过一梦,但一生只有这一场做梦的机会,岂可不努力做一个轰轰烈烈像个样子的梦"⑦。

想要"努力做一个轰轰烈烈像个样子的梦"是胡适主动的一面,他的攻

①　胡适:《淮南王书·影印本残存序》第 1 页,见胡颂平编著:《胡适之先生年谱长编初稿》第 3 册,1930 年 11 月 28 日记事引文。转引自罗尔纲:《师门五年记·胡适琐记》(增补本),生活·读书·新知三联书店 1998 年版,第 78 页。

②　胡适:《新思潮的意义》,《新青年》第 7 卷第 1 号,1919 年 12 月。

③　罗尔纲:《师门五年记·胡适琐记》(增订本),生活·读书·新知三联书店 1998 年版,第 78—79 页。

④　[美]格里德:《胡适与中国的文艺复兴——中国革命中的自由主义(1917—1937)》,鲁奇译,江苏人民出版社 1993 年版,第 183 页。

⑤　《申报》1930 年 11 月 15 日。

⑥　罗志田:《乱世潜流:民族主义与民国政治》,上海古籍出版社 2001 年版,第 265 页。

⑦　胡适:《胡适日记》(1929 年 5 月 13 日),见曹伯言整理:《胡适日记全编》(5),安徽教育出版社 2001 年版,第 419 页。

击同时也还有因国民党逼迫而造成反弹的被动一面。靠个人奋斗从社会基层跃升到上层的胡适,自我保护的防卫心态特别强,他一生中每遇压力,必有反弹,压力越大,反弹越强①。正如他此时对周作人所说的:倘不会有什么,"我也可以卷旗息鼓,重做故纸生涯"。但"若到逼人太甚的时候,我也许会被'逼上梁山'的。"②

根本上说,是"时局之严重"迫使一向标榜"稳健理性",追求"自由容忍"的新月知识分子出于"良心",以负责任的态度说负责任的"严正"的话的原因。他们自称无意于实际政治,只是从事"批评"的工作,是修正的工作,对国民党当局他们是抱着既爱且恨的复杂情感来进言的。

而此时,"沉湎于'凡人的悲哀'的周作人从报上得知胡适因'人权自由论',得罪了国民党政府当局,不由同情,给胡寄去了一封信,令胡大为感动"③。

9月4日,胡适回信周作人表示感谢,同时表示自己"受病之源在一个'热'字。任公早年有'饮冰'之号,也正是一个热病者。我对于名利,自信毫无沾恋。但有时候总有点看不过,忍不住。……"④

这很容易让人想起"闲话之争"时胡适的那封劝和之信,当时胡适并未接到周氏兄弟的什么回应,而此时周作人以"交浅言深"的身份反来与胡适进一劝言,自可看出其与胡适颇有惺惺相惜之感,似乎也不乏对胡适的投桃报李之意吧。

大约此时,不曾撰文参与论政的徐志摩也依然关心着《新月》及同人的命运,他给时在巴黎的好友刘海粟信中说:"我们新月同人也算奋斗了一下,但压迫已快上身,如果有封门一类事发生,我很希望海外的同志来仗义执言。"⑤

鲁迅先生的眼力则有大不同,他一开始就看明白了新月知识分子这种面向"庙堂"言说的姿态。在给章廷谦的一封信里,他说道:"《新月》忽而大起劲,这是将代《现代评论》而起,为政府做'净友',因为《现代》曾为老段

---

① 关于胡适自我保护的防卫心态,参见罗志田:《再造文明的尝试——胡适传(1891—1929)》,中华书局2006年版,第36—39、124页。

② 胡适:《致周作人》(1929年9月4日),见社科院近代史研究所编:《胡适往来书信选》上册,中华书局1979年版,第542页。

③ 钱理群:《周作人传》,北京十月文艺出版社1990年版,第351页。

④ 胡适:《致周作人》(1929年9月4日),见社科院近代史研究所编:《胡适往来书信选》上册,中华书局1979年版,第542页。

⑤ 徐志摩:《致刘海粟》(1929年8月),见虞坤林编:《志摩的信》,学林出版社2004年版,第156页。

净友,不能再露面也。"①而在回击梁实秋关于"硬译"与"文学的阶级性"的论战中,鲁迅又十分尖锐地指出"以硬自居,而实则其软如棉,正是新月社的一种特色",新月社的"自由言论"遭了压迫,实乃"是一番替对方设想的警告"②几年后的另一篇文章,鲁迅更不留情面地说:"三年前的新月社诸君子,不幸和焦大有了相类的境遇。他们引经据典,对于党国有了一点微词,虽然引的大抵是英国经典,但何尝有丝毫不利于党国的恶意,不过说:'老爷,人家的衣服多么干净,您老人家的可有些儿脏,应该洗它一洗'罢了。不料'荃不察余之中情兮',来了一嘴的马粪:国报同声致讨,连《新月》杂志也遭殃。但新月社究竟是文人学士的团体,这时就也来了一大堆引据三民主义,辨明心迹的'离骚经'。现在好了,吐出马粪,换塞甜头,有的顾问,有的教授,有的秘书,有的大学院长,言论自由,《新月》也满是所谓'为文艺的文艺'了。这就是文人学士究竟比不识字的奴才聪明,党国究竟比贾府高明,现在究竟比乾隆时候光明:三明主义。"③

　　鲁迅的话虽说是刻薄了些,不过也多少道出新月派自由知识分子以激烈言辞批评国民党政府的一厢情愿与"别有用心",即便是当事人之一梁实秋在20世纪40年代也曾说过,他们批评国民党政府,不过是期望国民党能够虚心改正,如果国民党说你别性急,正朝着你的目标努力,那也会得着人的同情。可惜国民党不这样做,除了压迫没收《新月》外,还发出许多不高明的理论④。

　　有研究者在比较鲁迅批评新月社的文字与胡适、罗隆基论政文字后指出,实际上他们的矛盾在于前者属于批判性知识分子,后者属于建构性知识分子。胡适等人一方面反对现政府,因为他们要搞宪政;一方面又维护现政权,因为他们反对暴力,这样看似矛盾,实则统一。所以像胡适过去进宫见"宣统皇帝"溥仪、与北洋军阀关系暧昧、之后与国民党关系走近甚至进入体制等,其实都是基于这种一贯的立场与认识。而历来侠以武犯禁,儒以文乱法,现代中国知识分子总是以言获罪也不稀奇⑤。

---

①　鲁迅:《致章廷谦》(1929年8月17日),见《鲁迅全集》(11),人民文学出版社1981年版,第643页。

②　鲁迅:《"硬译"与"文学的阶级性"》,见《鲁迅全集》(4),人民文学出版社1981年版,第196、212页。

③　鲁迅:《伪自由书·言论自由的界限》,1933年4月17日作。最初发表于1933年4月22日《申报·自由谈》,署名何家干。见《鲁迅全集》(5),人民文学出版社1981年版,第115—116页。

④　梁实秋:《罗隆基论》,见《世纪评论》第2卷第15期,1947年10月11日出版。

⑤　邵建:《文坛内外之二十五:续鲁迅之误》,《小说评论》2002年第6期。

五、"鹦鹉灭火"的深意与胡适的"退场"

《新月》第 2 卷第 6、7 期合刊上,登出了一则出版预告:"凡欲一读胡先生等所倡导之人权运动论文者,不可不人手一编也。全书约九万言,只售洋四角。"此书指的是大约 1929 年年底,胡适将他与罗隆基、梁实秋三人发表的论政文字约十篇亲自编目结集的《人权论集》,于次年 1 月交由新月书店出版。后虽遭查禁,但不能阻止该书又于 1931 年 8 月再版。

1929 年 12 月 13 日,胡适为此书写成《小序》,说是希望国民党能够反省,他们要"建立的是批评国民党的自由和批评孙中山的自由。上帝我们尚且可以批评,何况国民党与孙中山?"很有意味的是,胡适在此引用了周栎园《书影》里的一则故事:

> 昔有鹦鹉飞集陀山。乃山中大火,鹦鹉遥见,入水濡羽,飞而洒之。天神言:"尔虽有志意,何足云也?"对曰:"尝侨居是山,不忍见耳。"

显然胡适借此以表明心迹:"今日正是大火的时候,我们骨头烧成灰终究是中国人,实在不忍袖手旁观。我们明知小小的翅膀上滴下的水点未必能救火,我们不过尽我们的一点微弱的力量,减少良心上的一点谴责而已。"①

在强大的政治压力和友人的劝阻下,胡适终以这则别具深意的小寓言向国民党政府缴了械。直接通往"庙堂"的路走不通,胡适又拾起自己的长项——虽"迁缓"但是"长远"之计的思想文化建设,而"借思想文化作为解决问题的途径"也正是五四知识分子"激烈反传统主义"的一种典型思想模式②。1930 年 3 月起,胡适一边开始写《中古思想史长编》,一边写出了他发表在《新月》的最后一篇论政文章——作于 1930 年 4 月 10 日的《我们走那条路?》,其后在《新月》发表的文章都与政治没有多少关系。③

---

① 欧阳哲生编:《胡适文集》(2),北京大学出版社 1998 年版,第 156—157 页。
② 参见[美]林毓生:《中国意识的危机——"五四"时期激烈的反传统主义》(增订本),穆善培译,贵州人民出版社 1988 年版。该书以陈独秀、胡适、鲁迅等为例说明,"借思想文化作为解决问题的途径"的一元论思想模式是五四时期知识分子全盘性反传统主义的根源,也即中国意识的危机所在。林氏认为,进行民主与法制的制度建设及对文化传统的创造性转化是突破此种模式的正确途径。
③ 包括《四十自述》(第一至第六章)、《介绍我自己的思想》(三卷四期)、《评〈梦家诗集〉》(第 3 卷第 5、6 期合刊)、《佛法与科学》(第 3 卷第 9 期)、《辨伪举例》《追悼志摩》(第 4 卷第 1 期)。

明眼人一看,就读出《我们走那条路?》在运思及口吻上的显著变化。此文扭头不谈时事,开头就列出了关于中国未来前途具有代表性的三条道路:国民党、中国青年党(即国家主义者)、中国共产党,但避而不谈孰优孰劣,而是以坚决的拒绝暴力革命的姿态将上述三条道路一概否定,立足和平渐进的改革,提出了著名的"五鬼闹中华"说。文章鲜明地树立"我们的"旗帜:从消极目标来说,要打倒五大仇敌(即"五鬼"):贫穷、疾病、愚昧、贪污、扰乱,而他们都不是用暴力的革命所能打倒的,唯有充分采用世界的科学知识与方法,一步一步的经过自觉的改革才可成功。而从积极目标来看,在铲除这"五鬼"后,"我们要建立一个治安的、普遍繁荣的、文明的、现代的统一国家。"①

此文缘起胡适与朋友们(按:即平社成员)关于"我们怎样解决中国的问题"的讨论,因此可以说是代表了新月自由知识分子的共识,堪称当时自由知识分子的纲领性文献。

毋庸讳言,启蒙运动总不免要从批评现状开始,也就是说先要做破坏性的工作。胡适一直为此而努力。但是破坏了旧的以后,用什么新的东西来代替呢?胡适在这里提供了他的答案。但是,这依然是一种主观的愿望,没有具体的内容。在一个已经建立了共识和比较安定的社会体制中,这种主张也许可以博得较多人的同情。但是在一九三〇年的中国,各党派对于如何"改变世界"这一重大的问题,无论在目的或方法上都存在着根本而严重的分歧,胡适的说法自然很难发生作用了。

这也反映出胡适在改造思想方面的内在限制:他的"科学方法"——所谓"大胆的假设,小心的求证"的"评判的态度",用之于批判旧传统是有力的,但是它无法满足一个剧变社会对于"改变世界"的急迫要求。批判旧制度、旧习惯不涉及"小心求证"的问题,因为批判的对象本身(如小脚、太监、姨太太之类)已提供了十分的"证据"。而实验主义者的"科学态度不容许他轻下论断。……胡适由于深受考证学和科学方法的训练,所以常常要人在证据不足的情形下'展缓判断'。但从个人到社会,随时随地都有许多急迫的实际问题需要当下即作决定,二十年代和三十年代的中国'走那条路'的问题,正是这样的问题。而胡适的实验主义既不能提出具体而有效的行动纲领,那就只好让位了"。②

① 胡适:《我们走那条路?》,《新月》第 2 卷第 10 期,1929 年 12 月 10 日出版。
② 余英时:《中国近代思想史上的胡适》,见子通主编:《胡适评说八十年》,中国华侨出版社 2003 年版,第 359—362 页。

梁漱溟就对胡适这种回避问题的做法十分不满，他质问胡适"在三数年来的革命潮流中，大家所认为第一大仇敌是国际的资本主义，其次是国内的封建军阀。先生无取于是，而别提出贫穷、疾病、愚昧、贪污、扰乱五大仇敌之说。帝国主义者和军阀，何以不是我们的敌人？"①

这显然击中了胡适这一派中国自由知识分子的问题意识与中国的问题结构相脱离的要害。他们要求文明繁荣、宪政建设等等，从长远看都是一个健全国家题中应有之义，但解决这些问题的最低限度是要有一个理性秩序的民主国家，而斯时尚在混乱中挣扎的中国显然使得他们的急于布道化作陷落的梦想。所以，胡适1930年7月29日回复梁漱溟（载《新月》第3卷第1期"通讯"栏），表明自己的根本主张"只是责己而不责人，要自觉的改革，而不要盲目的革命"，这种"一点一滴的改良主义"无疑显得空洞无力。

虽然胡适已有退却之意，而同人却并不气馁，继续"尽情批评"争自由②。这样，在以胡适、罗隆基、梁实秋、潘光旦等同人为基本骨干兼及同好支持下，《新月》杂志在通往"庙堂"的论政言路上一步步趋向高潮。

不过主将胡适已无心恋战。1930年5月，他终于辞掉中国公学校长一职。实际自本年1月起，胡即屡次提出辞职，其动机大约是为了回北平教书和著书。③ 但据罗尔纲说，胡适由于论政激怒当局，不愿因他个人的思想言论影响学校的立案问题。当时规定，私立大学不得立案的政府不承认，学校发的毕业证无效，学生出路困难。胡适为学生前途计提出辞职，而学生则宁可不立案也要胡适担任校长。中国公学一度因校长人选问题发生学潮。胡适此举为中国公学的师生关系留下一段佳话④。

11月28日，胡适携眷离沪，告别了"不算是草草过去的"⑤在上海三年半的生活，不久便应蒋梦麟校长之请任北大文学院院长。在"离开江南的前一天"（11月27日），他写了《介绍我自己的思想》（后发表于《新月》第3卷第4期），回顾了自己新文化运动以来的思想历程与主张。

---

① 梁漱溟：《敬以请教胡适之先生》，见《新月》第3卷第1期"通讯"栏，初刊《村治》2号。
② 《新月》第2卷第8期有罗隆基的《我对党务上的"尽情批评"》，第9期有梁实秋的《孙中山先生论自由》，第11期是潘光旦的《姓、婚姻、家庭的存废问题》，第12期又是罗隆基的《我们要什么样的政治制度》，另有两文《政治气象学》（日本政治学者高桥清吾著，刘杰敖译）和《制度与民性》（郑放翁）。
③ 耿云志：《胡适年谱》，四川人民出版社1989年版，第180—181页。
④ 罗尔纲：《师门五年记·胡适琐记》（增补本），生活·读书·新知三联书店1998年版，第76—77页。
⑤ 胡适：《胡适日记》（1930年11月28日），见曹伯言整理：《胡适日记全编》（5），安徽教育出版社2001年版，第884页。

据当时跟随胡适离开上海的罗尔纲回忆,那天早上的冷清出乎他的意料,火车站竟然没有一个人相送,后来只有一个中国公学学生会代表匆匆来给胡适拍了几张照片就跑出了月台。到北京后也只有胡适一个堂弟来接,而一路上所经的阴森恐怖与险恶,与"九·一八"国难后胡适渐渐受到国民党政府的礼遇相比,让罗尔纲感到了什么叫"世态炎凉"。①

第二节 "平社":"费边"理想的中国样板

一、"平社"
——新月的"费边"理想

新月同人当时能够集合起来,并肩作战,相互呼应与支持,以巨大的凝聚力形成了对国民党当局排山倒海式的言论冲击波,其实与一个定期的聚会组织有很大关系,这个组织就是平社,这个组织的核心是胡适,活动内容就是谈论政治和社会问题。

可以说,平社是一个以论政为主题的沙龙,它的形成与创办《平论》周刊的动议有关。按照胡适 1929 年 3 月 25 日日记中的说法,《平论》是朋友们去年就想办起来的周刊,延搁至今才确定下来。《平论》最初成员是胡适、徐志摩、梁实秋、罗隆基、叶公超、丁西林六人。胡适本想叫罗隆基做总编辑,但同人却逼他出来"任此事"。当时胡适对此事还是"有点狐疑",倒是徐志摩首先热情澎湃地说:"我们责无旁贷,我们总算有点脑子,肯去想想。"②

由于同人各自有自己的"岗位",且已有一份《新月》杂志要定期出版,所以拟定于 1929 年 4 月 1 日出第一期的《平论》周刊最终未能面世,这样,原定在《平论》上刊登的议政文字,自然就由《新月》承担下来,开始"在思想及批评方面多发表一些文字"。而平社的议政活动,就相应地反映到《新月》上去,自第 2 卷第 2 期起刊登的政论文章可以说就是平社活动成果的直接体现。

1929 年 4 月 21 日,星期天。平社在胡适极司菲尔路的家中第一次聚餐,参加者为梁实秋、徐志摩、罗隆基、丁西林、叶公超、吴泽霖七人。27 日,

---

① 罗尔纲:《师门五年记·胡适琐记》(增补本),生活·读书·新知三联书店 1998 年版,第 98—101 页。

② 胡适:《胡适日记》(1929 年 3 月 29 日),见曹伯言整理:《胡适日记全编》(5),安徽教育出版社 2001 年版,第 377 页。

第二次聚餐,又有潘光旦、张禹九加入,加上原来七人,共计九人。

从1929年4月到6月,是平社的第一个活跃时期。据胡适日记,这期间平均每周他们都以聚餐形式聚会一次,地点通常在胡适家中或在"范园",程序则是聚餐之后,每次由一位同人就自己研究领域做专门报告①。

仅仅在平社展开活动半个月之后,确切地说是1929年5月6日,胡适就写成了《人权与约法》一文,从而揭开了轰轰烈烈的人权运动的序幕。个中原因,一方面与胡适酝酿已久的不满情绪有关,另外也与此时他与自己在中国公学时的老师兼好友马君武、执教北大时的学生傅斯年二人的两次谈话有很大关系。胡适认可马君武所言"此时应有一个大运动起来,明白否认一党专政",也认同傅斯年对中山先生毫无传统坏习气肯"干"精神的褒扬②。但不能不说,"平社"这一群体成员的鼓舞与协作助阵对其具有更实际的意义,罗隆基、梁实秋、潘光旦等社员均以个人之擅长从不同方向向前推动着这场争取民主政治的自由运动。

平社的活动模式,是对英国费边社(Fabian Society)的借鉴与模仿。1884年,费边社由爱德华·皮斯、弗兰克·波德莫尔等人在英国创立,是在英国工人运动重新高涨、社会主义政党开始建立的情况下出现的资产阶级"社会主义"或改良主义团体。费边社的名称取自古代罗马共和国著名武将"费边"的名字。据传,这位武将在与汉尼拔作战时采取迂回等待的战术,取得战争的胜利,保障了共和国的安全。该社借用费边的名字,用意即在效法费边的等待时机、避免决战的战术,作为推行改良主义的论据。费边社自成立至19世纪末鼎盛时期,人数并不多,始终未逾千人,社员主要是一些律师、学者、作家以及政府职员等资产阶级知识分子,但是能量很大,自上至下建立一整套组织机构,中央有执行委员会,各地下设分部,全国每年定期举行年会,修订章程及活动方针等。费边社宣扬的"社会主义",与马克思的社会主义根本区别在于他们反对通过革命建立的无产阶级专政的社会主义,主张在不触动资本主义制度前提下,对一些已经不相适应或人民群众感到不满的个别制度做点点滴滴的改良。费边社的主要活动方式有二:一是组织群众集会、街头演讲等进行口头宣传,二是出版刊物书籍进行文字宣传,如《费边社会主义论丛》等。费边社所宣扬的"社会主义"实质是资产阶

---

①　分别为1929年4月21日、4月27日、5月4日、5月11日、5月19日、5月26日、6月2日、6月9日、6月16日。

②　胡适:《胡适日记》(1929年4月26日、1929年4月27日),见曹伯言整理:《胡适日记全编》(5),安徽教育出版社2001年版,第403页。有关此问题的论述亦可参见沈卫威:《中国式的"费边社"议政:胡适与"平社"的一段史实》,《史学月刊》1996年第2期。

级改良主义,目的是通过鼓吹改良,把无产阶级引离阶级斗争和马克思主义,最后达到取消无产阶级革命①。

　　1929年5月11日,平社在范园第四次聚餐,胡适、徐志摩、张禹九、潘光旦、吴泽霖、叶公超、罗隆基七人参加。罗隆基为同人讲述了费边社的历史及议政方式,受此启发,胡适倡议"平社"仿照"费边社"的议政方法,请同人各预备一篇论文,总题为"中国问题",每人负责一个方面,分期提出讨论后在《新月》上刊出,听听社会的反映,然后再依照"费边社"编辑出版《费边论丛》的办法,合刊为一部书。而这一天的下午,胡适写完了批驳孙中山"知难行易说"的《知难,行亦不易》。14日,胡适草拟了平社"中国问题研究日期单"②,由12人分别承担12个子题,日程从五月十八日一直排到了八月三日:

表 5.1　胡适草拟的"中国问题研究日期单"

题　目	姓　名	日　期
从种族上	潘光旦	五月十八日
从社会上	吴泽霖	五月廿五日
从经济上	唐庆增	六月一日
从科学上	丁西林	六月八日
从思想上	胡适之	六月十五日
从文学上	徐志摩	六月廿二日
从道德上	梁实秋	六月廿九日
从教育上	叶崇智	七月六日
从财政上	徐新六	七月十三日
从政治上	罗隆基	七月二十日
从国际上	张嘉森	七月廿七日
从法律上	黄　华	八月三日

　　胡适所列的这个计划得到部分执行。19日,平社成员在范园聚餐。潘光旦首先开讲,他"从种族上"说明从数量质量等方面看,中国民族根本上有大危险,数量上并不增加,而质量上也不如日本,更不如英美。胡适认为潘的"根据很可靠,见解很透辟,条理很清晰。如果平社的论文都能保持这样高的标准,平社的组织可算一大成功了。"③而潘光旦此次报告经整理后

---

①　参见[英]玛格丽特·柯尔:《费边社史》,杜安夏等译,商务印书馆1984年版。

②　胡适:《胡适日记》(1929年5月14日),见曹伯言整理:《胡适日记全编》(5),安徽教育出版社2001年版,第420页。

③　胡适:《胡适日记》(1929年5月19日),见曹伯言整理:《胡适日记全编》(5),安徽教育出版社2001年版,第420—421页。

即发表在《新月》第2卷第4期,题为《说"才丁两旺"》。26日,吴泽霖从社会学角度谈中国问题,胡适坦诚指出,其文:"既不周详,又不透切,皆是老生常谈而已",不如上次潘光旦的论文令人满意。6月2日晚六点半,平社又在范园聚餐,由唐庆增从经济方面谈中国问题,胡适认为其"论文殊不佳",但"指出中国旧有的经济思想足以阻碍现代社会的经济组织的发达,颇有点价值。"①而罗隆基那篇全面论述人权理论的鸿文《论人权》一文也是经由平社讨论后的结果②。

由于平社成员各有职业和社会事务,不能保证每次全都参加,而且他们也没有严格的入社要求,并非一个正式的文人社团,形式比较开放,所以遇有同好就邀请加入。6月16日聚会时,只有胡适、梁实秋、徐志摩、罗隆基、刘英士几个人参加,"几不成会",胡适就邀请了昨天刚从北京来的老友任叔永同来加入。此次饭后,胡适还同梁、罗二人去找李幼椿谈国家主义与反对党、多党政治等问题,至十点钟才回家。李幼椿是国家主义派的一个首领,曾在北大教过历史,他劝胡适"多作根本问题的文章",并指出胡适"太胆小",胡适说自己"只是害羞,只是懒散"。③

1930年2月4日,平社是年第一次聚餐在胡适家举行,到会者有徐新六、丁西林、梁实秋、刘英士、潘光旦、罗隆基、沈有乾,"客人有闻一多、宋春舫"。此次聚会同人还决定下次于11日聚会,由罗隆基与刘英士辩论"民治制度",胡适说"这样开始不算坏。"11日,他们如期在胡适家中就"民治制度"展开辩论,刘英士反对,罗隆基赞成,但胡适说"皆似不曾搔着痒之处。"胡适认为民治制度有三大贡献:①民治制度虽承认多数党当权,而不抹煞少数。少数人可以正当方法做到多数党,此方法古来未有。②民治制度能渐次推广,渐次扩充。③民治制度的方法是公开的讨论。新加入的林语堂则表示,"不管民治制度有多少流弊,我们今日没有别的制度可以代替他。今日稍有教育的人,只能承受民治制度,别的皆更不能满人意。"胡适说:"此语极有道理。"④

从上面略述可见,平社自成立以来讨论了很多问题,有关中国现状及民

----

① 胡适:《胡适日记》(1929年5月26日、1929年6月2日),见曹伯言整理:《胡适日记全编》(5),安徽教育出版社2001年版,第424、425页。

② 参见胡适《我们走那条路?》一文的"缘起",《新月》第2卷第10期。

③ 胡适:《胡适日记》(1929年6月16日),见曹伯言整理:《胡适日记全编》(5),安徽教育出版社2001年版,第436页。

④ 胡适:《胡适日记》(1930年2月4日、1930年2月11日),见曹伯言整理:《胡适日记全编》(5),安徽教育出版社2001年版,第661、667页。

主制度建设方面则是一个非常集中的议题。可以想象《新月》近一年来所发表的那些积极干预时政,抨击国民党一党专政主张实行民主宪政的激烈文字,免不了是同人在饭桌上热切讨论的话题,切切实实地体现了平社作为强大后盾在同人间形成的精神及思想上的支持与激励。

但由于平社的核心人物胡适在当局高压之下,1929 年年底为同人所作的议政文字合集《人权论集》撰写小序时表示了对国民党政府趋向缓和的态度,平社的议题相应地发生了变化。1930 年 4 月间,胡适提出同人去年讨论"中国的现状"问题,今年当在去年讨论的基础上以"我们怎样解决中国的问题"为中心,仍分政治、经济、教育等子目,社员分头准备论文在聚会时提交讨论,然后整理由《新月》月刊发表。这显然是为避免与现实激烈接触而转向学理建构的举措。

受同人推举,1930 年 4 月 10 日,胡适作了《我们走那条路?》一文,作为今年的总题"我们怎样解决中国的问题"的一个概括性引论,12 日提交平社讨论,然后交由《新月》发表在第 2 卷第 10 期。此文是胡适由激烈批评现实向回避现实矛盾明显转变的一个标志,结果甫一发表,即引起社会上的广泛争议。此后至 11 月胡适离开上海,平社成员相继讨论了政治制度、财政问题、宗教与革命等问题,并发表在《新月》上①。这些文字使得"人权运动"更增添了学术的气息。

1930 年 11 月 28 日,胡适结束了在上海度过的三年不平静的生活,全家迁回北平,平社的活动随着灵魂人物的离去而中断。聚会少了,议题还在,其他成员又陆续写成了一些关于怎样解决中国问题的文章,不断发表在《新月》月刊上,最后由潘光旦加以汇总编辑为《中国问题》一书②,由新月书店 1932 年出版,这大约是平社最有形的成果。此书共收十篇文章,计分

---

① 　分别为:6 月讨论了罗隆基的《我们要什么样的政治制度》、郑放翁的《制度与民性》(刊《新月》第 2 卷第 12 期),7 月讨论了青松的《怎样解决中国的财政问题》(刊《新月》第 3 卷第 1 期)、潘光旦的《人为选择与民族改良》(此文 7 月 24 日在胡适家讨论,胡适认为"很好"但"不无稍偏之处",在《新月》第 3 卷第 2 期发表时改名为《人文选择与中华民族》),8 月 31 日讨论沈有乾的《我的教育》(胡适说"不甚满意",认为"作者见地不甚高"。刊《新月》第 3 卷第 2 期),11 月 2 日讨论了全增嘏的《宗教与革命》(胡适评价"甚好",刊《新月》第 3 卷第 3 期)。

② 　此书目录如下:《序》(潘光旦)、《我们走那条路?》(胡适)、《我们要什么样的政治制度》(罗隆基)、《怎样解决中国的财政问题》(青松)、《关于中国人口问题的一篇外论》(美国汤柏森著,刘英士译,刊《新月》第 3 卷第 1 期)、《中国农民的生活程度与农场》(吴景超,刊《新月》第 3 卷第 3 期)、《制度与民性》(郑放翁)、《宗教与革命》(全增嘏)、《姓、婚姻、家庭的存废问题》(潘光旦)、《我的教育》(沈有乾)、《优生的出路》,见潘光旦编:《中国问题》,新月书店 1932 年版。

政治、财政、人口、农民、制度与民性、宗教与革命,姓、婚姻、家庭的存废,教育、优生等问题,被称为"当此国难期中""多少可以给我们国民指出一条共同努力的方向"①。

1931年1月,胡适回上海参加"中基会"第五次常会,11日,平社在张禹九家聚餐,但同人没有论文提交讨论,原因之一恐怕是同日光华大学得教育部电令,要撤退罗隆基的教授职务,为罗隆基事商议对策成了社员的当务之急。同人潘光旦、全增嘏、沈有乾等都为罗隆基不平,胡适本人更是亲自为此事斡旋,停留上海半个多月,还推迟了去青岛讲学的行期。胡适走后,平社活动也无形中停止。是年7月6日,罗隆基给胡适写信说:"光旦暂时离开了上海,下周即返。增嘏、有乾、洵美、造时等常见面。我们拟恢复平社。"②但是缺少了胡适这样的旗帜性人物,其他人如罗隆基虽"在才学上,可以领导一个运动",却"在道德上,不易笼罩一个团体",③故平社恢复一事终未见下文。之后,罗隆基、王造时又坚持了几个月在《新月》上发表抨击国民党独裁统治的文章,最终以罗隆基辞《新月》主编、北上就天津《益世报》主笔而结束了这场以《新月》为阵地、以平社为组织的轰轰烈烈的自由知识分子人权运动。

二、"平社"对拉斯基的译介与接受

平社成员的聚集表现出几个特征,从教育背景上来看,他们多出身清华、留学欧美,基本上是不折不扣的拥护西方资产阶级民主制度的自由知识分子,因而他们的表述与诉求也多与制度建设相关。罗隆基表示,"今日中国的政治,只有问制度不问人的一条路。制度上了轨道,谁来,我们都拥护。没有适合时代的制度,谁来,我们总是反对。"④显然是在为寻求一种令他们满意的政治制度而呼喊。郑放翁也认为制度"可以使人为恶,使人为善,可以亡强盛之国,可以兴弱国之民。"而今日中国正因未能实现法治,所以使一班外交家、狗官僚、鸟部长、猪代表不受法律制裁而作恶,而在人治制度之下,一班老百姓也避危就安,避穷就得,漠心国事,成为一盘散沙的弱国之民。因此他说"相信制度,不相信人心;相信法治,不相信人治。"⑤

---

① 见《新月》第4卷第1期广告页。
② 《罗隆基致胡适》(1931年7月6日),见社科院近代史研究所编:《胡适来往书信选》中册,中华书局1979年版,第75页。
③ 梁实秋:《罗隆基论》,《世纪评论》第2卷第15期,1947年10月11日出版。
④ 罗隆基:《我们要什么样的政治制度》,《新月》第2卷第12期。
⑤ 郑放翁:《制度与民性》,《新月》第2卷第12期。

　　而这种追求制度改良反对革命的思想理路,又使他们异常自然地去模仿英国的费边社议政方式。这其中,罗隆基自然是功不可没。他在二十多岁风华正茂时投入时亦处于最活跃时期的费边社成员哈罗德·拉斯基门下①,所受影响之深正如他20世纪50年代被打成"右派"谈及思想改造时所言,"那时用功、记性又好,资产阶级政治思想的一整套,在脑子里装得特别牢,要不然怎么还是费边社的呢?可现在想掏出拉斯基,装进马克思,就不行了。我一发言,自己觉得是在讲马列,人家听来,仍旧说我是冒牌货。"②甚至可以想象,罗隆基性格中也不乏拉斯基的影子,因为拉斯基就有"好争论的、自信的个性",年轻时在牛津工会的论争中就熠熠生光,引人注目,到20世纪30年代前,以"自由主义的一盏明灯"著称③。

　　事实上,平社成员效仿费边社主要就是借由译介拉斯基著作并践履其政治观念完成的。从一开始议政的《新月》第2卷第2期上就刊登了黄肇年译拉斯基的《共产主义论》的第一章《共产主义的历史的研究》,随后由新月书店出了全本,并于1930年再版。《新月》第3卷第5、6期合刊和第7期分别刊登了罗隆基译拉斯基的《服从的危险》和《平等的呼吁》,第12期上又有胡毅译的《教师与学生》。1931年新月书店还出版过邱辛白译的拉斯基的《政治》一书。张君劢(嘉森)曾列名"中国问题研究日期单",虽未见平社讨论记录,但他以张士林为笔名于1931年在商务印书馆出版了译拉斯基的《政治典范》(*Grammar of Politics*)一书,该书原著1925年出版,译介之快速可见。至于曾直接受业于拉斯基的罗隆基、王造时在行文中,"拉斯基说"这样的引文更是十分常见,王造时1936年在狱中还把拉斯基的《国家的理论与实践》译成中文,解放前又曾译过拉氏的《民主政治在危机中》一书。

　　有关拉斯基对新月知识群体的影响,有人将之放之于近现代中国思想文化转型的大背景下予以讨论,指出在近代民族危机的强大压力下,知识分子对西方思想的接受无不带有明显的"实用主义"色彩,对拉斯基思想的接

---

① [英]哈罗德·拉斯基(Harold J.Laski,1893—1955),国际著名政治学者,1923年至1936年任费边社中央执行委员会委员,系费边社最重要的人物之一。参见[英]玛格丽特·柯尔:《费边社史》,杜安夏等译,商务印书馆1984年版,第205、229页。罗隆基正是于1925年至1928年投入拉氏门下的,受其影响不难理解。关于此问题,亦可参见章清:《"胡适派学人群"与现代中国自由主义》,上海古籍出版社2004年版,第212页。

② 章诒和:《往事并不如烟》,人民文学出版社2004年版,第298页。据作者介绍,这些话是罗隆基与她谈关于思想改造问题时的解释,笔者以为虽然文学意味较浓,但意思还是不差的。

③ [英]拉斯基:《思想的阐释》,张振成、王亦兵译,贵州人民出版社2001年版,第4—5页。

受也不例外。除此之外,中国接受"实用主义"的另一重要原因则是,现代国家的复杂化和以"经济"和"效率"作为标准对于传统文化中"道德"标准的替代。这种转型在晚清已经初露端倪,但无疑在民族危机的压力下加快了步伐。《新月》派知识分子的主要言论中已经含有许多对于社会现代转型问题的探讨,在对拉斯基思想接受方面表现出来的选择、改写、误读也反映了这种倾向①。

而在组织形式上,平社则只能说是学了点费边社的皮毛——平社是在思想上接近费边社,而在组织机构活动方式上远没有费边社那样完备②。它是活跃于新月内部,由一个小范围自由知识分子组成的"讲学复议政"的谈话沙龙。这也正显示出平社成员议政的潜在意义。考察他们的职业背景,当时他们多数是上海各大学的专任教授,集中在光华大学、暨南大学、中国公学等高校,在他们身上既流淌着中国"士"人"以天下为己任"的救世传统,又担当了以学理态度寻求民族出路的现代学院派知识分子的新角色。这种在实际政治之外的"批判者"身份,预示着他们面向"庙堂"言说渴望当政者"礼贤下士"的姿态,又使他们身上显示出浓厚的精英论道的理想色彩。正如论者所评价:"他们的政治行动计划是至亲好友傍晚在家中聚会时进行的——而不是在会议厅和群众大会的热烈讨论中进行的。他们企图赢得影响的努力聚集在内阁或政府上,而且,当他们想到力量时,只想到文官或武将,而想不到民众组织与下层民众"③。更进一步说,"无论他们是写诗歌,写文学批评,还是写政治评论,这些创办《新月》杂志的作者都是在向高度有选择的读者来表达自己的心迹。他们的作品只是写给学问高深、文雅,并主要是受过西方教育的少数人看的,只有这个少数派才能理解他们这些人的观点。"④

而正如近代中国的很多改革一样,成系统的规划总是赶不上急剧变动的社会需求。在救亡甚于启蒙的时代背景下,以胡适为核心的自由主义知识分子渐进改良的思想进路一路受挫跌跌撞撞,其通往庙堂之路的失意情绪实在溢于言表,而这也多多少少体现了他们身处"旧传统随时代而崩溃,

---

① 参见彭超:《英国思想家拉斯基在中国的接受——以〈新月〉月刊为中心》,北京大学硕士论文 2009 年。

② 参见[英]玛格丽特·柯尔:《费边社史》,杜安夏等译,商务印书馆 1984 年版,第348—356页。附录中有费边社详尽的"规则"和"基础"及费边社职员表。

③ [美]夏绿蒂·弗恩:《丁文江——科学与中国新文化》,丁子霖译,湖南科学技术出版社1987 年版,第 142 页。

④ [美]格里德:《胡适与中国的文艺复兴——中国革命中的自由主义(1917—1937)》,鲁奇译,江苏人民出版社 1993 年版,第189—190 页。

新传统一时又演化不起来"的虚妄的"广场"上不得不履行"历史的'中间物'"使命的悲剧感①。他们以自己对社会对国家的理解与认知方式执着探索,坚守信念,其间的得失都已成为历史文化遗产的重要内容。

第三节　罗隆基:政治家的炮火

胡适黯然退场,《新月》论政却未因他的离去而花容失色,这是因为他的旗帜已由更具有政治细胞的罗隆基继续坚决地挥舞下去。可以说,罗隆基能够执掌《新月》主编十二期(自第 3 卷第 2 期至第 4 卷第 1 期),占《新月》出刊总数四分之一强,也不是偶然的。据统计,他单在《新月》第 3 卷上就发表了 26 篇文章(包括译文两篇),平均每期两篇多文章,有时一期就有 6 篇(如第 3 卷第 8 期),为避嫌,他除了署名罗隆基外,还用了努生、鲁参、卤等笔名。罗隆基在《新月》共发表 35 篇文章(见表 5.2),发稿量仅次于梁实秋(46 篇)、徐志摩(43 篇),比胡适还多 3 篇。

表 5.2　罗隆基在《新月》发表的文章

发表期数	文章题目	译著/书评	备　注
第 1 卷第 8、9、10 期	《美国未行考试制度以前之吏治》		第 1 卷共 1 篇
第 2 卷第 1 期	《美国的吏治与吏治院》		第 2 卷共 7 篇
第 2 卷第 2 期	《专家政治》		
第 2 卷第 5 期	《论人权》		
第 2 卷第 6、7 期合刊	(1)《告压迫言论自由者》 (2)《英国宪政论》(*Government of England*)	(2)为书评	(2)发在"书报春秋"栏目
第 2 卷第 8 期	《我对党务上的"尽情批评"》		
第 2 卷第 12 期	(1)《我们要什么样的政治制度》 (2)《汪精卫论思想统一》	(2)为书评	(2)发在"零星"栏目

---

① 陈思和:《论知识分子转型期的三种价值取向》,见《陈思和自选集》,广西师范大学出版社 1997 年版,第 175 页。

续表

发表期数	文章题目	译著/书评	备　注
第3卷第1期	《论共产主义——共产主义理论上的批评》		第3卷共26篇
第3卷第2期	(1)《我们要财政管理权限》 (2)《汪精卫先生最近言论集》 (3)《行政学总论》 (4)《漱溟卅后文录》 (5)《政治思想之变迁》		自该期接任《新月》主编。 (2)(3)(4)(5)发在"书报春秋"栏目
第3卷第3期	《我的被捕的经过与反感》		
第3卷第5、6期合刊	(1)《服从的危险》 (2)《约法与宪法》 (3)《政治家的态度》	(1)译拉斯基著 *The Dangers of Obedience*	(2)(3)发在"零星"栏目,署名"鲁参"
第3卷第7期	(1)《平等的呼吁》 (2)《人权,不能留在约法里?》 (3)《总统问题》 (4)《上海民会选举》	《平等的呼吁》,译拉斯基著 *A Plea For Equality*	(2)(3)(4)发在"零星"栏目,署名"努生"
第3卷第8期	(1)《对训政时期约法的批评》 (2)《美国官吏的分级》 (3)《国民会议的开幕词》 (4)《我们不主张天赋人权》 (5)《现代国家的文官制度》 (6)《现代文明里的世界政治》		(3)(4)发在"零星"栏目,署名"努生" (5)(6)发在"书报春秋"栏目,署名"卤"
第3卷第10期	(1)《论中国的共产——为共产问题忠告国民党》 (2)《美国官吏的考试》 (3)《"人权"释疑》 (4)《答复叶秋原教授》		(3)发在"讨论"栏目,署名"努生" (4)发在"零星"栏目
第3卷第11期	《什么是法治》		
第3卷第12期	《告日本国民和中国的当局》		

注:表中未特别注明的,署名均为罗隆基。

　　虽然,罗隆基接过了胡适的旗帜,胡适对于他的私人感情却并不是那么深挚,胡适在1930年11月25日日记中就说:"住上海三年半,今将远行。最可念几个好朋友,最不能忘高梦旦,其次志摩、新六,菊生太拘礼。"①或者,罗隆基是胡适的"战友",却算不上"好友"。

　　胡适曾评价罗隆基是一个"天生的政客"②。去北平后,胡适在日记中有几次表露出对罗为人的不满意:1931年2月24日,他听徐志摩介绍中国公学风潮事,"才知罗隆基在其间也搞了不少小把戏"③。"九·一八"事变后,罗隆基继续严厉批评国民党,与倾向国民党的胡适政见不同,日渐疏远。1933年12月21日,胡适在日记中说,得知罗隆基主持社论的天津《益世报》受党部压迫,封锁邮电,故今日的报不能发出,正好"晚上罗君来谈,说他已辞职了。我们谈了两三个钟头。罗君自认因父受国民党的压迫,故不能不感觉凡反对国民党之运动总不免引起他的同情。此仍是不能划清公私界限。此是政治家之大忌。"④后罗又任《北平晨报》主编未去看胡适,胡适在日记中写下说:"罗努生来替宋哲元办《北平晨报》了。他接事了很多时,不曾来看我。"⑤显然颇有怨言。从很多方面看,胡适作为早得大名的前辈,处事更为理智谨慎,爱惜名誉,而学生领袖出身的罗隆基则锋芒毕露,差别甚大。

　　梁实秋对于罗隆基的评价也是"才高于学,学高于品","从学理上,他领导一个政治运动是可以的;从人品上,则不易笼罩一个团体。"⑥罗隆基的清华同级校友、后去台湾的政治学者浦薛凤在《记清华辛酉级十位级友》(台湾《传记文学》第47卷第2期)中如是评价:"同级好友咸知吾辛酉级同仁之中,有兴趣与能力搞实际政治者当推(罗)努生、(何)孟吾与吴崎之三位。"并说罗有学识、有口才、有手腕,但是一位自觉得意的政客,而非真正的政治家。储安平对罗的观察则是"德不济才",他在其名文《中国的政局》

---

①　胡适:《胡适日记》(1930年11月25日),见曹伯言整理:《胡适日记全编》(5),安徽教育出版社2001年版,第883页。

②　胡适:《胡适日记》(1934年3月7日),见曹伯言整理:《胡适日记全编》(6),安徽教育出版社2001年版,第343页。

③　胡适:《胡适日记》(1931年2月24日),见曹伯言整理:《胡适日记全编》(6),安徽教育出版社2001年版,第68页。

④　胡适:《胡适日记》(1933年12月21日),见曹伯言整理:《胡适日记全编》(6),安徽教育出版社2001年版,第255页。

⑤　胡适:《胡适日记》(1937年1月3日),见曹伯言整理:《胡适日记全编》(6),安徽教育出版社2001年版,第634页。

⑥　梁实秋:《罗隆基论》,《世纪评论》第2卷第15期,1947年10月11日出版。

（《观察》第2卷第2期）中曾对当时民盟的几位头面人物做过这样的评价："在今日民盟的领导人物中，适宜于实际政治生活者，恐怕只有罗努生（隆基）一人。罗氏中文英文都好，口才文笔都来，有活动力，而且对于政治生活真正有兴趣。可惜罗氏的最大弱点是德不济才。"所以在他主编的《观察》上有众多新月时期的自由主义知识分子的文章，唯独没有罗隆基的，大约就是这个原因。罗、储二人虽然结局相似，但在人生境界的追求上是不同的。①

而在1930年11月28日胡适离沪之前，新月同人已在不经意间四散。是年夏天，《新月》主编梁实秋已受杨振声之邀到青岛大学担任外文系主任兼图书馆馆长，与梁同去的闻一多则当了中文系的主任；是年8月，饶孟侃离开暨南大学就职安徽大学②；同月，刘英士也去了安徽大学，任职安徽大学法学院院长兼教授③；而余上沅、叶公超早早去了北京，陈西滢、凌叔华在武汉大学，徐志摩则在北京上海两地跑来跑去。

主将及同人的离散，并没有使罗隆基火热的论政之心"冷却"下来，却让他接过了《新月》主编的"权杖"。

或许，这真与罗隆基的人生经历有关。

罗隆基（1898—1965），字努生，又名罗国琅，江西安福人，是有名的"安福四才子"之一（其他三人为王造时、彭文应、彭学沛）。1913年，15岁的他以江西总分第一的成绩考入清华留美预备学校，一待9年。罗隆基与闻一多、潘光旦、吴泽霖、沈有乾等同为有名的清华"辛酉级"学生，他们这一级部分学生由于抗议"六·三"惨案参加罢课斗争留级一年于1922年赴美留学，上述五位均在此列。当时清华学制为8年，中等科与高等科各4年，再加上留级一年，故为9年。

清华时代，罗隆基就以学生领袖知名，是清华"五四"运动最早的发起者之一，梁实秋称他为这一时期"学生领导人之最杰出者"，同时任《清华周刊》编辑，积累了编辑刊物和写作政治评论的初步经验。清华毕业后，罗隆基先进入美国威斯康辛大学政治系，获硕士学位，后入哥伦比亚大学政治系于1925年获政治学博士学位。留美期间，逢孙中山逝世，罗隆基曾以纽约

---

①　谢泳：《罗隆基评传》，见谢泳编：《罗隆基：我的被捕的经过与反感》，中国青年出版社1999年版，第2、25—26页。

②　王锦厚编：《饶孟侃年谱》，见王锦厚：《闻一多与饶孟侃》，电子科技大学出版社1999年版，第304页。

③　秦贤次编：《刘英士年表》，见《刘英士先生纪念文集》，台北兰亭书店1987年版，第372—373页。

华侨留学生会主席身份组织了悼念活动,而后与闻一多等人组织国家主义
团体"大江会",他也是其中的骨干分子。由于撰写《英国国会选举法案》博
士论文,获得赴英国伦敦大学政治经济学院学习的机会,师从英国著名政治
学者、费边主义理论家哈罗德·拉斯基教授,这段经历影响了罗隆基一生的
政治信仰。1928 年回国。

　　罗隆基在英国留学期间,胡适恰为英国庚款一事去英,在那里罗隆基告
之,他正在研究英国文官考试制度,胡适鼓励他好好研究①。果然,在不久
学成归国后,罗隆基随即加入到以胡适为核心、清华留美校友为主干成员的
《新月》自由知识分子群体,成为"人权论战"的一员得力大将,集专业素养
与政治热情于一身炮轰国民党政府。

　　罗隆基在尚未回国之前,就已经在《新月》上发表论政文字。不过,并
未触及中国现实,而是就其研究领域从学理上谈美国的政治,一篇为《美国
未行考试制度以前之吏治》(一)、(二)、(三),连载于第 1 卷第 8、9、10 期,
另外一篇系第 2 卷第 1 期上的《美国的吏治法与吏治院》。这些文字,一方
面可以看作是学术研究的文章,但也未尝不可说衬托着此时胡适略显孤单
落寞的身影,有借他人酒杯浇自己块垒之意,与此时的胡适形成文字与精神
上的呼应。可以说,胡适此时再次高涨的谈政治的兴趣,与罗隆基的加盟助
阵不无关系②。

　　而罗隆基在《新月》上真正发表与国内现实政治相关的文字,始自第 2
卷第 2 期。这一期上,头题为胡适的《人权与约法》,次题即罗氏的《专家政
治》,他认为"中国目前政治上的紊乱状况,大部分的罪孽,是在行政上。中
国的行政,目前是在这两种恶势力夹攻之下:(一)武人政治;(二)分赃政治
(Spoil System)。"

　　其后,罗隆基持续出场,第 2 卷第 5 期发表《论人权》;第 6、7 期合刊发
表《告压迫言论自由者》;第 8 期发表《我对党务上的"尽情批评"》;第 12 期
发表《我们要什么样的政治制度》与《汪精卫论思想统一》,他一方面以自己
的专业背景介绍阐发英美的政治理论,一方面以自己对现代政治的理解批

---

① 胡适:《胡适日记》(1926 年 9 月 26 日),云:"回寓吃晚饭,遇见罗隆基君。他说他现在此
　研究两个题目:(1)舞弊制止法(Corrupt Practices Laws)。(2)文官考试法(Civil Service),
　我听了很高兴。与他谈甚久。"胡适显然颇有遇同好之感。见曹伯言整理:《胡适日记全
　编》(4),安徽教育出版社 2001 年版,第 361 页。
② 梁实秋在《新月前后》中就表示过这样的意见:"胡先生兴趣最广,举凡文学政治以及一般
　文化思想,无不涉及,也许是后来罗努生的加入,使胡先生论政治思想的兴趣更浓。"参见
　陈子善编:《梁实秋文学回忆录》,岳麓书社 1989 年版,第 126 页。

评国民党的独裁统治。某种程度上,罗隆基的文章对胡适的呼告起到了一定的呼应效果,而且还充当了注脚的作用。比如,胡适推出《人权与约法》后,罗隆基即在《论人权》中定义"人权是做人的那些必须的条件。人权是衣,食,住的权利,是身体安全的保障,是个人'成我至善之我',享受个人生命上的幸福,因而达到人群完成可能的至善,达到最大多数享受最大幸福的目的上的必须的条件",之后论述人权与国家的关系是"国家,简单地说,不能产生人权,只能承认人权,它的优劣,在任何时期,即以人权得到承认的标准为标准",人权与法律的关系则是"法律保障人权、人权产生法律",最后他以英、法、美等国不同时期产生的人权宣言为参照,简明扼要地以"三十五条"的形式提出了"我们现在—— 一九二九年——的中国人要的人权"[1];胡适在《知难,行亦不易》中,提出如果不修正这一说法,专家政治就难以实现,而罗隆基所作的则是《专家政治》;胡适写了《新文化运动与国民党》,提出废止一切钳制思想言论自由的命令、制度、机关,罗隆基则作了《告压迫言论自由者》。

　　在对胡适的应合中,罗隆基对于政党与政权的研究也日趋深化,独立的政治批评家的姿态也愈发清晰与明显。他对问题的深入探讨与发挥,也逐渐使他摆脱了胡适相对节制的样貌,把一个现代知识分子的"壮怀激烈"发挥到了最大。

　　作于1930年1月的《我对党务上的"尽情批评"》,就直言不讳指出国民党以鼓吹民主民权为名行一党独裁之实的肮脏面目。文章首先引用蒋介石1929年12月27日通电全国各报馆:"训政既已开始,军事犹难结束,⋯⋯欲收除旧布新之效,各报馆为正当言论机关,即真实民意代表。⋯⋯凡党务政治军事财政外交司法诸端咸望于十九年一月一日起,以真确见闻,作翔实之贡献。"这则通电看似尊重新闻舆论界,实际如何呢?罗隆基愤慨而言,如今1930年都过了一个月了,但前几天的报纸上还刊载上海三区党部呈请剥夺胡适公权,"谈谈宪法,算是'反动';谈谈人权,算是'人妖'。想要救国,无国可救;想要爱国,无国可爱。在'党人治国'下,成了'无罪的犯人,无国的流民'!"他指出,孙总理的"遗教"所谓"党治"是要以主义即本党党义治国,而非"以党员治国"。文章批评国民党在用人问题上"党人先用,非党人先去"的分赃制度,是借党治招牌行党化吏治,他断称"党员治国"是开倒车,是文官制度的反动,是中国吏治的死路,是国民党以党义治国策略上的自杀,从而尽情批评了国民党的"一党独裁","党外无

　　①　罗隆基:《论人权》,《新月》第2卷第5期。

党,党内无派","党员治国"等问题。

值得指出的是,罗文中说"如今,党内无派,逼成一个改组派;党外无党,逼出许多革命党来了。厝火积薪之下,祸发的时候,虽非官逼民反,恐有党逼民叛的后悔。"①这也看出罗隆基在政见上不能认同共产主义,对国民党尽情批评也是要国民党注意自身建设,以免引致共产党的取胜。

进一步,罗隆基在《我们要什么样的政治制度》中尖锐指责了国民党"党在国上","党权高于国权","党天下"的专制统治。罗隆基之所以极端反对一人或一党、一阶级的独裁制度,是因为独裁制度最大的敌人是思想自由,所以就实行思想统一运动,国民就会成为绝无思想的机械,变得"怯懦性、消极性、倚赖性、奴隶性",独裁是中国这二十年内战不已的原因。因此"只有我们自己才可以做我们权利的评判员。只有我们自己才是我们权利的忠实的卫兵。……我们要向主张'党高于国''党权高于国权'的国民党收回我们国民的政权。"他还批评国民党改组派的汪精卫提出民主集权,"励行党治,扶植民权"这是改组派为党治辩护的煞费苦心。

最后罗隆基提出自己的主张:"召集国会,制定宪法,这是建立平民政治的办法","建设委托治权与专家行政的政府","只问制度,不问人","民主政治的真义,是全体国民间接或直接的参加国家的立法。目前南京政府的组织,根本就缺乏人民代表的立法机关。国民党的主张,号称五权分立,南京政府,名有五院,实无五权。胡汉民先生所主持的立法院,院里的人员,既非代表,又少专家,是个划到领薪的骈枝机关。"②

自《新月》第3卷第2期罗隆基任主编后,计发文章25篇,其中在《我们要财政管理权——什么是预算制》(第3卷第2期)一文中,罗氏又提出应该由国民直接或间接批准政府每年的收入和支出,而不是财政部或几个要人不经人民批准产生财政计划,因为"这不仅是经济问题,且是法律问

① 罗隆基:《我对党务上的"尽情批评"》,《新月》第2卷第8期。
② 罗隆基:《我们要什么样的政治制度》,《新月》第2卷第12期。按:此文作于1930年6月5日,是平社讨论"我们怎样解决中国问题"的一个子题。罗氏批评共产派"以党废国"的国家制度在20世纪是行不通的,又反对国民党的"党在国上":"国民党可以抄写共产党的策略,把党放在国上,别的党又何尝不可抄国民党的文章,把党放在国上。秦始皇打到了天下,自己做皇帝。刘邦打到了天下,当然亦做皇帝。曹操、司马懿打到了天下,当然亦做皇帝。这就是'家天下'的故事。国民党革命成功,可以说'党在国上',其他的党革命成功,当然亦可以说'党在国上'。这当然成了继续不断的'党天下'"。罗氏以此根本否定了国民党以独裁制度为训政时期的过渡,他说国民与政府的关系类似于股东和经理的关系,独裁就如一家公司,先让经理专政几年,股东进行一番"训政"之后才能参加公司事务一样。他还举了一个例子,如果说政府是汽车,执政者是汽车夫,人民是坐汽车的主人,那么车夫(执政者)需要严格的训练,而坐汽车的主人用不着训练。

题"。《对训政时期约法的批评》(第 3 卷第 8 期)一文中,他表示对由南京政府提出国民会议通过的约法"绝对不满意",约法号称"主权在民"实则"主权在党",好比是母亲对孩子说:"钱是你的,你不许用,暂时存在我这里罢",结果钱总是被母亲使用,孩子从来没有自由使用的机会,玩的是"母亲骗孩子的把戏!"约法完全是一纸空文。

罗隆基这些批评文章,后来由他自己编辑汇成《政治论文》一书,1932年由新月书店出版。新月书店介绍此书时说,他"完全是公开的、诚实的、负责任的站在超党派的立场上说话的。罗先生为了这些论文,曾经蒙过'反动'的罪名受过'反动'的'惩罚',然而他依然大胆的不顾一切的继续发表他的文章。现在由本店特请罗先生自己把这些文章汇集起来,以便社会上的读者给与一个公正的与综合的批评。"①另外,罗隆基还在新月书店出过一本《告日本国民和中国的当局》,1931 年出版。

而面对"九·一八"事变国难,罗隆基也表现出了自由知识分子以"国家"为上的精神。他在上海各大学公开演讲,主张武力抗日,并由新月书店印成了小册子,同时继续发表抨击国民党的文章。

值得注意的是,罗隆基一方面反对国民党蒋介石的独裁统治,另一方面他也反对马克思主义和中国共产党领导的武装革命,这由他在《新月》上发表的两篇长文:《论共产主义——共产主义理论上的批评》(作于 1930 年 3月,载第 3 卷第 1 期)和《论中国的共产——为共产问题忠告国民党》(第 3卷第 10 期)显著体现出来。前者从历史哲学、经济理论、革命策略、理想社会四大方面对马克思派的共产主义进行了批驳,其思路观点基本上来自于他的导师拉斯基的《共产主义论》一书。后者则直接视日渐蓬勃的中国共产党革命为"共祸",本着"两恶相权取其轻"的想法,提出自己的主张,希望国民党"剿共"及早成功。罗隆基的主张招致当时中共方面如彭康、朱镜我、瞿秋白等人的撰文反击。

对此有学者认为,从学理上看,罗隆基其实对国民党和共产党并无多少私人成见,主要与他所接受的英美资产阶级民主教育有关②。比如他说英国的费边社会主义就是采用公开讨论、平情批评的态度,使共产主义自行退落的,所以要求国民党应该从"思想的解放"和"思想的自由"两方面着手,对共产主义宣传越压制只能是越适得其反③。

---

① 《新月》第 4 卷第 1 期广告页。

② 刘志强:《罗隆基人权理论与中共革命理论》,香港中文大学《二十一世纪》网络版第 25期,2004 年 4 月 30 日。

③ 罗隆基:《论中国的共产——为共产问题忠告国民党》,《新月》第 3 卷第 10 期。

　　对罗隆基来说,立场无论如何都是最重要的。这似乎就像隐藏在他身上的一种不可抑制的秉性。这种秉性仿佛让他有些无所顾忌了。当同人徐志摩等提出要《新月》转向文艺维持月刊生存的迫切要求时,罗隆基再次表示自己对《新月》所代表的自由立场的坚定不移:"此间志摩、洵美等为维持《月刊》营业计,主张《新月》今后不谈政治。向后转未免太快,我不以为然。从前天津报事不敢就,为其打'言论自由'的招牌,一定无'言论自由'的实质。《新月》的立场,在争言论思想的自由。为营业而取消立场,实不应该。相当的顾到营业则可,放弃一切主张,来做书店生意,想非《新月》本来的目的。"①

---

① 《罗隆基致胡适》(1931 年 8 月 6 日),见社科院近代史研究所编:《胡适来往书信选》中册,中华书局 1979 年版,第 76 页。

第六章　新月社的"碰壁":回归文艺

第一节　罗隆基的被捕与《新月》的危机

罗隆基政治上的高蹈激情持续燃烧,然而,"麻烦"紧随而至,这既包括他的人身自由在光天化日下的被侵犯,也包括他主编任内的《新月》屡遭查扣陷入岌岌可危的境地,最终虽转手叶公超力撑,也难脱终刊关门的命运。

一、文　祸　不　断

与胡适相比,罗隆基既无文名,也无"庇护"。这一个"狂妄的走卒",在一个善于制造恐怖的年代,其遭际可想而知。

1930 年 11 月 4 日,下午一点钟,罗隆基在吴淞中国公学教员休息室被捕(按:罗隆基是中国公学的兼职教师,他本身是光华大学的正式教员),旋被押至吴淞公安局第七区,四点钟被带至上海公安局。有一科长给他看一份公文,大意是国民党第八区党部向警备司令部控告罗"言论反动",是"国家主义的领袖",有"共产的嫌疑",警备司令部根据党部呈文转知公安局按罪拘捕人,公安局就按文事。可是,"突兀"地被捕又"突兀"地被放出去,当日下午六点一刻,罗隆基被释回到家中。

次年年初,罗隆基作了《我的被捕的经过与反感》,详细记述了他被捕审讯的经过。其实短短五个小时里罗隆基并未受到多么残酷地对待,但是事件的性质却不那么简单。罗隆基说当他被拘押时,曾问一个警察:

> "我可以到厕所里去吗?"
> "不可以。"他回答。他指着房间角上的一个破痰盂向我说:"你就在那里面对付对付罢!"
> 这时候我才起首感觉"拘押"的滋味,想到自由的宝贵。

对待自己的被捕,罗隆基倒表现得很坦然:"十一月四日的拘捕,在我个人,的确不算什么。我认为这是谈人权争自由的人,应出的代价。"文章结尾他引用老子的话说:"民不畏死,奈何以死惧之!"①

1931 年 1 月 11 日,光华大学得教育部电令,要求撤退罗隆基的教授职务。校长张寿镛把此令抄给罗看,令人劝他不要去光华上课,仍每月送他俸给二百四十元。当局同时查禁了《新月》杂志。

第 3 卷第 8 期的《对训政时期约法的批评》一文又"闯祸"。此期《新月》一出,报上就有"好大胆的月刊:竟敢诋毁约法,要查禁你了"的消息。1931 年 7 月 30 日,新月书店北平分店也于一大早遭公安局内一区警察搜查,"拘去店员二人(李萧二姓),并搜去《新月》第三卷八期(即努生评约法的一期)"②。

对胡适来说,他是明白国民党此举未尝没有杀鸡儆猴的用心,以收惩罗(隆基)儆胡(适)之效,罗隆基某种程度上可以说当了胡适的替罪羊。所以胡适多次为《新月》开禁、罗隆基开"罪"奔走,为争取自由知识分子的言论空间而奔走。

1930 年 11 月 4 日当天,罗隆基能够得以保释,就是因为胡适打电话请蔡元培与宋子文帮了忙。胡适在当日的日记中对此事也有详细披露。

1931 年 1 月 16 日,胡适又写一长信给蒋介石侍从室主任陈布雷,申明撤罗隆基教授职之危害,坦陈知识分子"学术上的自由"与"职业之自由"的关系问题。并表示,"《新月》在今日舆论界所贡献者,惟在用真姓名发表负责任的文字。……政府对《新月》,不取公开的辨证,又不用法律的手续,只用宣传部密令停止其邮寄,已为失当之举动。"③18 日又给陈布雷一信,希冀与当局在"互相认识"基础上达成"一个初步的共同认识",并托与陈布雷有私交的经济学家金井羊带去《新月》3 卷及 3 卷已出的三期各两份,分别赠给陈布雷和蒋介石,"甚望先生们能腾出一部分时间,稍稍浏览这几期的言论。该'没收焚毁'(中宣部密令中语),或该坐监枪毙,我们都愿意负责任。但不读我们的文字而但凭无知党员的报告,便滥用政府的威力来压迫我们,终不能叫我心服的。"④此信胡适措辞强硬,金井羊不愿转交,但把《新月》带走。当日,胡适到罗隆基家中,潘光旦、王造时、全增嘏、董任坚也在。

① 罗隆基:《我的被捕的经过与反感》,《新月》第 3 卷第 3 期,1930 年 5 月 10 日。

② 胡适:胡适日记粘贴的剪报 1931 年 7 月 30 日,见曹伯言整理:《胡适日记全编》(6),安徽教育出版社 2001 年版,第 138 页。

③ 胡适:《致陈布雷》(1931 年 1 月 16 日),见曹伯言整理:《胡适日记全编》(6),安徽教育出版社 2001 年版,第 25 页。

④ 胡适:《胡适日记》(1931 年 1 月 18 日),见曹伯言整理:《胡适日记全编》(6),安徽教育出版社 2001 年版,第 32 页。

胡适对他们说，罗事只有三条办法。最终决定，19日光华大学校长张寿镛草拟、胡适修改出《上蒋介石呈》①一文。呈文称：

> ……今有一事上陈，即教育部饬令光华大学撤去罗隆基教员职务是也。罗隆基在《新月》杂志发表言论，意在主张人权，间有批评党治之语，其措词容有未当。惟其言论均由个人负责署名，纯粹以公民资格发抒意见，并非以光华教员资格教授学生。今自奉部电遵照公布后，教员群起恐慌，以为学术自由将从此打破；议论稍有不合，必将蹈此覆辙，人人自危，此非国家福也，钧座宽容为怀，提议赦免政治犯，本为咸予维新起见。夫因政治而著于行为者，尚且可以赦免，今罗隆基仅以文字发表意见。其事均在十九年十二月三十一日以前，略迹原心，意在匡救阙失。言者无罪，闻者足戒。揆诸钧座爱惜士类之盛怀，似可稍予矜全。拟请免予撤换处分，以示包容。刍荛之见，是否有当，伏乞训示祗遵。②

此文再次表露了他们意在匡正补缺的真正心迹，或许对蒋介石有所打动，22日张寿镛向胡适介绍面见蒋介石情况时说，蒋介石问他罗隆基这个人"可以引为同调吗？"胡适申明"话不是这样说的"，这不是可不可以引为同调的问题，而是"政府能否容忍'异己'的问题"③。

而北平新月分店被查禁也是胡适出面解决的，他托汤尔和面嘱局长鲍毓麟，并写信给鲍，"到下午二时，拘去二人皆释回，店仍照常营业。"此时，胡适已逐渐渗入到当局的"权势网络"，他在日记中说："此事发动在几日前，廿五日我已托尔和面嘱鲍君，次日我还见过他，他说决不会有事。此次之事当是党部令市政府做的。"④

对于《新月》的被查禁和店员的被拘，罗隆基可是不依不饶，第3卷第11期他又做了《什么是法治》一文，认为此事固然对"又小又穷"的新月书店是很大的损失，但此事反映出的"中国法治的前途"和"训政时期约法的尊严"是更大的问题。而政府不守法，"法治的真义"就无从谈起。他还说，

①　胡适：《胡适日记》（1931年1月18日、19日），见曹伯言整理：《胡适日记全编》（6），安徽教育出版社2001年版，第30—33页。

②　胡适：《胡适日记》（1931年1月19日），见曹伯言整理：《胡适日记全编》（6），安徽教育出版社2001年版，第34—35页。

③　胡适：《胡适日记》（1931年1月22日），见曹伯言整理：《胡适日记全编》（6），安徽教育出版社2001年版，第37页。

④　胡适：《胡适日记》（1931年7月30日），见曹伯言整理：《胡适日记全编》（6），安徽教育出版社2001年版，第138页。

"言者无罪,闻者当戒",法律本身就没有完善的,有讨论有批评才能有进步。结果可想而知,"《新月》又几乎出乱子",徐志摩在给胡适的一封信里有惊无险地说:"昨付寄的四百本《新月》当时被扣,并且声言明日抄店,幸亏洵美手段高妙,不但不出乱子,而且所扣书仍可发还。"①

二、危机重重

由于罗隆基的坚持论政,《新月》屡遭禁令,直接威胁到《新月》月刊的存续,这也引起了同人的不满。特别是一手创办《新月》的徐志摩更是为之焦虑万分。1931年2月9日,徐志摩致刘海粟:"新月文艺,将不成话,不得不乞灵海外,幸善张罗。"②此信中徐志摩已表示要援引邵洵美入掌《新月》之意。2月24日,徐志摩到北平与胡适畅谈别后的事,主要是中国公学和《新月》的事情。胡适说"《新月》的事,将来总需把重心移到北方来。南方人才太缺乏,所余都是不能与人合作的人。志摩很有见地,托邵洵美与光旦照料《新月》,稍可放心。"③胡适既然说很放心徐、邵、潘,显然他对此时的主编罗隆基主持《新月》已没有什么信任。

加上此时新月书店也因经营不善,处在改组中,《新月》月刊受此牵连,经常出现一些摩擦不愉快也就不是什么稀罕事了。《新月》第3卷第5、6期之所以合刊,就是由于2月初罗隆基将五期稿子交给书店负责人萧克木,后来萧离沪,校对稿压在书店,"编辑部和印刷局不接头,店中人又不问",结果到三月初才发现。"时间来不及,没法,临时加三万字稿,改成合刊",所以"无形中又延迟了,恨事"。作为主编,罗隆基也觉得脸面上过不去,几次给胡适去信解释,说"《新月》五、六号质量都差,负责人自己亦十分不满意。……这是书店改组期中意外的事端,以后想不至再有此项事发生。"④

这一期上,罗隆基还由于发了自己未看过的彭基相的一篇译稿《文化精神》,系译意大利现代哲学家真提耳(Giavanni Gentile)所著《教育改造》中一节,在同人间引起麻烦。罗隆基解释说,他对彭为何人并不了解,是徐志摩介绍来的,"《月刊》出版后,一多、实秋及先生都同声反对"才"始知此

① 《徐志摩致胡适》(1931年9月9日),见社科院近代史研究所编:《胡适来往书信选》中册,中华书局1979年版,第77页。

② 《徐志摩致刘海粟》(1931年2月9日),见虞坤林编:《志摩的信》,学林出版社2004年版,第159页。

③ 胡适:《胡适日记》(1931年2月24日),见曹伯言整理:《胡适日记全编》(6),安徽教育出版社2001年版,第68页。

④ 《罗隆基致胡适》(1931年3月27日),见社科院近代史研究所编:《胡适来往书信选》中册,中华书局1979年版,第55页。

人一点底细"，而"原稿，志摩说已经看过，且力言可登，从前《新月》又曾屡次发表过彭的文章，于是我就将原稿发刊。编辑人不看过稿子，将文章发表，自是荒谬。这里，志摩亦连累人了！"作为负责人，罗隆基只好自己保证："实秋在上海，我答应他今后文字亲身过目的才发表。再不成，那么只有想别的根本办法了。"①

为了不至于屡次延期，罗隆基也采取了一些实际措施，"与印局订合同，每月十二前交稿。卅前出书。任何方延期，都要受罚"，力求"今后最少可以做到不延期一点"，这样"《月刊》七期比合刊进步一点。八期一星期内又可出版。"但出版是一方面，稿源的充足与否才是一个刊物持续生存的生命线，而罗隆基在谈政治上的一意孤行，加上此前梁实秋主编时期就亲自上阵与左翼论战，《新月》也没有发掘多少新人充实作者队伍，很多对政治兴趣不大的同人业已远离《新月》，主编罗隆基难免感到"难为无米之炊"："《月刊》内容，的确不是我一个人的力量可以改进的。一班旧朋友，除先生的文章照样寄来外，都不肯代《新月》做稿。志摩、实秋、一多、英士、公超、上沅、子离、西滢、叔华、从文这一班人都没有稿来。……编辑人有什么办法？旧人对《新月》内容不甚满意，这责任的确应大家负担，先生意如何？天津有人办一日报，……主撰事我至今未答应。为此事，数日内或将北来一行，以决定去就。"②看来罗隆基此时已萌生退意。同日，罗隆基也给徐志摩一封大意相同的信："《月刊》内容非大家负责不可。半年来，一多、实秋、英士、子离、上沅、公超、西滢、叔华等先生都没有稿来，你的稿亦可说太少。

① 《罗隆基致胡适》(1931 年 3 月 27 日、4 月 22 日)，见社科院近代史研究所编：《胡适来往书信选》中册，中华书局 1979 年版，第 55、61 页。彭基相(叔辅)共在《新月》发表 9 篇文章：《巴黎通信》(第 1 卷第 6 期)，《法国十八世纪的哲学》(第 1 卷第 7 期)，《法国十九世纪的道德观念》《研究社会学的态度》(批评朱亦松编的《社会学原理》)(第 1 卷第 8 期)，《哲学的真价》(第 1 卷第 9 期)，《欧洲近代哲学概观》(第 1 卷第 10 期)，《真与假》(第 1 卷第 12 期)，《哲学与"不知"》(第 2 卷第 2 期)，《文化精神》(第 3 卷第 5、6 合刊)。当时彭与闻一多胞弟闻家駟同在法国留学同住，他与朱湘关系不错，多有通信。发生此风波后，他未在《新月》发表文章。关于他的为人，胡适 1934 年 6 月 17 日日记中有所反映：彭因要与其妻俞大缜(其弟俞大纲系新月诗人之一，入选陈梦家《新月诗选》2 首)离婚事来请胡适做主，胡适说："我知道他们的家庭生活，基相多疑，颇似神经病，他的太太多才能，不堪其苛刻之苦。所以我也愿意帮他们解决此事。"胡适 18 日、19 日、22 日日记均有关于此事记录。其间多有波折，本来双方都就离婚达成协议，但彭又悔，22 日彭妻俞大缜告诉胡适，彭早上向其请罪，请她回去，情愿约法三章，并请毛子水与胡适作证。见《胡适日记全编》(6)，安徽教育出版社 2001 年版，第 398—401 页。
② 《罗隆基致胡适》(1931 年 5 月 20 日)，见社科院近代史研究所编：《胡适来往书信选》中册，中华书局 1979 年版，第 68—69 页。

《新月》内容的退步,大家都要负责任的。"①

为撑住局面,《新月》自第3卷第5、6期合刊始,新辟"新月讨论"栏目,作为"公开我们朋友们讨论问题的信件的地方",同时弥补从前只发表作家单方面作品,缺少"拿问题为中心的讨论"的不足。在开栏的话中,编者重申了《新月》的立场:"我们都信仰思想自由,我们都喜欢稳健的合乎理性的学说。"当期发表的是闻一多的《论"悔与回"》《谈商籁体》和胡适的《评〈梦家诗集〉》。但此专栏此后只在第3卷第10期(为梁实秋的《论诗的大小长短》和罗隆基的《"人权"释疑》)出现过一次就了无身影。

在几乎是罗隆基一人独力支撑《新月》论政之时,《新月》第3卷第4期出现了一个新面孔——王造时——罗隆基的江西老乡、同门师弟(均出身清华,受业于拉斯基)及光华大学同事,成为《新月》的又一位政论高手。王造时(1902—1971),江西安福人,1917年入北京清华留美预备学校,1925年入美国威斯康辛大学,1929年获政治学博士学位,后入伦敦经济学院以研究员身份跟随拉斯基学习。1930年秋回国,任上海光华大学政治系主任兼教授。后任文学院院长②。

据王造时在其政论合集《荒谬集》自序(作于1935年4月1日)中说,他是受"中国历史上空前的一个事变"——"九·一八"国难的"不可言喻的刺激"才开始做政论的③。他在新月书店出过两本书,《救亡两大政策》(1931年出版)和《国际联盟与中日问题》(1932年出版),均与抗日主题紧密相关,在民族危难之时,王造时异常坚定地表达了他的个人主张:"对外准备殊死战争与日拼命到底促成日本革命,对内取消一党专政集中全国人才组织国防政府。"④

王造时在《新月》上的文字,很显著的一个特点是每篇之后都注明了写作日期,看出他在《新月》连续发文的密度之高,而且每篇文字都是结结实

---

① 《罗隆基致胡适》(1931年5月20日),见社科院近代史研究所编:《胡适来往书信选》中册,中华书局1979年版,第70页。

② 王造时后任中国民权保障同盟执行委员,1932年11月创办《主张与批评》、1933年2月创办《言论自由》杂志,宣传抗日救国,1935年入救国会,为"七君子"之一。解放后为上海复旦大学历史系教授。1971年8月5日死于冤狱中。见《复旦大学教授录》,复旦大学出版社1992年版,第540页。转引自苏云峰:《从清华学堂到清华大学(1911—1929)》,生活·读书·新知三联书店2001年版,第28页。另据《王造时自述》,见叶永烈编:《王造时:我的当场答复》,中国青年出版社1999年版,第64—105页。

③ 叶永烈编:《王造时:我的当场答复》,中国青年出版社1999年版,第121页。按:《荒谬集》收入王造时1931年9月18日至1933年12月30日文章。

④ 见《新月》第4卷第1期《救亡两大政策》一书的广告。

实的长篇论述。他在《新月》共发表 8 篇文章：《中国问题的物质背景》（3
卷 4 期，1931 年 1 月 1 日作）、《中国社会原来如此》（又名《中国问题的社会
背景》，3 卷 5、6 期，1931 年 2 月 1 日作）、《中国的传统思想：中国问题的哲
学背景》（3 卷 8 期，1931 年 4 月 9 日作）、《昨日中国的政治：中国问题的政
治背景》（3 卷 9 期，1931 年 6 月 4 日作）、《三千年来一大变局：中西接触与
中国问题的发生》（3 卷 10 期，1931 年 7 月 6 日作）、《由"真命天子"到"流
氓皇帝"：中西接触以后的政治变化》（3 卷 11 期，1931 年 8 月 13 日作）、
《政党的分析》（3 卷 12 期，1931 年 8 月 24 日作）、《介绍关于东北问题的好
书》（4 卷 2 期，此文系对林同济著《日本对东三省铁路侵略》作的书评）。
这些文章从历史、政治、哲学、文化、宗教等方面全方位论述了中国之所以在
近代屡遭战乱、落后挨打的根源所在，核心思想就是坚决反对帝国主义的侵
略和国民党的一党专政，主张实行民主宪政，保障人民的各种基本权利。其
中《由"真命天子"到"流氓皇帝"：中西接触以后的政治变化》一文更直接
影射蒋介石，几乎使新月书店被反动当局勒令关门大吉。①

　　罗隆基激进的办刊思路和政治举动，后来被迫切需要一个社论主笔提
升报纸发行量和影响力的天津《益世报》老总刘豁轩看中，经天津南开大学
教务长黄子坚之介，许之以月薪五百元的高薪（这在当时报馆是破纪录的）
和高度的言论自由聘其为报社主笔。这对罗隆基当然是不小的诱惑，同时
在他看来，在报纸上发表自己的政治主张比在杂志上影响更大，吸引力也更
大，而同人对《新月》多政治少文艺的失望，种种因素促使罗隆基最终辞去
了《新月》杂志总编辑的职务，于 1931 年年底离开上海，次年 1 月就任天津
《益世报》社论主撰，继续激烈地批评国民党蒋介石独裁和不抵抗政策，宣
传自己的抗日主张和要求民主政治的呼声②。由于徐志摩在 1931 年 11 月
19 日不幸因飞机失事遇难，罗隆基履行最后作为《新月》编辑的责任，于 12
月 5 日致信胡适，告之《新月》4 卷 1 期出志摩纪念专号，希望朋友们每人撰

---

① 叶永烈编：《王造时：我的当场答复》，中国青年出版社 1999 年版，第 81 页。
② 罗隆基：《罗隆基回忆录——我在天津〈益世报〉时期的风风雨雨》，《文化史料》丛刊第 8
　辑，文史资料出版社 1984 年版，第 74—75 页。按：在这个问题上，又可看出罗隆基与胡适
　的区别。罗说，当时胡适坚决反对他接受此聘，一是因为社论每日 1 篇，是临时应付之作，
　不如杂志专论内容充实，还可以促进自己的学术研究。同时，社论每天要牵涉实际政治问
　题，在言论不自由的中国容易引起麻烦，随时可能受到政治压迫，杂志专论的危险则小一
　些。但是罗隆基表示自己是坚决主张民主政治和武力抗日的，报纸也更容易快速表达自
　己的意见。

一篇《我认识的志摩》①。同时，决就天津《益世报》之聘，20号参加完徐志摩公祭后即动身北去②。《新月》为人权与约法、民主与自由而呼号不已的大幕由此落下。

综观罗隆基执掌《新月》的时期，可以说充满了两面性，既可以说是风声鹤唳、危机四伏的时期，但也可以说是壮怀激烈、死而后已的时期。因为他对论政风向的坚持，使得《新月》文艺色彩愈发清淡，但这种持续的坚持，又使得《新月》的自由主义知识分子立场愈加鲜明，在"无名"时代的20世纪30年代公共舆论空间中，已成为不容忽视的一翼。当时就有媒体认为，"中国目前三个思想鼎足而立：（1）共产；（2）《新月》派；（3）三民主义。"罗隆基在给胡适的信中不无骄傲地说："想不到《新月》有这样重要。"③

虽然胡适与罗隆基都是《新月》论政风的倡导者，但在胡适身上，我们往往会发现他不时地对于传统的回望，以及他身上散发出来的"节制"气息，对胡适来说，论政是报国的一种方式，是实验的一种姿态，是知识分子敞开襟怀的一种体现，也是个人抱负的一条途径；而对罗隆基而言，他似乎是义无反顾，缺乏"节制"的，在笔者看来，他的论政对于政治是有所期待的。罗隆基1965年8月写下的《我在天津〈益世报〉时期的风风雨雨》中，关于他"政治"经历的"回忆"非常意味深长：早在1928年他初回国到上海时，当时国民政府考试院长戴季陶就曾托胡适有约请他去考试院任职之意，因为他在英国时研究过英国的义官制度。但罗当时不赞成国民党的"党外无党"的统治和蒋介石的个人独裁，正是批评国民党最激烈的时候。后来在被捕及被教育部勒令撤职事件后，陈布雷又通过中国公学校长马君武和胡适约他会晤商谈去南京任职，他再次拒绝，宁愿在上海靠翻译维持生活。

---

① 耿云志：《胡适年谱》，四川人民出版社1989年版，第195页。《新月》第4卷第1期，实际大约由邵洵美负责出版。当时胡适曾有快信给邵洵美，请邵4卷1号仍照常出版，2号作为志摩专号，可以"更从容"。但是后来专号并未出成，还是"志摩纪念号"。见胡适：《致周作人》1931年12月15日，见社科院近代史研究所编：《胡适来往书信选》（中册），中华书局1979年版，第91页。这一期《新月》，除发表徐志摩两篇遗稿：《罗米欧与朱丽叶》（莎士比亚著，徐志摩译第二幕第二景）、《醒世姻缘序》外，发表了12篇纪念徐志摩的文章：《哭摩》（陆小曼，署名小曼）、《追悼志摩》（胡适之）、《志摩纪念》（周作人，署名作人）、《志摩在回忆里》（郁达夫）、《谈志摩的散文》（梁实秋）、《与志摩最后的一别》（杨振声）、《志摩最后的一夜》（韩湘眉）、《"志摩是人人的朋友"》（方令孺）、《悼志摩先生》（储安平）、《怀志摩先生》（何家槐）、《志摩师哀辞》（赵景深）、《送志摩升天》（张若谷）。

② 《罗隆基致胡适》（1931年12月15日），见社科院近代史研究所编：《胡适来往书信选》中册，中华书局1979年版，第92页。

③ 《罗隆基致胡适》（1931年5月5日），见社科院近代史研究所编：《胡适来往书信选》中册，中华书局1979年版，第64页。

1933年，他主笔天津《益世报》继续抨击蒋介石的独裁和对日不抵抗政策时，国民党政府交通部部长曾养甫（也是留美学生）通过其好友时昭沄、何浩若，邀他至南京会晤并称如愿加入国民党即可同蒋介石见面。他当时婉拒，回天津后罗又遭南京特务暗杀未成后，蒋又通过胡适和南开大学校长张伯苓拉拢他，他亦未立即去南京。至1934年离开《益世报》后，他去四川峨眉山为蒋介石讲了一个月有关一战时英美战时行政组织的课，之后始与蒋建立直接联系。①

如果把新月的胡适看作是一个核心坐标的话，那么徐志摩是从文艺方面践履了胡适从事思想文化运动的某个面相，而罗隆基则是胡适身上归属于政治那一面相的极端呈现，当然也有内在的不同。而如果延续我们在前文中以拟人的方式来譬喻新月的方式，那么可以说，胡适所闪现出来的是新月知识分子的"抱负"，这一点既掺杂着"天下兴亡，匹夫有责"的传统精神，又饱蘸了现代知识分子的自律意识；而在罗隆基身上呈现出来的，则有个人理想主义和有所期待的"野心"色彩②。

第二节　叶公超：苦苦支撑《新月》

罗隆基主编的最后一期《新月》，充满了悲怆的意味。因为它是用来纪念徐志摩的。徐志摩，这个新月的完美主义者，于1931年11月19日，死于奔波的"路上"。

一年多以前，充满了复兴"新月"希望的他，还在给友人郭有守的信中说："适之先生，是只能凑现成，要他奔走是不成的。我盼望着你和次彭快来谈谈。"③

他还是带着他的盼望"去了"。

第4卷第1期的《志摩纪念号》出刊之后，《新月》即寂然无声，休刊达半年之久。终于，身在北平任清华大学外文系教授的叶公超（1904—1981），挺身而出，单独主编了第4卷的第2、3两期（1932.9—1932.10），延

---

① 参见罗隆基：《罗隆基回忆录——我在天津〈益世报〉时期的风风雨雨》，《文化史料》丛刊第8辑，文史资料出版社1984年版。

② 有研究者详细分析了胡适与罗隆基的分歧所在，认为胡适对国民党具有向心倾向，而罗氏表现出的是离心倾向。参见胡伟希等：《十字街头与塔：中国近代自由主义思潮研究》，上海人民出版社1991年版，第294—296页。

③ 徐志摩：《致郭有守》（1930年2月1日），见虞坤林编：《志摩的信》，学林出版社2004年版，第345页。

续了《新月》生息。接下来,叶公超又与胡适、梁实秋、余上沅、潘光旦、邵洵美、罗隆基等人合编了《新月》的最后四期(1932.11—1933.6)。

据梁实秋说,叶公超"在当时一般朋友里年纪最小,大家都叫他'小叶',带有一点亲昵的意思。"①叶公超的家世极厚,其父曾任九江知府,其叔父叶恭绰是清末民初的大学者、收藏家、书法家,更是民国时期的交通总长,是"交通系"的首领。叶公超9岁赴英,在美国念过中学,在美国爱默思特大学受教于意象派诗人佛洛斯特;游学英国时,又结识了艾略特。1926年秋,22岁的叶公超回国,即任北京大学及北京师范大学英文系讲师,并与胡适、徐志摩、梁实秋等相识,很快加入到新月文人圈子。叶公超用中文写的第一篇文章——介绍爱尔兰戏剧家辛额(J.M.Synge,1871—1909)其人其剧的《辛额》,就发表在徐志摩主编的《晨报副刊·剧刊》(1926年7月1日第3期)上,署名叶崇智。

1927年夏,受欠薪风潮影响,叶公超南下到上海,担任暨南大学外国文学系主任兼图书馆馆长,翌年秋又兼任胡适任校长的中国公学西洋文学系教授。当时的暨大是新月同人的"大本营":"在外文系者除叶公超外,另有梁实秋、余上沅、饶孟侃、顾仲彝、梁遇春等人;在他系者,有刘英士、潘光旦、罗隆基、陆侃如、冯沅君及沈从文等人。"②据叶公超的学生南洋作家温梓川回忆:"他在暨南,非常受同学的欢迎,他上课时讲的英文,真叫人听出耳油,不情愿下课。他那时不过二十八九岁光景,头发梳得伏贴,口咬烟斗,衣服整齐,风度翩翩,一点也不像那些不修边幅的作家,倒十足像个绅士。大概在英国住久了的缘故,他说话坦率,有风趣。"③"他能授英国古诗,唯独专于密尔顿与丁尼生两家。他讲授英国文学,实较'苦恋毛彦文'的吴宓高明,吴的英文能力亦较差。"④

教书之外,叶公超参加了《新月》的编辑工作:与梁实秋、徐志摩、潘光旦、饶孟侃等五人合编了第2卷第2期至第5期(1929.4—1929.7),此一时期叶公超虽列名为编辑之一,但并不承担主要编务,台湾新月派研究专家秦贤次则称其任《新月》的"特约撰述人"。

---

① 梁实秋:《悼叶公超先生》,见陈子善编:《梁实秋文学回忆录》,岳麓书社1989年版,第385页。

② 秦贤次:《从文学家到外交家的叶公超》,见《叶公超其人其文其事》,台北传记文学出版社1986年版,第13—18页。

③ [马来西亚]温梓川:《叶公超二三事》,见温梓川著、钦鸿编:《文人的另一面》,广西师范大学出版社2004年版,第22页。

④ [马来西亚]温梓川:《敢说敢为的叶公超》,见温梓川著、钦鸿编:《文人的另一面》,广西师范大学出版社2004年版,第27页。

而叶公超后来主编《新月》的这段历史本身，回头来看，也可以称得上是对徐志摩最好的纪念。因为他的编辑风格以文艺和学术见长。

叶公超在《新月》上发表的成篇文章并不多，计有：《写实小说的命运》（第1卷第1期）、《牛津字典的贡献》（第1卷第7期）、《小言两段：1.扑蝴蝶　2.论吃饭的功用》（第2卷第3期）、《墙上一点痕迹》（译文）（第4卷第1期）、《论翻译与文字的改造——答梁实秋论翻译的一封信》（第4卷第6期），但却显示出他对西方文艺理论和字典学的扎实功底，以及对文学翻译的精辟见解。

诚如叶公超本人所言，"我在《新月》写的多半是书评"①，而这些书评又是全部出现在固定专栏《海外出版界》上面（除"现代"的评传）和《小品文研究》两篇发表在第4卷第3期的"书报春秋"栏目）。

而叶公超与《新月·海外出版界》的渊源早在《新月》一卷时就开始了，第1卷第8期首次亮相的《海外出版界》直接由叶公超"承包"，一人撰写了所有7则消息。多次访问过叶公超的秦贤次指出，"《海外出版界》构想的提出者即为叶公超先生"②。虽然笔者没有见到直接文字表明这个栏目是由叶公超提出设立的，但从《新月》上陆续刊出的16期《海外出版界》（第1卷第8期—第2卷第8期，其中第2卷第4、5两期无，计11期；第4卷第3期—7期，计5期）中，主要执笔者即为叶公超及其在清华的高足、时为暨大同事的梁遇春（笔名秋心、驭聪）两人，而且从叶公超再次主编《新月》后，即着手恢复在《新月》上"消失"了三年之久的《海外出版界》来看，此判断应当是成立的。

叶公超执掌下的《新月》，呈现出了两大特点：

其一，《新月》整体面貌及其文字风格变得持重而庄严。叶公超认为，办刊物一方面要不失对于潮流的知觉，另一方面又要不能为目前的景象所眩惑，要坚持自己的态度和内容上的优美，登载的文章不应失掉自己的身份，要重视实质与重量的表现。

叶公超的这种办刊思想是通过《新月》第4卷第3期的《〈施望尼评论〉（Sewanee Review）四十周年》发出的。叶公超借为"美国文艺刊物中的老前辈"《施望尼评论》贺四十整寿之机，表明了自己的态度："刊物和为人同样的难，都贵在能与世不间接不离。我们虽说不得不在潮流中挣扎着，但是自

---

① 叶公超：《我与〈学文〉》，见陈子善编：《叶公超批评文集》，珠海出版社1998年版，第257页。

② 秦贤次：《从文学家到外交家的叶公超》，见《叶公超其人其文其事》，台北传记文学出版社1983年版，第13—18页。

身的庄严和处世的常态却不能置之于不顾。文艺的刊物首先要维持态度的庄严;庄严的意义就是要用历史的眼光来检讨一切潮流中的现象,要认定现代生活中的传统的连续,和这些传统的价值。所以,抱定宣传主义的刊物没有能维持到三到五载的,不用说四十年了,如《新民丛报》《时务报》《甲寅杂志》等如今看来不过是时代过程中的暴发而已,哪配享受什么生命。佩兹说得很对,他说:'但凡刊物至少要带着一点 Classic-mindedness 才值得存在。'"①

而叶公超本人在《新月》发表的文章,大致上也是严谨、持平的文学批评,如西方文艺理论及诗歌批评、中国现代文学批评、散文批评等等,这些文章的行文平和,既不像罗隆基那样热衷于谈政治,也无梁实秋之攻击锐利语出讥诮之风,而是基本专注于学理层面的研究撰述,"显示了三十年代中国文坛上'自由派'文学的坚实存在"。②

当然不是说叶公超就是个平和的人,他其实颇有些"少爷"风度,据说有一次他与饶孟侃讨论诗歌问题时后者倦极而瞌睡,叶一怒之下,竟把书扔向饶孟侃的头③。

个人的性格不去左右办刊的姿态,这一点也大约是叶公超与梁实秋最大的不同。在笔者看来,这种不同或许与两个人的家世背景有着很大的关系。叶公超出自名门望第,有良好的生存基础与社会地位,个人襟抱的呈现也就不那么激烈,在他身上,对人生姿态与生存境界的追求,已经远远超越了自我实现的层面。梁实秋则不然,出身于小官员家庭的梁实秋有着很大的自我实现压力,单从他父亲对于他的期望中就能看出。梁实秋自美留学返国后即就职于南京东南大学,其父不无遗憾,以为若不是家道中落,该让他"闭户读书,然后再出而问世"。而抗战胜利后,他在北师大教书并着手翻译莎士比亚时,有一天,老父亲拄着拐杖走进梁实秋的书房,问莎剧译成多少,梁实秋很惭愧这八年交了白卷,父亲却勉励他说:"无论如何要译完它。"梁实秋感慨地说:"我闻命,不敢忘"④。这样的家世背景也使梁实秋显现出了不服输、不言败的人生性格,这或许也是前文提到的他不计礼数,一定要穷追鲁迅的"死译"问题到底的一种原因吧。

---

① 叶公超:《〈施望尼评论〉(*Sewanee Review*)四十周年》,《新月》第 4 卷第 3 期。
② 陈子善:《叶公超批评文集·编后记》,珠海出版社 1998 年版,第 272 页。
③ 梁实秋:《叶公超二三事》,见陈子善编:《梁实秋文学回忆录》,岳麓书社 1989 年版,第 389 页。
④ 梁实秋:《岂有文章惊海内——答丘彦明女士问》,见陈子善编:《梁实秋文学回忆录》,岳麓书社 1989 年版,第 69、85 页。

　　而这样的事情,叶公超一定是做不来的。比如说鲁迅去世不久,他即写了《关于非战士的鲁迅》(载 1936 年 11 月 1 日天津《益世报》增刊)和《鲁迅》(载 1937 年 1 月 25 日《北平晨报·文艺》)两文,高度评价了鲁迅的小说创作、鲁迅的古典小说研究和鲁迅杂文的"文字能力",还说胡适之、徐志摩的散文都不如鲁迅。叶公超回忆说,"文章发表之后,胡适之很不高兴,他跟我说:'鲁迅生前吐痰都不会吐在你头上,你为什么写那么长的文章捧他。'我是另一种想法,人归人,文章归文章,不能因人而否定其文学的成就。"①这,就是叶公超的气度所在。

　　所以有后人评价:"他主持《新月》期间,是杂志最浪漫、最醇厚的一段,他理想中的《新月》,不是刀光剑影的古战场,而是月下把酒论诗的田园梦。他看人论物,也不以圈子为重,能够超越党派之争,持公正之论"②。

　　其二,叶公超主编《新月》时期(包括后又主编《学文》时),涌现出了一大批学生辈作者,他们的创作也多偏重文学评论及研究性文章,绝少陷入文坛是非的纠葛,体现出较高的学术专业素养。这样的名字,可以排出一个相当耀眼且不短的名单,如钱锺书、杨联升(莲生)、吴世昌、常风、赵萝蕤、季羡林、卞之琳等等,可以说都是受到叶公超的赏识、汲引和指点,从而起步走上治学、创作或翻译道路,成长为一代优秀学人的。

　　不难发现,后期《新月》的"后起之秀",大多出身于清华及北大两校,这自然是得益于主编叶公超的慧眼与提携。其中出身清华者,如曹葆华,钱锺书(字默存、笔名中书君),常凤瑑(字苏波、笔名常风),石璞(蕴如)等在外文系;余冠英(字绍生、笔名灌婴)在中文系;孙毓棠在历史系;李长植(长之)在哲学系;张德昌在历史研究所;杨季康(钱锺书夫人、笔名杨绛)在外文研究所。出身北大者,如卞之琳(季陵)及李广田(字洗岑、笔名曦晨)等在外文系。梁遇春(1928 年北大英文系毕业到暨南大学任教,1929 年回北大英文系管理图书兼任助教)与冯文炳(1929 年北大英文系毕业,留校任北大中文系讲师至抗战爆发)则是最常与叶公超在一起,也最受他器重的两人。梁遇春认真上课,用功读书;冯文炳则是名士派头,常不上课。他们大抵因投稿《新月》而成名,后来也都继续从事创作翻译,或成为三十年代的

　　① 叶公超:《病中琐忆·评论鲁迅》,见秦贤次编:《叶公超其人其文其事》,台北传记文学出版社 1983 年版,第 59 页。
　　② 许纪霖:《谁是叶公超》,见蔡德贵编著:《择善而从——季羡林师友录》,浙江大学出版社 2005 年版,第 101 页。

重要作家,或成为卓有建树的大学者①。学术泰斗钱锺书初登文坛的文字就是在《新月》上发表的书评,赵景深回忆道:"从前新月杂志的书报评论出现了中书君的书评,可说是一鸣惊人,文艺工作者对这曾付以甚大的注意。"②有趣的是,彼时正就读于清华大学外文研究所的钱锺书先生的夫人杨绛(当时还是未婚妻)发表的第一篇译文《共产主义是不可避免的么》也是应叶公超的约请,由其提供原文而译出刊登在《新月》最后一期上的,署名杨季康。

除编辑《新月》外,1928年夏天,叶公超还曾为新月书店编辑出版《近代英美短篇散文选》一套4辑,第1、2辑8月出版,"包含近二十年英美杂感文(Informal Essay)杰作五十余篇。此类文章,虽已盛行于欧美各国,我国尚鲜介绍之者,且我国亦向无此体裁",第3、4辑10月出版,"内含散文四十余篇,其题材为文艺及生活之批评与鉴赏"。同时,叶公超又与闻一多(时任中央大学外文系教授)共同编选《近代英美诗选》,分英美两册,共选有一百

---

① 据笔者粗略统计,上述各位在《新月》及《学文》发表文章如下:曹葆华在《新月》发表文章计有:《告诉你——献给我的朋友海仑》(三卷七期)、《有一晚》(三卷八期)、《死诀》(三卷十期)、《爱》(三卷十二期)、《觉悟》(四卷二期)、《祈求》《狱中》(四卷三期,系十四行诗)。另有译文1篇《诗的法典》(Edmund Wilson 的论文)发表在《学文》第三期。曹葆华经叶公超介绍于徐志摩,在《诗刊》第3期发表诗《灯下》1首,但未入选陈梦家编《新月诗选》。钱锺书在《新月》共发表6篇文章,分别是:《一种哲学的纲要》(四卷三期)、《评周作人的〈新文学源流〉》(四卷四期)、《美的生理学》(四卷五期)、《评曹著〈落日颂〉》(四卷六期)、《〈近代散文钞〉两卷》(沈启无编,四卷七期,均署名中书君)。常风(常凤瑑)在《新月》发表了3篇:《那朦朦胧胧的一团》(署名常风,四卷六期)、《利威斯的三本书》(署名常风,四卷六期)、《歌德之生平及其作品》(署名苏波,四卷七期)。孙毓棠《船》《灯》(诗,四卷四期)、《东风》(诗,四卷六期)、《野狗》(诗,《学文》第一期)、《我回来了》(诗,《学文》第二期)。石璞(蕴如):《拳斗》(译文,William Hozlitt 原著,四卷七期)。杨绛(季康):《共产主义是不可避免的吗?》(译文,F.S.Marvin 原著,四卷七期)。张德昌:《评中国印刷术之发明及其西渐》(嘉德著,美国哥伦比亚大学出版,四卷六期)。李长植(长之):《歌德之认识》(四卷七期)。余冠英(灌婴):《评废名著〈桥〉》(四卷六期)。出身北大的作者,如:卞之琳:《酸梅汤》《小别》(诗,四卷三期);《魏尔伦与象征主义》(论文,四卷四期);《工作底笑》《三天》(诗,四卷五期);《恶之花零拾》(论文,四卷六期)、《传统与个人才能》(译文,Tradition and the Individual Talent,T.S.Eliot 原著,《学文》第一期)。李广田(曦晨):《地之子》(诗,四卷六期)、《天是蓝的》(诗,四卷七期)。废名(冯文炳):《桥》(四卷五期)、《纺纸记》(四卷六期)、《桥》(小说,《学文》第二期)。梁遇春(秋心、驭聪):单独或与他人合撰《海外出版界》(一卷九期、二卷三期、二卷七期、二卷八期)的稿件;《梦里的小孩》(译文,Charles Lamb 小说原著,二卷八期)、《Giles Lytton Strachey(1880—1932)》(秋心,四卷三期)、《亚密尼尔的飞莱因》(秋心,四卷三期)、《又是一年春草绿》(秋心遗稿,四卷四期)、春雨(秋心遗稿,四卷五期)。

② 赵景深:《钱锺书与杨绛夫妇》,见《文坛忆旧》,北新书局1948年版,上海书店1983年影印版,第119—120页。

多位不同性情的诗人的作品,每篇诗后除附有诗人传略及短评外,且对字典里不能解释的字和成语都附有详尽的注释①。

但一本呈现出颓势的杂志,并不是一个人的力量就能拯救得了的。《新月》虽然在叶公超手下又部分地恢复了往日的光辉,但是拿叶公超自己的话说,其实已呈现出"疲惫状态"。最后的几期杂志名义上由几人合编,实际主要的编务还是由叶公超一人负责。多年以后,叶公超回忆说:"《新月》停刊前最后三四期,除少数几位朋友投稿外,所有文章几乎全由我一人执笔。在一本刊物里发表好几篇文章,自然不便全用叶公超一个名字,因此,用了很多笔名。时隔四十多年,那时究竟用过哪些笔名,现在已想不起来了。"②据笔者统计,叶公超在此时期所用笔名主要有公超、超、白宁、棠臣等。

1933年6月,出完第4卷第7期之后,《新月》悄无声息地从人们的视线中消失了。与当日创刊时的豪情相比,《新月》的落幕显得格外冷清,连一份停刊启事都没有登载就自动停刊了。

第三节　《新月》落幕:不得不说的"停刊"之因

停刊的原因是多方面的,叶公超曾总结出了这样几个原因:"①没有组织,行的是多头政治,各有各的意见,时常不能统一,而很多意见又往往是很天真的看法。②没有钱,我们坚持不接受任何他人的支援,而本身又不善于经营,总是亏损,终至于无法维持。③没有稿子,有时候广告都发了,稿子却只有题目而拿不出文章。本来大家都有职业,早期还能抽空写一些,后来却有了懒于写的现象,所以后期的刊物,内容与质地都差了些,销路很受影响,当然经营也就困难了。④徐志摩的突然去世,给新月同仁的心理打击很大。他虽然不居于领导地位,但他的热心,以及他在朋友之间的黏合力量,是本来各有其业的新月同仁不可缺少的。⑤同仁们的职业问题,造成了四分五散,很不容易聚合,不像'左派'作家,他们不必有职业,就守在上海写作和办刊物。这也是后来反共文学团体终遭失败,而左派独霸上海文坛的主要原因之一。"③

---

① 参见《新月》第1卷第6期上刊登的两书广告。

② 叶公超:《我与〈学文〉》,见陈子善编:《叶公超批评文集》,珠海出版社1998年版,第257页。

③ 叶公超:《关于新月》,见程新编:《港台·国外 谈中国现代文学作家》,四川文艺出版社1986年版,第165—166页。

　　显然，钱与稿子是核心问题。这也许是所有同人刊物都不得不面对的现实问题。这也不禁让人想起《新月》在办刊时曾有的"几项不曾形诸文字的约定"：

　　　　——要成立独立的机构，不假借任何其他力量，尤其是官方的力量。
　　　　——需要用的钱，都要由同仁自己拿出来。
　　　　——以自己所能够筹到的钱为准，可以维持多久就维持多久。①

　　的确，作为面向市场公开出版的刊物，读者买账是保障发行量的生命线，但由于《新月》一直坚持不走商业化的道路，学院派气息十分浓厚，所以发行数基本上维持在每期三千到四千份左右，不能尽如人意。发行量上不去，自然影响到杂志的销售收入及办刊资金的周转。为此，他们也采取过一些措施，觉得月刊"内容太趋向于'沉重'"，因此"只有加倍的再继续努力"，"要略略添点轻松的色彩"②，但是终究不能摆脱"书生本色"，并没有真正起色，所以"月刊的销路，老实说是不好的"，直到他们在杂志上"左""右"开攻，以梁实秋为主力与鲁迅及左翼文坛展开对抗，同时胡适等人发动激烈批评国民党政府的人权运动，在社会上引起广泛关注后，才"销数稍增"，大概能达到一万份左右。"但是比起时髦的刊物还差得远"，在《新月》第2卷第6、7期合刊上他们就表示"请读者诸君长年的订购，订购一年或半年均可。"这样的好处可以说是"双赢"，"对于我们是有益的，对于读者方面更是有益，价钱较为便宜，每期出版立刻便可邮奉，既可早点看到，又可免得每次都要到书店去买。"③为了争取读者，后来《诗刊》出版后，他们还曾采用捆绑销售的办法进行促销，"诗刊与《新月》月刊合订者，全年只收大洋一元。"④计算下来，这要比单独订阅全年一元四角便宜四角，幅度显然是比较大的。
　　广告也是杂志收入的一个重要来源，《新月》作为一份"思想与文艺并重"的严肃刊物，素来刊登的广告一般就是两类：一类是新月书店出版书籍的推介，一类是其他同类刊物的出版广告，刊物互换广告在当时是非常普遍的一种形式，并不赢利。但是为了增加收入，《新月》广告一度也不得不变得花哨起来，这大约始自罗隆基任主编的一段时间内，在邵洵美出任《新

　　①　叶公超：《关于新月》，见程新编：《港台·国外　谈中国现代文学作家》，四川文艺出版社1986年版，第163页。
　　②　《编辑余话》，《新月》第1卷第7期，1928年9月10日出版。
　　③　梁实秋：《新月月刊敬告读者》，见《新月》第2卷第6、7期合刊，1929年9月10日出版。
　　④　见《新月》第4卷第4期广告。

月》发行人后杂志的广告空间更得到扩展。第 3 卷第 10 期上有一则上海万国顺记洗染公司的广告云：

> 本公司专洗中西衣服并洗各色绸缎呢绒哗叽衣物粗细皮货及各种呢帽草帽能去衣上之油渍特请名技师西法染色其鲜名虽至破坏而不变本染师真有巧夺天工之艺也此非本公司图利自夸荷蒙各界人士请尝试之方明言之不谬也。

第 4 卷第 1 期上有一则中孚银行上海分行的广告：

> 诸君欲解决子女婚嫁教育问题，请速临本行——一次存入洋三百五十元三角八分，满十年可得洋一千元。或每月存入洋二元，至十五年可得洋壹千零十四元七角陆分。
>
> 尊处储藏贵重物品，欲避免火灾盗窃——惟速租用本行——保管箱，手续简便，租费低廉。电话一六八七九。

其他出现的广告还有浙江兴业银行的整版业务广告，"张公权总经理敬告中国银行同人书"，"上海商业储蓄银行发行国币旅行支票通告"，沙利文"鼎鼎大名之焙利面包"，商务印书馆的新书介绍，一家名为"Kelly & Walsh"香港出版公司的新书推介（英文广告）等等，无疑这是新月同人为延续月刊扩充资金所做的努力。但到后期这些广告也没有了，月刊上出现了新月书店廉价销售大幅广告，给人一种清仓关门的凄凉之感。

事实上，无论是办书店还是办月刊，对新月同人来说，正如我们前面所分析过的那样，都是业余爱好，属于"玩票"的性质，兴致高的时候写点稿子，无兴致的时候，"懒"了的时候就不做，就像叶公超所言，广告都出了，文章却没做出来，月刊发生稿荒也就成了自然。对他们这些接受了现代西方教育洗礼各具专业背景的"海归"知识分子来说，真正安身立命之处，还在于自己要有一份固定的职业，或在高等学府任教或在文化政府机构任职，这才是他们作为现代知识分子真正能够认同的自我身份。他们单个人在学术研究领域都各有所成，但一旦落实到现实层面，需要集合力量来从事一件具体工作时，"各有各的思想路数，各有各的研究范围，各有各的生活方式，各有各的职业技能。彼此不需标榜，更没有依赖"①的强烈个性使得他们缺乏

---

① 梁实秋：《忆〈新月〉》，见陈子善编：《梁实秋文学回忆录》，岳麓书社 1989 年版，第 108 页。

相当的凝聚力与实际操作能力,加上骨子里缺失的与民众沟通的愿望与能力,正如论者所言,作为在"庙堂"与"民间"都没有走通的现代知识分子来说,他们的言说只剩下一个虚妄的"广场",这就决定了他们"在救世活动中热情有余而能力匮乏、批评深刻却空无建树的局面。"①

　　可以说新月同人在他们聚合的当初就已经埋下了分化与矛盾的种子。从最初开办时发生的"社长人选"事件,到胡适抽稿风波,再有内部以徐志摩、闻一多、饶孟侃为代表的文艺派与以胡适、梁实秋、罗隆基为代表的政治派之间的分歧,而徐志摩与闻一多、饶孟侃之间也曾不十分契合,更别说罗隆基一意孤行引起同人的集体疏远,这一切在社中的"黏合剂"徐志摩意外死亡后得到加剧。真如梁实秋所言,一伙人萍踪相聚,然后又劳燕分飞,各觅枝头,那一弯"怀抱着未来的圆满"的"纤弱"的新月就这样沉落,进入了历史的深处。

---

① 陈思和:《论知识分子转型期的三种价值取向》,见《陈思和自选集》,广西师范大学出版社1997年版,第176页。

第七章 新月社的"归位":本来是诗人

第一节 徐志摩"出走":《诗刊》出世

1931年11月19日,徐志摩因飞机失事在济南附近的党家山坠机身亡。这趟由南京飞赴北平的旅程,成了新月同人心中难以抹却的伤心之旅。

在飞机上的徐志摩,正处于"复活"的希望中。他去北平,是要去参加当晚林徽因要为外国驻华使节做的一个题为"中国建筑艺术"的公开演讲。

而在新月的整个发展历史当中,徐志摩的死,也是一个标志性的事件。1932年初出版的《新月》4卷1期,是徐志摩的纪念号,该期之后,《新月》经由了近半年的停刊。这对于经营不善的《新月》来说,无异于是雪上加霜,犹若陷入了死一般的沉寂。

同时由新月书店发行的另一本刊物《诗刊》,也于徐志摩去世9个多月后"暂停",这本仅仅出了四期的季刊,最后定的内容也是"志摩纪念号":刊发了徐志摩的3篇遗作,12首新月诗人的悼挽诗作(占全部篇幅的三分之一)①。

而"暂停"之后,竟也再没有开始。

一、徐志摩"出走":另创《诗刊》,出版《诗选》

从时间上看,《诗刊》是在《新月》"行进"过程中出世的。它是在《新月》刊行期间由新月诗人主办的一个专门刊物,但它的诞生显然与《新月》办刊方向的改变这一背景不无关联。

1929年7月21日,徐志摩在给学生李祁的信里,流露出"'新月'诸公皆热心政治,似不屑治文艺,我亦不便强作主张"的无奈与失落,不由"颇想另组几个朋友出一纯文艺期刊"②。是月,徐志摩辞去了《新月》月刊编辑

① 这些作品分别是:《罗米欧与朱丽叶》(节译)(徐志摩);断篇两首:《难忘》《领罪》(徐志摩);《招魂》(孙大雨);《飞》(饶孟侃);《再念志摩》《哭志摩》(方玮德);《天上掉下一颗星》(邵洵美);《狮子》(胡适);《吊志摩》(陈梦家);《给志摩》(梁镇);《悼徐志摩》(朱湘);《悼徐志摩先生》(程鼎鑫);《悼志摩诗人》(虞岫云);《借浮士德中诗句吊志摩》(宗白华)。

② 徐志摩:《致李祁》(1929年7月21日),见虞坤林编:《志摩的信》,学林出版社2004年版,第205页。

职务,专任光华大学英文系教授,教授英国文学史、英文诗、英美散文、文学批评等课程,后应舒新城之聘为中华书局编辑新文艺丛书。同年,又应南京国立中央大学校长张乃燕(君谋)之聘任该校英文系教授①。徐志摩这一段时间并不愉快,与陆小曼婚后的日子可以说是"深蕴着'不足与外人道'的苦闷"②。为了弥补陆小曼的高消费生活,徐志摩身兼中华书局的编辑及两校教席,每个星期往返于京沪路上,为家庭生计而奔波焦虑。一向对待生活热情如火的徐志摩也禁不住发出了自己这两年的生活"不仅是极平凡,简直是到了枯窘的深处,跟着诗的产量也尽'向瘦小里耗'"③的悲叹。而正是在南京国立中央大学,徐志摩结识了曾受惠于闻一多的就读该校的年轻诗人陈梦家、方玮德,又通过他们认识了方玮德的姑母方令孺④——彼时,后三者与宗白华(方令孺的外甥,时任南京国立中央大学哲学系教授)等人

---

① 徐志摩到南京国立中央大学任教时间说法不一,此据陈从周《徐志摩年谱》。另一说为1930 年秋,根据大约是徐在《〈猛虎集〉序》中称其 1930 年结识陈梦家、方玮德。无论如何,1929、1930 年陈、方二人均已在该校就读,故此问题尚不影响论述。

② 郑振铎:《悼志摩》,《北平晨报·学园》1931 年 12 月 8 日,见韩石山编:《难忘徐志摩》,昆仑出版社 2001 年版,第 201 页。

③ 徐志摩:《〈猛虎集〉序》,新月书店 1931 年版,见韩石山编:《徐志摩全集》第 3 卷,天津人民出版社 2005 年版,第 394 页。

④ 方令孺(1896—1976),女诗人,散文家。安徽桐城人。1923 年赴美就读于华盛顿州立大学,后转入威斯康辛大学。1929 年回国后与前夫陈平甫(系包办婚姻)离异,孤身一人短暂生活于南京,受时就读于南京国立中央大学的侄子方玮德和任哲学教授的外甥宗白华等人影响较大,并通过二人于 1930 年在南京玄武湖上结识陈梦家、徐志摩,创作新诗,始参加新月派文人活动。1930 年春由清华大学教授邓仲存之介任青岛大学讲师,教授大学国文,与闻一多、梁实秋等人相熟。方令孺在家中排行第九,侄儿玮德便呼其为九姑,后"九姑"就成了她在朋友圈中的官称。方令孺系新月派两位女诗人之一,计在"新月"系列刊物上发表作品 9 篇(首):《新月》散文 2 篇(一篇即为纪念徐志摩的《志摩是人人的朋友》,刊《新月》第 4 卷第 1 期"志摩纪念号")、《诗刊》季刊诗 8 首、《学文》诗 1 首。入选陈梦家编《新月诗选》2 首,陈评价其诗:"令孺的《诗一首》是一道清幽的生命的河的流响,她是有着如此样严肃的神采,这单纯印象的素描,是一首不经见的佳作"。(《〈新月诗选〉序》)1935 年任教于南京国立戏剧专科学校。抗日战争全面爆发后,随校迁往四川。1938 年起兼任内迁的复旦大学国系教授。1943 年起专任复旦大学教授。1957 年起任浙江省文联主席和作协浙江分会主席。所作诗文,或描绘山光海色,或悼念文坛挚友,或抒写凄凉愁苦的情怀,语言清新秀丽,含蓄精致。新中国成立后的作品,歌颂祖国山河和新时代的英雄人物,笔调明快而热烈。主要著译:《信》(散文集,文化生活出版社 1945 年版)、《方令孺散文选集》(上海文艺出版社 1982 年版)、《钟》(短篇小说集,士梯文生、屠格涅夫等原著,重庆中西书局 1943 年版)。关于方令孺的生平,可参见邓明以:《方令孺传略》,《新文学史料》1988 年第 1 期;翟超:《隐微的新月:方令孺教授传论》,见《名师名流》(下),复旦大学出版社 2005 年版;子仪:《新月才女方令孺》,青岛出版社 2014 年版。

在南京成立了一个专门研讨作诗的组织"小文会"①。徐志摩这样兴奋于他们的结识：

　　要不是去年在中大认识了梦家和玮德两个年青的诗人，他们对于诗的热情在无形中又鼓动了我奄奄的诗心，第二次又印《诗刊》，我对于诗的兴味，我信，竟可以销沈到几乎完全没有。今年在六个月内在上海与北京间来回奔波了八次，遭了母丧，又有别的不少烦心的事，人是疲乏极了的，但继续的行动与北京的风光却又在无意中摇活了我久蛰的性灵。抬起头居然又看到天了。眼睛睁开了心也跟着开始了跳动。……有声色与有情感的世界重复为我存在；这仿佛是为了要挽救一个曾经有单纯信仰的流入怀疑的颓废，那在帷幕中隐藏着的神通又在那里栩栩的生动：显示它的博大与精微，要他认清方向，再别走错了路。我希望这是我的一个真的复活的机会。②

　　正是出于这种"复活"的渴望，当 1930 年秋天陈梦家带着"令孺九姑和玮德的愿望"到上海，告诉徐志摩他们想要再办一个《诗刊》的想法后，徐志摩顿时"乐极了，马上发信去四处收稿"③，连不写诗的叶公超都接到了他信心百倍的来信，宣称自己"诗刊已出场，我的锣鼓敲得不含糊。"叶公超虽然没有直接给《诗刊》赞助稿件，但是他也认为徐志摩，"不错，他的锣鼓的确是不含糊。他拉稿子本领和他自己动起笔来的丰饶不差上下。给他凑稿子的人总还觉得他是朋友，不是一位算字数的编辑先生。"④

　　徐志摩的"锣鼓"首先就敲到了青岛。1930 年 10 月 24 日，他给时任青岛大学外文系教授兼主任的梁实秋去信："《诗刊》广告，想已瞥及，一多兄与秋郎不可不挥毫以长声势，不拘短长，定期出席"⑤。至年底，徐志摩就

① 参见陈梦家：《〈玮德诗文集〉跋》，文中说："其时徐志摩先生每礼拜来中大讲两次课，常可见到；玮德和九姑令孺女士和表兄宗白华先生也在南京，还有亡友六合田津生兄，我们几个算是小文会，各个写诗兴致正浓，写了不少诗。"见方玮德：《玮德诗文集》，上海时代图书公司 1936 年版，新月书店 1992 年影印版，第 175—176 页。

② 徐志摩：《〈猛虎集〉序》，新月书店 1931 年版，见韩石山编：《徐志摩全集》第 3 卷，天津人民出版社 2005 年版，第 394 页。

③ 陈梦家：《纪念志摩》，作于 1932 年 10 月，载《新月》第 4 卷第 5 期。

④ 叶公超：《志摩的风趣》，《大公报·文学副刊》第 202 期，1931 年 11 月 30 日，见陈子善编：《叶公超批评文集》，珠海出版社 1998 年版，第 89 页。

⑤ 徐志摩：《致梁实秋》（1930 年 10 月 24 日），见虞坤林编：《志摩的信》，学林出版社 2004 年版，第 379 页。

《诗刊》组稿事宜频频与梁实秋通信。11月底,徐志摩向梁实秋报告《诗刊》筹备情况,并请其代为催促同在青岛大学任中文系主任的闻一多帮忙。信云:

> 《诗刊》以中大新诗人陈梦家、方玮德二子最为热心努力,近有长作亦颇不易,我辈已属老朽,职在勉励已耳。兄能撰文,为之狂喜,恳信到即动手,务于(至迟)十日前寄到。文不想多刊,第一期有兄一文已足,此外皆诗。……一多非得帮忙,近年新诗,多公影响最著,且尽佳者,多公不当过于韬晦,《诗刊》始业,焉可无多,即四行一首,亦在必得,乞为转白,多诗不到,刊即不发,多公奈何以一人而失众望? 兄在左右,并希持鞭以策之,况本非驽,特懒惫耳,稍一振躞,行见长空万里也。①

12月19日,徐志摩又给梁实秋写信谈到自己作为组稿人急迫与喜悦交织的兴奋之情:

> 十多日来,无日不盼青岛的青鸟来,今早从南京归来,居然盼到了。喜悦之至,非立即写信道谢不可。《诗刊》印得成了! 一多竟然也出了《奇迹》,这一半是我的神通之效,因为我自发心要印《诗刊》以来,常常自己想,一多尤其非得挤他点儿出来,近来睡梦中常常捻紧拳头,大约是在帮着挤多公的《奇迹》! 但《奇迹》何以尚未到来? 明天再不到,我急得想发电去叫你们"电汇"了! 你的通信极佳,我正要这么一篇,你是个到处发难的人。只要你一开口,下文的热闹是不成问题的。但通信里似乎不曾提普罗派的诗艺。我在献丑一首长诗,起因是一次和适之谈天,一开写竟不可收拾,已有二百多行,看情形非得三百行不办,然而杂乱得很,绝对说不上满意,而且奇怪,白郎宁夫人的鬼似乎在我的腕里转! ……适之又走了,上海快陷于无朋友之地了。……一多《奇迹》既演一次,必有源源而来者,我们联合起来祝贺他,你尤其负责任督促他,千万别让那精灵小鬼——灵感——给胡跑溜了!②

---

① 徐志摩:《致梁实秋》(1930年11月底),见虞坤林编:《志摩的信》,学林出版社2004年版,第380页。

② 徐志摩:《致梁实秋》(1930年12月19日),见虞坤林编:《志摩的信》,学林出版社2004年版,第384页。

可以一提的是，现存徐志摩与梁实秋的五封通信中，有四通都是关于《诗刊》组稿事宜的①，而其中无一例外地，徐志摩向闻一多约稿却都是通过梁实秋转达的，这可能与前文所说的徐、闻二人之间的性情差异还是不无关系吧。

尽管如此，《诗刊》的创办，陈梦家、方玮德等年轻诗人的不俗表现，却同样让早已埋首古籍的闻一多掩饰不住自己久违的诗情，他的兴奋甚至并不亚于徐志摩。闻一多不但自己"花了四天工夫，旷了两堂课"，"破例"写出了令人"回肠荡气"，"不仅是他三年来的唯一的诗作，也可说是他最后的一篇"长诗《奇迹》②鼎力支持《诗刊》创刊号；1930年12月10日，在给朱湘、饶孟侃的信中他更是起劲督促新月诗人集合做成"新诗的纪念月"，为"新诗坛过一个丰富的年"，还声称自己写完了这首诗，还想继续写，说不定自己"第二个'叫春'的时期"就要到了③；看到陈梦家与方玮德二人"难能的一时的热情的奔放"（徐志摩语）而出的唱和之作《悔与回》后，同年12月29日闻一多马上写信给陈梦家表示自己的欣赏，同时提出不少中肯的意见④；而《诗刊》第2期刊登了陈梦家试验写作十四行诗（Sonnet，闻一多将之译为"商籁体"）的《太湖之夜》一诗后，闻一多认为其"初次的尝试还不能算成功"，于是又在1931年2月19日给陈写信阐发了自己对商籁体的重要看法，这两封信后分别以《论〈悔与回〉》和《谈商籁体》为题发表在《新月》第3卷第5、6期合刊上，同期还刊载了胡适致陈梦家的信《评〈梦家诗

---

① 除前引三通外，1931年4月28日，徐志摩再次就《诗刊》组稿事致梁实秋："前几天禹九来知道你又过上海，并且带来青岛的艳闻——我在丧中听到也不禁展颜。下半年又可重叙，好得狠。一多务必同来，《诗刊》二期单等青方贡献。足下，一多，令孺，乞一星期内赶寄吾，迟则受罚，太侔、今雨、一多诸公均候。"见虞坤林编：《志摩的信》，学林出版社2004年版，第385页。

② 关于《奇迹》一诗，梁实秋与徐志摩认识不同，认为《奇迹》一诗事出有因。梁在《谈闻一多》中说："志摩误会了，以为这首诗是他挤出来的，……实际是一多在这个时候在情感上吹起了一点涟漪，情形并不太严重，因为在情感刚刚生出一个蓓蕾的时候就把它掐死了，但是在内心里当然是有一番折腾，写出诗来仍然是那样的回肠荡气。这不仅是他三年来的唯一的诗作，也可说是他最后的一篇。"所谓"情感上吹起了一点涟漪"，大概是指闻一多与中文系讲师方令孺之间的关系。参见梁实秋：《谈闻一多》，见陈子善编：《梁实秋文学回忆录》，岳麓书社1989年版，第313页；闻黎明、侯菊坤编：《闻一多年谱长编》，湖北人民出版社1994年版，第394页。

③ 闻一多：《致朱湘、饶孟侃》（1930年12月10日），见《闻一多书信选集》，人民文学出版社1986年版，第224—225页。

④ 《闻一多致陈梦家》（1930年12月29日），以《论〈悔与回〉》为题载《新月》第3卷第5、6期合刊。按：《新月》月刊创刊不久，即出现脱期。第3卷第5、6期合刊出版日期写明为1930年7、8月，而实际上的出版日期晚得多，所以此文写作时间与发表日期出现倒置。凡此类情况，不再一一说明。

集〉》，闻、胡二人的三篇文章同时刊发在《新月》为拯救颓势而新辟的"新月讨论"栏目——而之前闻一多早因《新月》的转向政治与其初衷"是有距离的"而产生不满①，久不给《新月》投稿，但显然他那种早年就有的办文学刊物的心愿并未得到满足。闻一多虽然在青岛转向了古典文学研究，但也"并未忘了新诗"——梁实秋、臧克家都曾回忆到闻一多曾在青岛大学礼堂朗诵自己的新诗的情形，并称"平素不能欣赏白话诗的朋友，那天听了他的诗歌朗诵都一致表示极感兴味。"②这些似乎都是《诗刊》创办令闻一多感到十分兴奋的原因，有人就说"连据说把外国书都已送给朋友，整天非线装书不读的闻一多先生，这一次也重理他旧时的诗弦"③。

1931 年 1 月 20 日，达 86 个页码的《诗刊》季刊创刊号在上海面世，版权页上印着：每季出版一册，每册三角五分，全年一元四角，与《新月》月刊连定者每年一元，出版者：诗社，发行者：上海新月书店。创刊号系由陈梦家、徐志摩、邵洵美组稿，孙大雨、邵洵美、徐志摩负责编选，陈梦家与新月书店职员萧克木负责校对，计发表诗歌 18 首，诗论 1 篇。创刊号的封面值得一提：正面印有一端坐的裸体女子，上端则有一回头放声歌唱的夜莺，这个封面图案和《诗刊》的设计出自上海滩有名的画家张光宇、张振宇兄弟之手，是邵洵美请来的，邵时因接手他们创办的《时代画报》而与二人相熟④。这个封面很容易让人想起徐志摩所宣称的，"我只要你们记得有一种天教歌唱的鸟不至呕血不住口，它的歌里有它独自知道的别一个世界的愉快，也有它独自知道的悲哀与伤痛的鲜明；诗人也是一种痴鸟，他把他的柔软的心窝紧抵着蔷薇的花刺，口里不住地唱着星月的光辉与人类的希望，非到他的

---

① 臧克家：《我的先生闻一多》，见《臧克家回忆录》，中国工人出版社 2004 年版，第 277 页。
② 梁实秋在《谈闻一多》中说："在青岛大学有一次他在礼堂朗诵他的新诗，他捧着那一本《死水》，选了六、七首诗，我记得其中有两首最受欢迎，《罪过》与《天安门》。……一多的诵诗是很好的一次示范。他试想以几个字组成为一音步，每一行含着固定数目的音步，希望能建立一种有规律的诗的节奏与形式。……两首诗都是以北平土话写成的，至少是一多所能吸收的北平土话，读起来颇有抑扬顿挫之致，而且诗又是写实的，都是出之于穷苦人的口吻，非常亲切。我记得平素不能欣赏白话诗的朋友，那天听了他的诗歌朗诵都一致表示极感兴味。"见陈子善编：《梁实秋文学回忆录》，岳麓书社 1989 年版，第 315—316 页。臧克家也回忆说，"他曾在青岛大学的大礼堂里，对着全校同学热情奔放地讲新诗，朗诵了他的'老头儿和担子摔一跤，满地是白杏儿红樱桃'。他瘦瘦面膛上那飞动的神采，他那激流似的感情，他那手指敲着桌子的突出节奏感，而今还显现在目前，交响在心上"。见臧克家：《臧克家回忆录》，中国工人出版社 2004 年版，第 126 页。
③ 吴世昌（徐志摩的表弟）：《哭志摩》，载《北平晨报·学园》1931 年 12 月 12 日，见张放、陈红编：《朋友心中的徐志摩》，百花文艺出版社 1992 年版，第 235 页。
④ 陈福康、蒋山青编：《章克标文集》（下），上海社会科学院出版社 2003 年版，第 150 页。

心血滴出来把白花染成大红他不住口。他的痛苦与快乐是浑成的一片。"①可以想见，《诗刊》让"新月"诗人们又聚集一处，再次在诗的国度里扬起鼓涨的风帆，他们"在相似或相近的气息之下禀着同样以严正态度认真写诗的精神"②，不但抒写"一个故事，一点感想"，更给予人们"一片霞，一园花，有各样的颜色与姿态，具有各样香味，作各种变化，是那么细碎又是那么整个的美"③。

《诗刊》第1期的销路不错，稍后还出了再版。但是4月20日出版的第2期"凭空增加了不少的页数"，再加上定全年是特价，并且精印封面纸张考究，就使得困境中的新月书店不得不做了赔本的生意，卖到四千本都还难以弥补亏空，因此付印后书店经理和总编辑都曾向主编徐志摩提出"口头的抗议"。《诗刊》能生存多久看来的确没有人能够保证，第3期就迟至1931年10月5日方才出版，在这一期的"叙言"中徐志摩为《诗刊》页码不足大叹苦水——因为《诗刊》已经在读者中引起了广泛关注，虽然是同人刊物，却也引致了不乏来自国内如黑龙江、四川、广东等地的投稿，甚至还有日本、法国、德国等国外来稿。权衡再三，主编徐志摩只好放弃了约定的散文稿，保留了"不能再有删弃"的一千三百行，致使该期《诗刊》厚达112页，对此他说即使"书店亏本"也只能"转请他们原谅了"④——毕竟还是一介书生，在文学理想与实际利益之间显然前者的诱惑要更大些。

事实上，《诗刊》的影响并不只是徐志摩的自吹自擂。新月诗人坚守着"共同的信点"，他们宣称："第一我们共信（新）诗是有前途的；同时我们知道这前途不是容易与平坦，得凭很多人共力去开拓"。"其次我们共信诗是一个时代最不可错误的声音，由此我们可以听出民族精神的充实抑空虚，华贵抑卑琐，旺盛抑消沉"。"再次我们共信诗是一种艺术"⑤——这种对"纯诗"立场的坚守，也的确为他们赢得了相当的读者群。戴望舒1937年批评把文学（新诗）当成宣传工具的"国防诗歌"时，就提到当时："但是有鉴赏力的纯粹诗的读者，却似乎也并不像别人所猜度那样地少，观乎以前新月书店出版的诗刊之繁荣一时，以及现在新诗社出版的新诗月刊之生气蓬勃，写诗

---

① 徐志摩：《〈猛虎集〉序》，新月书店1931年版，见韩石山编：《徐志摩全集》第3卷，百花文艺出版社1989年版，第395页。
② 陈梦家：《〈新月诗选〉序》，新月书店1931年版，上海书店1981年影印版，第8页。
③ 沈从文：《论闻一多的〈死水〉》，《新月》月刊第3卷第2期，1930年4月10日。
④ 徐志摩：《诗刊·叙言》，《诗刊》季刊第3期，1931年10月5日。
⑤ 徐志摩：《诗刊·序语》，《诗刊》季刊第1期，1931年1月20日。

的人们也就可以得到一点慰藉了"①。

《诗刊》前3期大部分均为新月诗人的诗作,只有两篇诗论文字,为了弥补这一缺憾,主编徐志摩也已做了构划。在《诗刊》第3期上他甚至已经提前做了预告:准备在下一期中"让出一半或更多的地位来给关于诗艺的论文",如果有"相当的质量",则打算出一本"论诗的专号",约定的作者则既有五四白话诗的鼻祖胡适,新月的文艺理论家、常于新诗有所论理的梁实秋,更有新月诗论的老将闻一多,还有他十分赏识的孙大雨和梁宗岱等。关于论文的题材,徐志摩也提出了八条:(一)作者各人写诗的经验;(二)诗的格律与体裁的研究;(三)诗的题材的研究;(四)"新"诗与"旧"诗、词、曲的关系的研究;(五)诗与散文;(六)怎样研究西洋诗;(七)新诗词藻的研究;(八)诗的节奏与散文的节奏②。从这个目录所涉及的范围看,既有诗人的创作经验,又有关于新诗形式的继续探讨,也有新诗如何对待旧诗传统、如何处理新诗与散文的关系等等,可以预料,如果面世这将是一本集新月诗论大成的具有相当分量的刊物。

然而,天妒英才,1931年11月19日徐志摩的死亡对同人的打击是不可估量的,对诗坛而言也是一个巨大的损失:"一些意外的不幸如此突然的临到,真叫我们寒心。三期的诗刊刚刚露出一点嫩芽,这花园的起始照管的人听了上帝的吩咐飞上天去,他在那里? 自然,一味哀伤是无济于事的,我们的感情确实受了不可弥补的创痛;然而因为志摩先生的死,在中国诗坛凭空一个夭折的霹雳,我们认定继续他的事业,是我们今后一致努力的方向"③。然而,徐志摩死亡的一个直接后果是:《诗刊》面临了乏人主编的局面。是年9月徐志摩编完第三期后,即将编辑工作移交陈梦家、邵洵美负责,而在徐逝世后,关于《诗刊》续编还是暂停的问题同人意见不一,先是陈梦家曾起意由闻一多主编,但闻后来并未接手,而孙大雨则主张暂停④。最

---

① 戴望舒:《谈国防诗歌》,载《新中华》第5卷第7期,1937年4月10日。见王文彬、金石主编:《戴望舒全集》(散文卷),中国青年出版社1999年版,第174页。

② 徐志摩:《诗刊·叙言》,《诗刊》季刊第3期,1931年10月5日。

③ 陈梦家:《诗刊·叙语》,《诗刊》季刊第4期,1932年7月30日。

④ 1931年12月20日,陈梦家致信胡适:"《诗刊》决由一多先生主编,弟若在青岛,当为襄助。"1932年4月25日,陈梦家再次致信胡适:"我于二月末到南翔投军,三月底回南京即转来青岛,现在青岛大学文学院做些小事。""关于《诗刊》的事现在没有决定续编还是暂停,孙大雨先生颇主暂停,一多先生现在努力开掘唐代文化,未有意见。"按:陈梦家称"做些小事",是指由闻一多邀请来做青岛大学助教。见《胡适档案》,中国社会科学院近代史研究所藏,转引自闻黎明、侯菊坤编:《闻一多年谱长编》,湖北人民出版社1994年版,第418—419页。

终，在徐志摩去世九个多月之后，即 1932 年 7 月 30 日，《诗刊》季刊勉力出版了第 4 期即终刊号，由陈梦家编辑并撰写了叙语，封面则是一幅带一副标志性的黑框眼镜的志摩漫画像，内页有他的一幅遗像。世事难料，《诗刊》关于诗论的专号竟成了永远不可能兑现的诺言，同时由于"稿件关系和付印期的急迫"，原定的"志摩专号"成了"志摩纪念号"，另外由于"中日事变的发生"，新月诗人不可避免地也大受影响，"心神不得安定，一时都没有新的制作"，只好将前有存稿 22 首（篇）同期发表。

《诗刊》共发表诗作 106 首，译诗 16 首，诗论 3 篇。相比《诗镌》时期依托于报纸篇幅受限不能发表长诗的缺陷，作为一份专门的诗歌刊物，《诗刊》得以发表了新月诗人的一些长篇佳构：如闻一多的封笔诗作，被徐志摩称为"三年不鸣，一鸣惊人"的长诗《奇迹》，徐志摩"在沪宁路来回颠簸中"写成的长达四百零三行的叙事诗《爱的灵感——奉适之》，孙大雨的"精心结构的诗作"《自己的写照》①，陈梦家与方玮德的唱和之作《悔与回》，孙大雨、徐志摩所译的莎士比亚诗剧等可以说都是诗人们在成熟期的大制作与大尝试，这在《诗镌》时期是不可能完成的。

《诗刊》的撰稿人计有徐志摩、闻一多、饶孟侃、朱湘、孙大雨、陈梦家、方玮德、林徽因、方令孺、邵洵美、宗白华、梁镇、俞大纲、沈祖牟、孙洵侯、罗慕华、程鼎鑫、李惟建、卞之琳、曹葆华、甘雨纹、虞岫云、安农、雷白韦、胡丑？（按：原刊此字不清）。梁实秋、梁宗岱、胡适则发表了三通给徐志摩的论诗信函。

《诗刊》印行期间，1931 年 9 月，陈梦家从《诗镌》《新月》月刊及《诗刊》中选出了新月 18 位诗人的 80 首诗作，汇编为《新月诗选》并做长序（一般被视为后期新月派的诗歌宣言书），由诗社出版，新月书店总发行。封面即赫然印着 18 位诗人的名字。这 18 位诗人入选的分布情况是（以入选前后为序）：徐志摩（8 首）、闻一多（7 首）、饶孟侃（6 首）、孙大雨（3 首）、朱湘（4 首）、邵洵美（5 首）、方令孺（2 首）、林徽因（4 首）、陈梦家（7 首）、方玮德（4 首）、梁镇（1 首）、卞之琳（4 首）、俞大纲（2 首）、沈祖牟（2 首）、沈从文（7 首）、杨子惠（3 首）、朱大枬（6 首）、刘梦苇（5 首）②。《新月诗选》出版后，

① 孙大雨这首诗原计划写 1000 行，结果只在《诗刊》第 2、3 期连载 318 行，之后又在《大公报·文艺副刊》1935 年 11 月 8 日第 39 期发表 80 行，后未能续作，成为残篇。

② 按：蓝棣之于 80 年代编选的《新月派诗选》（北京人民文学出版社 1989 年 9 月北京第 1 版，2002 年 7 月北京第 2 次印刷）依然选录上述 18 位诗人，但数量显然增多不少，共 221 首。依然以入选顺序为序：徐志摩 35 首，闻一多 27 首，饶孟侃 11 首，孙大雨 8 首，朱湘 15 首，邵洵美 10 首，方令孺 6 首，林徽因 22 首，陈梦家 17 首，方玮德 14 首，梁镇 5 首，卞之琳 12 首，俞大纲 3 首，沈祖牟 6 首，沈从文 6 首，杨子惠 3 首，朱大枬 12 首，刘梦苇 9 首。

《新月》月刊第 3 卷第 11、12 期连续刊载宣传广告称：

> 人类最可珍贵的是一刹那间灵感的触动，从这情感的跳跃，化生出美的意象，再用单纯的文字表现成有意义的形体——这是抒情诗。
>
> 现在这里所贡献于读者的《新月诗选》，是这少数人以友谊并同一趣向相缔结的人，以醇正态度谨严格律所写的抒情诗。这里八十多首虽各人有各人的作风，但也有他们一致的方向。
>
> 这诗选，从北京《晨报·诗镌》数到《新月》月刊并这诗刊，挑选了徐志摩、闻一多、饶孟侃、孙大雨、朱湘、邵洵美、方令孺、林徽音、陈梦家、方玮德、梁镇、卞之琳、俞大纲、沈祖牟、沈从文、杨子惠、朱大枏、刘梦苇等人的诗，是一册最精美最纯粹的诗选。
>
> 集内附有编者长序，扼要的叙明他们共同的态度和各别的作风，对于新诗的理论，也有所讨论①。

由此可见，《新月诗选》是新月诗人新朋旧侣新阵容的集体亮相，展现出他们同台竞技的多样化风采，也意味着新月第二代诗人群的崛起诗坛，其意义不论对新月人士还是对新诗发展都是足资骄傲的——"新月诗派"这一中国现代文学史上的重要诗歌流派由此得到完美的总结。有人这样归结自《诗镌》以来新月诗人的活动："没有《诗镌》对诗人的集合作用，没有它的诗作和诗论的基础，'新月诗派'这一流派的名字便难以成立。可以认为，正是有了《诗镌》的第一次合作基础，才会有《新月》月刊的二度合作，才会有后来的《诗刊》。《诗镌》是'新月诗派'的基础；《新月》月刊是它得名的原因，同时《新月》月刊和《诗刊》又是它成长发展的基地，而《新月诗选》则是这一诗派的总结和诗歌成就的集中体现"②。这个看法应该说是比较清楚地描画出了新月诗人走过的历程以及新月诗派的形成过程的。

二、在传承中聚拢

《诗刊》季刊只出版了 4 期，存续的时间并不长，而《新月诗选》也不过是薄薄的一册，然而它们却一同促成了新月诗人的再度聚合，其意义之特殊

---

① 见《新月》月刊第 3 卷第 11 期广告页。
② 王光明：《诗歌形式秩序的寻求——"新月诗派"新论》（上），《海南师范学院学报（社会科学版）》2003 年第 6 期。

之重要是不言而喻的①。

在相当于发刊词的《诗刊》第 1 期"序语"中，徐志摩提到，"前五年载在北京《晨报副镌》上的十一期诗刊。那刊物，我们得认是现在这份的前身"。"现在我们这少数朋友，隔了这五六年，重复感到'以诗会友'的兴趣，想再来一次集合的研求"。"因此我们这少数天生爱好，与希望认识诗的朋友，想斗胆在功利气息浓重的地处与时日，结起一个小小的诗坛，……希冀早晚可以放露一点小小的光。小，但一直的向上；小，但不是狂暴的风所能吹熄"。"我们欣幸，我们五年前的旧侣，重复在此聚首"。无疑，在新月同人心目中是自觉地把《诗刊》看作《诗镌》的继续，然而，"我们更欣幸的是我们又多了新来的伙伴，他们的英爽的朝气给了我们不少的鼓舞"——这实是对新月派有着尤为重大的意义：它标志着第二代新月诗人群体的集体崛起。

从《诗刊》撰稿人发稿比例来看：《诗镌》时期作者有徐志摩（13 首，包括译诗 2 首）、饶孟侃 5 首、朱湘 2 首、闻一多 1 首，共计 21 首，另梁实秋、胡适各有诗论 1 篇，仅占全部发稿量 125 首（篇）的五分之一左右。而孙大雨虽活动于《诗镌》时期，实际当时并未真正在《诗镌》发表作品，不怎么引人注目，他不久即赴美留学；而他 1930 年秋天自耶鲁大学毕业回国后，不但参与《诗刊》组稿编辑活动且发表了代表其创作高度的《自己的写照》等 7 首（译诗 1 首）成熟力作，更应看作是《诗刊》时期的主力成员。除此之外，则基本上是"新月诗人群"的新面孔：陈梦家 18 首，方玮德 8 首，卞之琳 12 首（译诗 3 首），林徽因 6 首，方令孺 6 首，梁镇 6 首（译诗 1 首），邵洵美 6 首，梁宗岱 6 首（篇）（译诗 5 首，诗论 1 篇），沈祖牟 4 首，程鼎鑫 4 首，宗白华 4 首（译诗 3 首），俞大纲 3 首，李惟建 2 首，曹葆华 2 首，孙洵侯 1 首，罗慕华 1 首，甘雨纹 1 首②。"新月诗人群"阵容扩大朝气蓬勃的气势可见一斑，而不能忽略的是，这个名单也还应当包括虽然未在《诗刊》发表作品，但在同期刊行中的《新月》月刊上崭露头角的诗人如何其芳（萩萩）、臧克家、孙毓棠等人。大致说来，后期新月诗人的聚合除了徐志摩、饶孟侃等老诗人以外，主要是以陈梦家、方玮德等南京国立中央大学学生为基干的南京青年诗人群，以卞之琳、曹葆华等北京大学、清华大学学生为基干的青年诗人群，他们大部分是徐志摩的学生或晚辈。后期新月派可以说是以徐志摩为主要旗帜，在他的活动与组织下，以《诗刊》的创办为主要契机，与《新月》月刊新诗栏合力打造了"新月"新老诗人的主要阵地，

---

① 按：《诗刊》与《新月诗选》的出版时间，与《新月》月刊有重合时段，下文论述中会包括同期刊行中的《新月》相关内容，它们都属于新月派诗人的活动阵地，故这应当是题中应有之义。

② 按：此统计或有疏漏，但相信已足以说明问题。而且，这批新月诗人也同时在《新月》月刊发表不少诗作，成为新月文艺的新生力量。

形成声势,由此也强化了新月诗人群的"自我认同和社会认同意识"①。

　　而新月前期诗人虽然在《诗刊》上发稿不多,却并非意味着"新月诗人群"前后之间关系之疏远,相反恰恰说明了新月派文人的一个优良传统:他们从来不惮烦于对文学新人的发现与培养——这自然在新月诗派的"一双柱石"(苏雪林语)徐志摩与闻一多那里得到最为充分的见证。《诗刊》的重要发起人陈梦家、方玮德即双双受惠于徐志摩与闻一多,而以陈、方二人为代表的包括梁镇、俞大纲、沈祖牟、孙洵侯等南京国立中央大学诗人群体则是《诗刊》的重要撰稿人。

　　陈梦家(1911—1966),笔名漫哉,浙江上虞人。在《艺术家的闻一多先生》里,陈梦家回忆了他第一次见到闻一多时的情形:"大约是一九二七年的冬天,我在南京单牌楼他的寓所里第一次会到他,他的身材宽阔而不很高,穿着深色的长袍,扎了裤脚,穿着一双北京的黑缎老头乐棉鞋。那时他还不到三十岁,厚厚的口唇,衬着一副玳瑁连年眼镜。他给人的印象是浓重而又和蔼的。"②当时陈梦家是南京国立中央大学法律系学生,爱好写诗,闻一多1927年秋至1928年夏任中央大学外文系主任,陈常去听他的课并深受赏识(1932年3月陈又追随闻一多去青岛大学做其助教),之后陈梦家在闻一多的指导下写作新诗,并迅速登上诗坛。而1929年徐志摩到中央大学任教后,陈梦家又受其影响,所以他在怀念徐志摩的文章中说:"我也是这些被唱醒的一个。……他对年轻人的激励,使人永不忘记。一直是喜悦的,我们从不看见他忧伤过——他不是没有可悲的事。"③

　　陈梦家的诗作第一次出现在"新月"刊物上,是发表于1929年10月《新月》第2卷第8上的《那一晚》,署名陈梦家,时仅18岁,之后第9期同期一次性刊登了陈梦家的4首诗:《一朵野花》《为了你》《你尽管》和《迟疑》,其受重视程度可见一斑④。这些诗后收入其第一部诗集《梦家诗集》,

---

① 周晓明:《多源与多元:从中国留学族到新月派》,华中师范大学出版社2001年版,第268页。

② 陈梦家:《艺术家的闻一多先生》,载《文汇报》1956年11月17日,见闻黎明、侯菊坤编:《闻一多年谱长编》,湖北人民出版社1994年版,第357页。

③ 陈梦家:《纪念志摩》,作于1932年10月,载《新月》第4卷第5期。

④ 按:一般认为陈梦家的处女作发表于《新月》第2卷第9期的《一朵野花》(如《陈梦家诗全编》,浙江文艺出版社1995年版),实际在第8期上陈梦家就发表了《那一晚》一诗。而据陈子善先生考证:陈梦家的处女作应当为刊载于1928年1月14日上海《时事新报·文艺周刊》第18期的《可怜虫》一诗,署名陈漫哉,大约系由闻一多推荐。因该刊时由潘光旦主编,而闻一多也是该刊的主要撰稿人,其名诗《发现》《一个观念》最初均发表于该刊。见陈子善:《捞针集》,浙江人民出版社1997年版,第69页。

1931 年由新月书店出版后,胡适专门为之作诗评,说它们都是"很可爱的诗",对《一朵野花》第二节的四行诗更是尤为赞赏,认为其"意境和作风都是第一流的",胡适鼓励陈梦家"你若朝这个方向去努力,努力求意境的高明,作风不落凡琐,一定有绝好的成绩"①。《一朵野花》(作于 1929 年 1月)一向被后人看成是陈梦家的成名之作,篇幅不长,兹录如下:

> 一朵野花在荒原里开了又落了,
> 不想到这小生命,向着太阳发笑,
> 上帝给他的聪明他自己知道,
> 他的欢喜,他的诗,在风前轻摇。

> 一朵野花在荒原里开了又落了,
> 他看见青天,看不见自己的渺小,
> 听惯风的温柔,听惯风的怒号,
> 就连他自己的梦也容易忘掉。

　　全诗流畅圆熟而又不拘泥,以至今天还有人以夸赞的口吻称之:"真纯、清明是它的'义',而韵律和谐,是它的'音'。"②据粗略统计,陈梦家在"新月"系列刊物(《新月》月刊、《诗刊》季刊、《学文》月刊)上共发表诗文46 篇,堪称新月派后起之秀的重镇。陈梦家新诗创作的时间只有短短七年左右③,就出版了《梦家诗集》(新月书店,1931)、《在前线》(长诗,北平晨报社,1932)、《铁马集》(诗集,开明书店,1933)、《梦家存诗》(上海时代图书公司,1937)四部诗集,还有一部小说集《不开花的春天》(小说,良友图书印刷公司,1931)系徐志摩推荐出版,1931 年更受到同人信任以勃发英气编选了《新月诗选》并撰写了对新月诗派具有经典总结意义的长序——有论者指出他"既是'新月派'祭酒徐志摩和闻一多的得意门生,又是继徐、闻之后的'新月派'第二代代表诗人"④,这是十分符合事实的。

　　方玮德(1908—1935),字重质,安徽桐城人,新月女诗人方令孺的侄

①　胡适:《评〈梦家诗集〉》,作于 1931 年 2 月 9 日,载 1931 年 7 月《新月》第 3 卷第 5、6 期合刊。

②　许道明:《京派文学的世界》,复旦大学出版社 1994 年版,第 147 页。

③　陈梦家 1927 年开始写诗,1934 年入燕京大学攻读古文字学,此后专事古文字学和考古学研究,并曾在燕京大学、西南联合大学、美国芝加哥大学任教。新中国成立后历任中国科学院考古研究所研究员、《考古学报》编委和《考古通讯》副主编等职。

④　陈子善:《捞针集》,浙江人民出版社 1997 年版,第 68 页。

子,美学家、流云诗人宗白华是玮德的表兄,因胡风而名噪海内的舒芜是他的堂弟。1928 年至 1932 年方玮德就读南京国立中央大学外文系,入学不久,即与早他一年入校的法律系同学陈梦家结为诗友。1931 年 1 月 20 日,他在《诗刊》第 1 期发表了与陈梦家的同题唱和之作长诗《悔与回》(1930 年 11 月作),该诗淋漓尽致地表达了当时一代青年人不满于社会的沉郁、焦急和愤懑的情绪,引起同龄人的热烈反响,是富有社会意义的一首诗。此诗与陈梦家的一首合在一起于 1930 年冬印成一单册由诗刊社出版,时在青岛的闻一多也十分欣赏此诗,称该诗集的出版"自然是本年诗坛最可纪念的一件事",还说"自己决写不出那样惊心动魄的诗来,即使有了你们那哀艳凄馨的材料"①。闻一多从方令孺处得知方玮德也是自己在南京国立中央大学学生后,立即高兴得向后者要来他的照片并置于案头。1935 年 5 月 9 日方玮德不幸因肺病早逝,《北平晨报·学园》连刊"玮德纪念专刊"两天,后集合悼念诗文成《玮德纪念专刊》,闻一多为其特别撰文《悼玮德》,称其有"中国本位文化的风度"②。而 1929 年徐志摩到中大外文系任教后,方玮德不仅听过他的课,而且对其诗作很崇拜,并深受其诗歌理论的影响,成为名正言顺的徐门弟子。徐志摩死后,方玮德不但在《诗刊》"志摩纪念号"发表悼诗两首(《哭志摩》《再念志摩》),又在徐志摩逝世周年发表纪念散文《志摩周年祭》(载 1932 年 11 月《北平晨报·学园》)、《志摩怎样了》,并再次作诗《追伤志摩》(载 1934 年 11 月 21 日《大公报·文艺副刊》第 121 期),他中肯地评价徐志摩,"他带着思古的气息过他的生活,试他的创作,这中间虽有许多地方不容易被现世人所了解,可是他这生活的全部精神已是十分可爱的"③。从创作上看,方玮德最早发表的诗作《丧裳》《脱逃》(均刊于中央大学半月刊《文艺》)等,表达了对爱情的执着追求,而且都用新格律体写成,一看即知其在作诗伊始遵循的是新月派的诗路,这是《丧裳》中的第一节(共四节):

---

① 《闻一多致陈梦家》(1930 年 12 月 29 日),该信以《论〈悔与回〉》为题,载《新月》第 3 卷第 5、6 期合刊。

② 闻一多:《悼玮德》,载《北平晨报·学园》第 821 号"玮德纪念专刊",1935 年 6 月 11 日。见闻黎明、侯菊坤编:《闻一多年谱长编》,湖北人民出版社 1994 年版,第 469—470 页。闻一多在该文中提出新诗"技术不妨西化,甚至可以尽量西化,但本质和精神却要自己的",因此认为方玮德之明史研究,以及与其一起作诗的几位朋友如陈梦家、孙毓棠等都不约而同地走上了研究"中国本位文化"的方向,这种态度是正确的,并表示"我期待着早晚新诗定要展开一个新局面,玮德和他这几位朋友便是这局面的开拓者。"

③ 方玮德:《志摩怎样了》,载《大公报·文学副刊》第 254 期,1932 年 11 月 14 日。

> 姑娘，我昨夜偷偷地徘徊在你家门外，
> 我偷偷地踱进去又踱了出来；
> 一天的北风正带着雪花儿乱舞，
> 我抵住风抵住雪在你门外徘徊。

　　诗歌流露了一副刚刚开始涉进爱河的大孩子的腔调，无怪友人称方玮德是爱说"美丽的谎"①的大孩子——他以诗为管口为自己内心的敏感与慌乱寻找到了出口。方玮德1929年到1931年的诗创作，在他短促的一生中算得上一个小小盛期，其中的《海上的声音》《幽子》《秋夜荡歌》《微弱》等诗最能表现其清纯轻灵、韵律和谐的风格，这是他的《海上的声音》：

> 那一天我和她走海上过，
> 她给我一贯钥匙和一把锁，
> 她说："开你心上的门，
> 让我放进去一颗心！
> 请你收存，
> 请你收存。"

> 今天她叫我再开那扇门，
> 我的钥匙早丢在海滨。
> 成天我来海上找寻，
> 我听到云里的声音：
> "要我的心，
> 要我的心。"

　　借着这种奇特的想象，近乎荒诞的意象答谜以及巧妙的构思，诗人说出了他的向往：相爱的两颗心必须心心相印，这是一种纯情的想头，丰盈着人的尊严和憧憬。陈梦家因之称他的诗"是我朋友间所最倾爱的，又轻活，又灵巧，又是那么不容易捉摸的神奇"，"紧迫的锤炼中却显出温柔"(《〈新月诗选〉序》)，评价相当中肯，不是溢美。据不完全统计，方玮德在《新月》《诗刊》上共发表诗文达22篇，并著有《玮德诗文集》(1936年3月上海时代图书公司出版)等，因此有评论者认为，作为新月派的后起之秀，称他与

---

① 　方令孺：《悼玮德》，见方令孺：《信》，上海文化生活出版社1945年版，第91页。

陈梦家为"新月派后期的双星或双璧"①,并不为过。

　　卞之琳(1910—2000)的成名则直接得益于徐志摩的慧眼识才。卞之琳是江苏海门人,1929年至1933年在北京大学英文系读书。1931年初,受胡适之助,徐志摩再次回到北大英文系任教,做了正读二年级的卞之琳的英诗课老师。课下徐志摩问起卞之琳写诗的事情,卞就拿了自己1930年秋冬间写的一些诗作给他看。没想到徐志摩把这些诗带到上海和沈从文一同阅读后大为赞赏,没跟他打招呼就分送给《诗刊》等刊物发表,卞之琳由此而跃上诗坛——自1931年4月在《诗刊》第2期首次发表诗歌起,他在"新月"刊物(《新月》《诗刊》《学文》)上共发表了19篇诗文(诗13首,译诗3首、译文2篇)。陈梦家将他的4首诗选入《新月诗选》时说他"是新近认识很有写诗才能的人。他的诗常常在平常中出奇,像一盘沙子看不见底下包容的水量。"晚年的卞之琳忆及当年成名经历还觉得,"这使我惊讶,却总是不小的鼓励",并说当时就用了他的真名,自己以后发表作品想用笔名也难了②。

　　在北大读书期间,卞之琳还受青岛大学臧克家的委托,请闻一多(闻于1932年8月离开青岛大学到清华中文系任教)为其第一部诗集《烙印》作序,并因此结识闻一多,受到后者的教诲③。被朱自清先生誉为抗战以前,"差不多唯一有意大声歌咏爱国的诗人"④的闻一多,在其诗篇中既以高亢的气魄执着地歌咏着"咱们的中国"(《一句话》),"五千多年的记忆,你不要动,/如今我只问怎样抱得紧你⋯⋯/你是那样的横蛮,那样美丽"(《一个观念》)、"进着血泪"呼喊着"我的中华"(《发现》);同时也以"口语化"的手法关怀着"荒村"里流离失所的老百姓(《荒村》)、北京城里的人力车夫(《天安门》《罪过》)等底层人民的命运,这种面对社会现实人生的"认真"的态度无疑影响了年轻诗人的心灵与创作。卞之琳就特别提到,"(1930—1932)是我在大学毕业以前的一些日子。这阶段写诗,较多表现当时社会

　　①　张以英、刘士元:《方玮德传略》,《新文学史料》1991年第1期。

　　②　卞之琳:《〈雕虫纪历(1930—1958)〉自序》,《新文学史料》1979年第3期。

　　③　卞之琳回忆:"我于北京大学毕业前的五月初,印了一本自己的诗集《三秋草》,在青岛大学的臧克家见了就托我在北平照样印他的第一本诗集《烙印》,说闻先生已经答应写一篇序言。我和李广田(可能还有邓广铭)就为他奔走,买了纸交北京大学印刷所付印。我亲自为他仿《死水》初版设计封面,同样用黑底,只是换了《死水》的金纸书名签,改用红纸书名签。我亲自就近跑印刷所监印监钉。为了催索闻先生序文,我多次跑清华西院找闻先生。我的印象中这是我和闻先生相识的开始,也是我聆听他谈诗艺最多的时际。"见闻黎明、侯菊坤编:《闻一多年谱长编》,湖北人民出版社1994年版,第439页。

　　④　朱自清:《新诗杂话》,生活·读书·新知三联书店1984年版,第51页。

现实的皮毛,较多寄情于同归没落的社会下层平凡人、小人物。这(就国内现代人而论)可能是多少受到写了《死水》以后的师辈闻一多本人的熏陶"①。作为一个年轻的大学生,卞之琳此时写作也是主要用口语,用格律体,来表现他所感触的北平街头郊外,室内院角等完全是北国风光的荒凉境界。但他着墨更平淡,调子更低沉,从小茶馆、"冰糖葫芦""酸梅汤"一类的事物入诗,常有冷淡盖深挚(如《苦雨》)或者玩笑出辛酸(如《叫卖》)的表现,这都可以看得出诗人接触现实和底层人民的特征。有别于一般新月诗人常常"随你吹的是热风还是冷风","我爱颗不黏着的心,如燕子擦过水面"(方玮德《"世界我要撑一张冷脸做人"》《一只燕子》)那种与现实人生的距离,卞之琳初登文坛的第一批诗作却表明了他"已经在睁开眼睛看那个世界",他用自己的诗情抚摸着故都的风土人情和平民的灰色生活,凄清而不潇洒,迷惘而不自怜。所以有人说,他是在《新月》上写诗而又能跳出同侪的圈子,保留了个人特点的诗人②,这当是客观持平之论。

不过,卞之琳虽说到徐、闻二人的赏识,但对他的诗歌创作具有"颠覆性"导向作用的却是叶公超。徐志摩"在班上主要漫谈雪莱诗"等 19 世纪浪漫派诗人的时候,卞之琳则已在大学一年级学了一年法文以后,"读西诗兴趣,已经从英国浪漫派方面转到法国象征派方面",写诗的兴趣也已转到借鉴法国象征派诗并结合中国传统诗的路数上,因此当徐志摩把他译的玛拉美的"道地的象征派"短诗《太息》发表在《诗刊》第 3 期上,卞之琳会觉得这是徐师在诗艺方面襟怀宽广、不拘一格的体现③。由此可见,在卞之琳心目中,徐志摩还是倾向于浪漫主义的,与他的口味并不怎么符合。而徐志摩去世后代其上英诗课的叶公超则对卞之琳的思想产生了深刻的震荡,"是叶师第一个使我重开了新眼界,开始初识英国三十年代'左倾'诗人奥顿之流以及已属现代主义范畴的叶慈晚期诗"。卞之琳所谓的"开了新眼界",实际上意味着新月诗人向现代派转变的一个趋势(详后)。

而时在青岛大学就读的臧克家(1905—2004)受到闻一多的赏识而登上诗坛,似乎也已是为人熟知的事情。臧克家,又名臧瑷望,山东诸城人。早年就读于济南山东省立第一师范学校,并开始新诗创作。1926 年入武汉中央军事政治学校。大革命失败后回故乡,不久流亡东北。1930 年考入国立青岛大学英文系(梁实秋任系主任),但他觉得自己记忆力不够好,吃不

① 卞之琳:《〈雕虫纪历(1930—1958)〉自序》,《新文学史料》1979 年第 3 期。
② 唐弢:《臧克家的诗》,见《晦庵书话》,生活・读书・新知三联书店 1998 年版,第 261 页。
③ 卞之琳:《卞之琳译文集・译者总序》上卷,安徽教育出版社 2000 年版,第 2 页;卞之琳:《纪念叶公超先生》,见叶崇德主编:《回忆叶公超》,学林出版社 1993 年版,第 20 页。

消,很想转入中文系,当时不少同学和臧克家有同样的目的,他们去找系主任闻一多时,别的人都被拒绝了,臧克家却如愿以偿。原来是入学考试时,臧克家所作的"杂感"中有三句:"人生永远追逐着幻光,但谁把幻光看作幻光,谁便沉入了无底的苦海",打动了闻一多,当时就给他打了98分的高分,臧克家为此解开自己以国文卷第一名数学零分的成绩还能被青岛大学录取的谜,从此便在闻一多指导下写作新诗。臧克家回忆到,自己在读了《死水》后,"一读就入了迷,佩服得五体投地","把对郭沫若先生的诗偏爱降低了",原因是"大海的波浪固然能撼动人心",但却更心仪闻一多"'半夜里桃花潭水的黑'的深沉与凝炼的美"。他甚至在读了《死水》后,"烧掉一本子我过去的习作"。但之后又向闻一多借《红烛》时,闻一多"一种特殊的脸色在他瘦脸上一闪,然后意味难以捉摸地道:'别提它了,它是我已经过继出去的一个儿子'"。臧克家对徐志摩的《翡冷翠的一夜》《志摩的诗》《猛虎集》《云游》等诗篇也是"一经入目,便一往情深","喜欢他的潇洒",不过也意识到"他眼里的宇宙和人生"距自己太远①。

臧克家能够很快接受新月派的影响,是由于他"本来就喜欢古典诗歌和民歌,喜欢格律化的作品",所以一经接触闻、徐二人的作品,就"似曾相识,一见如故了"②。在诗的形式、格律和注重造字炼句方面,臧克家受闻一多的指导与影响是十分明显的,由闻一多推荐初次发表于《新月》的诗作《失眠》《像粒砂》和《难民》③等就都是格律讲究、诗行整饬之作,而臧克家也由此崭露头角于诗坛。1933年7月他出版第一本诗集《烙印》时(自费印行,王统照、闻一多、王友房各赞助二十元,卞之琳等为其跑印刷),闻一多亲自为之作序高度称赞他:"克家的诗,没有一首不具有一种极顶真的生活的意义。没有克家的经验,便不知道生活的严重。"此书出版后,臧克家一举成为文坛的一匹黑马,被人与艾芜、沙汀、金丁、徐转蓬、黑婴同列为1933年文坛上的新人之一④。

无疑,臧克家能够接纳新月派诗主要表现在诗歌艺术形式方面,如他自

---

①　臧克家:《诗与生活》,见《臧克家回忆录》,中国工人出版社2004年版,第120—121页。

②　臧克家:《诗与生活》,见《臧克家回忆录》,中国工人出版社2004年版,第121页。

③　按:《失眠》《像粒砂》载《新月》第4卷第6期,《难民》载《新月》第4卷第7期。臧克家回忆当时发表的情形说:《新月》给的"稿费极高,八行诗给了四块大洋,当时我感到有点诧异",因为他曾向《现代》投稿,"发表了,单栏排,字体大一号,但是声明,诗不给稿费"。而之后臧克家因对新诗形式看法"彼此意见分歧"——《现代》主编施蛰存倾向于散文化,而他拥护闻一多的格律说,就不再向其投稿。见臧克家:《诗与生活》,见《臧克家回忆录》,中国工人出版社2004年版,第125页。

④　韩侍桁:《文坛上的新人》,《现代》第4卷第4期,1934年2月1日。

称的"我的思想,我的经历是完全不同的"。所以处于创作旺盛期的臧克家仅在"新月"系列刊物上发表了4首诗(《新月》3首、《学文》1首),也未入选陈梦家所编代表新月派诗歌创作的《新月诗选》。然而,时人却因他与"新月派"之间"亲密"与"出走"的复杂关系而常常混淆不清,有时把他的名字列入"新月派"的行列,而当他后来多在大型左翼杂志《文学》上发表作品后,又说他给"新月派"敲了丧钟,以至臧克家晚年忆及此事还感到十分不平①。关于臧克家的流派归属至今还是研究者的话题之一②。沈从文的一番话,或许可以给我们一点提示:"试就臧先生作品探检,就可知体制实源于闻一多先生作品,还是保存当年《诗刊》所应用的那个原则,即在语言上求适合惯性,更在这个条件上将语言加以精选,因此作品便显得有生气多新意。"③——可见,沈从文强调的也是"体制"而非诗歌的思想内容方面。

　　将臧克家与闻氏另一位弟子陈梦家对照一下,更能比较清楚地看出他与"新月派"的张力关系。当时陈梦家追随闻一多在青岛大学做助教,臧克家与之相熟,互相启发作诗,但在精神上并不能"合调",甚至在谈诗时"常常意见背驰":"他信宗教,而我呢,却是重视现实,向往革命","你的心在天上,我的心在地下"④。相较而言,陈梦家作诗更追求诗句的美丽,偏重抒发

---

① 臧克家:《我的诗生活》,见《臧克家回忆录》,中国工人出版社2004年版,第28页。

② 一些港台出版的中国现代文学史,仍把臧克家当作新月派诗人。如台湾学者陈敬之著《"新月"及其重要作家》(台湾成文出版社1980年版)一书,就将臧克家与新月派重要作家徐志摩、闻一多、梁实秋、沈从文、朱湘排列在一起。在一些评论文章中,也有论者将臧克家归入新月派,如李旦初《论臧克家的流派归属》(载《山西师范大学学报》1991年第2期)。最新研究者意见认为:臧克家在诗歌形式上,受"新月派"影响,讲求"建筑美";在诗歌内容上,反映农村农民悲苦生活,与"中国诗歌会"主张基本一致;在诗歌表现手法上,借用了"现代派"诗歌的象征手法,提高了诗歌的审美价值。但又与上述三派有所区别,非上述三派成员。参见骆兰:《从"思潮""社团"角度论臧克家的流派属性》,《西南师范大学学报》(哲学社会科学版)1997年第2期。作者认为臧克家不属于新月派的理由大致如下:作为新月派诗歌创作的总结,陈梦家编选《新月诗选》未入选臧克家的作品,而臧克家与陈梦家作为"闻氏二家",关系甚好,说明陈梦家没把臧克家当成新月派诗人。臧克家本人也否认自己是新月派成员,如在1934年初写的《论新诗》里他尖锐地批评了新月派代表诗人徐志摩,认为徐志摩的诗过分注意"外形上的修饰",而内容"装满了闲情——爱和风花雪月",徐诗对新诗的影响"坏的方面多过好的","我对他总括起来,可以这么说:艺术上是接近的,内心上是远离的",阐明了自己与新月派的不尽相同之处。另按:钱理群等著《中国现代文学三十年》(修订本)中也未把臧克家列入新月派,而将其列入"中国诗歌会诗人群"一节中作为"30年代中国诗歌会之外,始终关注现实的诗人"进行论述。参见该书第356—357页,北京大学出版社1998年版。

③ 沈从文:《谈朗诵诗》(1938年9月作),见《沈从文文集》第11卷,花城出版社、香港三联书店1984年版,第253页。

④ 臧克家:《诗与生活》,见《臧克家回忆录》,中国工人出版社2004年版,第120—121页。

个人情感,他要创造"自己的世界","完全在幻想和梦的交界上徘徊于一个空漠的太空中"①;他愿意做一只"只管唱过,只管飞扬"却"从来不问他的歌/留在那片云上?"的"雁子"(《雁子》),幻想着"也许有天/上帝叫我静,/我飞上云边/变一颗星"(《铁马的歌》),却缺少了生活艰苦的磨炼②;臧克家则在推重诗歌艺术基础上力行"坚忍主义","眼光向下,注视着苦难中的中国大地和挣扎在死亡与饥饿线上的底层人民"③——那些"背上的压力往肉里扣,它把头沉重地垂下"的"老马"一样的"难民""洋车夫""炭鬼""神女"(指妓女——引者注)、"当炉女""贩鱼郎""歇午工"们(按:均系臧克家同名诗作)。

　　有一件事也可看出臧克家在思想上与新月派的距离。有一次叶公超对他说,看到他的《难民》一诗,"一看头两个句子,就觉得艺术性很高",向其约稿(即后来的《学文》),但臧克家那时向往上海的《文学》月刊,不仅仅因为其销路广,而且主要是觉得它进步④,或许不好驳师辈的面子,他其后只在《学文》(第1卷第3期)发表了1首短诗《元宵》。臧克家吸纳闻一多最多的还是他作诗的"精炼,严肃",他将自己的生活历练化入诗作中,连梁实秋也承认他"写的诗是相当老练的"⑤。值得一提的是,虽然臧克家与陈梦家的诗风虽然不同,成绩却有目共睹,当时社会上就有闻一多诗门下有"二家"的说法,当臧克家问闻一多为什么不写诗的时候,闻坦诚地说"有你和梦家在写,我就很高兴了"⑥——闻一多对年轻作者的培养与提携一直是不遗余力的,也毫不吝啬对他们才华的欣赏。这里可以插一笔,做诗之外,闻一多在做人礼节方面对弟子们却是"不肯稍予假借的",梁实秋就讲过这么一件事:陈梦家写诗才气横溢,生活中却不修边幅,常常蓬首垢面,这在闻一多看来"是过于名士派了"。而有一次闻一多写一封短信给陈梦家,称他为

---

①　陈梦家、方令孺:《信》,《新月》月刊第3卷第3期。
②　臧克家回忆说:有一次陈梦家在一首吊沪上殉国战士的诗中有一句"桃花一行行",闻一多与他都劝陈将"桃花"改为"血花",但陈梦家不从,认为写的虽然是"血花",但写作"血花"没有"桃花"漂亮。臧克家认为虽然"桃花"比"血花"漂亮,可是诗的严肃性和沉痛性也随之被取消了,这两个字实际上关系到对诗的整个的态度,而不仅仅是手法问题。见臧克家:《我的诗生活》,见《臧克家回忆录》,中国工人出版社2004年版,第27页。
③　钱理群等:《中国现代文学三十年》,北京大学出版社1998年版,第356页。
④　臧克家:《诗与生活》,见《臧克家回忆录》,中国工人出版社2004年版,第127页。
⑤　梁实秋:《谈闻一多》,见陈子善编:《梁实秋文学回忆录》,岳麓书社1989年版,第318—319页。
⑥　臧克家:《诗与生活》,见《臧克家回忆录》,中国工人出版社2004年版,第121页。

"梦家吾弟"，陈居然回称他为"一多吾兄"，闻一多"大怒，把他大训了一顿"①。小事一桩，却看得出闻一多的骨子里其实是具有非常浓厚的绅士气度的。

徐志摩去世后的次年即1932年8月，闻一多离开了学潮不止的青岛大学回到母校清华大学任中文系教授，1934年9月胡适、梁实秋又邀请他到北大兼课（1934年秋，梁实秋受胡适的竭力延揽离开青岛大学任北京大学外文系主任），在闻一多周围又团结了一批新的年轻诗人。闻则影响指导着他们的创作，如卞之琳、曹葆华、孙毓棠、何其芳、李广田等人，他们均成为《新月》《诗刊》及《学文》上的新生力量。曹未风就回忆道："闻氏在青岛的书桌里，桌子上放了两张相片，他时常对客人说：'我左有梦家，右有克家'，言下不胜得意之至。……闻氏后来回到清华任教时，他还是不懈的注意提拔新诗里的后辈人才。曹葆华同孙毓棠都是他的经常的座上客，卞之琳、李广田诸人也跟着他时常在一起。所以徐志摩死后，……《新月》《诗刊》所主张的那一种新诗运动，却实在仍然由闻氏继续了下去。"②

可以说，第二代新月诗人的崛起，意味着他们一方面在继承前期新月诗人的基础上，也开始对其前辈们进行反思，并由此带来了新月派诗艺的某些变化。

第二节　传承与探索：诗艺的锤炼

一、对情境的追求

就像《新月诗选》的出版广告所宣称的，新月诗人偏爱创作"抒情诗"。他们认为"真的感情，真的人情，是难能可贵……感情才是成江成河的水泉，感情才是织成大网的线索"③，诗是"从筋骨里迸出来，血液里激出来，性灵里跳出来，生命里震荡出来的"④，而"抒情诗给人的感动与不可忘记的灵魂的战栗，更能深切地抱紧读者的心"——所以，陈梦家编选完《新月诗选》时会发现集子里抒情诗占了大多数⑤。如"痴鸟"般歌唱着的徐志摩，写出

---

① 梁实秋：《谈闻一多》，见陈子善编：《梁实秋文学回忆录》，岳麓书社1989年版，第318—319页。

② 曹未风：《辜勒律己与闻一多》，《文汇报》1947年4月10日，见闻黎明、侯菊坤编：《闻一多年谱长编》，湖北人民出版社1994年版，第420页。

③ 徐志摩：《落叶》，《晨报六周年纪念增刊》1924年12月1日。

④ 徐志摩：《迎上前去》，《晨报副刊》1925年10月5日。

⑤ 陈梦家：《〈新月诗选〉序》，新月书店1931年版，上海书店1981年影印版，第21页。

了如《再别康桥》《我等候你》《黄鹂》《山中》《偶然》等诸多抒情名篇,"轻轻的我走了,正如我轻轻的来;我轻轻的招手,作别西天的云彩"(《再别康桥》),这"柔丽清爽的诗句","澄清"的感情,"给人总是那舒快的感悟"①;闻一多"忘掉她,像一朵忘掉的花"(《忘掉她》),朱湘唱着"左行,右撑,莲舟上扬起歌声"的"采莲曲"(《采莲曲》),饶孟侃"我为你造船不惜匠工,我为你三更天求着西北风,只要你轻轻说一声走,桅杆上便立刻挂满了帆篷"(《走》),孙大雨吹着"一支芦笛""坐守着黄昏看天明"(《一支芦笛》),林徽因"深夜里听到乐声",在"那一晚我的船推出了河心","我情愿化成一片落叶,让风吹雨打到处飘零"(《深夜里听到乐声》《那一晚》《情愿》),邵洵美在四季轮回中渴望"你给我你的心,里面是一个春天的早晨"(《季候》)等等——可以说,刹那间心绪的触动,瞬间想望的捕捉,人生的感喟与哀叹,爱情的惊讶与欢喜等诸种情感的丝丝缕缕都是新月诗人尽情抒写的永恒主题。

　　然而,正如新月诗人所宣称的,他们坚守着在诗歌创作上的超功利的"纯诗"立场,注重对生活的个人感受及内心世界的表达,追求诗歌的艺术美,主张诗歌是超功利的、自我表现的、贵族化的,他们乐于表现的是"自己渺小的一掬情感",而广阔的现实社会的投影则不大容易看到。而这其实也与新月诗人的人生观与价值选择有着不小的关联。前期《诗镌》时期,新月诗人面对的还仅仅是一般的社会反抗的叛逆歌吟,他们追求诗歌情绪的健康和充实,反对抒情内容的感伤主义潮流,表现出一种充满生气的艺术趣味,在后期面对蓬勃兴起的大众化革命文学时新月诗人的歌喉就呈现出了一种"异调"的样貌(详后)。

　　而在艺术创作追求上,如果能够平实地观察新月诗人的诗作及主张,其实可以感觉到他们虽偏重于抒发个人情感,但其抒情方式与经典浪漫主义诗人的雄奇夸张汪洋恣肆实有很不相同的地方,他们不是"在热烈的情感中倾诉思想",而是"在美的形象中凝聚感情"②,换句话说,他们大都主张以理智节制情感,反对情感的过度放纵与夸张,追求情感与理智的"和谐",因此在创作过程中也特别注重字句的推敲——这一点在"新月"新老诗人身上形成了一脉相承的传统。闻一多说,他作诗"往往不成于初得某种感触之时,而成于感触已过"③;徐志摩在谈到自己写诗的经验时也说:"从一

---

① 陈梦家:《〈新月诗选〉序》,新月书店1931年版,上海书店1981年影印版,第23页。
② 孙玉石:《中国现代诗歌艺术》,人民文学出版社1992年版,第66页。
③ 闻一多:《致左明》(1928年2月),见《闻一多书信选集》,人民文学出版社1986年版,第217页。

点意识的晃动到一篇诗的完成,这中间几乎没有一次不经过唐僧取经似的苦难的。"他还形象地描述:"诗不仅是一种分娩,它并且往往是难产!",说自己"天生不长髭须的,但为了一些破烂的句子"不知"捻断了多少根想象的长须!"性情孤傲的朱湘也认为创作要有"镇静的态度","感伤作用的,这便不算镇静"①;陈梦家则感慨"所有我的诗多半是散步中嚼呐出来的"②;卞之琳表白自己写诗时"倾向于克制"感情,"仿佛故意要做冷血动物"③;臧克家更是以"苦吟诗人"著称,他不是把关注底层人民的热情摆在字面上,而是灌注于谨严的内容与谨严的形式中,以至时人称其诗为"塑雕"。他的"每一篇诗,都是经验的结晶,……一个人咬着牙龈在冷落的院子里,在吼叫的寒风下,一句句、一字字地磨出来的"④,比如他最初发表于《新月》的成名作之一《难民》一诗中,"黄昏还没有溶尽归鸦的翅膀"一句,"还没溶尽"几字,由最初的"还扇动着"改为"还辨得出",最后几经推敲,才改为"还没溶尽"。陈梦家曾说过,"苦炼是闻一多写诗的精神,他的诗是不断的锻炼不断的雕琢后成就的结晶"(《〈新月诗选〉序》),这句话在我看来其实是可以用在大多数新月诗人的身上的。

二、对形式的探索

追求新诗的格律化是新月诗人的鲜明标志,然而早在《诗镌》时期徐志摩就已注意到了格律"可怕的流弊"及"危险":"单讲外表的结果只是无意义乃至无意识的形式主义","一首诗的字句是身体的外形,音节是血脉,'诗感'或原动的诗意是心脏的跳动,有它才有血脉的流转"⑤——虽然还保持着"内容"与"形式"的二分法,但显然对闻一多力主的"格律是艺术的必须的条件"立场有所松动,而闻一多本人对格律的要求其实也在渐趋宽泛⑥。而到 20 世纪 30 年代初,诗坛对新月派诗歌注重形式的不满情绪已相当明显——比如说,以戴望舒为代表的"现代派"诗人们就开始直接对新

①　朱湘:《朱湘书信集·寄曹葆华》,见蒲花塘、晓非编:《朱湘散文》(下),中国广播电视出版社 1994 年版,第 193 页。

②　参见陈梦家:《〈梦家存诗〉自序》,上海时代图书公司 1936 年版。

③　卞之琳:《〈雕虫纪历(1930—1958)〉自序》,《新文学史料》1979 年第 3 期。

④　臧克家:《我的诗生活》,见《臧克家回忆录》,中国工人出版社 2004 年版,第 31 页。

⑤　徐志摩:《诗刊放假》,《晨报副刊·诗镌》第 11 期,1926 年 6 月 10 日。

⑥　孙大雨就曾说过,闻一多"对于一首诗的各行的音节数务欲求其整齐的这一点,没有在他以后的为数不多的作品里有意地继续试验或坚持下去",如《奇迹》一诗"就完全未曾讲究音节数的'匀称'"。参见孙大雨:《诗的格律》,见《孙大雨诗文集》,河北教育出版社 1996 年版,第 146 页。

月派的诗学主张起而攻之。20 世纪 20 年代前半期的戴望舒和他的诗友杜衡等人的创作还受到新月派诗的深刻影响,"一致地追求着音律的美,努力使新诗成为跟旧诗一样地可'吟'的东西。押韵是当然的,甚至还讲究平仄声";而 1928 年发表的他最有名的作品之一《雨巷》,戴望舒本人却并不喜欢,原因是"他在写成《雨巷》的时候,已经开始对诗歌底他所谓'音乐的成分'勇敢地反叛了"①。及至戴望舒吸纳了法国象征主义诗艺,由浪漫派转向象征派后,他径直表示了对新月诗派的反动,在自己的"诗论"中开宗明义地提出:"诗不能借重音乐","诗不能借重绘画的长处","单是美的字眼的组合不是诗的特点","诗的韵律不在字的抑扬顿挫上,而在诗的情绪的抑扬顿挫上,即在诗情的程度上"②——其意图之一显然就是为了打破提倡"音乐美""绘画美"和"建筑美"的新月诗派的壁垒③,显示出他们为中国新诗形式另寻出路的强烈愿望。以此诗学观为宗旨,现代派诗人宣称:"《现代》中的诗是诗,而且纯然是现代的诗。它们是现代人在现代生活中所感受到的现代的情绪用现代的词藻排列成的现代的诗形"④,而翻开他们的阵地《现代》杂志,即可发现他们一方面发表大多为"不用韵","句子、段落的形式不整齐"⑤的自由体诗,另一方面则频频刊登文章讨伐在诗坛广为流行的新月派倡导的格律诗:

　　　　胡适之先生的新诗运动,帮助我们打破了中国旧体诗的传统,但从胡适之先生一直到现在为止的新诗研究者却不自觉地坠入于西洋旧体诗的传统中。他们以为诗该是有整齐的韵法的,至少该有整齐的诗节的。于是乎十四行诗,"方块诗",也还有人紧守着规范填做着。这与填词有什么分别呢?《现代》中的诗,大多是没有韵的,句子也很不整齐,但它们都有相当完美的"肌理"(Texture),它们是现代的诗形,

①　杜衡:《〈望舒草〉序》,作于 1932 年盛暑。见施蛰存、应国靖编:《戴望舒选集》,人民文学出版社、香港三联书店 1993 年版,第 227—229 页。
②　戴望舒:《诗论零札》,见施蛰存、应国靖编:《戴望舒选集》,人民文学出版社、香港三联书店 1993 年版,第 129 页。
③　施蛰存:《〈现代〉杂忆》,见《沙上的脚迹》,辽宁教育出版社 1995 年版,第 39 页。按:当然,1936 年戴望舒又之所以主动联手孙大雨、卞之琳等新月诗人,则是由于他对后期新月诗学的认同,即他们均坚守着"纯诗"立场而与当时的"国防诗歌"相对峙。这方面的论述,可参见王文彬:《中西诗学交汇中的戴望舒》,安徽教育出版社 2003 年版,第 103—126 页。
④　施蛰存:《文艺独白·又关于本刊的诗》,《现代》第 4 卷第 1 期,1933 年 11 月 1 日。
⑤　施蛰存:《〈现代〉杂忆》,见《沙上的脚迹》,辽宁教育出版社 1995 年版,第 35 页。

是诗①!

　　新的感情,新的对象,新的建设与事物,当然要新的诗人才歌唱得出,如以五言八韵或七律七绝,来咏飞机汽车,大马路的集团和高楼,四马路的野鸡,机器房的火夫,失业的人群等,当然是不对的。不过,新诗人的一种新的桎梏,如豆腐干体,十四行体,隔句对,隔句押韵体等,我却不敢赞成,因为既把中国古代的格律死则打破了之后,重新去弄些新的枷锁来带上,实无异于出了中国牢后,再去坐西牢;一样的是牢狱,我并不觉得西牢比中国牢好些②。

　　"诗的从韵律的束缚中解放出来,并不是不注重诗的形式,这乃是从一个旧的形式换到一个新的形式"③,关于新诗的格律体与自由体的孰优孰劣不是这里要展开讨论的对象,但至少可以这么看,如果说在反对诗歌的"大众化(非诗化)",坚持"贵族化(纯诗化)"立场上,新月派诗人是与现代派诗人处于同一条战线上,对峙于以殷夫为前驱、蒲风为代表的左翼中国诗歌会诗人群的话,而在关于诗歌本身的艺术形式问题上,后起的现代派诗人又直接以批判否定的态度反驳了新月诗人的诗学观念。

　　事实上,后期新月诗人对此也已有所自觉。1931年9月,陈梦家在为他们所作的"诗歌宣言书"《〈新月诗选〉序》中就明确表示了理论上的调整:他们共信"主张本质的醇正,技巧的周密和格律的谨严差不多是我们一致的方向",但同时申明"但我们决不坚持非格律不可的论调,因为情绪的空气不容许格律来应用时,还是得听诗的意义不受拘束的自由发展"④;稍后陈梦家甚至表示要求"情绪自然的节奏",认为格律是诗的光滑的鳞甲,而这些鳞甲正是"一队囚衣",戕伤了诗的灵感和性灵⑤。因此后期新月诗人的创作,大都出现了向自由诗发展的倾向,当时就有人揭示了这一现象:新月派"前期诗人的作品,大半是初期作品形式自由,后来慢慢走上字句整齐的路;后期诗人的则大半是初期作品字句整齐,后来慢慢走上形式自由的路。……总之,后期的新月派诗人,已经感到新月派规律本身的缺点,都在努力寻找新的路,于他们的方向都各不相同:陈梦家倾向自由诗,林徽因在实验自由诗,卞之琳去象征派的路不远,孙大雨则曾努力于雄伟的长

①　施蛰存:《文艺独白·又关于本刊的诗》,《现代》第4卷第1期,1933年11月1日。

②　郁达夫:《谈诗》,《现代》第6卷第1期,1934年10月1日。

③　施蛰存:《社中座谈·又关于本刊所载的诗》,《现代》第3卷第5期,1933年9月1日。

④　陈梦家:《〈新月诗选〉序》,新月书店1931年版,上海书店1981年影印版,第17、15页。

⑤　参见陈梦家:《〈梦家存诗〉自序》,上海时代图书公司1936年版。

诗。……这种向自由诗的趋势,似乎有点儿回头走,可是不然:他是因对新
月派的规律怀疑而起的反动,他绝非五四前后自由诗的复活,最大的一个不
同之点,就是,音节的重要是普遍地被承认了,至少这又向新的合理的规律
走近了一步"①。应当说,这个观察是大致不差的。

当然,不容否认,对新诗形式试验的孜孜以求确实构成了新月诗人对新
诗贡献的一个重要方面。新月诗人自创作新诗之始,就十分注重于诗体的
探索。陈西滢评价徐志摩诗作的话颇具代表性:"《志摩的诗》几乎全是体
制的输入和试验……虽然一时还不能说到它们的成功与失败,它们至少开
辟了几条新路。"②确实不错,《志摩的诗》中既有像《毒药》一类的散文体
诗、《康桥再会罢》等无韵体诗,也有《残诗》等骈句韵体诗、《雪花的快乐》
等章韵体诗,还有各种奇偶韵体诗,甚至还有一篇变相的十四行体诗《天国
的消息》,朱湘当时也认为徐志摩的尝试不管哪种体式是成功的还是不成
功的,但是这种"大胆的态度""冒全国的大不韪而来试用大众所鄙夷蹂躏
的韵的精神,已经够引起大家的热烈的注意了"③。而无疑地,在这些试验
中,新月诗人投入了极大的热情、影响也最深远的则是对于十四行诗的转借
与创造④,这又主要在后期新月诗人的创作理论实践中体现出来。在倡导
十四行诗方面,闻一多既译且作,兼有论评,贡献可谓最大。虽然此前已有
如郑伯奇《赠台湾的朋友》(1920 年 8 月)、孙大雨《爱》(1926 年 4 月)、闻
一多《你指着太阳起誓》(1927 年 12 月)等尝试之作,但十四行诗作为诗体
令国人瞩目,却始自闻一多 1928 年在《新月》上发表的翻译的白郎宁夫人

---

① 石灵:《新月诗派》,《文学》第 8 卷第 1 期,1937 年 1 月 1 日。

② 陈西滢:《闲话》,《现代评论》第 3 卷第 72 期,1926 年 4 月 24 日。收入《西滢闲话》时改名
　为《新文学运动以来的十部著作》(下)。

③ 朱湘:《评徐君〈志摩的诗〉》,《小说月报》第 17 卷第 1 号,1926 年 1 月 10 日。

④ 十四行诗:是西方发展得非常完备的一种诗体。这种完美指的是它既标准化又有变化的
　弹性,既是诗歌规则与技巧练习的范型,又是一种能体现最伟大的创造性的诗体。莎士比
　亚、弥尔顿、华兹华斯等都在这种诗体中驰骋过自己的才华。十四行诗以彼得拉克体(the
　Petrarchan)和莎士比亚体(the Shakespearean)两种基本类型包含了许多的变体。彼得拉
　克体是 16 世纪从意大利传入英国的,全诗分两部分,前面部分 8 行押两个韵
　(ABBAABBA),后面部分 6 行押三个或两个韵(CDECDE 或 CDCCDC);莎士比亚体全诗分
　为三个四行的诗节加一个两行的结句,韵式一般为(ABAB,CDCD,EFEF,GG)。诗人在创
　作十四行诗时必须遵从的惯例包括使用特殊的词汇和形式手段,以及语言的一般规则。
　这种对创作规则心甘情愿地服从,使诗人获得了高度精确地表达思想感情的能力,以及一
　种新的、似是而非的自由:韵律给诗人增添了羽翼,它使他翱翔,飞腾,尽管未能使他脱离
　轨道,却使他获得了超乎寻常的能力。据王光明:《诗歌形式的追求——"新月诗派"新
　论》(下),《海南师范学院学报(社会科学版)》2004 年第 1 期。

的十四行情诗①，即 19 世纪英国著名女诗人 Mrs. Browing（原名 Elizabeth Barrett，1806—1861）所作的《葡萄牙人的十四行诗》，英文为"The Sonnets from the Portugues"。闻一多的这一开创之举，后来朱自清曾评价说："他尽量保存原诗的格律，有时不免牺牲了意义的明白。但这个试验是值得的；现在商籁体（即十四行诗）可算是成立了，闻先生是有他的贡献的。"②而把 Sonnet（十四行诗）赋以"商籁体"的新译名，这也是闻一多的创意——众声为"籁"，高秋为"商"，音义双关，称得上佳译，也让人们更留意这种诗体驯化题材、组织和转化感情的方式。试译《白郎宁夫人的情诗》之后，闻一多自己又用这种诗体写了一首题为《回来》（《新月》1928 年 5 月 10 日第 3 期）的诗，通过进入家门的瞬间情境，用十四行诗的起承转合结构出色地表现了从满怀期待到困惑彷徨，终而认识了"孤臣孽子"处境的心理过程。闻一多对十四行诗的出色翻译和尝试，再现了这种典范诗体的节奏和旋律，在新诗人普遍寻求格律的气氛中，为许多人所赏识，因而引来了更多的翻译介绍和尝试。或者可以说，十四行诗是仅次于自由诗在中国新诗中有广泛影响的外国诗歌形式，如果自由诗也算是一种诗歌形式的话。

在《新月》创刊号闻一多的译诗后面，徐志摩也特意作长文解说了之所以介绍商籁体的原由及意义。他认为商籁体是"抒情诗体例中最美最庄严，最严密亦最有弹性的一格"，英国文学史上四百年间"经过不少的名手的应用还不曾穷尽它变化的可能"，它是"西洋诗式中格律最谨严的，最适宜于表现深沉的盘旋的情绪"。徐志摩说"一多这次试验也不是轻率的，他那耐心先就不易，至少有好几首是朗然可诵的"，他雄心勃勃地表示，商籁体既然可以从意大利移植到英国，"在解放与建设我们文字的大运动中，为什么就没有希望再把它从英国移植到我们这边来？"他并强调之所以这样做，就是要"引起我们文学界对于新诗体的注意"③。徐志摩、闻一多对形式工整、格律谨严的"商籁体"（十四行诗）青睐有加，显然与新月诗人主张诗之"三美"的格律化运动背景息息相关，这个倾向在《诗刊》创办时得到充分展现。《诗刊》创刊号总共 18 首诗作中就发表了 6 首十四行诗：打头阵的是孙大雨的 3 首商籁体《诀绝》《回答》《老话》，另有饶孟侃 1 首《弃儿》，李惟建 2 首（选自其诗集《祈祷》1933 年由新月书店出版，是我国最早的十四

---

① 闻一多译《白郎宁夫人的情诗》共 20 首，见《新月》第 1 卷第 1、2 期，1928 年 3 月 10 日、4 月 10 日出版。

② 朱自清：《新诗杂话》，生活·读书·新知三联书店 1984 年版，第 71 页。

③ 徐志摩：《白郎宁夫人的情诗》，《新月》第 1 卷第 1 期，1928 年 3 月 10 日。

行诗集),徐志摩特别提出孙大雨的"三首商籁是一个重要的贡献!这竟许从此奠定了一种新的诗体"①,梁宗岱也称"就孙大雨的《诀绝》而论,把简约的中国文字造成绵延不绝的十四行诗,作者的手腕已有不可及之处"②。之后《诗刊》又连续发表了陈梦家、卞之琳、林徽因、方玮德等人的试验作品。

　　新月诗人对十四行诗的倡导一方面在社会上"已然引起不少响应的尝试",像《现代》《文学》《文艺杂志》《申报·自由谈》《北平晨报·文艺》《人间世》等报刊就纷纷发表十四行诗,形成一股形式试验的热潮。但是不同意见也应声而起,认为这会造成"中国文学的特性的消失"。新月同人梁实秋就在给徐志摩的信里直接泼冷水:"新诗,实际就是中文写的外国诗","用中文写 Sonnet 永远写不像",他要求"写诗的人自己创造格调","要创造新的合于中文的诗的格调";胡适则在赞同梁实秋观点的基础上,进一步说:"其实不仅是写得像不像的问题。Sonnet 是拘束很严的体裁,最难没有凑字的毛病。我们刚从中国小脚解放出来,又何苦去裹外国小脚呢?"③对此晚年的孙大雨还记得,1931 年的一个秋日,胡适当着他的面说写十四行诗是"缠外国小脚"④。胡适当年掀起"白话诗"运动的大旗,就是竭力要摆脱旧诗形式的束缚,这个主张也是他一以贯之的(胡适晚年还斥中国律诗为"下流"⑤),不难理解他会起而反对类似于中国律诗那样要求谨严甚至苛刻的十四行诗,而从徐志摩办《诗刊》屡次致信要胡适赐稿而他始终未应

---

① 徐志摩:《诗刊·序语》,《诗刊》季刊第 1 期,1931 年 1 月 20 日。

② 梁宗岱:《论诗》,《诗刊》第 2 期,1931 年 4 月 20 日。

③ 胡适:《胡适寄徐志摩论新诗》,作于 1931 年 12 月 9 日(志摩逝去二十天),初载 1931 年 12 月 14 日《大公报·文学副刊》第 205 期,复载《诗刊》第 4 期,1932 年 7 月 30 日。

④ 孙大雨说:"记得 1931 年有一个秋日,胡适在他北平的家里谈起我在当时的《诗刊》第 1 期上发表的三首意大利商乃诗时,笑说那是缠外国小脚。他以一十年代中、后期在《新青年》上反对写旧诗的倡导人的身份,反对新诗中有格律,那是可以理解的。"见孙大雨:《莎士比亚的戏剧是话剧还是诗剧?》,载《华东师范大学学报》1987 年第 2 期,见《孙大雨诗文集》,河北教育出版社 1996 年版,第 239 页。

⑤ 梁实秋:《胡适之先生论诗》,见《梁实秋怀人丛录》,中国广播电视出版社 1991 年版,第 162 页。梁实秋回忆,他曾邀请胡适到其任教的台湾师范大学演讲,胡适讲题为"中国文学的演变",其中谈到律诗时"他的口气加重了,他一再的咬牙切齿的斥律诗为'下流',使得一部分听众为之愕然",梁实秋说"我事后曾替胡适先生解释,此'下流'非'下流无耻'之'下流',乃是'文学末技'之意"。梁实秋以此说明胡适"对诗的多年见解之牢不可破"。

约,也很可想象胡适其实是并不欣赏甚至不满于新月诗人的这些尝试的①。

徐志摩却不能与梁、胡二人苟同,他说:"我却以为这种以及别种同性质的尝试,在不是仅学皮毛的手里,正是我们钩寻中国语言的柔韧性乃至探检语体文的浑成,致密,以及别一种单纯'字的音乐'(Word-music)的可能性的较为方便的一条路:方便,因为我们有欧美诗作我们的向导和准则。"②显然,徐志摩是在探索借鉴外国诗以求新诗自身发展的可能性,其目的并非仅仅局限于商籁体这一诗体本身,更多的是倡导的意义,他本人也只作过一首像模像样的十四行诗③。而梁宗岱则从自己的创作感受出发,认为作十四行诗"决不是由于偶然的幻想或一时的快意,而完全因为这谨严的诗体可以满足我心灵对于'建筑'和'音乐'的两重迫切的需要"④。闻一多的研究则至为深入,他注意到中国传统的律诗与西方十四行诗的相似,后者内部结构中也存在着"起,承,转,合"的关系,并对十四行诗体做了十分精到的概括:

---

① 1931 年 1 月 28 日,徐志摩致信胡适云:"《诗刊》想已见过,二期务期惠稿,诗、散均佳,要不可阙。"同年 7 月 16 日,徐志摩再次致信胡适称:"三期《诗刊》候您的大文,前辈先生,当不吝教。宗岱论平仄跨句几点,可否另条抒撼高见?"同年 7 月 25 日,徐又有一信给胡适:"三期《诗刊》单等你允许我的文章了,千万立即写寄。老前辈总得尽尽指导。"同年 8 月 13 日,徐志摩给胡适的信中又说:"第三期《诗刊》亦正付印——又没有你的文章!"徐志摩创办《诗刊》伊始就向胡适积极约稿,胡适均不曾予以回应,直到徐志摩去世后才把寄给他的一封论诗的信先交由《大公报·文学副刊》发表(1931 年 12 月 14 日第 205 期),后由《诗刊》第 4 期终刊号转载,见虞坤林编:《志摩的信》,学林出版社 2004 年版,第 287、294、295、297 页。
② 徐志摩:《〈诗刊〉前言》,《诗刊》第 2 期,1931 年 4 月 20 日。
③ 徐志摩曾翻译过英国诗人、评论家阿瑟·西蒙斯(Arthur Symons,1865—1945)的十四行诗(Amoris Victima)两首:一为第六首,题为《译诗》,署名鹤,刊于 1925 年 11 月 25 日《晨报副刊》,收入《翡冷翠的一夜》时更为《我要你》。另一首《爱的牺牲者》,发表于 1926 年 4 月 22 日《晨报副刊·诗镌》,署名谷,原题为《Amoris Victima》(西班牙文),未收集。1931 年 7 月,徐志摩本人才写了一首商籁体诗,作为生前最后一个手编诗集《猛虎集》(1931 年 8 月新月书店出版)的《献诗》,诗行作"四四四二"排列;后以《云游》为题发表在《诗刊》第 3 期(1931 年 10 月 5 日),诗行改成前八后六的格式,显然是因为作者觉得后一种更好。有研究者在详细分析基础上,认为这首诗"无论以什么标准来看,都可以算作徐氏最好的诗之一","音调非常自然,节奏十分轻快","在严谨的十四行的格局内舒展自如","用了道地的中文,写了道地的十四行诗"。参见江弱水:《商籁新声:现代汉诗的十四行体》,见江弱水:《中西同步与位移——现代诗人丛论》,安徽教育出版社 2003 年版,第 156—158 页。
④ 梁宗岱:《释"象征主义"》。按:该文系梁宗岱回应梁实秋批评的信,连载于《人生与文学》杂志(南开大学英文系师生合办的文学社团"人生与文学社"的刊物,其时梁宗岱任教于此)第 2 卷第 3 期(1936 年 11 月出版)和第 2 卷第 4 期(1937 年 4 月 10 日出版),见解志熙:《现代诗论辑考小记》,《中国现代文学研究丛刊》2005 年第 6 期。

　　　　总计全篇的四小段,第一段起,第二承,第三转,第四合。……
　　"承"是连着"起"来的,但"转"却不能连着"承"走,否则转不过来了。
　　大概"起""承"容易办,"转""合"最难,一篇的精神往往得靠一转一
　　合。总之,一首理想的商籁体,应该是个三百六十度的圆形,最忌的是
　　一条直线。①

　　从他们对十四行诗的这些认识中不难看出,新月诗人们正是在十四行
诗体里找到了中、西诗歌诗体形式的某种"契合点",从而为新诗的形式创
造提供了新的经验。新月诗人曾试验过多种西方诗体,如三叠令、回环调、
巴俚曲、圜兜儿等,但都未有多大成效,而转借十四行诗的试验却实实在在
产生了一批成果,像孙大雨的《决绝》、饶孟侃的《弃儿》、卞之琳的《一个和
尚》、李惟建的《祈祷》等一批作品,而朱湘多达73首(其中英体17首,意体
56首)的十四行诗差不多是当时尝试这一诗体写作最多的诗人,且多为水
平线之上的作品,极少失败之作,可以说是30年代初尝试这种诗体最受瞩
目的一个②。因此,新月诗人对十四行诗的引进具有开拓性的意义,直接影
响了后来十四行诗在中国的发展。

三、对西方现代诗艺的译介与实践

　　《诗刊》的适时出现,还显示出在20世纪30年代,新月诗人在时代冲
击及自身艺术与人生追求的矛盾中寻求转换的渴望。陈梦家这样说,"我
也如常人一样企望着更伟大更鲜明的颜色或是声音的出现"③,他感觉到
"外国文学影响我们的新诗,无异于一阵大风的侵犯,我们不能不受她大力
的掀动湾过一个新的方面"④;徐志摩则一方面在呼唤自己创作上的"复活
的机会",同时向新月的新侣旧朋宣布:"我们像是到了一个分歧路口——
你向哪一边走?"他号召同人"在时代的振荡中胚胎着我们新来的意识",
"在思想上正如在艺术上,我们着实还得往里走"⑤——新月诗人此时所寻
求的"新的方面","新的意识",实际意味着他们要突破19世纪浪漫主义诗
人的"雷池",在审美倾向和诗艺风格上迎合世界新诗潮趋向现代主义的

---

①　闻一多:《谈商籁体》,载《新月》月刊第3卷第5、6期合刊。
②　王光明:《诗歌形式的追求——"新月诗派"新论》(下),《海南师范学院学报(社会科学版)》2004年第1期。
③　陈梦家:《〈梦家诗集〉再版自序》,新月书店1931年7月再版。
④　陈梦家:《〈新月诗选〉序》,新月书店1931年版,上海书店1981年影印版,第5页。
⑤　徐志摩:《〈诗刊〉前言》,《诗刊》第2期,1931年4月20日。

变异。

这首先表现在新月派成员对西方现代主义诗学前所未有的有组织的大规模译介上，其中尤以叶公超、梁宗岱、邵洵美等在此方面着力甚多。早在1928年徐志摩欧游途中，他就与旅居法国的梁宗岱（1903—1983）结识并约其为《新月》杂志撰写关于法国象征派诗人瓦雷里的文章①，但实际梁并未在《新月》发表文章。直到1931年3月21日，梁宗岱方从德国海德堡寄给徐志摩一封论诗的长信，他在信中着重探讨了西方现代主义与中国传统诗学的整合问题②，被徐志摩称为"词意的谨严是近今所仅见"，刊发在《诗刊》第2期上。梁宗岱这一"迟到"的惠稿，倒是为此时的徐志摩才有了系统介绍西方现代主义诗学的雄心做了最好的注脚。可惜由于早逝使徐志摩组织译介的举措未能继续下去，这一重任则由同人叶公超自觉地承担起来。

新月派文人中，当徐志摩、闻一多对英美诗歌的知识趣味还停留在19世纪浪漫主义后期时，叶公超却早已接触到且一直关注着英美现代派诗歌和诗学。晚年梁实秋忆及叶公超的诗歌观念时，就强调"他私人嗜读的是英美的新诗。英美的诗，到了第二次世界大战以后，才有所谓'现代诗'大量出现。诗风偏向于个人独特的心理感受，而力图摆脱传统诗作的范围，偏向于晦涩。公超关于诗的看法与徐志摩、闻一多不同"③。叶公超当年在英国留学时就与西方现代派诗歌和批评大师艾略特（T. S. Eliot, 1888—1965）交往密切，受其影响还一度想写一首像《荒原》那样的诗，可惜始终未写成功。当他1926年初回国时，徐志摩将其介绍给胡适时，后者打趣称他是"一位T. S. Eliot的信徒"。而这一背景构成了叶公超日后大致上以艾略特为中心译介西方现代主义的基础。

1922年，艾略特发表的长诗《荒原》（*Waste Land*）轰动于世，人们称这部辉煌的长诗是"过去和将来的桥梁"，"可以说是对过去的历史，可以说是对现在的记录，也可以说是对将来的预言"④。该诗的发表，为艾略特赢得了20世纪西方现代主义文学发展中承前启后的重镇地位，艾略特也自此开

---

①　徐志摩：《致胡适》（1928年9月20日），见虞坤林编：《志摩的信》，学林出版社2004年版，第282页。

②　梁宗岱：《论诗》，《诗刊》第2期，1931年4月20日。

③　梁实秋：《叶公超二三事》，见陈子善编：《梁实秋文学回忆录》，岳麓书社1989年版，第389页。

④　邵洵美：《现代美国诗坛概观》，《现代》第5卷第6期，1934年10月1日。

始进入中国新文学的视野,最初他的名字仅偶尔出现在个别作家学者的译介中①,而第一个比较全面而有意识地介绍艾略特的却是叶公超。1932年9月,叶公超接编《新月》后,就凭借他对西方诗坛正在兴起的现代主义运动的高度敏感,短时间内即组织了大量译介包括艾略特在内的西方现代派诗艺的文章。自第4卷第2期至第4卷第7期终刊,《新月》先后发表了梁镇译魏尔伦的诗《诉》(第2期),卞之琳译《魏尔伦与象征主义》(哈罗德·尼柯孙作,第4期。在该文前言中,卞之琳介绍此文专论魏尔伦的"亲切"与"暗示")、《恶之花拾零》(波特莱尔作,第6期),叶公超的《美国〈诗刊〉之呼吁》(第5期)、苏波(常风)的《英诗之新评衡》(第6期)等译介文章。在《美国〈诗刊〉之呼吁》一文中,叶公超谈到《诗刊》发表的是瓦雷里、艾略特和意象派诗人的诗,他们有"新的情绪,新的觉悟,还要用新的方法来表现它们";而常风的文章是对英国批评家利威斯(F.R.Leavis)新著所作的书评,也是在叶公超直接指导下撰写的,其中重点评品艾略特的长诗《荒原》是"集中整个人类意识的一种努力",认为"现代诗人不再表现那单纯的情绪,他们重视机智、智慧的游戏,大脑筋脉的内感力",从而脱离浪漫派诗人的影响而走"其他的路径",这"大半由于艾略特的努力。他已经做了一个新的开始,树立了新的平衡"。这些译介比较全面地报道了英美诗坛的新动向,也无疑向新月诗派的既有审美观念提出了挑战。

　　1934年5月创办《学文》时,叶公超又特地嘱卞之琳为创刊号翻译出艾略特的名文《传统与个人才能》,并亲自为之校订,译出文前的拉丁文。对此,卞之琳在回顾自己的创作历程时说,"这些不仅多少影响了我自己在30年代的诗风,而且大致对三四十年代一部分较能经得起时间考验的新诗篇的产生起过一定的作用"②。同年4月,叶公超在《清华学报》第9卷第2期上发表了《爱略特的诗》一文,认为"要想了解他的诗,我们首先要明白他对于诗的主张",并列举《传统与个人才能》来说明他的诗为何爱用典故③。《荒原》的第一个中译本问世时(新月诗人陈梦家的夫人赵萝蕤译、上海新

---

① 如1923年8月27日出版的《文学周报》载玄(茅盾)的《几个消息》中,谈到英国新办的杂志《Adelphi》时,提到艾略特为其撰稿人之一。1927年12月《小说月报》第18卷第12号载佩玄(朱自清)译杰姆逊(R.D.Jameson)《纯粹的诗》,认为"写诗的人比之于他们的情绪,更应用他的智慧","道德与智识不是诗的目的",诗除它自己之外"别无目的",并提到这些纯诗主张与艾略特的激进理论反映了"同一趋势"。

② 卞之琳:《纪念叶公超先生》,见叶崇德主编:《回忆叶公超》,学林出版社1993年版,第21页。

③ 叶公超:《爱略特的诗》,见陈子善编:《叶公超批评文集》,珠海出版社1998年版,第112页。

诗社1937年6月初版），叶公超又专门为之作序《再论爱略特的诗》，发表在1937年4月5日《北平晨报·文艺》第13期。文中谈到艾略特的诗和诗学"已造成一种新传统的基础"，以奥顿（W. h. Auden）为代表的青年诗人"都可以说是脱胎于'艾略特传统'"，并把艾略特与中国唐宋诗人进行对比，认为"爱略特之主张用事与用旧句和中国宋人夺胎换骨之说颇有相似之点"①。译者赵萝蕤（1932年毕业于清华大学外国文学研究所，时曾就学于叶公超）认为，叶公超老师对艾略特的体会要比为其译作加"译者注"的美籍教授温德先生还深得多："温德教授只是把文字典故说清楚，内容基本搞懂，而叶老师则是透彻说明了内容和技艺的要点与特点，谈到了艾略特的理论和实践在西方青年中的影响与地位，又将某些技法与中国的唐宋诗比较。像这样一句话：'他的影响之大竟令人感觉，也许将来他的诗本身的价值还不及他的影响的价值呢。'这个判断愈来愈被证明是非常准确的。"②后来叶公超在其被誉为"中国新诗史论的经典之作"③《论新诗》（载1937年5月《文学杂志》创刊号）一文中还大段引用了艾氏《传统与个人才能》中关于新艺术品与旧艺术品相互调整适应的著名观点，认为"把自己一个二千多年的文学传统看作一种背负，看作一副立意要解脱而事实上却似乎难于解脱的镣铐，实在是很不幸的现象。"他还指出"以往的伟大的作家的心灵都应当在新诗人的心灵中存留着，生活着。旧诗的情境，咏物寄托，甚至于唱和赠答，都可以变态地出现于新诗中。"④叶公超借用艾略特的诗学观考察新文化与传统文化、新诗与旧诗如何协调的问题，相比而言，要比胡适等反传统的文化激进主义者的视野开阔了不少。而在另一篇评价西方现代新潮作家的文章中，叶公超还注意到他们追求"冷淡的客观主义""理智性的中立态度"以及在现代社会科学的影响下"有了新觉悟、新理智、新眼光"⑤。

　　除了叶公超外，邵洵美也在《现代美国诗坛概观》一文中专门介绍了意象派诗歌运动，特别肯定了庞德、艾略特"不被国界所限制"，"作品简直还不受时间的限制"，"全历史是他们的经验，全宇宙是他们的眼光：他们所显

---

① 叶公超：《再论爱略特的诗》，见陈子善编：《叶公超批评文集》，珠海出版社1998年版，第121—126页。

② 赵萝蕤：《怀念叶公超老师》，见陈子善编：《叶公超批评文集》，珠海出版社1998年版，第2页。

③ 卞之琳：《纪念叶公超先生》，见叶崇德编：《回忆叶公超》，学林出版社1993年版，第22页。

④ 叶公超：《论新诗》，见陈子善编：《叶公超批评文集》，珠海出版社1998年版，第50、63页。

⑤ 叶公超：《写实小说的命运》，《新月》第1卷第1期，1928年3月10日。

示的情感,不是情感的代表,而是情感的本身"①。而邵洵美本人对《荒原》
更是偏爱有加,据说,"徐志摩飞机出事身亡之后,1932 年在上海,由邵洵美
先生召开的中国诗人年会上,邵先生与甫自英国游学归国的周煦良先生,还
有一位女士(不知道是否系新月派诗人第二代陈梦家的夫人赵萝蕤女士,
已记不清楚),竞相背诵艾略特的《荒原》一长诗。邵周两先生能把这首长
诗背得滚瓜烂熟。"②而邵洵美的这一"功力",显然与其留英期间深度浸淫
于先拉斐尔派以降的英法现代派文学密切相关。③

　　新月对艾略特的用心用力地大规模译介及其《荒原》产生的巨大影响,
对后期新月诗人在审美观念及创作倾向产生了深刻的作用,他们在诗的题
材、诗感上不约而同地表现出现代派的某些特征。为此,作为深受叶公超影
响堪称新月向现代派转变过程中最有代表性的诗人卞之琳曾特别说道,
"写《荒原》以及前短作的托·斯·艾略特对于我前期中间阶段的写法不无
关系","我自己思想感情上的成长较慢,最初读到二十年代'现代主义'文
学,还好像一见如故,有所写作,不无共鸣,直到 1937 年抗战起来才在诗创
作上结束了前一时期。"卞之琳还从整体上观察到:"叶公超开始接编《新
月》杂志,实际上使刊物面貌已大有改变。诗歌方面发表了更多除了语言
风格,实质上已非《新月》派正统诗的格局","所谓'新月同人'文学趣味也
绝非尽同"④,可谓一语道出了新月诗人突破传统诗风的实况。

　　具体说来,以艾略特为代表的现代主义新诗潮对新月诗人的影响主要
凝聚在三个方面:一是诗的以经验代替情绪的主智化倾向;二是诗的非个人
化倾向的追求;三是"荒原意识"的崛起⑤。

　　以经验代替情绪是以诗人创作中的主智化倾向为前提的。20 世纪 20
年代英美诗坛曾发生过关于"纯粹的诗"的争论,其重要的收获之一就是确
立艾略特的创作和主张对传统浪漫主义的超越,即由艾氏开辟的诗与哲学

①　邵洵美:《现代美国诗坛概观》,《现代》第 5 卷第 6 期,1934 年 10 月 1 日。

②　邢光祖:《艾略特之与中国》,见痖弦、新梅主编《诗学》第二辑,台湾巨人出版社 1976 年
　　版,第 229 页。转引自刘燕:《T. S. Eliot 与中国现代诗学》,《外国文学研究》2000 年第
　　2 期。

③　参见邵洵美作《〈诗二十五首〉自序》与自剑桥回国后 1928 年由金屋书店出版的文艺评论
　　集《火与肉》,见陈子善编:《洵美文存》,辽宁教育出版社 2006 年版。关于其剑桥生活,参
　　见刘群:《古希腊女诗人萨福在中国的译介及影响》(《中国比较文学》2012 年第 4 期)、
　　《剑桥的"老大卫"与"海法"》(未刊稿)。

④　卞之琳:《纪念叶公超先生》,见叶崇德主编:《回忆叶公超》,学林出版社 1993 年版,第
　　21 页。

⑤　黄昌勇:《现代主义与新月诗派的发展》,《同济大学学报(人文社会科学版)》第 7 卷第 1
　　期,1996 年 5 月。

的融合的新途径。他认为"写诗的人比之他的情绪，更应用他的智慧"①，"睿智（Intelligence）正是诗人最应当信任的东西"，"潜在意识的世界——这些黑暗之中，象探海灯一般放射睿智，而予这混沌的潜在世界以方法的秩序，便是现代知识的诗人应该做的纯粹工作。"②因而，艾略特指出："最高的哲学应该是最伟大的诗人的最好的材料"，诗人的高下与诗中表现的哲学是否伟大以及表现的是否"圆满和精到"有着密切关系。诗应当"创造由理智成分和情绪成分组成的各种整体"，"诗给情绪以理智的认可，又把美感的认可给予思想"③。后期新月诗人在创作上不约而同地表现出智慧诗的特色，孙大雨在雄浑博大中咏叹笛卡尔"我思维，故我存在"的妙谛（《自己的写照》）、曹葆华在多层次的语义朦胧与跳跃的意象组合中隐藏着对人生哲学的深长思索（如《无题草》集），而卞之琳在冷峻中融合相对论的科学思想，他的《断章》一诗："你站在桥上看风景，看风景的人在楼上看你。/明月装饰了你的窗子，你装饰了别人的梦"早以其蕴涵的哲理令人折服……中国新诗由此也在30年代崛起了一个"以智慧为主脑"的主智诗的潮流，被人称为"新的智慧诗"④。

　　新月诗人受艾略特影响的第二个方面是出现了诗的"非个人化"的倾向。艾略特在《传统与个人才能》中提出了著名的诗的"非个人化"论断："诗人没有什么个性可以表现，只有一个特殊的工具，只是工具，不是个性，使种种印象和经验在这个工具里用种种特别的意想不到的方式来相互结合"。"诗不是放纵感情，而是逃避感情，不是表现个性，而是逃避个性"，"诗人若不整个地把自己交付给他所从事的工作，就不能达到非个人的地步"⑤。在《荒原》中，艾略特就大量运用了非个人化的小说化"戏剧性情境"，避免了自己主观的剖析而只求典型的暗示。孙大雨在《自己的写照》中普遍尝试了这种方法，传达自己的思想和经验，诗中描写地铁车厢中一位纽约城打字小姐的心理活动一节——夜晚的荒淫生活，对打字工作的厌倦，渴求换来上好的化妆品，性病，月经，无穷的调笑，夜晚街头的卖身，母亲的贫困，期冀将来的微笑等等，一个小人物的可怜的生活，经过非个人化的小说化的处理，具有了深刻的典型意义。

---

① 佩玄（朱自清）译：《纯粹的诗》（R.D.Jameson 作），《小说月报》第18卷第12号，1927年12月10日。

② 高明译：《英美新兴诗派》，《现代》第2卷第4期，1933年2月1日。

③ 周煦良译：《诗与宣传》，《新诗》第1期，1936年7月。

④ 柯可（金克木）：《论中国新诗的新途径》，《新诗》第4期，1937年1月10日。

⑤ ［英］艾略特：《传统与个人才能》，卞之琳译，《学文》第1卷第1期，1934年5月1日。

　　卞之琳也用这种"非个人化"方法创作了大量诗作,他说:"我总喜欢表达我国旧说的'意境'或者西方所说的'戏剧性处境',也可以说是倾向于小说化、典型化、非个人化,甚至偶尔用出了戏拟(Parody)"。由于戏拟手法的运用,抒情的主体不仅在一首诗里常常变换,而且诗里的代词也可以互相更替,"我"也可以和"你"或"他"("她")互换,"当然要随整首诗的局面互换,互换得合乎逻辑"①。通过抒情主体的互换或模糊代词的确定所指,诗歌中的代词尽可能隐没诗人自己而具有了普遍性,诗作因而呈现出有"距离的组织"的风貌。这种抒情主体的互换有时表面上就能看得出来,如他的《白螺壳》一诗:"玲珑吗,白螺壳,我?/大海送我到海滩,/……怕给多思者捡起:空灵的白螺壳,你/带起了我的愁潮!"第一行是白螺的自问,"我"自然指白螺壳,同一节诗中的"你"又变成抒情主体(多思者)对白螺壳称呼的代词,接下来的"我"就不再是白螺壳而是诗人自己了。诗人以精心的结构表现理想和现实的冲突,哲理的深意掩盖在富于生活气息的意象之中。卞之琳的诗作及其诗学主张,显然闪烁着艾略特所说的诗人要逃避情感,主张理智、智慧、客观对应物、非个人化等观点的影子,同时又结合了中国古典诗歌着重意境、含蓄、精炼等特色,他力图在西方现代主义诗学与中国古典诗学之间找到一条新诗现代化的发展道路,在"非个人化"与"意境"之间找到相通点,有意识地摆脱了新月派局限于个人情感宣泄的狭窄题材,"调出小我,开拓视野,由内向到外向,由片面到全面"②。

　　值得注意的是,新月诗人这些在审美观念上的变革与创作上的嬗变,除了受西方现代派影响之外,与徐志摩、闻一多等新月前辈诗人也有着一定关联:前期新月主张以理智节制情感,反对情绪的过度放纵等古典美学原则显然与以经验代替情绪的主张不乏相近之处;而与"非个人化"的"戏剧性情境"相关的则是,闻一多、徐志摩、饶孟侃等人也创作了不少的戏剧化独白体诗作,戏剧化独白诗是"用诗的体裁,通过独白的形式,写一个戏剧性场面,这场面是独立自足的生活片段。独白的听者,有时是一般的,有时是特写的某某人或某些人。这种诗讲究用口语,使读者觉得真人真话,生动传神。好的作品,冶诗与戏剧于一炉,或入微刻划人物性格,或严肃探索人生问题,或深切反映社会现实。这种体裁,是由 19 世纪美国的白朗宁(Robert Browing)确立的。"③像闻一多的《天安门》《飞毛腿》《罪过》等,徐志摩的

---

①　卞之琳:《〈雕虫纪历(1930—1958)〉自序》,《新文学史料》1979 年第 3 期。

②　卞之琳:《〈雕虫纪历(1930—1958)〉自序》,《新文学史料》1979 年第 3 期。

③　黄维樑:《五四新诗所受的英美影响》,《北京大学学报(哲学社会科学版)》1988 年第 5 期。

《大帅》《这年头活着不易》《一条金色的光痕(硖石土白)》，饶孟侃的《天安门》等大致上都属于这类创作：不同于五四时期直抒胸臆的平民主义诗作，而是通过口语、土语等形式讲述一个客观的场面，尽力隐藏诗人的情感，但在艺术感染力上却远胜于口号式的创作。也就是说，虽然节制情感却并非降低情感的浓度，也并非削弱诗人艺术创造的个性特征，只是情感表现得更为含蓄蕴藉，应当说，这与艾略特所说的"只有那些有个性，有情绪的人才懂得需要避却个性、避却情绪的道理"(《传统与个人才能》)多少有着一致的地方。不过，闻一多等人的浪漫品性和古典趣味毕竟与卞之琳等新诗人的现代品格有着质的区别。就闻一多与卞之琳比较而言，虽然沈从文评价《死水》也是"一本理智的静观的诗"①，但闻一多的控制情感是为了达到艺术上的和谐和情感质地的纯正，就像他自己在20世纪40年代为自己辩解的那样："说《死水》的作者只长于技巧。天呀，这冤从何处诉起！……我只觉得自己是座没有爆发的火山，火烧得我痛，却始终没有能力(就是技巧)炸开那禁锢我的地壳，放射出光和热来。只有少数跟我很久的朋友(如梦家)才知道我有火，并且就在《死水》里感觉出我的火来。"②闻一多写诗在压抑的情感下面仍然是浓岩烈浆，而卞之琳则说他写诗一向处于淡远的心境，在本来规格不大的诗里"喜欢淘洗，喜欢提炼，期待结晶，期待升华"③，他在理智控制下淘洗自己的情感，进行冷静的思索，力图达到经验与智慧多于或取代情感的目的。这种差异的源头，似乎可以从他们所接受的西方诗艺背景部分地找到答案：闻一多、徐志摩等人主要汲取的是济慈、雪莱、白朗宁等19世纪浪漫主义诗人的养料，而卞之琳则径直奔向了艾略特、里尔克、奥顿(W.H.Auden)等现代派诗人的怀抱。

《荒原》的宏阔即在于在诗人构想的现实与幻象交织的故事中，给人们提供了对第一次世界大战之后资本主义社会的整体性思考，也是对人类命运和宇宙的深刻剖析和思索："这是一个战后的宇宙：破碎的制度，紧张的神经，毁灭的意识，人生不再有严重性及连贯性——我们对一切没有信仰，结果便对一切没有了热诚。"④弥漫于西方现代世界的"荒原意识"，引起了处于"无名"时代的中国年轻诗人们的共鸣，也成为艾略特带给新月诗人的

---

① 沈从文：《论〈闻一多的死水〉》，《新月》第3卷第2期。
② 《臧克家致闻一多》(1943年11月25日)，《闻一多书信选集》，人民文学出版社1986年版，第316页。
③ 卞之琳：《〈雕虫纪历(1930—1958)〉自序》，《新文学史料》1979年第3期。
④ [美]埃德蒙·威尔逊(Edmund Wilson)："艾略特论"，转引自邵洵美：《现代美国诗坛概观》，《现代》第5卷第6期，1934年10月1日。

另一重大影响。在他们的诗作中,要寻找到"荒原"的影子并不是什么困难的事。孙大雨"运用飞扬沸腾的跨行或泛溢"写出的长诗《自己的写照》,以异域纽约为背景,描写晨昏中滚动不息的人海车潮和大都会的空虚与荒淫,绝望与堕落,喧哗与骚动……诗人将五彩缤纷的大都会比作《圣经》中大蝗虫造成的"焦原",几乎就是艾略特笔下西方荒原世界的翻版。正如该诗第一行所总括的:"森严的秩序,紊乱的浮嚣",全诗的"诗行脉搏里冲击着一个现代人在一个现代化的大都市中的意识、感受和遐想,奔腾飞扬、磅礴浩瀚,气象万千,化恣肆纷扰为绵密的协调,在严峻的和谐中见杂乱繁芜",在宏大的背景下展示了诗人对整个人类充满智性的思考:人类意识代替了个人情绪的宣泄,智性思索取代了主观抒情,幻灭绝望涤荡了浪漫奇想。

半个多世纪后,孙大雨对自己这首未能完成的长诗做了这样的解释:"它的题目和它所咏叹的现象之间的哲理方面的关键,是法国16世纪末到17世纪中的哲学家笛卡尔的一句妙谛:'我思维,故我存在。'思维的初级阶段是耳闻、目睹等种种感受,即意识,用凝思和想象深入、探微、绵延、扩大、张扬而悠远之,便由遐想而变成纵贯古今、念及人生、种族与历史的大壁画和天际的云霞"。[1] 当时徐志摩、陈梦家都高度评价孙大雨的诗,以阔大的观念和广袤的背景"托出一个现代人的错综意识",诗中"新的词藻,新的想象,与那雄浑的气魄,都是给人惊讶的"[2],就连作者自己晚年还自信地认为"这样写法我不知西方有哪一位现代诗人曾企图写作过"。而从这首诗在当时"能领略以及欣赏它的人恐怕只有三五人。有人因为茫然不懂它,讥之为'炒杂烩'"的遭遇,其超前的现代意识可见一斑,所以孙大雨骄傲地说"我敝帚自珍,惋惜他炒不出这样的杂烩"。[3] 可惜《自己的写照》或许因是残篇,或因为孙大雨此后的人生际遇,未曾受到人们足够的注意。直到20世纪70年代初,才有台湾诗人痖弦给以高度评价,誉之为"确是中国早期诗坛一座未完工的巨大纪念碑,作者气魄的雄浑,与笔力的深厚,一反新月派(虽然他自己属于新月派)那种个人小情感的花拳绣腿,粗浮的伤感,和才子佳人式的浪漫腔调",并说它为中国新诗的现代化倾向,"作了最早的预言"[4]。

① 孙大雨:《我与新诗》,见《孙大雨诗文集》,河北教育出版社1996年版,第314—315页。
② 陈梦家:《〈新月诗选〉序》,新月书店1931年版,上海书店1981年影印版,第26页。徐志摩:《〈诗刊〉前言》,《诗刊》第2期,1931年4月20日。
③ 孙大雨:《我与新诗》,见《孙大雨诗文集》,河北教育出版社1996年版,第314—315页。
④ 痖弦:《未完工的纪念碑——孙大雨的"自己的写照"》,《创世纪》第30期,1972年9月。见孙近仁、孙佳始:《耿介清正——孙大雨纪传》,山西人民出版社1999年版,第193页。

　　而在"心在天上"的陈梦家的眼中，"世界就是一个缺陷的契合"①。他在《都市的颂歌》中表现"荒原"般病态的大都市："你睁开/眼睛，看见纵不是青天，也是烟灰/积成厚绒，铺开一张博大的幕，/不许透进一丝一毫真诚的光波，/关住了这一座大都市的魔鬼。"他笔下的都市"没有风，没有阳光，也没有一个幸福的梦"，这里是建筑的天堂，文明的载体，却也正是异己于人的力量，反映出生活在现代都市中人的精神异化悲哀。他用恶与丑的意象暗示"天边原没有永远的虹"（《悔与回》），则带着波特莱尔的"恶之花"的色彩，"给人一点灵魂上的战栗"。而具有唯美颓废之风的诗人邵洵美则以"官能的感受已经更求尖锐，脉搏的跳动已经更来得猛烈"呈示了变动中的欲望都市景观，并表示要以创作迎接这时代，"负起去点化全生灵的重任"②。

　　"荒原"意识却以更隐蔽的形式渗透在卞之琳貌似平常的诗篇中，他笔下展现的"北国风光的荒凉境界"就带有与此相关的影子。诗人的沉思焦虑与祖国的式微荒凉在作品里构成了强烈的反差。他描写"当一个年轻人在荒街上沉思"所看到的种种灰色的人生世相（《几个人》），醒不来的"古镇的梦"、永远沦落的"古城的心"（《古镇的梦》《古城的心》），无不弥漫着荒凉悲哀的意象；《春城》以"北京城，垃圾堆里放风筝"为反复出现的意象，带着几分艾略特式的调侃嘲谑，让古典北京放风筝的优美景致变成了现代北京的恶劣处境，也让人感到诗人内心的辛酸与悲凉；《距离的组织》则在古今对照中将时空相对的宇宙意识与关心民族存亡的社会意识交错辉映。可以说，无论是从表现题材上还是在表现手法上，以卞之琳为代表的一代新月新诗人已经渐渐走上现代派的路子。

第三节　面对现实的幻灭与价值观的对峙

　　但无论新月诗人们如何锤炼诗艺，摆在他们面前，永远还有"诗"之外的现实问题。这些现实问题，也必将作用于诗和文学，也必将作用于作诗者和为文者。

　　正像卞之琳所说的，"大约在 1927 年左右或稍后几年初露头角的一批诚实和敏感的诗人，所走的道路不同，可以说是根植于同一个缘由——普遍的幻灭。面对狰狞的现实，投入积极的斗争，使他们中大多数没有功夫多做

---

①　陈梦家、方令孺：《信》，《新月》第 3 卷第 3 期。

②　邵洵美：《诗二十五首·自序》，上海时代图书公司 1936 年版，上海书店 1988 年影印版，第 13 页。

艺术上的考虑,而回避现实,使他们中其余人在讲求艺术中寻找了出路"①。

　　毋庸讳言,新月的诗人们就是"其余人"中的主角。

　　尤其是后期新月诗人的创作,由于更多地运用暗示和象征的手法,他们的创作风格与前期诗作的含蓄澄清相比,变得更加隐晦。闻一多的"封笔之作"长诗《奇迹》就是用一系列的大跨度的博喻连缀及陌生化的语言组织使全诗充满着隐喻和象征意义,诗人没有告诉人们他追求的"奇迹"是什么,但是暗示和象征使诗作的意识更为隐晦、境界更为幽深,留给读者更大的可创造的空间:不论这"奇迹"是诗人对艺术的追求还是对理想爱情的向往,这奇迹的神圣和难以企及都调动着读者的整个灵魂的参与。徐志摩的诗里也有让你充分联想的"两个月亮",一个"老爱向瘦小里耗",最后消失在满天星点里;另一轮"完美的明月",尽管"永不残缺",却难以把握,一闭眼,就"婷婷地升上了天"(《两个月亮》),这正是诗人内心矛盾的某种暗示,其意义是要在读者的联想与体味中完成的。再来看卞之琳的《一块破船片》:

> 潮来了,浪花捧给她
> 一块破船片。
> 不说话,
> 她又在崖石上坐定,
> 让夕阳把她的发影
> 描上破船片。
> 她许久
> 才又望大海的尽头,
> 不见了刚才的白帆。
> 潮退了,她只好送还
> 破船片
> 给大海漂去。

　　全诗描写坐在海岩上的女子看潮涨潮落,破船片的涌来退去、夕阳与海水的移离和波动构成了多层面的暗示和象征:希望和爱情来来去去难以把握,在无意义的等待之中生命和岁月的无常。而陈梦家的《相信》一诗,则通过生者与死者的神秘对话,以象征死亡的墓园、骷髅与暗喻生命和希望的冬青树,这两组意象的对立构成全诗的象征意义:死亡隔绝了情人,但是爱情却

---

① 卞之琳:《〈戴望舒诗集〉序》,见戴望舒:《戴望舒诗集》,四川人民出版社 1981 年版,第 2 页。

没有生与死的界限,而爱的终究只有丑恶和虚无,这种对爱情生活的恐怖、冷漠和绝望的体验,与前期新月诗人柔美清丽的爱情诗已经有了明显的差异。

与手法相辅相成的是,因为时代的动荡,现实世界类似于西方战后的"荒原"的处境,也使新月诗人的"诗感"也相应地发生了某些变化,从邵洵美的取"花一般的罪恶"为其诗集之名已可略见其唯美主义一斑,虽然不能说邵洵美代表了后期新月诗人的创作,但他们趋于感伤颓废远离现实的倾向也是端倪可见。已不写诗的闻一多当时即有所觉察,他批评陈梦家、方玮德的唱和之作《悔与回》太"赤裸"的表现①,给臧克家诗集《烙印》所作序言中更不点名地批评"混着好玩"的"寻常所谓好诗",指出"带着笑脸,存点好玩的意思来写诗,不愁没有人给你叫好",但是,这种诗没有"一种极顶真的生活的意义",没有"令人不敢亵视的价值"②。徐志摩则表白自己从单纯的信仰流入了"怀疑的颓废",在他生命的后期,差不多1930年前后,徐志摩生活和思想上都遭遇了困境:与陆小曼婚后生活的不如意其实也意味着他对人生理想的破灭③,又不断受生计之困奔波于京沪两地④,最贴心的母

---

① 闻一多:《论〈悔与回〉》,《新月》第3卷第5、6期合刊。闻一多在文中指出:"'生殖器的暴动'一类的句子,不是表现怨毒、愤嫉时必需的句子。你可以换上一套字样,而表现力能比这增加十倍。……玮德的文字比梦家来得更明彻,是他的长处,但明彻则可,赤裸则要不得。这理由又极明显。赤裸了则无暗示之可言,而诗的文字又能丢掉暗示性呢? 我并非绅士派,'苍蝇似的思想垃圾桶里爬',我也有顾不到体面的时候,但碰到'梅毒''生殖器'一类的字句,我却不敢下手"。

② 闻一多:《〈烙印〉序》,作于1933年7月。见闻一多:《闻一多论新诗》,武汉大学出版社1985年版,第106页。

③ 梁实秋曾这样说过:"志摩的单纯的信仰,据我看,不是'爱,自由,与美'三个理想,而是'爱,自由,与美'三个条件混合在一起的一个理想,而这一个理想的实现便是对于一个美妇人的追求。……志摩的理想实际即等于是与他所爱的一个美貌女子自由的结合。和一个心爱的美貌女子自由的结合,乃是一个最平凡的希望,随便哪一个男子都有这样的想头。……但是,如果像志摩那样把这种追求与结合视为'生命之曙光,不世之荣业'那样的夸张,可就不平凡了。志摩单纯信仰,换个说法,即是'浪漫的爱'。浪漫的爱有一最显著的特点,就是这爱永远处于可望而不可即的地步,永远存在于追求的状态中,永远被视为一种极圣极洁极高贵极虚无缥缈的东西。一旦接触实际,真个的与这样一个心爱的美貌女子自由结合,幻想立刻破灭。原来的爱变成了恨,原来的自由变成了束缚,……在西洋浪漫派的文学家里,有不少这种'浪漫的爱'的实例。雪莱、拜伦、朋士(Burns),Novalis,乃至卢梭,都是一生追逐理想的爱的生活,而终于不可得。他们爱的不是某一个女人,他们爱的是他们自己内心中的理想。这样的人在英文叫做nympholept,勉强译作'狂想者'"。梁实秋:《谈徐志摩》,见陈子善编:《梁实秋文学回忆录》,岳麓书社1989年版,第192—193页。

④ 可参见徐志摩致陆小曼信多封:1931年6月14日信称:"第二是钱的问题,我是焦急得睡不着",信中提到他靠教书译书差不多每月可得近六百元(按:徐志摩于是年8月受胡适之助被聘为北大研究教授,是教授中薪金最高且能保证及时领到;译书是指是年6月,徐志摩与闻一多、陈西滢、叶公超、梁实秋五人被胡适任负责人的"中基会"莎士比亚全集翻译

亲钱太夫人离世(1931年4月23日在硖石病逝)等等,诗人的思想日趋颓唐,他禁不住唱出了这样的诗句:

> 阴沉、黑暗、毒蛇似的蜿蜒
> 生活逼成了一条甬道:
> 一度陷入,你只可向前,
> 手扪索着冷壁的粘潮。
> 在妖魔的脏腑内挣扎,
> 头顶不见一线的天光,
> 这魂魄,在恐怖的压迫下,
> 除了消灭更有什么愿望?
> ——《生活》
> 但我不是阳光,也不是露水,
> 我有的只是些残破的呼吸,
> 如同封锁在壁椽间的群鼠,
> 追逐着,追求着黑暗与虚无!
> ——《残破》

在这里,前期《志摩的诗》(1925年8月中华书局初版,1928年8月新月书店再版)里那些"雪花的快乐"(《雪花的快乐》),那"最是那一低头的温柔,像一朵水莲花不胜凉风的娇羞"(《沙扬娜拉十八首》)的明快清丽的诗绪消失了,变成了在《猛虎集》(1931年8月新月书店出版)、《云游》(1932年7月新月书店出版)里感叹"我不知道风/是在那一个方向吹",只能"在梦的轻波里依洄":徐志摩的诗情从"像山洪暴发"转而"向瘦小里耗",甚至到了"枯窘的深处"①,对人生的体悟中少了理想和阳光,多了悲凉与阴沉。而徐志摩的这种心境在后期新月诗人是有一定的代表性的。

委员会聘为委员并任译事(按:实际徐志摩后来只翻译了《罗密欧与朱丽叶》的第二幕第二景,作为遗稿先发表在1932年1月10日《新月》第4卷第1期,又复刊于1932年7月30日《诗刊》第4期),但仍不敷用。徐志摩请求陆小曼能节制开销,将家用维持至每月四百元,并说"我靠薪水度日,当然梦想不到积钱,唯一希冀即是少债"。为维持上海家中巨大开销,徐志摩还试图经手两宗房地产生意,为蒋百里和孙大雨的房子做中介以赚取高额佣金,1931年10月23、29日两封给陆小曼的信中主要即说此事,由于他的意外身亡,最终未成。参见虞坤林编:《志摩的信》,学林出版社2004年版,第113—114、126—128页。

① 徐志摩:《〈猛虎集〉序》,新月书店1931年版。

种种迹象表明,后期新月诗人的创作已经打破了"《新月》派正统诗的格局"①而趋向于现代主义诗潮。这种风格转型与"唯美""颓废"的姿态,一方面引发了新月同人内部的分歧,另一方面则招惹了诗坛"大多数人"的声讨。

新月派的精神领袖胡适和新月首席理论家梁实秋对此表示了强烈的不满。作为白话诗运动的开创者,胡适一以贯之高举作诗要"明白清楚"的大旗,这里有一个小事例可以作很好的说明。胡适去世后,叶公超曾撰文回忆他与胡适的第一次交往:

> 我是一九二六年回国后在北平才认识胡适之先生的。那时徐志摩住在中街,每星期四中午新月的朋友们都到志摩家里去聚餐,胡适也常来。志摩常好开玩笑,向适之介绍我说:"这是一位 T.S.Eliot 的信徒。"我马上改正志摩说:"我不是一个信徒,只是一个 Eliot 的读者。"适之微笑着说:"佩服,佩服,我听说 Eliot 的诗只有他自己懂,我还没有测验过自己,据说他是主张用典故的,我是最反对在诗里引经据典的,希望你把他诗里的经典加点注疏让我们了解了解。"②

胡适与叶公超对艾略特的态度迥然有别,他们在对现代派诗的看法上差异之大可谓一目了然。而梁实秋作为古典主义批评家在"明白清楚"与"朦胧隐晦"之间,无疑也宁愿选择前者。于是,胡适、梁实秋频频对新月诗的现代倾向发难,并引起了持续的论战。这场论战最初起于《诗刊》创办后,时在德国留学并倾心于现代主义诗歌的梁宗岱寄给徐志摩那封论诗的长函(《诗刊》第 2 期),谈到他读了刊物之后觉得"《诗刊》的作者心灵生活不太丰富",并且引述了里尔克(R.M.Rilke)《茨列格札记》中一段话来说明自己的观点,里尔克强调诗人的经验在诗歌创作中的意义,诗歌要靠悠长的生活积累才能写出好的诗来,"因为诗并不像大众所想象,徒是情感(这是我们很早就有了的)而是经验。"如果说这还没有什么,那么梁宗岱在信中进而对梁实秋在《诗刊》创刊号上发表的《新诗的格调及其他》一文作了毫不留情的点名批评可就相当"刺目"了:"全信只有几句老生常谈的中肯语,其余不是肤浅就是隔靴搔痒,而'写自由诗的人如今都找到更自由的工作

① 卞之琳:《纪念叶公超先生》,见叶崇德主编:《回忆叶公超》,学林出版社 1993 年版,第 21 页。

② 叶公超:《深夜怀友》,原载《文星》月刊第 9 卷第 5 期,1962 年 3 月 1 日。见关鸿、魏平主编:《新月怀旧——叶公超文艺杂谈》,学林出版社 1997 年版,第 153 页。

了,小诗作家如今也不能再写更小的诗了……'几句简直是废话",他认为梁实秋的批评失之武断,"无的放矢","只令人生浅薄无聊的反感而已"①,如此一笔抹杀,不留余地,怎么能让善于论辩说理的梁实秋心服口服。梁实秋遂作《什么是"诗人的生活"》《论诗的大小长短》(《新月》第 3 卷第 10、11 期)予以还击,梁实秋认为诗人的生活是否丰富,还是"要看个人的性情和天赋而定",无须到客观世界生活和"自己的灵魂里"去寻求,只要随时随地肯用心观察和体贴就是了。因此他认为,诗人的生活就是平常人的生活,谈什么诗的经验,诗人的灵魂永恒,是"弄玄虚,捣鬼"而已。而在《新月》停刊和《诗刊》短命结束之后,"二梁之争"却远没有结束,而且后来胡适、邵洵美、卞之琳等人也卷入其中,延伸出关于"胡适之体诗""看不懂的文艺"等论争,一直持续至抗战爆发才无果而终。双方的论争不乏意气,卞之琳就曾从人事角度回忆这些论战的相关情况,而论争的焦点其实还是关于如何看待现代派诗的晦涩诗风及其理论基础象征主义诗学的问题:梁宗岱、邵洵美等主张象征主义,梁实秋、胡适等人则要求诗的"明白清楚"——这是两种美学观念之间的冲撞②。

而诗坛"大多数人"的声讨,既与新月诗人后期的创作姿态有关,也与他们一直对于纯文艺及这种创作姿态的鼓吹有关。

鲁迅先生说过,现代文学的过程是从第一个十年的个性解放到第二个十年阶级意识的觉醒③,换句话说,现代文学的第二个十年,从一开始起,文学潮流的基本倾向或主要倾向就是革命文学和左翼文学,革命文学作家描写劳动人民的疾苦,宣传阶级斗争,表现出革命的热情。这一切在新月派文人眼中,却是另一番景象:"发狂的潮流已经涌到你面前来了。多少人已经卷了进去;革命,战争,混乱,不安定,种种与欧洲十几年来相同的情形,已经大同小异的在中国闹得乌烟瘴气了。"④

---

① 梁宗岱:《论诗》,《诗刊》第 1 期,1931 年 1 月 20 日。

② 参见卞之琳:《追忆邵洵美和一场文学小论争》,《新文学史料》1989 年第 3 期。最新关于此问题的研究成果,可参见解志熙:《现代诗论辑考小记·释"象征主义"与二梁之争及其他》,《中国现代文学研究丛刊》2005 年第 6 期。还有研究者指出,梁实秋此时一反早年对白话诗的批判,如此直白地与胡适站在同一立场,替胡适主张白话诗的"明白清楚主义"辩护,并非其审美趣味发生了多么大的变化,而与胡适利用自己的地位对他的提携不无关系,譬如梁实秋 1934 年秋离开青岛大学去北京大学做研究教授并任外文系主任,就完全是胡适的安排,因此梁实秋的辩护多少有不够真诚的成分。参见高旭东:《梁实秋:在古典与浪漫之间》,文津出版社 2005 年版,第 208—209 页。

③ 鲁迅:《且介亭杂文·〈草鞋脚〉小引》,见《鲁迅全集》(6),人民文学出版社 1981 年版,第 20 页。

④ 余上沅:《最年轻的戏剧》,《新月》第 1 卷第 1 期,1928 年 3 月 10 日。

在这种时代的大变动与大冲击下，面对1928年开始的左翼文艺界倡导无产阶级革命文学和宣传马克思主义的革命潮流，新月派文人无疑是以与左翼革命文学相对峙的姿态屹立于文坛的：由徐志摩执笔代表他们共同信仰的《新月》发刊词里早就直接指斥革命文学为"功利派""攻击派""主义派"等，并要求文艺应当遵循"不妨害健康"与"不折辱尊严"两大原则；而以梁实秋为代表的新月派与左翼及鲁迅的长期论战更是佐证，当事人叶公超在晚年也特别强调了认识"新月"不能脱离这一大的时代文化背景①。

新月诗人群作为新月派文人的一个亚团体，他们以《新月》《诗刊》为阵地的再度聚合包含着与革命文学分道扬镳的用意也是很自然的，在左翼诗歌以阶级的"炸弹"和"旗帜"的形象改变传统占据主流的时候，他们却是在力保诗的"纯粹"中紧紧扎起了诗歌领地的篱笆。徐志摩在给梁实秋的信里，就视梁文"不曾提到普罗派的诗艺"为一大缺陷，而《诗刊》创办目的则是要"在功利气息浓重的地处与时日，结起一个小小的诗坛"，"希冀早晚可以放露一点小小的光。小，但一直的向上；小，但不是狂暴的风所能吹熄"②。徐志摩本人甚至在其诗作中，声称"花尽着开可结不成果，思想被主义奸污得苦"，"到那天人道真灭了种，/我再来打——打革命的种"（《秋虫》），毫不掩饰对无产阶级革命的反感之情。陈梦家也一再宣称他们这些诗人："真实的感情是诗人最紧要的原素，如今用欺骗写诗的人到处是，他们受感情以外的事物的指示"。"态度的严正又是我们共同的信心。认真，是写诗人的好德性，天才的自夸不是我们所喜悦的。我们写诗，因为有着不可忍受的激动，灵感的跳跃挑拨我们的心，原不计较这诗所给与人的究竟是什么。我们不曾把诗注定在那一种特定的意义上（或用义上），我们知道感情不容强迫。……纵使我们小，小得如一粒沙子，我们也始终忠实于自己，诚实表现自己渺小的一掬情感，不做夸大的梦"。"惑人的新奇，夸张的梦，和刺激的引诱，我们谨慎不敢沾染。把住一点儿德性上的矜持，老老实实做人，老老实实写诗"③。作者批评"用欺骗写诗""受感情以外的事物指示""把诗注定在""一种特定的意义上"的创作态度，同时宣称他们"忠实于自己"，"表现自己渺小的一掬情感，不做夸大的梦"，这种表述显然是有所指的：是与左翼诗人要求诗歌自觉地表现大时代的阶级斗争的"急风狂雨"，而不是趋向诗人的内心世界；要求诗歌缩短（而不是拉大）与"大众"的距离

① 叶公超：《关于新月》，台湾《联合报》1980年8月6日，见程新编：《港台·国外 谈中国现代文学作家》，四川文艺出版社1986年版，第165页。
② 徐志摩：《诗刊·序语》，《诗刊》第1期，1931年1月20日。
③ 陈梦家：《〈新月诗选〉序》，新月书店1931年版，上海书店1981年影印版，第18页。

等观念唱反调的。连久不做诗的闻一多也对一些缺乏真实经验的革命诗歌表示了微词，说这一类诗"单是嚷嚷着替别人的痛苦不平，或怂恿别人自己去不平，那至少往往象是一种'热气'，一种浪漫的姿势，一种英雄气概的表演，若更往坏处推测，便不免有伤厚道了。"①

简单地说，新月诗人对革命文学创作中以诗歌为"意识形态的传声筒"，把诗歌当作宣传与鼓动阶级斗争的功利性工具，蔑视诗歌创作的艺术而粗糙制作大量急就之章等现象的批评姿态是显而易见的。这也意味着，在新兴革命文学成为时代风尚的语境中，新月诗人无疑是作为一种另类而存在的。沈从文当时在论及闻一多的《死水》与朱湘的《草莽集》时即指出了这一点："皆稍稍离开了那时代所定下的条件，以另一态度出现，皆以非常寂寞的样子产生，存在"，因为它们不"热闹"，"不能使读者的心'动摇'"②，爱，流血，皆无冲突，一片和谐的美，"同这一时代要求取分离的样子"，独自存在，"与时代要求异途"，因而"去整个的文学兴趣离远了"③。

这种或明确或含混的鼓吹，自然招来了相应的对立面。

"左联"领导下的群众性诗歌团体——1932年9月成立的中国诗歌会的诗人们就发出了针锋相对的呼喊："在次殖民地的中国，一切都沐浴在急风狂雨里，许许多多的诗歌材料，正赖我们去摄取，去表现。但是，中国的诗坛还是这么的沉寂；一般的人闹着洋化，一般人又还只是沉醉在风花雪月里。……把诗歌写得与大众十万八千里，是不能适应这伟大的时代的。"④他们提出了要"歌唱新世纪的意识"，"要使我们的诗歌成为大众歌调，我们自己也成为大众中的一个"⑤的创作口号，毋庸置疑，这些口号本身就是对垒的宣告。

1937年1月，左翼杂志《文学》第8卷第1号曾刊发石灵的《新月诗派》一文，该文以指出徐志摩的个人路径来"象征着整个新月派的途径"，那就是"热望，碰壁，颓废"⑥。

左翼大将茅盾在徐志摩去世的次年也做了一篇长文——《徐志摩论》，文中提出了一个日后相当著名的论断："志摩是中国布尔乔亚'开山'的同

① 闻一多：《〈烙印〉序》，作于1933年7月，见闻一多：《闻一多论新诗》，武汉大学出版社1985年版，第107页。

② 沈从文：《论闻一多的〈死水〉》，《新月》月刊第3卷第2期，1930年4月10日。

③ 沈从文：《论朱湘的诗》，《文艺月刊》第2卷第1期，1931年1月。引自《沈从文文集》第11卷，花城出版社、香港三联书店1984年版，第113、123页。

④ 钱理群等：《中国现代文学三十年》，北京大学出版社1998年版，第352页。

⑤ 穆木天：《〈新诗歌〉发刊词》，《新诗歌》第1卷创刊号，1933年2月11日。

⑥ 方仁念编：《新月派评论资料选》，华东师范大学出版社1993年版，第51页。

时又是'末代'的诗人"。尤为值得注意的是,茅盾对徐志摩将自己诗情的"枯窘"归之为"生活的平凡"与不肯乱做的"讲究诗的艺术和技巧"大不为然:"然而这是真正的原因么? 我以为不是的。对于这种'唯心的'解释,我们不能满足。……我以为志摩诗情的枯窘和生活有关,但决不是因为生活平凡而是因为他对于眼前的大变动不能了解且不愿意去了解! 他只认到自己从前想望中的'婴儿'永远不会出世的了,可是他却不能且不愿承认的另一个'婴儿'已经呱呱堕地了。于是他怀疑颓废了! 他自己说从'一个曾有单纯信仰的,流入怀疑的颓废',就是最好的自白。"茅盾认为徐志摩想望中的"婴儿"就是指"英美式的德莫克拉西",批评徐志摩"见着革命的影子就怕起来"。①

而鲁迅虽不认为新月是"以营业为目的"和"官办的或对官场去凑趣的"文艺团体,但是指出,"现在的自称不问俗事的为艺术而艺术的人们","只好去点缀大学教室"②,这不能说是给所有新月派诗人和诗歌做结论,却也看到了后期新月诗人创作的某种倾向:他们往往不由自主地限于书斋中雅致的自我描绘和自我陶醉,精神贵族的孤芳自赏,可以为自己狭窄的文化圈子中人赞赏,而对普通民众却难以成为他们的宝物,因此与左翼诗歌要求的"诗的意识形态化","诗与诗人的大众化"的时代主潮格格不入是毋庸置疑的。

1932 年初,时任"左联"负责人的钱杏邨发表《一九三一年中国文坛的回顾》一文,几乎对"左联"以外的所有当时作家都一一提出严厉批评,新月派自然是重点批驳对象:"既成作家中,除已经论及的外,没有什么新的开展。在惨死的诗人徐志摩所领导的'新月诗人'的一群中,虽然产生了一个陈梦家(有《梦家诗集》),但《雁子》(梦家的诗)和《雁儿们》(志摩的诗)原是一样的货色,青出于蓝,而青不胜于蓝;徐志摩的《猛虎集》除假借了哈代的一个雄壮的诗题(《猛虎》是志摩译的哈代的诗)外,是没有新的特色……他们在努力的创作传记文学,但胡适的《四十自述》,并没有展开什么成就和特点。……其他的一些作家,如沈从文,鲁彦等,那是更不必说的,是'依然故我',一贯的发展着资产阶级的个人主义的意识形态,以及智识分子所具独浓的理想主义的倾向,虚无主义的倾向。"③

中国诗歌会重要成员之一蒲风则有长文对新月诗人作了最有代表性的批判:

---

① 茅盾:《徐志摩论》,作于 1932 年 12 月 25 日,见《现代》第 2 卷第 4 期,1933 年 2 月 1 日。
② 鲁迅:《二心集·上海文艺之一瞥》,载《文艺新闻》1931 年 7 月 27 日、8 月 3 日第 20 期和第 21 期,见《鲁迅全集》(4),人民文学出版社 1981 年版,第 299 页。
③ 钱杏邨:《一九三一年中国文坛的回顾》,《北斗》第 2 卷第 1 期,1932 年 1 月 20 日。

……资产阶级诗人创办的《诗刊》(1930年4月创刊)也出版了将近三期;在《诗刊》以前,他们早就以新月杂志为大本营,产生了不少诗歌,后来笼统被选集在《新月诗选》(1931)里,这本《新月诗选》可说就是他们的唯一的代表产物。……讲究格律呀,提倡唯美主义啦,极力表示他们的穷奢极乐了。偶然他们也发点慈悲,来一些人道主义的呐喊;但在他们只这只是一种附带的玩意儿。表面上,他们说"主张以字音节的谐和,句的均齐,和节的匀称,为诗的节奏所必须注意而内容同样不容轻忽的"(陈梦家:《〈新月诗选〉序言》),好像极以内容为主的样子;其实,事实上是他们在重音节了,常以一定的格律去填上他们的雅逸有闲的内容哩! 正如陈梦家所说:"苦炼是闻一多写诗的精神,他的诗是不断的锻炼不断的雕琢后成就的结晶";而"朱湘诗也是经过刻苦磨炼的",丢开了形式,真的只剩下"一副吓人的骷髅了"。(《文学》一卷四期某读者评新月派诗)。

在《新月诗选》里,他们也表示了对现实的不满意,但……新兴的中国资本主义,在以前是不妥协的乐观地向上爬,有的只是狂飙的突飞猛进。可是,"五卅"以后,在整个资本主义世界都遭到崩溃的同一命运,而中国封建势力又是矛盾的存在着时,他们的一线希望也就会动摇,同时带点悲观色彩,委身于运命,唱"睁大了眼,什么事都看分明,但自己又何尝能支使运命?"(徐志摩:《火车擒住轨》)

这时候,由于他们的阶级根性使然,事实上他们是以尽量沉醉于酒肉脂粉里来得迫切的,……所谓恋爱多半是商品化的玩弄,……心肠是像资本家一样的冰冷。不过,有时他们也会爱好山林,那是因为都市生活玩厌了。正有如偶然也会有人道主义的哀怜——徐志摩写《战歌》,饶孟侃也写《"三一八"》一样。至若一部分的他们,像沈祖牟仍有出世思想,朱大枏、刘梦苇有颇悲哀的伤感,那也许另有经济条件所支配。但"虚无"倒是他们的通病。因为这是时代和他们所属的经济背景所赐予他们的。

在这个时候,新月派可以说业已两分的,像上述朱维基、邵洵美一派,我们叫做香艳派。另一派,是格律派,以陈梦家、朱湘(1904—1933)为代表。但自朱湘诗人自作,以怀才不遇(?)之身勇于跳江(1933年冬)追随屈原之后,臧克家以新月派的形式来了一个转变,时代复又使陈梦家不能再像以往优游自得,必然走向他所代表的阶层,于是在香艳派也不再亮香时,结束了新月派的生命。今后,纵然还有新月派的诗也只有苟留残喘的了。

朱湘代表了贵族地主的必然的命运。……在他的诗歌里是有许多叫人们不要反抗，叫人看破世界的麻醉意识的。他唱"在这河边，世人贵贱皆忘；乞丐前头泰然卧着君王"（《死之胜利》），意思就是：到头来终是一死，何必多事企求？他是要拿宿命论来阻止大众的为饥寒交迫的斗争哩！

陈梦家却逐渐能走积极的一面为自然的阶级找出路，在他的1934年1月出版的《铁马集》看来，他是业已参加过"一·二八"的沪战的，虽然，心却落在后方，老是保持他的牧师的儿子的善心，抗日热情还赶不上一个后方的民众。当然，他也不缺麻醉大众的意识，……和朱湘一样，叫大众想开一点，不必斗争的。

至若臧克家，虽采用新月派的形式，却没有像陈梦家、朱湘等那么着重格律尤其是内容方面，他更出了新月派的轨。没有恋爱，没有花，没有月，簇新的姿态出现在诗坛。但是，他本擅于客观描写的，而往往因了公式而加上了尾巴，像《烙印》（1933）上的《炭鬼》和《文学》上的《罪恶的黑手》就是例子。且老是挣不脱新月派的形式，终究不能抓住大时代的核心，尤其是在时代的动态方面。——可是，就是这样，新月派就由他的手里送上断头台了①。

这段文字足可说明：左翼革命文学家以阶级对立与斗争作为出发点对新月诗人的批判立场是相当明确的，新月诗人是作为时代主潮里的异质而出现而存在的。茅盾1932年评价徐志摩诗作"圆熟的外形，配着淡到几乎没有的内容，而且这淡极了的内容不外乎感伤的情绪"（《徐志摩论》），堪称当时乃至后来长时期人们评价新月诗人的经典表述。

而今天，有研究者提出了新的理解："这'淡'本身是它的一种质，并不能与对情感本身的量度相提并论，如若把这'淡'表达得丰满繁富、新颖独异，那么这内涵依然是丰富的"②。或可说，这种能够逾越僵化的评价标准的当代人眼光在当年的时代氛围中是难以产生的。

但更深一层看，"新月"群体在文学主张上与"左翼"群体的文学观念相去较远，在文学倾向上显示出相对立的态势，但实际上他们在文学主张的提出上，有其内在的同一性：即他们主要或重要的文学观念的形成，与他们在

---

① 蒲风：《五四到现在的中国诗坛鸟瞰》，载《现代中国诗坛》，诗歌出版社1938年版。见方仁念编：《新月派评论资料选》，华东师范大学出版社1993年版，第30—34页。

② 黄昌勇：《新月诗派论》，《文学评论》1997年第3期。

面对 20 世纪 30 年代高压政治文化氛围时所作出的特殊反应有关,都是他们针对国民党的"文化专制"而采取的一种文化战略和文学策略,尽管这种策略本身有着很大不同。我们可以从反"专制文化"的成功程度上去评价二者的得与失,却不应该忽略二者在营构消解统治者主体政治文化的"亚政治文化"气氛,从而达到反"专制文化"的目的方面所具有的共同的积极作用①。

　　而到 1936 年 10 月,现代派诗人戴望舒(1905—1950)邀请孙大雨、卞之琳、梁宗岱、冯至共同主编《新诗》月刊(1936 年 10 月至 1937 年 7 月,共刊行 10 期)时,始终坚守着"纯诗"立场诗风趋向变异的新月诗人就最终达成了与有着相类追求的现代派的合流。

---

① 朱晓进:《政治文化与中国二十世纪三十年代文学》,人民出版社 2006 年版,第 80—81 页。

结　语　毕竟是书生

　　鲁迅先生说过,"文学团体不是豆荚,包含在里面的,始终都是豆。大约是集成时本已各个不同,后来更有种种的变化"①,而对于自始至终就组织十分松散人员也素来疏朗的新月派文人来说,就更是如此。灵魂人物徐志摩的突然去世,给新月同人的心理造成的打击尤为巨大,因为"他的热心,以及他在朋友之间的黏合力量,是本来各有其业的新月同人不可缺少的"②。这一点,从新月同人对徐志摩的怀念文字中表现出的"惊人的统一"可见一斑:

　　　　他对于任何人,任何事,从未有过绝对的怨恨,甚至无意中都没有表示过一些憎嫉的神气;没有了他,"新月"也就失去了灵魂,"新月"原本固定每次两桌的饭局,在他死后也就没有了③。
　　　　我数十年来奔走四方,遇见的人也不算少,但是还没见到一个人比徐志摩更讨人欢喜。……我记得,在民国十七、八年之际,我们常于每星期六晚在胡适之先生极斯菲尔路寓所聚餐,胡先生也是一个生龙活虎一般的人,但于和蔼中寓有严肃,真正一团和气使四座皆欢的是志摩。他有时迟到,举座奄奄无生气,他一赶到,像一阵旋风卷来,横扫四座,又像是一把火炬把每个人的心都点燃,他有说,有笑,有表情,有动作,至不济也要在这个的肩上拍一下,那一个的脸上摸一把,不是腋下夹着一卷有趣的书报,便是袋里藏着一札有趣的信札,传示四座,弄得大家欢喜不置④。

---

① 鲁迅:《中国新文学大系·小说二集导言》,见《鲁迅全集》(6),人民文学出版社1981年版,第255页。
② 叶公超:《关于新月》,见程新编:《港台·国外 谈中国现代文学作家》,四川文艺出版社1986年版,第166页。
③ 这两句话分别出自叶公超:《志摩的风趣》,作于1931年11月20日,志摩死后一日,载1931年11月30日《大公报·文学副刊》第202期;叶公超:《新月旧拾——忆徐志摩二三事》,原载台湾《联合报·副刊》1981年11月19日,见陈子善编:《叶公超批评文集》,珠海出版社1998年版,第89页、第250页。
④ 梁实秋:《谈徐志摩》,见陈子善编:《梁实秋文学回忆录》,岳麓书社1989年版,第187—189页。

　　尤其朋友里缺不了他。他是我们的连索,他是粘着性的,发酵性的。……谁也不能抵抗志摩的同情心,谁也不能避开他的粘着性。他才是和事的无穷的同情,使我们老,他总是朋友中间的"连索"。他从没有疑心,他从不会妒忌。使这些多疑善妒的人们十分惭愧,又十分羡慕①。

　　志摩是一个理想主义者。……志摩不是一个哲学家的寻求理智,他是一个艺术家的寻求情感的满足。……他所寻求的是时时变化的,继续的换花样的刺激。他的好访友,好倾谈,好读新的出版物,好迁动,好号召朋友,好组织不拘形式的集会,无处不是他的寻求刺激的表现②。

　　在此引用这些文字是为了说明一个问题:同人中没有了这"一片可爱的云彩"(胡适语)的徐志摩,"新月"也渐渐随之暗淡下去,就像当年梁实秋所宣称的那样,他们走到一起办刊物只是"兴之所至",在缺少了凝聚力的情况下,随着 1933 年 6 月《新月》月刊的停刊和同年 9 月新月书店的关门,已经在事实上意味着新月派文人的有形组织已不复存在,新月派的活动也在悄无声息中趋于遁形。不过,正如在形成过程中"新月"的面目是一步步清晰起来的那样,它的衰落同样也有一个分化的过程,作为一个流派,新月不可能在瞬间就灰飞烟灭。

　　一个很值得玩味的现象是,新月派的核心成员大部在 20 世纪 30 年代又先后回到了北平,只是"物是人非","新月"辉煌的一页已经随着时间的流逝翻过去了,他们的勉强维系并没有阻止分化的到来。

　　早在《新月》月刊还在刊行时,1932 年 5 月 22 日,胡适与丁文江、蒋廷黻、傅斯年、翁咏霓、任叔永、陈衡哲等同人在北平又创办了一份政论性的周刊——《独立评论》,胡适任总编辑,每周日出版,至 1937 年 7 月共出 244 期,实际上继续着新月关于政治思想文化领域的广泛探讨。在创刊号上发表的《〈独立评论〉引言》中,他们宣称:"希望永远保持一点独立的精神",也就是"不倚傍任何党派,不迷信任何成见,用负责任的言论来发表我们各人思考的结果"。然而,自胡适于 1931 年 10 月受到蒋介石召见,"对大局

---

①　转引自胡适:《追悼志摩》,作于 1931 年 12 月 3 日,见《新月》第 4 卷第 1 期。

②　陶孟和:《我们所爱的朋友》,《北平晨报·学园》1931 年 12 月 8 日,见张放、陈红编:《朋友心中的徐志摩》,百花文艺出版社 1992 年版,第 108—109 页。

有所垂询"①后,即表现出对国民党统治权力中心的承认,成了政府名正言顺的"诤友",在这种背景下宣扬的"独立"与当年发动"人权论战"时的锐气与锋芒,已经不可同日而语了。

而《学文》月刊——由叶公超、闻一多等人创办的一份杂志,则继承了文艺"新月"的流风余脉,可以说是《新月》的后身。叶公超早于1929年回到清华外文系任教,同年余上沅也回到北京,任中华教育文化基金董事会秘书,并任教于北京大学等校,闻一多则在1932年秋天离开青岛大学回到清华园任中文系教授,稍晚些时候(1934年夏)梁实秋也在胡适的大力延揽下离开青岛大学赴任北京大学研究教授兼外文系主任。1933年《新月》停刊后,他们觉得没有自己的刊物,写出来的文章发表很不方便,同时对办杂志仍有兴趣,在叶公超、闻一多的谋划下,又征得梁实秋、余上沅的赞同,遂于是年底又酝酿凑钱出一份新杂志,能出几期算几期,希望"再创造新月的光辉"②。经过一番筹备,1934年5月1日,《学文》创刊号面世,刊名来源于"行有余力则以学文"的出典,含有自谦之意③。叶公超任主编(实际上是叶公超、闻一多两人合编),闻一多从创办到编辑出力甚多,他鼎力筹备,给老友饶孟侃等人写信征稿④,余上沅为发行人,编辑所设在北平西郊清华园内。《学文》封面由林徽因设计,中间是一块汉砖图案,"典雅朴素,在三十年代许多刊物的封面设计中独具一格"⑤。

---

① 1931年10月14日《申报》发布消息称:"丁文江、胡适来京谒蒋。此来系奉蒋召,对大局有所垂询。国府以丁、胡卓识硕学,拟聘为立法委员,俾展其所长,效力党国。将提十四日中政会简任。""简任"云云,未成事实。但从此,胡适与国民党最高统治当局建立了直接联系,成为他政治态度变化的一大关键。从前是站在"外边"批评当局,此后是身处幕内为当局者献纳意见。而对这种刚刚建立起来的新关系,胡适不很愿意公诸于世。参见耿云志:《胡适年谱》,四川人民出版社1989年版,第194页。

② 叶公超:《关于新月》,台湾《联合报》1980年8月6日,见程新编:《港台·国外 谈中国现代文学作家》,四川文艺出版社1986年版,第166页。

③ 闻一多:《致饶孟侃》(1934年3月1日),见《闻一多书信选集》,人民文学出版社1986年版,第241页。

④ 闻一多:《致饶孟侃》(1934年3月1日),见《闻一多书信选集》,人民文学出版社1986年版,第241页。

⑤ 常风:《回忆叶公超先生》,见《逝水集》,辽宁教育出版社1995年版,第57页。按:关于《学文》月刊筹备经过,可参见常风:《回忆叶公超先生》一文。另,胡适日记中也有记载:1934年2月13日记录了《学文》月刊定名事宜:"午饭在欧美同学会,……余上沅约梁实秋吃饭,并有今甫、一多、吴世昌、陈梦家、公超、林伯遵诸人,商量办一个月刊,为《新月》的继承者。杂志的名字,讨论甚久,公超提议《环中》,吴世昌提议《寻常》,一多提议《畸零》,我也提了几个,最后决定《学文月刊》"。3月4日记:"叶公超与闻一多约[吃饭],谈《学文》月刊事"。见曹伯言整理:《胡适日记全编》(6),安徽教育出版社2001年版,第324、338页。

作为一份纯文艺期刊,《学文》对诗的重视不亚于《新月》,诗的篇幅多,头三期都以诗歌为首篇,同时还刊登小说、剧本、散文及古典文学、外国文学、文学批评理论方面的论文译文等,就其内容水准来说,有人甚至认为它比《新月》还要精彩①。《学文》发表了一批在文学史上很有影响的作品,如创刊号发表了卞之琳翻译的艾略特的诗论之一《传统与个人的才能》、林徽因的小说代表作《九十九度中》和诗作《你是人间的四月天》,第2期有废名的小说《桥》、第3期则有钱锺书开《谈艺录》先声的《论不隔》一文,第4期刊登了沈从文的《湘行散记》等。主编叶公超只在第2期发表了《从印象到评价》一文,但却代表了他对文学批评的主要见解。闻一多奉献了他具有开创意义的《诗经》研究的系列论文《匡斋尺牍》(第1、3期)。比较而言,梁实秋只发表了一篇译文《莎士比亚论金钱》(第2期),胡适提供的一篇甚有寓意的小说《西游记的第八十一难》(第3期)及《一篇新体的墓碑》(第4期),分量不重。

1934年8月1日,《学文》出版第4期后停刊。停刊的原因,是主编叶公超已在清华执教满五年,依照惯例可到国外休假一年,因编务乏人主持而停刊。更关键的原因则是,同人筹集的资金出刊到第3期时就用光了,勉勉强强出完第4期,再无力继续出刊,《学文》就在既无发刊词也无终刊词的黯淡中退出了人们的视线。

虽然《学文》存在时间很短,却自有它的意义。叶公超这样说道:"当时一起办《新月》的一群朋友,都还很年轻,写作和办杂志,谈不上有任何政治作用;但是,我们这般人受的都是英美教育,对于苏俄共产主义文艺政策,本无好感。因此,对上海一些左翼作家走上共产党路线一点,大家都十分反对,一致认为对我国未来新文艺发展具有莫大的不良影响。要对抗他们,挽救新文艺的命运,似乎不能没有一份杂志。《学文》的创刊,可以说是继《新月》之后,代表了我们对文艺的主张和希望"。② 而在叶公超看来,《学文》和《新月》一样,都不是什么有组织的团体,"只是大家常见面,一起吃饭,一起喝茶聊天,对文艺有兴趣,彼此观点也趋于一致。而我们主张文艺自由的意见,是当时上海左翼作家最反对,最使他们寝食难安的一点"③。

既然如此,左翼人士的反应也是意料之中的,茅盾当时就十分敏锐地看

---

① 秦贤次编:《叶公超其人其文其事》,台北传记文学出版社1983年版,第322页。

② 叶公超:《我与〈学文〉》,见陈子善编:《叶公超批评文集》,珠海出版社1998年版,第255—256页。

③ 叶公超:《我与〈学文〉》,见陈子善编:《叶公超批评文集》,珠海出版社1998年版,第257页。

出了《学文》的背景："我们文坛上自来就有以刊物名称区分派别的习惯。所谓'新月派'就是这样被叫出来的。倘使所谓'新月派'者是一个'客观的存在'，那么，我们觉得《学文》是属于这一方面的最近的表现。不过'时代'着的色好象很厉害似的，现在他们对于生活竟感到那么'空虚,渺茫'么？生活条件和社会阶层的从属关系决定了人们的意识。"茅盾并将《学文》与同时的革命文学刊物《东流》加以对比，认为："倘说《东流》好象'向上生长的幼芽'，那么，我们对于《学文》的印象，便是'熟烂的果子'。你一看看到的，是它们那圆熟的技巧，但在圆熟的技巧后面，却是果子熟烂时那股酸霉气——人生的虚空。"①可见，在左翼文学家眼中，《学文》实际上就是"新月派"文人活动的一个延续。

　　而从《学文》的撰稿人来看，主要由《新月》的原班人马组成，如胡适、叶公超、闻一多、饶孟侃、梁实秋、沈从文、杨振声、林徽因、方令孺、陈梦家,孙洵侯等；也包括一批大抵受叶公超惠泽成名于《新月》的清华及北大的高材生，如清华大学的钱锺书、孙毓棠、曹葆华、杨联升(莲生)、赵萝蕤、季羡林，北大的卞之琳、何其芳等；还有活跃于20世纪30年代文坛的李健吾、废名、吴世昌等人，而这批作者大多都是后来被称为"京派"的代表人物，新月派作家与京派作家多有重叠，像胡适、沈从文等不但是新月的重要人物，还是京派的重镇，沈从文1933年9月接任主编后的《大公报·文艺副刊》更是"京派"作家的重要阵地。或者可以说，"新月"离散后，一大部分成员融入了京派文人的圈子，成为20世纪30年代京派文学极一时之盛的重要一脉。1936年底，应胡适等人之约出任为"再振作一下"京派而创办的《文学杂志》主编的朱光潜因此说过："京派在'新月'时期最盛，自从诗人徐志摩死于飞机失事之后，就日渐衰落"。② 这样，《学文》月刊就成了"北上的'新月派'与'京派'的一次成功的合流"③，而它的停刊则无疑意味着："新月的活动算是完全终止了"④。

　　时光荏苒，作为一个整体的"新月"虽然已经渐行渐远了，然而从新月核心人物的去向中不难看到，新月的精神与气质却远没有消失。比如说，以在《新月》发表诗意葱茏的散文而被看作是"新月派的后起之秀"的储安平，1929年在他的老师们胡适、罗隆基、王造时等人在热烈激昂地进行着人权

---

① 　惕若(茅盾)：《〈东流〉及其他》，《文学》第3卷第4期,1934年10月1日。
② 　商金林编：《朱光潜自传》,江苏文艺出版社1998年版，第6页。
③ 　陈子善：《叶公超批评文集·编后记》,珠海出版社1998年版，第272页。
④ 　叶公超：《关于新月》,见程新编：《港台·国外 谈中国现代文学作家》,四川文艺出版社1986年版，第166页。

与约法论战之时,他还只是一个 20 岁的光华大学学生,未能留下什么文字,彼时"他虽不谈政治,且多是写作文艺作品,但《新月》的精神贯注了他,为他 15 年后创办《观察》,打下了精神基础"①。事实上,储安平当时就曾为新月书店编过一本《中日问题与各家论见》(1931 年出版),初显其政治素质。20 世纪 40 年代留英回国后他一手创办了政论周刊《观察》(1946 年 9 月 1 日创刊于上海),担任主编并撰写了大量时评论政文字,成长为一名成熟的自由主义知识分子。他坚持以"民主、自由、进步、理性"的原则,保持客观、公正的立场,以知识分子的良知和责任感参与国家政治生活。作为一份主张走"第三条道路"的刊物,《观察》团结了一大批自由主义知识分子,可以说是自由主义知识分子在中国最后一次轰轰烈烈的努力,而"它在对自由精神的鼓吹和培植上比《现代评论》《新月》走得还要远,在保障人权、反抗专制、启蒙青年等方面所发挥的历史作用也是不可低估的"②。汲取了"新月"的自由主义养料而成长起来的储安平,可以说是"青出于蓝而胜于蓝"。

　　而在抗战全面爆发后,作为中国自由主义宗师的胡适出任了驻美大使,成了中国自由主义知识分子参政的一个典型代表——书生大使,这一形象既表现出胡适一辈子在学术与政治角色间彷徨的内在分裂,也为他 20 世纪 50 年代在大陆遭到批判增加了一定的"砝码"。罗隆基、闻一多、潘光旦等人则在大后方的昆明,以群体的形象出现在"民盟"的大旗下继续追求着民主宪政的理想。罗隆基达到了他一生最辉煌的时期,但是在 1957 年"反右"时,他则成为资产阶级右派的代表人物而永世不得翻身;而闻一多却相反,他在 20 世纪 40 年代完成了自己从国家主义者到书斋隐士,再到民主斗士的"三变",1946 年 7 月 15 日倒在了国民党残暴统治的黑枪之下,他的生命定格之时也使得"闻一多道路"成为了中国知识分子归宿的某种象征。"九·一八"以后,王造时参加到了抗日救亡活动的第一线,先后创办《主张与批评》(1932 年 11 月创办)、《言论自由》(1933 年 2 月)杂志,宣传抗日救国,1935 年加入救国会,成为"七君子"中最年轻的"君子",新中国成立后做了复旦大学历史系教授,直至 1971 年不幸死于冤狱中。

　　至于一度热衷谈政论事的梁实秋,虽则 1935 年在北平创办了坚持思想言论自由批评时政的《自由评论》周刊(1935 年 11 月—1936 年 10 月,共 47

①　沈卫威:《论胡适关于人权与约法的论争》,《民国档案》1994 年第 1 期。
②　谢泳:《逝去的年代——中国自由知识分子的命运》,文化艺术出版社 1999 年版,第 292 页。

期),然而如他本人所言"我好议论,但是自抗战军兴,无意再做任何讥评"①,同样在大后方的重庆,梁实秋在"雅舍"中写小品文,编《中央日报·平明》副刊(1938年12月1日至1939年4月1日,期间引起了一场"与抗战无关"的论争),1949年后去台湾并于1968年完成了《莎士比亚全集》40册的翻译。一直致力于民族戏剧事业的余上沅,也在1935年8月应国民党政府教育部之聘,赴南京创办国立戏剧专科学校并任校长,抗战全面爆发后学校内迁至重庆后自觉地投入到了蓬勃开展的抗日救亡剧运动中。余上沅主持剧专14年,为国家培养了一大批戏剧人才,1948年夏时在英国访问的他毅然回到国内,后任复旦大学中文系教授,"文化大革命"中他受到冲击于1970年病逝。

而作为新月诗人第二代代表人物的陈梦家,1932年在青岛四月樱花将开的季节译毕以色列国所罗门王"又朴素又浓密"②的情诗、《圣经·旧约》中的《歌中之歌》(通译《雅歌》),其转向"古代世界"的内在心路已经有所喻示③。而1934年考取燕京大学研究院研究生,师从容庚专攻中国古文字学、次年出版诗歌自选集《梦家存诗》后,陈梦家就从现代诗的创作转向了中国古代学研究的世界,结束了诗人生涯而开始学者生活。后执教于燕京大学、西南联合大学、美国芝加哥大学等,成为一名史学界深受推崇的古文字学家,1966年"文化大革命"初期逝世。或许,让闻一多、徐志摩等新月老

---

① 余光中:《文章与前额并高》,见陈子善编:《回忆梁实秋》,吉林文史出版社1992年版,第122—123页。梁实秋晚年在接受丘彦明女士访谈时,也表示自己从喜谈政治到无意谈政治转变的原因:"个人之事曰伦理,众人之事曰政治。人处群中,焉能不问政治? 故人为政治动物。不过政治与做官不同,政治是学问,做官是职业。对于政治,我有兴趣,喜欢议论。我向往民主,可是不喜欢群众暴行;我崇拜英雄,可是不喜欢专制独裁;我酷爱自由,可是不喜欢违法乱纪。至于做官,自惭不是那种材料。要我为官,大概用不了一年,我会急死,我会闷死,我会气死。所以我虽不能忘情政治,也只是偶然写写文章,撰些社论而已。迨抗战军兴,需要举国一致外御击侮,谁还有心情批评政事?"梁实秋:《岂有文章惊海内——答丘彦明女士问》,见陈子善编:《梁实秋文学回忆录》,岳麓书社1989年版,第100页。
② 陈梦家:《〈歌中之歌〉译序》,见陈梦家:《梦甲室存文》,中华书局2006年版,第163页。
③ 1932年11月陈梦家译《歌中之歌》,作为上海良友印刷公司《一角丛书》的第50种出版。有学者对他的这一翻译行为与其人生转向做过入微考察,认为:出身牧师家庭的陈梦家深受基督教影响,对于情感问题的体会似比一般年轻人更深刻。对于年方二十陷烦恼的陈梦家而言,翻译大胆讴歌男女之爱的诗篇《歌中之歌》,或会令其有强烈的被救赎的感觉,从而成为他从内心苦恼中解脱出来的一个出口,也成为他连接古代世界的一个入口。参见[日]稻畑耕一郎:《陈梦家早年文学活动与其古史研究的关系》,《汉字文化》2006年第4期。此文为作者在纪念陈梦家先生诞辰95周年、逝世40周年学术座谈会上的发言稿。

诗人可以欣慰的是,对从"新月"走上诗坛的卞之琳、何其芳来说,新月诗派的启迪贯穿了他们一生的诗歌活动——既包括良好的诗歌技艺上的磨炼,也包括一种严肃诗歌态度的培养,所以卞之琳1942年会把自己重要的诗集《十年诗草》献给去世已有10年的徐志摩①,至20世纪50年代何其芳、卞之琳又提出了"现代格律诗"②的话题,可以说延续和推进了新月诗派对诗歌形式的探索,也以最好的方式纪念和坚持了闻一多等人的开拓之功。然而,由于时代和风气的变化,虽然他们提出的格律诗方案在理论上趋于明晰和完整,但未能像20年代新月诗人那样成为一种群体的追求,所以在创作上也未能取得像当年那样有影响的成果。

不用说,作为社团活动的"新月"已隐入了历史的大幕中,而新月知识分子的文化理念及其精神世界仍会在时间的长河中延续发酵,沉淀为中国现代历史进程中的一份文化思想资源。从学业养成与教育背景上看,新月知识分子是一个典型独特的群体。他们多数在幼年及青少年时期接受了相当多的传统文化教育,但又生逢社会变革期,有机会在成长期接受了正规的西方现代大学教育,获取了最新的西方文明的启蒙,其学养结构或系近百年中不可复制的一代。他们以其对外来文化与国学传统自觉不自觉的双重吸收与承继、变革与创新、改写与误读,漫游于中西文化地图——借用钱锺书先生的话说,可以说充当了中西文化交流的"居间者或联络员",使国与国之间缔结了文学文化与思想的"因缘"③。而其间发生的种种,除却历史、现实、政治等方面的宏大叙事,发生在群体内外部或温暖有趣,或失落兴奋,或剑拔弩张,或意兴阑珊的关乎"人"的叙事,亦不乏借鉴与反思之意义。不管是在美国"绮色佳的小船"动议文学革命、奉杜威实验主义于中国思想界的胡适,视康桥"永为我精神依恋之乡"、与布鲁姆斯伯里人"热络"的徐志摩,还是身处"钢筋铁骨"的美利坚有如零落"孤雁"的游子闻一多,在"浪漫的"与"古典的"中徘徊的梁实秋……他们在现代中国文学史、思想史上留下的或深或浅的足迹,都会不断提示着这几个字——毕竟是书生。

---

① 卞之琳在这本诗集的题记中写道:"为了私人的情谊,为了他对于中国新诗的贡献——提倡的热诚和推进技巧于一个成熟的新阶段的功绩,而把我到目前为止的总集(我不认为《十年诗草》是我的诗选集)作为纪念徐志摩先生而出版吧。"卞之琳:《十年诗草》,明日出版社1942年版。

② 关于此问题的详论,可参见王光明:《现代汉诗的百年演变》(下),河北人民出版社2003年版,第400—408页。

③ 钱锺书:《七缀集》(修订本),上海古籍出版社1994年版,第81页。

附录一　新月主要成员简况表

姓　名	生卒年	籍贯	职　业	国内教育背景	国外教育背景	党派渊源
胡　适	1891—1962	安徽绩溪	上海中国公学校长，中国文化教育基金董事会主要成员	上海中国公学	美国哥伦比亚大学哲学博士	
徐志摩	1896—1931	浙江海宁	光华大学、大夏大学教授，中华书局编辑，北京大学教授	北京大学	美国克拉克大学硕士、哥伦比亚大学、英国剑桥大学留学	
闻一多	1899—1946	湖北浠水	中央大学教授，武汉大学文学院院长，青岛大学文学院院长	北京清华学校	美国芝加哥美术学院、科罗拉多大学艺术系留学	一度与"国家主义派"关系密切
饶孟侃（饶子离）	1902—1967	江西南昌	上海暨南大学教授	北京清华学校	美国芝加哥大学留学	
潘光旦	1899—1967	江苏宝山	上海国立政治大学教务长，光华大学文学院院长，大夏、复旦等大学兼职教授	北京清华学校	美国达特茅斯学院学士、哥伦比亚大学硕士	
罗隆基（罗努生）	1896—1965	江西安福	光华大学教授、天津《益世报》主笔、北平《晨报》主编	北京清华学校	美国哥伦比亚大学政治学博士、英国伦敦政治经济学院留学	
梁实秋	1903—1987	浙江杭州	上海国立政治大学教授，光华、大夏大学兼职教授，《时事新报》副刊主编	北京清华学校	美国科罗拉多大学、哈佛大学文学硕士、哥伦比亚大学英语研究所研修	
叶公超	1904—1981	广东番禺	暨南大学教授，外文系主任、图书馆长，中国公学兼职教授	天津南开中学	美国麻省赫斯特大学学士、英国剑桥大学文学硕士	
余上沅	1897—1970	湖北沙市	上海新月书店经理兼编辑，暨南大学、光华大学兼职教授，中华教育文化基金会秘书	北京大学	英国匹兹堡卡耐基梅隆大学、美国哥伦比亚大学学习戏剧	
陈　源（陈西滢）	1896—1970	江苏无锡	武汉大学教授、文学院院长	上海南洋公学	英国爱丁堡大学、伦敦大学政治经济学博士	

续表

姓　名	生卒年	籍　贯	职　业	国内教育背景	国外教育背景	党派渊源
沈从文	1902—1988	湖南凤凰	《红黑月刊》《中央日报》文艺副刊主编，上海中国公学教员，武汉大学教授			
吴景超	1901—1968	安徽歙县	南京金陵大学教授	北京清华学校	美国芝加哥大学社会学博士	
刘英士	1899—1985	江苏海门	东吴大学，暨南大学，中国公学教授，安徽大学法学院院长	南京河海工程学校	美国哥伦比亚大学硕士	
顾毓琇（顾一樵）	1902—2002	江苏无锡	中央大学教授、工学院院长	北京清华学校	美国麻省理工大学科学博士	
陈梦家	1911—1966	浙江上虞	中央大学学生			
丁西林	1893—1974	江苏泰兴	中央大学教授、中央研究院物理研究所所长		英国伯明翰大学理科硕士	
余楠秋	1897—？	湖南长沙	复旦大学文学院院长，中国公学教授，暨南大学讲师	北京清华学校	美国菲力普大学、伊利诺大学留学	
钱九威	1909—？	江苏常熟		上海光华大学	瑞士日内瓦大学留学	
全增嘏	1903—1984	浙江绍兴	中国公学，大同大学，大夏大学，光华大学，暨南大学教授	北京清华学校	美国哈佛大学硕士	
王造时	1903—1971	江西安福	光华大学文学院院长，中国公学教授	北京清华学校	美国威斯康辛大学政治学博士	
吴世昌	1908—1986	浙江海宁		燕京大学	美国哈佛大学硕士	
顾仲彝	1903—1965	浙江余姚	暨南、复旦等大学教授	东南大学		
方玮德	1908—1935	安徽桐城	中央大学学生			
储安平	1909—1966	江苏宜兴	光华大学学生		英国伦敦大学	
邢鹏举	1908—1950	江苏江阴	光华大学学生			
邵洵美	1906—1968	浙江余姚	金屋书店经理，《金屋》月刊主编，新月书店经理	上海南洋路矿学校	英国剑桥大学留学	
凌叔华	1900—1990	广东番禺	《武汉日报·现代文艺》主编（1935年）	燕京大学		

续表

姓　名	生卒年	籍贯	职　业	国内教育背景	国外教育背景	党派渊源
林徽因	1904—1955	福建闽县	沈阳东北大学教授，北京中国营造学社校理、参校等	北京培华女中	美国宾夕法尼亚大学	
邓以蛰	1892—1973	安徽怀宁	北京大学教授，北平艺专教授		美国哥伦比亚大学学习哲学与美学	
赵太侔（赵畸）	1889—1968	山东益都	国立山东大学筹委，青岛大学文学院教授	北京大学	美国哥伦比亚大学	
沈有乾	1900—1996	江苏吴县	光华大学教授	北京清华学校	美国斯坦福大学哲学博士	
陈楚淮	1908—1997	浙江瑞安	中央大学学生，后任江苏连云港中学，山东省立一中英文教师	东南大学		
费鉴照	？—1945		中央大学学生			
沈祖牟	1909—1947	福建闽县	光华大学学生			
谢冰季（谢为楫）	1910—1984	福建长乐				
方令孺	1897—1976	安徽桐城	青岛大学讲师		美国华盛顿州立大学、威斯康辛大学学习文学	
刘梦苇	1900—1926	湖南安乡				
朱湘（朱子沅）	1904—1933	安徽太湖	北京适存中学教师，安徽大学外文系主任	北京清华学校	美国劳伦斯大学、芝加哥大学、俄亥俄大学学习英美文学	
孙大雨（孙子潜）	1905—1997	浙江诸暨	武汉大学，北京师范大学，北京大学，青岛大学外文系教授	北京清华学校	美国达特茅斯学院、耶鲁大学英文系留学	
杨世恩（杨子惠）	1905—？	浙江鄞县		北京清华学校		
瞿菊农（瞿世英）	1901—1976	江苏武进	北京大学，清华大学教授	燕京大学	美国哈佛大学哲学博士	
林语堂	1895—1976	福建漳州	北京大学教授、北京女子师范大学教务长和英文系主任、厦门大学文学院院长、中央研究院研究员、上海东吴大学英文系教授	上海圣约翰大学	美国哈佛大学文学硕士、德国莱比锡大学语言学博士	

姓　名	生卒年	籍　贯	职　业	国内教育背景	国外教育背景	党派渊源
张嘉铸（张禹九）	1902—？	上海宝山	《剧刊》撰稿人、新月书店经理	北京清华学校肄业	美国纽约留学，修美术批评、商业	
金岳霖	1895—1984	浙江绍兴	清华大学教授	北京清华学校	美国哥伦比亚大学政治学博士、伦敦大学经济学院留学	
陈博生	1891—1957	福建闽县	《晨报》主编		日本早稻田大学经济系	
徐申如	1872—1944	浙江海宁	实业家			
梁启超	1873—1929	广东新会	曾任段祺瑞内阁财政总长,清华大学、南开大学教授,国立京师图书馆和北京图书馆馆长			
陆小曼	1903—1965	江苏常州	曾任外交部接待、翻译	北京法国圣心学堂		

说明:1. 本表系不完全统计,以基本反映新月知识分子概貌特征为目的。所列成员主要以其在新月刊物发表文章情况为依据。

2. "职业"一栏,主要以该成员20世纪20至30年代新月活动时期为主。

3. 空白表示该项内容待补。

附录二 《晨报·诗镌》目录

期　数	出刊日期	篇　目	作　者	备　注
第一号	1926.4.1	诗刊弁言	志　摩	此日为星期四
		文艺与爱国——纪念三月十八	闻一多	
		天安门	饶孟侃	后亦署名"子离"
		"回来啦"	杨世恩	后亦署名"杨子惠"
		欺负着了	闻一多	
		梅雪争春	志　摩	
		寄语死者	刘梦苇	
		不要闪开你明媚的双眼	于赓虞	
		写给玛丽雅	刘梦苇	
		新诗评——《尝试集》	朱　湘	
第二号	1926.4.8	诗与历史	邓以蛰	文后有闻一多《附识》
		昭君出塞	朱　湘	
		铁道行	刘梦苇	
		她	杨子惠	
		梦	小　兵	
		寻找	饶孟侃	
		比较	一　多	
		本期挤出朱湘君新诗评之二,挪在星期六副刊发表,请注意。	记　者（志摩）	朱湘此文系评郭沫若的诗,刊发于4月10日《晨报副刊》
第三号	1926.4.15	死水	闻一多	
		捣衣曲	饶孟侃	
		采莲曲	朱　湘	
		江上	蹇先艾	
		笑	朱大枏	
		铁树开花	杨子惠	

续表

期　数	出刊日期	篇　目	作　者	备　注
		西伯利亚(残稿)	志　摩	诗末有附言：1925 年过西伯利亚倚车窗眺景随笔
		黄昏	闻一多	
		呕吐之晨	刘梦苇	
		歌者	于赓虞	
		万牲园底春	梦　苇	
		新诗评(三)——康白情著《草儿》	朱　湘	
第四号	1926.4.22	新诗的音节	饶孟侃	
		家乡	饶孟侃	
		寄韵	蹇先艾	
		罪与罚	谷	"谷"系徐志摩笔名
		她	绍	
		晨曦之前	赓　虞	
		海天辽阔	赓　虞	
		黄河哀歌	朱大枏	
		最后的坚决	梦　苇	
		译诗	谷	题名下有原诗题 "Amoris Victima"，意为《爱的牺牲者》。作者为 Arthur Symons(阿瑟·西蒙斯，英国诗人 1865—1945)
		妻底情(试仿莎士比亚十四行诗式用韵)	梦　苇	
		朱湘启事	朱　湘	主要内容：作者新诗集《草莽》付印；预告其 "新诗评" 与 "新诗选" 即将合出一册
第五号	1926.4.29	论诗剧	余上沅	
		莲娘	饶孟侃	

续表

期　数	出刊日期	篇　目	作　者	备　注
		再休怪我的脸沉	志　摩	
		春光	一　多	
		雪夜	梦　苇	
		奠灵	默　深	
		老槐吟	先　艾	
		上期诗刊朱湘君启事中,柴思议君(Mr.Lewis Chase)国籍误美为英,承彭基相君来函指正,特为声明。	记　者	
第六号	1926.5.6	再论新诗的音节	饶孟侃	
		春游	子　离	
		走	子　离	
		鸟语(送友人南归)	闻一多	
		望月	志　摩	
		一片红叶	蹇先艾	
		四行诗	梦　苇	
		松树下	朱大枏	
		生辰哀歌(遥寄我底妈妈)	梦　苇	
		又一次试验	志　摩	
		月曲	茹	
		译华兹华斯诗一首	钟天心	
		大风歌	朱大枏	
		城上	程侃声	笔名"鹤西"
		还愿	小　兵	
第七号	1926.5.13	诗的格律	闻一多	
		无题	饶孟侃	
		新催妆曲	南　湖	"南湖"系徐志摩笔名
		A Sonnet	叶梦林	英文诗
		接受	张鸣琦	
		没有你在眼前	张鸣琦	
		那是	张鸣琦	
		春光	朱大枏	
		招牌	饶孟侃	

续表

期　数	出刊日期	篇　目	作　者	备　注
		松林的新匪	王希仁	
第八号	1926.5.20	厌世的哈提	志　摩	
		半夜深巷琵琶	志　摩	
		多谢	适　之	
		新诗话(一):土白入诗	饶孟侃	
		希望	梦　苇	
		随便谈谈译诗与做诗	天　心	
第九号	1926.5.27	哈提	志　摩	散文
		在哀克利脱教堂前(Exeter)	志　摩	
		春晓	蹇先艾	
		致某某	梦　苇	
		北河沿底夜	梦　苇	
		海上孤飞的燕儿	金满成	
		诗人的横蛮	一　多	
		偶然	志　摩	此诗系徐志摩与陆小曼合写剧本《卞昆冈》第五幕中老瞎子弹三弦时所唱歌词
		新诗话(二):情绪与格律	饶孟侃	
第十号	1926.6.3	英译的李太白	闻一多	此文系闻一多评小畑薰良翻译的《李白诗集》
		"大帅"(战歌之一)	南　湖	
		"人变兽"(战歌之二)	南　湖	
		"拿回吧,劳驾,先生"	南　湖	
		惊慌	张鸣琦	
		他不说话	张鸣琦	
		示娴	梦　苇	
		别笑我洗的新鲜	朱大枏	
		有忆	王希仁	
		井水吟	朱大枏	

续表

期　数	出刊日期	篇　目	作　者	备　注
第十一号	1926. 6. 10	诗刊放假	志　摩	
		两地相思	南　湖	
		辞别	孟　侃	
		落日颂	朱大柟	
		雨晨游龙潭	蹇先艾	
		感伤主义与"创造社"	孟　侃	

附录三 《晨报·剧刊》目录

期　数	出刊日期	篇　目	作　者	备　注
第一号	1926.6.17	剧刊始业	志　摩	
		国剧	赵太侔	
		演戏的困难	余上沅	
		评"艺专演习"	张嘉铸	
第二号	1926.6.24	戏剧的歧途	夕　夕 (闻一多)	
		国剧(续)	赵太侔	
		剧场的将来	该岱士	
		演戏的困难(续)	余上沅	
		戏剧家佚事(一)——莎士比亚	舲　客 (余上沅)	
第三号	1926.7.1	新剧与观众	西　滢	
		辛额(J.M.Synge,1871—1909)	叶崇智 (公超)	
		旧戏评价	余上沅	
第四号	1926.7.8	戏剧与道德的进化	邓以蛰	
		病入膏肓的萧伯纳	张嘉铸 (禹九)	
		剧院艺术(选译自上篇,两段对话)	戈登克雷 (Edward Gordon Claig)原著,署名"译者",待考。	译者前言称:戈登克雷是现代新剧院运动的先驱,《剧院艺术》为其代表作。
		两个消息:1.感谢《晨报》的星期画报,在星期日出一次"戏剧特号",选印二十几张画片。2.剧院建议的期望及准备。北京国立艺术专门学校招生启事。		
第五号	1926.7.15	中国语言与中国戏剧	杨振声	

续表

期　数	出刊日期	篇　目	作　者	备　注
		我记得的学校演剧	王世英	
		剧院艺术(续)	戈登·克雷	
		"兵变"之后	杨声初	
		戏剧与道德的进化	邓以蛰	
		戏剧家佚事(二)——莫利哀	舲客	
第六号	1926.7.22	九十年前的北京戏剧	顾颉刚	
		货真价实的高尔斯华绥	张嘉铸	
		光影(舞台技术之一)	赵太侔	
第七号	1926.7.29	戏剧艺术辨正	梁实秋	
		顶天立地的贝莱勋爵	张嘉铸	
		布景(舞台技术之二)	赵太侔	
第八号	1926.8.5	戏剧艺术辨正(续)	梁实秋	
		小剧院之勃兴	马楷	
		戏剧家佚事(三)——服尔德	舲客	
第九号	1926.8.12	戏剧与雕刻	邓以蛰	
		论剧	熊佛西	
第十号	1926.8.19	戏剧与雕刻(续)	邓以蛰	
		旧戏之图画的鉴赏	俞宗杰	
		上海的戏剧	杨声初	
		中国戏剧社组织大纲		
第十一号	1926.8.26	论戏剧批评	余上沅	
		旧戏之图画的鉴赏(续)	俞宗杰	
第十二号	1926.9.2	希腊之悲剧	狄更生原著,冯友兰、冯叔兰译	
		剧话(为赠别菊农写)	顾一樵	
第十三号	1926.9.9	我对于今后戏剧界的希望	熊佛西	
		明清以来戏剧的变迁说略	恒诗峰	
第十四号	1926.9.16	托尔斯泰论剧一节;附论"文艺复衰"	志摩	

期　数	出刊日期	篇　目	作　者	备　注
		《长生诀》序	上　沅	捷克作家加贝客原著,余上沅改译为《长生诀》。此序后收入余氏《戏剧论集》,改题为《论改译》。两著均由北新书局1927年出版。
		论表演艺术	舲　客	
		一件古董	上　沅	介绍北京艺术剧院计划大纲。未建成,拟建小剧院;专注国立艺专戏剧系。
第十五号	1926.9.23	剧刊终期(一)	志　摩	
		剧刊终期(二)	上　沅	
		一个半破的梦——致张嘉铸君书	上　沅	
		北京艺术剧院计划大纲(续)	赵　畸 闻一多 孙伏园 余上沅	署名为"拟定人"
		戏剧参考书目	舲　客	未完,余在副刊上续登。

附录四 《新月》月刊简况表

卷次、期次、出刊时间	主 编	栏目变化	发行人	印刷所	发行所
第1卷——第2卷第1号(共13期)1928.3.10—1929.3.10;1928.3.10—1929年4月下旬	徐志摩 闻一多 饶孟侃	第1卷第8号始,新增"书报春秋""零星""海外出版界"三个栏目。共设6期。	上海市新月书店(上海市四马路)		
第2卷第2号——第2卷第5号1929.4.10—1929.7.10;1929年5月下旬—1929年10月上旬	梁实秋 叶公超 潘光旦 饶孟侃 徐志摩	"书报春秋""零星""海外出版界"三个栏目,共设4期。	邵浩文(按:即邵洵美)	时代铅印部(上海市四马路中)	新月书店(北平米市大街)
第2卷第6、7号——第3卷第1号1929.9.10—1930.3.10;1930年1月上旬—1930年9月	梁实秋	第2卷第9号始,"书报春秋""海外出版界"栏目删除(第2卷第10号"书报春秋"栏目出现1次)。	同上	同上	同上
第3卷第2号——第4卷第1号第3卷第2号:1930.4.10。其后未署出版时间;1930年12月底—1932年春夏	罗隆基	"书报春秋""海外出版界"栏目无。	同上	同上	同上
第4卷第2号—第4卷第3号1932.9.1—1932.10.1;1932.9.1—1932.10.1	叶公超	第4卷第2号,"书报春秋"栏目恢复,至终刊。第4卷第3号"海外出版界"栏目恢复,至终刊。《新月》月刊"书报春秋"共17期,"海外出版界"16期。	同上	同上	同上

续表

卷次、期次、出刊时间	主　编	栏目变化	发行人	印刷所	发行所
第4卷第4号——第4卷第7号 1932.11.1—1933.6.1；1932.11.1—1933.6.1	叶公超 胡　适 梁实秋 余上沅 潘光旦 邵洵美 罗隆基		改为出版者:邵浩文.	时代铅印部（上海市四马路中）	新月书店（北平米市大街）

注:《新月》从第3卷开始就不能按期出版,3卷和4卷1号均不署出版时间。4卷2号到终刊,虽又注明出版时间,但与实际出刊时间常不一致。表中日期先列扉页、版权页出版日期,后列实际出版日期①。

———————

①　说明:实际出版日期参照付祥喜先生《新月派考论》附录二。

附录五　新月书店出版书籍一览表

类　别	作　者、译　者	书　名	初版年份	再版情况	备　注
小说	沈从文	蜜柑	1927.9	1928 年再版	以下为小说,计 13 种
短篇小说集	胡也频	圣徒	1927.9		
长篇小说	陈春随（登恪）	留西外史	1927.9	1928 年再版	
小说	沈从文	阿丽思中国游记	1928		
小说	沈从文	好管闲事的人	1928		
小说	陈衡哲	小雨点	1928.4		
小说	凌叔华	花之寺	1928	1929 年再版	
长篇小说	陈　铨	天问	1928		
小说集	沈从文	从文子集	1931		
短篇小说集	林微音	舞	1931		
小说集	丁　玲	一个人的诞生	1931.5		内收胡也频两篇,丁玲两篇
短篇小说集	李青崖	上海	1933		
传记体中篇小说	顾一樵	我的父亲	1933		
诗集	徐志摩	翡冷翠的一夜	1927.9		以下为诗集,计 11 种
诗集	徐志摩	志摩的诗（修订版）	1928.3	1930 年再版,1931 年 2 月三版,1931 年 9 月四版,1932 年五版,1933 年六版	
诗集	闻一多	死水	1928.1	1929 年再版,1931 年 7 月三版,1933 年四版	

续表

类　别	作　者、译　者	书　名	初版年份	再版情况	备　注
诗集	陈梦家	梦家诗集	1931.1	1931 年 7 月再版，1933 年三版	
诗集	徐志摩	猛虎集	1931.8		
诗集	徐志摩	云游	1932.10		
诗集	曹葆华	灵焰	1932.11		
诗集	曹葆华	落日	1932		
诗集	李惟建	祈祷	1933		
诗选	陈梦家编	新月诗选		1933 年再版	
期刊	徐志摩等编	《诗刊》季刊	1931—1932		
戏剧论著	余上沅编并序	国剧运动	1927		以下为戏剧论著与剧本，计 6 种
剧本	徐志摩、陆小曼合著	卞昆冈	1928.7		
戏剧论著	熊佛西	佛西论剧	1931		
戏剧论著	袁牧之	两个角色演底戏	1931		
剧本	丁西林	西林独幕剧	1931		
剧本	顾一樵	岳飞及其他	1932		四个多幕剧
文学	梁实秋	浪漫的与古典的	1927.8	1931 年三版	以下为各类专著，计 33 种（文史类 15 种，社会学类 3 种，政治类 13 种，教育类 2 种）
散文集	陈学昭	寸草心	1927.9	1928 年再版，1931 年四版	
散文集	徐志摩	巴黎的鳞爪	1927.9	1928 年再版，1931 年三版，1932 年五版	
文学	潘光旦	小青之分析	1927.9		再版改名《冯小青》，1929 年 8 月出版。

续表

类　别	作　者、译　者	书　名	初版年份	再版情况	备　注
文学	梁实秋（秋郎）	骂人的艺术	1927.9	1929 年三版，1930 年四版，1931 年五版，1933 年六版	
文学	梁实秋	文学的纪律	1928	1931 年再版	
散文集	徐志摩	自剖	1928.1	1931 年三版	
随笔集	陈西滢	西滢闲话	1928	1929 年再版，1931 年三版，1933 年四版	
文学	胡　适	白话文学史（上卷）	1928.6	1928 年再版，1929 年三版，1931 年五版	
文学	胡　适	庐山游记	1928	1932 年五版	
文学	潘光旦	读书问题	1930.11	1933 年三版	
文学	胡　适	淮南王书	1931.12		
历史学	卫聚贤	《古史研究》（第1集）	1928		
文学	张寿林编校	清照词	1931	1933 年再版	
文学	费鉴照	现代英国诗人	1933		
社会学	潘光旦	中国之家庭问题	1928.3		
社会学	潘光旦	人文生物学论丛	1928.10		再版改名《优生概论》
社会学	潘光旦	《日本德意志民族性之比较的研究》	1928.3		
政治学	世界室主人（张君劢）	苏俄评论	1927	1929 年再版	
政治学	陈耀东	国民外交常识	1928	1930 年再版	
政治学	董修甲（鼎三）	市宪议	1928		
政治学	彭基相	法国 18 世纪思想史	1928		
政治学	刘英士	欧洲的向外发展——帝国主义研究之一	1929		

续表

类 别	作 者、 译 者	书 名	初版年份	再版情况	备 注
政治学	胡适等	人权论集	1930.1	1931.8	
政治学	张忠绂 （子缨）	英日同盟	1931		
政治学	罗隆基	告日本国民和中国的当局	1931		
政治学	王造时	救亡两大政策	1931		
政治学	胡适等 著、潘光 旦编	中国问题	1932		
政治学	王造时	国际联盟与中日问题	1932		
政治学	罗隆基	政治论文	1932		
政治学	储安平编	中日问题与各家论见	1931		
教育学	董任坚	大学教育论丛	1932		
教育学	余楠秋	学生问题	1932		
社会学	吴泽霖	现代种族	1932		以下8种属"现代文化丛书"
伦理学	张东荪	现代伦理学	1932		
法学	梅汝璈	现代法学	1932		
社会学	桂质良	现代精神病学	1932		
社会学	何清儒	现代职业	1932		
法学	王化成	现代国际公法	1932		
工学	廖云皋	现代交通（上、下）	1933		
哲学	沈有乾	现代逻辑	1933		
译著 （文学）	梁实秋选辑、吴宓等译	白璧德与人文主义	1932		
译著 （文学）	伍光建译、梁实秋校并序	造谣学校	1929		［英］谢里丹（R.B. Sheridan）著，*The School of Scandal*
译著 （文学）	伍光建译、叶公超校并序	诡姻缘	1929.5		［英］哥尔德斯密斯（Oliver Goldsmith）著，*She Stoops to Conquer*

续表

类　别	作 者、译 者	书　名	初版年份	再版情况	备　注
译著（文学）	梁实秋译	潘彼得	1929		［英］巴利（J. M. Barrie）著，*Peter Pan*
译著（文学）	赵少侯译	迷眼的沙子	1929		［法］腊皮虚（La poudre aux yeux）著.
译著（文学）	邢鹏举译	何侃新与倪珂兰	1929		据英译本 *Song Story of Aucassen and Nicolette*
译著（社会学）	潘光旦译	自然淘汰与中华民族性	1929. 12	1933 年再版	［美］亨廷顿（E. Huntington）
译著（文学）	顾仲彝译、梁实秋校	威尼斯商人	1930		［英］莎士比亚（W. Shakespean）著，*The Merchant of Venice*
译著（文学）	余上沅译并序、时昭沄校	可敬佩的克莱敦	1930. 5		［英］巴利（J. M. Barrie）著，*The Admirable Crichton*
译著（政治学）	黄肇年译	共产主义论	1930		［英］拉斯基（H.J. Laski）著
译著（政治学）	蒋廷黻译	族国主义论丛	1930		［美］海士（C. J. Hayes）著，*Essays on Nationalism*
译著（政治学）	邱辛白译	政治	1931		［英］拉斯基（H.J. Laski）著
译著（文学）	冰心译	先知	1931		［黎巴嫩］凯罗·纪伯伦（Kahlil Gibran）著，*The Prophet*
译著（政治学）	刘英士译	妇女解放新论	1931		［英］蒲士著
译著（文学）	梁实秋译	织工马南传	1932		［英］乔治·哀略奥特（George Eliot）著，*Silas Marner*
译著（政治学）	王英生译	政治学概论	1932		［日］高桥清吾著

续表

类　别	作　者、译　者	书　名	初版年份	再版情况	备　注
译著（经济学）	崔毓珍（晓岑）译	国际金融争霸论	1933		［英］爱吉兮（P. Einzig）著，*The Fight for Financial Supremacy*

说明:据国家图书馆馆藏、新月书店书目广告、作者年谱及相关史料不完全统计制表,共计 95 种。

另有几种情况:

一、在《新月》月刊上出现书目预告,但尚不能确定有否出版的书,如下:

1.《坛外集》,李青崖著。

2.《旧恋的新欢》,穆尔著,林微音译。

3.《小学教育问题》,杜佐周著。与董任坚著《大学教育论丛》有同时广告为"学校参考书二种"。(三卷十二号)

4.《理性批评派的哲学家纳尔松》,朱彦钧著。(一卷四号)

5.《妇女的将来与将来的妇女》,小眉先生著。(一卷五号)

6.《近代英美诗选》(两册),叶公超、闻一多编注。(一卷六号)

注:据《闻一多年谱长编》(闻黎明、侯菊坤编,湖北人民出版社 1994 年版,第 361 页):1928 年3 月,闻一多"与叶公超合译的《近代英美诗选》完成",但未说明何时出版。

7.《近代英美散文选》(四册),叶公超选辑。(一卷六号)

注:据该期《新月》广告称,该书一、二册 1928 年 8 月出版,三、四册 10 月出版。

8.《一只马蜂》,丁西林著。(三卷五、六号)

注:据孙庆升编《丁西林生平和文学活动年表》(见《丁西林研究资料》,中国戏剧出版社 1986年 11 月版),丁西林第一本独幕剧集《一只马蜂及其他独幕剧》1925 年 5 月由现代评论社出版,内收《一只马蜂》《亲爱的丈夫》《酒后》三个剧本。1931 年由新月书店出版《西林独幕剧》,收上述三个剧本及《瞎了一只眼》《北京的空气》《压迫》共六个剧本。

9.《何家槐小说初集》,何家槐著。(四卷一号)

10.《现代人口》,吴景超著。(四卷三号,下同)

11.《现代天文》,余青松著。

12.《现代党政》,王造时著。

13.《现代婚姻》,潘光旦著。

14.《现代哲学》,全增嘏著。

15.《现代大学教育》,董任坚著。

16.《现代诗》,邵洵美著。

10—16 系现代丛书之列,查潘光旦年表及邵洵美著作,未有上书。据此推断,此七本书应未出。

二、国家图书馆收入,但未在《新月》月刊上出现广告的书有(上列书单已计入):

1.《我的父亲》,顾一樵著。

2.《祈祷》,李惟建著。

3.《政治》,拉斯基著,邱辛白译。

三、国家图书馆收入,但经考证系新月书店代售书籍:

1.《一幅喜神》,宋春舫著,1932 年出版。

注:国家图书馆注明为新月书店出版,但《新月》月刊广告(四卷七期)说明是"特约代售",故未计在内,待考。

2.《三秋草》,卞之琳著,1933 年出版。文中已说明,卞之琳自己的回忆是由新月书店代售。

主要参考文献

一、著 作 类

（一）近人著述

阿英编:《中国新文学大系·史料索引》,上海文艺出版社,2003 年版。

白立平:《翻译家梁实秋》,商务印书馆,2016 年版。

卞之琳:《卞之琳译文集》(上、中、下),安徽教育出版社,2000 年版。

卞之琳:《雕虫纪历(1930—1958)》(增订版),人民文学出版社,1984 年版。

蔡元培等著:《中国新文学大系导论集》,上海良友图书公司,1940 年版。

蔡元培等著:《未能忘却的纪念》,上海古籍出版社,1999 年版。

蔡德贵编著:《择善而从——季羡林师友录》,浙江大学出版社,2005 年版。

常风:《逝水集》,辽宁教育出版社,1995 年版。

陈从周编:《徐志摩年谱》,上海书店,1981 年版。

陈从周:《书带集》,花城出版社,1984 年版。

陈梦家编:《新月诗选》,新月书店,1931 年版。

陈梦家:《梦家存诗》,上海时代图书公司,1937 年版。

陈梦家:《梦家诗集》,新月书店,1931 年版。

陈梦家:《梦甲室存文》,中华书局,2006 年版。

陈敬之:《"新月"及其重要作家》,台北成文出版社,1980 年版。

陈敬之:《现代文学早期的女作家》,台北成文出版社,1980 年版。

陈西滢:《西滢闲话》,新月书店,1928 年版。

陈西滢:《西滢文录》,辽宁教育出版社,2000 年版。

陈小滢讲述、高艳华记录编选:《散落的珍珠:小滢的纪念册》,百花文艺出版社,2008 年版。

陈学勇:《林徽因寻真——林徽因生平创作丛考》,中华书局,2004 年版。

陈思和:《陈思和自选集》,广西师范大学出版社,1997 年版。

陈思和:《中国新文学整体观》,上海文艺出版社,2001 年版。

陈思和:《谈虎谈兔》,广西师范大学出版社,2001 年版。

陈思和:《草心集》,广东教育出版社,2004 年版。

陈思和:《思和文存》,黄山书社,2013 年版。

陈思和:《陈思和文集》,广东教育出版社,2017 年版。

陈平原:《中国现代学术之建立——以章太炎、胡适之为中心》,北京大学出版社,

1998 年版。

　　陈万雄:《五四新文化的源流》,三联书店,1997 年版。

　　陈子善编:《回忆梁实秋》,吉林文史出版社,1992 年版。

　　陈子善:《捞针集》,浙江人民出版社,1997 年版。

　　陈子善:《文人事》,浙江文艺出版社,1998 年版。

　　陈子善:《海上书声》,东南大学出版社,2002 年版。

　　陈子善:《钩沉新月:发现梁实秋及其他》,中华书局,2013 年版。

　　陈子善、王自立编:《回忆郁达夫》,湖南文艺出版社,1986 年版。

　　陈平原、山口守编:《大众传媒与现代文学》,新世界出版社,2003 年版。

　　陈安湖主编:《中国现代文学社团流派史》,华中师范大学出版社,1997 年版。

　　陈衡哲:《陈衡哲早年自传》,冯进译,安徽教育出版社,2006 年版。

　　程新编:《港台·国外 谈中国现代文学作家》,四川文艺出版社,1986 年版。

　　重庆出版社编:《诗人徐志摩》,重庆出版社,1982 年版。

　　柴草:《陆小曼传》,百花文艺出版社,2002 年版。

　　柴草编:《陆小曼诗文》,百花文艺出版社,2002 年版。

　　戴望舒:《戴望舒选集》,人民文学出版社、三联书店香港分店,1993 年版。

　　邓以蛰:《邓以蛰全集》,安徽教育出版社,1998 年版。

　　丁西林:《丁西林剧作全集》(两卷),中国戏剧出版社,1985 年版。

　　丁言昭:《骄傲的女神:林徽因》,上海书店出版社,2002 年版。

　　丁易:《中国现代文学史略》,作家出版社,1956 年版。

　　丁文江、赵丰田编:《梁启超年谱长编》,上海人民出版社,1983 年版。

　　董乃斌、陈伯海、刘扬忠:《中国文学史学史》(第二卷),河北人民出版社,2003 年版。

　　段怀清编:《新人文主义思潮:白璧德在中国》,江西高校出版社,2009 年版。

　　范泉主编:《中国现代文学社团流派辞典》,上海书店出版社,1993 年版。

　　范用编:《爱看书的广告》,三联书店,2004 年版。

　　方仁念编:《新月派评论资料选》,华东师范大学出版社,1993 年版。

　　方仁念编:《新月派作品选》,华东师范大学出版社,1993 年版。

　　方玮德:《玮德诗文集》,上海时代图书公司,1936 年版。

　　方令孺:《方令孺散文选集》,百花文艺出版社,2004 年版。

　　房向东:《鲁迅与他"骂"过的人》,上海书店出版社,1996 年版。

　　费正清主编:《剑桥中华民国史》,上海人民出版社,1991 年版。

　　费冬梅:《沙龙:一种新都市文化与文学生产(1917—1937)》,北京大学出版社,2016 年版。

　　傅国涌:《叶公超传》,河南人民出版社,2004 年版。

　　付祥喜:《新月派考论》,中国社会科学出版社,2015 年版。

　　高旭东:《梁实秋:在古典与浪漫之间》,文津出版社,2005 年版。

郜元宝:《鲁迅六讲》,上海三联书店,2000年版。

耿云志编:《胡适年谱》,四川人民出版社,1989年版。

耿云志、欧阳哲生编:《胡适书信集》,北京大学出版社,1996年版。

顾肃:《自由主义基本理念》,中央编译出版社,2003年版。

顾维钧:《顾维钧回忆录》(第1卷),中华书局,1983年版。

郭绪印主编:《国民党派系斗争史》,上海人民出版社,1992年版。

龚明德:《昨日书香》,东南大学出版社,2002年版。

韩石山:《徐志摩传》,十月文艺出版社,2001年版。

韩石山:《寻访林徽因》,人民文学出版社,2001年版。

韩石山:《少不读鲁迅　老不读胡适》,中国友谊出版公司,2005年版。

韩石山编:《难忘徐志摩》,昆仑出版社,2001年版。

胡山源:《文坛管窥——和我有过往来的文人》,上海古籍出版社,2000年版。

胡适:《胡适全集》,安徽教育出版社,2003年版。

胡适:《胡适文集》,人民文学出版社,1998年版。

胡适:《胡适日记全编》,曹伯言整理,安徽教育出版社,2001年版。

胡颂平编著:《胡适之先生年谱长编初稿》(1—10册),台北联经出版事业公司,1984年版。

胡颂平编著:《胡适之先生晚年谈话录》,新星出版社,2006年版。

胡伟希等著:《十字街头与塔:中国近代自由主义思潮研究》,上海人民出版社,1991年版。

胡远杰主编:《福州路文化街》,文汇出版社,2001年版。

黄延复:《水木清华:二三十年代清华校园文化》,广西师范大学出版社,2001年版。

侯传文:《寂园飞鸟:泰戈尔传》,河北人民出版社,1999年版。

黄昌勇:《砖瓦的碎影》,吉林人民出版社,2003年版。

贾植芳主编:《中国现代文学社团流派》,江苏教育出版社,1989年版。

贾植芳主编:《中国现代文学的主潮》,复旦大学出版社,1990年版。

贾植芳、陈思和主编:《中外文学关系史资料汇编》(上、下册),广西师范大学出版社,2004年版。

江弱水:《中西同步与位移——现代诗人丛论》,安徽教育出版社,2003年版。

孔另境编:《现代作家书简》,花城出版社,1982年版。

旷新年:《1928:革命文学》,山东教育出版社,1998年版。

蓝棣之编选:《新月派诗选》,人民文学出版社,1989年版。

李正西、任合生编:《梁实秋文坛沉浮录》,黄山书社,1992年版。

李立明:《中国现代六百作家小传》,香港波文书局,1977年版。

梁实秋:《梁实秋文集》,鹭江出版社,2002年版。

梁实秋:《梁实秋文学回忆录》,陈子善编,岳麓书社,1989年版。

梁实秋:《梁实秋怀人丛录》,中国广播电视出版社,1991年版。

梁实秋:《梁实秋批评文集》,珠海出版社,1998 年版。

梁实秋:《雅舍轶文》,中国友谊出版公司,1999 年版。

梁实秋、叶公超主编:《新月散文选》,台北雕龙出版社,1980 年版。

梁实秋、叶公超主编:《新月小说选》,台北雕龙出版社,1980 年版。

林淇:《邵洵美传》,上海人民出版社,2002 年版。

李辉:《往事苍老》,花城出版社,1998 年版。

李喜所、元青:《梁启超传》,人民出版社,1993 年版。

李强:《自由主义》,中国社会科学出版社,1998 年版。

李泽厚:《中国现代思想史论》,上海东方出版社,1987 年版。

梁漱溟:《东西文化及其哲学》,商务印书馆,1922 年版。

梁锡华:《徐志摩新传》,台北联经出版事业公司,1982 年版。

梁宗岱:《梁宗岱文集》(评论卷),中央编译出版社、香港天汉图书公司,2003 年版。

林毓生:《中国传统的创造性转化》,三联书店,1988 年版。

凌宇:《沈从文传》,北京十月文艺出版社,2003 年版。

凌叔华:《凌叔华文存》,四川文艺出版社,1998 年版。

林徽因:《林徽因文集》(文学卷),百花文艺出版社,1999 年版。

林徽因:《林徽因文存》,四川文艺出版社,2005 年版。

刘心皇:《徐志摩与陆小曼》,香港港明书店,1978 年版。

刘介民:《类同研究的再发现——徐志摩在中西文化之间》,中国社会科学出版社,2003 年版。

刘纳:《创造社与泰东图书局》,广西教育出版社,1999 年版。

刘绶松:《中国新文学史初稿》(上、下卷),人民文学出版社,1979 年版。

刘炎生:《才子梁实秋》,百花洲文艺出版社,1996 年版。

刘小枫:《现代性社会理论绪论》,上海三联书店,1998 年版。

鲁迅:《鲁迅全集》,人民文学出版社,1981 年版。

鲁迅博物馆、鲁迅研究室编:《鲁迅年谱》(增订本),人民文学出版社,2000 年版。

鲁迅博物馆、鲁迅研究室、《鲁迅研究月刊》选编:《鲁迅回忆录》(专著三卷、散篇三卷),北京出版社,1999 年版。

罗志田:《再造文明的尝试——胡适传(1891—1929)》,中华书局,2006 年版。

罗志田:《乱世潜流:民族主义与民国政治》,上海古籍出版社,2001 年版。

罗尔纲:《师门五年记·胡适琐忆》(增补本),生活·读书·新知三联书店,1998 年版。

马嘶:《百年冷暖:20 世纪中国知识分子生活状况》,北京图书馆出版社,2003 年版。

倪邦文:《自由者梦寻——"现代评论派"综论》,上海文艺出版社,1998 年版。

倪墨炎:《倪墨炎书话》,北京出版社,1998 年版。

潘光旦:《潘光旦文集》第 11 卷,北京大学出版社,1993 年版。

潘光旦编:《中国问题》,新月书店,1932 年版。

彭涛:《研究系与五四时期新文化运动:以 1920 年前后为中心》,中山大学出版社,2003 年版。

钱理群:《周作人传》,北京十月文艺出版社,1990 年版。

钱理群等著:《中国现代文学三十年》,北京大学出版社,1998 年版。

秦贤次编:《叶公超其人其文其事》,台北传记文学出版社,1983 年版。

秦贤次编:《刘英士先生纪念文集》,台北兰亭书店,1987 年版。

瞿光熙:《中国现代文学史札记》,上海文艺出版社,1984 年版。

桑兵:《清末新知识界的社团与活动》,三联书店,1995 年版。

史习斌:《新月:一种同人期刊与自由媒介的综合透视》,中国社会科学出版社,2017 年版。

宋炳辉:《新月下的夜莺:徐志摩传》,上海文艺出版社,1993 年版。

宋益乔:《新月才子》,山东画报出版社,2000 年版。

宋原放:《出版纵横》,上海人民出版社,1998 年版。

宋原放、陈江、吴道弘:《中国出版史料》(现代部分,一卷下册),山东教育出版社,2001 年版。

宋原放、孙颙主编:《上海出版志》,上海社会科学院出版社,2000 年版。

商金林编:《朱光潜自传》,江苏文艺出版社,1998 年版。

沈从文:《沈从文全集》第 18 卷,北岳文艺出版社,2002 年版。

沈从文:《沈从文文集》,花城出版社、香港三联书店,1982、1984 年版。

沈卫威:《无地自由:胡适传》,上海文艺出版社,1994 年版。

沈卫威:《自由守望——胡适派文人引论》,上海文艺出版社,1997 年版。

邵华强编:《徐志摩研究资料》,陕西人民出版社,1988 年版。

邵洵美:《邵洵美文集》(八卷本),上海书店出版社,2008、2012 年版。

邵洵美:《洵美文存》,中华书局,2006 年版。

邵绡红:《天生的诗人:我的爸爸邵洵美》,上海书店出版社,2015 年版。

施蛰存:《沙上的脚迹》,辽宁教育出版社,1995 年版。

盛佩玉著,邵阳、吴立岚编注:《盛佩玉的回忆:盛氏家族·邵洵美与我》,人民文学出版社,2004 年版。

苏云峰:《从清华学堂到清华大学(1911—1929)》,生活·读书·新知三联书店,2001 年版。

孙晨:《世纪诗星:臧克家传》,山东大学出版社,2000 年版。

孙近仁编:《孙大雨诗文集》,河北教育出版社,1996 年版。

孙近仁、孙佳始:《耿介清正——孙大雨纪传》,山西人民出版社,1999 年版。

孙宜学编著:《泰戈尔与中国》,河北人民出版社,2001 年版。

孙宜学:《泰戈尔与中国现代知识分子》,上海三联书店,2015 年版。

孙玉石:《中国现代诗歌艺术》,人民文学出版社,1992 年版。

孙庆升编:《丁西林研究资料》,中国戏剧出版社,1986 年版。

司马长风:《中国新文学史》(上、下),香港昭明出版社,1980年版。

唐德刚译注:《胡适口述自传》,华东师范大学出版社,1993年版。

唐德刚:《胡适杂忆》,台北传记文学出版社,1979年版。

唐弢:《晦庵书话》,生活·读书·新知三联书店,1998年版。

唐弢、严家炎:《中国现代文学史》(第一、二、三卷),人民文学出版社,1979、1980年版。

陶菊隐:《蒋百里传》,中华书局,1985年版。

万国雄:《顾毓琇传》,南京大学出版社,2001年版。

王德威:《想象中国的方法》,三联书店,1998年版。

王光明:《现代汉诗的演变》(上、下),河北人民出版社,2003年版。

王京芳:《邵洵美:出版界的堂吉诃德》,广东教育出版社,2012年版。

王家新:《为凤凰找寻栖所:现代诗歌论集》,北京大学出版社,2008年版。

王孙选编:《新月散文十八家》,上海文艺出版社,1989年版。

王一心、李伶伶:《徐志摩·新月社》,陕西人民出版社,2009年版。

王文彬编:《中国报纸的副刊》,中国文史出版社,1988年版。

王克非编:《翻译文学史论》,上海外语教育出版社,1997年版。

王文彬、金石主编:《戴望舒全集》(散文卷),中国青年出版社,1999年版。

王亚蓉编:《沈从文晚年口述》,陕西师范大学出版社,2003年版。

王岳川主编:《媒介哲学》,河南大学出版社,2004年版。

王运熙主编:《中国文论选》(上、中、下),江苏文艺出版社,1996年版。

王宏志:《重释"信、达、雅":20世纪中国翻译研究》,清华大学出版社2007年版。

王晓明主编:《二十世纪中国文学史论》,东方出版中心,1997年版。

王晓明主编:《批评空间的开创》,东方出版中心,1998年版。

王锦厚:《闻一多与饶孟侃》,电子科技大学出版社,1999年版。

汪晖、陈燕谷等编:《文化与公共性》,三联书店,1998年版。

汪晖:《反抗绝望》,河北教育出版社,2000年版。

闻黎明:《闻一多传》,人民出版社,1992年版。

闻黎明、侯菊坤编:《闻一多年谱长编》,湖北人民出版社,1994年版。

闻一多:《闻一多书信选集》,人民文学出版社,1986年版。

闻一多:《闻一多诗全编》,浙江文艺出版社,1995年版。

闻一多:《闻一多论新诗》,武汉大学出版社,1985年版。

温梓川:《文人的另一面》,广西师范大学出版社,2004年版。

吴中杰:《海上学人》,广西师范大学出版社,2005年版。

夏志清:《中国现代小说史》,复旦大学出版社,2005年版。

谢其章:《创刊号风景》,北京图书馆出版社,2003年版。

谢泳编:《罗隆基:我的被捕的经过与反感》,中国广播电视出版社,1999年版。

谢泳编:《储安平:一条河流般的忧郁》,中国广播电视出版社,1999年版。

谢泳:《逝去的年代——中国自由知识分子的命运》,文化艺术出版社,1999年版。

谢泳:《清华三才子》,新华出版社,2005年版。

徐志摩:《徐志摩全集》,韩石山编,天津人民出版社,2005年版。

徐志摩:《徐志摩诗全集》,顾永棣编注,学林出版社,1997年版。

徐志摩:《志摩未刊日记》(外四种),虞坤林编,北京图书馆出版社,2003年版。

徐志摩:《志摩的信》,虞坤林编,学林出版社,2004年版。

徐志摩:《徐志摩书信新编》(增补本),金黎明、虞坤林编,浙江古籍出版社,2017年版。

许纪霖编:《二十世纪中国思想史论》(上、下),东方出版中心,2000年版。

许纪霖:《许纪霖自选集》,广西师范大学出版社,1999年版。

许芥昱:《新诗的开路人:闻一多》,香港波文书局,1982年版。

许道明:《京派文学的世界》,复旦大学出版社,1994年版。

杨洪承:《文学社群文化形态论》,安徽文艺出版社,1998年版。

阎晶明:《鲁迅与陈西滢》,河北人民出版社,2002年版。

于赓虞:《于赓虞诗文辑存》(上、下),河南大学出版社,2004年版。

袁冬林:《浦熙修:此生苍茫无限》,大象出版社,2002年版。

尹在勤:《新月派评说》,陕西人民出版社,1985年版。

叶崇德编:《回忆叶公超》,学林出版社,1993年版。

叶公超:《叶公超批评文集》,珠海出版社,1998年版。

叶公超:《新月怀旧——叶公超文艺杂谈》,学林出版社,1997年版。

叶永烈编:《王造时:我的当场答复》,中国青年出版社,1999年版。

应国靖:《现代文学期刊漫话》,花城出版社,1986年版。

余上沅:《余上沅戏剧论文集》,长江文艺出版社,1986年版。

余英时:《士与中国文化》,上海人民出版社,2003年版。

余英时:《中国近代思想史上的胡适》,台北联经出版公司,1984年版。

臧克家:《臧克家回忆录》,中国工人出版社,2004年版。

臧克家:《甘苦寸心知》,四川人民出版社,1982年版。

张灏:《梁启超与中国思想的过渡:1890—1907》,崔志海、葛夫平译,江苏人民出版社,1995年版。

周作人:《周作人自编文集》,止庵校订,河北教育出版社,2002年版。

周作人:《周作人集外文》,陈子善、张铁荣,海南国际新闻出版中心,1995年版。

张放、陈红编:《朋友心中的徐志摩》,百花文艺出版社,1992年版。

张利民:《文化选择的冲突:"五四"时期东西文化论战中的思想家》,中国人民大学出版社,1990年版。

张昌华编:《双佳楼梦影》,江苏文艺出版社,1996年版。

章清:《亭子间:一群文化人和他们的事业》,上海人民出版社,1991年版。

章清:《"胡适派学人群"与现代中国自由主义》,上海古籍出版社,2004年版。

章清:《学术与社会:近代中国"社会重心"的转移与读书人新的角色》,上海人民出版社,2012年版。

　　章诒和:《往事并不如烟》,人民文学出版社,2004年版。

　　章克标:《章克标文集》(下),上海社会科学院出版社,2003年版。

　　张隆栋主编:《传播学总论》,中国人民大学出版社,1993年版。

　　张新颖:《二十世纪上半期中国文学的现代意识》,三联书店,2000年版。

　　张静庐辑注:《中国近现代出版史料》,上海书店出版社,2003年版。

　　周质平编:《不思量自难忘:胡适给韦莲司的信》,安徽教育出版社,2001年版。

　　周质平:《光焰不熄:胡适思想与现代中国》,九州出版社,2012年版。

　　周晓明:《多源与多元:从中国留学族到新月派》,华中师范大学出版社,2001年版。

　　朱晓进:《政治文化与中国二十世纪三十年代文学》,人民出版社,2006年版。

　　朱寿桐:《新月派的绅士风情》,江苏文艺出版社,1995年版。

　　朱寿桐:《中国现代社团文学史》,人民文学出版社,2004年版。

　　朱湘:《朱湘散文》(上、下),中国广播电视出版社,1994年版。

　　朱湘:《孤高的真情:朱湘书信集》,陈子善编,上海人民出版社,2007年版。

　　朱自清:《新诗杂话》,三联书店,1984年版。

　　张静庐:《在出版界二十年》,上海书店,1984年版。

　　赵景深:《文坛回忆》,重庆出版社,1985年版。

　　赵景深:《文坛忆旧》,上海书店,1983年版。

　　中国社科院近代史研究所中华民国史组编:《胡适来往书信选》,中华书局,1979年版。

　　赵毅衡:《伦敦浪了起来》,人民文学出版社,2002年版。

　　子仪:《新月才女方令孺》,青岛出版社,2014年版。

　　子通主编:《胡适评说八十年》,中国华侨出版社,2003年版。

　　(二)外文译著

　　阿克顿:《自由的历史》,王天成、林猛、罗会钧译,贵州人民出版社,2001年版。

　　爱德华·W.萨义德:《知识分子论》,单德兴译,三联书店,2002年版。

　　本尼迪克特·安德森:《想象的共同体:民族主义的起源与散布》,吴叡人译,上海人民出版社,2003年版。

　　本雅明:《发达资本主义时代的抒情诗人》,张旭东、魏文生译,三联书店,1989年版。

　　勃兰兑斯:《十九世纪文学主流》,徐式谷、刘半九、李宗杰等译,人民出版社,1997年版。

　　弗·兹纳涅茨基:《知识人的社会角色》,郏斌祥译,译林出版社,2000年版。

　　弗雷德里希·奥古思特·哈耶克:《通往奴役之路》,王明毅、冯兴元等译,中国社会科学出版社,1997年版。

　　弗雷德里希·奥古思特·哈耶克:《自由秩序原理》(上、下册),邓正来译,三联书店,1997年版。

杜赞奇:《文化、权力与国家》,王福明译,江苏人民出版社,1994 年版。

夏绿蒂·弗恩:《丁文江——科学与中国新文化》,丁子霖等译,湖南科学技术出版社,1987 年版。

G.L.狄更生:《"中国佬"信札——西方文明之东方观》,卢彦名、王玉括译,南京出版社,2008 年版。

格里德:《胡适与中国的文艺复兴——中国革命中的自由主义(1917—1937)》,鲁奇译,江苏人民出版社,1993 年版。

贺麦晓:《文体问题——现代中国的文学社团和文学杂志(1911—1937)》,陈太胜译,北京大学出版社,2016 年版。

杰罗姆·格里德尔:《知识分子与现代中国》,单正平译,南开大学出版社,2002 年版。

柯文:《历史三调:作为事件、经历和神话的义和团》,杜继东译,江苏人民出版社,2000 年版。

克里希那·克里巴拉尼:《泰戈尔传》,倪培耕译,漓江出版社,1984 年版。

拉斯基:《思想的阐释》,张振成、王亦兵译,贵州人民出版社,2001 年版。

李欧梵:《中国现代作家的浪漫一代》,王宏志等译,新星出版社,2005 年版。

李欧梵:《上海摩登:一种新都市文化在中国(1930—1945)》,毛尖译,北京大学出版社,2001 年版。

林毓生:《中国意识的危机——"五四"时期激烈的反传统主义》(增订再版本),穆善培译,贵州人民出版社,1988 年版。

刘禾:《跨语际实践:文学、民族文化与被译介的现代性》,宋伟杰等译,三联书店,2002 年版。

罗贝尔·埃斯卡皮:《文学社会学》,王美华、于沛译,安徽文艺出版社,1987 年版。

马克斯·韦伯:《学术与政治》,冯克利译,生活·读书·新知三联书店,1998 年版。

玛格丽特·柯尔:《费边社史》,杜安夏等译,商务印书馆,1984 年版。

马泰·卡林内斯库:《现代性的五副面孔》,顾爱彬等译,商务印书馆,2002 年版。

帕特丽卡·劳伦斯:《丽莉·布瑞斯珂的中国眼睛》,万江波、韦晓保、陈荣枝译,上海书店出版社,2008 年版。

皮埃尔·布迪厄:《艺术的法则——文学场的生成和结构》,刘晖译,中央编译出版社,2001 年版。

皮埃尔·布迪厄:《文化资本与社会炼金术》,包亚明译,上海人民出版社,1997 年版。

史景迁:《天安门——知识分子与中国革命》,尹庆军等译,中央编译出版社,1998 年版。

威尔伯·施拉姆、威廉·波特:《传播学概论》,陈亮译,新华出版社,1984 年版。

魏淑凌:《家国梦影:凌叔华与凌淑浩》,张林杰译、李娟校译,百花文艺出版社,2008 年版。

尤尔根·哈贝马斯:《交往行为理论》,曹卫东译,上海人民出版社,2004 年版。

二、近代报刊杂志类

《努力周报》

《晨报副刊》

《现代评论》周刊

《新月》月刊

《诗刊》季刊

《学文》月刊

《独立评论》周刊

《自由评论》周刊

《金屋》月刊

《现代》月刊

《申报》

《小说月报》

三、当代期刊论文

艾青:《中国新诗六十年》,《文艺研究》,1980 年第 5 期。

卞之琳:《追忆邵洵美和一场文学小论争》,《新文学史料》,1989 年第 3 期。

陈衡粹:《余上沅小传》,《新文学史料》,1983 年第 1 期。

陈山:《陈梦家论》,《中国现代文学研究丛刊》,1988 年第 3 期。

陈国恩:《新月派诗与婉约派词》,《重庆三峡学院学报》,2003 年第 6 期。

陈庆泓:《在解构中重构新月理想》,安徽大学硕士论文,2004 年。

陈丹:《从诗学角度管窥——〈新月〉月刊上的诗歌翻译》,广东外语外贸大学硕士论文,2006 年。

程全兵:《新月派戏剧概论》,武汉大学硕士论文,2005 年。

程国君:《诗美的探寻:新月诗派诗歌艺术美研究》,武汉大学博士论文,2002 年。

戴斌:《论基督教文化精神对陈梦家诗歌的影响》,广西师范大学硕士论文,2015 年。

邓明以:《方令孺传略》,《新文学史料》,1988 年第 1 期。

方族文:《朱湘研究中的几个疑点问题》,《安庆师范学院学报(社会科学版)》,2004 年第 6 期。

傅光明:《凌叔华:古韵精魂》,《传记文学》,2003 年第 9 期。

高力克:《徐志摩与胡适的苏俄之争》,《浙江大学学报(人文社科版)》,2010 年第 5 期。

宫立:《沈祖牟:不应被遗忘的"新月诗人"》,《现代中文学刊》,2017 年第 6 期。

郭晓勇:《文艺与政治之间——"新月派"知识分子群体研究》,南开大学博士论文,

2008 年。

　　付爱:《新月社诗歌翻译选材研究》,四川外语学院硕士论文,2010 年。

　　贺麦晓:《布狄厄的文学社会学思想》,《读书》,1996 年第 11 期。

　　贺麦晓:《二十年代中国的"文学场"》,《学人》,江苏文艺出版社,第 13 辑。

　　黄宇:《徐志摩的政治观社会观与英国文化之关系》,《长沙理工大学学报(社会科学版)》,2005 年第 4 期。

　　黄维樑:《五四新诗所受的英美影响》,《北京大学学报(哲学社会科学版)》,1988 年第 5 期。

　　黄昌勇:《现代主义与新月诗派的发展》,《同济大学学报(人文社会科学版)》,1996 年第 7 期。

　　黄昌勇:《孙大雨传略》(上、下),《新文学史料》,1996 年第 2、3 期。

　　黄长华:《新月派小说研究》,浙江师范大学硕士论文,2010 年。

　　黄立波:《新月派的翻译思想探究:以〈新月〉期刊发表的翻译作品为例》,《外语教学》,2010 年第 3 期。

　　黄红春:《新月派文学观念研究》,江西师范大学博士论文,2013 年。

　　黄红春:《新月派研究述论》,《江西师范大学学报(哲学社会科学版)》,2013 年第 4 期。

　　侯群雄:《一份杂志和一个群体——以〈新月〉为中心》,《新文学史料》,2004 年第 2 期。

　　胡博:《对峙与互补:论新月派在新文学整体格局中的地位与影响》,山东大学博士论文,2001 年。

　　胡博:《新月派前期的"文学梦"》,《中国现代文学研究丛刊》,2004 年第 1 期。

　　胡波莲:《弗吉尼亚·伍尔夫与"新月派"作家》,《湖北经济学院学报(人文社科版)》,2010 年第 5 期。

　　姜青松:《〈新月〉:纸上的沙龙》,青岛大学硕士论文,2007 年。

　　金鑫:《新月——中国现代自由主义文学话语的兴衰》,辽宁大学硕士论文,2012 年。

　　姬玉:《〈新月〉月刊小说研究》,河北大学硕士论文,2010 年。

　　蹇先艾:《〈晨报诗刊〉的始终》,《新文学史料》,1979 年第 3 期。

　　蹇先艾:《再话〈晨报诗镌〉》,《新文学史料》,1979 年第 5 期。

　　黎志敏:《中国新诗中的十四行诗》,《外国文学研究》,2000 年第 1 期。

　　李伟昉:《论梁实秋与莎士比亚的亲缘关系及其理论意义》,《外国文学研究》,2008 年第 1 期。

　　李月:《浅谈新月派的诗歌翻译活动》,《文教资料》,2010 年第 16 期。

　　李冬杰:《传播学视域中的新月派文人书信研究》,西南大学硕士论文,2011 年。

　　李玉倩:《回到文学发生的现场——传媒视域下的〈新月〉月刊研究》,宁波大学硕士论文,2014 年。

　　刘燕:《T.S.Eliot 与中国现代诗学》,《外国文学研究》,2000 年第 2 期。

刘志强:《罗隆基人权理论与中共革命理论》,香港中文大学《二十一世纪》网络版第 25 期,2004 年 4 月 30 日。

刘洪涛:《徐志摩与罗素的交游及其所受影响》,《浙江大学学报》(人文社科会学版),2006 年第 6 期。

刘涛、贺麦晓:《文学外部研究与内部研究——关于文学社会学研究方法的对话》,《西湖》,2009 年第 6 期。

罗念生:《忆诗人朱湘》,《新文学史料》,1982 年第 3 期。

罗隆基:《罗隆基回忆录:我在天津〈益世报〉的风风雨雨》,《文化史料(丛刊)》,文史资料出版社,1984 年第 8 辑。

李云:《北京松坡图书馆及出版物》,《出版史料》(季刊),2004 年第 4 期。

梁实秋:《罗隆基论》,《世纪评论》,1947 年第 2 期。

骆兰:《从"思潮""社团"角度论臧克家的流派属性》,《西南师范大学学报(哲学社会科学版)》,1997 年第 2 期。

倪平:《新月派的两个支柱:书店、月刊的起讫》,《中国现代文学研究丛刊》,2005 年第 6 期。

马福华:《论新月派翻译的审美现代性特征》,《淮北师范大学学报(哲学社会科学版)》,2017 年第 2 期。

彭超:《英国思想家拉斯基在中国的接受——以〈新月〉月刊为中心》,北京大学硕士论文,2009 年。

皮远长:《陈梦家小传》,《武汉大学学报(社会科学版)》,1985 年第 6 期。

邵建:《文坛内外之二十王:续鲁迅之误》,《小说评论》,2002 年第 6 期。

沈卫威:《中国式的"费边社"议政:胡适与"平社"的一段史实》,《史学月刊》,1996 年第 2 期。

孙颖:《理性与迷狂制约下的后期新月诗》,吉林大学硕士论文,2005 年。

陶家俊、张中载:《论英中跨文化转化场中的哈代与徐志摩》,《外国文学研究》,2009 年第 5 期。

田晓英:《论〈新月〉之变》,湖南大学硕士论文,2010 年。

吴中杰:《新月派与沙龙艺术》,《阴山学刊》(社会科学版),1997 年第 1 期。

吴立昌:《1930 年前后之〈新月〉》,《中文自学指导》,2006 年第 2 期。

吴凑春:《新月诗派——一个绕不过去的文学话题》,南昌大学硕士论文,2005 年。

吴晓东:《中国化的"颓加荡":邵洵美的唯美主义实践》,《文艺争鸣》,2016 年第 1 期。

解志熙:《现代诗论辑考小记》,《中国现代文学研究丛刊》,2005 年第 6 期。

谢家崧:《我记忆中的新月书店》,《古旧书讯》,1983 年第 1 期。

谢南斗:《新月派与立体主义》,《中国文学研究》,2004 年第 1 期。

辛实:《徐志摩主编时期的〈晨报副刊〉——"自由主义热"中的冷思考》,《文艺理论与批评》,2001 年第 2 期。

熊辉:《叶公超的翻译文学批评》,《文化与诗学》,2010 年第 2 期。

徐霞村:《我所认识的朱湘》,《新文学史料》,1986 年第 1 期。

徐海英:《情绪的体操——论新月派小说的诗化倾向》,辽宁师范大学硕士论文,2001 年。

许莎莎:《新月派诗人的格律诗翻译实践》,北京大学硕士论文,2013 年。

杨洪承:《文学社群与多元文化——现代中国文学社群文化类型初探》,《山东师范大学学报》(人文社会科学版),1998 年第 2 期。

杨莉馨:《论"新月派"作家与伍尔夫的精神契合与文学关联》,《南京师范大学学报》(社会科学版),2009 年第 2 期。

俞晓霞:《精神契合与文化对话——布鲁姆斯伯里集团在中国》,复旦大学博士论文,2012 年。

伍娟娟:《二十世纪二三十年代新月派对布鲁姆斯伯里的接受》,华东师范大学硕士论文,2010 年。

武晨雨:《〈学文〉月刊研究》,山东大学硕士论文,2016 年。

王光明:《诗歌形式秩序的寻求——"新月诗派"新论》(上、下),《海南师范学院学报(社会科学版)》,2003 年第 6 期、2004 年第 1 期。

王建丰:《新月书店对戏剧翻译活动的赞助》,《赤峰学院学报(汉文哲学社会科学版)》,2014 年第 10 期。

王建丰:《从〈新月〉译著广告看新月派翻译思想》,《淮北师范大学学报》(哲学社会科学版),2014 年第 4 期。

王造时:《清华学风和我》,《文史资料选集》(六辑),中国文史出版社,1986 年。

王强:《关于"新月派"的形成和发展》,《中国现代文学研究丛刊》,1983 年第 3 期。

王俊义:《论新月诗人陈梦家》,内蒙古师范大学硕士论文,2004 年。

王宣人:《"同人园地"里的"新月态度"——〈新月〉杂志"书报春秋"研究》,青岛大学硕士论文,2011 年。

尹锡南、宇文疆:《泰戈尔 1924 年访华在中国知识界的反响》,《南亚研究》(季刊),2001 年第 4 期。

阎开振:《"自由生发,自由讨论":京派的文化理想和策略》,《周口师范学院学报》,2004 年第 3 期。

袁帅亚:《肌理论:邵洵美的翻译诗学研究》,河南大学博士论文,2015 年。

张高杰:《论新月派创作的现代主义倾向》,《齐鲁学刊》,2000 年第 1 期。

张中良:《大陆文学史上的梁实秋身份问题》,《中国现代文学研究丛刊》,2004 年第 3 期。

张以英、刘士元:《方玮德传略》,《新文学史料》,1991 年第 1 期。

张少雄:《新月社翻译小史:文学翻译》,《中国翻译》,1994 年第 2 期。

张少雄、冯燕:《新月社翻译思想研究》,《翻译学报》,2001 年第 6 期。

张红瑞:《民族性视野下的新月派戏剧理论》,河北师范大学硕士学位论文,

2009 年。

张意:《新月派与布鲁姆斯伯里派的文化交往》,《社会科学研究》,2016 年第 3 期。

赵毅衡:《〈丽莉·布瑞斯珂的中国眼睛〉:难得一双"中国式眼睛"》,《东方早报》,2008 年 8 月 31 日。

郑玉芳:《〈新月〉、〈诗刊〉诗歌写作群及现代特征研究》,福建师范大学硕士论文,2011 年。

周俐:《文本的适度回归:翻译社会学研究的微观发展——看 20 世纪 20 年代新月派翻译实践》,《外国语文》2013 年第 2 期。

朱国华:《当代文论语境中的布迪厄》,《社会科学》,2005 年第 12 期。

责任编辑：王 淼

封面设计：毛 淳 徐 晖

图书在版编目(CIP)数据

新月社的文化策略/刘 群 著.—北京：人民出版社,2018.6

（国家社科基金后期资助项目）

ISBN 978－7－01－019324－3

Ⅰ.①新… Ⅱ.①刘… Ⅲ.①新月派-研究-中国-现代 Ⅳ.①I206.6

中国版本图书馆 CIP 数据核字（2018）第 089422 号

新月社的文化策略

XINYUESHE DE WENHUA CELÜE

刘 群 著

人 民 出 版 社 出版发行

（100706 北京市东城区隆福寺街 99 号）

北京汇林印务有限公司印刷 新华书店经销

2018 年 6 月第 1 版 2018 年 6 月北京第 1 次印刷

开本：710 毫米×1000 毫米 1/16 印张：24.5

字数：420 千字 印数：0,001-1,500 册

ISBN 978－7－01－019324－3 定价：69.00 元

邮购地址 100706 北京市东城区隆福寺街 99 号

人民东方图书销售中心 电话（010）65250042 65289539